IMPRESSUM

B. B. Stiffers
Nachtlicht
Departure

Dark Romantasy
Band 1 von 4 einer Reihe.

Korrektorat: Yasmin Pohl
Umschlaggestaltung und Satz: Ambra Kerr

B. B. Stiffers
c/o Block Services
Stuttgarter Str. 106
70736 Fellbach

HINWEIS

Dark Romantasy. Genau da bist du gelandet.

Dieses Genre ist ein Gemisch aus folgenden: Romantic, Fantasy und Dark Romance. Wobei ein verschieden großer Anteil dieser Genres genutzt wird. Auch unterscheidet sich die Mischung nochmal von Autor zu Autor. In der Nachtlicht-Reihe wirst du am häufigsten in dieser Reihenfolge – vom jeweiligen Anteil her absteigend gesehen – auf die Genres treffen:

Fantasy
Romantic
Dark Romance

Dies hier ist eine fiktive Welt, mit fiktiven Protagonisten. Doch trotz aller Fantasie haben diese Wesen ebenfalls Sorgen und Probleme, die auch uns begegnen können. Dazu ist die Sprache der Protagonisten während der intimen Szenen ungeschönt und klar definiert. Sollte all dies dich nicht abhalten, wünsche ich dir eine interessante Reise und angenehme Lesestunden.

Verliebte und Verrückte sind beide von so brausendem Gehirn, so bildungsreicher Fantasie, die wahrnimmt, was nur die kühle Vernunft begreift!

William Shakespeare, aus »Ein Sommernachtstraum«

THIS ONE'S FOR …

alle, die nur noch Dunkelheit sehen. Schließt die Augen, stellt euch vor, ihr seid genau dort, wo ihr sein wollt … und dann wacht auf und erkennt, es gibt immer irgendwo ein Licht. Nicht bloß in der Fantasie … man muss es nur finden.

PLAYLIST

Justine Skye (feat. Tyga) – Collide
Kate Bush – Running Up That Hill (A Deal With God)
Reyn Hartley – Snitch
Neoni – UH OH
Sam Smith – Writing´s On The Wall
Mimi Webb – Dumb Love
Roddy Ricch – The Box
Kid Cudi – Day ´N´ Nite
Michael Jackson – Thriller
Billie Eilish – NDA
Everybody Loves an Outlaw – I See Red
Labrinth – Forever
DVRST – Close Eyes
Malia J – Smells Like Teen Spirit
Siouxxie – masquerade
THE ANXIETY, WILLOW, Tyler Cole – Meet Me At Our Spot
Phantogram – Black Out Days (Future Islands Remix)

PROLOG

Trink, verdammt!« Wie ein Flehen kommt der Satz über meine rissigen, trockenen Lippen, doch eine Reaktion bekomme ich trotzdem nicht. »Du sollst die Augen öffnen.«

Vorsichtig halte ich sie in den Armen, um ihr nicht noch mehr Schmerzen zuzufügen. Ihr langes, dunkles Haar fließt in leichten Wellen über meine Arme, und wäre das viele Blut nicht … wäre es der vielleicht beste Moment meines verfluchten Lebens. Doch zum ersten Mal habe ich keine Ahnung, was ich tun soll. Was ich noch tun kann, damit sie mir nicht unter den Händen wegstirbt. »Scheiße, Rayna, trink endlich!« Wieder gleitet mein Blick über ihren Körper. Versucht zu erkennen, ob ich sie auf dem Weg hierher in die Seitengasse vielleicht noch mehr verletzt habe, als sie es ohnehin schon ist. Möglich ist alles, denn wann halte ich schon ein Menschenleben in den Händen, ohne es verletzen zu wollen? Dabei habe ich sie so vorsichtig getragen, als bestünde ihr Körper aus Glas. Doch egal was ich versuche, egal wie fest ich mein Handgelenk auf ihre Lippen presse, sie trinkt nicht. »Rayna«, wiederhole ich und diesmal kann ich das dunkle Knurren, das meine Stimme begleitet, nicht unterdrücken. Doch ich bin so wütend und zeitgleich verzweifelt, dass es automatisch aus mir herauskommt. Für dieses Mädchen würde ich alles tun, das war mir vom ersten Moment an klar. Doch jetzt muss sie nur weiterleben, damit ich auf sie achtgeben kann. Damit ich mich ihr weiter nah fühlen kann. Mehr will ich nicht. Nur ihr verdammtes Leben.

Unzählige Male habe ich mir vorgestellt, sie so zu halten, und nun liegt sie hier, mehr tot als lebendig, völlig hilflos vor mir. Die Versuchung, ihr auch das letzte Fünkchen Leben zu nehmen, ist groß. Es liegt einfach in meiner Natur. Der Wunsch, dass sie weiterlebt, ist allerdings größer. Nur das Blut, das überall an ihr und mittlerweile auch an mir klebt, macht mir das Ankämpfen gegen diesen Instinkt nicht gerade leichter. Er zieht sich breite Bahnen durch jeden Millimeter meines Körpers und lullt meinen scharfen Verstand so beängstigend ein, dass ich mir nur noch sehnlicher wünsche, sie würde ihre silberblauen Augen öffnen. Würde mir erlauben, in sie hineinzusehen. Ich brauche etwas, das mich den Geruch verdrängen lässt. »Trink, Rayna, jetzt! Ich kann dir sonst nicht mehr helfen.« Noch einmal presse ich mein mittlerweile zitterndes Handgelenk an ihre Lippen. Völlig umsonst.

Ich will mir gar nicht weiter ausmalen, was passiert wäre, wenn ich nicht wie so oft in letzter Zeit ihre Nähe gesucht hätte. Trotzdem spielt meine Fantasie mir das schlimmste Szenario vor. Ein ewiges, trostloses Leben ohne dieses fremde Mädchen. Ein Mädchen, von dem ich außer ihrem Namen nur weiß, dass ich für immer an ihrer Seite bleiben will. Einfach, weil es sich so richtig anfühlt und als müsse es so sein. Sei es nur, um sie aus der Ferne zu beobachten. Über sie zu wachen. Sie zu beschützen, vor allem und jedem. Das ist etwas, das mir so neu ist wie die Situation gerade. Eigentlich gebe ich kein Leben. Ich nehme es.

Ich streiche über ihr Gesicht. Ein Gesicht, das sich so in meinen Verstand gebrannt hat, dass es fast schon an Schmerz grenzt, ihm nun so nah zu sein. »Rayna, Scheiße! Bleib bei mir.« Verzweifelt sinke ich auf sie, lege mein Ohr auf ihre Brust. Höre, wie ihr Herz immer öfter aus dem Rhythmus kommt. Sie ist verloren.

Ich bin verloren.

Wieder so verloren wie bis zu dem Moment, in dem ich ihr zum ersten Mal begegnet bin. Mitten auf der Straße, ganz ohne Vorwarnung. Dennoch spürte ich dieses elektrische Surren, wie ich es niemals zuvor gefühlt habe. Ein Gedanke jagt den nächsten. Hilflos, machtlos, so fühle ich mich. Auch das sind neue Empfindungen für mich. Irgendwie machen sie mich ebenfalls sterblich. Gerade dachte ich noch, ihr einfach mein Blut zu geben und alles sei wieder im normalen Fluss. Doch wenn sie nicht trinkt, wie soll ich sie retten? Jetzt liegt sie hier vor mir auf dem kalten Asphalt, unfähig einer Bewegung. Fast bin ich ihr nun ähnlicher als jemals zuvor. Ich fühle mich ebenfalls wie gelähmt. Es kostet mich enorme Stärke, mich aufzuraffen, um sie noch einmal anzusehen. »Rayna, komm schon. Lass mich nicht allein.« Mit letzter Kraft drücke ich erneut mein Handgelenk auf ihre Lippen und mit einem Mal spüre ich eine leichte Bewegung. Ihre Finger greifen zaghaft nach meinem Arm und im Bruchteil einer Sekunde schießen alle meine Fähigkeiten zurück.

»Fuck«, kommt dunkel über meine Lippen und ich muss lächeln, weil ich selbst nicht mehr damit gerechnet habe. »Trink«, bekräftige ich sie. Die Erleichterung, die mich durchströmt, ist genauso neu für mich wie alles andere, was ich mit diesem Mädchen erlebe. Dieses Mädchen, das nicht einmal weiß, dass es mich gibt. Es auch niemals wissen darf. Sie ist zu meinem Licht geworden. Ein Licht in der Ferne, und so soll es auch bleiben. Ich will dieses Licht nicht auslöschen und genau das wird passieren, halte ich keinen Abstand. Trotzdem muss ich mich zurückhalten, ihren Mund jetzt nicht von meinem Arm zu lösen, damit ich sie bloß einmal küssen kann. Ein einziger Kuss … Der Gedanke jedoch, dass ich diesen Kuss nur stehlen und sie sich nie daran erinnern würde, der gefällt mir nicht. Nein, nur aus der Ferne, nicht mehr.

Ich warte darauf, dass sie mich ansieht. Nichts kann in diesem Moment wichtiger sein. Kein Kuss, keine in sich verschlungenen Körper, nichts. Nur ihr Leben, das ist wichtig. Ich sehe, wie sich ihre Wunden schließen und ihre Haut wieder rosig wird. Nachdem ihr Herz stark genug schlägt, löse ich mich von ihr. Genau in dieser Sekunde öffnet sie die Augen und sieht mich direkt an. Direkt und so tief in mein letztes Fünkchen Seele, dass ich kurz erbebe. Bevor ich überhaupt erahne, was sie vorhat, drückt sie sich mir entgegen und ich spüre ihre Lippen auf meinen. Ein Gefühl, viel zu süß, um echt zu sein. Genauso plötzlich, wie sie sich aufgebäumt hat, sinkt sie zurück und erneut huscht ein Lächeln über mein Gesicht. Behutsam nehme ich sie, jetzt wieder bewusstlos, auf meinen Rücken. Als ich mich mit ihr auf den Weg mache, hat ein leichter Nieselregen eingesetzt. Dazu ziehen mittlerweile Nebelschwaden durch die Gassen und ich gelange unbemerkt mit ihr auf die Dächer. Keine Minute später kommen wir durch das geöffnete Fenster in ihr Appartement.

Vorsichtig lasse ich sie auf der kleinen braunen Couch ab, die unter der Dachluke steht, und decke sie zu. Nun wird alles wieder gut werden. Ich lege die Hände an ihre

Stirn und lasse geschehen, was geschehen muss. Wenn sie erwacht, bin ich im schlimmsten Fall nur noch als Albtraum in ihrem Kopf wiederzufinden. Ich springe durch das Fenster zurück aufs Dach, drehe mich noch einmal, um sie anzusehen, und verschwinde im Nebel. Genau das werde ich für sie sein.

Dichter, unbekannter Nebel.

Kapitel 1

Du solltest nicht hier bei mir sein«, sagt er und wendet sich ab.

Sein Gesicht kann ich nicht erkennen, doch diese Stimme … sie geht mir durch und durch. »Geh nicht«, wimmere ich. Eigentlich müsste ich frieren, Angst haben, doch alles was ich will, ist er. Er, näher bei mir. Ich will seinen Körper direkt auf meinem spüren.

»Geh! Es ist besser. Für uns beide.«

»Ich bin nur deinetwegen gekommen.« So wie ein Schemen, wie in dicken Nebel gepackt, sehe ich ihn dort irgendwo vor mir stehen. Das heißt, ich sehe ihn nicht wirklich, erkenne nur seinen durchtrainierten Körper, seine nackte Brust und die dunklen Haare. »Bitte«, seufze ich erneut und bemerke erst jetzt, dass sich meine Finger wie von selbst auf meinen Bauch gelegt haben. Mein Bauch, der bloß von einem kurzen, durchsichtigen, dunklen Hemdchen bedeckt wird.

»Du bist hier nicht sicher«, raunt er mir zu. »Sieh dich doch um.«

Ich sehe mich um. Straßen, die im Dunklen liegen. Nebel, der um Häuser zieht. Und ich mittendrin auf einem Bett.

»Geh, Rayna.«

»Wie?«, frage ich irritiert, und mein Blick wandert panisch umher. »Wie soll ich von hier wegkommen?«

»Rayna …«

»Rayna, suchst du mir jetzt die Hopkins Akte heraus, oder muss ich es selbst machen?«

Ich schrecke hoch und sehe meinem Chef und guten Freund direkt ins Gesicht. »Scheiße! Tut mir leid, Jack.«

»Schläfst du in letzter Zeit nicht gut? So kenne ich dich gar nicht«, sagt er und lächelt aber Gott sei Dank dabei.

»Irgendwie tatsächlich nicht«, antworte ich und stehe auf, um den Ordner aus dem Aktenschrank zu holen.

Nachdem ich Jack die Akte auf den Tisch gelegt und ihn ermahnt habe, nicht wieder bis mitten in die Nacht zu arbeiten, gehe ich in den Aufenthaltsraum und hole meinen Mantel. An der Tür wende ich mich noch einmal Jacks Büro zu. »Tschüss, bis morgen«, rufe ich ihm durch die geschlossene Tür zu und laufe die drei Etagen hinunter, bis ich vor dem Gebäude stehe. Es dämmert bereits, aber das tut es hier eigentlich auch schon am Nachmittag. Ich beschließe, die Victoria Station, mit der ich in den meisten Fällen nach Hause fahre, links liegen zu lassen. Es war ein anstrengender Arbeitstag, mit vielen Anrufen und vielen unfreundlichen, ungeduldigen Kunden. Also gehe ich lieber ein Stück zu Fuß, um ein wenig durchzuatmen und runterzufahren.

Das kann ich hier in London wunderbar. Ich liebe dieses Fleckchen Erde, egal wie verregnet es auch ist, oder vielleicht gerade deshalb. In der Upper Montagu Street in Marylebone bewohne ich ein Ein-Zimmer-Appartement, genauso lange, wie ich bei Jack arbeite. Fast drei Jahre, um genau zu sein. Sicher könnte ich mir längst eine bessere Bleibe leisten, auch direkt in der City, aber ich mag keine Veränderungen. So bin ich halt.

Gerade als ich eine Kreuzung überqueren will, bekomme ich das Gefühl, beobachtet zu werden. Dieses Gefühl begleitet mich oft in der letzten Zeit. Nervös schaue ich mich um, kann aber nichts Verdächtiges erkennen und die Menschen hasten in ihrer üblichen Hektik an mir vorbei. Nach etwa fünfzehn Minuten beschließe ich, mir für den Rest der Strecke doch ein Black Cab zu nehmen. Als ich darin sitze, meine ich, das so ähnlich schon erlebt zu haben. Es fühlt sich exakt an wie ein Déjà-vu. Ich versuche, näher darüber nachzudenken, doch da kündigt sich wieder ein Kopfschmerz an. So ging das letzte Nacht schon los. Ich wurde wach und fühlte mich desorientiert. Mir war weder bewusst wie ich nach Hause, noch wie ich auf die Couch gekommen war, und während ich versuche, herauszufinden, wohin meine Zeit verschwunden ist, werden die Kopfschmerzen schlimmer, also lasse ich den Gedanken daran fallen. Selbst das ist untypisch für mich, aber auch das Nachdenken darüber löst sofort die Stiche in meinem Kopf aus.

Als das Black Cab vor dem Gebäudekomplex hält, in dem sich meine Wohnung befindet, zahle ich schnell dem kleinen indischen Mann den Fahrpreis und laufe die Treppen zu meinem Appartement hoch. Drinnen angekommen werfe ich den Mantel und die Stiefel achtlos in die Ecke und höre im Radio irgendeine Radiomaus verkünden, dass es morgen regnen wird. Ein Blick in den Kühlschrank verrät mir, dass ich dringend einkaufen müsste, leider fehlt mir selbst dazu so völlig der Elan. Also gehe ich erst einmal ins Bad, lege mich in die Wanne und genieße das lauwarme Nass. Oleandergeruch hat sich vom Badeschaum in dem kleinen Zimmer verbreitet, sodass man meinen könnte, man läge in einem Garten voller Blüten.

Schläfrig schließe ich die Augen und habe sofort wieder das Gefühl, dass etwas nicht stimmt. Dass mir etwas fehlt. Mal von der Zeit ganz abgesehen, die mir abhandengekommen ist. Doch sobald ich versuche, darüber nachzudenken, tut sich in meinem Kopf wieder der dunkle Schleier auf, der schmerzt. Also lenke ich meine Gedanken woanders hin und lande unbewusst in der Vergangenheit. Ich weiß, dass ich sie hinter mir lassen sollte. Nicht so oft darüber nachdenken sollte, aber ich schaffe es einfach nicht.

Warum musste gerade ich Vollwaise werden und im Waisenhaus landen? Warum war ich die Einzige, die rein gar nichts über ihre Herkunft wusste und bis heute nicht weiß? Die anderen Kids dort hatten zumindest ein paar Anhaltspunkte. Eltern bei Autounfall ums Leben gekommen – keine weiteren Verwandten etc. Mein Fall war und ist nicht nachprüfbar. In einer stürmischen Novembernacht wurde ich vor Linda Paxtons Tür abgelegt, wie eine alte Puppe. Linda erzählte mir irgendwann später, dass ich erst ein paar Stunden alt war, als sie mich fand. Sie weiß bis heute nicht, warum, aber in jener Nacht, vor nun fast genau einundzwanzig Jahren, wurde sie wach, ging wie in Trance zur Tür, um hinauszuschauen, und da lag ich. Nackt, nur in ein Handtuch eingewickelt. Sie sagt, wenn sie nur eine Stunde später hinausgegangen wäre, hätte ich es nicht überlebt. Von da an war ich für Linda – die Heimleiterin – so etwas wie eine Ziehtochter. Ihr eigenes kleines

Mädchen, Kristin, nur knapp ein Jahr älter als ich, wurde schnell meine beste Freundin. Das ist sie bis heute noch. Bei ihr fühle ich mich wohl, ihr kann ich alles anvertrauen.

Mein Mitteilungsbedürfnis anderen Menschen gegenüber hält sich sonst eher in Grenzen. Es gibt für mich außer Kristin nur noch Linda und natürlich Jack. Jack war schon damals ein Freund der Paxtons und wir verstanden uns immer gut. Was ich vom Rest der Menschen um mich herum nicht unbedingt behaupten kann. Doch vom ersten Moment an war Jack für mich wie ein großer Bruder. Als meine Zeit im Heim mit der Volljährigkeit endete, wäre ich ihm am liebsten um den Hals gefallen, weil er mir eine Stelle in seiner Anwaltskanzlei als Gehilfin gab. Von den Paxtons bekam ich eine Wohnung hier in Marylebone. Noch am selben Abend brachten Jack und die Paxtons mich in mein neues Reich. Ein Reich, ganz für mich allein. Das alles ging damals so schnell, dass ich gar nicht groß zum Nachdenken kam. Und welche andere Option hätte ich schon gehabt? Für eine junge Frau aus solchen Verhältnissen war das ein Sechser im Lotto.

Meine kleine Wohnung war schnell eingerichtet. Ich hatte mich bis dahin noch nie irgendwo so zu Hause gefühlt wie hier. Deshalb ziehe ich es auch nicht in Betracht, diese Wohnung gegen eine andere einzutauschen. In den drei Jahren bei Jack habe ich viele Leute kennengelernt. Mit ein paar bin ich auf sein Anraten hin sogar ausgegangen, obwohl das eigentlich nichts ist, was ich brauche. Jack liegt mir allerdings seit jeher in den Ohren, dass ich mehr am gesellschaftlichen Leben teilnehmen soll. Da ich Jack nicht immer vor den Kopf stoßen wollte, stimmte ich bei dem ein oder anderen zu.

Der Letzte in der Liste der fadenscheinigen Verabredungen war ein Mann, der es sogar schaffte, mich öfter als einmal auszuführen. Er hatte etwas sehr Sympathisches an sich, es erinnerte mich fast ein bisschen an Jack. Tatsächlich reichte es für eine Zweiwochenbeziehung.

Ich kann bis heute nicht nachvollziehen, wie das überhaupt zustande kommen konnte. Ich war ja nicht einmal verliebt in den Mann. Das Ganze endete sehr abrupt, als er mehr als hauchzarte Küsse von mir wollte. Noch in der gleichen Minute teilte ich ihm mit, dass es keinen Zweck mit uns habe. Von da an gab Jack sein Vorhaben, mich an den Mann bringen zu wollen, auf. Ich habe also mit meinen zwanzig Jahren noch nicht mehr vorzuweisen als ein oder zwei Küsse eines sabbernden Bernhardiners.

Das will Kristin natürlich dieses Wochenende im Pascha ändern, da wir meinen einundzwanzigsten Geburtstag feiern. Eigentlich habe ich mich auch nur aus diesem Grund breitschlagen lassen, mal in einen Club zu gehen. Ich einfältiges Huhn habe ihr sogar versprochen, mich so stylen zu dürfen, wie sie es will. Gott steh mir bei! Vielleicht habe ich nach dreißig Minuten überraschend Magenbeschwerden, sodass ich dringend nach Hause muss. Ich fühle mich unter so vielen Menschen einfach nicht wohl.

Langsam wird mir kalt in der Wanne und ich lasse heißes Wasser nachlaufen. Der Oleanderduft zieht mich immer weiter ins Gedankenland. Ich schaffe es gerade noch so, das Wasser mit dem Fuß auszustellen, da fällt mir mein Traum von letzter Nacht ein. Er war so real. Dieses abgedunkelte Zimmer. Die zwei Liebenden in der Mitte. Die Frau im Schaukelstuhl. Schon taumele ich in einen halb Wach-, halb Schlafzustand.

• • •

Ich gehe durch einen Wald. Ein seltsam warmer Wald. Vereinzelt dringen Sonnenstrahlen durch die Bäume und die vielen Vögel streifen gut gelaunt und zwitschernd über meinem Kopf in den Baumkronen umher. Vor mir verläuft ein schmaler, reisigbedeckter Weg, alles riecht herrlich nach sattem Grün und ich fühle mich wohl. Je tiefer ich in den Wald eindringe, desto stiller wird es allmählich, aber ohne Angst gehe ich weiter. Zumindest bis mir auffällt, dass plötzlich außer meinem eigenen Atem überhaupt nichts mehr zu hören ist. Mit der Stille ändert sich die Ansicht. Ein schmiedeeisernes Tor erscheint vor meinen Augen. Es ist links wie rechts komplett mit Efeu zugewuchert und der Reisigweg endet mit diesem Tor. Ich versuche es zu öffnen, doch es lässt sich keinen Millimeter bewegen. Gerade als ich mich schon abwenden will, sehe ich durch die wenigen Sonnenstrahlen etwas wie einen Nebel hinter dem Tor. Ich höre, wie mein Name leise gewispert wird.

»Rayna, komm. Komm zu uns, wir erwarten dich.«

Da packt mich die Angst. Ich drehe mich auf dem Absatz um und laufe so schnell ich kann den Weg zurück. Die Tannen über mir scheinen nach mir greifen zu wollen. Ich schlage um mich, schreie wild und komme doch nicht von der Stelle. Jemand drückt mir die Luft ab. Ich kann nichts mehr sehen und ich spüre, dass ich sterben muss.

Erst als ich Wasser schlucke, komme ich zu mir. Bemerke, dass ich immer noch zu Hause in der Wanne liege. Eilig springe ich heraus, trockne mich ab und laufe zurück in mein Schlaf- / Wohnzimmer.

Als ich im Pyjama und in einer Decke eingewickelt mit Gemma, meinem neuesten Buch, und ihrem geheimen Zirkel auf der Schlafcouch liege, geht es mir besser. So ergeht es mir ständig. Seit ich denken kann. Ein kurzer

Moment der Entspannung und schon drifte ich ab und lande in einer bizarren Fantasiewelt. Manche Fantasien beginnen schön, schmeichelnd und enden derb, andere sind von vornherein einfach nur angsteinflößend. Eins sind sie aber alle: zu real. Doch das scheint mein Steckenpferd zu sein. Wer weiß, vielleicht waren meine Eltern schizophren oder weiß der Teufel was. Ich bedanke mich recht herzlich bei ihnen für diese nette Genmitgabe.

Über Gemma fallen mir dann doch die Augen zu und es soll mir vergönnt sein, eine traumlose Nacht zu verbringen.

Kapitel 2

Am Morgen reißt mich mein Handy jäh aus einem traumlosen Schlaf.

»Hier Oleand, hallo«, bekomme ich nuschelnd über die Lippen. »Was, jetzt schon? … Ja, ist gut. Wenn du frühstücken willst, solltest du Brötchen mitbringen und am besten auch Kaffee … Ja, bis gleich.« Ich stehe auf, ziehe mir etwas über und versuche meinen Kopf zum Wachwerden anzutreiben, was ohne Kaffee schon echt schwierig ist. Gleich wird Kristin jedoch vor der Tür stehen mit einer Mega-Garderobe für Mauerblümchen, wie sie es nennt. Ich verzeihe ihr das Mauerblümchen, eben weil sie Kristin ist, gerne höre ich es aber nicht. Auch wenn sie eigentlich richtig damit liegt. Würde sie die immer wiederkehrenden Träume der letzten Monate kennen, hielte sie mich vielleicht nicht mehr für eine scheue, graue Maus. Wobei ich mir dann aber bestimmt anhören dürfte, dass ich nicht träumen, sondern machen soll. Als ich ins Bad komme, steigt mir wieder mein Duft in die Nase, der noch vom gestrigen Baden den Raum erfüllt.

Oleander. Oleand – mein Nachname – gefällt mir noch immer. Linda hat ihn für mich ausgesucht. Einen Namen hatte ich schließlich nicht, als ich verlassen vor ihrer Tür lag. Der einzige Hinweis damals, der auf meine Eltern schließen ließ, oder eher gesagt meine Aussetzer, war der Duft von Oleander an dem Handtuch, in dem ich eingewickelt war. So war mein Nachname gleich klar. Der Name Rayna ergab sich ein paar Tage später, als ein kleiner Waisenjunge mich auf Lindas Arm ansah und feststellte, dass ich aussehe wie eine Königin. Bloß weil Kristin und ein älteres Mädchen mir zuvor eine Krone, selbst gebastelt aus Papier, auf den Kopf gesetzt hatten. So wurde aus dem Mädchen, das unter dem freien Himmel abgelegt wurde, Rayna Oleand. Dem Duft kann ich bis heute nicht widerstehen.

Unten im Hausflur höre ich die Tür schlagen. Nur Kristin knallt eine Tür so. Als ich öffne, stürzt sie mit exakt zwei Reisetaschen, einem riesigen Wäschebeutel und drei Flaschen Schampus herein. Nachdem sie alles abgelegt hat, wird eine der besagten Flaschen gleich von ihr geköpft.

»Alles Gute zum Geburtstag, mein Lieblingsmauerblümchen.«

Sie drückt und küsst mich lachend.

»Du kannst dein Hemdchen wieder ablegen, jetzt ist Modenschau angesagt. In drei Stunden wird aus der grauen Maus die Meisterin der gutaussehenden Einundzwanzigjährigen, die heißeste aller heißen Einundzwanzigjährigen.«

Ich betrachte Kristin und nippe an meinem Glas. Meine beste Freundin. Sie ist wirklich eine Schönheit. Langes, dickes, glattes, kastanienbraunes Haar. Schmale, schlanke Statur. Dazu ihre vollen Lippen und immer einen kessen Spruch auf eben diesen. Doch auch wenn Kristin meine

Freundin ist und mich schon in Unterwäsche gesehen hat, fühle ich mich nicht wirklich wohl dabei, mich vor ihr umzuziehen. Überhaupt der Gedanke, dermaßen im Mittelpunkt zu stehen, widerstrebt mir. »Kristin, sollen wir nicht doch lieber einfach essen gehen?«, frage ich hoffnungsvoll.

»Das kommt gar nicht infrage! Ich habe schon sämtlichen Leuten Bescheid gesagt, und an einen Tisch bekommen wir die nicht alle.«

Sie lächelt mich an, vielleicht lacht sie mich auch aus. Sie weiß auf alle Fälle, dass man mich überrumpeln muss, ansonsten ziehe ich nicht mit. Wenn ich Zeit zum Nachdenken habe, ist es schon vorbei. »Wem hast du Bescheid gesagt? Ich dachte, wir zwei gehen ins Pascha und das war es.« Mir ist nicht klar, wen sie eingeladen hat, schließlich ist es mein Geburtstag. Ich habe nicht wirklich viele Freunde.

Doch Kristins Blick spricht Bände. »Herzchen, du glaubst doch nicht im Ernst, dass wir deinen Geburtstag ganz allein feiern. Noch dazu, wo ich dich heute mal so richtig rausputzen werde.«

»Aber im Pascha sind Hunderte von Menschen, wir wären also kaum allein.«

»Jetzt rede nicht und zieh dich lieber aus. Schließlich haben wir eine Menge Arbeit vor uns.«

Gegen Kristin komme ich sowieso nicht an, also beschließe ich, keine Spielverderberin zu sein und ziehe die überlange Bluse aus.

»Meine Güte, Rayna, hast du die Unterwäsche bei Oma Random, die unten wohnt, geklaut? Das geht doch gar nicht!«

Wen interessiert schon, welche Unterwäsche ich trage. »Wer sieht die Unterwäsche außer mir?« Kristin lässt keine Widerworte zu und fummelt an meinem Bustier herum.

»Stell dir nur mal vor, du hast einen Autounfall und musst ins Krankenhaus und der heißeste Chefarzt von London bekommt dich auf den Tisch, in dieser Unterwäsche. Unmöglich!«

»Aber ich fahre gar kein Auto.« Meine Anmerkung ignoriert sie geflissentlich. Stattdessen holt sie einen Satz Spitzenunterwäsche aus ihrer Tasche. In Schwarz, Blau, Grün, Burgund und Rot. Ich entscheide mich für das Schwarze. Es sitzt wie angegossen. Ein Blick in den Spiegel zeigt mir, dass es mir wirklich steht. Nur die Spitze juckt und piekt.

»Vergiss es gleich, Rayna. Komm mir nicht mit, das kratzt aber so. Heute wird gemacht, was ich sage und das nur zu deinem Besten.«

»Jawohl, Herr General!«

Etliche Stunden und Blubberbrausenflaschen später bin ich zum einen ziemlich angetrunken und zum anderen: endlich fertig. Laut Kristin. Nun darf ich auch in den Spiegel sehen, was mir die ganze Zeit verwehrt geblieben ist. Mit wackeligen Beinen stehe ich auf. Ich bin mir nicht sicher, ob es vom Schampus oder der Aufregung vor meinem Äußeren kommt. Ich fädele mich um die Schlafcouch zu dem Frisiertisch und stelle mich vor den Spiegel. Was sich wieder als schwierig erweist, da ich in die Knie gehen muss, um die obere Körperhälfte zu sehen. Kristin schaut mich gespannt von der Seite an.

»Und? Nun sag schon was. Da bist du platt, richtig? Also anstelle des Jurastudiums hätte ich es mit Visagistin oder Typberaterin versuchen sollen.«

Sie redet endlos weiter, was wohl auch daran liegt, dass ich die Flaschen ja nicht allein geleert habe. Leider kann ich nicht viel erkennen. Ich hätte eindeutig fünf Gläser weniger trinken sollen, das kann ich Kristin aber unmöglich sagen, denn sie würde mich köpfen. Auch kann ich nicht absagen, ins Pascha zu gehen. So muss ich in den sauren Apfel beißen und das Ganze irgendwie durchziehen. »Danke, Kristin. Ich finde mich auch wirklich nett so. Danke für die viele Arbeit.« Ich versuche ein Grinsen, was gar nicht so schwerfällt und denke, ich habe meine Aufgabe gut gemacht. Das sieht Kristin wohl anders.

»Nett? Wirklich nett? Ich glaube es ja nicht. Das kann nicht dein verdammter Ernst sein. Man kann dich kaum wiedererkennen. Also, ich werde mich jetzt duschen und umziehen. In der Zeit trinkst du noch ein Glas, scheinbar haben die Gläser vorher zum locker werden ja nicht gereicht. Danach gehen wir los, ohne Widerrede!«

Sie zieht gespielt beleidigt in Richtung Bad ab. Als sie über meine Bluse und nicht taugliche Unterwäsche stolpert und sich den Kopf an der Stehlampe stößt, müssen wir so sehr lachen, dass ich mich frage, ob es wirklich eine gute Idee ist, in diesem Zustand auszugehen. Nachdem Kristin im Bad verschwunden ist, versuche ich mich erneut meinem Spiegelbild zuzuwenden, doch außer dem dunklen Haarschopf kann ich nicht viel erkennen. So lasse ich mich auf die Couch fallen und will nur für einen kurzen Augenblick die Augen schließen.

Im nächsten Moment stehe ich in einer Kirche und frage mich, wie ich hergekommen bin. Träume ich wieder? Es kommt mir so wirklich vor. Alles ist mit Spinnweben und Staub bedeckt. Zu meiner Linken hängen unzählige Gottesbilder. Zu meiner Rechten geht eine Tür in einen kleinen Andachtsraum. Aus ihm heraus flimmert gedämpftes Licht. Ich höre jemanden meinen Namen leise rufen, also folge ich der weiblichen Stimme. Einige Gebetsbänke stehen vor einer Marienfigur, von der Stimme ist jedoch nichts mehr zu hören. Ich hocke mich auf eine der Bänke und beginne zu grübeln. Der Duft von Oleander erfüllt den Raum, da packt mich von hinten eine Hand.

»Rayna, ich glaube es ja nicht. Willst du die Frisur zerstören?«

Verwirrt öffne ich die Augen und sehe Kristin. Ich liege auf meiner Schlafcouch. »Ja, alles klar, war nur kurz eingenickt. Lass uns das Ganze hinter uns bringen.«

Kapitel 3

Schon während wir in der Schlange anstehen, höre ich von drinnen den schweren, hämmernden Beat zu uns durchdringen und mein Magen scheint im Takt mittanzen zu wollen. Angenehm ist etwas anderes.

Während Kristin sich mit ein paar Typen, die vor uns stehen, unterhält, beobachte ich verstohlen die Menschen um uns herum. Jeder hat irgendwem etwas mitzuteilen oder zu lachen. Alle scheinen ausgelassen und in Feierlaune, nur bei mir will sich das Ganze nicht einstellen. Genau darauf war ich aber schon vorbereitet. Nach schier endlos scheinenden dreißig Minuten betreten wir das Pascha. Die U-Bahn-Fahrt und das Anstehen in der Schlange haben mich zumindest ein wenig aufgeklart, aber so ganz nüchtern, da bin ich noch weit von entfernt. Ich hefte mich an Kristins Fersen, ohne genau zu wissen, was oder wen sie ansteuert. Die Umgebung nehme ich nur schemenhaft wahr und wie immer – auch wenn ich erst zweimal einen Club besucht habe – stelle ich fest, das ist einfach nicht meine Welt. Wir durchqueren eine schwitzende, hüpfende Menschenmenge und vielleicht bilde ich es mir nur ein, aber ich fange einige Blicke auf. Blicke von Männern. Eventuell sehen sie mir auch einfach nur an, dass ich total blau bin, denn sonst werde ich nicht oft angeschaut. Anderseits: Wo soll ich auch schon großartig angesehen werden, wenn ich nirgends hingehe? Auf jeden Fall bin ich mir noch nicht sicher, ob mir diese Blicke gefallen, oder nicht.

»Siehst du, Rayna, alle bewundern mein Meisterwerk.«

Kristin bleibt kurz stehen und lächelt mich an. »Ja, dein Meisterwerk des Abfüllens«, erwidere ich. Sie zieht mich weiter zur hinteren Bar und ich bin froh, dass sie diese Theke wählt. Sie befindet sich nämlich in einer dunklen Nische, etwas abseits der Menschenmenge. Zwar ist man hier am nächsten bei den Boxen, aber man kann relativ unbemerkt im Schatten wandeln und steht nicht da wie auf einem Präsentierteller. Das ist schon eher meins. Manchmal gehe ich mir selbst auf die Nerven und verstehe gar nicht, dass Kristin und ich schon so lange, so gut befreundet sind. Doch was soll ich machen? Ich bin halt ein Bücherwurm und lieber zu Hause auf der Couch, statt in solchen Clubs oder unter vielen fremden Menschen.

»Hey Beth, alles klar bei dir?«, ruft Kristin der kleinen Rothaarigen zu, die auf uns zusteuert.

Die beiden begrüßen sich und mich starrt Beth genauso unglaubwürdig an wie zuvor die Männer auf der Tanzfläche.

»Mensch, Rayna. Wow! Komm her und lass dich drücken. Alles Liebe zum Geburtstag.«

»Dank dir, Beth, hoffe, du musstest nicht auch so lange in der Schlange stehen wie wir.« Beth ist ganz okay. Sie und Kristin haben sich an der Uni kennengelernt. Allerdings sind wir uns noch nicht allzu oft über den Weg gelaufen.

»Na, da hat das Warten sich doch gelohnt«, entgegnet sie. »Kristin, du hast dich wirklich selbst übertroffen. Rayna ist kaum wiederzuerkennen.«

Ich mache wohl ein ziemlich genervtes Gesicht, denn sie wirft gleich noch einen Satz hinterher.

»Jetzt guck nicht so böse! Man darf dir doch zumindest an deinem Ehrentag ein Kompliment machen, oder? Außerdem hatte ich keine Langeweile. Roxi und Duff sind auch hier.«

»Ja, super, dass sie es geschafft haben«, ruft Kristin dazwischen.

»Professor Cottlers Sohn hat sich uns auch angeschlossen mit zwei seiner Freunde«, erklärt Beth weiter.

»Welche? Kennen wir die?«, will Kristin wissen.

Wie immer ist sie sofort ganz aufgeregt, wenn sie von Frischfleisch hört. Typisch Kristin. Ich für meinen Teil weiß weder wer Cottlers Sohn noch wer seine Freunde sind. Von Roxi und Duff, die ebenfalls mit Kristin die Uni besuchen, habe ich bisher nur gehört.

»Nein, sie sind nicht an der Uni«, führt Beth weiter aus. »Die beiden heißen Ciara und Rufus. Cottlers Sohn hat sie mit angeschleppt und ich sags dir, die sehen fast so gut aus wie er selbst.«

Kristin lacht. »Das ist unmöglich, niemand sieht besser aus.«

Da haben wir es mal wieder. Wir sind noch keine zehn Minuten in dem Laden und schon bin ich außen vor. Nicht, dass ich Beth und Kristin das böse nehme. Bei dem Unitratsch kann ich halt nicht mitreden und schon gar nicht, was die Leute angeht. So wird es jetzt wahrscheinlich die ganze Zeit laufen. Da hätte ich auch gleich zu

Hause bleiben können. Ein gutes Buch hätte mir da interessantere Stunden beschert. Mit Gemma im Reich des aufgehenden Mondes zum Beispiel. Ich bin kurz vor Ende des zweiten Bandes. Circe ist gerade entlarvt worden und …

»Rayna, Erde an Rayna.« Kristin stößt mich in die Seite. »Miss Oleand dürften wir um ihre Aufmerksamkeit bitten?«

Shit! Ertappt, und ich versuche mir ein mattes Lächeln abzuringen. Meine Güte, es ist mein Geburtstag und Kristin hat sich so viel Mühe gegeben, da sollte ich mich mal einen Abend darauf einlassen können. Zumindest versuche ich mir genau das in den Kopf zu hämmern. »Ja, sorry, ich war in Gedanken. Kommt heute nicht wieder vor«, füge ich direkt hinzu, da ich Kristins Augenbraue sehe, die leicht in die Höhe wandert.

»Wehe, wenn doch, Fräulein!«

»Trotzdem muss ich jetzt für kleine Mädchen«, sage ich entschuldigend. »Danach hast du meine volle Aufmerksamkeit, versprochen.«

»Dann beeile dich aber, der Schampus ist schon bestellt«, sagt Beth neben mir.

»Ich glaube, ihr habt euch vorgenommen, dass ich heute noch in einer Ausnüchterungszelle aufwachen soll«, äußere ich lachend und mache mich auf den Weg. Ich höre noch, wie Kristin fragt, wo Duff, Roxi und der Professor-Sohn seien, dann trete ich schon in den Gang zu den Toiletten. Sofort durchläuft mich ein kalter Schauder, da im Zentrum alles so extrem heiß ist. Sobald man durch diese Tür tritt, kommt einem die muffig, modrige Kälte entgegen. In einigen dunklen Ecken, unterhalb der Treppe, lungern zwielichtige Gestalten herum und ich versuche, den Blick auf den Stufen zu halten. Das Pascha ist ein Ballungszentrum. Leute aus allen Schichten sind hier vertreten. Leider auch Drogenkonsumenten und alles, was die breite Palette der verbotenen Gelüste hergibt. Mich persönlich schrecken solche Dinge ab. Als ich etwa die Hälfte der Treppe hinter mich gebracht habe, kommt mir ein Pärchen entgegen. Auch diese beiden scheinen eine Menge Spaß zu haben, denn sie lachen über irgendetwas. Schnell sehe ich wieder auf meine Füße und muss aufpassen, nicht zu stolpern. Die beiden sehen so gut aus, dass ich mir wieder wie eine graue Kirchenmaus vorkomme. Ich meine, ich bin nicht oberflächlich. Schönheit ist kein Nonplusultra, aber schon immer haben mich hippe, schöne Menschen eingeschüchtert. Vielleicht liegt es daran, dass gerade solche mich in der Heimzeit oft und gerne für ihre makabren Scherze missbraucht haben. Nichts wirklich Schlimmes, aber es hat sich für immer in meine Seele gebrannt. Noch während ich in Gedanken weiter absteige, rempelt mich jemand an.

Ein so heftiger Energieschwall trifft mich, dass ich kurz ins Straucheln komme und mich seitlich am Handlauf festhalten muss. Mein gesamter Körper kribbelt, als hätte ich tatsächlich Bekanntschaft mit Strom gemacht, und mein Gehirn spielt mir innerhalb von Millisekunden Bilder zu. Bilder von Nebelgassen und einem leuchtend blauen Mond.

»Hey, pass doch auf, wo du …«, zischt eine Männerstimme mir entgegen und ich hebe langsam den Kopf. Diese Stimme …

Ich schaue in ein paar bernsteinfarbene Augen, die mich anstarren, wie wenn mir ein zweiter Kopf gewachsen wäre. Mein Atem beschleunigt sich und mein Herz fängt an zu rasen. Der Mann spricht nicht weiter, sondern mustert mich weiterhin abfällig. »Tut mir leid«, sage ich murmelnd. Mehr bekomme ich nicht über die Lippen. Ich bin viel zu eingeschüchtert von diesem Mann. Nie habe ich ein vollkommeneres Gesicht gesehen wie seines. Seine Haut strahlt nahezu in dem spärlichen Licht hier unten. Also nicht wirklich strahlen … ich weiß es nicht … irgendwie so enorm hell und das merkwürdigste ist: Ich kenne diese Stimme. Ich weiß nicht woher, aber sie kommt mir so unheimlich vertraut vor.

Einen kurzen Moment stehen wir uns so auf dieser Treppe gegenüber. Sehen uns bloß in die Augen. Vielleicht sind es auch etliche Minuten. Ich scheine das Zeitgefühl verloren zu haben. Sein Blick ist fesselnd und verspricht mir dunkle Geheimnisse, von denen ich wahrscheinlich nicht einmal ansatzweise eine Ahnung habe. Mein Herz klopft mittlerweile so schnell in meiner Brust, dass mir leicht schwindelig ist und ich weiß nicht, was ich tun soll. Noch nie hat jemand so einen Eindruck bei mir hinterlassen.

Vor lauter Anziehungskraft muss ich mich zurückhalten, mich nicht gegen seine Brust zu lehnen. Doch sein funkelnder Blick ist so abweisend, dass mir zusätzlich auch noch ein Schauer nach dem anderen über den Körper läuft. Wie erstarrt stehe ich vor ihm und dann ist der Moment vorüber. Als hätten wir uns meinem Empfinden nach nicht gerade eine halbe Ewigkeit angestarrt, setzt er seinen Weg nach oben weiter fort. Ich drehe den Kopf in seine Richtung, starre ihm hinterher, so als sei alles andere um mich herum in der Versenkung verschwunden und nichts anderes mehr scheint wichtig. Als er an der obersten Stufe ankommt, bleibt er noch einmal stehen und sieht zu mir herunter und endlich kommt wieder Bewegung in meinen Körper. Ich wende mich schnell ab, laufe weiter Richtung Toiletten und renne in die hinterste hinein. So schnell, als wäre der Teufel hinter mir her, schließe ich die Tür und setze mich auf den Toilettendeckel. Meine Güte, was ist da gerade passiert? Niemals hat ein Mensch solche Gefühle in mir ausgelöst und ich habe doch eigentlich nur seine Augen gesehen. Seine Stimme gehört. Diese wahnsinnig vertraute Stimme. Ganz zu schweigen von dem Gefühl, das meinen gesamten Körper durchfuhr, als wir uns berührten. Ich schüttle mit dem Kopf, als könne ich so sein Bild und alles, was damit zusammenhängt, aus meinem Kopf verbannen. Diese Aktion gerade werde ich schön für mich behalten, denn erstens war seine Reaktion auf mich ganz klar: abweisend und abstoßend. Zweitens: Würde ich Kristin davon erzählen, brächte sie das bloß auf dumme Gedanken. Ich erledige, was ich zu erledigen habe, und trete wieder nach draußen. Aufgeregt biege ich um die Ecke, die zu den Treppen führt, in der Hoffnung, ihm vielleicht doch noch einmal zu begegnen, aber natürlich steht er nicht mehr dort. Alles scheint wieder seinen normalen Gang zu laufen.

Die Menschen rasen wild durcheinander, überall wird getuschelt und gelacht, als wäre nichts geschehen. Ich allerdings bin wie ausgewechselt. Als ich mich unserem Platz an der Theke nähere, fühle ich wieder diesen Energieschwall, diesmal nur leicht abgeschwächt, bevor er mich dann völlig überrennt. Dort bei Kristin und Beth stehen das lachende Pärchen von der Treppe. Daneben vermutlich Roxi und Duff, sowie ein unverschämt gutaussehender Typ mit kleinen dunklen Locken, die ihm in die Stirn hängen, und … er. Der Mann mit den Bernsteinaugen. Ich überlege kurz, ob ich einfach mit etwas Abstand an ihnen allen vorbeischleiche und den Heimweg antrete, doch da schreit Kristin schon meinen Namen.

»Rayna, Rayna, hierher!«

Also versuche ich mich zusammenzureißen, strecke die

Schultern durch und gehe auf sie zu. *Atme, Rayna, atme verdammt noch mal!* Gott sei Dank beachtet mich außer Kristin und dem Typ mit den dunklen Locken niemand und ich behalte mich einigermaßen unter Kontrolle. »Hi«, bringe ich recht dünn über die Lippen und versuche, nicht immer wieder zu *ihm* hinüberzusehen. Er ist so verdammt nah.

»Leute, darf ich vorstellen, unser Geburtstagskind, Rayna«, brüllt Kristin und ich möchte im Boden versinken.

Völlig unverhofft tritt der mit den dunklen Locken in der Stirn direkt vor mich und streckt mir seine Hand entgegen.

»Hi, ich bin Aidan. Freut mich, dich kennenzulernen.«

Immer noch ziemlich aufgewühlt reiche ich Aidan die Hand und schrecke fast zurück, weil sowie wir uns berühren, meine Haut an diesen Stellen warm wird. Sehr warm. Ungewöhnlich warm. »Hi«, erwidere ich flach. Tintenschwarzes Haar verläuft ihm in endlos kleinen Locken um sein Gesicht und seine Aura strahlt eben solch eine Wärme wie seine Hand aus. Er grinst mich verschmitzt an und ich kann mir ein Lächeln nicht verkneifen, während sich unsere Hände voneinander lösen. Ein solcher Typ freut sich scheinbar ganz aufrichtig meine Bekanntschaft zu machen und das ganz ohne negative Energie. Ich bin es eher anders gewohnt, weshalb mich das Ganze ziemlich sprachlos macht.

»Aidan ist neu in der Stadt und ebenso neu wie heiß begehrt an unserer Uni«, erklärt mir Kristin und ich nicke bloß. »Das sind Roxi und Duff«, sagt sie und deutet auf ein weiteres Pärchen, »unser Vorzeigeliebespaar. Ich habe dir ja schon von ihnen erzählt.«

Sie redet munter weiter und die beiden reichen mir die Hand, um mir zu gratulieren. Wenigstens sehen die beiden nicht aus wie frisch aus der Cosmopolitan geklettert. Nicht, dass sie hässlich wären, aber im Vergleich zu den anderen vier ziemlich normal. Kristin lässt mir keine Zeit zum Verschnaufen und zieht mich zu dem Pärchen, dem ich auf der Treppe begegnet bin, hinüber. Die beiden sehen so unnormal schön aus, dass ich mich frage, ob ich irgendeinen Trend verpasst habe. Was nicht verwunderlich wäre.

»Hier haben wir Ciara und Rufus«, quasselt Kristin weiter. »Sie sind Freunde von Devon.« Mit den Augen deutet sie in die Richtung, in der *er* steht.

Jetzt verstehe ich auch, was sie meinte, als sie vorhin sagte, niemand könne besser aussehen als Cottlers Sohn. Devon … sein Name ist Devon. Keine Ahnung warum, aber dieser Name beschert mir eine Gänsehaut. Eine angenehme. Er steht die ganze Zeit etwas abseits und sieht in die Masse hinein. Devon ist gut anderthalb Köpfe größer als ich, sein dunkles Haar ist glatt und sieht irgendwie so … ich weiß auch nicht. Viel zu schön aus. Nicht kurz und nicht lang. Er ist groß und definiert. Seine Kleidung ist für die heutige Zeit und diesen Ort ziemlich ungewöhnlich, fast zu chic für einen Typen in seinem Alter. Wie alt ist er wohl? Auf jeden Fall etwas älter als ich. Zumindest denke ich das. Da er nicht zu mir rübersieht, traue ich mich, ihn etwas genauer zu begutachten. Seine Haut strahlt fast im dunklen Clublicht. Ich kann es schwer benennen. Er ist so extrem hellhäutig, sieht aber keineswegs krank aus. Ich glaube sowieso langsam, dass ich diejenige bin, die krank ist. Ich brauche bloß in seine Richtung zu sehen, schon wird mir wieder ganz schwindelig. Es fühlt sich an, als wäre er ein Magnet. Am liebsten würde ich zu ihm laufen, ihn berühren oder … Ich denke lieber nicht weiter darüber nach. Das kann nur am übermäßigen Alkoholpegel liegen. Ich weiß nicht, was mit mir los ist. Oder es ist die Pubertät und sie setzt nun an meinem einundzwanzigsten Geburtstag noch mal ein und diesmal richtig. Erst jetzt fällt mir auf, dass Kristin und dieses Superpärchen mich ziemlich merkwürdig anstarren.

»Rayna? Alles klar?«

Kristin blickt mich eindringlich an. Ich kann mir schon vorstellen, dass sie mir nachher wieder vorhält, überhaupt nicht kontaktfreudig zu sein. »Oh klar, entschuldigt, ich war mit den Gedanken ganz woanders. Von wo kommt ihr denn?«, frage ich in Richtung der beiden, um mich irgendwie aus dieser Lage zu retten. Ciara wirft mir einen unterkühlten Blick zu und dreht sich ohne eine Antwort von mir weg. Na, wer sagts denn. Solche Reaktionen bin ich zumindest gewohnt. Mit der Zeit habe ich aufgehört, mir über so etwas Gedanken zu machen. Ich habe einfach diese Wirkung auf die meisten Menschen.

»Wir kommen aus Irland«, antwortet Rufus in diesem Augenblick.

»Aus Irland?« Kristin hakt sich gleich bei ihm unter. So ist sie eben. »Woher kennt ihr dann Devon? Er ist doch aus L. A. hergezogen, oder habe ich das falsch in Erinnerung?«

»Ja, das stimmt schon, aber Professor Cottler stammt ja ebenfalls aus Irland. Die ersten zwanzig Jahre seines Lebens hat Devon somit in Irland verbracht, bis seine Eltern sich scheiden ließen und er mit seiner Mutter nach L. A. zog.«

Ich sehe zu Devon, während die beiden weitersprechen. Allerdings steht er nicht mehr an seinem Platz und auch sonst kann ich ihn nirgends entdecken. Sofort überfällt mich eine innere Unruhe bei dem Gedanken, er könne einfach gegangen sein.

Kapitel 4

Rayna …«

Ein warmer Atem streichelt meine Haut, meinen Hals entlang und hinterlässt ein hitziges Kribbeln. Wie ein heißer Sommerregen schießen Millionen von kleinen elektrisierenden Sprenkeln auf meine äußere Hülle und ich weiß sofort, dass er es ist. Urplötzlich fühlt es sich an, als wären wir ganz allein hier in diesem riesigen Raum. Ganz nah, viel zu nah, haucht er leise etwas in mein Ohr.

»Ich habe nicht damit gerechnet, dir hier zu begegnen.«

Er steht so dicht hinter mir, macht mich völlig nervös damit und ich kann einfach nichts erwidern. Es geht nicht. Was sagt er da?

»Alles Gute zu deinem Geburtstag, Rayna.«

Er dreht mich an den Schultern herum und ich blicke direkt in seine Bernsteinaugen. Meine Kehle ist wie zugeschnürt und mein Kreislauf fährt Achterbahn. Wieder erfasst mich dieser Energieschub, diesmal doppelt so stark. Ich spüre ein derartiges Verlangen in mir, ihm nah sein zu wollen, dass es fast schon schmerzhaft ist. Weder kann ich mich bewegen noch etwas sagen. Wie hypnotisiert sehe ich ihn einfach nur an, unfähig irgendeiner Reaktion und staune dabei über mich selbst. Was ist los mit mir? So kenne ich mich nicht. Mal ganz von dieser Anziehungskraft abgesehen, fühle ich noch etwas anderes. Ich fühle mich … begehrt. Geliebt. Das ist doch völliger Schwachsinn.

Sein Blick ruht selbstbeherrscht und doch neugierig auf mir und nicht mehr so abwertend wie vorhin auf der Treppe. Sein Dreitagebart schimmert leicht, als seien winzige Sterne darin verborgen. In seinem dunklen Haar glänzen mehrere Schwarzschattierungen, soweit ich das alles in diesem Licht beurteilen kann. Seine Nase und sein Kinn passen exakt in sein markantes Gesicht und ich staune einfach nur, wie schön dieser Mann ist. *Wie gemeißelt,* haucht mein Verstand mir zu. Sein Geruch zieht mich noch dazu an. Es ist mein Duft. Oleander. Das ist alles so verrückt.

Die Hände hat er noch immer auf meinen Schultern liegen und sein Blick trifft mich unverwandt genau in meine Seele. Fast komme ich mir nackt vor unter diesem Blick, aber zum ersten Mal in meinem Leben ist es mir nicht unangenehm, dass mich jemand so ansieht. Doch eigentlich hat mich so noch nie jemand angesehen.

Die anderen haben sich wieder dem Tanzgeschehen zugewandt und Devon macht noch einen Schritt auf mich zu. Er steht jetzt so dicht vor mir, dass er sich nur leicht vorbeugen müsste, um meine Lippen zu berühren. Mein Herz schlägt viel zu schnell, mein Atem rasselt förmlich in meiner Brust und ich hoffe, er bemerkt das alles nicht. Überraschend streicht er mir über die Wange und seine rauen Fingerkuppen hinterlassen auf meiner Haut eine heiße Spur.

»Tut mir leid, dass ich dich eben fast umgerannt hätte.«

Sein Atem pulsiert weiter gegen mein Ohr. Diese Stimme bringt mich um den Verstand. Woher kenne ich sie nur?

»Kein Ding, ich lebe ja noch«, stottere ich mehr, als dass ich spreche. Mein Hirn kann unter diesem Blick einfach nicht normal funktionieren, und ich glaube, dass ihm das nur zu bewusst ist, während er einfach nur dasteht und ihm keine Gefühlsregung anzumerken ist. Ich komme mir hilflos und ausgeliefert vor, wenn auch auf äußerst anziehende Weise. Krampfhaft versuche ich darüber nachzudenken, wie ich mich weiter verhalten soll. Was ich sagen soll, und ich hoffe darauf, dass er es ist, der etwas sagt. Doch er steht weiter bloß vor mir und ich nehme keine einzige Bewegung wahr. Als bestünde er aus Stein. Fast denke ich jetzt, ein kleines triumphierendes Lächeln auf seinen Lippen erkennen zu können, was mir einen kurzen Stich versetzt. Also versuche ich etwas Abstand zwischen uns zu bringen, als ich etwas Warmes an meiner Hand spüre. Mein Kopf schießt zur Seite und es ist Aidan, der seine Finger in meine geschoben hat und mich fortzieht. Weg von Devon, hin zu klarem Denken. Ich weiß nicht, ob mir das wirklich gefällt. Meine Augen schwenken zurück zu den bernsteinfarbenen Iriden und etwas Wütendes, Aufbrausendes zieht über Devons Züge.

»Sorry, Kumpel, aber ich muss das Geburtstagskind entführen«, ruft Aidan in seine Richtung und schon hat uns die Menge verschluckt.

»Danke«, murmle ich in Aidans Richtung, der daraufhin stehen bleibt. Dabei bin ich mir nicht mal sicher, ob ich wirklich dafür dankbar sein soll.

»Danke? Wofür?«, fragt er lächelnd und seine Zähne blitzen weiß auf.

»Dass du mich gerettet hast«, erkläre ich mit einem angedeuteten Lächeln. Er zieht mich weiter, bis wir kurz vor der Tür, die zu den Toiletten führt, ankommen.

»Aber das ist doch mein Job.«

»Dein Job?«, frage ich irritiert.

»Ich rette gerne hübsche, unschuldige Frauen vor dem bösen Wolf.«

Er lacht, aber ich lege den Kopf schräg und mustere ihn. Der böse Wolf? Bevor ich weiter groß darüber nachdenken kann, macht er einen Schritt auf mich zu.

»Warte kurz hier und bewege dich nicht vom Fleck, okay? Ich bin gleich wieder bei dir.« Wieder lächelt er und verschwindet mit einem Zwinkern.

Was ist hier eigentlich los? Ich meine … alles fühlt sich an wie in einem Film. Bin ich wirklich so betrunken? Ich muss tatsächlich noch viel zu alkoholisiert sein, denn über meinen Rücken ziehen leichte Stromschläge. Als ich mich umdrehe, ist es aber kein Strom, sondern Devons Blick. Er steht etwa zehn Meter entfernt und starrt mich an. Seine Augen verraten nichts über seine Gedanken und diese Ciara steht neben ihm. Zumindest ist es mir möglich ihren Blick zu deuten. Abweisend. Als sei ich ihr größter Feind. Mit einem Mal ergreift sie Devons Arm und zieht ihn mit sich, aus meinem Blickfeld hinaus.

Ich stehe wie bestellt und nicht abgeholt in der tobenden Menge. Am liebsten würde ich sofort wieder flüchten, doch da kommt Aidan auch schon mit einem Eisbecher in der Hand zurück. Eine Wunderkerze brennt darin. Fast fange ich an zu glauben, dass ich wieder in einem meiner Träume feststecke. Gleich kommt das dicke Ende und ich wache auf. Doch da drückt er mir das Teil bereits in die Hände und ein silbriges Funkeln glimmt in seinen Augen auf.

»Für das Geburtstagskind.«

»Wo um alles in der Welt hast du den denn herbekommen?«

»Ein Kavalier genießt und schweigt«, äußert er, und ich staune über seine sinnlich geschwungenen Lippen.

»Und wie komme ich zu der Ehre?«

»Nimm es mir nicht krumm«, er lacht. »Aber du hast mir irgendwie leidgetan. Ich weiß, wie man sich fühlt, wenn man Oberkante Unterlippe voll ist und dazu auch noch neue Leute kennenlernen muss. Ein wenig eigennützig war es auch, um ehrlich zu sein.«

»Eigennützig?«, frage ich und sehe auf die Wunderkerze, die verglimmt.

»Du machst nicht gerade den Anschein, als würdest du dich hier richtig wohlfühlen. Da dachte ich mir, etwas Zeit mit dir allein zu verbringen und etwas zu essen für dich, in einer Geschenkverpackung käme ganz gut. Leider gibt es in dem Schuppen nichts anderes außer Eis. Zumindest sind wir aber jetzt mehr oder weniger unter uns.«

Darauf fällt mir nichts zu erwidern ein, deshalb stecke ich mir schnell den Löffel in den Mund. Wie kann jemand so nett sein? Einfach so und dabei noch so aussehen? Wir kennen uns doch gar nicht, und er macht sich Gedanken über meinen Gemütszustand? Noch während ich den Löffel wieder aus dem Mund ziehe, gleiten meine Augen über Aidan. Er ist auch gut anderthalb Köpfe größer als ich. Seine Gesichtszüge kommen denen von Devon sogar annähernd gleich. Jedoch wirkt er mit seinen tintenschwarzen Locken anders. Sie kringeln sich hinter seinen Ohren und fallen ihm leicht in die Augen, was ihn frech wirken lässt. Sympathisch frech. Seine Iriden besitzen einen silbrigen Glanz, ähnlich wie meine eigenen. Man kann durchaus sagen, dass auch er schön ist. Trotzdem versuche ich heimlich, Devon in der Menge auszumachen. Sein Bild will sich nicht vertreiben lassen, Aidan hin oder her. Beim Gedanken daran, dass er irgendwo in der Nähe sein könnte, werde ich ganz nervös. Dazu noch Aidan vor mir, der mich jetzt ansieht, als erwarte er irgendetwas. Ein wirklich seltsamer Abend ist das. Um mich etwas auf den Boden zu holen, widme ich mich wieder meinem Eisbecher und bin froh, als Aidan anfängt zu reden. Nämlich so, als würden wir uns schon ewig kennen.

Er erzählt mir eine Menge von sich, unter anderem, dass er ebenfalls aus Irland stammt, aber auch nicht mehr dort wohnt. Mit vier Jahren ist er nach New York gezogen, da sein Dad an die Börse ging. Nun hat er die Nase voll und will auf eigenen Beinen stehen. Zwar mit Papis Geld, aber allein in einer anderen Stadt wohnen, hätte schon was von Selbstständigkeit. Mein Fazit vorerst: Gut aussehender junger Mann, der äußerst sympathisch wirkt. Trotzdem, auch wenn ich mich in Aidans Gesellschaft wirklich wohl fühle, gleiten meine Augen immer wieder über die Menge, nachdem ich den leeren Eisbecher auf einer der Theken abgestellt habe. Dann sehe ich sie alle zusammen auf der Tanzfläche. Ciara und Rufus führen eher ein Paarungsritual auf, als dass sie tanzen, und Devon, der bewegt sich allein. Scheiße! Tanzen kann er auch noch. Seine Bewegungen sind fast so flüssig, als würde er den Boden gar nicht wirklich berühren, und während er tanzt, fixiert er einen einzigen Punkt. Als die Strobos über ihm aufleuchten, kann ich den Punkt ausmachen, den er fixiert.

Ich bin dieser Punkt.

Zwischen uns liegen sicher zwanzig Meter. Unzählige Leute bewegen sich wild zur alles übertönenden Housemusik, aber unsere Blicke, die kleben aneinander. Das Seltsame an der Sache ist, dass er mich ansieht, als wäre ich ein groteskes Etwas. Fast so wie beim ersten Aufeinandertreffen auf der Treppe. Was stimmt mit diesem Mann nicht? Oder kann ich wirklich nicht mehr richtig denken? Wenn ich auch ein Denker durch und durch bin, abstrakt waren meine Gedanken normalerweise nie. Ich habe jetzt mehr denn je das dringende Bedürfnis, ganz schnell nach Hause zu kommen. Raus aus dieser Teufelsküche der unbekannten Gefühle. Egal, wer was davon hält.

»Kommt ihr heute noch mal wieder, oder wollt ihr beiden den ganzen Abend allein verbringen?«

Kristin steht plötzlich neben mir und Aidan. Ihr Blick spricht Bände und dann zieht sie mich auch schon in Richtung Tanzfläche. Ohne dass ich weiß, wie mir geschieht, stehe ich mittendrin. Fühle mich hundeelend und möchte schon mal gar nicht tanzen. Erst recht nicht neben diesen Halbgöttern hier. »Hör mal Kris«, setze ich an, »werd jetzt bitte nicht sauer, aber ich muss nach Hause.«

»Das ist jetzt nicht dein Ernst? Wir sind doch höchstens erst dreißig Minuten hier.«

»Doch, es tut mir leid, aber im Prinzip ist es diesmal sogar deine Schuld.«

»Meine Schuld?«

»Mir war schon schlecht, als wir hergekommen sind, aber jetzt geht wirklich gar nichts mehr.«

»Das kann nicht wahr sein, Rayna«, tönt Kristin weiter.

Aidan ist uns gefolgt und als wäre es selbstverständlich, legt er seine Hände auf meine Schultern.

»Mach dir keine Sorgen, ich fahre sie nach Hause. Wahrscheinlich hat mein Eisbecher ihr jetzt den Rest gegeben, dabei war es eigentlich genau andersherum geplant.«

Verlegen schaut er mich an und ich weiß wieder nicht,

was ich sagen soll. Als könnte es nicht noch schlimmer werden, steht überraschend und ohne, dass ich ihn habe kommen sehen, Devon vor mir, mit meiner Jacke in der Hand.

»Zu spät, Meister, ich bringe sie nach Hause. Das war eben schon ausgemacht«, zischt er Aidan zu. Wenn Blicke töten könnten, wäre Aidan jetzt wahrscheinlich umgefallen.

Kristin, Beth und auch Ciara sehen abwechselnd zwischen Devon, Aidan und mir hin und her, so als säßen sie im Kinosaal. Genauso fühle ich mich. Ohne dass ich es bewusst plane, sage ich: »Ja danke, Devon. Ich bin soweit.« *Soweit für die Klapsmühle.* Ich nehme die Jacke, er meine Hand, was sofort wieder dieses Prickeln auslöst und dann zieht er mich mit sich zum Ausgang. Als wir durch die Tür nach draußen treten, atme ich erst einmal die frische Luft ein. Sie tut gut. Leider hilft sie mir immer noch nicht diesen Abend zu verstehen. Dicht beieinander gehen Devon und ich zum Parkplatz. Ich bringe wieder keinen Ton über die Lippen, aber auch er sagt nichts. So gehen wir schweigend weiter, zwischen uns bloß dieses Band, das ich spüre. Zumindest kommt es mir so vor. Er würde mich wohl für verrückt erklären, wenn ich ihm davon erzählen würde. Auf dem Parkplatz angekommen, drückt er seinen Autoschlüssel und ein schwarzer Aston Martin Rapide blinkt auf. Für gewöhnlich bin ich kein Autofreak, aber dieses Auto kenne ich. Es ist genau das Auto, welches ich fahren würde, könnte ich es mir leisten. Dabei stellt sich mir die Frage, wie er es kann. Als er mir die Beifahrertür öffnet, steige ich ein und bemerke, dass ich leicht zittere. Ich bin mir nur nicht ganz sicher, ob vor Erregung oder aus Angst. Eher trifft beides zu und das macht die Sache noch aufregender. Sein Blick streift mich einen Moment zu lang, doch schon wendet er sich ab, schließt die Tür und geht um den Wagen herum. Etwas Angsteinflößendes hat er schon, auch wenn er rein optisch wie ein Engel daherkommt. Ein dunkler Engel. Der Blick aus seinen Augen zeigt mir, dass da ein Abgrund ist. Niemals wäre ich unter normalen Umständen mit einem Fremden mitgefahren, aber meine Güte, wie schlimm kann er schon sein? Er geht mit Kristin auf eine Uni. Sie kennt ihn.

Während er in Sekundenschnelle, wie es mir scheint, auf der Fahrerseite einsteigt, überlege ich noch, was hier nun eigentlich passiert, als er schon losrauscht.

»Wo darf es hingehen?«

Er lächelt mich verschlagen an. Völlig offen wie ein anderer Mensch. Schnell drehe ich den Kopf zur Seite, da ich glaube, ich laufe an wie eine Tomate. »Ähm, Upper Montagu Street. Das ist in Mary…«

»… Marylebone. Ich weiß.« Erneut drückt er aufs Gas.

Während er nun wieder stur und ohne ein Wort auf die verregnete Straße starrt, scanne ich seine Hand, die auf dem Schaltknüppel liegt. Wie gerne würde ich meine einfach auf seine legen. Diese Gedanken sind total bescheuert, aber sie beherrschen mich wie eine Besessene. Vielleicht brauche ich nach dieser Nacht dringend einen Exorzismus. Einen Devon-Exorzismus. Vielleicht will Aidan ja der Priester sein, der ihn mir austreibt. Innerlich muss ich kichern, weil ich definitiv noch einen im Tee habe. Während ich weiter diesen vielen süßen Gedanken hinterherjage, ist die Fahrt auch schon vorüber. Ohne dass wir ein Wort miteinander gesprochen haben, stehen wir an der Straße vor meinem Appartement. Wobei ich mich kurz frage, woher er weiß, in welcher Hausnummer ich wohne. Groß zum Denken komme ich nicht, da er mir schon wieder die Beifahrertür aufhält. Als ich aussteige, streift seine Hand, die auf dem Dach liegt, wie durch Zufall mein Gesicht und ich ziehe scharf den Atem ein. Unbeholfen bedanke ich mich kleinlaut fürs nach Hause bringen und laufe einfach auf den Eingangsbereich zu. Was hätten wir auch zu besprechen? Ich sollte zusehen, dass ich so schnell wie möglich in meine Wohnung komme. Gott sei Dank hält er mich nicht auf. Kein Wort kommt über seine wunderschönen Lippen. Warum wollte er mich eigentlich unbedingt nach Hause bringen? Ich werde es wohl nie erfahren und mit einem viel zu lauten, unangebrachten Seufzer greife ich nach dem Schlüssel in meiner Jacke.

»Lass mich das machen, Rayna.«

Ich erstarre, weil seine Stimme direkt an meinem Ohr liegt. Weil seine Finger in meine greifen und sich den Schlüssel nehmen.

»Du hast doch nichts dagegen ...« So rau, so dunkel und alles verschlingend.

Ich spüre, wie meine Mitte pocht und wage es nicht, mich auch nur einen Zentimeter zu rühren. Wie ist er hierhergekommen, ohne dass ich etwas bemerkt habe? Ich hätte ihn doch kommen hören müssen. So abrupt, wie er hinter mir aufgetaucht ist, dreht er mich zu sich herum. Ich schwöre, seine Augen funkeln beinahe und sein leicht geöffneter Mund, der kein Wort mehr sagt, scheint in meine Gedanken hineinzuschreien ... *Küss mich, Rayna.*

»Nur noch ein einziges Mal.«

Erst als überraschend seine Lippen auf meinen liegen, realisiere ich, dass er diesmal tatsächlich gesprochen hat. Als Nächstes realisiere ich seine Zunge, die meine Lippen teilt und ... Gott! Ich stehe völlig neben mir. Ich sauge seinen Duft in mich auf, Regen prasselt langsam und leise auf unsere Köpfe und mir ist, als könne ich die Musik aus dem Pascha wieder hören. Irgendwo leise und versteckt in meinen hintersten Hirnregionen. Mir wird ganz flau im Magen, während seine Zunge mit meiner spielt. Sinnlich. Leidenschaftlich. Mein Körper kribbelt überall, als seien tausend Ameisen auf einer Weltumrundung. Seine Hände berühren mich, als hätten sie nie etwas anderes gewollt, und ich stöhne leise. Er schmeckt wie sieben Sünden auf einmal, und ich merke, dass mir langsam die Beine wegsacken. So viel Nähe bin ich nicht gewohnt.

Sein Kuss wird energischer. Er zieht mich enger, fester an sich und das harte Holz der Eingangstür drückt mir nur zu bewusst in meinen Rücken. Als wolle es mich ermahnen, endlich zur Besinnung zu kommen und mich nicht von einem Wildfremden so küssen, so berühren zu lassen. Doch ich … lasse all das geschehen. Mehr noch, ich steige darauf ein. Er stöhnt leise, fast wie ein Knurren und diese Laute lassen etwas in meiner Mitte explodieren, von dem ich bisher gar nicht wusste, dass es existiert. Ich schwitze trotz des kalten Regens, fordere mehr mit meiner Zunge ein und mir ist scheißegal, ob Mrs. Random wieder neugierig am Fenster steht oder ob das ganze Universum uns zusieht. Dann ist seine Hitze fort. Keine Lippen mehr, keine Küsse, nichts. Alles weg. Als ich die Augen zaghaft öffne, steht er schon wieder an seinem Aston und wirft mir einen undefinierbaren Blick zu, bevor er einsteigt und den Wagen startet. Dann ist er weg. Einfach so, als sei es nie geschehen. Ziemlich durcheinander und mitgenommen stehe ich noch einige Minuten im Regen. Starre dem Wagen hinterher, bis er in der Dunkelheit verschwindet und mir kalt wird, weil ich total durchnässt bin. Ich weiß gerade nichts mit dieser Situation anzufangen. Zu viele Ereignisse auf einmal. Hätte ich nicht seinen Geruch noch in der Nase, seinen Geschmack in mir und das Pochen zwischen meinen Beinen, würde ich es nicht für real empfinden. In meiner Wohnung angekommen, werfe ich die Sachen auf den Boden und mich auf die Couch. Eigentlich würde ich duschen gehen, aber ich will seinen Geruch noch nicht gleich abwaschen. Ich habe nicht die leiseste Ahnung, was das gerade war und vor allem: Wer ich auf einmal bin. Meine Augen fallen zu und ich versuche, an nichts mehr zu denken. Gar nichts mehr.

Kapitel 5

Ziemlich früh wache ich wieder auf. Es war eine unruhige Nacht. Seltsame Träume, die gefühlt alle paar Minuten durcheinanderliefen. Immer wieder sah ich mich an einem Klippenabhang stehen. Hörte die lauten Rufe eines Vogels, roch die Meeresluft und hörte Wellen gegen Klippen schlagen. Mein Blick suchte das Meer ab und dabei hatte ich ein ganz ungewöhnliches Körpergefühl. Wieder ein neuer, merkwürdiger Traum.

Es wird immer verrückter. An Devon und den leidenschaftlichen Kuss versuche ich erst gar nicht zu denken, auch wenn es schwerfällt. Wahrscheinlich sehe ich ihn sowieso nie wieder, denn weder werde ich jemals die Uni besuchen noch in nächster Zeit erneut das Pascha. Beim Gedanken an das Pascha fällt mir Kristin wieder ein. Ich versuche sie übers Handy zu erreichen, aber sie scheint noch zu schlafen. Ebenso vergeblich versuche ich meinem gewohnten Tagesablauf zu folgen, doch meine Gedanken kreisen immer wieder nur um diesen einen Kuss.

Um Devon.

Obwohl ich kaum mit ihm gesprochen habe, fühle ich eine so tiefe Verbindung zu ihm, dass es fast schon an Wahnsinn grenzt. Es ist nicht nur sein Aussehen. So naiv bin ich dann doch nicht. Ich spüre etwas bei ihm, das mir so vertraut ist, wie mein eigenes Ich. Betrunken kann ich jetzt schlecht noch sein. Der Tag vergeht wie im Flug, ohne dass ich wirklich etwas getan habe, und langsam wird es schon wieder dunkel. Ich stehe gerade an der Küchenzeile und will mir ein Sandwich machen, als mein Handy klingelt. Es ist Beth. Nach einem Zweiminutengespräch bin ich beunruhigt. Beth ist letzte Nacht mit Roxi und Duff heimgefahren, während Kristin mit Ciara, Rufus und Aidan weitergezogen ist. Wohin das weiß sie leider auch nicht. Seither ist Kristin nicht wieder aufgetaucht und auch Beth hat es den ganzen Tag übers Handy versucht. Ich hätte Aidan um seine Nummer bitten sollen. Wahrscheinlich könnte er mir jetzt weiterhelfen. Doch wenn man es genau nimmt, sind solche Sachen bei Kristin normal. Trotz allem habe ich ein ungutes Gefühl. Linda rufe ich lieber nicht an, sie steht nicht so sehr auf die Eskapaden ihrer Tochter. Da klingelt schon wieder das Handy. »Oleand, hallo?« Ich lege wieder auf und gehe zur Tür, um Kristin zu öffnen. Dann gehe ich schnell ins Bad, um mir zumindest ein altes Longshirt überzuziehen. Mehr habe ich gerade nicht zur Verfügung und ich sehe furchtbar aus. Dicke Augenringe und Haare nicht gemacht. Aber meine Güte, es ist nur Kristin und ich bin froh, dass sie unversehrt zurück ist.

Ich höre sie die Treppen hochkommen und stelle mit Erschrecken fest: Sie ist nicht allein. Ich höre noch eine weitere Stimme. Mist, auch das noch! Sie hat Aidan mitgebracht und ich sehe aus, wie frisch einem Gruselcomic entstiegen. Schnell renne ich wieder ins Bad, um mich zumindest noch einmal zu kämmen. Also hat sie ihn abgeschleppt. Weshalb sonst sollte sie am nächsten Abend mit ihm hier erscheinen? Beim Gedanken daran, dass die beiden die Nacht zusammen verbracht haben, macht sich in mir ein unbekanntes Gefühl breit. Ich bin eifersüchtig. Auf Kristin. Wegen Aidan. Definitiv läuft bei mir seit gestern Abend etwas falsch.

Als ich in den Wohnbereich trete, muss ich mich an der Couch, die direkt vor der Badezimmertür steht, festhalten. Aidan und Kristin sind nicht allein gekommen.

Devon sitzt mir im Sessel gegenüber. Seine Augen sind auf mich gerichtet und sofort spielt mein gesamter Körper verrückt. Ich spüre, wie mein Blut schneller durch die Venen fließt und mein Herz heftiger schlägt. Da ich nicht weiß, wie ich mich nun verhalten soll, sage ich erst mal gar nichts außer einem kleinen »Hallo« und setze mich eilig in eine Decke eingehüllt auf die Couch. Ich wage es kaum, Devon ins Gesicht zu sehen. Seitlich spüre ich zusätzlich Aidans Augen auf mir. Das ist alles zu viel.

»Rayna, Schatz, du wärst mal besser gestern Abend nicht so überstürzt heimgefahren«, erklärt Kristin mit einem Lachen neben mir und scheint von meiner Verfassung überhaupt nichts mitzubekommen.

Hoffentlich gilt das auch für Devon und Aidan.

»Ja, wirklich schade, dass wir uns nicht besser kennenlernen konnten, aber das können wir ja noch nachholen.«

Meine Augen huschen zu Aidans schönem, spitzbübischen Gesicht.

»Oder nicht?«, setzt er hintenan und ich nicke bloß.

Schlagartig springt Devon auf, geht an der Couch vorbei in Richtung Bad. Man könnte denken, er wäre schon einmal hier gewesen, so zielstrebig, wie er sich bewegt. Mein Blick folgt ihm. Leider sicher nicht unauffällig, aber Hauptsache, er bemerkt es nicht. Er trägt frische Sachen und ist demnach zu Hause gewesen. Der Gedanke, dass Devon nicht mit den beiden unterwegs gewesen ist, nachdem wir uns getrennt haben, tröstet mich etwas. »Was habt ihr noch gemacht?«, frage ich Kristin, nachdem er hinter der Tür verschwunden ist.

»Oh, die Jungs haben mich zu einer geheimen Party mitgenommen. Rayna, so was Geiles habe ich noch nie erlebt. Ciara hat ein kurzes Telefonat geführt, danach sind wir in einen Supermarkt. Dort bekamen wir gegen den Kauf einer ungewöhnlichen Flasche einen Info-Zettel, auf dem stand wo die Party stattfindet.«

Sie lacht sich halb tot, während sie mir erzählt, dass sie und Aidan auf der Fahrt zu dieser Party die Augen von Rufus verbunden bekommen hatten.

»Wir fuhren in ein altes Industriegebiet, irgendwo außerhalb der Stadt. Eine steile Treppe abwärts führte uns in eine Art Katakombe. Die Musik kann ich dir gar nicht beschreiben.« Sie schaut zu Aidan. »Was war das gleich für ein Beat?«

Die Antwort wartet sie erst gar nicht ab und wendet sich wieder mir zu. Mein Blick gleitet derweil seitlich immer wieder verstohlen zur Tür, aber ich kann nicht wirklich etwas sehen, da ich meinen Kopf sonst verdrehen müsste. Ich kann es kaum fassen, dass Devon gerade in meinem Badezimmer steht. Warum tut er eigentlich so, als sei rein gar nichts passiert? Er hat mich ja noch nicht einmal begrüßt.

»Wir waren bis heute Morgen um fünf Uhr dort und ich glaube, wir haben uns überhaupt nicht unterhalten. Alles, was ich gemacht habe, war tanzen. Wenn ich ehrlich sein soll, habe ich einen kleinen Filmriss. Irgendwann heute Nachmittag bin ich aufgewacht und wusste im ersten Moment nicht, wo ich war.«

Ich höre Kristin zu, versuche dabei Aidans Blick auszuweichen, da ich mich echt unwohl fühle in meiner Aufmachung, und da kommt Devon aus dem Bad zurück. Ich spüre seinen Blick im Rücken und hoffe schon darauf, dass er sich neben mich setzt. Tatsächlich bleibt er kurz stehen, als er dann doch wieder zum Sessel geht.

»Mir ging es nicht anders. Wir sind ungefähr zeitgleich wach geworden, haben uns angesehen wie zwei Idioten und dann kam Devon mit Frühstück«, erzählt Aidan weiter.

Als mir klar wird, dass die beiden demnach doch nichts miteinander hatten, fühle ich mich sofort besser. Erklären kann ich mir das allerdings nicht. Außerdem bin ich zu sehr abgelenkt durch Devons Anwesenheit. Der sagt gar nichts dazu. Er sieht mich die ganze Zeit bloß an. Ziemlich ausdruckslos, und ich habe nicht das Gefühl, dass sich das von gestern Abend irgendwann noch einmal fortsetzen oder wiederholen wird. Aus dem Augenwinkel heraus, versuche ich ihn zu beobachten. Sein Anblick frisst mir beinahe ein Loch ins Herz. Es gleicht nahezu körperlicher wie geistiger Schwerstarbeit, nicht einfach zu ihm hinüber zu gehen und ihn zur Rede zu stellen. Dass mein Hirn mir dabei vorgaukelt, wie er mich danach wieder küsst, wie seine Hände über meinen Körper gleiten … versuche ich zu ignorieren. Irgendetwas ist nicht, wie es sein sollte bei Devon. Obwohl er aussieht wie ein Mensch, ein verdammt gutaussehender Mensch, hat er doch etwas faszinierend anderes. Alles an ihm ist nahezu perfekt. Zu perfekt, rein äußerlich.

»Rayna, nächstes Mal musst du mitkommen, das war echt der Hammer«, meint Kristin.

»Ich denke nicht, dass das eine gute Idee ist.«

Devon schaut zum ersten Mal, seit er hier ist, nicht zu mir während seiner Worte.

»Wie meinst du das denn?«, fragt Kristin.

Noch bevor er in der Lage ist zu antworten, ergreife ich das Wort. »Aber klar doch komme ich nächstes Mal mit. Eine geheime Party in einer Katakombe muss ich mir ansehen. Außerdem hast du noch einen gut.« Während ich mit Kristin spreche, schaue ich ihn an und das nicht sehr nett. Was bildet der sich denn bitte ein? Irgendwelche Hormone zwingen ihn dazu, mich vor meiner Haustür nieder zu küssen und jetzt hat er keinen Bock auf meine Gesellschaft? Nein, so einfach nicht. Ich nehme mir gerade vor mich nun genauso zu verhalten wie Mister Bernstein. Ich mag kaum Erfahrungen haben, mag ein Stubenhocker und Bücherwurm sein, aber auch die können Stolz haben. Und den habe ich! Ich spüre Aidans Blick wieder auf mir und als ich mich ihm zuwende, da lacht er aus vollem Herzen.

»Ja, ich denke auch, dass Rayna einen gut zu machen hat. Schließlich bist du gestern einfach so verschwunden. Falls du auf so eine Party doch keine Lust hast, ich gehe auch gerne noch mal mit dir ins Pascha.«

»Wieso sollte ich keine Lust auf so eine Party haben?«, will ich wissen.

Aidan legt den Kopf schräg und grinst. »Du siehst zu lieb dafür aus.«

»He, was soll das denn heißen? Dass ich nicht lieb bin?« Kristin haut Aidan beleidigt auf den Arm.

»Da kann ich nur sagen, du hast mich noch nicht in Aktion erlebt. Einen schlechten Tag kann schließlich jeder mal haben«, äußere ich.

Kristin sieht mich nun auch amüsiert an. Sie kennt mich in- und auswendig. Hat schon längst geschaltet, dass da irgendetwas zwischen mir und Devon läuft. Oder besser gesagt nicht läuft.

»Sag ich doch, Rayna ist die absolute Partyqueen. Wartet es nur ab.« Sie zwinkert mir zu.

»Na, wie auch immer. Aidan, Abfahrt.« Devon steht auf und geht Richtung Tür.

»Kristin, danke für den Abend. Ich denke, wir werden jetzt öfter zusammen auf Tour gehen.«

Aidan wirft mir bei seinen Worten einen bedeutungsvollen Blick zu, den ich nicht ganz nachvollziehen kann. Das heißt, ich kann schon. Die Frage ist nur, will ich ihn deuten können?

Devon sieht sich nicht mal mehr um, als er mit Aidan hinaus auf den Flur verschwindet. Kaum ist die Tür hinter ihnen zu, ist Kristin fällig. »Kannst du mir mal sagen, was hier abgeht?«

»Na, das erzähl du mir mal. Was geht da bei dir und Cottler Junior? Er war erst gegen zwei Uhr nachts auf der Party. Warum starrt er dich eigentlich die ganze Zeit so merkwürdig an? Ist ja fast schon unheimlich.«

»Was weiß ich. Bei mir war er sicher nicht so lange. Er hat mich heimgefahren und ist danach gleich los. Aber was war bei dir?«

Ich möchte ihr aus irgendeinem Grund nicht erzählen, was da gestern Abend vor meiner Haustür passiert ist.

»Habe ich dir doch eben erzählt. Party, oberkrass, Filmriss. Aufwachen mit Aidan bei Professor Cottler zu Hause. Ich kann dir sagen, war ich froh, als ich erfuhr, dass der Professor nicht zu Hause ist. Aidan und ich hatten auf der Party so tief ins Glas geschaut, dass wir nicht mehr in der Lage waren, heimzufahren. Also hat Devon uns mit zu sich genommen. Mensch, haben die eine Hütte. Würde mich mal interessieren, wie man sich als Juraprofessor so einen Kasten leisten kann.«

»Da ging also nichts mit Aidan oder sonst irgendjemand?«

»Nein, wo denkst du hin? Dafür war ich viel zu abgefüllt. Ich konnte einfach nur tanzen. Außerdem war ich in dem Schuppen echt nicht gerade eine scharfe Biene. Alle im Ciara Style, wenn du verstehst«, verkündet sie lachend. »Wir haben noch was gegessen, oder besser nur Aidan und ich. Devon war wohl noch übel, keine Ahnung, wie viel der getrunken hatte. Ich bat Devon, mich zu dir zu fahren und Aidan wollte mit. Du, ich ruf mal eben meine Mum an, dass ich heute noch bei dir bleibe. Wo ich übrigens seit gestern auch bin.«

»Kristin, du bist fast zweiundzwanzig Jahre alt. Deine Mutter lässt dich schon mehrere Jahre über Nacht weg.« Wir müssen beide lachen.

»Na, du kennst sie doch. Ich habe keinen Bock auf Diskussionen. Da nehme ich lieber die einfache Variante.«

Nach ihrem knappen Telefonat mit Linda quatschen wir noch über dies und das und legen uns relativ früh hin. Morgen um sechs Uhr klingelt der Wecker und Jack wartet ab acht Uhr auf meinen Einsatz. Von Devon erzähle ich Kristin immer noch nichts, aber jedes Mal, wenn sie ihn erwähnt, wird mir ganz anders. Auch sobald Aidans Name fällt, spüre ich etwas in mir. Nachdem wir die Lichter gelöscht haben, schüttle ich für mich selbst mit dem Kopf. Vielleicht hat Kristin auch recht mit dem, was sie manchmal aus Spaß sagt. Ich bin jetzt einundzwanzig Jahre alt und hatte noch nie Sex. Mit mir selbst schon, ja, aber scheinbar ist mein Körper so ausgehungert, dass er urplötzlich verrücktspielt.

Während der ganzen Nacht träume ich immer wieder

denselben Traum. Ich gehe mit Devon an meiner Seite diesen Reisigweg entlang, von dem ich schon so oft geträumt habe. Wir landen vor dem schmiedeeisernen Tor und Devon öffnet es ohne Probleme. Doch sobald ich den Schritt über die Schwelle machen will, falle ich. Immer tiefer. Dann wache ich auf und gehe erneut mit Devon durch den Wald zum Tor. Wir sprechen nicht. Wir halten uns an den Händen und ich spüre, wie glücklich ich bin. Trotzdem habe ich ein eigenartiges Gefühl in mir, als ob etwas Schlimmes passieren würde. Schon stehen wir wieder vor dem Tor und beim Eintritt falle ich erneut. Es scheint hoffnungslos.

Der Wecker klingelt, ich stehe total gerädert auf und schleppe mich zur Dusche. Als ich die Wohnung verlasse, liegt Kristin immer noch im Tiefschlaf auf der Couch. Normalerweise ist sie der Frühaufsteher und mich muss man aus den Federn schmeißen.

Kapitel 6

Im Büro angekommen, muss ich feststellen, dass Jack schon da ist. Er sitzt bereits an meinem Schreibtisch.

»Rayna, komm her, lass dich kurz umarmen und direkt mit einem Geburtstagsgeschenk überraschen.«

Jack tut mir einfach gut, denn sobald er in meiner Nähe ist, fühle ich mich sicher. Das war schon immer so. Er schafft es sogar, dass ich für fünf Sekunden meine Devon-Gedanken ausschalten kann. Seit gestern gerechnet ist das schon eine verdammt lange Zeit.

»Ich habe eine Wahnsinnsaufgabe für dich«, erklärt er mir mit einem breiten Grinsen.

»Ich dachte ein Geschenk?«, äußere ich ironisch. Am Samstag hatte Jack mir nur kurz via Handy gratuliert und mir da schon gesagt, dass ich Montag auf der Arbeit meine Geburtstagsüberraschung bekomme. Er schenkt mir wirklich jedes Jahr etwas. Meistens sind es Bücher, manchmal Pralinen oder auch Blumen. Immer Kleinigkeiten, aber ich freue mich jedes Mal.

»Genau genommen beides in einem. Gestern Abend hat

mich ein gewisser Professor Cottler angerufen. Er beabsichtigt für sich und seinen Sohn ein altes Anwesen in Irland zu kaufen. Bloß hat er keine Zeit, es selbst zu besichtigen. Kurzum, er beauftragt uns damit.«

»Professor Cottler? Du kennst ihn?« Spricht er jetzt von *dem* Professor Cottler? Devons Vater?

»Seit gestern Abend.« Jack lächelt. »Du auch?«

»Ich habe seinen Sohn am Wochenende kennengelernt. Professor Cottler selbst nicht«, erkläre ich Jack.

»Ah, okay. Also wie sieht es aus, Lust auf einen Tapetenwechsel? Ein Abstecher nach Irland?«

»Das ist aber doch eher ein Geburtstagsgeschenk von diesem Professor«, erwähne ich mit einem Grinsen.

»Für die Spesen bin ich doch zuständig.«

»Wann soll es losgehen?«

»Gestern!« Jack lacht. »Im Ernst, Rayna, wenn es passt am liebsten sofort. Du musst weder fliegen noch öffentliche Verkehrsmittel benutzen. Der Professor schickt heute Abend um dreiundzwanzig Uhr einen Wagen, der dich rüberbringt. Weil die Fahrt so lange dauert, möchte der Fahrer über Nacht fahren.«

Mir schwirren eine Menge Gedanken durch den Kopf, während Jack mir noch etwas über die Fahrt erzählt. Warum wechselt Devon erst hierher, wenn er im Anschluss sofort mit seinem Vater nach Irland will? Wo nimmt ein Uniprofessor überhaupt das nötige Kleingeld her? Außerdem will ich eigentlich nicht, dass er gleich schon wieder fortzieht. Anderseits ... wir kennen uns kaum. Es sollte mir also ziemlich egal sein.

»Wie sieht es nun aus, kann ich auf dich zählen?«, will Jack wissen.

»Wird es dem Professor denn überhaupt recht sein, wenn ich anstatt deiner fahre? Hast du überhaupt schon genug Infos eingeholt?«, rattere ich meine Fragen herunter.

»Es geht nur um ein Gebäude, ein altes Herrenhaus. Ich habe schon mit dem derzeitigen Besitzer gesprochen. Das Head House steht seit Jahren sozusagen leer und der letzte Eigentümer hatte keine Nachkommen. Somit hat der Verstorbene das Anwesen seinem Butler hinterlassen. Cottler scheint sich auch eigentlich schon sicher zu sein, dass er das Anwesen kaufen will, nur möchte er vorher, dass jemand sich die Sache vor Ort ansieht.«

»Warum kauft er es nicht gleich selbst von diesem Butler, ohne dich extra zu bemühen?«

»Der Alte will eine horrende Summe haben, somit kommen wir wieder ins Spiel. Du nimmst einfach alles für mich auf, lässt dir alles Wichtige zeigen und kommst zurück. Dann kann ich, sofern Cottler zufrieden ist, die Verträge sofort aufsetzen. Also eigentlich ein Dreitagesurlaub in Irland völlig umsonst für dich. Laut Mister Doyle, dem Butler, kannst du auch in dem Anwesen wohnen. Er selbst lebt auch dort, aber in einem Nebengebäude.«

Ganz wohl ist mir bei der Sache nicht, zumal ich nicht gerne von zu Hause fort bin. Doch nachdem Jack mich weiter bearbeitet hat, gebe ich mich geschlagen. Wer weiß, vielleicht tun mir ein paar Tage Ablenkung ja auch mal ganz gut. Selbst wenn das Haus für Devon und Co ist, kann ich eventuell etwas Bernsteinaugen-Gedankenentzug gebrauchen. Denn genau genommen denke ich unentwegt nur an ihn. Also werfe ich am späten Abend einige meiner Sachen in die Reisetasche, plus ein paar Bücher. Ein kurzes Telefonat mit Kristin, die immer noch nicht wirklich fit zu sein scheint. Sie ist heute nicht mal zur Uni gegangen. Auch sie wundert sich über diese Hauskaufsache, findet aber die Reise an sich natürlich superinteressant und meint auch, dass ich mir ruhig mal einen Kurzurlaub mit wenig Arbeit gönnen kann. Dann klingelt es auch schon. Ich schmeiße die Tür hinter mir ins Schloss und laufe die Treppen hinunter. Als ich auf die Straße trete, steht dort ein Aston Martin und ich denke, das kann ja wohl nicht wahr sein! Da es längst dunkel ist, sehe ich noch einmal die Straße entlang, um sicherzugehen, dass kein Irrtum vorliegt. Aber nein. Es wartet kein anderes Fahrzeug auf mich. Also, was bleibt mir anderes übrig? Ich gehe zum Aston und öffne die Tür.

»So sieht man sich wieder, Prinzessin.«

Unverschämt grinst er mich an und diese verdammte Stimme lässt mich sofort wieder am gesamten Körper erhitzen. Eigentlich sollte ich die Tür gleich wieder zuschlagen, denn mich jetzt von Devon nach Irland kutschieren zu lassen … Ich weiß weder, was das soll, noch ob es wirklich gut ist.

»Steig endlich ein, Rayna, oder traust du dich nicht?«

Job ist Job, tröste ich mich und kann eigentlich auch nicht anders, als tatsächlich einzusteigen. Zumindest aber mit einem angesäuerten Gesicht. Wie sollte ich Jack erklären, dass ich nach dem Kuss und dem darauffolgenden Treffen, zu befangen bin, um eine solch lange Fahrt mit dem Sohn des Professors anzutreten? Ich werfe meine Tasche gerade ins Heck, als Devon auch schon aufs Gaspedal tritt.

»Ich hoffe du weißt, wo wir lang müssen, denn ich habe nicht die geringste Ahnung.«

Mein Blick bleibt an der zweiten Reisetasche hinten hängen, während er noch spricht. Er wird doch wohl nicht auch die drei Tage mit mir zusammen dort bleiben? »Ich kenne zumindest das Ziel«, antworte ich flach und glaube ihm kein Wort. »Den Weg musst du schon selbst rausfinden. Kann ja für jemanden wie dich nicht so schwer sein.«

»Wie ist das denn gemeint«, fragt er sarkastisch, und ich muss mich selbst ermahnen, nicht zu sehr auf seine sinnlich geschwungenen Lippen zu starren.

»Es ist das Head House in Erris Head«, übergehe ich seine Frage. »Ich kann dir nur ein paar Ortschaften vorher nennen. Belmullet – Mullet – Erris Head.« *Rayna, halt einfach die Klappe,* ermahne ich mich. Als wüsste er das nicht alles selbst.

»Gereizt?«, fragt er und wirft mir einen kurzen Blick zu, der etwas Seltsames mit meinem Bauch macht.

»Meine Launen richten sich immer nach den Menschen, die mich umgeben«, erwidere ich mit fester Stimme.

Er steigt noch mal mehr aufs Gaspedal. »Na dann, auf nach Erris Head. Wie es aussieht, werden wir eine Menge Spaß miteinander haben.«

Keine Ahnung warum, aber mir entfährt ein äußerst unangebrachtes Lachen. Auf der einen Seite bin ich wirklich sauer auf ihn wegen dieser Kusssache, auf der anderen kann ich es kaum glauben, jetzt hier mit ihm in diesem Wagen zu sitzen und sicher elf oder mehr Stunden bis nach Irland zu fahren. Ich fühle mich wie in einem meiner Bücher. Als hätte ich die Hauptrolle darin ergattert. Ich bin mir nur noch nicht sicher, ob Devon der perfekte männliche Gegenpart ist. Erst mal ist die Fahrt sehr schweigsam. Dennoch liegt eine fassbare Spannung zwischen uns, oder zumindest möchte ich mir das einbilden. Während er den Wagen steuert und stur geradeaus sieht, versuche ich ihn unbemerkt unter der seichten Innenbeleuchtung des Wagens genauer unter die Lupe zu nehmen. Sein Gesicht ist so verdammt einzigartig, dass es mich fast schon ärgert. Ich meine, wahrscheinlich hat er schon Hunderte von

Frauen mal eben so geküsst. Ich bin mir fast sicher, dass sich keine großartig beschwert hat. Dazu strahlt er so eine Ruhe und Überlegenheit aus. Jetzt, hier direkt neben mir kommt das noch mal viel mehr zur Geltung als im überfüllten Pascha. Sein Körper scheint dazu nahezu perfekt und ich ertappe mich dabei, wie meine Augen seine seitlichen Bauchmuskeln entlangfahren, die heute unter einem enganliegenden dunklen Shirt versteckt sind.

Er sieht also noch genauso unerreichbar für mich aus, wie an dem Abend im Club. Warum auch immer, er trägt eine getönte Sonnenbrille und seine Lippen umspielt die gesamte Zeit ein leichtes Lächeln. Seine Haut scheint fast marmoriert, so blass ist sie. Daran hat sich immer noch nichts geändert. Trotzdem, so stelle ich fest, ist es kein unangenehmes Blass. Kein kränkliches. Es rundet ihn vielmehr perfekt ab und unterstreicht seine markanten Gesichtszüge.

»Gefällt dir, was du siehst?«

Ich verschlucke mich beinahe an meiner eigenen Luft. »Wie bitte?«, quieke ich.

»Die Landschaft, Rayna.«

Sein Blick gleitet zu mir. Oder zumindest sein Kopf und gefühlt sein Blick dazu. Er scheint das wirklich völlig ernst zu meinen und sieht mich dabei an, als hätte ich einen Dachschaden. »Ich würde sagen, London bei Nacht ist noch genauso dunkel wie vor einer Stunde.« Plötzlich zieht ein breites, verwegenes Lächeln über sein Gesicht und er richtet den Blick wieder nach vorn. Arsch! Eigentlich wäre genau jetzt der richtige Zeitpunkt, um ihn auf den Abend vor meiner Haustür anzusprechen. Eigentlich bin ich deshalb auch sauer genug, um es zu tun. Doch auf der anderen Seite, und das muss ich mir leider eingestehen, habe ich Angst, dass er danach gar nichts mehr mit mir zu tun haben will. Ich weiß, das ist absolut erbärmlich, aber ich kann im Moment nicht aus meiner Haut. Ich möchte ihn ja zur Rede stellen, ich weiß bloß nicht, wie man sich in solchen Situationen richtig verhält. Also spiele ich ihm lieber die Zicke vor. Besser als nichts. Denn zickig lässt es sich viel leichter antworten. Völlig unerwartet wendet er erneut den Kopf in meine Richtung und wieder ist es mir unangenehm. Sein gefühlter Blick bringt mich jedes Mal völlig aus dem Konzept. Was erschwerend hinzu kommt, ist seine dämliche Sonnenbrille mitten in der Nacht, weil ich nie genau weiß, wo er gerade wirklich hinsieht. Die Brille sollte er mir lieber überlassen, dann könnte ich ihn viel ungenierter ansehen.

»Du bist nicht oft mit Männern zusammen. Stimmts, Rayna?«

Was ist das wieder für eine Frage? Oder ist es mehr eine Feststellung? »Wie soll ich das wieder verstehen?«, frage ich ihn giftig.

»Na, du redest gar nicht so viel, wie Frauen das eigentlich tun. Ich meine fast, dass dir meine Nähe unangenehm ist.«

»Das ist natürlich etwas, dass du so gar nicht kennst«, erwidere ich scharf. Wieder breiten sich seine Lippen zu einem Lächeln aus und ich sehe genervt nach vorn auf die dunkle Straße. »Scheiße, Devon, Achtung!« Der Lkw mit den grellen Scheinwerfern kommt so schnell um die Kurve, dass ich fest damit rechne, dass er in uns hineinprallt. Instinktiv ziehe ich die Arme vor die Augen.

»Ruhig«, sagt er mit samtener Stimme, »alles ist in Ordnung. Da war noch für zwei Fahrzeuge Platz.«

Vorsichtig lasse ich die Arme wieder sinken, blinzle nach vorn. Die Straße ist wieder leer und dunkel. Ich drehe mich hektisch um, sehe hinter uns, aber der Lkw ist nicht mehr zu sehen. Das kann nicht sein! Ich habe nicht mal einen Schlenker oder eine scharfe Bremsung bemerkt. »Wie … wie geht das?«, frage ich völlig außer mir. »Wir hätten tot sein müssen. Der Lkw war komplett auf unserer Seite.« Ich sehe wieder zu Devon, der völlig entspannt neben mir sitzt und zielsicher weiterfährt.

»Vielleicht solltest du etwas schlafen. Zumindest bis wir in Holyhead ankommen und auf die Fähre wechseln können.«

»Und vielleicht solltest du mal die Sonnenbrille mitten in der Nacht, hinter einem Autosteuer, ausziehen. Außerdem will ich nicht schlafen«, gebe ich zischend hinterher.

»Du siehst aber müde aus, Prinzessin.«

Erneut wendet er mir sein Gesicht zu und mit einem Mal liegt seine Hand auf meiner Wange. Mit dem Finger wandert er bis hoch zu meiner Stirn und dieser Finger … er ist so rau und doch so unendlich zärtlich dabei.

»Vertrau mir, ich bringe uns sicher an unser Ziel.«

Keine Ahnung warum, aber wie aus dem Nichts fühle ich mich wirklich müde und etwas in mir, will mir weismachen, dass es sicher das Beste wäre, ein wenig zu dösen.

»Aufwachen, Prinzessin. So viel Schönheitsschlaf hast du gar nicht nötig.«

Was? Verschlafen öffne ich die Augen und fahre sofort in die Höhe, weil es schon taghell ist. »Dublin?« Ich sehe das Schild schon und außerdem erkenne und spüre ich die Fähre, auf der wir uns seit Stunden befinden. Stunden, in denen ich geschlafen habe. »Habe ich jetzt wirklich an die sieben Stunden geschlafen?«

»Diese Wirkung hatte ich noch nie auf Frauen«, äußert er mit einem Lächeln in der Stimme.

Für einen Augenblick kann ich mich gar nicht auf ihn und seine Sprüche konzentrieren. Ich meine … Dublin! Irland! Mehrere Stunden Autofahrt und nicht der kleinste Knochen oder Muskel tut mir weh.

»Wenn du die nächsten vier Stunden auch noch schlafen willst, tu dir keinen Zwang an«, sagt er ironisch, während wir die Fähre verlassen.

»Das würde dir so passen«, zische ich leise, und er lacht wieder. Danach verstummt er und ich bin auch nicht wirklich fähig dazu, etwas zu sagen. Wie habe ich so lange und vor allem so fest schlafen können? Noch dazu völlig traumlos? Obwohl ich angestrengt versuche nicht zu ihm hinüber zu sehen, erwische ich mich doch immer wieder dabei. Nachdem ich ihn von oben bis unten und wieder dreimal zurück begafft habe, ja wirklich begafft, beschließe ich, mir vielleicht doch lieber die Landschaft anzusehen, bevor er mich noch für eine völlig verrückte Stalkerin hält. Ich meine … wir sind in Irland. Wann bekomme ich das schon mal zu sehen? Nachdem etwas über eine weitere, stille Stunde Fahrt vergangen ist, lohnt es sich auch. Grün, grün und noch mal grün. Die Vegetation in Irland ist wirklich unvergleichlich, was bei dem milden Klima und dem andauernden Regen auch kein Wunder ist. Als Zehnjährige war ich einmal zu einem Kurzurlaub mit den Paxtons hier. Wo genau es war, kann ich nicht mehr sagen, aber auch damals hat mich dieses Land schon mit seinem Zauber gefangen genommen. In einer Beschreibung habe ich einmal ungefähr folgende Aussage gefunden: Das Licht, das sich in den Wasserperlen nach einem Unwetter bricht, lässt die Wiesen mit Millionen von bunten Glasperlen übersät erscheinen. Genauso zeigt es sich uns jetzt. Noch vor wenigen Minuten kamen Unmengen an Regen vom Himmel und nun gibt es nichts Schöneres zu sehen, als diese beschriebenen Glasperlen, die über das ganze Land verteilt sind. Na, und vielleicht noch den Herrn neben mir. Das würde ich ihm allerdings niemals sagen.

Immer wenn ich aus dem Fenster sehe, spüre ich in den letzten Minuten seinen Blick auf mir. Ich will lieber nicht darüber nachdenken, dass ich so viele Stunden schlafend neben ihm lag. Hoffentlich habe ich im Schlaf nicht gesabbert. Unwillkürlich fasse ich mir an den Mundwinkel und sehe sein Grinsen. Kann dieser Mann Gedanken lesen? Was währenddessen allerdings besser war, ich habe dieses verdammte Kribbeln, das er in meinem Körper auslöst, nicht gespürt. Jetzt ist es exakt wieder so, als sei ich an Strom angeschlossen und daran ändert auch das idyllische Landschaftsbild nichts. Ich bin einfach nur froh, wenn wir endlich ankommen, ansonsten mache ich mir ernsthafte Gedanken um mein armes Herz. Jeden Moment meine ich, es könne aufhören vor lauter Aufregung aufhören zu schlagen. Dieses Auto ist wie eine unter Strom stehende Kabine.

»Ein Menschenleben für deine Gedanken gerade«, raunt er mit dieser dunklen Stimme.

»Dass wir hoffentlich bald da sind, daran habe ich gedacht«, erwidere ich und starre wieder nach vorn aus dem Fenster.

»So, so.«

Er klingt so oberlehrerhaft, dass es mich wütend macht. Nach dem Motto *ich glaube dir sowieso kein Wort.* Am liebsten würde ich ihm auf den Arm boxen, kann mich aber gerade noch so beherrschen.

Mittlerweile befahren wir eine holprige Landstraße, welche fast bis zur äußersten Spitze führt. Mit einem Mal, als wäre die Zeit wie im Flug vergangen, kommen wir an in Erris Head. Ein kleines, fast unscheinbares Ortsschild weist uns darauf hin. Devon fährt die Straße weiter geradeaus. Wohl bemerkt die einzige Straße, die zu sehen ist. Nirgends steht ein Haus oder etwas Vergleichbares, geschweige denn ein Herrenhaus. Es wirkt beinahe, als ende die Welt hier. Überall nur Wiesen, Felder und vereinzelt ein paar Schafe, denen das Wetter nichts auszumachen scheint. Etwas weiter hinten sind hohe Klippenwände zu erkennen und wie aus dem Nichts, endet die Straße in einem Parkplatz. Wenn man es denn so nennen will. Vielleicht passen hier acht Autos her. »Was ist jetzt los?«, frage ich mehr mich selbst als ihn.

»Ich denke, jetzt geht es zu Fuß weiter«, antwortet er, und ich erkenne wieder die unterschwellige Ironie in seiner Stimme.

Ungläubig sehe ich ihn an. »Ist das jetzt dein Ernst?«

»Ja, siehst du vielleicht mehr als ich? Einen anderen Weg als den Fußweg gibt es nicht.«

Nachdem wir ausgestiegen sind, sehe ich tatsächlich etwas. Ein paar Meter weiter, neben einem angedeuteten Trampelpfad, der über die Wiese hin in Richtung der Klippen verläuft, steckt ein kleines Holzschild im Boden. Im ersten Moment will ich bis dorthin laufen, um es mir genauer anzusehen, doch ich bin noch keine fünf Schritte losgerannt, da versinke ich schon im Morast. Hilfesuchend blicke ich mich zu Devon um, der sichtlich belustigt noch neben seinem Auto steht und unsere Taschen von der Rückbank nimmt. »Wahnsinnig toller Urlaub«, sage ich leise, da mir sein Grinsen langsam auf die Nerven geht. Noch mehr geht mir auf die Nerven, als er aus dem Kofferraum ein paar Gummistiefel holt und sein Schuhwerk wechselt. Natürlich wieder mit einem süffisanten Grinsen.

»Ich könnte dich tragen«, äußert er, als er bei mir ankommt.

»Das kannst du auch schön lassen.« Innerlich verfluche ich mich. Die Wegbeschreibung habe ich mir zu Hause angesehen. Den Ort Erris Head und die Landschaft habe ich beinahe studiert. Dass man aber am besten mit Gummi- oder Wanderschuhen vorankommt, und nicht mit Sneakern losrennt, das habe ich natürlich nicht bedacht.

»Komm, Rayna«, sagt er und marschiert los.

Bei jedem Schritt spritzt uns die braunschwarze Suppe, mit der der Boden getränkt ist, gegen die Beine, und als wir vor dem kleinen Holzschild ankommen, auf das mit schwarzer Farbe »Head House« eingraviert ist mit einem Pfeil in Richtung der Klippen, fängt es auch schon wieder wie aus Eimern an zu schütten. Devon zieht seine Jacke aus und legt sie von hinten über meinen Kopf. Erst will ich sie abwehren, aber dann behalte ich sie doch lieber über. Sie riecht so gut und ich muss ihn ja auch mal etwas Gutes tun lassen. »Und du?«, frage ich.

»Ich werds überleben.«

Wenn er das sagt. Mehr als dankbar behalte ich also die Jacke. Außerdem wabern mittlerweile Massen an Nebel um unsere Füße. Von dem Trampelpfad ist schon längst nichts mehr zu sehen und ich bin ausnahmsweise froh, dass Devon mittlerweile richtungsweisend vor mir geht und ich nicht allein den Weg finden muss. Selbst wenn ein weiteres Schild als Wegweiser aufgestellt sein sollte, würde ich höchstens darüber stolpern. Gute fünfzehn Minuten sind wir schon unterwegs, doch die Klippen sind noch nicht wirklich in Reichweite. Trotz Devons Nähe fühle ich mich langsam unsicher. Der Regen peitscht mir immer heftiger ins Gesicht und nimmt mir fast vollends die Sicht. Wie von selbst greift seine Hand in meine. Fast so, als hätte er meine Gedanken gehört und ohne Protest lasse ich es zu. Mit seinen Fingern, die meine fest umschließen, habe ich das Gefühl, nun schneller voranzukommen, auch wenn diese Berührung mich kaum noch auf den Weg achten lässt. Ich kann nur an diese Nähe denken. Diese Hitze, die ich an den Stellen spüre, an denen unsere Haut verbunden ist. Auf einmal sind die Klippen zum Greifen nah, als hätte ich einen großen Teil der Strecke überhaupt nicht mitbekommen. Trotz des starken Regens kann man jetzt auch die Brandung hören. Das Meer muss also ganz in der Nähe sein. Mächtig ragen die Felsen vor uns auf und wirken im ersten Moment wie bedrohliche Riesen, während wir beide wie kleine Ameisen vor dieser Laune der Natur stehen. Devon zieht mich weiter in Richtung der Felswand und während ich noch überlege, wo er jetzt mit mir hinwill, da ich mittlerweile vollkommen die Orientierung verloren habe, sehe ich es auch. Inmitten der Felswand ist ein Gang. Ein Höhlengang. »Da willst du doch nicht rein?«, schreie ich gegen den Regen und den Wind an.

»Eine andere Möglichkeit wäre zu schwimmen.«

Devon hat sich mir zugewandt, sein Gesicht ist regenüberströmt. Er steht mindestens einen großen Schritt von mir entfernt und doch höre ich ihn so klar und deutlich, als stünde er direkt vor mir.

»Vertrau mir, Rayna, der Gang ist höchstens fünf Meter lang und Licht fällt von außen ein.«

Wieder dieses *vertrau mir*. Wenn ich ihm vertraue, bin ich wahrscheinlich verloren. Trotzdem lasse ich ihn erneut meine Hand nehmen und mich mitziehen.

Wie ein Vakuum … so fühlt es sich an. Wir laufen einen steinigen Weg entlang, eingeschlossen von meterhohen Felsen, aber das sanfte Licht, das durch etliche kleine Löcher im Gestein dringt, macht es nicht unangenehm.

Genau so wie Devon gesagt hat, erreichen wir nach einer Minute bereits den Ausgang und stehen direkt am Klippenrand. Unter uns der tosende Atlantik, bloß geschützt durch ein mehr oder minder dickes Tau, das an alten, rostigen Pfählen im starken Wind hin und her schwingt. Für einige Augenblicke stehen wir nebeneinander, sehen hinunter in die tosende Gischt, und als ich erneut zwei seiner Finger an meinen spüre, die mich sanft umgreifen, möchte ich mich am liebsten gegen ihn lehnen.

»Komm«, sagt er sanft. »Wir sind da.«

Er führt mich den schmalen Weg weiter nach rechts oben und ich sehe es. Das Head House. Es ist inmitten der Felswand eingebaut. Noch nie habe ich etwas Majestätischeres und zugleich Geheimnisvolleres gesehen. Es passt perfekt zu Devon. Es ist so, als würden dieses Anwesen und er zusammengehören. Mächtig ragt es in enormer Höhe und Breite bis fast ans Klippenende.

»Gefällt es dir?«

»Es ist der Wahnsinn.«

Kapitel 7

Während ich immer noch beeindruckt vor diesem Gebäude im viktorianischen Stil und der umwerfenden Umgebung kein Wort rausbringe, schleicht sich ein Gedanke in mein Hirn. Woher wusste Devon eigentlich so zielsicher, wo unser Weg lang führt? In diesem Moment lösen sich seine Finger von meinen und er geht weiter die vielen kleinen Stufen hoch, auf den Eingang zu. Ich sehe ihm nach, blicke auf seine Rückansicht. So wie er geht, was er ausstrahlt, wirkt er, als könne ihm nicht einmal der Ozean etwas anhaben. Kurz bevor er das Gebäude erreicht, laufe ich ihm nach, auch wenn das mit meinen schlammverschmierten Schuhen schwierig ist. Vor der breiten, dunklen Eingangstür angekommen, sieht Devon mich mit einem Strahlen an. *Wenn er doch nur endlich diese dämliche Brille abnehmen würde,* denke ich mir und halte Ausschau nach dem Butler. Ein Mister Doyle ist jedoch nirgends zu sehen und genauso frage ich mich auch, wo hier noch das Nebengebäude sein soll, in dem der Mann wohnt. Da spüre ich auf einmal Devons Arm, der mich wie zufällig berührt, und wieder laufen kleine Stromschläge über meine Haut, bloß weil er so nah ist. Bloß weil er so einschüchternd und anziehend auf mich wirkt. Dabei ist das Head House allein schon einschüchternd. Groß, düster, bedrohlich und doch so wunderschön. Ein Duft dringt trotz des starken Regens in meine Nase und er kommt mir äußerst bekannt vor. Auch Devon nimmt ihn auf, denn ich bemerke, wie er tief einatmet.

»Du machst deinem Nachnamen ja hier alle Ehre«, sagt er und ich habe das Gefühl, er steht noch dichter bei mir.

»Du aber auch«, erwidere ich leise, denn auch von ihm geht dieser leichte Oleandergeruch aus. Wieder begegnen sich unsere Blicke kurz, doch diesmal sehen wir beide schnell wieder auf die Tür. Sowieso betrachte ich gerade lieber noch mal das Anwesen, da mein Herz immer schneller galoppiert. Wo steckt denn dieser Butler? Gibt es hier keine Klingel an diesem granitfarbenen Schloss? Alles ist winklig in die Felswand gebaut und am Ende des ellenlangen Treppenzuganges, auf dem wir stehen, wartet der pompöse Eingang aus Hunderten von dunklen Fachwerkfenstern. So zieht sich das Ganze nach rechts sowie links fort. In jedem darüberliegenden Stockwerk werden die Fachwerkfenster kleiner, bis sie am Ende nur noch aus zwei winzigen Scheiben bestehen. Überall aus dem Gebäude ragen völlig strukturlos unzählige kleine Türme empor und um einige der Türme ranken sich Weingewächse und dunkler Efeu. Als hätte Devon nur darauf gewartet, dass ich mir das Anwesen erst genau ansehe, hämmert er jetzt mit der Faust gegen die Tür. Mehrmals. Nichts tut sich. Mister Doyle lässt sich nicht blicken. Devon nickt mir zu und drückt im selben Moment die Klinke herunter. Das Haus ist unverschlossen, sodass wir eintreten können. Er nimmt mich wieder an die Hand und geht mit mir hinein, als wäre es selbstverständlich, dass wir uns anfassen. Erst frage ich mich noch, ob es richtig ist, hier einfach so einzudringen. Doch sowie unsere Füße im Eingangsbereich stehen, erscheint ein breites Grinsen auf Devons Gesicht und er rennt los. Mit mir an der Hand. Er rennt tatsächlich durch die ganze Halle und mir bleibt gar nichts anderes übrig, als mitzulaufen. Dann fängt er an zu lachen. Er lacht so ausgelassen und glücklich, dass ich gar nicht anders kann, als mit einzusteigen. Als ich schon nach Luft schnappe, dirigiert er mich über den Marmorboden in eine winklige Ecke und drückt mich ungestüm mit dem Rücken auf die Chaiselongue, die dort steht. Mit einem Mal ist er ganz dicht über mir, der Stoff unter mir drückt sich weich gegen meine durchnässten Sachen und sämtliches Lachen erlischt. Ohne mich wirklich zu berühren, ist er mir so nah, dass mein Atem sich beschleunigt. Völlig unerwartet nimmt er seine Brille ab und seine Augen … ich versinke darin. Nie habe ich eine vergleichbare Augenfarbe gesehen. Dieses Bernstein scheint immer wieder in anderen Tönen zu schimmern. Mit der Hand umgreift er mein Kinn und kommt meinem Mund immer näher. »Wer bist du?«, frage ich leise, »ich erkenne dich kaum wieder.«

»Ich bin dort mit dir, wo ich sein wollte, mein schüchternes Mädchen. Wie konnte ich dich erst so spät finden?«

Seine Lippen legen sich auf meine, seine Zunge dringt in mich ein und ich kann und will mich nicht dagegen wehren. Ich verstehe nicht im Geringsten, was er da gerade gesagt hat, aber ich kann mich auch nicht darauf konzentrieren. Ich falle in seinem Kuss, Hunderte von Metern tief und fühle mich doch so sicher und geborgen. Feuer schlängelt sich durch meinen Körper. Lava fließt durch meine

Venen und ich drücke ihm unwillkürlich mein Becken entgegen.

»Ähm, entschuldigen Sie bitte, wenn ich Sie unterbreche, aber gehe ich recht in der Annahme, dass Sie von der Kanzlei Hawks kommen?«

Ein alter Greis von mindestens hundert Jahren steht vor uns und ich verstecke mich mit aufgerissenen Augen unter Devon. Wie peinlich ist das denn bitte? Doch Devon scheint damit keinerlei Probleme zu haben. Er steht auf, mit diesem einzigartigen, verbotenen Devon-Grinsen im Gesicht und rückt seinen pitschnassen Hoodie zurecht.

»Gehe ich recht in der Annahme, dass Sie Mister Doyle sind?«, fragt er provokant und zwinkert mir zu.

Er ist unverschämt, auf alle Fälle, aber ich mag es. Zu sehr wahrscheinlich schon.

»Devon Cottler und das ist Miss Oleand, von der Kanzlei Hawks«, fügt er hinzu.

Mit hochrotem Kopf stehe ich auch endlich auf. »Guten Tag, Sir, entschuldigen Sie bitte.« Er erwidert nichts und übergeht unseren kleinen Fauxpas einfach. Es fällt mir unheimlich schwer, wieder zurück in die Realität zu kommen, da mein Körper immer noch unter Strom steht.

»Ich hoffe, der Fußmarsch war bei dem Wetter nicht zu beschwerlich. Am besten zeige ich Ihnen erst mal Ihre Zimmer. Sie möchten bestimmt in trockene Kleidung schlüpfen. Sind es denn zwei gewünschte Schlafräume oder können wir das Ganze sofort auf einen Raum minimieren?«

Devon will gerade schon antworten, da komme ich ihm schnell zuvor. »Ja, zwei Schlafräume, natürlich. Danke, Mister Doyle.« Kurz meine ich, ein Grinsen auf dem bisher eher starren Gesicht des Butlers zu erkennen, sicher bin ich mir allerdings nicht. Als Devon mich anlächelt und in

Richtung des alten Mannes deutet, der bereits vorangeht, folge ich ihm. Er führt uns durch die Halle rechts hinüber, über eine sehr rustikale Treppe, und weil Devon und Doyle vorausgehen, habe ich die Möglichkeit, mich etwas umzusehen. Alles erdrückt einen geradezu, da kaum Licht einfällt. Dunkles Eichenholz dominiert hier alles. Vom Boden bis über die Möbel und zu den Decken. Vor den Fenstern hängen dicke, grüne Samtvorhänge und nur vereinzelt dringen ein paar Lichtstrahlen an den Seiten vorbei. Auf der linken Seite der Halle führt eine weitere Treppe in einen anderen Teil des Hauses. In der ganzen Halle finden sich Frauen-Gemäldeporträts mit fast gleicher, unmenschlicher Schönheit wieder, wie ich sie bei Devon sehe. An der oberen Treppenstufe angekommen bleibe ich stehen, ziehe den Vorhang beiseite, kann die Wellen sehen und sie ebenso durch das geschlossene Fenster nach mir rufen hören. Ich öffne eines der kleinen Fachwerkfenster, ohne weiter auf meine Begleiter zu achten. Ein Sog der Meeresbrise mit einer Mischung des Oleandergeruchs steigt mir in die Nase. Die Wellen schlagen mittlerweile in einem gleichmäßigen Rhythmus gegen die Felsvorsprünge und auch der Regen ist verebbt. Mich erfüllt eine innere Wärme, fast so, als sei ich zu Hause. Vielleicht liegt es aber auch an dem Kuss von vorhin, der zwar wieder völlig unverhofft, dafür aber umso heftiger kam.

Mein Blick gleitet zu Devon, der jetzt ebenfalls stehen geblieben ist. Er steigt die paar Stufen wieder zu mir hinunter und legt seinen Arm um mich. Shit, dieser Mann macht mich ganz verrückt!

»Komm, wir wollen den Alten nicht noch mehr verärgern. Du wirst die Aussicht noch länger genießen können.«

Ich weiß nicht, was das ist, aber diese körperliche Anziehungskraft ist so stark, dass in meinem Kopf Bilder ablaufen, wie Devon mir die nassen Kleider abstreift und sich genau hier auf dieser Treppe zwischen meine Schenkel setzt und …

»Rayna«, sagt er erneut, und mit einem innerlichen Kopfschütteln folge ich ihm und dem Butler, der bereits ein paar Meter weiter wartet.

Mein Zimmer ist etwas freundlicher als das, was ich bisher vom Haus gesehen habe. Ein übergroßes Bett, den Proportionen des Anwesens angepasst. Hier ist die rustikale Eiche jedoch einem etwas wärmeren, helleren Holz gewichen. Die Wände sind in einem satten, sandigen Ton gehalten und ein Frisiertisch, ebenfalls aus Holz, steht an der Wand. Auch hier hängen Malerarbeiten, auf denen Frauen abgebildet sind. Allesamt schwarzhaarig und wunderschön. Auch einige Akte sind zu sehen. Sofort malt mein Devon-süchtiges Hirn sich aus, wie es wäre, wenn ich mich so freizügig vor Devon auf die Couch legen würde, damit er mich malen kann. Nein, dazu fehlt mir wohl der Mut. Seine Küsse bringen mich ja schon völlig durcheinander.

Ich gehe zu den vielen kleinen Fachwerkfenstern, die hier von innen ebenfalls einen sandigen Anstrich erhalten haben. Als ich eines davon öffne, weht mir wieder der Oleandergeruch in die Nase und nun kann ich auch erkennen, von wo dieser Duft bis ins Haus kommt. Der hauseigene Park. Plötzlich runzle ich die Stirn. Park? Das Haus ist doch in die Klippen hineingebaut. Ich laufe nach draußen auf den Gang, der mir gegenüber weder weitere Zimmer noch Fenster aufweist. Also renne ich bis ans Ende, in die Richtung, aus der Devon, der Butler und ich gekommen sind, und danach um den kleinen Vorsprung herum, bis ich wieder auf der Treppe stehe. Da ist er … der Atlantik. Mein Zimmer und die, die rechts und links neben meinem liegen, weisen aber in Richtung eines Parks, dabei müsste man genau genommen in den Felsen blicken, wenn man vorm Fenster steht. Ich verstehe es nicht.

Langsam gehe ich zurück und versuche auszumachen, wie viel Meter es von der einen Seite bis zur anderen sind. Das erweist sich aber aufgrund des abknickenden Gangs als schwierig. Doch egal wie breit das Anwesen ist, es kann niemals so breit sein, dass man durchs andere Ende der Felsen bauen könnte, um hinaussehen zu können. Als ich wieder an meinem Zimmerfenster stehe, komme ich aber mit mir überein, dass es gar nicht anders sein kann. Wie sollte ich sonst auf diesen Park sehen können? Hätte man das Haus nicht aber vom Parkplatz aus, oder zumindest vor dem Höhlengang stehend, seitlich im Felsen sehen müssen? Ich mache mir einen Vermerk auf meiner gedanklichen To-do-Liste, Doyle danach zu fragen. Von hier oben sieht der Park aus wie ein kleines Labyrinth aus Efeu und Oleander. Auch ein kleines Haus aus Stein erkenne ich am Ende der Grünfläche. Dort wird sicher der Butler wohnen. Plötzlich bemerke ich eine Bewegung im Garten und erkenne Devon, der zu mir hinaufsieht. Als ich ihm winke, dreht er sich um und verschwindet hinter den Sträuchern. Einfach so, ohne auf mich oder mein Winken zu reagieren. Wie ist er so schnell in den Park gekommen und was will er da unten? Vor allem … warum dreht er sich fort, ohne eine Reaktion? Ich werde aus diesem Mann einfach nicht schlau. Was ist jetzt wieder los? In den Momenten, in denen Devon mich zu mögen scheint, fühle ich ein unheimliches Vertrautheitsgefühl. In den anderen Momenten, die anscheinend überwiegen, möchte ich ihn am liebsten erwürgen.

Doch wie hat Linda mir immer wieder eingetrichtert: Was sich liebt, das neckt sich. Eine von ihren unzähligen

Weisheiten. Nur liebe ich Devon ja nicht. Ich finde ihn interessant, ja, und ich spüre da auch etwas Besonderes zwischen uns. Doch Liebe? Da wir nun sowieso beide für ein paar Tage hier gestrandet sind, werde ich nicht weiter grübeln und gegen meine Natur einfach alles auf mich zukommen lassen. Entweder er redet und verbringt Zeit mit mir oder eben nicht. In einem bin ich mir allerdings ziemlich sicher: Je weniger er mit mir redet, desto unwahrscheinlicher wird es, dass ich mich weiterhin einfach so von ihm küssen lasse. Zumindest rede ich mir das gerade ein. Mein Handy klingelt und ich wundere mich, dass ich hier oben überhaupt Empfang habe. Es ist Jack. »Ja, wir sind vor einer Stunde angekommen. – Nein, kein Chauffeur, sein Sohn selbst ist mit hier. – Ja, ich mach mich jetzt noch kurz frisch und schau mich mal um. – Alles klar, wir sehen uns in drei Tagen.« Wenn Jack wüsste, was für ein cooles Anwesen das hier ist, er würde sich sicher ärgern, dass er nicht selbst hergekommen ist. Langsam drehe ich mich einmal im Kreis und sehe mir erneut mein Zimmer an. Ich bräuchte dringend eine Dusche und trockene Kleidung. Es gibt eine zweite Tür, und … Volltreffer. Ein Megamonsterbad, direkt an mein Zimmer gekoppelt. Zwar ohne Fenster, aber man könnte hier auch fast ein türkisches Bad errichten anstatt eines normalen Badezimmers, so riesig ist es. Auch hier gibt es eine weitere Tür und ich denke, dass sie wohl auf den Gang hinausführen muss, doch als ich sie öffnen will, ist sie verschlossen. Dazu muss ich gleich Mister Doyle interviewen. Nicht, dass ich in der Wanne liege und aus heiterem Himmel steht der alte Butler mit frischen Handtüchern da. So vertage ich mein Bad auf später, steige aus den nassen Sachen und wasche mich nur notdürftig. Nach einem Blick in meine Reisetasche ärgere ich mich, keine netten Klamotten vorweisen zu können.

Nicht, dass ich Devon unbedingt aus den Socken hauen will, aber für dieses Haus hier, einen Butler und dazu Devon, der bisher immer gut gekleidet war, scheinen mir meine Shirts und Jeans einfach nicht das Richtige zu sein. Im Schlafzimmer steht ein großer Kleiderschrank, zu dem ich gehe und als ich ihn öffne, finde ich unfassbar schöne Sachen. Ein Kleid nach dem anderen. Eher schlichte, aber auch solche, in denen man glatt einen Ball besuchen könnte. Kleider, da würden sogar Kristin die Ohren schlackern. Wieso ist hier noch alles vorhanden, wenn der alte Mann allein wohnt? Wie gerne würde ich eines dieser Kleider anprobieren, aber ich kann mich nicht einfach an fremden Sachen bedienen, also schlüpfe ich doch in Shirt und Jeans. Als ich gerade den Hosenknopf schließen will, klopft es.

»Miss Oleand, ich habe eine Kleinigkeit für Sie und Mister Cottler im Salon serviert. Er wartet bereits auf Sie.«

Ich gehe zur Tür, öffne, doch Doyle ist schon wieder auf dem Weg nach unten.

»Mister Doyle, wo finde ich denn den Salon?« Ich laufe ihm hinterher.

»Ich werde Sie geleiten.«

Geleiten? Ich muss fast laut kichern, folge dem Butler aber. »Ob wir heute noch eine Führung machen könnten, damit ich meinem Chef die Pics nachher mailen kann?« Er sieht mich verdutzt an.

»Die was wollen Sie ihm bitte was?«

»Die Pics … Fotos meine ich. Die Fotos vom Haus per E-Mail schicken.«

»Ah ja, natürlich. Wenn Sie so weit sind, läuten Sie einfach, dann werde ich kommen.«

Ich soll läuten? Mir dünkt … der gute alte Doyle. Sicher ist er froh, mal wieder in seiner Funktion als Butler fungieren zu dürfen. Er führt mich die Treppe hinunter und ich ergreife die Chance auf meine nächste Frage. »Ich habe mich eben gewundert«, sage ich hinter ihm. »Von meinem Zimmer aus kann ich in einen Park sehen, dabei ist das Anwesen zu dieser Seite doch in den Felsen gebaut.«

Er nickt und geht weiter, ohne sich umzudrehen. »Sie blicken quasi aus der Hinterseite des Felsens.«

»Hätte man das Anwesen nicht schon vom Fußmarsch aus hierher sehen müssen?«

Diesmal schüttelt er den Kopf. »Irland ist groß in seinen Wiesen und voller Geheimnisse.«

Damit verstummt er wieder und wir gelangen ans Ende der Treppe. Gut, okay, dann blicke ich eben durch den Felsen auf die andere Seite. Ganz verstehen kann ich es dennoch nicht. Doyle führt mich durch die Halle in einen etwas abgelegenen Teil des Hauses und öffnet mir eine Tür. Dort sitzt Devon in einem Sessel am Kamin und liest eine Zeitung. Dabei sieht er nicht annähernd wie so ein langweiliger Herrenhausbesitzer aus, sondern eher wie ein Fels in der Brandung. Ein ziemlich heißer. Er sieht nicht mal zu mir auf, während ich im Durchgang stehe, also lasse ich meine Augen erst zu den breiten Terrassentüren und Fenstern gleiten, die ebenfalls in diesen Park führen und danach zu dem üppig gedeckten Tisch. Das soll nur für zwei Personen sein? Hier könnten ungelogen zehn Mann satt werden. Alles ist, ja fast dekadent angerichtet und ich bemerke erst jetzt das nagende Hungergefühl und mir fällt auf, dass ich seit sicher zwanzig Stunden nichts mehr gegessen habe.

»Bedien dich«, dringt seine dunkle Stimme an mein Ohr und das lasse ich mir nicht zweimal sagen.

»Hast du keinen Hunger?«, frage ich, setze mich und

packe mir den Teller voll. Als ich kurz zu ihm rübersehe, bemerke ich, dass er mich nun wieder mit einem Grinsen beobachtet.

»Ich habe schon gegessen, während ich auf dich gewartet habe. Iss nur.«

Ich stecke mir die erste Gabel in den Mund und sehe wieder auf all die Platten und Schüsseln. Merkwürdig ist, dass all das total unberührt aussieht. *Doch wer nicht will, der hat schon,* denke ich mir. »Sag mal«, frage ich mit vollem Mund, »hast du mich eben am Fenster nicht gesehen, als du im Park warst? Wie groß ist das Ganze hier eigentlich?«

Er ist wieder in seine Zeitung vertieft, antwortet jedoch. »Wenn du fertig gegessen hast, führe ich dich draußen herum.«

Okay, denke ich mir nur. Eine Führung mit Devon draußen im Park … Wie will er mich aber herumführen, wenn er selbst noch nie zuvor hier war? Kurzerhand schnappe ich mir ein paar Häppchen und springe auf. »Dann mal los, würde ich sagen!«

»Schon fertig?«, will er wissen, legt die Zeitung beiseite und erhebt sich.

Gott! Er sieht so verboten heiß aus. Das dunkle Haar, sein markantes Gesicht. Der Dreitagebart und dazu diese Augen … *Krieg dich mal wieder ein, Rayna.* »Ich habe Wegzehrung dabei«, antworte ich schnell und deute auf meine Hand. »Außerdem ist es bestimmt nicht mehr lange hell.«

»Magst du die Dunkelheit nicht?«, will er wissen, als wir zeitgleich an der Tür, die in den Park führt, ankommen.

»Doch, aber wenn ich schon eine Führung bekomme, würde ich gerne noch etwas erkennen können.«

»Dann komm, Prinzessin.«

Was soll das mit der Prinzessin immer? Leider muss ich zugeben, dass es mir gefällt. Erst gehen wir ziemlich steif nebeneinander und reden nicht viel. Er zeigt mir dies und das. Als ich ihn frage, woher er das überhaupt alles weiß, zuckt er bloß mit den Schultern und sagt *vom Butler*. Es ist auch wirklich alles traumhaft hier, inklusive der Meeresgeräusche und des anhaltenden Oleandergeruchs, aber ich kann mich trotzdem nicht richtig darauf konzentrieren. Bei allen Fotos, die ich mit dem Handy mache, versuche ich ganz nebenbei, Devon mit aufs Bild zu bekommen. Nach jeder kleinen Pause, die wir einlegen, um etwas anzuschauen, gehen wir danach näher beieinander, bis wir uns irgendwann wie durch Zufall berühren. Da ist er wieder, dieser Strom.

Mittlerweile haben wir den Park längst verlassen und stehen auf einem Hügel, nicht weit vom Head House entfernt. Die Sonne glänzt mit ihren letzten dünnen Strahlen für heute und versucht mit aller Macht, für mich zu leuchten, damit ich Devons Augen weiter sehen kann. Er spricht über das Head House, erzählt mir von der Bauweise und den verschiedenen Strukturen. Ich sauge allerdings nur seine dunkle und rauchige Stimme auf. Viel kann ich sowieso nicht erwidern und doch schaffe ich es sogar manchmal, ein wenig witzig zu sein. Dabei fühle ich mich in seiner Gegenwart gar nicht zu Scherzen aufgelegt. Mir schwirren da ganz andere Sachen durch den Devonsüchtigen Kopf.

»Bei deinem Job hast du bestimmt schon viele solcher Häuser gesehen«, sagt er.

»Ja klar, ich residiere nur in solchen Anwesen.«

»Im Ernst, Rayna. Ich will dich ja nicht langweilen mit meinem Geschwafel.«

»Ach, so schlimm ist es nicht.« Ich rede mir so einen

Blödsinn zusammen, dass ich beschließe, besser ganz den Mund zu halten. Entweder er sieht es genauso oder ihm fällt auch nichts mehr ein, denn er zieht mich weiter hoch und wir gehen querfeldein. Immer noch kann ich die Wellen hören, und dann bleiben wir urplötzlich stehen und ich weiß ganz sicher, dass nun etwas passieren wird. Ich spüre es schon während des gesamten Spazierganges. Es steht die ganze Zeit zwischen uns und wartet nur darauf, uns in seine Fänge zu bekommen. Etwas, nach dem ich mich verzehre. Etwas, auf das ich, seit ich in sein Auto eingestiegen bin, gewartet habe. Sofort rast mein Herz wie verrückt. Wir sehen uns an und ich kann beim besten Willen nicht sagen, ob ich jemals etwas mehr wollte als diesen Mann. »Was machst du nur mit mir?«, flüstere ich und frage mich selbst, wo ich den Mut hernehme, das auszusprechen. Er blickt mich so fordernd an, dass mein Atem wieder durchdreht.

»Ich fresse dich mit Haut und Haar«, ist seine Antwort und schon liegen seine Lippen wieder auf meinen, so als gehörten sie dorthin.

Fast ist es schon vertraut und doch so neu. Ich spüre in mir eine Hitze, die gestillt werden will. »Dann friss mich …«, hauche ich ihm zwischen zwei Küssen entgegen. Das Ganze hat nun nichts mehr von Verspieltheit. Eine Leidenschaft flammt in mir auf, die ich so nicht kenne, und ich spüre sie auch in ihm. Zärtlich tasten seine Hände mein Gesicht ab. Sein Mund liegt fest auf meinem. Ich stehe wie ein einzelner Baum auf der Weide, der vom Blitz getroffen wurde und fühle nur diese hitzige Energie. Das hier ist anders als die vorherigen Küsse. Das hier ist pure Elektrizität. Seine Hände fahren meinen Körper entlang, er zieht mich so dicht an sich, dass ich die Erektion in seiner Hose spüre. Als seine Finger meinen Hintern fest umgreifen, seufze ich in seinen Mund hinein. Ein Vogel schreit über uns und es klingt fast, als würde er unser Zusammentreffen betrauern. Aber ich will mehr. Jetzt und hier. Unweigerlich sofort. Ich ziehe ihn mit mir zu Boden und um mich herum versinkt alles in einem schwarzen Loch. Ich weiß nicht, ob ich das hier nachher bereue, aber bei dem, was ich fühle, kann es danach keine Reue geben. Während meine Finger aufgeregt über seinen harten Bizeps wandern, gerät Devon ebenfalls völlig außer Atem. Wir küssen, ertasten uns und mich stört nicht einmal das nasse Gras unter mir.

»Rayna«, keucht er und drückt dabei seine Erektion fest gegen mich.

Völlig unerwartet, wendet er sich ab und steht auf. Er dreht sein Gesicht zur Seite und als ich ebenfalls aufspringe und ihn wieder zu mir ziehen will, blockt er ab. »Devon, was ist jetzt wieder?«

»Nichts. Ich denke nur, wir sollten zurückgehen. Alles ist okay.« Er macht zwei Schritte in Richtung Park.

»Devon, was wird das?«

»Na, wir sollten zurückgehen, bevor es ganz dunkel ist. Außerdem können wir uns jetzt schon wieder trockene Sachen anziehen.«

»Das meine ich nicht«, rufe ich ihm hinterher, weil er schon weitergeht. Scheiß doch drauf! Ich sage jetzt einfach, was mir durch den Kopf geht. So kann er nicht mit mir umgehen. »In der einen Minute tust du so, als würdest du mich mögen und in der nächsten, als sei nichts geschehen.«

»Rayna, komm schon. Dort drüben ist ein riesiges Herrenhaus, da müssen wir nicht im fast Dunklen auf der nassen Wiese liegen. Es ist wirklich alles bestens, glaub mir.«

Dann endlich, zeitgleich mit den letzten Sonnenstrahlen, wendet er sich, kommt auf mich zu und küsst meine Stirn. Kurz lasse ich den Kopf gegen seine harte Brust sinken, sauge seinen Duft in mich auf und denke über seine Worte nach. Ganz unrecht hat er nicht. Mittlerweile ist es wirklich dunkel und kalt geworden. Trotzdem verstehe ich nicht, warum er sich immer so abrupt von mir löst.

»Lass uns zurückgehen«, raunt er mir zu, macht sich sanft von mir los und geht.

»Vielleicht nicht ganz so schnell«, rufe ich ihm nach, da ich kaum hinterherkomme. Er dreht sich kurz zu mir herum.

»Wir wollen uns doch keine Grippe holen, Prinzessin.«

Was war das? Was war da gerade mit seinen Augen? Meine Hormone scheinen vollkommen verrückt zu spielen. Seine Bernsteinaugen, als er sich gerade zu mir umdrehte, schienen im Dunklen zu leuchten. Kein Leuchten wie der Schein einer Taschenlampe. Sie schwammen. Verschwammen. Nahmen die Farbe von flüssigem Gold an. »Devon, warte doch.« Er bleibt stehen, aber dreht sich nicht wieder in meine Richtung.

»Was denn?«, fragt er mit bebender Stimme.

Ich rupfe an seinem Jackenärmel, will ihn zu mir herumdrehen, aber er ist so schnell im hell erleuchteten Salon, dass ich gar nicht mehr dazu komme, ihn am Arm festzuhalten.

»Was wolltest du fragen?«, murmelt er in sich hinein, als ich ihm folge.

Er sieht mich immer noch nicht an, steht mit dem Rücken zu mir und ich habe das Gefühl, dass ich verrückt sein muss. Da kann nichts Seltsames mit seinen Augen gewesen sein. Er besitzt eine besondere Augenfarbe. Nichts weiter. Wahrscheinlich hält er mich für anhänglich, weil ich ihm hinterhergerufen habe und ihn zum Stehenbleiben anhalten wollte. Wobei, das ist auch Schwachsinn und so sollte ich nicht denken. Ich habe nichts Ungewöhnliches verlangt. Trotzdem frage ich etwas völlig anderes, als ich eigentlich im Sinn hatte. »Wo ist denn überhaupt dein Zimmer?«

»Direkt neben deinem, Rayna. Wir teilen uns ein Badezimmer.«

Also nichts mit Tür zum Gang. Tür zu Devon. Wäre das auch geklärt. Bloß dass ich jetzt sofort wieder nervös werde.

»Was meinst du, sollen wir heute Abend ein bisschen auf die Piste gehen? Ich zeige dir Irlands Nachtleben.«

Da ist er wieder, der Umschwung in seiner Stimme und er wendet sich mir wieder zu. Seine Augen ... sind genauso wie immer. Wunderschön. »Kennst du dich denn in dieser Gegend hier aus?«, frage ich. »Aber ich dachte ja auch, du würdest nicht mal den Weg hierher kennen.« Den Trotz in meiner Stimme kann ich nicht verbergen. Wo will er denn jetzt auf einmal hin?

»Vergiss nicht, dass ich aus Irland stamme. Mullet und Belmullet kenne ich nicht, aber irisch ist irisch. Wir werden schon was Passendes finden. Also, Rayna«, äußert er herausfordernd und grinst, »wir sind ja nicht zum Spaß hier.«

Nun packt mich mein Mäuschengrau wieder. »Ich würde echt gern mitkommen, aber auf so was bin ich anziehtechnisch nicht eingestellt. Ich dachte, ich muss mir nur das Haus ansehen und das war es.«

»Na, wenn das alles ist, bedien dich an dem Kleiderschrank in deinem Zimmer.«

»Woher weißt du, was da drin ist?«

»Von mir, Miss Oleand.« Mister Doyle betritt den Salon

und sieht zu Devon und danach zu mir.

»Es stört niemanden mehr, wenn Sie sich Kleidungsstücke herausnehmen.«

Nachdem Devon und Mister Doyle mich überzeugt haben, dass es die Damen, denen die Garderobe gehörte, ja wirklich nicht mehr stören kann, sehe ich mich, als ich wieder in meinem Zimmer bin, in dem Kleiderschrank noch einmal genauer um. Ich soll mich richtig rausputzen, waren Devons Worte. Ich will gar nicht weiter darüber nachdenken, was mich gleich erwartet. Muss aber auch zugeben, dass es wahnsinnig aufregend ist. Vielleicht führt er mich in einen dieser kleinen, lauschigen Pubs aus. Die Haare hochgesteckt, fällt meine engere Wahl auf ein blaues und ein enganliegendes, schwarzes Chiffonkleid. Das Schwarze ist bodenlang, allerdings im Rücken so weit ausgeschnitten, dass ein Höschen darunter eigentlich ein No-Go ist. Das Blaue ist ebenfalls bodenlang, jedoch ist es obenrum geschnitten wie eine Corsage, mit einem raffinierten Stehkragen. Ich entscheide mich für das blaue Kleid. Auch Schuhe gibt es hier in Hülle und Fülle. Sogar alle in meiner Größe achtunddreißig. Ich nehme mir ein weißes Paar geschnürte Pumps und dazu eine passende Clutch. Die Pumps sind mit einem ziemlich hohen Absatz versehen, aber da Devon um einiges größer ist als ich, kann es uns nur zugutekommen. Ich muss selbst lachen über meine Gedanken. Überhaupt sehen die Kleider alle so neu und ungetragen aus. Kaum zu glauben, dass sie schon so alt sein sollen. Ein Blick in den überdimensionalen Spiegel lässt mich stocken. Ich sehe noch einmal hinein und muss feststellen, dass ich wirklich verdammt gut aussehe.

Kapitel 8

Ich trete auf den dunklen Gang hinaus und mache mich auf den Weg nach unten. Dort sitzen im Salon Devon und der alte Doyle vorm Kamin. Ein Bild, das mir seltsam erscheint. Fast wirken sie vertraut, dabei sind wir doch erst heute Morgen hier angekommen. Außerdem geht mir durch den Kopf, wozu Professor Cottler überhaupt Jacks, beziehungsweise meine Hilfe in Anspruch nimmt, wenn Devon genauso alles Wichtige hätte aufnehmen können. Als die beiden mich bemerken, erscheint ein Lächeln auf Devons Gesicht.

»Rayna …«

In dem Augenblick, indem seine Augen die meinen finden, vibriert mein Körper. Wie auf Abruf und es ist jedes Mal überwältigend für mich. Ich kann dieses Kribbeln, Vibrieren, tatsächlich am gesamten Körper spüren.

»Du siehst wunderschön aus«, sagt er, während seine Augen über mich gleiten.

Was man von ihm nicht minder behaupten kann. Wie immer sieht er hervorragend aus. Dunkle Kleidung, die seinen definierten Körper unterstreicht und seine Augen dazu … Ein mir fast schon vertrautes Bild. Seine helle Mondhaut glänzt im Schein des Feuers und er sieht beinahe unwirklich aus. Doyle beobachtet uns beide und lächelt zufrieden, wobei ich nicht verstehe, warum unser Anblick ihn zufriedenstellt.

»Nun, Miss Oleand, ich denke die Führung vertagen wir besser auf morgen«, äußert er feststellend.

»Kein Problem«, bringe ich verlegen über die Lippen. Sein Gegrinse ist mir schon fast peinlich.

»Wollen wir?«, fragt Devon.

Ich nicke und bin froh, als er aufsteht und wir in die Halle hinausgehen. »Irgendwie ist Doyle ein bisschen seltsam«, flüstere ich.

»Findest du?«

»Schon. Er sieht mich manchmal so merkwürdig an.«

»Ich denke, er ist einfach froh, auch mal etwas Hübsches zu sehen. Das Kleid steht dir wirklich sagenhaft.«

»Apropos«, sage ich und werfe einen bedeutungsvollen Blick auf meine hohen Schuhe. »So kann ich aber nicht bis zum Auto laufen.« Er grinst und bedeutet mir mit dem Finger, ihm zu folgen.

»Du musst nicht weit laufen.«

Wenn ich nicht weit laufen muss, was dann? Will er mich tragen? Nicht, dass ich wirklich etwas dagegen hätte. Wir gehen durch den Haupteingang hinaus und besteigen eine der äußeren Treppen, die uns auf einen der Türme führt. Dort steht nichts Geringeres als ein Helikopter. Wie versteinert verharre ich vor dem Fluggerät und weiß erst gar nicht, was ich sagen soll.

»Kommst du?«, fragt Devon und öffnet die Helikoptertür.

»Wie? Ich meine …«

»Es ist bloß ein Mini-Helikopter, Rayna. Lass uns losfliegen.«

Bloß ein Mini-Helikopter … »Der gehört doch sicher nicht standardmäßig zum Haus. Als wir hier angekommen sind, habe ich ihn auch nicht gesehen.«

Devons Grinsen wird immer breiter. »Noch gehört er nicht standardmäßig dazu, stimmt. Ich habe ihn herfliegen lassen und für die nächsten drei Tage gehört er uns.«

Uns … wie er das so sagt. »Und so was darfst du fliegen?«

»Du denkst zu viel nach, Rayna. Klar darf und vor allem kann ich den fliegen. Aber wenn es dir zu unsicher ist, kannst du ja laufen und wir treffen uns am Auto.«

Er lächelt und ich boxe ihn in die Seite.

»Genieß den Flug und schließ die Augen, wenn du Angst hast«, wispert er mir zu, nachdem ich neben ihm sitze und mich angeschnallt habe.

Unweigerlich kommt mir Kristins Erzählung von der Katakombenparty in den Kopf. »Willst du mit mir zu so einer Geheimparty? Mir ist nicht nach trinken, ich muss hier schließlich noch arbeiten und das für deinen Vater.« Es ist nicht nur die Angst vor einer solchen Geheimparty, sondern noch viel mehr die Angst vor dem Flug. Ich bin noch nie geflogen und schon gar nicht in einem solch winzigen Teil. Er legt so unerwartet seine Hand auf meinen Schenkel, dass ich kurz zusammenzucke. Ich spüre die Hitze sogar durch den Stoff des Kleides.

»Lass meinen Vater mal mein Problem sein. Ich möchte einfach nur, dass du dich entspannst.«

Er schenkt mir ein warmes Lächeln und viel zu schnell sind seine Hände mit all den Knöpfen vor ihm auf dem Pult beschäftigt, bevor wir tatsächlich aufsteigen. Ich schließe die Augen, versuche mich nur auf seine Nähe zu konzentrieren und nicht auf das Ohnmachtsgefühl, das mich überrennen will, weil meine Füße nicht mehr die Erde berühren. Ich muss gar nichts sehen. Ihn neben mir zu spüren, reicht vollkommen aus. Von mir aus könnten wir den gesamten Abend allein im Salon verbringen. Dazu brauche ich keine Partys oder Helikopter. Als wir viel zu schnell wieder zur Landung ansetzen, möchte ich die Augen am liebsten geschlossen halten. Einfach neben ihm sitzen bleiben, aber daraus wird wohl nichts.

»Wir sind da, Prinzessin.«

»Sollen wir nicht einfach sitzen bleiben?«, frage ich mit einem Lächeln und öffne die Augen.

»Verrätst du mir auch, warum du lieber mit mir allein sein willst, statt dort reinzugehen?«

Das Erste, das ich sehe, nachdem meine Augen geöffnet sind, ist er. Er, der mich ansieht, als hätte er im Grunde dieselben Gedanken wie ich. Gedanken, die ich sonst nie hatte. Gedanken, wie er mich küsst. Wie er mich auszieht und meinen Körper erkundet … und ich seinen. Doch als ich spüre, wie mir Hitze in die Wangen steigt, richte ich den Blick nach vorn. Wir stehen auf einer riesigen Wiese unterhalb eines Hügels und oben auf dem residiert eine herrschaftliche Villa. »Devon, wo sind wir hier? Das ist doch ein Privathaus.«

»Nichtsdestotrotz findet dort eine Party statt. Das Zubrot ist, dass meine gesamten alten Freunde auch da sein werden. Sogar für dich gibt es eine Überraschung.«

»Will ich die wissen?« Eine Privatvilla – seine alten Freunde – was bedeutet das überhaupt? »Warum hast du mir das nicht direkt gesagt?«

»Hätte es denn eine Rolle gespielt?«

»Ich finde schon, dass es eine Rolle spielt, wenn du mir

etwas vorenthältst. Das fühlt sich an wie eine Lüge. Jetzt wundert mich auch nicht mehr, dass du den Weg nach Irland so einfach gefunden hast. Du hast also hier in der Gegend gewohnt?« Er rückt so nah an mein Gesicht heran, dass er beinahe schon wieder meine Lippen berührt.

»Rayna, sei doch mal ehrlich. Du wärst doch niemals mit mir gekommen, wenn ich dir gesagt hätte, dass es eine private Party ist. Dass einige meiner alten Freunde hier sein werden, weil ich nicht weit von hier aufgewachsen bin. Ich wusste ja schon in London, dass die Party steigen wird, und so habe ich dich ein bisschen an der Nase herumgeführt. Wir werden einen wunderschönen Abend haben. Zumindest, wenn du es zulässt.«

Seine Hand legt sich auf meine Wange und seine Stirn gegen meine.

»Komm schon, Rayna. Wenn es dir nicht gefällt, fliegen wir zurück. Versprochen.«

»Du bist unmöglich«, flüstere ich. Er küsst erneut meine Stirn, löst sich danach von mir, von seinem Gurt, springt hinaus und öffnet meine Tür. »Devon?« Während er meine Hand in seine nimmt, um mir aus dem Helikopter zu helfen, sieht er mich mit seinen Bernsteinaugen an. »Bitte lüg mich nicht an. Auch nicht, wenn es in deinen Augen nur Kleinigkeiten sind wie dieser Besuch hier. Oder die Tatsache, dass deine Freunde hier sein werden. Was für dich nicht wirklich wichtig erscheint, ist es für mich vielleicht sehr wohl.«

»Du hast recht«, antwortet er und hebt mich ganz dicht bei sich aus dem Helikopter.

»Wenn ich jetzt deine Gedanken lesen könnte«, wispere ich, da er mir mit seinem Gesicht so nah ist, »was würde ich sehen?«

»Was würdest du sehen wollen?«

Seine Stimme jagt mir wieder eine Gänsehaut über den Körper. »Die Wahrheit. Die Frage ist nur, wie lautet sie?« Zwei seiner Finger ergreifen eine meiner Haarsträhnen, die sich aus der Frisur gelöst haben und er legt sie mir hinters Ohr.

»Du würdest sehen können, wie sehr ich dich mag, und du würdest wissen, dass ich mich eigentlich von dir fernhalten sollte, es aber nicht kann.«

Mit den Fingern streicht er nun wieder über meine Wange und kommt mit dem Gesicht noch näher.

»Und was würde ich in deinen Gedanken finden, Rayna?«

Ich schlucke. »Dass ich nicht weiß, was das mit uns ist.« Vom Hügel aus hören wir eine Tür zuschlagen und dieser Laut ist es, der den innigen Moment zwischen uns zerstört, denn Devon rückt von mir ab.

»Möchtest du mich begleiten?«, fragt er und deutet in Richtung der Villa.

Ich nicke bloß, spüre das heiße Prickeln in meinen Fingern, als er meine Hand wieder ergreift und lasse mich von ihm eine edel aussehende Treppe, den Hügel hinaufführen. Vor dem bulligen weißen Eingangsbereich angekommen, scheint es kurz so, als würde Devon stocken, doch schon drückt er die Klinke hinunter und schiebt die Tür auf.

Wunderlicherweise ist das Haus, oder besser die Villa, als wir sie betreten, alles andere als es von außen vermuten lässt. Während von draußen alles still und dunkel erscheint, wird man beim Eintreten sofort eines Besseren belehrt. Die Musik ist so laut, dass ich gar nicht verstehe, warum man sie auf dem Grundstück noch nicht wahrgenommen hat. Auch wenn man von außen eine imposante Villa sieht und schnell dem Irrtum erliegt, dass hier wahrscheinlich ein älteres Ehepaar lebt, weiß man sofort beim Eintreten, das es nicht so ist. Pure, moderne Eleganz schlägt uns entgegen und alles sieht sündhaft teuer aus. In jeder Ecke steht ein Designerstück, dazu blassgrauer Marmor, wohin man nur sieht. Ein Sessel jagt den nächsten und allesamt bestehen sie aus schwarzem Leder, das unheimlich edel aussieht. Von den ganzen Gemälden, die an den Wänden angebracht sind, gar nicht zu sprechen. Allerdings sind sie hier anders als im Head House. Keine Akte oder Portraits, sondern nur so modernes Zeug, bei dem einem schon vom Betrachten schwindelig wird. Der Flur ist vollkommen leer und niemand begegnet uns. Also gehen wir den Ohren nach, was nicht wirklich schwerfällt, in eine Halle komplett aus weißem Marmor. Vor uns steht in einem Kreis eine riesige Sofalandschaft um eine ebenso riesige Tanzfläche aufgebaut. Aus der Mitte der Tanzfläche ragt ein gigantisches DJ-Pult und auf den Sofas tummeln sich massenweise Leute. Ich kann nicht wirklich viel erkennen, da es sehr dunkel ist, aber das hier wirkt wie eine kleine Ausgabe des Paschas in London. Die Tanzfläche ist ziemlich voll und man hat wirklich den Eindruck, als würde man einen Nobelklub betreten und kein Privathaus. Um Devon herum scheinen alle mit ein wenig mehr betucht zu sein. Wobei … wenn Professor Cottler das Head House kaufen möchte und Devon einfach mal so einen Helikopter mietet, wird ihr Bankkonto ebenfalls gut befüllt sein. Devon geht mit mir in Richtung der Tanzfläche und wo gerade noch kein Durchkommen war, teilt sich jäh die Menge. Ich schleiche hinter ihm her, meine Hand weiter mit seiner verbunden, und als ich mit den Augen über die Gesichter fahre, ist es fast, als hätten all die Menschen und ich die Plätze getauscht. Eigentlich bin ich die, die zu Boden sieht. Hier sind es alle, die den Weg für Devon freimachen. Irritiert lasse ich meine Augen zu den Sofas gleiten und nehme sie näher in Augenschein. Das allerdings, was ich sehe, verwirrt mich. Diese Sofas sind alle voll besetzt. Besetzt mit Menschen, die alle irgendwie in intimerweise miteinander verbunden sind. Niemand ist nackt, das nicht. Doch Frauen sitzen auf Männerschößen und bewegen sich dabei rhythmisch zur Musik. Hände verschwinden unter Kleidungsstücken, Münder sind miteinander verbunden und Körper schlängeln sich umeinander. Schnell richte ich den Blick wieder auf Devons Rücken, der einen bestimmten Punkt auf der Tanzfläche anvisiert. Als ich über seine Schulter hinweg genauer hinsehe, traue ich meinen Augen kaum. Da tanzt Kristin mit einem dieser Typen. Einem dieser schönen Typen. Überhaupt sehe ich hier niemanden, der nicht auch als Model agieren könnte. Zeitgleich erspähe ich Rufus und Aidan, die sich direkt neben Kristin und dem Typen befinden. Was mich aber so überrascht ist, wie Kristin und dieser Typ miteinander tanzen. Sie haben eher Sex mit Klamotten, als dass sie das tun, wozu die Tanzfläche da ist. Ich ziehe von hinten an Devons Schulter, damit er mich ansieht, und deute auf Kristin.

»Ich habe dir doch gesagt, dass es auch eine Überraschung für dich gibt«, antwortet er und berührt sachte mit seinen Lippen mein Ohr, bevor er mich weiterzieht. Als Aidan uns erspäht, kommt er sofort auf uns zugelaufen und ich habe den Eindruck, dass Devon meine Hand etwas fester ergreift. Kristin bemerkt uns alle, glaube ich, überhaupt nicht. Sie ist so sehr mit diesem Typen beschäftigt, dass ich mich frage, ob es ihr gut geht.

»Hey, Rayna. Ich habs doch gesagt! Wir werden jetzt öfter aufeinandertreffen.«

Ich muss gestehen, dass mein Herz einen kleinen

Sprung macht, als ich Aidan sehe. Ich freue mich wirklich. Mit seinen silberblauen Augen lächelt er mich verschmitzt an und als ihm eine seiner dunklen Locken in die Stirn fällt, wird mir warm ums Herz. »Wie um alles in der Welt kommt ihr hierher?«, will ich wissen und muss mich dabei näher zu ihm beugen, damit er mich überhaupt verstehen kann.

»Rufus rief heute Morgen bei Kristin an. Sie solle sich für einen Abstecher nach Irland in den Flieger setzen. Es gebe eine Willkommensparty für Devon. Weil sie nicht allein loswollte, hat sie mich kurzerhand gefragt, ob ich sie begleite.«

Als ich zu Devon sehe, der immer noch fest meine Hand im Griff hält, bemerke ich den finsteren Ausdruck auf seinem Gesicht. Fast meine ich, dass er Aidan auf den Tod nicht ausstehen kann.

»Freust du dich nicht?«, fragt Aidan.

»Doch klar, ich bin nur überrascht. Mit euch habe ich hier so gar nicht gerechnet. Wo schlaft ihr denn?«

»Das Haus gehört Caitlin und Nicolas, Freunde von mir«, erklärt Devon, »sie werden hier übernachten. Ich dachte, es würde dir gefallen, deine Freundin hier zu haben.«

»Danke«, antworte ich lächelnd. Wobei ich das Gefühl habe, dass er mit Aidan so gar nicht einverstanden ist und die beiden sicher nur hier in diesem Haus übernachten, eben weil er dabei ist. Trotzdem finde ich es enorm, dass er sich über so etwas Gedanken macht und Kristin einfliegen lässt. Rufus kommt auf uns zu, begrüßt uns kurz, aber freundlich und bittet Devon, ihm zu folgen.

»Ist das okay für dich?«, fragt er und zieht mich in seine Arme.

»Klar. Du bist ja sicher nicht den ganzen Abend weg.«

Er grinst, gibt mir einen leichten Kuss auf die Wange und mit einem grimmigen Blick in Richtung Aidan, folgt er Rufus.

»Ich pass schon auf sie auf, keine Sorge«, ruft Aidan den beiden hinterher.

»Habe ich irgendetwas bei euch beiden verpasst?«, will ich wissen, nachdem wir allein zurückbleiben.

Sein Blick wird ernst und er kommt näher. »Ich habe eher den Eindruck, dass mir bei euch beiden etwas entgangen ist.«

Ich weiß nicht recht, was ich antworten soll und ob ich überhaupt will, aber da umarmt Devon mich auch schon wieder von hinten. Dreht mich zu sich herum und beantwortet Aidans Frage gerade sehr eindeutig. Denn diesmal ist es kein leichter Wangenkuss, sondern ein innig heißer auf meine Lippen. Ich meine sogar, ein leichtes Knurren aus Devons Brust dringen zu hören. Wir stehen in der Musik, in der Menschenmenge und ich vergesse alles um mich herum. Eigentlich wie jedes Mal, wenn er mich so küsst. Ich spüre, dass es ihm ebenso geht. Ich weiß nicht, woher ich diese Gewissheit nehme, sie ist einfach da. Sein Kuss verbrennt mir den Mund und lässt mein Herz in Flammen aufgehen. Ich spüre, wie sich dieses Brennen bis zu meiner Mitte hinunterfrisst, durch bloße Berührung seiner Hände auf meinem Rücken. Es ist nicht nur ein Gefühl, ich scheine wirklich zu brennen. Ich möchte nicht mehr aus diesem Traum aufwachen und es kann nur ein Traum sein. Vor ein paar Tagen noch war ich eine triste Anwaltsgehilfin, die mit Männern nicht viel anfangen konnte, und heute liege ich in den Armen eines umwerfenden Mannes in seiner umwerfend aussehenden Sippschaft. Seine Küsse werden fordernder und ich befreie mich etwas aus seiner Umarmung, da ich Angst habe, dass mir gleich die Beine wegknicken. »So schnell zurück?«, hauche ich ihm schwer atmend entgegen. Er fährt mit seinen Lippen über mein Ohr.

»Nein, ich wollte dich nur noch einmal schmecken.«

Ohne ein weiteres Wort verschwindet er wieder in die Richtung, aus der er gekommen ist, und Aidan sieht ihm mit einem finsteren Blick nach. Während ich mich noch wundere, was da überhaupt zwischen den beiden los ist, reißt mich jemand aus meinen Gedanken und zieht mich mit sich. Ich wirbele herum und blicke in Kristins weit aufgerissene Augen. Wenn ich es nicht besser wüsste, dass sie absolut gegen Drogen ist, würde ich behaupten, sie ist total high. Sie sagt nichts, tanzt weiter, mit einem breiten Grinsen im Gesicht, und vermittelt mir durch ihre Körpersprache, dass ich auch tanzen soll. »Kristin, ist alles in Ordnung bei dir?« Sie lächelt noch breiter und haucht mir einen Kuss auf die Wange, ohne auf meine Frage einzugehen. Ihre Pupillen sind so riesig, dass man fast nichts mehr von ihren grünen Iriden erkennen kann. Da ist nur noch Schwärze. Ich habe wohl aus eigener Erfahrung keine Ahnung, aber ich habe schon oft genug Leute im Drogenrausch in London sehen müssen. Mein Blick schweift von Kristin über den Rest der Menschen hier. Irgendwie scheinen alle ziemlich euphorisch. Bloß Aidan sieht für mich recht normal aus. Bei Kristin kann ich allemal sagen, dass da was faul ist. Ihr Tanztyp von vorhin kommt mit einer seltsam aussehenden Flasche auf sie zu. Sie besitzt einen breiten Bauch und ist komplett in Gold eingehüllt. Dieses Gold sieht wie zusammengepresste Alufolie aus, aber eben goldfarben. Mit gierigen Zügen trinkt Kristin daraus und will sie an mich weiterreichen. Wie der Blitz steht Aidan neben uns, reißt ihr die Flasche aus der Hand und trinkt selbst.

»Sorry, Rayna«, sagt er zwischen zwei Schlucken, »aber der Rest gehört mir.« Er lächelt und leert die Flasche. »Nicht böse sein, aber das ist ein Selbstgebrauter. Ich kann mir nicht vorstellen, dass der dir schmecken würde. Soll ich dir was anderes bringen?«, will er wissen und gibt das Teil dem Typ neben Kristin zurück.

Ich stehe nur wieder mit offenem Mund da und staune. Ich hätte sowieso nichts davon getrunken, aber das gerade … alle verhalten sich ziemlich seltsam.

»Ich kümmere mich schon darum«, höre ich unvermutet Devon hinter mir.

Seine Stimme hallt so eindringlich und stark in meinen Ohren, dass ich mich erschrecke.

»Reg dich ab, wollte nur nett sein«, zischt Aidan.

Der wirft mir noch einen kurzen Blick zu und verschwindet in der Menge. »Was hast du eigentlich gegen Aidan?«, frage ich und drehe mich zu Devon.

»Gar nichts. So im Groben. Mir gefällt nur nicht, wie er ständig deine Aufmerksamkeit und Nähe sucht.«

»Ach ja«, antworte ich und kann mir das Grinsen nicht verkneifen. Ist er wirklich eifersüchtig? Auf Aidan? Irgendwie ist das für mich unglaublich. Kristin kommt mir wieder in den Sinn und ich fahre mit den Augen über die Tanzfläche. Als ich sie nirgends mehr entdecken kann, wende ich mich wieder Devon zu und sehe in so abgrundtief böse Augen, dass ich einen Schritt zurücktaumle.

KAPITEL 9

Ihr Haar ist tiefschwarz wie die Nacht, ihre Haut so hell wie Alabaster. Sie trägt ein schwarzes Satinkleid mit einem V-Ausschnitt, der bis zum Bauchnabel reicht, und ihre vollen Lippen sind streng zusammengezogen. Dazu ihre kristallblauen Augen, die absolut herausstechen und mich durch enge Katzenschlitze anblicken. Auch in ihnen finden sich Bernsteinsprenkel wieder, nur dass bei dieser Frau das Kristallblau dominiert. Es ist nicht ihre offensichtliche Schönheit, die mich wanken lässt. Es ist ihr greifbarer Hass, den ich erkenne. Egal ob in ihrem Blick, oder an ihrer gesamten Körperhaltung … sie signalisiert mir genau, dass ich mehr als unerwünscht bin. Wie zur Bestätigung drückt Devon mich etwas fester an sich.

»Malorie, darf ich dir Rayna vorstellen. Rayna, das ist Malorie.«

Ich versuche, cool zu sein und mir meine Abneigung nicht anmerken zu lassen. »Hey«, begrüße ich sie. Malorie reicht mir ihre Hand, und als sie mich berührt, empfinde ich nichts als Kälte. Nicht bloß symbolisch. Sie ist wirklich schrecklich kalt.

»Rayna, also«, schnurrt sie mit einer viel zu sinnlichen Stimme, »fühl dich wie zu Hause. Devons Freunde sind auch meine Freunde.« Ihre Augen gleiten zu Devon, der sie beinahe mit seinem harten Blick festnagelt.

Von dem was sie sagt, kaufe ich ihr kein Wort ab. Ihre ganze Ausstrahlung zeigt mir deutlich, dass sie mich am liebsten rausschmeißen würde. Allein ihre Stimme flößt einem Angst ein. Sie besitzt etwas ganz Eigenes. Sinnlich, ja, aber auch warnend. Irgendwie kommt mir dieser Ton bekannt vor, ich weiß nur leider nicht woher. Etwas Düsteres umgibt sie. Sie wirft mir noch einmal einen ihrer Blicke zu und drängt sich, als sei es selbstverständlich, zwischen Devon und mich, sodass ich unfreiwillig den Platz mit ihr tausche. Während sie sich vorbeugt, um Devon etwas ins Ohr zu flüstern, der dabei aussieht, als wolle er ihr am liebsten den Kopf abschlagen, fällt mir auf, mit wem sie Ähnlichkeit hat. Einzig ihre Augen unterscheiden sich. Malories strahlen einfach nur böse. Devons Blick ist, wenn er mich ansieht, nahezu warm und sanft. Malorie dreht mir den Rücken zu und schwebt fast durch den Raum, während sie davongeht. Ich starre ihr hinterher, sehe dabei zu, wie sie sich auf eins der Sofas setzt und innerhalb von Sekunden von etlichen Männern umringt wird. Einer dieser Männer zieht sie wieder in den Stand, setzt sich auf ihren Platz und sie danach auf seinen Schoß, während ein anderer sich an ihrem Hals zu schaffen macht und sie genüsslich die Augen schließt. »Wer war das bitte?«, frage ich Devon, der wieder neben mir steht und meine Hand erneut ergriffen hat.

»Nimm es ihr nicht krumm, wenn sie so unfreundlich rüberkommt. Sie ist so was wie ein Familienmitglied und ich muss sie ertragen. Neuen gegenüber ist sie prinzipiell vorsichtig.«

»Sie macht mir Angst«, erkläre ich ehrlich. Warum sollte ich meine Gefühle nicht frei aussprechen? Es ist das, was ich empfinde.

»Versuch bitte einfach sie auszublenden, das mache ich meistens auch. Wir zwei sind zusammen hier und das ist alles, was zählt.«

»Warum überhaupt?« Ich sehe ihn fragend an. Ich muss mich nur umsehen, diese ganzen abnormal schönen Menschen sehen … und unweigerlich stellt sich mir die Frage, was Devon eigentlich in mir sieht. Was er von jemandem wie mir will.

»Wie meinst du das?«

Seine Augen scheinen wieder tief in meine Seele zu blicken.

»Ist es so schwer vorstellbar, dass ich dich mögen könnte, Rayna?«

Wieder gleite ich mit den Augen über die vielen Gesichter und nicke, als ich mich ihm wieder zuwende. »Wir kennen uns doch eigentlich überhaupt nicht.«

»Aber was ich bisher kenne«, sagt er sanft, »das gefällt mir wahnsinnig gut.« Seine Stimme ist wie hypnotisierend. So rau und samten zugleich. So verdammt anziehend.

»Und all diese Leute hier … ich passe überhaupt nicht hierher. Noch dazu Kristin. Was ist mit ihr los? Ist das hier auch so eine Drogenparty?«

»Wie kommst du darauf? Wir hassen Drogen. Zumindest kann ich das für meine engsten Freunde und mich sagen. All die anderen … Ihr einziges Aphrodisiakum sind sie selbst. Sieh sie dir an, Rayna. Sie tun nichts Verbotenes und ich lege meine Hand dafür ins Feuer, dass deine Freundin keinerlei Drogen zu sich genommen hat. Du wirst auch im ganzen Haus keine finden. So etwas gibt es bei uns nicht. Wir trinken gern euren Alkohol und ansonsten …«

Ich starre ihn an. »Unseren Alkohol? Wie soll ich das verstehen?«, erwidere ich. Er lächelt mich an und haucht mir einen Kuss auf.

»Mach dir nicht so viele Gedanken, Prinzessin. Ich schwöre dir, dass es hier keinerlei Drogen gibt. Wirst und willst du mir das glauben?«

Ich überlege kurz, und während ich in seine Bernsteinaugen sehe, weiß ich, dass er mich nicht anlügt. Nicht, weil ich es mir wünsche oder einrede, nein. Einfach, weil es so ist. Weil ich es tief in mir spüre. »Ich glaube dir«, antworte ich und erzittere, als er mein Kinn mit seiner großen Hand umgreift. Diese Hitze …

»Du bist meine Sonne, Rayna. Keine Lügen mehr, das habe ich dir versprochen. Und daran halte ich mich.«

Wie von selbst finden seine Lippen die meinen und seine Zunge, die fordernd und zärtlich zugleich in mich eindringt, lässt mich beinahe wieder alles um mich herum vergessen.

»Ist es okay, wenn ich dich noch mal kurz allein lasse? Ich war eben noch nicht fertig mit Rufus.«

»Klar«, antworte ich, obwohl ich ihn am liebsten bei mir halten würde. Sowie er aus meinem Sichtfeld verschwunden ist, fühle ich mich verlassen. Um nicht völlig verklemmt auf der Stelle zu stehen, bewege ich mich etwas weiter und halte erneut Ausschau nach Kristin. Da entdecke ich sie. Tanzend mitten auf der Tanzfläche. Ihre Augen sind geschlossen und noch immer schreit alles an ihr nach etwas, das nicht zu Kristin passt.

»Wieder allein?«

Vor Schreck fahre ich zusammen, weil ich nicht mit

Aidan gerechnet habe. Schon gar nicht so dicht neben mir. »Was ist das hier genau für eine Party?«, will ich von ihm wissen, nachdem mein Herzschlag sich wieder beruhigt hat.

»Soviel ich weiß eine Willkommensparty für Devon.« Sein Blick geht durch die Menge und irgendwie scheint er auch nicht wirklich erbaut zu sein.

»Was ist los, Aidan?«

»Alles okay. Was soll sein? Lust ein bisschen an die frische Luft zu gehen?«

Ich nicke, werfe einen letzten Blick auf Kristin und folge Aidan bis ans Ende des Marmorsaals. Hier führt eine mächtig große wie breite Tür auf die Terrasse. Zwei Pärchen stehen in einer Ecke, und als sie uns sehen, bleiben ihre Blicke auf mir kleben, während sie langsam zurück in den Marmorsaal gehen. »Stimmt irgendwas nicht mit mir?« Ich sehe an mir herab, während Aidan sich über die Brüstung des Balkons lehnt.

»Rayna, halt mich bitte nicht für verrückt, wenn ich dir jetzt etwas anvertraue. Du musst mir versichern, dass du mit niemandem darüber sprichst. Schon gar nicht mit einem deiner neuen Freunde. Kann ich dir vertrauen?«

Stirnrunzelnd betrachte ich ihn von hinten. »Wie meinst du das?« Er wendet sich mir wieder zu.

»Kann ich dir und nur dir etwas anvertrauen?«

»Natürlich«, antworte ich und meine es auch so.

»Die Leute hier sind nicht das, was sie vorgeben zu sein. Du musst mir versprechen, auf dich aufzupassen. Es hat sich jetzt etwas in Gang gesetzt, vor dem du dich nur selbst schützen kannst. Ich kann und werde dir zur Seite stehen, sofern du mich lässt. Aber den richtigen Weg musst du selbst wählen.«

Völlig entgeistert starre ich ihn an. »Wovon sprichst du?

Etwas in Gang gesetzt?« Er streckt seine Hand nach mir aus, als wolle er mein Gesicht berühren, zieht sie aber wieder zurück.

»Pass einfach vermehrt auf dich auf, mehr kann ich im Moment nicht dazu sagen.«

Die Terrassentür öffnet sich und Devon steht im Rahmen. Das Mondlicht fällt auf sein Gesicht und sein Blick ist unergründlich. »Hey«, sage ich leise.

»Gehen wir rein?«, fragt er und lässt seine Augen nicht von mir, so als wäre Aidan, der hinter mir steht, überhaupt nicht vorhanden.

»Aidan, wir sehen uns«, erkläre ich, »dann sprechen wir noch mal über diese Dinge. Trink vielleicht beim nächsten Mal etwas weniger.« Es kann nicht anders sein. Soviel ich weiß, kennt Aidan Devon und seine Freunde nicht länger als ich selbst. Wieso warnt er mich vor ihnen? Ich gehe Devon hinterher, der zwei Schritte weiter auf mich wartet, und ergreife seine ausgestreckte Hand.

»Alles okay?«

»Ich denke schon«, antworte ich, ohne ihm etwas von Aidans Warnung zu erzählen. Ich glaube wirklich, dass Aidan vielleicht einfach zu viel getrunken hat und sich Gedanken über Dinge macht, wie ich vorhin mit den Drogen. Trotzdem halte ich mein Versprechen und erzähle niemandem davon. Auch nicht Devon. Der steuert eins der Sofas an, auf dem Ciara und Rufus bereits sitzen. Als wir uns neben ihnen niederlassen, entgeht mir Ciaras abwertender Blick nicht, doch ich versuche, ihn zu ignorieren. Was auch einigermaßen gelingt, da es hier sowieso mehr dunkel als hell ist.

»Und, Rayna?«, fragt Rufus.

Er beugt sich näher zu mir.

»Wie gefällt dir Irland?«

»Das was ich bisher gesehen habe, ist wunderschön. Ich würde gerne noch viel mehr von eurem Land sehen. Wo genau wohnst du gleich?« Während Devon mit seinen Fingern meinen Rücken hinauf und hinunter fährt, kann ich mich nur schwer mit meinen Gedanken bei dem Gespräch mit Rufus halten.

»Wir stammen fast alle aus Mullet. Kommt uns doch morgen besuchen, du und Devon. Wir würden uns freuen.«

Ciara dreht ihren Kopf in unsere Richtung.

»Ja, ihr könnt gerne zum Picknick kommen.«

Plötzlich nehme ich neben Ciara auf dem Sofa eine Bewegung wahr, und als ich die Person, die dort sitzt, sehe, ist es fast so, als würde sämtliches Blut in meinen Adern gefrieren, auch wenn ich eigentlich gar nicht weiß, warum überhaupt. Ciara und Malorie fangen laut an zu lachen und stehen auf. Während ich noch grüble, was an Ciaras Aussage so witzig sein soll, fällt mir eine weitere Bewegung auf, und zwar dort, wo gerade noch Malorie gesessen hat. »Kristin? Kristin!« Ich will schon aufspringen, doch Devons Hände drücken mich sanft zurück.

»Lass sie doch ihren Spaß haben, Rayna. Es geht ihr gut, sie hat nur zu viel getrunken. Malorie legt sich nicht gerne auf ein Geschlecht fest.«

»Mir ist ehrlich gesagt ziemlich egal, was mit deiner Malorie ist, aber um meine Freundin werde ich mich kümmern, wenn ich es für richtig halte.« Ich befreie mich aus seinem Griff und gehe auf Kristin zu. Sie liegt völlig weggedröhnt auf dem Sofa und ihre Kleidung gibt nackte Haut preis, wo sie es nicht sollte. Ich rufe sie, versuche sie wachzubekommen, aber sie reagiert überhaupt nicht. Also ergreife ich ihren Arm und taste nach dem Puls. Soweit ich es beurteilen kann, geht er relativ normal. Hilfesuchend wende ich den Kopf in Devons Richtung, doch er und genauso Rufus, sehen mich bloß erstaunt an.

»Sie hat sich wohl etwas zu viel zugemutet und dann noch die Naturgewalt Malorie. Lass sie kurz verschnaufen«, wirft Rufus ein. »Die wird schon wieder.«

Erneut sehe ich zu Devon, doch der sitzt wortlos und wie versteinert auf dem Sofa. Den Blick auf die Tanzfläche gerichtet. Als ich seinen Augen folge, ist es Malorie, die ein paar Meter weiter steht und uns beobachtet. Verstört wende ich mich wieder Kristin zu und weiß nicht, was ich machen soll. Als hätte er meinen stillen Ruf vernommen, steht Aidan urplötzlich neben mir und ohne ein Wort hilft er. Erst als wir Kristin gemeinsam vom Sofa heben, steht auch Devon auf.

»Kann ich euch helfen?«

Mehr als einen vorwurfsvollen, enttäuschten Blick bringe ich nicht zustande, doch da ergreift Aidan bereits das Wort für mich.

»Lass mal, wir tragen sie auf ihr Zimmer. Geht schon.«

Gemeinsam bringen wir sie in die obere Etage. Ich spüre Devons Blick im Rücken, doch statt uns zu folgen, bleibt er einfach zurück. Nachdem wir in Kristins Zimmer angekommen sind und sie auf ihr Bett gelegt haben, hole ich aus dem angrenzenden Bad ein paar kühle Waschlappen. Sie sieht so furchtbar blass aus. Aidan sitzt neben ihr und betrachtet ihr Handgelenk. »Was ist?«, will ich wissen. Ich stelle mich neben ihn und sehe ebenfalls auf die Stelle auf Kristins Handgelenk. Dann taumle ich zum Bett und lasse mich sacken. »Ich will jetzt alles wissen. Keine komischen Andeutungen. Sag mir sofort, was hier los ist und was sie mit ihr gemacht haben. Es kann doch nicht wirklich das sein, wonach es aussieht?«

»Rayna, heute wird Kristin nichts passieren, dafür sorge ich.«

»Das ist keine Antwort«, fauche ich zurück. Fange ich jetzt komplett an durchzudrehen? Träume ich noch einen meiner merkwürdigen Träume und kann nicht aufwachen oder ist das hier die Realität?

»Sieh mir zu und glaube mir, dass ich euch nichts Böses will.«

Er legt seine Finger auf Kristins Verletzung. Fast rechne ich schon mit einem Erleuchten der Stelle wie in diesen ganzen Kitschfilmen, aber nichts tut sich. Nach ein paar Sekunden zieht er sie wieder zurück und Kristin schlägt die Augen auf. Wie durch einen Zauber. Ich sehe erneut auf ihre Hand, von der die zwei nah beieinanderliegenden kleinen kreisrunden Verletzungen verschwunden sind, die eben noch deutlich sichtbar waren.

»Rayna?«, nuschelt Kristin.

»Ja, es ist alles gut. Ich bin hier bei dir. Bleib liegen und schlaf deinen Rausch aus«, bitte ich sie.

»Ich sollte wohl mal eine längere Alkoholpause einlegen. Die letzten Tage waren dann doch zu viel.« Sie sinkt zurück in ihre Kissen und schläft gleich ein.

»Ja, das solltest du«, bekomme ich nur noch über die Lippen. Aidan ergreift meine Hand und ohne Worte lasse ich es geschehen, starre in eine Ecke und verstehe die Welt nicht mehr. Nach ein paar Sekunden entlässt Aidan mich aus seinem Griff und nimmt auf einem Stuhl mir gegenüber Platz.

»Ich darf dir nicht alles erklären. Nur so viel: Es ist nicht alles so einfach, wie es manchmal scheint. Es gibt mehr Dinge zwischen Himmel und Hölle, als du dir vorstellen kannst.« Sein Blick sinkt zu Boden.

»Wo sind wir hier reingeraten?«

»Was denkst du denn? Du hast heute in dieser kurzen Zeitspanne schon mehr gesehen, als uns lieb ist.«

»Wer ist uns? Du willst mir jetzt nicht wirklich weismachen, dass es so etwas wie Vampire gibt? Da glaube ich doch schon eher an Wunderheilung. Was waren das für Verletzungen an ihrem Handgelenk? Wie konntest du sie entfernen? Sind wir in einem Club von Lottogewinnern oder woher stammen diese ganzen Anwesen? Alle sind durchweg schön, kein offensichtlicher Makel. Was steckt dahinter?« Ich sehe wieder zu ihm auf und sein ernster und vor allem klar wirkender Blick jagt mir eine Scheißangst ein.

»Was weißt du über deine Eltern?«

Jetzt spricht er einen Punkt an, der nicht wirklich hoch bei mir im Kurs liegt. »Rein gar nichts. Da du ja scheinbar so viel weißt, schätze ich mal, du bist auch darüber informiert, dass ich im Waisenhaus bei Kristins Eltern aufgewachsen bin. Was soll das jedoch hiermit zu tun haben?«, fahre ich ihn an.

»Alles hängt mit deiner Herkunft zusammen. Eines Tages wirst du darauf kommen und ich kann dir nur zur Seite stehen, solange du es zulässt. Sagen kann ich dir leider fast gar nichts, dadurch würde ich zu sehr ins Geschehen eingreifen. Es ist von Bedeutung, dass du selbst dahinterkommst.«

Ich fahre mir vor Wut und Unverständnis mit den Händen über die Schläfen. »Ist das hier alles ein schlechter Scherz?«

»Ich kann es nicht weiter erklären. Auch wenn ich nichts lieber täte. Du musst mir vertrauen, Rayna. Ich weiß, das ist viel verlangt, aber vor mir hast du wirklich rein gar nichts zu befürchten. Sieh mich als etwas wie deinen Hüter an. Und das nicht nur, weil ich es muss, sondern, weil ich es so will. Ich mag dich, Rayna, sehr. Betrachte mich als einen guten Freund.«

Abrupt steht er auf und ist so schnell bei mir, dass ich weder auf seinen Blödsinn reagieren kann noch, dass ich wirklich realisiere was er vorhat. Er denkt doch nicht ernsthaft darüber nach, mich zu küssen? Noch bevor ich diesen Gedankengang zu Ende gesponnen habe, legen sich seine Lippen auf meine. Hektisch reiße ich den Kopf zurück. »Wenn man von diesem ganzen Bullshit, den du mir hier erzählst, mal absieht, ist dafür jetzt der denkbar ungünstigste Zeitpunkt.« Als hätte ich ihn geschlagen, weicht er zurück und seine Miene wird starr.

»Nimm dich in Acht vor Devon und seinen Leuten. Ich kann nicht immer bei dir sein«, ist alles, was er sagt.

Kopfschüttelnd sehe ich wieder zu meiner Freundin, die tief und fest schläft, als sei nie etwas geschehen. »Es würde mir helfen, wenn du einfach Klartext sprichst, Aidan. So sehe ich nur einen Mann, der gegen einen anderen buhlt. Und meine Freundin, die wohl nicht so gut zu diesen Leuten passt, wenn sie nicht besser auf sich aufpassen kann.«

»Rayna, ich sehe Devon nicht als Konkurrenten«, sagt er mit leiser Stimme. »Wenn die Dinge reif sind, wirst du die richtige Entscheidung treffen. Bis dahin kann ich nur versuchen, ein Auge auf dich zu haben.« Er stockt kurz. »Er kommt. Geh mit ihm. Ich denke nicht, dass er dir heute Nacht etwas tun wird. Die Nacht über sehe ich immer mal wieder nach Kristin. Mein Zimmer liegt direkt hier nebenan und wir beide telefonieren morgen.« Schon hat er die Türklinke in der Hand.

»Aidan?«

»Ja?«, fragt er vorsichtig.

»Deine Telefonnummer …«, sage ich und frage mich

zeitgleich, ob ich nun verrückt geworden bin, überhaupt auf sein Gerede einzugehen.

»Sie steht in deinem Handy.«

Ich krame das Handy aus der Clutch und schaue in mein Adressbuch. »Nein, woher soll ich die haben? Du hast sie mir noch nicht gegeben. Moment mal, Aidan, wie kommt deine Nummer …« Schon ist er verschwunden. Wie kommt seine verdammte Nummer in mein Handy? Ich habe sie nicht abgespeichert. Was um Himmels Willen erzählt er da, Devon wird mir heute Nacht nichts tun? Noch bevor ich weiter über diesen Irrsinn nachdenken kann, öffnet sich die Tür erneut. »Aidan, kannst du mir mal sagen …«

»Nimmst du auch mich?«

Devon kommt mit einem Gesicht auf mich zu, von dem ich augenblicklich erkenne, dass es ihm leidtut, zu Anfang überhaupt nicht auf mich reagiert zu haben.

»Ich bin ein verdammter Idiot, Rayna. Ich dachte wirklich, das mit Kristin sei nicht so dramatisch. Es tut mir leid. Wie geht es ihr jetzt? Kann ich etwas tun? Mit Malorie habe ich noch mal gesprochen und sie sagt, es sei definitiv Kristin gewesen, die auf sie zugekommen ist und nicht andersherum. Caitlin hat dazu strikte Anweisung, keinen Alkohol mehr an Kristin auszugeben.«

Während ich überlege bleibt er vor mir stehen, sieht auf Kristin und wieder zu mir. Aidans Worte schwirren durch meinen Kopf, dazu Kristins Verhalten in den letzten Tagen. Devons Entschuldigung und die Blicke, die Aidan und er sich von Anfang an zuwerfen. Aidans offensichtliches Interesse an mir … »Können wir einfach zurückfliegen? Sofern Kristin hier wirklich sicher ist«, bitte ich mit einem Blick auf meine schlafende Freundin.

»Das ist sie«, versichert er mir. »Caitlin wird ein Auge auf sie haben und sie ist absolut vertrauenswürdig.«

Er zieht mich zu sich hoch, und als seine Arme sich um meinen Körper legen, fühle ich mich besser, auch wenn ich es immer noch nicht gut finde, dass er vorhin meine Sorge um Kristin so völlig ignoriert hat. Auf der anderen Seite hat er, genauso wie Kristin und sicher auch alle anderen Menschen in meinem Alter, schon viel mehr erlebt als ich. Viel mehr Erfahrung. Sei es mit Alkohol oder was auch immer. Vielleicht habe ich die Situation vorhin auch etwas überdramatisiert. Ich weiß nicht, wie es ist, völlig betrunken zu sein. Betrunken, ja, aber nicht so stark wie Kristin jetzt. Das, was Aidan gesagt hat … ich kann das nicht wirklich ernst nehmen. Warum sollte Devon mir etwas antun wollen? Wenn ich in seine Augen sehe, weiß ich, dass er ebenso etwas für mich empfindet wie ich für ihn. Auch wenn ich es nicht begreifen kann. Das mit Kristin? Dafür muss es eine andere Erklärung geben. Als ob Devon mich wortlos verstehen würde, drückt er meine Hand und wir werfen beide einen Blick auf sie. »Aidan wird auch nach ihr sehen«, sage ich.

»Caitlin und Nicolas ebenfalls. Morgen, wenn sie ihren Rausch ausgeschlafen hat, wird es ihr besser gehen.«

KAPITEL 10

Während des Rückfluges sind wir beide in Gedanken versunken. Mir ist nicht klar, worüber Devon nachdenkt, doch meine Gedanken sind bei Kristin. Leider auch immer wieder bei Aidan. Obwohl ich nicht glaube, was er da von sich gegeben hat, muss ich doch immer wieder daran denken. An die beiden kreisrunden Einstichstellen auf ihrem Handgelenk, die er quasi ausradiert hat. Als würde Devon spüren, dass ich immer noch aufgewühlt bin, lehnt er sich näher an mich heran.

»Alles in Ordnung?«

Mein Blick fährt über sein Gesicht. »Ja, eigentlich schon. Ich mache mir nur Sorgen um Kristin und ihr Verhalten in letzter Zeit. Sie trinkt zu viel.«

»Sei unbesorgt. Caitlin ist wirklich in Ordnung, sie wird sich melden, wenn etwas nicht stimmt.«

So ganz genau weiß ich selbst nicht, warum ich ihn nicht auf die Verletzungen anspreche, doch etwas in mir sagt, dass ich damit mein Versprechen Aidan gegenüber brechen würde. Ich weiß, das ist verrückt, aber ich möchte es nicht. So bleibt mir nichts anderes übrig, als zu schweigen. Ich lege meine Hand in Devons und sofort vertreibt seine Berührung Aidans Worte und meine Zweifel. Es kommt mir vor, als wäre es schon immer so gewesen und als würde es niemals anders sein.

Nachdem wir wieder gelandet sind und vor der Eingangstür stehen, drückt Devon die Klinke herunter. »Ich weiß nicht, ob ich mich wohl dabei fühle, dass der Eingang immer unverschlossen ist.«

»Wenn du dich dann sicherer fühlst«, sagt er mit einem verschlagenen Grinsen, »kannst du die Nacht gerne mit mir verbringen.«

Er küsst meine Lippen sanft und legt seinen Arm um meine Taille. »Ein verlockendes Angebot, aber für heute schlafe ich besser allein«, äußere ich und hoffe, er spürt meinen beschleunigten Herzschlag nicht.

»Meine Tür steht immer für dich offen«, erwidert er völlig ernst und jegliches Grinsen ist aus seinem Gesicht verschwunden, während wir die Treppe zu unseren Zimmern hinaufgehen.

Ich habe das Gefühl, dass mein stark pumpendes Herz im gesamten Anwesen zu hören ist. Allein die Vorstellung, ich würde mit ihm das Bett teilen und sei es nur, um neben ihm zu schlafen, lässt meinen Körper erbeben. Vor meinem Zimmer angekommen, ist es wie einer der Momente, die ich aus meinen Büchern kenne. Still, aufgeladen und diese eine Frage im Raum stehend. *Wird er das Mädchen küssen?* Er tut es nicht. Stattdessen lehnt er sich mit dem Arm an die Wand und beugt sich leicht vor.

»Rayna, sicher, dass du es nicht noch ein bisschen vor mir zur Schau stellen willst?«

Seine Stimme ist so dunkel, dass sie unweigerlich in

meine Mitte fährt und ich am liebsten seufzen würde. »Bitte?«, wispere ich.

»Dein wunderschönes Kleid. Ich könnte dich ständig mit den Augen verschlingen.«

Da ist es wieder, oder noch stärker. Mein verdammtes, verräterisches Herz. Es pumpt so laut in meinen Ohren, dass es gar nicht anders sein kann, als dass er es auch hört. »Ich sollte jetzt reingehen. Morgen muss ich schließlich noch ein bisschen für deinen Dad und meinen Chef arbeiten.«

Er kommt immer näher und in seinen Augen flackert es dunkel. Seine Nähe macht mich ganz verrückt und mein Hirn kann nicht richtig denken, vor lauter Verlangen, ihm noch näher sein zu wollen. Ich möchte nur noch schnell in mein Zimmer entkommen, aus lauter Angst, was ich sonst zulassen könnte. Aber … ich will es doch auch.

»Rayna«, flüstert er und umgreift mein Kinn mit seiner Hand.

Sein Kuss ist brennend, fordernd und doch so voller Zärtlichkeit. Mit seiner freien Hand wandert er vorsichtig meinen Hals entlang und die Stellen, die er berührt, zischen beinahe. Sie verlangen kein Wasser, sondern mehr Flammen. »Devon … bitte …«, keuche ich und entferne mich von seinem Mund, auch wenn es so schwerfällt wie nichts anderes zuvor.

»Schlaf gut, Prinzessin. Denk an mich, so wie ich an dich denken werde. Die ganze Nacht.« Er wendet sich ab und verschwindet hinter der nächsten Tür.

Ich haste in mein Zimmer, renne ins Bad und kontrolliere, ob die Verbindungstür verschlossen ist. Sie ist es. Mit dem Rücken lasse ich mich gegen den kühlen Marmor sinken und weiß nicht, ob das, was ich gerade getan habe, absolut richtig oder völlig bescheuert war. Ich will ihn. Das spüre ich mit all meinen Sinnen, doch genauso habe ich Angst davor und kann nicht mal genau sagen warum. Als mein Herz wieder ruhiger schlägt, schäle ich mich aus dem Kleid, wasche mich und schlüpfe in eines meiner Schlafshirts. Danach drehe ich den Schlüssel der Verbindungstür wieder herum, damit auch Devon das Bad nutzen kann und schließe die Tür, die von meiner Seite aus ins Bad führt, und die zum Gang hinaus ab.

Nachdem ich mich ins Bett gelegt und die Augen geschlossen habe, kommen mir unweigerlich Aidans Worte wieder in den Kopf.

Nimm dich in Acht vor Devon und seinen Leuten! Ich kann nicht immer bei dir sein.

Bei aller Liebe, der Kerl ist verrückt. Vielleicht liege ich doch nicht so daneben mit meiner Drogenvermutung. Doch egal wie es nun ist, ich muss morgen mit Kristin sprechen. Sie hat jetzt schon wesentlich mehr Zeit mit diesen Leuten verbracht und ich will von ihr wissen, ob da wirklich Drogen im Spiel sind, oder ob ich völlig danebenliege. Trotz allem, ich mag Aidan. Es ist ein Gefühl von ganz tief aus meinem Inneren. Anders, als es sich mit Devon anfühlt und doch leicht ähnlich. Nicht ganz so intensiv. Bei Devon, wenn er in meiner Nähe ist, fühlt sich alles so unendlich richtig an. Bei Aidan fehlen dazu einige Empfindungen und doch spüre ich etwas in mir, was ihn betrifft. Bei beiden habe ich das Gefühl, als würde ich sie schon ewig kennen.

Meine Gedanken werden immer verworrener. Sie gehen von Devon zu Aidan, wieder zu Kristin. Ich sehe das Head House, sehe Malorie und Rufus vor mir. Die Bilder, die mein Hirn mir schickt, sind wie eine Sekundenflut an Farben. Lauter Bilder meiner jüngsten Vergangenheit.

Irgendwann schaltet mein Kopf unter dieser Flut von Informationen ab und ich sinke in den Schlaf.

Als ich denke, wieder aufzuwachen, stehe ich plötzlich in einem Schlafraum. Das Zimmer ist nur mäßig beleuchtet und heftige Geräusche dringen zu mir, während mein Blick, den ich bisher auf den Boden gerichtet hatte, hochwandert. Unmittelbar vor mir befindet sich ein Bett mit zwei Liebenden darin. Erst jetzt wird mir bewusst, dass ich überhaupt nicht wach bin. Dass ich bloß träume und das, was ich sehe, reißt mich fast von den Füßen.

Ein Mann, den ich nur zu gut kenne, und eine Frau, die mir zwar bekannt vorkommt, die ich aber nicht richtig erkennen kann, sind dort innig miteinander verbunden. Die Frau hat mir den Rücken zugewandt und ihr langes, dunkles Haar wippt mit jeder Bewegung hin und her. Dann ist da noch Devon … Er sieht atemberaubend aus. Etwas anderes kommt mir bei seinem Anblick nicht in den Sinn. Sein nackter Körper bewegt sich unter der Frau und selbst im dämmrigen Licht erkennt man, wie seine Muskeln bei jeder Bewegung arbeiten. Alles an ihm scheint perfektioniert. Alles harmoniert. Viel zu sehr. Die Augen hat er geschlossen, während seine Zunge den Hals der Frau hinabfährt. Schweißperlen laufen über seine helle Haut und die Frau windet sich vor Lust. Ich spüre einen unsagbaren Schmerz in mir und noch etwas anderes dazu. Es ist so präsent, dass ich mich selbst vor mir erschrecke. Hass. Ich hasse Devon dafür, dass er das mit ihr tut. Sie allerdings hasse ich noch mehr. Ich fühle den Neid in mir lodern, verspüre solch eine Wut, dass ich sie beide am liebsten töten würde. Obwohl ich ganz klar weiß, dass ich träume, ist dieses Gefühl übermächtig und ich glaube fast, dass mein Körper, meine Adern beginnen zu brennen.

Plötzlich wird die hitzige Atmosphäre im Zimmer anders. Devon ergreift grob die Schultern der Frau, dreht sie herum und drückt sie hart in die Matratze, während er sich vor ihr aufbaut. Ich erkenne sie immer noch nicht, da das lange Haar sich genau vor ihrem Gesicht befindet. Vielleicht liegt es aber auch daran, dass meine Augen auf Devon haften. Auf dem, was er tut. Ich kann mich kaum auf etwas anderes konzentrieren.

»Du gehörst mir«, knurrt er und seine Stimme schießt heiße Lava in meinen Schoß, während er ihre Schenkel ergreift, sie grob auseinanderdrückt und sie daraufhin aufkeucht. »Nur mir«, setzt er hinterher und lässt seine Hand dabei unter die Matratze gleiten.

Ich erkenne jeden Zentimeter seiner Haut. Sehe jede seiner Regungen, Bewegungen und ich wünsche mir nichts mehr, als sie zu sein. Ich weiß nicht genau, warum die Atmosphäre mit einem Mal etwas Gefährliches hat. Ich weiß bloß, ich kann es kaum ertragen, den beiden zuzusehen. Unter der Matratze zieht Devon zwei schwarze Bänder hervor und hält sie in der Luft über die Frau und sich selbst. Mir ist nicht ganz klar, ob ich selbst den Schritt auslöse, den ich näher an das Bett heran mache. Es geschieht einfach. Mit den Augen suche ich Devons Blick, doch er scheint mich überhaupt nicht wahrzunehmen. Ebenso wenig, wie die Frau mich beachtet. Das Funkeln in Devons Iriden ist so stark, dass ich wie gebannt davon bin. Seine Hand schießt vor und er ergreift die Handgelenke der Frau. Reißt sie über ihren Kopf und bindet das eine der Bänder darum, bevor er sie damit an den Streben des Betts festnagelt. Er muss es so fest zuziehen, dass es schmerzt, denn wieder jammert sie auf. Dieses Jammern klingt jedoch nicht schmerzhaft. Es ist lustvoll und es treibt dunkle Schatten durch meinen Körper. Sofort richte ich meine Aufmerksamkeit wieder auf Devon, da ich ihren Anblick kaum ertragen kann. Genaugenommen bin ich glücklich darüber, ihr Gesicht nicht richtig sehen zu können, damit sich dieses Bild nicht noch tiefer in meine Seele brennt.

»Bist du bereit für mich?«, fragt er knurrend und ich höre ein zustimmendes Seufzen.

Schon liegt sein muskulöser Körper über ihr und das zweite Band um ihre Augen. »Ich will nicht nur in dir sein, dich nicht nur besitzen. Ich will alles von dir. Dein Herz, deinen Körper, deine Seele und dein Blut. Deinen Körper, den will ich allerdings auf meine eigene Art und Weise.«

Schon hat er sich wieder kniend vor ihr aufgebaut, nimmt seinen harten Schwanz in die Hand und stößt im nächsten Moment in sie. Ein lauter Schrei dringt aus ihrer Kehle und er zieht sich wieder zurück. Sie jammert, wimmert und mein verdammtes Herz schmerzt immer mehr.

Mit der holen Faust bewegt er seinen Schwanz. Knurrt, stöhnt. Es sollte mich nicht erregen, nicht bei all dem Schmerz, den ich empfinde. Doch ich fühle nur zu deutlich, wie sich Feuchtigkeit zwischen meinen Schenkeln sammelt.

»Ich will dich«, sagt er mit einer Stimme, die aus den Tiefen der Erde zu stammen scheint. »Ich brauche dich auf meine eigene verkorkste Art und ich muss wissen, ob es das ist, was du auch willst.«

Seine Hand wird schneller, sein Schwanz schwillt weiter an und ich denke, dass er jeden Augenblick kommt. Unverhofft stoppt er in seiner Bewegung. Seine glühenden Augen wandern über ihren Körper.

»Ich bin nicht nur anders. Ich brauche es auch anders.«

Wieder wimmert sie lustvoll, erwartend und schiebt ihm ihr Becken entgegen. Wovon spricht er?

»Ich brauche die Kontrolle über deinen Körper. Deinen Geist, wenn wir so zusammen sind. Sanft werde ich kaum sein, weil ich nicht weiß wie. Doch alles was ich dir gebe ist echt und wird dich niemals so verletzen, dass du …«

»Pscht«, kommt aus ihrem Mund und er verpaart dieses Wort mit einem dunklen Lachen.

»Vielleicht kannst du mir irgendwann zeigen, wie es ist, sanft zu sein. Menschlicher zu sein. Nur heute«, er stockt und sein Blick wird wilder, »heute ist nicht dieser Tag.«

Seine Hand schießt zu ihrem Hals. Als er zudrückt empfinde ich kurz etwas wie Angst, Mitleid mit ihr. Doch nur solange, bis er wieder in sie stößt und laute, keuchende Geräusche über ihre Lippen kommen.

»Wir sind füreinander gemacht«, knurrt er und stößt härter in sie, während seine Finger fester zudrücken. »Willst du mich?« Seine Stimme ist laut, durchdringend. »Sag es«, knurrt er und fickt sie dabei härter. Mit der freien Hand umgreift er ihre volle Brust. Knetet sie, liebkost sie zeitgleich. Es sieht aus, als wäre er der gesamte Raum. Als wäre da nichts anderes mehr, was an Aufmerksamkeit verdient. »Sag es!«

»Jaaaa!«

Sein Kopf schießt zu ihrem Hals vor. Zähne graben sich in ihr Fleisch. Ich sehe Blut, sehe, wie er von ihr trinkt und dabei weiter in sie stößt. Sie wehrt sich nicht. Schreit nicht. Ihre Hände fahren über seinen Rücken und ich möchte meine eigenen vor die Augen legen. Bloß kann ich es nicht. Plötzlich spüre ich eine Bewegung neben mir. Eine verhüllte Gestalt sieht mir ins Gesicht und als die Gestalt den Mund öffnet, falle ich. Abrupt, tief und immer tiefer.

Schweißgebadet wache ich auf. Es war nur ein Traum. Das Nachtlicht brennt noch und ich bin völlig durcheinander. Wie konnte ich beim Schlafen so genau wissen, dass ich träume? Voller Angst gleiten meine Augen durch das Zimmer. Das ist nicht der erste Traum dieser Kategorie gewesen, nur konnte ich beim letzten Mal noch keine Person erkennen. Vor allem hatte ich nicht diese Hassgefühle. Als plötzlich mein Handy auf dem Nachttisch eine eingehende Nachricht signalisiert, fahre ich erschrocken zusammen.

»Schläfst du schon? Devon.«

»Nein, bin wieder wach.«

Die Antwort kommt sofort.

»Komm zu mir.«

»Devon, bitte, wir sollten beide schlafen.«

»Rayna, komm rüber, die Tür ist offen. Wann werden wir noch mal so eine Chance bekommen?«

Dann kommt nichts mehr. Ich bin hin- und hergerissen. Warum schreibt er mir jetzt? Keine Ahnung, wie lange ich geschlafen habe, aber hat er jetzt die ganze Zeit überlegt, ob er es will oder nicht? Vor allem, will ich es? Was passieren wird, wenn ich rübergehe, ist eigentlich klar. Wieder schießt Adrenalin durch meine Adern und ich folge dem ersten Impuls, der durch meinen Kopf geht.

»Gib mir zehn Minuten, allein *im Bad!«*

»Ich kann es kaum erwarten.«

Was mache ich hier nur? Völlig außer mir laufe ich ins Bad, ziehe mich aus und stelle mich unter die offene Dusche. Das kalte Nass nimmt mir zwar die Müdigkeit und befreit mich etwas aus den Gedanken des vorangegangenen Traumes, aber mein Verlangen in Devons Armen zu liegen, seine Hände auf mir zu spüren, lässt sich nicht so einfach abwaschen. Egal, wie sehr ich auch reibe.

»Zehn Minuten waren um. Ich musste nachsehen, ob alles in Ordnung ist.«

Ich schrecke zusammen, drehe mich herum und da steht er. So verdammt nackt. So verdammt atemberaubend. Seine Augen funkeln in diesem einzigartigen Bernstein und zum ersten Mal sehe ich das Tattoo auf seiner Brust. Eine Rosenkranzkette, deren Kreuz direkt neben seinem Herzen liegt. Den Gedanken, dass Vampire keine

Kreuze vertragen, vertreibe ich, da er geradezu lächerlich ist.

»Du bist wunderschön, Rayna«, wispert er und bleibt weiterhin mit zwei Schritten Abstand vor mir stehen.

Meinen Körper überfällt eine Gänsehaut, da das Wasser so kalt ist und selbst die Hitze, die ich in meinem Schoß spüre, ändert daran nichts.

»Ich will dich berühren«, setzt er mit rauer Stimme hintenan und es wirkt fast, als würde er auf meine Erlaubnis warten.

Er bekommt sie, indem ich die Hand nach ihm ausstrecke und dabei versuche normal zu atmen. Sein Schwanz, auf den mein Blick immer wieder fällt, ist so hart, so groß, dass ich am liebsten aufwimmern möchte. Krampfhaft versuche ich, die Bilder von vorhin, aus dem Traum auszublenden. *Es war nur ein Traum, Rayna, das hier ist die Wirklichkeit. Er sieht zwar genauso aus wie in den Traumsequenzen, aber da ist keine andere Frau. Du bist es, bei der er jetzt steht.*

»Ich kann mich nicht mehr von dir fernhalten«, sagt er mit knurrender Stimme.

Viel zu schnell ist er da, viel zu schnell hat er mich mit dem Rücken gegen die Marmorplatten gedrückt und viel zu schnell stellt er das Wasser heißer.

»Ich will dich, Rayna«, kommt abgehakt aus seiner Brust, und als er meine Hand ergreift, sie genau an die Stelle über seinem Herzen legt, weiß ich nicht, was ich denken oder tun soll.

Da ist kein Herzschlag, nichts. Kein wildes Trommeln wie in meiner Brust und obwohl es mir Angst machen sollte, will ich doch, dass er mich küsst. Dass er … »Egal wer oder was du bist, ich will dich genauso.« Meine Stimme ist mehr Flüstern als Sprechen. Das Funkeln seiner

Augen nimmt an Intensität zu, er entlässt meine Hand und dringt so fordernd mit seiner Zunge in meinen Mund ein, dass mir die Luft wegbleibt. Sein großer, starker Körper presst mich hart gegen die Wand, ich spüre seine Erektion an mir und seine Hand, die sich um meine Brust legt. »Jaaa«, keuche ich, weil er meinen aufrecht stehenden Nippel zwischen seine Finger nimmt, mir in die Augen sieht und mit einem Grinsen daran zieht. »Gott.« Ich keuche und lasse den Kopf gegen die Fliesen hinter mir sinken.

»Alle, nur der nicht«, raunt Devon und rückt ein Stück von mir ab.

Ich will schon vor Protest wimmern, doch sobald ich die Augen wieder öffne, seinen hitzigen Blick sehe und die Stelle erkenne, die er betrachtet, spreize ich die Beine ein klein wenig mehr. Es geschieht, wie von selbst, auch wenn ich noch nie mit einem Mann intim war. Ich weiß genau, was ich jetzt will und brauche. »Fass mich dort an, Devon.« Sein Blick wird geradezu höllisch und er reibt jetzt so fest meine Brustwarze, dass es eigentlich schmerzen sollte. Doch der einzige Schmerz, den ich verspüre, ist der, dort unten nicht von ihm berührt zu werden. »Bitte, Devon, ich will es auch.« Ein letztes Mal sieht er in meine Augen, umgreift einmal meine gesamte Brust, wiegt sie beinahe in seiner Hand und legt seine Lippen hart auf meine. Ein leichter Biss lässt mich keuchen, doch im nächsten Augenblick wandert sein Mund hinab zu meinem Kinn, zu meinem Hals, während seine Hände auf mir liegen und ebenfalls nach unten fahren. Zusammen mit seinem Mund. Als er meinen Bauchnabel erreicht, zittere ich so sehr, dass ich Angst habe, mir knicken jeden Moment die Beine weg. Das Pochen zwischen meinen Schenkeln ist nahezu unerträglich, doch die Kraft, mit der Devon mich an die Wand nagelt, lässt gar nicht zu, dass ich falle. Immer wieder küsst sein sinnlicher Mund Stellen meiner Haut, und als seine Hände kurz vor meiner Mitte ankommen, meine ich vor Lust sterben zu müssen. »Gott, ja …«, kommt seufzend über meine Lippen. Ich höre ein lautes Knurren und spüre danach nur noch den leibhaftigen Wahnsinn. Ein Finger seiner rechten Hand legt sich auf meine Klit und das Gefühl, als er anfängt, sie mit festem Druck zu massieren, ist unbeschreiblich. »Devon«, stöhne ich und bekomme zur Antwort ein neuerliches, tierisches Knurren. Immer noch verteilt sein Mund Küsse an meinem Bauch, mit dem Finger massiert er meine Klit immer schneller und dann … dann dringt er mit einem Finger seiner anderen Hand in mich ein. Zärtlich und abwartend, als wüsste er, dass niemals zuvor etwas dort in der engen Feuchte war. Doch es ist nicht genug. Ich will mehr. Ich will ihn spüren. »Tiefer, schneller, lass mich bitte kommen.« Meine Augen fahren zu ihm hinunter und als er seinen Finger weiter in mich schiebt, treffen sich unsere Blicke. Das heiße Wasser sprengt in Millionstel kleinen Saphiren von seiner Haut ab und ich muss mich immer wieder ermahnen, Atem zu holen. Dieser Moment, dieser intime Moment gehört nur uns. Niemand wird ihn mir je wieder wegnehmen können.

»Du fühlst dich so gut an«, sagt er und das Funkeln in seinen Augen scheint immer dunkler zu werden. »Ich will alles von dir, wirklich alles.«

Wie zur Untermauerung seiner Worte reibt er meine Klit noch schneller und ich fühle, wie meine Muskeln sich um seinen Finger in mir zusammenziehen. Zeitgleich meine ich, dass der Oleandergeruch im Raum stärker wird und mir völlig die Sinne vernebelt. »Jaaa«, kommt stöhnend über meine Lippen, als mein Körper explodiert. »Oh Gott, ja.« Alles an mir erzittert, der Orgasmus überrollt mich und obwohl ich meine zu fallen, ist er doch da und hält mich.

»Rayna.« Seine Stimme ist kaum mehr menschlich.

Sie klingt viel zu tief, zu rau und dunkel für eine Menschenstimme. Noch während mein Körper in dieser alles verzehrenden Ekstase steckt, treffen sich erneut unsere Blicke und was ich dann sehe, ist die tiefe dunkle Nacht. Direkt in seinen Augen. Dort ist nichts mehr als funkelnde, glühende Schwärze. Kurz flammt ein Gefühl der Angst in mir auf, doch ehe ich diesen Gedanken weiterspinnen kann, ist Devon schon verschwunden.

KAPITEL 11

Mein Körper bebt noch, während ich überlege, was ich falsch gemacht habe. Was das gerade in seinen Augen war. Ich verstehe die Welt nicht mehr. Das Wasser stelle ich ab, schlinge einen Bademantel, der neben der Dusche hängt, um mich und gehe auf die Tür zu seinem Zimmer zu, hinter der er verschwunden ist. Sachte klopfe ich dagegen, bekomme jedoch keine Antwort. Ich klopfe etwas fester, rufe seinen Namen, da gleitet sie von selbst auf. Alles, bis auf ein paar Teelichter, liegt im Dunkel verborgen, aber was ich sehe reicht aus, um mir erneut den Atem zu nehmen. Das hier ist das Schlafzimmer aus meinem Traum. Der Traum, in dem Devon es eben mit der Unbekannten getan hat. Diesmal jedoch ist das Bett leer. Ein leises Knurren vom Boden aus dringt an mein Ohr. »Devon?« Ich mache einen Schritt in die Richtung, von der ich denke, etwas gehört zu haben, und da hockt er. Nackt, auf den Dielen, Arme und Beine fest an seinen Körper gezogen, den Blick zur Seite abgewandt.

»Komm nicht näher!«, faucht er beinahe.

»Was ist los? Bist du krank?«

»So könnte man es auch nennen. Geh. Bitte. Wir sprechen später darüber.«

Seine Stimme klingt verschlossen und abweisend. Dieses Mal jedoch lasse ich mich nicht so einfach wegschicken. Nicht, nachdem wir uns gerade so nah waren. »Hör mal, Mister Cottler. Du hast mich mitten in der Nacht in dein Zimmer bestellt und ich möchte jetzt wissen, was plötzlich mit dir los ist. Vorher gehe ich nirgends hin!« Ich höre ihn erbost stöhnen.

»Das ist keine gute Idee. Geh, Rayna. Ich erkläre dir später alles.«

Ich denke ja gar nicht daran. Langsam taste ich mich bis zum Bett vor. Setze mich und warte. Eine ganze Zeit lang herrscht absolute Stille, nur mein aufgeregter Atem ist zu hören.

»Du bist ein solcher Dickkopf«, flucht er. »Öffne das Porträt über meinem Bett, du kannst es aufklappen. Roll mir eine der Flaschen zu. Und bitte, Rayna, tu es schnell!«

Ich weiß zwar nicht, was das nun wieder soll, aber bitte. *Vielleicht hat er Asthma und braucht seine Medizin,* versuche ich mir einzureden, muss innerlich aber über diesen Gedanken grinsen. Ich steige auf sein Bett, fummele an dem Bild, auf dem ein leuchtend blauer Mond und darunter dunkle Wälder abgebildet sind, herum, aber ich kann es nicht aufklappen. »Können wir das Licht anmachen? Ich bekomme den Riegel nicht auf.«

»Auf keinen Fall! Unten ist ein kleiner Knopf, den drückst du, dann springt der Rahmen von selbst hoch.«

Während er mit mir spricht, nehme ich immer wieder dieses Knurren wahr, allerdings hat es jetzt eine andere Botschaft als eben unter der Dusche. War es eben noch fordernd und voller Verlangen, ist es jetzt warnend und sagt ganz klar: Komm bloß nicht näher! Seine Stimme hört sich auch anders an. Die Wärme darin fehlt. Trotzdem mache ich mir keine Gedanken darüber, dass er mir etwas tun könnte. Dass ich verrückt sein könnte, oder er krank … oder was auch immer hier los ist, was eigentlich nicht sein kann. Ich will ihm einfach nur helfen. Nachdem ich noch etwas an dem Bild herumfingere, finde ich den Knopf. Endlich klappt es wie von selbst hoch. Zum Vorschein kommen etliche Flaschen. Es sind die gleichen goldenen Flaschen, die auch dieser Typ auf der Party hatte, aus der Kristin und Aidan getrunken haben. Ich nehme eine an mich, stehe auf und mache einen Schritt auf Devon zu.

»N.e.i.n! Komm nicht näher. Du sollst sie nicht bringen, du sollst sie mir rüberrollen.«

Das zum Thema Asthma. Ich tue, was er sagt, und trete instinktiv wieder einen Schritt zurück. Dann höre und sehe ich, wie er den Korken mit den Zähnen aus der Flasche zieht und in kräftigen Zügen trinkt. Es wird erneut still im Raum. »Devon?«

»Du kannst einen Moment bleiben, aber das Licht muss ausbleiben.«

Ich lasse mich wieder auf sein Bett sinken. »Okay«, ist alles, was ich dazu sagen kann. Er steht langsam auf und ich sehe mit eigenen Augen, wie auf einen Schlag alle Kerzen erlöschen. Ich bin völlig unfähig, etwas dazu zu sagen. Nun ist es wirklich stockdunkel. Er setzt sich neben mich auf das Bett, hält allerdings Sicherheitsabstand, wovor auch immer. Als ich nach seiner Hand greife, lässt er zumindest das zu. So sitzen wir minutenlang, ohne dass jemand etwas sagt. Mir schwirren so viele Gedanken durch den Kopf, dass ich nicht einen davon greifen kann. Das Einzige, das übermächtig ist, ist das Gefühl, für ihn da sein zu wollen. Alles über ihn erfahren zu wollen, egal was es ist. Ich fühle mich ihm jetzt noch verbundener als zuvor. Mit einem Mal setzt er sich hinter mich, zieht mich an seine nackte Brust und schlingt die Arme um meinen Körper.

»Lass uns etwas schlafen und mach dir nicht zu viele Gedanken. Ich bin nur so von diesen Gefühlen überwältigt, die ich in mir spüre. Das ist mir so noch niemals passiert.«

Er streichelt mir über die Wange und schlagartig bin ich wirklich hundemüde. Die Eingebung, dass ich von ihm verlangen will, mir endlich die Wahrheit über sich zu erzählen, verliert sich in einem dicken, undurchsichtigen Nebel. Ich kann den Gedanken einfach nicht zu Ende bringen und die Müdigkeit kommt in immer schnelleren Zügen.

Als ich aufwache, bin ich allein.

Alles ist noch dunkel, was aber auch an den dicken Vorhängen liegen kann, und den Bademantel trage ich nicht mehr. Ich knipse die Nachttischlampe an, da öffnet sich die Tür und Devon kommt lächelnd mit einem Frühstückstablett herein.

»Guten Morgen, Prinzessin.«

»Guten Morgen«, erwidere ich und ziehe die Decke etwas höher.

Er stellt das Tablett vor mir ab und öffnet danach die Vorhänge, durch die Sonnenlicht ins Zimmer dringt.

»Falls du dich wunderst«, sagt er, während er wieder auf mich zukommt, »du hast so stark geschwitzt, dass ich dich von dem dicken Bademantel befreit habe.«

»Wie viel Uhr ist es?«, frage ich, ohne darauf einzugehen.

»Du hast verdammt lange geschlafen. Schon Zehn.«

»Was? Mist, ich muss schnellstens mit Doyle los. Jack wird auf die Aufnahmen warten.« Ich will schon aus dem Bett springen, als Devon kommt und mich zurückdrückt.

»Nun mach mal langsam. Mit Jack, das ist schon erledigt. Du musst weder weitere Besichtigungen machen noch Fotos noch sonst etwas.«

»Muss ich nicht?«

»Nein, musst du nicht.« Er setzt sich auf den Bettrand.

Mit einem verwegenen Lächeln sieht er mich an, sagt aber nichts weiter. Also doch. Irgendwas war wohl außer dem Offensichtlichen noch dazu nicht in Ordnung und nun soll ich auf dem schnellsten Weg wieder nach London zurück.

»An was denkst du?«, fragt er und streicht mir dabei eine Haarsträhne aus dem Gesicht.

»An Kristin. Ich muss mit ihr sprechen.« Eigentlich will ich all das sagen und fragen, was in meinem Kopf herumgeistert, doch es ist, als würde mein Stolz mir verbieten, es zu tun. Diesmal ist es nicht vor Scham oder ähnlichem. Ich finde wirklich, dass er jetzt an der Reihe ist, sich zu erklären.

»Auch das habe ich schon erledigt. Aidan und sie werden nachher hier vorbeikommen. Es geht ihr gut.«

Noch besser. Er hat die beiden sofort damit beauftragt, mich schnell mit nach Hause zu nehmen. Anders kann es ja nicht sein, weil er Aidan nicht ausstehen kann. »Ja, ist wohl besser so«, sage ich und blicke dabei zur Seite.

»Was ist besser so?«

»Dass ich nach Hause fahre.«

»Wer hat gesagt, dass du nach Hause fährst?«

»Ja niemand, aber wenn es hier nichts mehr für mich zu tun gibt und Kristin und Aidan gleich kommen.«

»Also, ich kann dich ja nicht zwingen hierzubleiben, aber eigentlich gingen meine Gedanken in die Richtung, dass wir alle zusammen noch ein paar Tage bleiben. Dein Chef hat nichts dagegen. Er meinte sogar, du sollst solange bleiben, wie du möchtest. Irgendetwas mit etlichen Überstunden hat er gesagt, und dass er für ein paar Tage klarkommt.«

»Und was ist mit Aidan und Kristin?« Mein Blick sieht wohl ziemlich fragend aus.

»Ich kann nicht sagen, dass mir Aidan sympathisch ist. Mir gefällt nicht, wie er dich ansieht. Aber ich dachte, es wäre dir lieber, wenn Kristin mit bei uns im Haus schläft.«

Total erstaunt bekomme ich das Grinsen nicht mehr aus dem Gesicht. »Und warum soll ich meine Arbeit hier nicht zu Ende bringen?«

»Weil es sich erledigt hat. Nach einem Telefonat mit meinem Dad ist der Hauskauf klar. Er verlässt sich auf mein Urteil, und Doyle ist bereit, mit dem Preis runterzugehen.«

Oh, ja klar. Der Hauskauf hier. Mein Gesicht lächelt nun nicht mehr. »Kommst du denn erst mal mit zurück nach London? Wann wollt ihr umziehen? Hat dein Dad die Stelle an der Uni schon gekündigt?«

»So viele Fragen, Prinzessin. Alles zu seiner Zeit. Natürlich muss ich erst mal wieder nach London. Zum Glück habe ich noch nicht mal alle Kartons ausgepackt, als ich von L. A. nach London kam. Aber ich habe hier und da noch ein paar Sachen zu erledigen.«

Er küsst mich auf die Stirn und das hitzige Prickeln unter meiner Haut erwacht.

»Nun iss erst mal. Ich habe das Frühstück eigens für dich gemacht.«

»Hast du denn keinen Hunger?«

»Ich habe schon unten bei Doyle gegessen, während ich alles mit ihm besprochen habe.«

»Und Jack hat wirklich gemeint ich kann die zwei Tage noch bleiben?«

»Nicht nur zwei Tage. Solange du willst.«

In Gedanken füge ich hinzu, dass ich dann am liebsten ganz hierbleiben würde. Ich stürze mich total ausgehungert auf das Frühstück.

»Während du isst, gehe ich kurz duschen, okay?«

Ich nicke. Als er schon durch die Tür verschwinden will, rufe ich: »Devon?«

»Ja?« In seine Augen ist das Funkeln zurückgekehrt.

»Ich habe Fragen zu letzter Nacht.«

Diesmal ist er der, der nickt. »Später, okay?«

»Okay«, antworte ich und lasse ihn gehen. Ich brauche diese Antworten, sonst drehe ich noch durch. Nebenan höre ich die Dusche anspringen und nachdem ich fertig gegessen habe, steige ich aus dem Bett, bloß mit einem Bettlaken um meinen Körper gehüllt und gehe zu ihm. Der Raum ist mit Wasserdampf geflutet. Ich betrachte seinen definierten, nackten Körper. Denke an seine Finger, wo und wie sie mich berührt haben. Ob es normal ist, dass man immer wieder weiche Knie bekommt, wenn man den Menschen sieht, in den man verliebt ist? Kann es ebenso normal sein, dass mein Herz in seiner Nähe ständig aus dem Takt gerät? Ist es normal, dass meine Atmung jedes Mal aus dem Gleichgewicht kommt bei seinem bloßen Anblick? Ja, es ist normal! Es wäre unnormal, wenn es nicht so wäre. Seine Muskeln spielen bei jeder seiner Bewegungen und er sieht einfach unsagbar heiß aus. Langsam dreht er sich. Seine Augen sind geschlossen und sein markantes Gesicht streckt sich dem Wasserstrahl entgegen. Ich habe wahrhaftig nie im Leben etwas Erotischeres und

Vollkommeneres gesehen. Er sieht nahezu anmutig aus, und gefährlich. Wie eine Raubkatze.

Mit einem Mal höre ich ihn. Er flüstert meinen Namen, aber seine Lippen bewegen sich nicht. Er stellt das Wasser ab und sieht zu mir. Wieder höre ich ihn meinen Namen sagen, ohne dass er den Mund bewegt. »Was bist du?«, frage ich leise.

»Der Mann, der sich in dir verloren hat. Der für dich geschaffen ist.« Diesmal bewegen sich seine Lippen.

»Wie kann ich dir nur reichen?«, will ich wissen und keuche auf, als er mich an seinen Körper zieht und dabei mein Laken zu Boden fällt.

»Bitte, Rayna. Du hast scheinbar überhaupt keine Ahnung, wie du auf mich wirkst.«

»Rennst du gleich wieder raus?«, bringe ich bebend über die Lippen.

Zur Antwort verschließt er mit seinem Mund den meinen und ich spüre seinen harten Schwanz gegen meinen Bauch drücken. Trotzdem schießen mir gerade jetzt wieder so viele Fragen durch den Kopf. »Devon, wir müssen reden, bevor das so weitergeht. Über gestern Abend. Über dich. Das gerade.« Ich will ihn, unbedingt. Ich will aber auch Antworten. Er fährt mit der Zunge über meinen Hals.

»Das werden wir noch. Vertrau mir. Du brauchst keine Angst vor mir zu haben. Ich brauche dich.«

Plötzlich hebt er mich auf seinen Arm und trägt mich zurück zum Bett. Wenn er mich ansieht, fühle ich mich schön. Noch nie hat mich jemand so angesehen. Er verschlingt mich fast mit seinen Blicken. Ich wünsche mir, dass dieser Moment niemals endet und zeitgleich entfaltet sich im ganzen Zimmer wieder der Oleandergeruch.

»Ruh dich noch ein bisschen aus, meine Reniar.«

Ich will nicht wieder schlafen, ich weiß auch nicht, warum er es will, aber schon überrollt mich erneut diese Müdigkeit. »Devon …« Er dreht sich noch einmal zu mir um.

»Ja?«

»Was bedeutet Reniar?«

Er lächelt. »Reniar bedeutet dort, wo ich herkomme, so etwas wie Seelenverwandte, Geliebte, Frau des ewigen Lebens.«

»Wie viele Reniars hattest du schon?« In dem Moment, wo ich die Frage stelle, möchte ich sie am liebsten gleich wieder zurücknehmen, denn sein Blick wird finster.

»Es gibt nur eine Reniar für einen Mann.«

»Hört sich gar nicht irisch an.«

»Das habe ich auch nicht behauptet.« Sein Blick entspannt sich wieder. »Und jetzt schlaf.«

Damit geht er aus dem Zimmer, schließt die Tür und meine Augen fallen zu.

Kapitel 12

Als ich aufwache, kann ich seinen Geruch noch im ganzen Raum wahrnehmen. Wie ein schützender Kokon umschließt er mich.

Obwohl ich so viel geschlafen habe, bin ich immer noch total erledigt. Wahrscheinlich habe ich zu viel geschlafen. Warum hatte ich mich überhaupt wieder hingelegt?

Devon.

Es ist fast so, als würde mein Geist genau das befolgen, was er mir sagt. In einen Moment bin ich hellwach, dann kommt er, sagt: *ruh dich aus,* und ich bin wieder bereit fürs Traumland. Ich kann nicht gerade behaupten, dass mir das gefällt. Auf der anderen Seite habe ich ja jetzt so was wie Urlaub. Mein erster eigentlich. Warum nicht wirklich mal abschalten. So sinke ich erneut in den Schlaf und wache in dem mir schon bekannten Zauberwald auf.

Diesmal bin ich allein. Kein Devon weit und breit. Da ich mich ja nun schon hier auskenne, mache ich mich auf den Weg zum schmiedeeisernen Tor. Vielleicht wartet Devon dort auf mich, oder vielleicht bekomme ich das Tor diesmal allein auf. Ich gehe den dunklen Pfad entlang und alles sieht so aus wie bei meinen anderen Besuchen. Trotzdem ist heute irgendetwas anders. Ich komme nur nicht darauf, was es ist. Als ich am Tor ankomme, wartet dort niemand auf mich. Ich drücke die Klinke herunter, aber sie lässt sich natürlich wieder nicht betätigen. Ich warte schon auf die einsetzende Angst und den wirbelnden Nebel, aber nichts tut sich. Also setze ich mich auf einen großen Stein, der in der Nähe des Tores steht. Ein merkwürdiger Traum. Keine Gefühlsregung scheint sich in mir breit machen zu wollen, aber Aufwachen wollen mein Geist oder Körper wohl auch noch nicht.

Ich versuche, in den Himmel zu blicken, doch die riesigen Tannen stehen hier so dicht an dicht, dass kein Durchsehen möglich ist. Dann fällt mir auf, was heute anders ist. Keine Sonnenstrahlen. Kein einziger fällt durch den Nadelwald. Es hat immer eine dunkle Atmosphäre, aber zumindest kommen sonst ein paar Sonnenstrahlen bis auf den Boden.

»Geh den Weg weiter, Rayna!«

Verwundert blicke ich mich um, sehe jedoch niemanden. Die Frauenstimme klingt hell und freundlich. Ich kann nicht ausmachen, von wo sie kommt.

»Geh den Weg weiter.«

Dort, unweit des Tores, wo ich eine unpassierbare Hecke vermutet hatte, teilt sich eben diese ein wenig. Also gehe ich den Weg weiter am Tor entlang und bald ist kein Trampelpfad mehr zu erkennen. Der Wald wird immer dichter und ein bisschen komme ich mir vor wie Rotkäppchen und erwarte schon, dass gleich der böse Wolf vor mir steht. Über mir bricht ein Zweig und fällt zu Boden. Erschrocken springe ich zurück. Ein Vogel löst sich aus dem Baum und umkreist mich in der Luft. So ein Tier ist mir noch nie unter die Augen gekommen. Es hat

Ähnlichkeit mit einem Wanderfalken und doch ist es anders. Überdimensional groß. Das Tier sollte mir aufgrund seiner Größe und Nähe Angst machen. Tut es aber nicht. Es scheint mich nicht angreifen zu wollen. Es umkreist mich immer wieder, kommt dabei stetig tiefer und wirft Schatten auf mich.

»Geh den Weg weiter, Rayna.«

Der Falke fliegt ein Stück voran, ich gehe in die gleiche Richtung. Als ich stehen bleibe, umkreist er mich wieder. Gehe ich weiter, fliegt auch er weiter. Er zeigt mir den Weg. Nach weiteren zehn Minuten Marsch verschwindet er hinter einem Baum und ich stehe allein da. Vor mir liegt ein circa hundert Meter hoher Hügel. Allerdings ist hier kein Durchkommen möglich. Eine Dornen-Efeuhecke versperrt mir den Weg. Die andere Seite muss die gleiche wie die hinter dem schmiedeeisernen Tor sein. Plötzlich erklingt die helle Frauenstimme wieder.

»Rayna, mein Kind. Ich danke dir, dass du dem Weg gefolgt bist. Nur hier kann ich länger mit dir sprechen.«

»Wer bist du?«

»Eine Freundin.«

»Das höre ich in den letzten Tagen oft. Warum kann ich nicht auf die andere Seite?«

»Wenn die Zeit reif ist, wirst du den Eingang finden.«

»Den habe ich längst gefunden, aber das Tor lässt sich nicht öffnen.«

»Das Tor ist nicht dein und nicht mein Eingang. Das Tor darf nicht geöffnet werden. Hörst du, Rayna. Du darfst das Tor niemals öffnen!«

»Wir haben es schon einmal geöffnet. Was soll daran verkehrt sein?«

»Dieses Tor ist das Siegel zur schwarzen Seite. Niemand darf durch dieses Tor treten.«

»Aber du lebst auf der schwarzen Seite? Wie kann es dann schlecht sein?«

»Ich lebe auf der weißen Seite. Dort, wo auch du hingehörst, mein Kind. Finde den Eingang. Danach erfährst du mehr.«

»Wo soll ich danach suchen? Ich kann meine Träume nicht beeinflussen.«

»Rayna, das alles ist kein Traum. War es nie. Du empfindest es nur so. Noch.«

»Dann werden Devon und ich das Tor suchen.«

Die Stimme lacht. »Ich denke nicht, dass Devon der Richtige für diese Aufgabe ist, mein Kind. Hüte dich vor der schwarzen Seite. Suche das Licht. Du lebst nicht weit davon entfernt. Folge deinem Instinkt, wähle die richtigen Freunde und wir werden uns bald gegenüberstehen.«

»Warum kommst du nicht auf meine Seite, wenn du den Weg kennst?«

»Für mich gibt es keinen Ausgang. Nur du kannst hereinkommen.«

»Und dann? Bin ich drin, komme ich auch nicht mehr zurück?«

»Das wird ganz an dir liegen. Es ist deine freie Entscheidung. Folge dem Weg, Rayna. Unsere Zeit ist für heute um.«

»Warte, wie heißt du? Hallo?« Um mich herum beginnt es zu knacken und krachen. Alles wirkt bedrohlich. Der Wald, die Bäume. Ich kann spüren, dass dies ein Traum ist und doch fühle ich die Angst ganz real. Die Angst, dass mir hier in meinem Traum etwas Körperliches zustoßen könnte. Bäume fallen nacheinander zu Boden, alles wird schwarz.

Ich schlage die Augen auf und schaue in Devons Gesicht.

»Du hattest einen Albtraum, so heftig, wie du um dich

geschlagen hast. Ich hoffe nicht, dass ich dein Endgegner war«, sagt er mit einem verwegenen Lächeln auf den Lippen.

»Nein und ja. Ich kann es schwer benennen. Meine Träume sind immer sehr intensiv, aber zumindest warst du nicht mein Gegner.«

»Alles mit dir ist sehr intensiv«, sagt er fast gedankenverloren. »Warum sollten da deine Träume anders sein?«

»Wie sind deine Träume denn?«

Er zuckt mit den Schultern und steht wieder auf. »Aidan und Kristin sind eben angekommen, wir sollten sie nicht warten lassen.«

»Devon, deine Träume?«, frage ich irritiert, weil er schon an der Tür steht.

»Ich träume nicht wirklich oft«, antwortet er mit dem Rücken zu mir und seine leidvolle Stimme lässt mein Herz bluten.

Als ich nach unten komme, sitzen schon alle im Salon. Mein Blick fällt als Erstes auf Kristin und ich bin erleichtert, dass sie schon etwas besser aussieht. Sofort springt sie auf und kommt auf mich zugestürmt.

»Rayna, alles gut bei dir?«

»Es dreht sich um dich«, antworte ich und nehme sie in den Arm.

»Ach ja, ist schon okay. Ich habe dir bestimmt einen riesigen Schrecken eingejagt. Das wollte ich wirklich nicht. Dieses Zeug war viel stärker, als ich vermutet habe. Ich gelobe Besserung, was das Trinken angeht, versprochen!«

»Welches Zeug genau meinst du?«, will ich wissen, da

in meinem Kopf sofort wieder die Drogenvermutung aufkommt.

»Dieser selbst gebraute Wein.«

»Der aus den goldenen Flaschen?«

Sie nickt.

»Hey Große, gut geschlafen?«

Erst jetzt lasse ich meinen Blick zu Aidan wandern, der auf mich zukommt und meine Hand sofort ergreift. Ich fühle mich etwas unwohl dabei, da Devon uns genau beobachtet, und fast befürchte ich, dass er irgendwie merkt, dass ich mich wirklich freue, Aidan zu sehen. Seine Berührung strahlt wieder diese angenehme Wärme aus. Trotzdem ist meine Antwort eher kühl. »Ja danke, kann nicht klagen.« Ich sehe zu Devon hinüber, der dreht sich allerdings demonstrativ in eine andere Richtung. Nur unwillig gibt Aidan meine Hand frei und sieht mich dabei prüfend an. Ich bin mir nicht sicher, was er zu finden glaubt, doch mir ist dieser Blickkontakt unangenehm. Also nicht, weil Aidan mir unangenehm wäre. Es ist einfach so, mit den beiden Männern in einem Raum, hat das Ganze etwas erdrückendes. »Dann sind wir ja jetzt alle zusammen«, erkläre ich und weiß selbst nicht, warum ich etwas so Offensichtliches ausspreche. Wahrscheinlich nur, um überhaupt etwas zu sagen. Ich gehe zu Devon hinüber, der aus dem bodentiefen Fenster dem starken Regen zusieht, während Kristin einen ungläubigen Blick auf uns drei wirft. Als Devon mich auch noch in den Arm nimmt, scheint sie vollends verwirrt zu sein. Natürlich, sie weiß ja noch nichts von uns. Doch eigentlich weiß ich selbst auch nicht viel von uns. Was kann ich Kristin schon erzählen?

Hey, dieser unglaublich gut aussehende, heiße Typ hat mich einfach geküsst, doch eigentlich war es schon vor dem Kuss um mich geschehen. Außerdem haben wir es letzte Nacht in der

Dusche beinahe miteinander getrieben, wäre er nicht überstürzt abgehauen. Ach, und außerdem, bevor ich es vergesse, es könnte auch sein, dass er ein Vampir oder so was ist. Vielleicht hat auch dich einer auf der Party gebissen.

Ich spüre klar ihren fragenden Blick auf mir, aber das hier ist der falsche Zeitpunkt und Ort, um über all das zu sprechen.

»Also, was wollen wir mit dem späten Nachmittag anfangen? Wie wäre es mit einer Besichtigung?«, fragt sie und ich bin ihr dankbar, dass keine unangenehme Frage kommt.

»Das wäre eine klasse Idee. Bisher habe ich auch noch nicht viel vom Haus gesehen«, erwidere ich.

»Ein wirklich imposantes Hüttchen, das ihr da kaufen wollt«, steuert Aidan bei.

Devon übergeht ihn einfach und richtet sein Wort an mich und Kristin.

»An was habt ihr dabei gedacht?«

»Wisst ihr, wir waren vor ungefähr zehn Jahren schon einmal hier in der Gegend«, erklärt Kristin.

Aidan dreht sich mit erstauntem Blick zu ihr um. »Wer war schon mal hier?«

»Na, Rayna und ich. Damals natürlich noch mit meinen Eltern. Sie hatten hier was zu erledigen und ich glaube, wir waren ganz in der Nähe. Fallmore heißt das Kaff.«

»Daran kannst du dich noch erinnern?«, frage ich.

»Ja, klar. Wir haben da tierisch einen auf den Deckel bekommen von Mum, das vergisst man nicht.«

»Bist du dir sicher, dass ich mit war? Ich weiß wohl, dass wir mal in Irland waren, aber laut Linda im Norden. Von Ärger mit ihr ist mir auch nichts bekannt.«

»Oh, Rayna, man merkt, dass du älter wirst«, sagt sie kichernd. »Mum und Dad mussten gegen Abend auf eine

Besprechung und wir haben gebettelt, allein im Hotelzimmer bleiben zu dürfen. Wir waren ja schon um die zehn Jahre. Ging dann auch klar, aber kaum waren sie weg, wolltest du unbedingt nach draußen in den Regen. Ich erinnere mich noch genau. Es war genauso ein Regentag wie heute und du wolltest dir die Kirche anschauen. Also sind wir hinaus und ab in diese Kirche. Den Turm hoch, auf die äußere Empore. Du wolltest unbedingt da raus. Keine Ahnung, was dich da getrieben hat.«

»Und dann?«, frage ich weiter.

»Na, wir standen da blöd im Regen, waren pitschnass und du warst irgendwie, wie soll ich sagen? Wie weggetreten. Hast auf den Wald in der Nähe gestarrt und nichts mehr gesagt. Nach zwanzig Minuten war mir so arschkalt, dass ich zurückwollte, aber zum Zurückgehen warst du nicht zu bewegen. Du hast überhaupt keine Reaktion mehr gezeigt. Als mir dann richtig die Muffe ging und mir sowieso schon klar war, dass wir erwischt worden waren, rein zeittechnisch, bin ich zurück ins Hotel, um Mum zu holen. Die war natürlich schon außer sich. Ich durfte nicht mit, musste bei Dad bleiben und Mum ist los, um dich zu holen. Als sie endlich mit dir zurückkam, warst du wieder relativ normal und nach einer heißen Dusche musste ich auf der Couch schlafen, mit Dad im Zimmer. Du mit Mum im Schlafzimmer. Am nächsten Tag gab es richtig einen auf den Deckel.«

»Kristin, ich glaube du hast ein Rad ab. Das ist das erste Mal, dass ich davon höre.«

»Ja, bei dem Anschiss warst du nicht dabei. Den habe ich kassiert. Als ich dich nachher drauf angesprochen hab, wusstest du von nichts mehr. Mum meinte, du hättest in der Nacht einen Fieberanfall gehabt und dass du dich deshalb nicht richtig erinnern konntest. Wie auch immer, ich schwöre bei unserer Freundschaft, dass es so war.« Sie wendet sich wieder den Jungs zu, deren Blick sehr nachdenklich wirkt. »Fallmore ist, glaube ich, nicht so weit von uns entfernt. Stimmts, Devon?«

»Ein paar Kilometer, stimmt«, antwortet er. »Wie heißt die Kirche, in der ihr damals wart?«

Aidan scheint auf eine Antwort von mir zu warten, da er mich erwartungsvoll ansieht. »Mich musst du nicht so ansehen. Ich weiß nichts davon. Hörst ja, Fieber.« Zum ersten Mal, seit wir hier zu viert zusammenstehen, müssen wir alle gleichzeitig lachen. Diesen Laut aus Devons Mund zu hören, tut so unheimlich gut. Vor allem, da er fest seine Arme um mich schlingt.

»Es ist die St. Deirhbile's Kirche, ziemlich altes Teil. Damals schon«, beantwortet Kristin die Frage.

»Wir machen alle schon mal Sachen, von denen wir nachher nichts mehr wissen. Manchmal soll es sich ja lohnen, zu seinen Ursprüngen zurückzukehren«, sagt Aidan, während er mich dabei eingehend mustert.

Plötzlich fängt Kristin wieder laut an zu lachen.

»Was?«, zischt Aidan in ihre Richtung.

»Du bist manchmal zu komisch«, bringt sie kichernd über die Lippen.

»Nicht ganz so komisch wie du«, erwidert er ernst, und Kristin verdreht die Augen.

»Also eigentlich hatte ich an eine Besichtigung der umliegenden Gegend gedacht«, schlage ich vor, um das Thema zu wechseln.

»Dazu müssen wir nicht mal weit laufen oder fahren«, sagt Devon. »Nur ein kleiner Fußmarsch. Wenn du auf alte Klöster und Kirchen stehst, hinten den Hügel rauf bei den Klippen habe ich so ein Ruinenteil gesehen. Da du diesmal ja kein Fieber hast, dürfte einem Besichtigungstermin nichts im Wege stehen.«

Er lächelt mich an und schon steht mein Körper in Flammen. »Na, von mir aus gerne«, beteuere ich. Ich glaube, von Devon würde ich mich überall hin entführen lassen.

»Lasst uns doch lieber nach Fallmore fahren. Vielleicht erinnert Rayna sich ja dann wieder. Wir könnten in dem Hotel, in dem wir damals schon waren, was essen«, bettelt Kristin.

»Doyle kann uns auch Essen zaubern, wenn wir zurückkommen. Oder Rayna und ich besichtigen die Kapellenruine und ihr zwei fahrt nach Fallmore«, schlägt Devon mit einem Zwinkern in meine Richtung vor.

»Devon, echt«, mault Kristin.

Sie und Aidan bauen sich vor ihm auf. Zwischen den beiden Kampfhähnen ist die Spannung nur zu deutlich zu spüren. Unter normalen Leuten wäre das hier eher eine Scherzsituation, aber was ist hier schon normal?

»Wenn ihr Zweisamkeit wollt, hättest du uns nicht herkutschieren brauchen.« Aidan sieht wirklich angepisst aus.

»Also, los jetzt«, gehe ich dazwischen, »alle auf zur Kapellenruine. Ihr seid ja nicht hergekommen, damit Devon und ich etwas allein unternehmen. Vielleicht ist es morgen trocken und wir können nach Fallmore fahren. So ein Mädelsausflug wäre toll, während die Jungs …«

»Danke, wir können schon selbst entscheiden, was wir in unserer Freizeit machen«, stellt Aidan missmutig fest. »Dann kommt, bevor es dunkel ist.« Aidan ist schon auf dem Weg zur Terrassentür.

»Wieso? Angst, Aidan?« Devon sieht ihn herausfordernd an.

»Wegen mir nicht, aber es sind Damen anwesend.«

»Die Damen haben mit Dunkelheit kein Problem«, entgegne ich. Ein wenig muss ich Devon ja schon unterstützen und prompt lacht er siegessicher in Aidans Richtung.

Kapitel 13

Die Regenmäntel, die Doyle uns in weiser Voraussicht zurechtgelegt hat, halten dem Wetter nicht lange stand. Das Wasser peitscht uns nur so um die Ohren, das Meer hinter den Klippen tobt und von der Sonne ist rein gar nichts mehr zu sehen. Während Devon und ich vorausgehen, trotten Aidan und Kristin uns langsam hinterher. Ich habe keine Ahnung, warum sie nicht mit uns Schritt halten, meine aber eben gesehen zu haben, dass Kristin Aidan am Arm zurückgezogen hat. Wahrscheinlich will sie Devon und mir etwas Raum geben. Trotzdem rufe ich den beiden zu dranzubleiben, damit wir uns in dem Sturm nicht aus den Augen verlieren. Ich glaube aber, sie haben mich gar nicht gehört.

»Sollen wir auf sie warten?«, fragt Devon.

»Es gibt nur diesen einen Weg zur Ruine, oder?« Er nickt. »Dann werden sie schon nachkommen.« Wir marschieren über den vom Regen aufgeweichten Boden weiter geradeaus und ich mag es, wie unsere Finger miteinander verschlungen sind.

»Fühlst du dich jetzt besser, wo du weißt, dass Kristin in deiner Nähe ist?«

»Viel besser. Eigentlich muss man nicht auf sie aufpassen, aber die letzten beiden Male hat ihre Vernunft scheinbar versagt.« Devon zieht mich etwas fester an sich, was mir bei dem Starkregen nicht wirklich unangenehm ist. »Der Abend im Pascha«, sage ich dicht bei ihm, »als wir uns zum ersten Mal dort auf der Treppe begegnet sind … ich hatte den Eindruck, dass du mich abscheulich findest.«

Er lacht laut auf. »Dich abscheulich finden? Ich war einfach nicht darauf gefasst, dir dort zu begegnen.«

»Wie meinst du das? Wie hättest du auch darauf gefasst sein können? Wir kannten uns noch gar nicht.«

»Ich war nicht darauf gefasst, einer Frau wie dir zu begegnen, Rayna.«

Ich halte ihn zum Stehenbleiben an. »Das verstehe ich nicht. Was für eine Frau bin ich denn?«

»Die Frau, die mein totes Herz zum Schlagen bringt. Ich habe dich gesehen und sofort war da dieses Gefühl in mir. Als wären wir füreinander geschaffen.«

Der Wind und der Regen werden so immens laut, dass sich seine Worte mit den Naturgeräuschen vermischen. Trotzdem verstehe ich alles, und sein durchdringender Blick, stellt mit meinem Bauch Dinge an, die ich so nicht kenne. Ein Lächeln erscheint auf meinem Gesicht und ich wünschte, ich wäre ihm schon viel früher begegnet. »Hast du mich deshalb an dem Abend nach Hause fahren wollen?«, frage ich zaghaft. Er macht noch einen Schritt auf mich zu und mein Herz beginnt schneller zu schlagen.

»Ich wollte wissen, wie du schmeckst.«

Mein Unterleib erwacht zum Leben, sein Gesicht rückt immer näher und als er mich küsst, sinnlich, leidenschaftlich, fast roh, nehme ich kaum noch den Regen wahr.

»Devon«, wispere ich und rücke nach einigen Sekunden leicht ab, weil das Gefühl viel zu stark ist. »Am nächsten Tag, warum war da alles wieder anders?«

»Der nächste Tag war Schwachsinn. Ich wusste nicht, wie ich mich verhalten soll und ob du überhaupt auch etwas für mich übrighast. Weißt du, was Frauen angeht«, er stockt.

»Was?«

»Ich bin nicht der charmanteste Typ dieser Welt. Also, ich meine, eigentlich kümmere ich mich nicht um das, was Frauen von mir denken oder wollen. Wenn ich etwas will, nehme ich es mir. Will ich es nicht mehr …«

»Lässt du es fallen.«

Er nickt. »Bei dir fühlt es sich zum ersten Mal anders an und ich wusste nicht, wie ich damit umgehen soll.«

»Weißt du es denn jetzt?«, will ich wissen und rücke wieder vor.

»Ich denke schon. Wenn nicht, tritt mir einfach in den Arsch.«

Diesmal bin ich es, die ihn küsst. Sein starker Körper presst sich fest an meinen und ich wünschte, wir wären nicht hier draußen auf den Feldern. Da ist einfach zu viel Stoff zwischen uns.

»Komm«, sagt er und zieht mich leider weiter, »wir sind gleich da.«

Mein Blick gleitet über seine Schulter und da sehe ich Kristin mit Aidan in einiger Entfernung näher kommen.

»Komm«, sagt er wieder und ich gehe mit ihm mit.

»Devon, das sind eher Reststeine als eine Ruine. Ich dachte, ich bekäme eine Kapelle zu sehen.« Ich muss wirklich lachen, als wir nach einer kleinen Biegung vor einigen großen Gesteinsbrocken stehen, die aussehen, als hätte ein wütender Gott sie unwillkürlich vom Himmel herabfallen lassen. Devon kommt ganz nah und streicht über meine nasse Wange.

»Schließ deine Augen, Rayna.«

»Wie jetzt?«

»Schließ deine Augen, für mich. Ich will dir etwas zeigen.«

Ich weiß nicht, was er nun wieder vorhat, aber er tritt hinter mich und legt seine Hände über meine Augen. Zuerst ist es nur ein warmes Kribbeln und ich erliege fast dem Glauben, es liegt daran, dass er so dicht hinter mir steht. Doch das allein ist es nicht. Da ist mehr. Vor mir wird es heller, obwohl ich immer noch seine Hände auf meinem Gesicht spüre. Den Regen fühle ich kaum noch und in einiger Entfernung höre ich die Wellen in einem beruhigenden Takt gegen die Klippen schlagen, fast so, als sei der Sturm schlagartig vorüber. »Devon, was passiert hier?«

»Sieh hin, Rayna. Sieh mit dem Herzen, mit deiner Natur.«

Ich versuche so viel zu erkennen, wie man das mit geschlossenen Augen eben kann, und als ich schon denke, dass entweder er oder ich nicht ganz bei Trost ist, formt sich ein Bild vor mir. Wir stehen exakt an der gleichen Stelle, bloß ist da plötzlich Sonne. Ich fühle immer noch Devons Hände auf mir und weiß, dass das, was ich sehe, nicht real ist. Trotzdem wirkt es genau so. Real. Fast wie ein Film, der vor mir abläuft und in dem ich doch mittendrin bin. Ich begreife es nicht. Die Kapellenruine ist keine Ruine mehr. Kein Sammelsurium aus verbliebenen Steinen. Nein, eine prächtige, kleine Kapelle steht ein paar Schritte von uns entfernt und mir kommt dieses Bild so bekannt, vertraut vor, dass es schon gruselig ist. Ich weiß ganz genau, dass ich niemals zuvor hier war, und doch fühlt es sich so an. Rechts neben der Kapelle steht ein kleiner

Brunnen und auf dem Boden davor sitzt ein junger Mann. Das Gesicht hat er in den Händen vergraben und ich habe das dringende Bedürfnis, zu ihm zu gehen. Er sieht aus, als würde er meine Hilfe brauchen, und er zieht beinahe so an mir, wie es Devon tut. Wie ein verdammter Magnet. Ich will schon einen Schritt nach vorn machen, als ich Devons Stimme leise höre, die klingt, als sei sie direkt in meinem Kopf.

»Bleib, Rayna. Sieh einfach zu. Ich will ihn dir bloß kurz zeigen.«

Der Junge bemerkt uns und sieht zu uns auf. Seine Augen funkeln in allen möglichen Bernsteintönen und ich kann es kaum fassen. Es sind Devons Augen, die da zu mir aufblicken, obwohl ich seinen Körper genau hinter mir spüre. »Devon, was hat das zu bedeuten?«, wispere ich.

»Du bist da«, sagt der Junge und lächelt. »Ich habe nicht geglaubt, dass es jemanden wie dich gibt.«

»Ich verstehe nicht«, flüstere ich und weiß nicht mal, ob ich den erwachsenen Devon hinter mir, oder den jungen Devon vor mir meine.

Die Gesichtszüge des jungen Devons ändern sich und er blickt sich hektisch um. »Sie kommen.«

»Wer kommt?«, will ich wissen.

»Du musst gehen, hier ist es nicht sicher für dich.« Sein Ausdruck nimmt beinahe etwas Panisches an.

Sachte entfernt der Devon hinter mir, die Hände von meinem Gesicht und ich stehe wieder, oder noch immer, im Regen vor den Überresten der einst so idyllischen Kapelle. Der Brunnen ist verschwunden und der junge Devon ist fort. »Was bist du?«, frage ich, während ich mich umwende und versuche, in seinen Augen die Antwort zu finden. Ich probiere mich selbst davon zu überzeugen, dass ich nicht mehr ganz bei Trost sein kann, aber es war einfach zu echt.

»Fühlst du es nicht?«, fragt er und umgreift mit beiden Händen mein nasses Gesicht.

»Ich verstehe es nicht«, antworte ich flüsternd und bin mir nicht mal sicher, ob er mich überhaupt gehört hat, da der Sturm immer mehr an Intensität zunimmt.

»Hey, müsst ihr so rennen? Mensch, Devon, das ist ja eine Wahnsinnskapelle! Ist doch nicht dein Ernst, oder?«, schreit Kristin, die mit Aidan um die Ecke biegt, gegen den Sturm an.

Wir fahren auseinander, ohne geklärt zu haben, was ich da gerade gesehen habe, und vor allem, wie ich es sehen konnte. Ohne ausgesprochen zu haben, was oder wer er ist. Devon geht zu Kristin, während ich wie angewurzelt auf dem Fleck verharre. Dabei begegne ich Aidans Blick, der alles andere als glücklich wirkt. Er sieht grüblerisch aus.

»Ich habe doch gesagt, dass es eine Ruine ist und keine intakte Kapelle«, erklärt sich Devon, »und das nichts mehr davon erhalten ist. Na ja, da kann ich schließlich auch nichts für. Vielleicht sollten wir doch zurückgehen, der Sturm wird immer stärker. Tut mir leid, Leute«, ruft er, kommt wieder zu mir und ergreift meine Hand. »War wohl eine scheiß Idee bei dem Wetter.«

»Mega Ausflug«, mault Kristin. »Da hätten wir auch gleich ins Meer springen können.«

Nachdem sie noch ein bisschen rumgemurrt hat, machen wir uns doch zügig auf den Rückweg. Diesmal ist es Aidan, der vorangeht, gefolgt von Devon und mir. Zumindest so lange, bis Kristin an meinem Arm zieht und ich mich von Devon löse.

»Was läuft da eigentlich mit dir und Cottler? Meinst du nicht, du solltest mich langsam mal aufklären?«

»Was soll schon laufen?«, rufe ich gegen den peitschenden Regen an.

»Seid ihr ein Paar? So richtig? Zumindest sieht es so aus, aber ich würde es doch gerne aus deinem Mund hören.«

»Keiner von uns hat es ausgesprochen«, antworte ich wahrheitsgemäß. »So wie es sich gerade anfühlt, würde ich sagen, ja, wir sind ein Paar. Wenn er aber bald mit seinem Vater hierherzieht, wie soll das funktionieren?«

»Gute Frage«, ruft Kristin laut. »Vor allem ging das für meine Begriffe ziemlich schnell. Habt ihr denn schon …?«, setzt sie an, doch ich winke sofort ab.

»Nein. Darüber reden wir ein anderes Mal, ja? Also, wenn er nicht in der Nähe ist.«

»Die hören uns doch sowieso nicht«, schreit sie zwinkernd.

»Trotzdem, nicht hier! Erzähl mir mal lieber, was auf dieser Party mit dir los war.«

»Ich kann nicht viel dazu sagen, Rayna. Mir fehlt jegliche Erinnerung an den Abend. Wie ich es dir aber versprochen habe, trete ich in Zukunft kürzer, was den Alkohol angeht.«

»Ich rede gar nicht von der Katakombenparty. Gestern das meine ich. Diese Malorie und du.« Wir bleiben kurz stehen und ich ziehe den Regenmantel enger um mein Gesicht.

»Malorie?«

Kristin sieht mich erstaunt wie erschrocken zugleich an. Okay, sie hat also nicht mehr bloß keine Erinnerung an die Katakombenparty, sondern weiß auch nichts mehr von gestern. »Ach, nichts weiter. Ich dachte bloß, ihr kennt euch. Nur deshalb frage ich.« Sie wirkt so verunsichert, dass ich ihr jetzt lieber nicht auch noch davon erzähle, dass sie gestern mit Malorie rumgemacht hat.

»Ich trinke in Zukunft weniger, versprochen, Mum«, ruft sie mit einem erzwungenen Lächeln, und als wir weitergehen, erscheint endlich das Head House vor uns.

Während Devon Kristin und Aidan auf die Etage über unserer zu ihren Zimmern bringt, springe ich schnell unter die Dusche. Danach ziehe ich mir trockene Kleidung an und etwa dreißig Minuten später treffen wir uns alle im Salon vor dem Kamin wieder, in den Doyle gerade Holz nachlegt. Devon zieht mich mit sich auf den Boden, sodass ich mit dem Rücken gegen seine Brust gelehnt sitze. Doyle lässt sich in einem der Ohrensessel nieder und Aidan zusammen mit Kristin uns gegenüber auf der Couch. Seit dem Regenspaziergang sieht Kristin mit einem Mal wieder viel blasser aus. Überhaupt hat sich ihr Ausdruck seit einigen Minuten verschlechtert. »Kris, alles okay bei dir?«, frage ich besorgt.

»Ich weiß auch nicht. Vielleicht bekomme ich jetzt noch eine Erkältung obendrauf. Ich bin hundemüde und mir ist tierisch kalt.«

Mister Doyle erhebt sich und holt eine Wolldecke aus einer Truhe. Doch als er sie Kristin geben möchte, schnappt Aidan schon danach und deckt sie fürsorglich zu. Als ich ein kleines Ziehen in meinem Bauch bemerke, richte ich meine Augen schnell wieder auf die Flammen im Kamin. Das ist doch absoluter Quatsch, dass ich etwas wie Eifersucht empfinde, bloß weil Aidan sich um Kristin sorgt. Ich konzentriere mich lieber auf Devon, seine Nähe und das

Feuer vor uns. Selbst wenn ich es gerade als sehr gemütlich empfinde und ich bis in alle Ewigkeit hier so sitzen könnte, brauche ich nachher einen Augenblick mit Devon allein. Ich muss wissen, was da draußen bei den Ruinensteinen passiert ist. Wie das möglich war. So verrückt kann ich doch nicht sein, dass ich mir alles bloß eingebildet habe.

»Du fühlst dich gut an«, flüstert Devon in mein Ohr, als hätte er meine Gedanken erraten.

»Du auch«, wispere ich und drücke mich noch etwas mehr an ihn. Zaghaft linse ich noch einmal zu Kristin und Aidan hinüber. Wenn ich ehrlich sein soll, gefällt mir eigentlich, was ich sehe. Die beiden würden zumindest optisch sehr gut zusammenpassen. Doch wie ich Kristin kenne, würde es höchstens drei Wochen laufen und bei den Blicken, die Aidan mir immer wieder zuwirft, stehen die Chancen wohl eher schlecht. Als sich jedoch das Bild von Kristin und Aidan als Paar vor meinen Augen formt, keimt doch wieder Unbehagen in mir auf, weshalb ich es schnellstens verdränge.

Nachdem Mister Doyle sich zurück in den Sessel gesetzt hat, sieht er uns interessiert der Reihe nach an. »Mister Cottler bat mich, Ihnen ein paar Geschichten aus der alten Zeit und über das Head House zu erzählen.«

Gespannt wie die kleinen Kinder sitzen wir da und lauschen seinen Worten. Es hat etwas Uriges hier vor dem Feuer zu sitzen, während draußen der Regen heftig gegen die kleinen Fachwerkfenster schlägt. Doyle beginnt zu erzählen.

»Das Head House wurde meines Wissens nach im zwölften Jahrhundert erbaut. Es steht zwar nicht mehr in seiner ursprünglichen Form, aber die Grundmauern sind noch erhalten.«

»Im zwölften Jahrhundert? Wie oft wurde es neu aufgebaut?«

Doyle wirft mir einen strafenden Blick zu.

»Exakt einmal, Miss Oleand. Die Anglo-Normannen erbauten es. Sie waren normannische und walisische Krieger, die um diese Zeit Irland besiedelten. Man erzählt sich, dass es zu damaliger Zeit einen geheimen, dunklen Herrscher gab. Sein richtiger Name wird nirgends erwähnt. In den alten Schriften ist immer nur vom dunklen Herrscher die Rede.«

Aidan beugt sich vor und seine Augen schimmern in allen möglichen Silbernuancen. »Was genau bedeutet denn dunkel?«

Wieder schenkt Doyle uns seinen strafenden Blick. Er wird wohl nicht gerne unterbrochen.

»Inwieweit man das *Dunkle* beschreiben kann, kommt nur aus überlieferten Erzählungen hervor. Auch dort ist nichts sicher belegbar. Der dunkle Herrscher soll seinen Feinden in den Hügeln aufgelauert haben, immer erst zu den späten Nachtstunden. Vielleicht kommt von daher schon der Name der dunkle Herrscher. Sein Siegeszug muss grandios gewesen sein, denn kaum jemand entkam ihm. Sein größter Feind jedoch war die Kirche. Aus Trotz oder Blasphemie ließ er nach dem Bau des Head Houses die kleine Kapelle oben auf dem Hügel nahe der Klippen erbauen. Heute liegen nur noch ein paar Steine dort, aber das haben Sie ja selbst schon in Augenschein genommen. Die Kirche hatte ihren größten Sitz zu jener Zeit in Fallmore mit der St. Deirhbile's Kirche. Man sagt, die Kirche habe damals unter der Leitung einer Frau gestanden, was zu damaligen Zeiten natürlich noch nicht einmal gedacht werden durfte. Deshalb soll sie sich seinerzeit als Mann ausgegeben haben. Niemand bemerkte es angeblich, außer dem dunklen Herrscher.«

»Also hatte er sie damit am Wickel?«, fragt Kristin.

»Nein, seltsamerweise hat er sie nie ausgeliefert. Die Kirche in Fallmore blieb bestehen, während das Head House und vor allem die Kapelle circa neunzig Jahre nach Erbauung niedergebrannt wurden.«

»Wer war zu dieser Zeit der Besitzer?«, frage ich.

»Immer noch der dunkle Herrscher. Er kam erst in den Flammen der Kapelle um.«

»Wie soll das denn vonstattengehen? Dann müsste er ja mindestens Hundertzwanzig gewesen sein.« Kristin lacht.

Doyles Blick bleibt weiterhin ernst, als er weiterspricht. »Auch das soll zu seinen dunklen Gaben gehört haben. Er war einfach nicht umzubringen. Alterte nicht. Während alle Menschen um ihn herum mit Mitte vierzig starben, lebte er einfach weiter. Erst das Feuer hat ihn niedergestreckt.«

»Wer hat das Haus und die Kapelle niedergebrannt?«, fragt Devon und sieht Aidan dabei mit einem fast strafenden Blick an.

»Die Kirche selbst soll es gewesen sein. Ein Nachkomme der damaligen Kirchenführerin. Pointe Junior war sein Name. Ihn kann man in den Aufzeichnungen der Kirchenbücher noch finden. Auch Miss Pointe ist dort als Vorgänger verzeichnet, aber eben als Vorgänger und nicht Vorgängerin. Mag sein, dass es wirklich ein Mister Pointe war. Das meiste sind Sagen, Überlieferungen und vieles werden Märchen sein. Der Dunkle soll seine Opfer in der Kapelle furchtbar gefoltert haben, aber auch da gehen die Meinungen auseinander. Die einen behaupten, er sei ein Verwandter des Grafen Vlad gewesen und habe seine Opfer ausgesaugt, um sie in Nachtwesen zu verwandeln.

Wieder andere erzählten sich, er sei einfach ein Sadist gewesen und hätte Spaß am Köpfen gehabt.«

»Nachtwesen? Meinen Sie damit Vampire?«, frage ich. Fast fürchte ich mich vor der Antwort, die nun kommen könnte.

»Genau, Miss Oleand. Im Volksmund Vampire. Zu damaligen Zeiten nannte man sie noch Nachtwesen, manche gaben ihnen auch den Namen Dunkle.«

Er geht nicht weiter auf meine Frage ein und fährt fort.

»Die Kirche fühlte sich wohl auf alle Fälle berufen, zu handeln, und in einer trockenen Nacht stand hier alles in Flammen. Am nächsten Morgen waren von beiden Gebäuden nur noch die Grundmauern übrig.«

»In wessen Besitz ging das Land danach über?«, will Kristin wissen.

»Das ist wieder sehr interessant. Die Fallmorer Kirche erhielt den Zuschlag für alles. Ein unbedeutender Novize wurde als Gutsbesitzer eingetragen und schon zehn Jahre später soll alles wieder aufgebaut gewesen sein.«

»Woher wissen Sie das alles, Mister Doyle?«, fragt Aidan interessiert.

»Mister Aidan, ich stamme aus einer Arbeiterfamilie. Über Generationen wurden alle Söhne als Butler und alle Töchter zu Hausmädchen ausgebildet. Wir waren immer nur in Irland tätig. Mein Großvater erzählte mir abends am Kamin die dunklen Geschichten sowie sein Großvater ihm.«

»Und jetzt können wir alle wunderbar einschlafen. Vielen Dank, Mister Doyle«, wirft Kristin lachend ein.

»Ich wünsche Ihnen noch einen angenehmen Abend, die Herrschaften. Wenn Sie mich entschuldigen würden, Mister Cottler, dann werde ich für heute meinen Dienst beenden.«

»Ja, gehen Sie nur. Wir wünschen Ihnen eine gute Nacht.«

Damit verabschiedet sich Doyle und verlässt uns. »Dienst beenden? Habe ich was verpasst?« Ich wende meinen Kopf, so weit es aus dieser Position heraus geht, Devon zu.

»Er kennt sich bestens aus und ist glücklich, weiter als Butler arbeiten zu dürfen. Dad und ich übernehmen ihn quasi.«

»Aber durch den Kauf müsste Doyle doch jetzt in naher Zukunft ein reicher Mann sein. Wozu dann?«, frage ich.

»Rayna, einen alten Baum verpflanzt man nicht. Er war so glücklich, als ich ihn gefragt habe, ob er bleiben möchte.«

»Das glaube ich dir aufs Wort«, sagt Aidan mit einem finsteren Blick in Devons Richtung.

»Jungs, könnt ihr nicht mal etwas netter miteinander umgehen?«, klagt Kristin.

»Ich finde, wir sind schon sehr nett zueinander«, erwidert Devon und bemüht sich sichtlich, vielleicht auch ein klein wenig sarkastisch, Aidan ein Lächeln zu schenken.

Nach einer Weile verfallen Aidan und ich in ein Gespräch über den dunklen Herrscher, den Wiederaufbau des Head Houses und alles, was Doyle so erzählt hat. Während ich noch einige Thesen zum dunklen Herrscher aufstelle, hält Devon sich eher unbeteiligt. Sein Kinn stützt er auf meiner Schulter ab und seine Augen sind geradeaus auf den Kamin gerichtet, wobei er seine Finger mit meinen verschränkt. Die Blicke, die Aidan, ich glaube unbewusst, immer wieder zu unseren Händen wandern lässt, versuche ich dabei zu ignorieren. »Kristin, sag doch auch mal was«, rufe ich meiner Freundin zu, damit nicht bloß Aidan und ich die gesamte Zeit über miteinander sprechen. Als ich keine Antwort bekomme, bemerken wir alle erst, dass sie eingeschlafen ist und ihr Körper wie Espenlaub zittert. »Scheiße, jetzt wird sie wirklich krank und wir sind schuld.« Ich stehe auf, um zu ihr zu gehen. Ich habe ein furchtbar schlechtes Gewissen, sie heute mit in diesen Sturm gezogen zu haben, nachdem es ihr sowieso schon nicht gut ging.

»Wenn du nichts dagegen hast, trage ich sie hoch in ihr Bett«, bietet Devon an. »Da kann sie in Ruhe schlafen. Doyle kann ihr eine Wärmflasche und einen Tee zubereiten.«

»Nein, natürlich habe ich nichts dagegen. Ich komme mit und helfe dir.«

»Bleib ruhig noch hier am warmen Feuer. Ich leg sie hin.«

Er steht auf, küsst mich sanft und nimmt Kristin danach mit Leichtigkeit auf seine Arme, bevor er mit ihr den Salon verlässt. »Ich sehe nachher noch mal nach ihr«, rufe ich Devon hinterher, wobei er mich bestimmt sowieso nicht mehr hört. Dann sind Aidan und ich allein. Sehr allein. Er sieht in die Flammen, ich spiele mit meinen Haaren, bloß um ihm nicht in die Augen sehen zu müssen, weil sich das gerade seltsam anfühlen würde.

»Bist du glücklich?«

Seine Frage kommt so überraschend, dass ich mich ihm doch zuwende. »Hättest du denn etwas dagegen?«

»Nicht, wenn du wirklich glücklich bist. Und mit dem Richtigen an deiner Seite, müsstest du ja zwangsläufig glücklich sein, oder?«

Seine Augen … darin ist Vorwurf wie Hoffnung zugleich zu finden. »Was soll das, Aidan?«

»Ich möchte nur nicht, dass du aus einem bösen Traum erwachst.«

»Wenn du mir etwas zu sagen hast, sag es und rede nicht drum herum.« Langsam nerven mich diese Anspielungen. Warum spricht er nicht klar aus, was er meint? Vielleicht bin ich aber auch von mir selbst genervt, weil ich merke, dass Aidan, trotz Devon, einen Nerv bei mir trifft. Einen Nerv, der mich ihm verbunden fühlen lässt. Dabei wirkt er noch nicht mal halb so intensiv und stark wie Devon auf mich. Doch er wirkt, und das ist mein Problem.

»Rayna, mal ganz ehrlich. Ich spüre doch, dass du auch etwas für mich empfindest. Ich habe dir gesagt, dass ich auf dich achten werde. Dein Beschützer bin. Seien wir aber doch mal ehrlich. Du weißt, dass ich gerne wesentlich mehr für dich wäre.«

»Wovor willst du mich schützen?«, frage ich und versuche, den Stich in meinem Bauch auszublenden. Ich kann nicht mehr für ihn sein. Mein Herz gehört seit der ersten Sekunde an Devon, auch wenn ich Aidan insgeheim recht geben muss. Da ist etwas zwischen uns, aber ich kann mich nicht auf zwei Männer einlassen. Das geht nicht.

»Ich habe es dir schon erklärt. Im Moment kann ich nicht mehr dazu sagen. Du musst von selbst darauf kommen. Trotzdem hast du meine Frage aber noch nicht beantwortet.«

»Welche?«

»Rayna, bitte. Ich kann es fühlen. Auch jetzt, in diesem Moment. Es gibt da etwas zwischen uns und das ist mehr als bloße Sympathie.«

Er steht auf, kommt auf mich zu und setzt sich dicht neben mir auf den alten, knirschenden Holzboden. Einerseits ist mir das jetzt wirklich unangenehm, wenn ich dabei an Devon denke, der jeden Moment durch die Tür kommen könnte. Andererseits muss ich mir eingestehen, dass seine Nähe angenehm ist. Wie das Feuer vor unserer

Nase. Jedes Mal, wenn wir Zeit miteinander verbringen, wird dieses Gefühl stärker. Es ist ganz anders als bei Devon. Ich fühle nicht diese sengende Hitze, es ist eher wie ein stetig wärmendes Prasseln. »Ich mag dich wirklich, auch wenn du ziemlich wirres Zeug von dir gibst. Mein Herz aber, das habe ich schon an jemand anderen verloren. Weißt du, Aidan, für mich ist das alles neu. Weder war ich jemals vorher richtig verliebt, noch hatte ich mehr als eine beste Freundin, noch …«

»Dann sprich mit mir darüber.«

Ich muss lachen. »Nach deiner Offenbarung gerade weiß ich nicht, ob ausgerechnet du der richtige Gesprächspartner für dieses Thema bist.«

»Versuch es doch einfach mal, Rayna. Vielleicht habe ich mehr Qualitäten, als du dir gerade eingestehen willst.«

»Aidan, das geht gar nicht. Echt.«

»Ich habe aber recht, oder? Gib es doch einfach zu.« Ein unsagbar warmes, verschmitztes und ehrliches Lächeln erscheint auf seinem Gesicht.

Als ihm dazu noch eine seiner dunklen Locken in die Stirn fällt, kann ich nicht anders, als ebenfalls zu lächeln. »Recht womit?«, frage ich scherzhaft.

»Dass du auch etwas für mich empfindest«, äußert er und ist wieder ernst.

»Klar, mag ich dich.« Sofort erscheint das Grinsen wieder auf seinem Gesicht und er ergreift meine Hand.

»Da ist mehr und das weißt du genauso gut wie ich. Aber ich habe Zeit. Ich warte. Du wirst irgendwann merken, wer der Richtige ist.«

»Aidan, du bist verrückt, wirklich«, erwidere ich und stehe auf. Ich lache, als hätte er einen Scherz gemacht, doch ich muss jetzt hier raus, das wird mir alles zu viel. »Ich sehe mal nach Kristin und verschwinde danach, glaube ich, in mein Zimmer.«

»Ich bleibe noch hier«, erwidert er und mir entgeht sein enttäuschter Ausdruck nicht. »Fahrt ihr dann morgen nach Fallmore?«

»Kommt drauf an, wie es Kristin geht. Ich würde schon ganz gern hinfahren. Vielleicht ist wirklich was dran, an dem, was Kristin sagt. Also das mit den Kindheitserinnerungen heraufbeschwören.«

»Ich mach dir ein Angebot.«

Er wirkt wieder entspannter und sieht mich mit hoffnungsvollen Augen an.

»Wenn Kristin noch nicht fit sein sollte, fahre ich mit dir.«

»Na, da wird Devon sich aber freuen.«

»Er hat doch nichts zu befürchten. Du magst mich doch nur.«

»Schlaf gut, Aidan.«

»Kein Gute-Nacht-Kuss?«, fragt er süffisant.

»Gute Nacht, Aidan.«

Während ich die Treppe hinaufsteige, höre ich die Frauenstimme aus meinem Traum: *Folge deinem Instinkt und such dir die richtigen Freunde.* Gäbe es Devon nicht, hätte ich Aidan gerade geküsst. Da bin ich mir sogar sicher. Aber es gibt Devon und dafür bin ich mehr als dankbar. Ich muss bloß an ihn denken und mein Herz galoppiert. Ich wünsche mir fast, dass er und ich wieder allein hier wären. Wir haben noch so viel zu klären. So viel zu besprechen. Und noch etwas zu Ende zu bringen. Wenn ich mir vorstelle, wie sein starker Körper mich umschlingt, wird mir ganz anders. Ich muss ehrlich sein. Ich will es mir nicht mehr bloß vorstellen. Leise schleiche ich mich in Kristins Zimmer und bin erleichtert, als ich sie seelenruhig schlafend in ihrem Bett liegen sehe. Das Zittern hat aufgehört und auch die Blässe ist nicht mehr so extrem wie vorhin. Nachdem ich ihr Fenster leise geschlossen habe, gehe ich eine Etage tiefer in mein Zimmer. Wo ist eigentlich Devon? Wollte er, nachdem er Kristin ins Bett gelegt hat, nicht wieder in den Salon kommen? Dann hätten wir uns doch auf der Treppe begegnen müssen. Vielleicht braucht er aber auch einfach mal ein paar Minuten allein, zum Nachdenken. Oder er ist bei Doyle wegen des Tees.

Im Bad mache ich mich fürs Bett zurecht und hoffe eigentlich doch, dass Devon durch die Verbindungstür hereinkommt. Er kommt natürlich nicht. Ich lausche sogar mit dem Ohr an der Tür, doch auf seiner Seite ist alles still. Also lege ich mich ins Bett, nehme mir mein Buch zur Hand, doch die Buchstaben verschwimmen nur so vor meinen Augen und ich kann mich nicht konzentrieren. Meine Gedanken gehen immer wieder zu Devon. Der Vorfall an der alten Ruine, die Sache in der Dusche und die goldenen Flaschen hinter dem Wandbild in seinem Zimmer. Sein Bett, das dasselbe wie aus meinem Traum ist. Der bloße Gedanke, er könnte nebenan im Bett liegen, lässt mich verrückt werden und mein Körper schreit nahezu danach, von ihm berührt zu werden.

Noch während ich überlege, ob ich doch einfach zu ihm gehen soll, schlafe ich ein.

KAPITEL 14

Schweißgebadet wache ich auf und muss erst mal klar im Kopf werden.

Draußen ist es noch stockdunkel, doch nach einem Blick auf die Uhr weiß ich, dass ich zumindest sechs Stunden geschlafen habe. Allerdings alles andere als erholsam. In meinen Träumen hatte ich Besuch von Devon und Aidan. Beide verfolgten mich in dem Wald mit dem schmiedeeisernen Tor. Der eine hetzte mich gegen den anderen auf und ich wusste nicht mehr, wem ich vertrauen kann. War Devon an meiner Seite, wurde alles um uns herum ins Dunkle getaucht. War es Aidan, erschien alles hell. Jedoch konnte ich daraus nicht erkennen, ob das Dunkle für das Gute oder Schlechte steht. Denn was am verwirrendsten an diesem Traum war, waren die Intimitäten, die ich, sobald mich einer von ihnen eingefangen hatte, mit beiden erlebte. Fast ist es, als könnte ich immer noch ihre Finger auf meiner Haut spüren. Was mit Devon einer Explosion glich, war mit Aidan wie die Sommerstrahlen einer Julisonne.

Kopfschüttelnd mache ich mich auf den Weg ins Bad und drehe dort den Kaltwasserhahn auf. Ich spritze mir das Wasser so lange ins Gesicht, bis ich wieder einigermaßen klar denken kann. *Mein Gott, Rayna, was passiert hier nur?* Seit ich hier bin, sind schon einige merkwürdige Dinge geschehen, aber irgendwie scheint mein Hirn sie mit Bravour zu verdrängen. Devon muss mir endlich erklären, was an dem Abend nach der Dusche in seinem Zimmer passiert ist. Plus all die anderen Dinge ... Wenn ich an das denke, was oben auf dem Hügel bei der Kapelle war, und das, was Kristin von unserer Reise mit den Paxtons nach St. Deirhbile's erzählt hat, weiß ich langsam überhaupt nicht mehr, was Realität und Traum ist.

Vorsichtig schleiche ich zur Verbindungstür, lege mein Ohr dagegen, kann aber wie am frühen Abend keine Geräusche ausmachen. *Zumindest einer, der fest schläft,* denke ich mir. Das Gleiche sollte ich auch tun und auf eine traumlose Restnacht hoffen. Gerade als ich zurück in mein Bett gehen will, höre ich ihn.

»Rayna, komm her, ich warte auf dich.«

Mitten in der Bewegung verharre ich. Wie kann das sein? Seine Worte waren nicht vom Nebenraum aus zu mir gedrungen, ich konnte sie nur wieder in meinem Kopf hören. *»Devon«*, spreche ich mit meiner inneren Stimme und warte, was geschieht.

»Komm her, Rayna.«

Wieder. Kein Laut um mich herum. Nur in meinem Kopf. *»Komm du zu mir«*, denke ich und werde immer nervöser. Als diesmal keine Stimme antwortet, schüttle ich mit dem Kopf und halte mich selbst für total verrückt. Ich laufe zu meinem Bett und lege mich hin. Gerade als ich mit mir übereinkomme, dass wohl alles auf meinen momentan wirren Geist zurückzuführen ist, öffnet sich meine Tür.

Sein vollkommener Anblick bringt mich völlig aus dem Gleichgewicht. Er trägt nur eine schwarze Shorts und durch die kleine Nachttischlampe, die als einzige das Zimmer beleuchtet, sehe ich es wieder. Seine Augen. Sie scheinen zu schmelzen. Zu schwimmen. Er schließt die Lider leicht, als wolle er verhindern, dass ich dieses Farbspiel sehe. Ich kann meinen Blick nicht davon abwenden, auch wenn er versucht, mich nur aus zusammengekniffenen Augen anzusehen. Dabei sollte eigentlich sein fast nackter, trainierter Körper meinen Blick anziehen.

»Rückst du ein Stück?«, fragt er, kommt auf mich zu und bleibt vor dem Bett stehen.

Ich nicke, sehe ihm dabei zu, wie er sich neben mich legt und uns beide zudeckt. Seine Beine, Arme, seine Brust berühren mich und ich muss mich daran erinnern, weiter zu atmen.

»Kristin schläft.«

»Das ist gut«, antworte ich aufgeregt.

»Warum schläfst du nicht?«, flüstert er.

Shit! Er ist so verdammt nah und meine Gedanken zeigen mir die Bilder aus meinem Traum. Wie er mich auf den Waldboden gedrückt und die Sachen vom Leib gerissen hat. Wie er in mich eingedrungen ist und mich so leidenschaftlich genommen hat, dass ich meine Lustschreie immer noch hören kann. »Schlechte Träume. Und du?«, frage ich und versuche mich auf meine Worte zu konzentrieren.

»Ich hatte noch etwas zu erledigen.«

»Nachts?«

»Ich tue viele Dinge gerne nachts.«

Seine Lippen legen sich an meinen Hals und seine Hand auf meinen Bauch. *Gott!* Am liebsten wäre mir, er würde nie aufhören, mich so zu berühren, aber wir müssen reden. Jetzt. »Devon, wir müssen uns unterhalten. Du musst mir ein paar Dinge erklären.«

»Lass uns lieber hiermit weitermachen«, raunt er und schiebt die verfluchte Hand unter mein Shirt.

Er zieht kleine Kreise um meinen Bauchnabel, während seine Zunge meinen Hals entlangfährt.

»Ich habe dich vermisst. Ich will dich jetzt spüren, Rayna.«

Je länger seine Finger über meine Haut streichen, desto weiter rücken meine Fragen in den Hintergrund und das weiß er genau. Mit letzter Willenskraft bäume ich mich gegen mein Bauchgefühl auf und lasse meinen Verstand sprechen. »Ich brauche Antworten, Devon.«

»Dann steh auf und zieh dich an«, sagt er mit rauer Stimme.

»Was?«

»Du bringst mich einfach zu sehr durcheinander, wenn du so neben mir liegst. Meine Lippen suchen nur dieses eine Ziel. Genauso alles andere, was ich habe und bin. Alles zieht mich zu dir. Ich kann so unmöglich ein normales Gespräch mit dir führen. Also, wenn du reden willst, steh auf, Prinzessin.«

Ich weiß gerade nicht so recht, wie ich mich verhalten soll. Er scheint das wirklich ernst zu meinen. Plötzlich wandert seine Hand höher und zieht an meinem Nippel, der sich ihm hart entgegenstreckt. »Devon«, keuche ich, »ich meine es ernst.«

»Ich auch. Du möchtest mit mir reden, liegst aber halb nackt und so unglaublich heiß neben mir. Dabei kann ich keinen klaren Gedanken fassen. Also bleibt nur, wir machen erst hier weiter und sprechen hinterher oder vertagen es auf morgen«, führt er geschäftig und mit einem siegessicheren Grinsen an.

Ich lasse mir erst gar keine Zeit, groß darüber nachzudenken. Stehe auf, lasse ihn liegen und marschiere in sein Bett. Ich mache es hauptsächlich, um mich ihm einfach zu widersetzen. Denn sicher stelle ich mich nicht neben ihm auf, um mit ihm zu reden. Wenn ich ihm wichtig bin, wenn er auch reden will, wird er mir folgen. *Dann darf er gerne dazu neben mir stehen,* denke ich mir und grinse. Ich will ihn, mit jedem Mal mehr, wirklich, aber ich befürchte, wenn wir jetzt nicht über diese Dinge sprechen, wird es nie geklärt werden. Genauso will ich mit ihm schlafen, ja. Sogar unbedingt. Aber nicht, ohne vorher gesprochen zu haben.

In seinem Zimmer brennen bloß ein paar Kerzen und es ist wieder merkwürdig, in dem Raum meiner Träume zu sein. Ich sehe mich kurz um und setze mich danach mitten aufs Bett.

»Rayna, komm zurück«, hallt es flehend in meinen Kopf. *»Du musst nicht in ein anderes Zimmer laufen.«*

»Siehst du, das ist auch so eine Sache, über die wir sprechen müssen«, schicke ich zurück und habe dabei nicht die geringste Ahnung, wie das überhaupt möglich ist. Überraschend steht er im Durchgang und sieht mich so verführerisch an, dass es fast schon an Schmerzen grenzt, was ich für diesen Mann empfinde. Doch statt ihn jetzt einfach zu mir zu rufen, deute ich auf den Sessel, der neben dem Bett steht. »Erklär mir das alles, wenn ich dir wirklich wichtig bin«, fordere ich.

»Was genau willst du wissen?«, fragt er und setzt sich.

»Alles. Was und wer bist du?«

»Devon Cottler. Das wusstest du aber schon. Was ich bin? Ich glaube ein Mann.«

Sein Blick gleitet hinab zu seinem Schritt und ich bemerke die verdammt große Beule in seiner Shorts. *Gott!*

»Hoffe ich zumindest«, wirft er mit einem verwegenen Lächeln hinterher.

»Wie machst du das mit diesem Gedankenkram?«

»Nettes Wort.«

»Was weiß ich, wie man so was Verrücktes nennt.«

»Vielleicht bin ich einfach so etwas wie ein Hypnotiseur«, sagt er.

»Halt mich bitte nicht für dumm.«

»Ich halte dich sogar für sehr mutig.«

»Warum das?«

»Du lässt dich blind auf mich ein, obwohl du nichts von mir weißt und offensichtlich ein paar Dinge nicht der Norm entsprechen.«

»Ich halte das eher für naiv oder blind vor Liebe.« Shit! Liebe … das sollte man, glaube ich, nicht unbedingt nach ein paar Tagen schon sagen und eigentlich wollte ich es auch gar nicht. Es ist einfach so über meine Lippen gekommen.

»Rayna, ich empfinde genau das Gleiche für dich. Spürst du das denn nicht? Ich setze dein und auch mein Leben aufs Spiel, nur damit wir zusammen sein können. Dabei sollte ich gerade das nicht tun.«

»Was ist so gefährlich an dir?«, frage ich.

»Alles. Und ich habe Angst, dass du mich nicht mehr willst, wenn ich dir alles erkläre. Eigentlich müsste ich dich sofort nach Hause schicken und wir dürften uns niemals im Leben wiedersehen, aber das kann ich einfach nicht. Es war ein Fehler, dich meinem Volk zu zeigen, das hätte ich niemals riskieren dürfen.«

»Dein Volk?« Das Ganze wird immer verrückter.

»Du hast sie auf der Party getroffen. Rufus, Ciara, Malorie und eigentlich auch der ganze Rest. Rayna, es war zwar ein Fehler, aber ich krieg das wieder hin. Sollen sie ganz Irland niederbrennen, wir gehören zusammen.«

Sein Volk? Irland niederbrennen? Mit den Augen gleite ich von seinem Gesicht über seinen Körper und wieder zurück. Da ist nichts in seinen Augen, das nach Lüge aussehen würde. Nichts an seiner Körperhaltung, das darauf schließen lässt. »Was haben sie dagegen?« Ob ich will oder nicht, ob ich es verstehe oder nicht … Wenn ich mehr wissen will, muss ich ihm vertrauen. Darauf bauen, dass er mir die Wahrheit sagt und mir nicht irgendwelche verrückten Geschichten auftischt.

»So einfach ist das nicht zu erklären. Sie halten dich für jemand anderen, als ich, aber sie irren sich.«

»Und für wen hältst du mich?«, frage ich verunsichert.

»Für jemand ganz Besonderen.«

»Devon, du weichst aus. Geh mal anders an die Sache ran. Umso schneller du mir meine Fragen beantwortest, können wir da weiter machen, wo wir eben angefangen, beziehungsweise aufgehört haben.«

»Du erpresst mich«, erwidert er mit einem Lächeln, das heiße Wellen in meinen Unterleib schießt. »Also gut, aber bitte stell gezielte Fragen. Es fällt mir nicht leicht, über all das zu sprechen, und ich möchte dir wirklich keine Angst machen.«

Ich überlege, womit ich anfangen soll, denn ich habe unzählige Fragen. »Wie machst du das mit dem Gedankenaustausch und warum klappt das auch plötzlich bei mir?«

»Es klappt bei dir? Mit wem kannst du dich so, außer mit mir, noch unterhalten?«, fragt er verwundert.

»Du wolltest mir antworten und keine Gegenfrage stellen. Keine Ahnung, ob das mit anderen auch funktioniert. Bisher nur mit dir. Ich wäre niemals auf die Idee gekommen, das mit irgendjemanden zu probieren. Also?«

»Ich kann dir die Frage nicht genau beantworten. Nur so viel, dass es seit meiner Geburt so ist.«

»Weiß dein Dad davon?«, frage ich ihn.

»Natürlich. Wir sprechen mit niemandem darüber. Man hat mir schon, als ich ein kleiner Junge war, eingetrichtert, mit niemandem darüber sprechen zu dürfen.«

»Dein gesamtes Volk hat diese Gabe?«

»Ja.«

»Was war das oben bei der Kapelle?«

»Ich habe dir nur gezeigt, wie es früher aussah. Du wolltest doch eine richtige Kapelle sehen.«

»Wie ist das möglich?«

»Ich habe so einige Zugaben, die du bei anderen nicht finden wirst.«

»Was bist du, Devon?«

»Spielt das wirklich eine Rolle? Mir ist es egal, ob ich arm und du reich bist oder andersherum. Egal, ob dick oder dünn. Nenn mich einen Freak, wenn dich das zufriedenstellt, aber auch ein Freak findet irgendwann sein Pendant. Das heißt, wenn das Pendant ihn will.«

»Ich will aus deinem Mund hören, was du bist. Ich muss es verstehen können. Was ist so schwer daran?«

»Glaub mir, Rayna«, sagt er, springt auf und kommt zu mir aufs Bett, »ich will nichts lieber, als es aussprechen, aber ich darf und ich kann es nicht. Du musst es selbst herausfinden.«

»Das ist nicht dein Ernst, oder?« Sind denn alle hier jetzt verrückt geworden?

»Rayna …«, seine Stimme ist so dunkel wie die schwärzeste Nacht.

»Warum sagst du es nicht einfach? Warum erzählen mir alle, ich muss von selbst darauf kommen?«

»Wer sagt das noch?«

»Du sagst es, und genau von dir will ich das nicht hören. Du hast mir gesagt, dass du mich nicht mehr anlügen wirst.«

»Ich lüge nicht. Ich bin anders. Wir sind anders, aber ich bin kein Verrückter oder Lügner. Ich würde mein Augenlicht für dich geben, auch wenn ich es gerade erst gefunden habe.« Er sieht richtig gequält aus.

»Du wirst es mir also nicht sagen?«

»Zähl eins und eins zusammen. Eigentlich weißt du es doch längst.«

»Wenn es das ist, was ich denke, was eigentlich nicht sein kann, weil es so etwas nicht gibt … was ist mit den anderen ganz normalen Dingen? Wie soll es weitergehen, wenn ihr erst in Irland wohnt? Uns trennen dann gut sechshundert Kilometer.«

»Noch lebe ich nicht hier. Wenn wir zusammengehören, bleiben wir zusammen. Wo immer das auch ist. Das heißt, wenn du es willst.«

Mit seinen Augen funkelt er mich an und ich habe das Gefühl, als ob das ganze Zimmer beben würde. »Wir kennen uns doch kaum«, wispere ich. Die Vorstellung, tatsächlich mit ihm zusammen sein zu können, fühlt sich wahnsinnig gut an. Trotzdem, auch wenn ich kaum Erfahrung habe, ich bin nicht dumm. Wir können über keine Zukunft sprechen, wenn ich weder seine Vergangenheit noch seine tatsächliche Gegenwart kenne. »Ich möchte dich verstehen können, nichts weiter. Du sagst solche Dinge über die Zukunft und gleichzeitig erklärst du mir, dass du gefährlich für mich bist. Warum?«

»Ich bin, was ich bin, Rayna. Dabei will ich es nicht. Ich will dir nicht wehtun.«

KAPITEL 15

Er zieht mich in seine Arme und ich lege meinen Kopf auf seine Brust. »Du hast keinen Herzschlag«, flüstere ich, während meine Finger über seine Haut fahren. Kann er wirklich ein Vampir sein? Wie kann es so etwas tatsächlich geben?

»Hätte ich einen, Rayna, schlüge er nur für dich.«

Sacht streicht er mit seinen Fingern meinen Rücken entlang und sofort steht mein Körper wieder unter Strom. Sein Atem trifft meine Haut und ich stöhne leise, als er mich mit dem Rücken in die Matratze drückt und sich über mir aufbaut.

»Ich zeige dir, wie ernst ich es meine.«

Seine Finger legen sich seitlich an meine Stirn.

»Schließ die Augen, Reniar.«

Da ist es wieder, dieses Wort … Reniar. Seine Gefährtin. Ich tue, was er sagt, schließe die Augen und habe ähnlich wie an der Kapellenruine Bilder in meinem Kopf. Bilder, die mir zeigen, was er sieht, wenn er mich anblickt. »Devon«, flüstere ich, weil so, wie ich in seinem Kopf existiere, so habe ich mich nie gesehen. Ich bin für ihn wie ein helles Leuchten, in all der Dunkelheit, die ihn umgibt. Ich spüre instinktiv, dass er mir niemals wissentlich etwas antun würde. »Devon«, wispere ich erneut, weil seine Gefühle mich so tief in der Seele treffen. Seine Hände gleiten von meiner Stirn meinen Hals entlang und ich öffne die Augen wieder. »Wieso siehst du mich so?«, frage ich mit einem so stark pumpenden Herzen, dass ich Angst habe, es springt gleich aus meiner Brust.

»Weil es die Wahrheit ist. Weil du alles bist. Dafür muss ich dich nicht seit hundert Jahren kennen. Ich weiß es seit dem Moment, in dem ich dich gesehen habe. Jetzt will ich deinen Körper kennenlernen«, raunt er und seine Hände legen sich an den Saum meines Shirts. »Ich kenne dein Herz, viele deiner Gedanken, aber deinen Körper … Ich will dich.«

Als würde er auf meine Erlaubnis warten, nicke ich und er zieht den Stoff über meinen Kopf. Für einen Augenblick scheint alles still zu stehen. Ich liege nackt vor ihm, während seine Augen meinen gesamten Körper scannen. Mein Herz pumpt, meine Klit pocht und ich kann kaum meinen Atem unter Kontrolle halten.

»Fuck!«, kommt es plötzlich tief und dunkel aus seiner Brust, bevor sein Mund sich um meinen Nippel legt.

Ich stöhne laut, denn seine Zunge ist heiß, rau und unerbittlich. Wieder keuche ich, weil er mich beißt, während seine Hände meinen Körper entlangfahren. »Devon.« Sein Schwanz drückt sich hart gegen mich. Mit den Lippen wandert er tiefer, küsst, leckt jeden Zentimeter meiner Haut und ich greife in sein dichtes, dunkles Haar, weil ich mich an ihm festhalten muss.

»Ich werde dich jetzt schmecken.«

Seine Stimme vibriert gegen meinen Bauch und löst

Gefühle in meiner Mitte aus, die ich mit ihm zusammen immer wieder spüren will. Ich weiß, wie es sich anfühlt einen Orgasmus zu haben. Durch meine eigenen Hände weiß ich das sogar ganz genau. Und seit dem Zusammentreffen unter der Dusche, weiß ich auch, wie es sich anfühlt durch seinen Finger zu kommen. Doch als Devons Mund sich meiner Klit immer mehr nähert, ich seine Hand meine Schenkel inspizieren fühle, ist es wie ein Rausch. Ich will mehr davon. »Mehr«, stöhne ich, in der Sekunde, in der er seinen Finger auf meine pochende Stelle legt. Wie automatisch bäumt sich mein Unterleib auf und ich höre sein leises, dunkles Lachen. »Gott, Devon«, seufze ich, weil er seinen Finger auf meiner Klit bewegt und ich hoffe, das es heute viel mehr wird als sein Finger.

»So süß«, raunt er und landet mit seinem Gesicht an meinem Hügel.

Mein Unterleib reckt sich ihm in kreisenden Bewegungen entgegen und meine Hände können nicht genug von ihm ertasten.

»Ich will dich so sehr«, höre ich ihn weit weg.

Alles auf das ich mich noch konzentrieren kann, ist sein rauer Finger. Dieser Finger, der so unermüdlich meine Klitoris massiert, dass mir beinahe schwindelig wird. »Ich wusste nicht …«, stammle ich irgendwie und sofort wird er schneller. »Shit! Ich wusste nicht … nicht, dass es sich mit jedem Mal besser anfühlen wird.«

»Und ich wusste, dass du mir gehören wirst.«

So schnell, dass ich es kaum realisiere, hat er seinen Finger gegen seinen Mund getauscht. Endlich. Ich erzittere am ganzen Körper. Seine Zunge leckt so intensiv meine Klitoris, dass mir ein lautes, animalisches Stöhnen über die Lippen kommt. Zeitgleich spüre ich die Vibration eines

Knurrens, das aus seinem tiefsten Inneren zu kommen scheint.

»Rayna …«

Während seine Zunge mich leckt, sodass sich meine inneren Muskeln bereits zusammenziehen, spüre ich plötzlich, wie einer seiner Finger zusätzlich an den Rand meiner Pussy gleitet.

»Ich will alles von dir haben«, knurrt er und beißt kurz und heftig in meinen fast schon explodierenden Punkt.

»Devon«, stöhne ich laut, als sein Finger in mich eindringt und von mir Besitz nimmt. Mit seiner anderen Hand umfasst er meine Brust, knetet meinen Nippel und ich liege unter ihm wie ein winselndes, stöhnendes Etwas.

»Komm für mich, Rayna«, raunt er dicht an meiner empfindlichsten Stelle und fährt im nächsten Augenblick wieder mit seiner Zunge darüber.

»Gott!« Ich komme. Ich komme nur für ihn und weil er es so will. Mein Körper hat keine Verbindung mehr zu dieser Erde, denn alles, was mich anzieht, alles, was mich hält, das ist er. »Mehr«, keuche ich rau, während sein Finger mich unerbittlich nimmt. Seine Zunge mir eine Welle nach der anderen schenkt, und mein Nippel vor süßem Schmerz bereits aufzuschreien scheint. »Ich will dich in mir spüren, Devon.« Meine Augen liegen auf seinem Kopf, und als er mich ansieht, ich dieselbe Gier in ihm sehe, wie ich sie fühle, da werde ich fast verrückt vor Lust. Doch da ist noch etwas. Etwas anderes … Da ist nur noch Schwarz. Seine Augen sind pechschwarz. »Was ist mit deinen Augen?«, frage ich und versuche, meinen zuckenden Körper wieder unter Kontrolle zu bringen.

»Du willst wissen, was ich bin? Willst du es wirklich immer noch wissen?« Er deutet auf seine Augen und rückt von mir ab.

»Ich habe keine Angst vor dir, wenn es das ist, was du meinst. Sag es endlich.« Dass er mich nicht mehr berührt, nicht mehr ganz nah ist, fühlt sich an wie ein großes dunkles Loch, aber ich versuche, es mir nicht anmerken zu lassen. Dieses tiefe, dunkle Schwarz in seinem Blick, das habe ich noch nie so gesehen.

»Wenn ich jetzt nichts trinke, werde ich dich verletzen und genau das will ich nicht. Deshalb sind meine Augen schwarz. Ich dachte, ich könnte es endlich beherrschen …«

Er greift hinter sich nach dem Bild, lässt es aufploppen und nimmt eine der goldenen Flaschen heraus. Als er den Korken mit den Zähnen entfernt, erkenne ich, dass seine Eckzähne etwas länger, etwas spitzer sind als sonst.

»Das bin ich, Rayna«, raunt er zwischen zwei Schlucken.

Ich erkenne nicht, was sich wirklich in der Flasche befindet, aber ich nehme einen metallischen Geruch wahr. In meinem Kopf dreht sich alles. Das kann alles nicht sein. Ich glaube nicht an so etwas. Ich bin ein rationaler Mensch. Für alles gibt es eine Erklärung. Die einzige, die sich mir hier anbietet, kann doch einfach nicht real sein. Er setzt die Flasche ab und seine Augen besitzen nun fast wieder ihre gewohnte Bernsteinfarbe. Auch seine Gesichtszüge sehen entspannter aus. »Wie kann das sein?«, frage ich mit bebender Stimme.

»Möchtest du probieren, was in der Flasche ist?«, fragt er und blickt mich herausfordernd an. »Nein, ich denke nicht«, gibt er selbst die Antwort.

»Warum nicht, wenn es nicht das sein kann, was ich denke?«, bringe ich verunsichert hervor. Mein Hirn arbeitet auf Hochtouren. Es ist schwer für mich, das Gefühl fassen zu können. Einerseits sehe ich klar und deutlich vor mir, was hier los ist. Andererseits kann es nicht sein. Sind die

Menschen aber nicht auch früher davon ausgegangen, die Erde sei eine Scheibe? War man sich nicht vor hundertfünfzig Jahren noch sicher, dass der Mensch niemals fliegen wird? Wenn ich genauer darüber nachdenke, ist es mir unterm Strich auch völlig egal, was Devon ist. Freak, Monster, Zombie oder ein Geschöpf der Nacht. Egal in welche Richtung das hier geht, ich bin verrückt nach ihm. Nur das zählt. Ich habe schon etliche Bücher und Filme über Vampire gelesen und gesehen, aber irgendetwas daran für bare Münze nehmen? Bisher bin ich nie auf den Gedanken gekommen; das übersteigt meinen Horizont.

Vielleicht ist das hier aber auch ein Scherz? Kristins Idee? So als kleine nachträgliche Geburtstagsverarsche? Also kann es definitiv kein Blut sein, was in diesen Flaschen ist. Ich habe demnach nichts zu verlieren und selbst wenn, etwas Blut wird mich nicht umbringen. Was aber viel wichtiger ist: er würde es niemals zulassen. Noch immer sitzt er neben mir und sieht mich an. Seine Augen sind beinahe lauernd. Die antik aussehende Flasche in der Hand, schwimmen seine Iriden jetzt wieder in allen möglichen Bernsteinschattierungen. »Also gut. Ich nehme einen Schluck«, sage ich, nicht ganz so mutig, wie es eigentlich klingen sollte.

Er schüttelt den Kopf und lacht. »Wenn dir dein Leben lieb ist, war das bloß ein Scherz, Rayna.«

Er will mich verarschen. Er will mich tatsächlich verarschen. Am liebsten würde ich ihm einen Stoß versetzen. »Willst du mich irgendwie verschaukeln? Erst bietest du mir etwas an und dann verweigerst du es mir?«

Er streckt sich nach hinten, stellt die Flasche zurück in das Geheimfach und legt seine Arme um mich.

»Ich werde auf dich aufpassen, Rayna, weil es sich richtig anfühlt. Und sicher werde ich dich nicht dieses

Zeug trinken lassen. Nie könnte ich dir etwas Böses wollen.«

»Du willst mir nichts Böses, sagst du, aber diese Ungewissheit treibt mich in den Wahnsinn. Ich weiß nicht, ob ich verrückt bin oder mir vor lauter Arbeit bisher einiges im Leben entgangen ist. Devon, ich vertraue dir, sonst wäre ich längst wieder fort. Lange kann ich diese Ungewissheit jedoch nicht mehr ertragen. Ich muss es aus deinem Mund hören.« Er küsst meine Wangen, meine Nase.

»Du musst nicht mehr lange warten.«

»Warum fühlt es sich dann so an? Warum meine ich bei jedem Mal, bei dem wir uns näherkommen, dass du dich immer schneller und weiter zurückziehst? Ich meine … Devon … das vorhin …«

»Ich will es genauso wie du«, antwortet er und seine Finger fahren über meinen Arm, was eine kleine Stromspur hinterlässt. »Ich will dir bloß nicht weh tun.«

Ich rücke dichter zu ihm, küsse seinen Hals und er stöhnt auf. Ihn so dicht zu spüren, zu hören, macht mich fast wahnsinnig. Er lullt mich ein mit seinem Körper, seiner Nähe, seinem Geruch und seiner Stimme. »Küss mich«, sage ich heiser und umgreife ihn mit den Händen, als seine Zunge in meinen Mund eindringt. Immer wieder muss ich innehalten, ihn ansehen. Spüre dieses mächtige Verlangen in mir. Nicht bloß in meiner Mitte. Alles in und an mir verlangt nach ihm. Ich habe keine Angst, egal was er ist. Ich verzehre mich nach diesem Mann und er wird mir nichts tun. Alles, was ich will, ist, dass er es ausspricht. Dass er mir vertraut. So, wie ich ihm vertraue. Mit den Händen streichle ich seinen muskulösen Oberkörper und mein Geist wird für alles andere taub. Ich fühle nur ihn und mich. Hier und jetzt. »Schlaf mit mir, Devon. Was immer in den Flaschen ist, trink es, wenn wir uns dadurch nah sein können.« Er lacht und seine Augen wandern zu meinen aufgestellten Nippeln.

»Und wenn das Zeug mich umbringt? Egal?«, fragt er heiser, und ich keuche, als er über die harte Knospe leckt.

»Ich denke, du bist längst tot.« Wo auch immer ich den Mut hernehme, er ist da. Ich richte mich auf, drücke Devon auf die Matratze und ziehe seine Shorts herunter.

»Fuck«, stöhnt er rau, als ich seinen großen Schwanz in die Hand nehme.

»Ich habe nicht damit gerechnet, dass es sich so anfühlen wird«, äußere ich und versuche meinen Atem unter Kontrolle zu halten, während ich seinen zuckenden Ständer in meiner hohlen Faust bewege. Gott … er ist so wunderschön. Ich will ihn in mir spüren.

»Rayna«, raunt er meinen Namen und ich senke meinen Kopf.

Er schmeckt, wie er aussieht. Wie alles an Devon aussieht und wirkt. Dunkel, sinnlich und nicht von dieser Welt.

»Was machst du bloß«, höre ich seine raue Stimme über mir und stöhne, als seine Hand in mein Haar greift und so den Takt vorgibt.

Ich nehme ihn so tief ich nur kann in meinen Mund auf, lecke mit der Zunge um seine Eichel und mit der Hand umfasse ich seine prallen Eier. Shit! Ich habe nie geahnt, wie sehr mir das gefallen würde. In meinem Schritt pocht es unerbittlich und mit jedem Mal, indem Devon meinen Kopf nach unten drückt, wünsche ich mir, dass sein Schwanz in meinen Körper fährt. An einer anderen Stelle. Einer tieferen Stelle.

»Komm her«, knurrt er, und ich liege so schnell auf dem Rücken, dass ich es kaum realisiere.

Alles, was ich wahrnehme, sind seine großen Hände,

die meine Schenkel hart auseinanderpressen. Seine funkelnd dunklen Augen, die meinen Körper verschlingen, und sein Schwanz, den er in diesem Moment vor meiner Pussy platziert. »Verhütung«, keuche ich und versuche das schmerzende Ziehen in meinen Oberschenkeln auszublenden, weil er mich so weit dehnt. Trotzdem … ich will diesen Schmerz. Er ist viel zu süß, als dass ich ihn nicht entgegennehmen könnte.

Ein verwegenes und zeitgleich trauriges Grinsen erscheint auf seinem Gesicht. »Das brauchen wir nicht. Ich kann ni…«, setzt er an und ich glaube zu verstehen.

»Ich will dich spüren, jetzt.« Diesmal gehorcht er meinen Worten. Ich halte die Luft an, als sein Schwanz gegen meinen Eingang drückt und er langsam, mit einem tiefen Knurren, mit der Spitze in mich eintaucht. »Devon.« Ich stöhne laut und warte angstvoll und ebenso gierig darauf, dass er tiefer eindringt.

»Du bist so wunderschön.«

Unsere Augen treffen sich wieder und ich kann nicht anders, als leicht zu zittern. Dass dieser Mann dasselbe für mich empfindet wie ich für ihn, ist immer noch so unfassbar.

»Ich werde behutsam sein.«

Er löst seine Hand von seinem Schwanz, legt den Daumen auf meine Klit, und als er beginnt, sie sanft zu massieren, schiebt er sich tiefer in mich.

»Fuck«, kommt wieder über seine Lippen, während seine Augen genüsslich zugleiten. »Scheiße, Rayna, du bist so wahnsinnig eng.«

Ich sehe auf unsere Körper, die dort unten miteinander verbunden sind. Sehe auf seine Bauchmuskeln, die sich bewegen, und habe genau seinen Finger im Visier, der unaufhörlich meine Klit reibt. »Nimm mich«, seufze ich.

Der Druck auf meine Klitoris wird stärker, seine Bewegungen schneller und kaum, dass ich wie von selbst die Augen schließe, weil das Gefühl so unendlich heiß ist, spüre ich seinen Schwanz tiefer in mich gleiten. Für einen winzigen Moment empfinde ich einen ziehenden, reißenden Schmerz. Doch sein Finger, dieser verdammte Finger treibt mich in derselben Sekunde zu meinem nächsten Orgasmus. »Jaaa«, stöhne ich und presse Devon mein Becken so weit entgegen, dass er ganz von selbst tiefer rutscht. Erneut ist da seine Hand an meiner Brust, umspielt meinen Nippel. Kneift, zieht und reibt ihn, während eine Welle nach der anderen durch meinen Körper peitscht, bloß weil er meine Klit völlig in Besitz nimmt. Seine Bewegungen in mir werden tiefer, härter, schneller und es kann einfach nicht genug sein.

»Komm noch einmal für mich, Rayna«, höre ich seine Stimme und sehe wieder zu ihm auf.

Schweiß steht auf seiner Stirn, sein Blick ist verstörend erotisch und das Gegeneinanderprallen unserer Körper raubt mir schier den Atem. Wieder wird sein Finger schneller und obwohl der eine Orgasmus noch gar nicht vorbei ist, spüre ich schon den nächsten. Diesmal nicht nur durch das Reiben meiner Klit. Diesmal baut sich in meinem Bauch etwas auf. Zieht in meinen Unterleib, zieht sich um seinen Schwanz zusammen …

»Komm für mich, Rayna«, donnert seine raue, dunkle Stimme über mich hinweg und ich kann mich nicht mehr halten.

Ich spüre, wie er sich in mir ergießt, spüre seinen zuckenden Schwanz und explodiere mit ihm in mir. »Gott, Devon …« Da ist nur noch Sex. Nur noch Körper. Nur noch er und ich. Noch einige weitere Male stößt er tief in mich, reitet mit mir auf dieser Welle und erst nach Minuten sinkt er neben mir auf die Matratze. »Du hast mir nichts getan«, wispere ich und kann immer noch nicht glauben, was gerade passiert ist. Mit einem Mal erlöschen die Kerzen im Zimmer, der Oleanderduft, der die gesamte Zeit schon da war, scheint die Luft aufzufressen. Devon zieht mich dicht an sich und sein Atem geht ruhig, ganz im Gegensatz zu meinem.

»Nichts getan«, sagt er rau, »nur beansprucht.«

»Ich will, dass du mich immer wieder beanspruchst«, erwidere ich und muss kichern. Noch immer bin ich völlig aufgelöst von dem, was wir gerade miteinander geteilt haben. Nie im Leben hätte ich erwartet, dass es so sein würde. Seine Fingerkuppen ziehen Kreise um meinen Bauchnabel und obwohl ich eigentlich wunschlos glücklich bin, gibt es etwas, das mir fehlt. »Ich will dich ansehen, Devon. So lange, bis ich eingeschlafen bin.«

Er lacht dunkel. »Schlaf, meine Reniar.«

Ich will schlafen, aber nicht im Dunkeln. Ich will sehen, wie er mich ansieht. Will mit ihm vor meinen Augen einschlafen. Kaum zu Ende gedacht, erhellt der Kerzenschein wieder den Raum.

»Wie hast du das gemacht?«, fragt er erstickt.

Er rückt von mir ab und sieht mich mit fast wilden Augen an. »Was meinst du?«

»Wie du das gemacht hast?« Seine Augen gleiten durch das Zimmer, als würde er etwas oder jemanden suchen.

»Devon, was ist denn jetzt wieder los?«

»Warte hier.« Er springt auf, geht mit festen Schritten zu den Fachwerkfenstern, reißt eines davon auf und sieht hinaus.

Alles, worauf ich sehen kann, ist sein nackter, knackiger Hintern, dessen Anblick sofort wieder die feuchte Hitze zwischen meinen Schenkeln auslöst. »Was suchst du denn?

Bekomme ich hier irgendwas wieder nicht mit?« Blitzschnell wendet er sich mir zu, bleibt mit dem Rücken an der Fensterfront stehen und ich komme mit mir überein, dass ich seine Vorderseite sogar noch viel lieber sehe.

»Also, ich habe die verdammten Kerzen nicht entzündet und wenn du jetzt nicht auch ganz urplötzlich unter Meinesgleichen gegangen bist, frage ich mich, wer war es dann?«

»Du warst es nicht?« Jetzt bekomme ich Schiss.

»Nein, ich nicht«, gibt er mit einem drohenden Knurren von sich.

»Aber ich dachte …«

»Was?«, zischt er.

»Alles, was ich gemacht habe, kurz bevor die Kerzen angingen, war, daran zu denken, dass ich dich sehen möchte. Ich dachte, du wärst das gewesen.«

»Das kann nicht sein. Wie solltest du?« Er lacht nervös.

»Na, ich war es bestimmt nicht«, stelle ich missmutig fest. Wer außer ihm sollte es gewesen sein? Er ist, was er ist, auch wenn mein Verstand dieses Faktum weiterhin nicht wirklich zulassen will. Wie sollte ich … oder, könnte ich überhaupt? Eventuell wie eine Art Übertragung, wegen des Sex vorhin? Meine Augen gleiten über seinen wunderschönen Körper und ich wünsche mir einfach, dass er sich wieder zu mir legt. »Devon«, sage ich leise.

»Versuchen wir es doch einfach. Lösche die Kerzen«, befiehlt er mir.

»Wie jetzt? Einfach so?«

»Ja, wenn du sie gedanklich angezündet hast, musst du sie ja auch wieder löschen können.«

»Nicht, dass ich Ahnung von diesem Kram hätte, aber irgendwie finde ich das jetzt wirklich großen Mist, Devon.

Komm schon, du weißt, dass ich es nicht gewesen sein kann.«

»Versuch es«, ermahnt er mich mit grollender Stimme.

Mit zwei Schritten ist er am Bett und stützt sich mit den Händen vor mir auf der Matratze ab. »Wenn es dir so wichtig ist«, gebe ich maulend von mir und schließe meine Augen. Ich versuche mich wirklich darauf zu konzentrieren, die Flammen zu löschen, doch alles, an das ich denken kann, ist sein verdammter Körper und was er damit bei mir ausgelöst hat. Dazu kommt erschwerend, dass ich mich wahnsinnig ärgere, weil er nach dieser einen wichtigen Sache jetzt so einen Aufstand wegen der dämlichen Kerzen schiebt. »Und?«, frage ich genervt.

»Wie du siehst, es ist noch hell. Versuch es noch mal. Glaub fest daran, dass es funktioniert, wenn du es nur willst.«

Ich schüttle mit dem Kopf, versuche es, aber nichts. Langsam komme ich mir blöd vor.

»Versuch es weiter.«

»Devon, ich hab keinen Nerv mehr.«

»Wir müssen wissen, wer die Kerzen entzündet hat. Ich kann es nicht sehen. Ich müsste es sehen können!«

»Komm wieder ins Bett, Devon. Wie auch immer du das machst, aber du warst es wohl selbst.« Ich strecke meine Hand nach ihm aus.

»Nein, wir müssen wissen, wer das war.«

Nun langt es mir. Ich schiebe die Decke beiseite, klettere an ihm vorbei und stehe auf. »Gut dann such du, ich gehe jetzt in mein Bett und würde gerne schlafen.«

»Rayna, warte.«

»Nein, wir sehen uns morgen. Eher heute, wenn ich mir die Uhrzeit ansehe. Spiel du weiter mit den Kerzen, aber pass auf, dass du dich nicht verbrennst.« Ich schlage die

Tür hinter mir zu und verschwinde in mein Zimmer. Wütend lege ich mich ins Bett und höre keine zwei Minuten später den verdammten Mini-Helikopter vom Dach aus starten. Freak. Er ist doch ein Freak. Wo will er jetzt hin? Ich liege im Dunklen, starre durchs Fenster auf den Mond und frage mich, was da nur in seinem Kopf vorgeht. Ich denke an die Kerzen und wie aufgebracht er deshalb ist. Warum wäre es eigentlich so schlimm, wenn jemand anderes, also vielleicht ich es gewesen wäre? Meine Gedanken wandern zu den Stumpenkerzen, die auf dem kleinen Sekretär hier im Zimmer stehen, und mit allen mir zur Verfügung stehenden restlichen Gehirnzellen wünsche ich mir, dass diese scheiß Kerzen erleuchten. Ich sage mir selbst, dass ich das Unmögliche möglich machen kann, und im nächsten Moment ist mein Zimmer nicht mehr dunkel. Mit hoch züngelnden Flammen brennen die verdammten Dinger und bevor ich realisiere, dass tatsächlich ich es war, wünsche ich mir, dass sie wieder erlöschen sollen … und … sie tun es. Wie ist das möglich? Warum kann ich das tatsächlich? Ich weiß nicht, ob ich total ausflippen oder lachen soll. Kann es wirklich sein, weil Devon und ich … Eine andere Erklärung finde ich nicht und ich nehme sie für heute Abend nur allzu gern an, weil ich sonst tatsächlich ausflippe. Trotzdem, bevor ich schlafe, muss ich es noch einmal probieren. Wieder klappt es, und wieder.

Dieses Spielchen spiele ich noch einige Male und schlafe irgendwann völlig verwirrt, aber auch stolz ein.

Kapitel 16

Der nächste Morgen begrüßt mich mit Sonnenstrahlen, die durch die Vorhänge brechen, als wollten sie mich unbedingt erreichen.

Nachdem ich fertig angezogen bin, mache ich mich auf den Weg zu Kristins Zimmer, die bei meinem Eintreten tief und fest schläft. Selbst als ich die Vorhänge aufziehe, wird sie nicht wach. Ebenfalls das Einsinken der Matratze bemerkt sie nicht, während ich mich neben sie setze. »Morgen, du Schlafmütze, Zeit zum Aufstehen.«

Sie blinzelt vage. »Oh nein, Rayna, ich fühle mich wie erschlagen. Letzte Nacht bin ich mindestens zwanzigmal schweißgebadet aufgewacht. Mit mir kannst du heute nicht rechnen. Tut mir leid.« Wie zur Unterstreichung niest sie ein paar Mal hintereinander.

»Wir hätten wirklich nicht in den Regen gehen sollen«, antworte ich und lege meine Hand auf ihre Stirn. Fieber scheint sie keines zu haben.

»Vielleicht sind meine Abwehrkräfte gerade nicht die

besten. Aber weißt du was?« Sie zieht die Bettdecke etwas höher und ihre Lider fallen wieder zu. »Dieses Bett ist so verdammt gemütlich, hier kann man es auch erkältet wirklich gut aushalten.«

»Dann lass ich dir Frühstück rauf bringen. Bleib liegen und werd schnell wieder gesund.«

»Wirklich Hunger habe ich nicht, aber einen fürchterlichen Durst. Was Flüssiges wär echt super«, sagt sie zerknirscht.

»Ich sage Mister Doyle Bescheid. Er kann dir sicher einen Tee oder etwas in dieser Richtung raufbringen. Ich sehe später wieder nach dir. Okay?«

»Klar, okay«, erwidert sie leise.

»Ach, Kristin, hättest du was dagegen, wenn ich allein mit Aidan nach Fallmore fahre?«

»Nein, mach nur. Wer weiß, wann ich wieder aus dem Bett komme, und irgendwann müssen wir ja auch wieder nach Hause. Aber wo ist Devon denn? Meinst du, er lässt dich wirklich mit unserem Superlöckchen allein fahren?« Sie grinst mit geschlossenen Augen.

»Keine Ahnung. Er ist heute Nacht einfach mit dem Helikopter verschwunden. Vielleicht ja zu dieser Malorie«, sage ich und ziehe ihren Namen extra angeekelt in die Länge.

»Malorie«, wiederholt Kristin, und dieser Name aus ihrem Mund jagt mir einen Schauder über die Haut.

»Dann sehen wir uns später.« Mit einem letzten Blick auf meine Freundin verlasse ich das Zimmer und kann nicht anders, als mir Sorgen zu machen. Sie sieht wirklich schrecklich aus. Nicht bloß erkältungsschrecklich, sondern fast todkrank. Wenn es ihr morgen nicht besser geht, sollten wir eventuell einen Arzt aufsuchen. Nur um sicherzugehen. Als ich unten in den Salon komme, ist nur ein

Platz gedeckt. Mehr als ein Glas Orangensaft und einen Toast, bekomme auch ich nicht hinunter.

»Guten Morgen, Miss Oleand. Ich hoffe, Sie hatten eine angenehme Nacht?«

Doyle steht so unvermittelt in der Tür, dass ich kurz zusammenfahre. »Guten Morgen, ja danke«, erwidere ich. »Ist Devon schon zurück?«, frage ich kurzerhand, weil es das Erste ist, das mir durch den Kopf geht, als ich den Butler sehe.

»Nein, er lässt aber ausrichten, dass er erst gegen Abend zurück sein wird. Sie sollen sich nicht sorgen. Er wollte Sie nicht aufwecken.«

Jetzt verstehe ich wieder gar nichts mehr. Ist er denn in der Nacht zurückgekommen und wieder weg, ohne dass ich davon etwas gehört habe? Vor allem, warum lässt er mir das durch den Butler ausrichten? Kurz bin ich versucht ihn anzurufen, verwerfe diesen Gedanken jedoch wieder. Wenn er etwas Besseres vorhat, nach der letzten Nacht … kein Problem. Ich bekomme meine Zeit schon rum. Dass mein Unterleib sich beim Gedanken an die letzte Nacht freudig zusammenzieht, versuche ich dabei zu verdrängen. »Ist Mister Aidan denn schon beim Frühstück gewesen?«

»Nein, ich habe ihn heute noch nicht gesehen, Miss.«

»Danke, Mister Doyle. Wären Sie so gut, Miss Paxton etwas zu trinken aufs Zimmer zu bringen und ab und an nach ihr zu sehen? Vielleicht würde ihr Tee und Zwieback guttun. Es geht ihr immer noch sehr schlecht.«

»Natürlich, Miss Oleand.« Damit verschwindet er wieder.

Ich schnappe mir ein kleines Tablett, zwei Scheiben Toast, eine Tasse Kaffee und mache mich auf in Richtung Aidans Zimmer. Die Idee, mir die Kirche in Fallmore anzusehen, ist gar nicht so verkehrt. Immerhin besser, als hier

Trübsal zu blasen. Außerdem scheint die Sonne und Aidan hatte sich schließlich angeboten. Als ich an Kristins Zimmer vorbeikomme, lausche ich noch einmal, doch alles ist still. Vor Aidans Tür, die am Ende des Gangs liegt, horche ich ebenfalls, aber auch von ihm ist nichts zu hören. »Aidan, schläfst du noch?«, frage ich und klopfe leise. »Aidan?«, wiederhole ich etwas lauter, doch nichts tut sich. Also drücke ich die Klinke vorsichtig hinunter und schiebe die Tür einen Spaltbreit auf. Er liegt im Bett, Kopfhörer in den Ohren und einen Laptop vor sich. Sein Oberkörper ist nackt und seine Brust beinahe genauso definiert wie die von Devon. Auch er trägt an fast derselben Stelle ein Tattoo, nur ist seines viel größer. Ein Falke prangt auf seiner Brust und in den Klauen trägt er ein Kreuz. Als er mich bemerkt, springt er auf, wobei er mir einen Blick auf den Rest seines nicht unansehnlichen Körpers gestattet. Verlegen senke ich die Augen und fühle mich dabei wie eine Spannerin. »Ich will dich nicht stören.«

»Ach was, komm rein. Ich verschwinde nur kurz im Bad«, ruft er und ich erkenne genau sein typisches Aidan-Grinsen in der Stimme.

Mit leicht zitternden Händen trete ich ein, nachdem er die Badezimmertür hinter sich geschlossen hat, und stelle das Tablett auf dem Schreibtisch ab. Da alle Stühle mit Klamotten und Büchern bepackt sind und auch der gesamte Fußboden voll liegt, hocke ich mich auf den Bettrand. Wo hat er all diese Unterlagen und Bücher her? Es sieht fast so aus, als wohnte er hier schon wochenlang und nicht erst einen Tag. Da fällt mein Blick auf den noch offenen Laptop und nachdem ich mich versichert habe, dass die Badtür noch geschlossen ist, ziehe ich ihn zu mir herüber. Es ist ein Archivverzeichnis der St. Deirhbile´s Kirche offen, mit einer Auflistung etlicher Priester, die dort einmal tätig waren. Historischer Kram also. Da hat ihn die Geschichte des Dunklen wohl animiert. Eilig schiebe ich den Laptop auf seine ursprüngliche Position und wende meine Aufmerksamkeit auf all die Bücher, die im Bett herum verstreut liegen. Vorwiegend Lesematerial über Kriege, Götter und Vampire. Ich schlage eins dieser Vampirbücher auf, aber die Schrift ist mir völlig unbekannt. Sieht hieroglyphisch aus. Nur das Wort Vampir ist in dicken, fetten, goldenen Schriftzeichen auf den Deckel eingraviert. Auch die anderen Bücher sagen mir nichts.

»Na, was Interessantes gefunden?«

Zum zweiten Mal für heute fahre ich zusammen und muss selbst über mich lachen. Seit wann bin ich dermaßen schreckhaft? Aidan, der jetzt in eine dunkle Jeans und ein weites, beigefarbenes Hemd, das bis auf die Brust offensteht und sein Tattoo zeigt, gekleidet ist, kommt und setzt sich direkt neben mich. »Ich wusste gar nicht, dass du tätowiert bist«, sage ich verlegen und nestle an meinen Fingern herum. Junge, Junge. Aidan mit diesem offenstehenden Hemd … am liebsten würde ich mir die Decke über den Kopf ziehen.

»Du hast mich ja auch noch nie zuvor nackt gesehen«, antwortet er mit einem Lachen und stößt mich sanft in die Seite.

»Was bedeuten der Falke und das Kreuz?«

»Gefällt mir einfach«, sagt er. »Falken sind prächtige Tiere. Sie können tun und lassen was sie wollen. Sie sind frei«, erklärt er mir fast wehmütig.

Warum auch immer empfinde ich in diesem Moment etwas wie Mitleid mit ihm. »Was ist das für eine Schrift?«, frage ich und deute auf das Vampirbuch. Der Augenblick hat beinahe etwas Inniges und ich fühle mich nicht wohl damit, weshalb ich lieber ablenke.

»Das versuche ich noch herauszufinden«, antwortet er und klingt sofort viel lockerer.

»Du holst dir Bücher, die du nicht lesen kannst?«

»Ja, so irre bin ich wohl.« Er lacht, klappt den Laptop zu und schiebt sich einen der Toasts in den Mund.

Wie viel weiß Aidan von dem, was hier vor sich geht? Weiß er vielleicht sogar mehr als ich?

»Wie komm ich zu der Ehre, von dir das Frühstück ans Bett gebracht zu bekommen?« Er zwinkert und eine seiner dunklen Locken fällt ihm in die Augen.

»Ich wollte nur freundlich sein.« Ein kleines Grinsen kann ich mir nicht verkneifen. Er ist schon ziemlich süß. Süß und auch heiß irgendwie. Nicht wie Devon, der für mich immer noch ein Buch mit sieben Siegeln ist, aber … Ich verwerfe den Gedanken schnell wieder.

»Natürlich. Ist doch klar, hatte auch nichts anderes von dir erwartet. Lass mich raten, dein Schnuckiputz ist nicht da«, wirft er sarkastisch hinterher.

»Gut geraten«, erwidere ich.

»Und kaum ist dein Herzblatt aus dem Haus, kommst du mit Frühstück an mein Bett. Na, na was soll ich mir dabei nur denken, Rayna?«

»Am liebsten gar nichts, Aidan. Reine Menschenliebe. So platonisch gesehen.«

Er rückt etwas näher und reibt seine Wange an meinem Arm wie eine räudige Katze. »Nicht so schnell, der Herr. Ich kenne Sie ja gar nicht richtig.«

»Dann wird es höchste Zeit, dem Abhilfe zu schaffen.«

Als Aidan nicht wieder von mir abrückt, stehe ich auf und gehe ganz nonchalant an seinen Sekretär. »Sag mal, hast du heute schon was geplant?«

»Aber sicher doch. Ich fahre mit dir nach Fallmore.«

»Da trifft es sich ja gut, dass ich das auch so eingeplant habe.«

»Hast du, ja? Nur du und ich?«

Sein Blick ist jetzt gar nicht mehr verspielt, sondern eher … ich weiß auch nicht … erotisierend. »Lass das, Aidan«, schimpfe ich mit einem Lachen.

»Bringe ich dich durcheinander?«

»Du bringst mich dazu, dass ich gleich doch nicht mehr mitfahren will. Also können wir jetzt wie Freunde einfach starten?«

»Sofort?«

»Klar, was sollen wir noch blöde rumsitzen? Ich geh nur schnell in mein Zimmer und hole meine Tasche. Dann warte ich unten auf dich.«

»Wie Madame befehlen.«

In meinem Zimmer angekommen, schreibe ich kurz eine Briefnachricht für Devon, dass ich mit Aidan nach Fallmore fahre, um mir die Kirche anzusehen. Ich könnte ihm zwar auch eine WhatsApp schicken, aber dazu habe ich gerade überhaupt keine Lust. Den Zettel hefte ich im Bad an den Spiegel, schnappe mir eine Weste, die Tasche und laufe nach unten.

Aidan steht schon mit bester Laune an der Tür und die Sonne strahlt ihn an, als wäre sie eigens für ihn gemacht. Das warme Prickeln macht sich in mir breit und ich freue mich sogar auf den Tag mit Aidan. »Wie kommen wir jetzt nach Fallmore?«, will ich wissen.

»Bis zum Parkplatz zu Fuß und dort steht mein Leihwagen.«

»Dann mal los«, erwidere ich. Vielleicht liegt es daran,

dass die Sonne scheint und es nicht regnet, oder tatsächlich an den Scherzen, die Aidan immer wieder macht. Aber der Weg, bis wir vor dem Touareg stehen, kommt mir bedeutend kürzer vor als beim ersten Mal mit Devon. »Ich verstehe gar nicht, dass es keinen befahrbaren Weg bis zum Head House gibt«, sage ich und steige ein.

»Wenn du mich fragst«, erwidert er, »gibt es den mit Sicherheit und Doyle oder auch dein Herzblatt wollen ihn nur nicht verraten. Oder glaubst du wirklich, dass der alte Butler zum Einkaufen zu Fuß geht?«

»Wenn Devon einen Weg kennen würde, hätten wir ihn bestimmt schon genutzt.«

»Du glaubst auch an den Weihnachtsmann, oder?«, fragt er und lacht.

Die Autofahrt mit Aidan ist ebenfalls ganz anders als die mit Devon. Weder werde ich müde, noch gibt es unangenehme, schweigsame Minuten. Ganz im Gegenteil. Wir lachen, ziehen uns gegenseitig auf und ich weiß tatsächlich nicht, wann ich das letzte Mal so ausgelassen war. Trotzdem spukt immer wieder Devon in meinem Kopf herum. Seine mysteriöse verschlossene Art. Seine Küsse, sein Körper. Alles so heiß und brennend, dass es schmerzt, ihn nicht bei mir zu haben.

»Denkst du an ihn?«, fragt Aidan plötzlich.

»Auch wenn es dir nicht gefällt und dich vor allem auch gar nichts angeht, ja, ich denke an ihn. Und das, was du mir auf seiner Willkommensparty gesagt hast. Willst du mir vielleicht jetzt mehr darüber erzählen?«

Er atmet hörbar aus. »Ich will, aber kann nicht, Rayna. Daran hat sich nichts geändert.«

Ich hefte meine Augen auf ihn. Wenn ich ihn ansehe, strahlt er wie die Sonne. Immer wieder berührt seine Hand mich wie zufällig beim Gespräch. Beim Schalten oder wenn wir lachen, knufft er mich freundschaftlich in die Seite und alles fühlt sich so einfach an. Trotzdem, und da hat er zumindest etwas mit Devon gemeinsam, spricht er in Rätseln. »Verstehe«, sage ich und blicke nach vorn auf die Straße.

»Wir sind da«, ruft er fünf Minuten später, als wir das kleine Ortsschild mit *Fallmore* passieren.

Sobald wir es hinter uns gelassen haben, schlägt das schöne Wetter in absolut traumhaftes Wetter um. Was für diese Jahreszeit fast schon unnatürlich erscheint.

»Da drüben ist das Hotel, sollen wir erst etwas trinken gehen?« Aidan parkt den Wagen seitlich an der Straße und deutet auf das fast schon verloren aussehende Hotel.

»Gerne. Ich könnte noch einen Kaffee vertragen«, erwidere ich und steige zeitgleich mit ihm aus. Hier im Dorf ist nichts los. Nur drei Häuser und das Hotel, das auch nicht sehr groß ist, und dahinter die imposante Kirche, die man von hier aus noch nicht gänzlich sieht.

»Lange Nacht gehabt?« Er verzieht dabei das Gesicht.

»Kann man so sagen.« Ich lächele ihn neckend an und sein gerade noch missgünstiger Blick weicht einem freundlichen.

»Ach, Rayna, mit mir wäre die Nacht fantagasmorisch geworden. Aber das wirst auch du noch erkennen.«

Ich sage mal gar nichts dazu, während wir auf das Hotel zugehen. Auf der einen Seite sind mir diese ständigen Anspielungen unangenehm, andererseits genieße ich sie auch irgendwie. Ich verbiete mir allerdings, den Gedanken weiter auszuspinnen.

Nachdem wir ein paar Schritte gegangen sind, entdecken wir direkt neben dem Hotel ein kleines, geöffnetes Straßencafé. Allerdings gänzlich ohne Gäste. Überhaupt scheint das ganze Dorf fast wie ausgestorben. Wir setzen uns an einen der Tische mit Blick auf die Kirchtürme. Der Wirt, ein älterer, rundlicher Mann mit Brille und dreckiger Kittelschürze, kommt, um unsere Bestellung aufzunehmen. »So, erzähl mal, was hat es mit deinem Beschützerinstinkt auf sich. Und was hast du eigentlich gegen Devon?«, frage ich, nachdem der Mann wieder gegangen ist. Aidan verzieht keine Miene bei meiner Frage.

»Ich habe gar nichts gegen ihn. Zumindest so im Groben. Er hat nur etwas, das ich gerne hätte. Außerdem komm ich mit seiner Lebenseinstellung nicht so ganz klar.«

»Die da wäre?« Den ersten Teil überhöre ich einfach wieder.

»Nennen wir ihn doch mal nachtaktiv.«

Bei den letzten Worten flackern seine Augen in diesem Silberglanz auf. Wie viel weiß er wirklich über Devon und was darf ich preisgeben zu wissen? Vor allem, was weiß ich eigentlich selbst? Eine durchaus attraktive, rothaarige Kellnerin kommt auf uns zu, um den Kaffee zu servieren. Währenddessen sieht sie die ganze Zeit zu Aidan, was durchaus nachvollziehbar ist. Der sitzt total gechilled in seinem Sessel und beobachtet mich. Ich erwische mich dabei, wie ich auf das Kreuz-Falke-Tattoo auf seiner Brust schiele und schnell wieder woanders hinsehe. Was läuft er auch um diese Jahreszeit ohne Jacke und mit halb offenem Hemd herum? Sonne hin oder her. Kein Wunder, dass die Kellnerin auch immer wieder zu ihm gafft. Er würdigt sie allerdings keines Blickes und tut so, als seien wir allein hier. »Was ist an Nachtaktivität verwerflich?«, frage ich, um die Stille zu durchbrechen.

»Im Grunde gar nichts. Ich kann es dir nicht näher erklären. Es ist einfach so ein Gefühl bei ihm und ich täusche mich selten.«

Die Rothaarige geht wieder ins Café zurück und ich

kann mir ein Lächeln nicht verkneifen. »Also im Klartext verurteilst du ihn dafür, dass er mich mag und eine Nachteule ist? Na, wenn es weiter nichts ist.« Ich rühre in meinem Kaffee herum. »Ich sehe nur nicht so ganz die so verwerfliche Lebenseinstellung, die du meinst«, fahre ich fort.

Aidan streicht sich durch seine Locken. »Mir gefällt sein Freundeskreis nicht.«

»Du warst doch letzte Woche noch so begeistert von ihnen, als du mit Kristin auf der Party warst.«

»Der Abend gefiel mir wegen Kristin.«

»Also stehst du auf zwei Frauen?« Wieder umspielt ein Lächeln meine Lippen.

»Damit müsstest du dich ja bestens auskennen.«

»Wie meinst du das denn?«

»Du stehst doch auch auf zwei Männer.«

Verlegen nippe ich an meinem Kaffee und weiß eigentlich gar nicht, warum mich diese Aussage so irritiert. Ich empfinde nichts außer Freundschaft für Aidan. Diese angenehme Wärme, wenn er in meiner Nähe ist. »Du irrst dich«, antworte ich gereizter, als es beabsichtigt war.

»Ich irre mich fast nie«, äußert er leicht selbstgefällig.

»In diesem Fall schon«, entgegne ich und blicke zur Eingangstür des Cafés, da in dieser Sekunde die Kellnerin zurückkommt und fragt, ob sie uns noch etwas bringen darf. Aidan sieht ihr tief in die Augen und lächelt. Klar, dass sie sofort darauf einsteigt, so, wie er aussieht. Doch was denkt die sich überhaupt? Sie muss doch davon ausgehen, dass er mein Freund ist, wenn wir hier die ganze Zeit ziemlich nah beieinandersitzen und reden.

»Ich würde alles von dir nehmen, was du bereit bist, mir zu geben«, flüstert Aidan ihr zu und sie errötet.

Ich gleich mit. Denn seine Stimme hat mit einem Mal

etwas so Charismatisches, dass es mir wahnsinnig unter die Haut geht. Die Augen der jungen Frau fangen an zu leuchten und glatt könnte man davon ausgehen, dass sie sich ihm gleich auf den Schoß wirft, so fährt sie auf ihn ab.

»Ich denke da lässt sich drüber reden«, erwidert sie und greift nach seiner Hand, um etwas mit ihrem Stift hinein zu schreiben.

»Dann zahlen wir erst mal«, sage ich und bemerke selbst, wie genervt ich bin. Sie wirft mir einen ärgerlichen Blick zu und dackelt ab Richtung Café.

»Hey, Rayna, so grantig?«

»Nein, überhaupt nicht. Hat sie dir ihre Nummer aufgeschrieben?«

»Hmm, wer weiß.«

»Lass mal sehen.« Er hält mir seine Hand so nah vor die Augen, dass ich natürlich nichts erkennen kann. »Lass doch mal sehen ...« Ich versuche, seine Hand zu schnappen, aber er ist schneller. »Los zeig schon her.« Diesmal gibt er sie mir bereitwillig. *Um siebzehn Uhr habe ich Feierabend,* steht dort. »Na, dann hast du ja noch zwei Stunden. Willst du mich vorher wieder zurückbringen oder soll ich mir solange ein Zimmer nehmen?« Schon kommt sie wieder und legt Aidan die Rechnung vor die Nase. Diesmal ist es Aidan, der etwas auf einen der Geldscheine schreibt und ihn danach in ihre Hand drückt. Sie bekommt ihr Grinsen gar nicht mehr aus dem Gesicht und ich werde mich gleich wohl übergeben müssen, wenn das so weiter geht. »Können wir jetzt los?«, frage ich genervt. Er steht auf, zwinkert der Tussi zu, die daraufhin endlich zurück in das Café geht, reicht mir seine Hand und sieht mich auffordernd an. »Das schaffe ich schon«, sage ich. Doch sobald ich stehe, legt Aidan seine Hand um meine Taille, zieht mich mit sich und lacht. »Was hast du ihr aufgeschrieben?«

Ich könnte mir selbst den Hintern versohlen, dass ich überhaupt danach frage, aber es interessiert mich brennend.

»Vielleicht ein andermal.«

»Nun sag schon.«

»Vielleicht ein andermal.«

»Gut, es geht mich ja auch nichts an«, gebe ich murrend von mir. Er lacht wieder und hält mich zum Stehenbleiben an.

»Rayna, ich habe ihr aufgeschrieben: vielleicht ein andermal.«

Mensch, ich blöde Kuh. »Und wozu war das Ganze dann gut?«

»Ich wollte mir nur etwas beweisen«, kontert er lächelnd.

»Dass du noch eine abbekommst?«

»Wenn du es so nennen willst.«

Wir marschieren geradewegs auf die Kirche zu und ich beschließe das Thema Kellnerin für heute sein zu lassen. Viel zu peinlich, um ihn weiter darin zu bestärken, dass ich tatsächlich eifersüchtig bin. Wir biegen um eine Ecke und dann stehen wir vor ihr. Die St. Deirhbile´s Kirche. Sie ist im Gegensatz zur Head House Kapelle gut in Schuss. Aber was heißt schon in Schuss? Von der Kapelle sind schließlich nur noch Steine übrig, hier steht eine völlig intakte Kirche vor uns. Aidan inspiziert mein Gesicht. »Was ist?« Ich blicke ihn fragend an.

»Kommen Erinnerungen hoch?«

»Nein, nicht wirklich. Sie kommt mir schon bekannt vor. Andererseits habe ich mir schon so viele Kirchen angesehen, dass es ein Trugschluss sein könnte.«

»Lass uns mal reingehen, du Eifersuchtsbolzen.«

Kapitel 17

Aidan zieht mich mit sich und wir treten durch zwei große unverschlossene Tore in den Eingangsbereich. Wie in fast jeder Kirche hängen Jesusbilder an den Wänden und der Kreuzzug ist zu sehen. Alle Bänke sind leer und es wirkt, als sei seit hundert Jahren niemand mehr hier gewesen. Genauso kalt ist es auch und ich frage mich, warum Aidan offensichtlich in seinem dünnen Hemdchen nicht friert. Mein Blick fällt seitlich auf einen Beichtstuhl und daneben führt eine milchige Glastür in einen anderen Raum.

»Das wird die Marienkapelle sein«, sagt Aidan und zieht mich in Richtung der Glastür.

»Du warst schon mal hier?«

»Nein, aber ich habe mich ein bisschen vorab informiert. Lass uns mal da reingehen.«

Er zieht mich weiter mit sich und ich staune, wie warm seine Finger in meinen sind. Zeitgleich geht mir durch den Kopf, was Devon sagen würde, sähe er ihn und mich hier Hand in Hand, weshalb ich mich aus Aidans Griff löse. Als wir in die kleine Kapelle eintreten, weht mir Oleandergeruch in die Nase. Es ist ein winziger Raum mit einigen blanken Gebetsbänken, die vor einer Figur der Jungfrau Maria stehen und um die etliche Teelichter in Ständern angezündet sind. Instinktiv trete ich vor und setze mich in die zweite Reihe. Es ist nicht so, dass ich ein absoluter Kirchenfanatiker bin. Ich glaube und wieder nicht. Gerade so, wie es mir das Leben beschert. Trotz allem üben Kirchen seit meiner frühesten Kindheit eine große Anziehungskraft auf mich aus. Ich fühle mich in ihnen frei und zugleich melancholisch. Während ich in Gedanken vertieft da sitze, legt sich von hinten eine Hand auf meine Schulter. Ich schrecke zusammen, aber es ist natürlich Aidan. »Ich habe gerade ein heftiges Déjà-vu.«

»Hier?«, fragt er.

»Ja, und es ist noch gar nicht lange her, dass ich das hier schon mal so erlebt habe.«

»Na, aber rund zehn Jahre sind doch schon etwas länger.«

»Nein, nicht damals das mit den Paxtons. Daran kann ich mich wirklich nicht erinnern. Ich meine diesen Raum hier. Der Geruch, die Marienfigur. Deine Hand auf meiner Schulter. Nun ist es amtlich. Ich werde verrückt.« Keine Ahnung, wo diese Empfindungen auf einmal herkommen, aber sie sind da.

»Fühlst du dich hier wohl?«, will Aidan wissen und tritt neben meine Bank.

»Du fragst immer Sachen. Aber ja, ich fühle mich wohl.«

»Dann sind wir schon zwei Irre, die sich wohlfühlen. Du brauchst dir also keine Gedanken zu machen. Komm mit, ich möchte dir noch etwas anderes zeigen.«

Ich folge Aidan zu einer weiteren Tür im hinteren

Bereich, die mir beim Eintreten in den Marienraum gar nicht aufgefallen ist. Allerdings ist über der Tür ein *Privat*-Schild angebracht. »Da willst du doch nicht rein?«, bringe ich aufgeregt hervor.

»Warum nicht?«

Ich deute auf das Schild. »Mit dem Wort kannst du nicht wirklich viel anfangen, oder?«

»Doch schon, aber wo steht geschrieben, dass wir zu dieser Privatsphäre nicht dazugehören?«

»Mensch, Aidan, ich habe keinen Bock auf Ärger.«

»Komm schon, vertrau mir.«

Das höre ich im Moment verdammt oft, aber zum Teufel, was solls. »Also gut, aber wenn wir erwischt werden, schiebe ich alles auf dich.« Als wolle er mich ärgern, blickt er noch mal zum Eingang der Marienkapelle, als würde jemand kommen und uns überraschen. Erst dann öffnet er die Privattür. Dahinter ist alles stockdunkel. »Aidan?«

»Gib mir deine Hand.«

Die Tür fällt hinter uns ins Schloss und wir stehen im Dunkeln.

»Warte mal«, flüstert er.

Ich höre ihn irgendetwas fummeln und in der nächsten Sekunde erhellt ein Feuerzeug den Raum ein paar Zentimeter um uns herum. Überall nur Steinwand. Nichts als Mauern. »Das scheint wohl eine Sackgasse zu sein. Lass uns lieber wieder zurückgehen.« Mir ist nicht wohl bei der Sache. Am liebsten würde ich gleich wieder kehrtmachen.

»Nun gedulde dich doch und komm mit.«

Obwohl ich mich nicht wohl dabei fühle, lasse ich mich weiter von ihm in die Dunkelheit führen.

»Es kommen jetzt ein paar Stufen abwärts. Also

Vorsicht, bleib dicht bei mir und lass deine Hand in meiner.«

»Woher weißt du das nun wieder?«, frage ich.

»Ich sag doch, ich habe mich vorab informiert.«

Im Schneckentempo steigen wir eine Wendeltreppe hinunter. Zentimeter für Zentimeter taste ich mich vor, immer mit einer Hand bei Aidan. Ich lausche auf seinen gleichmäßig gehenden Atem, meinen hingegen höre ich ziemlich heftig. Aidan scheint das auch nicht entgangen zu sein. Ich weiß selbst nicht, warum ich so nervös bin.

»Es sind nur noch ein paar Stufen«, sagt er beruhigend.

Endlich dringt von irgendwo unten ein kleiner Lichtstrahl zu uns herauf und als wir ankommen, stehen wir in einem weiteren Gang aus Stein. Hier brennt eine kleine Fackel an der Wand und uns gegenüber liegt eine einsame, veraltet aussehende Tür. »Aidan, ich glaube wirklich nicht, dass wir hier sein sollten.« Er lässt mich stehen und geht auf die Tür zu. »Nun warte doch.« Ich laufe ihm hinterher.

»Rayna, ich glaube nicht, dass du mich dorthin begleiten solltest. Außer, du möchtest mir beim Halten helfen. Wobei ich mir dafür bessere Momente vorstellen könnte.«

»Wie? Willst du mich hier jetzt stehen lassen?« Was soll der Mist denn wieder? Er drückt die Klinke und ich denke schon, dass er mich zurücklässt, doch vor unseren Augen erscheint eine Art Plumpsklo. »Du Arsch!«, rufe ich aufgebracht. »Das wusstest du doch.«

»Vielleicht«, sagt er mit einem Grinsen und schiebt die Tür vor meiner Nase zu.

Aidan und sein verdammtes Grinsen. Aidan und seine verdammten Späße. Seine verdammten Locken und sein verdammtes, offenstehendes Hemd. Ich muss kichern.

»Beeil dich bitte! Ich habe keine Lust, hier lang allein in dem viereckigen Kasten zu stehen.«

»Wenn du unbedingt willst, lass ich die Tür offen«, ruft er mir zu.

»Untersteh dich!« Während ich warte, sehe ich mich noch mal genauer um. Das Einzige, was einem hier ins Auge fällt, ist ein riesiger Teppich. Rechteckig. Sein Muster ist eher gewöhnungsbedürftig. Lauter grüne Ranken und sie leuchten mir fast entgegen. Vielleicht sind wir in einem alten Bombenkeller oder dergleichen gelandet. Ich frage mich, was wir hier überhaupt wollen. Als Aidan wieder zum Vorschein kommt, immer noch schmunzelnd, sehe ich ihn auffordernd an. »Gehen wir wieder hoch?«

»Ich wollte dir etwas zeigen und du glaubst doch nicht wirklich, dass es die Kellergewölbentoilette war.«

Er rollt den merkwürdigen Teppich auf und zum Vorschein kommt eine kleine Holzluke. Aidan öffnet sie ganz leicht und leise. Verwirrt sehe ich in das Loch hinunter. Nichts als gähnende Schwärze und Aidan steht schon mit dem Fuß auf der Treppe. »Und da soll ich jetzt mit dir runtersteigen?«

»Wieso nicht?«

Er schenkt mir einen Blick, als sei es das Natürlichste der Welt, wenn zwei sich fast unbekannte Menschen in ein dunkles Loch unter einer uralten Kirche fallen lassen. »Mensch, Aidan, ich kenne dich erst ein paar Tage. Ich bin in einem fremden Land. Niemand weiß, wo ich mich gerade genau befinde, und du willst mich in irgend so ein Verlies schleppen?«

»Devon vertraust du doch auch.«

»Das ist was ganz anderes. Er nimmt mich auch nicht mit zu unterirdischen Orten.«

Lachend schüttelt er den Kopf. »Glaub mir, Devon wird

dich noch an ganz andere Orte führen, wenn du es zulässt. Warte mal.« Er kramt sein Handy hervor. »Ich weiß nicht, ob ich hier Empfang habe.«

»Was hast du jetzt wieder vor?«

»Einen Balken, das dürfte reichen. Ruf Kristin an. Sag ihr, wo du mit mir bist, dann hast du eine Absicherung. Sie muss es aber unbedingt für sich behalten. Es ist wichtig, dass sie niemandem erzählt, wo wir sind. Mach ihr das klar. Vor allem nicht Devon.«

Sein Ton ist plötzlich so ernst, dass ich mich frage, was hier eigentlich gespielt wird. Ich überlege kurz. Wenn er ein irrer Vergewaltiger ist, könnte das eine Finte sein. Er hält mich für total naiv und will mich in Sicherheit wiegen, mit der Hoffnung, dass ich es aus Scham ausschlage, Kristin anzurufen. Oder er ist einfach total abenteuerlustig und will mir wirklich nur etwas Interessantes zeigen. Dann hält er mich erstens für verrückt, wenn ich denke, dass er ein Massenmörder ist, und zweitens für eine Lusche. Mein Leben ist mir aber doch lieb, also soll er denken, was er will. Etwas zickig reiße ich ihm das Handy aus der Hand und wähle Kristins Nummer, während er lacht.

»Kluges Mädchen.«

Super, sie geht nicht ran. Was mache ich jetzt?

»Geht sie nicht ran? Tja Schatz, was wirst du nun tun?«

»Ich schreibe eine WhatsApp. Die wird sie lesen, wenn sie wach wird.«

»Gute Idee.«

Bin mit Aidan in St. Deirhbile´s. Er will mir in einem Kellergewölbe unter der Marienkapelle etwas zeigen. Komme ich nicht wieder und er ist ein Irrer, sucht mich hier. Marienkapelle – Raum privat – Treppe runter – Luke unter Ranken – Teppich.

Erzähl bitte niemanden, dass ich mit ihm hier bin. Auch nicht Devon. Näheres hoffentlich später. Rayna.

Ich warte ab, bis auch tatsächlich die Bestätigung kommt, dass die Nachricht rausgegangen ist und erst danach reiche ich ihm das Handy zurück. Hier im Halbdunklen haben seine Augen wieder diesen enormen Glanz fällt mir dabei auf, und als er mich wissend ansieht, blicke ich zur Seite. Diese Iren haben manchmal wirklich beeindruckende Augen, oder zumindest die, die ich kenne. Während Aidan vorangeht, steigen wir circa zehn Stufen hinunter und stehen wieder in einem von kleinen Fackeln erleuchteten Gang. Ein modriger Geruch herrscht hier, vermischt mit erdigem Nass. Es geht einmal nach rechts, einmal nach links, dann bleibt Aidan kurz stehen. »Wo gehts weiter?«, will ich wissen. Ohne mir eine Antwort zu geben, schlägt er den linken Weg ein und ich folge ihm schnell. Als wir um eine Ecke biegen, durchfährt mich kurz ein kalter Schauder und es fühlt sich an, als sei ich gerade barfuß über eine Schneedecke gelaufen. »Hast du das auch gespürt?« Ich blicke Aidan fragend an, aber ihm scheint nichts aufgefallen zu sein.

»Was denn?«

»Mir wurde gerade heftig kalt.«

»Nein, mir ist eher heiß in deiner Nähe.«

Lächelnd zieht er mich weiter durch den Tunnel und ich schüttle mit dem Kopf. »Hast du überhaupt eine Ahnung, wo wir hingehen?«

»Wir sind gleich da. Sei nicht immer so ungeduldig, das lässt einen vorzeitig altern, mein Herz.«

Darüber kann ich so gar nicht lachen und vor uns erscheint wieder eine Tür. Diesmal massiv. Aidan zieht einen Schlüssel aus der Hosentasche und meine Augen werden immer größer. »Jetzt versteh ich gar nichts mehr. Bist du hier der Küster, oder was?« Als er die Tür öffnet, treten wir in einen Garten aus weißblühenden Sträuchern. Durch die Mitte läuft ein kleiner, weißer Kiesweg und es ist warm und sonnig. »Warum kann man diesen Garten nicht von der Straße aus sehen? Und wie ist das überhaupt möglich, wo wir so weit runtergegangen sind?« Ich laufe ein paar Schritte in den Garten hinein und sehe mich um. »Wo sind die Kirchtürme?« Man sieht nichts außer weißen Pflanzen weit und breit.

»Die wirst du hier nicht finden.«

Er macht ein paar Schritte auf mich zu, blickt mir tief in die Augen und ich fühle etwas wie Beklemmung in mir. Seine Augen leuchten geradezu in allen möglichen Silbertönen und mir wird ganz anders.

»Rayna, wetten, ich kann deine Träume wahr werden lassen?«

»Das bezweifle ich und ich hoffe es auch nicht.«

»So grausam?«

»Nicht alle, aber von den schönen werde ich dir sicher keinen erzählen. Würdest du mir das hier bitte erklären?« Ich meine, das kann doch nicht sein. Ich sehe nach oben und da ist strahlend blauer Himmel … hier unter der Erde.

»Lass uns einfach etwas spazieren gehen.«

»Ihr Iren seid seltsam«, sage ich und lasse wieder zu, dass er mich an der Hand mit sich zieht.

»Wieso meinst du das?«

»Lauter Geheimniskrämerei und mysteriöse Orte.«

Er lächelt. »Und weißt du was man uns noch nachsagt?«, fragt er und bleibt stehen.

»Nein, was denn?«

Er pflückt eine weiße Chrysantheme und steckt sie mir hinters Ohr.

»Man sagt uns nach, dass wir unglaubliche Liebhaber und Frauenverschlinger sind.«

Es ist, als würde die Luft stillstehen, während sein Gesicht immer näherkommt. Ich bewege mich nicht. Mein Gefühl teilt mir gerade unmissverständlich mit, dass ich ihn jetzt wirklich gerne küssen würde. Seine weichen Lippen spüren möchte und durch seine tintenschwarzen Locken streichen will. Doch kurz bevor sein Mund den meinen berührt, wendet er sich ab. Er geht weiter und mir fällt ein Stein vom Herzen, als meine Gedanken sich in Devons Richtung bewegen. »Und außerdem seid ihr alle ganz schön von euch eingenommen«, flüstere ich ihm hinterher. Da ich ihn leise lachen höre, weiß ich, dass er mich trotzdem verstanden hat. Was ist eigentlich mit mir los? Hätte ich mich gerade wirklich von ihm küssen lassen? Shit! Ich befürchte schon. Beim Gedanken an seine weichen, warmen Lippen erwacht ganz sanft etwas in meinem Unterleib.

»Kommst du noch?«, ruft er mir lachend zu und wie ertappt folge ich ihm.

Langsam wird die weiße Blütenpracht weniger und wir nähern uns einem dichten Wald. Als wir in ihn eintreten, kann ich sofort erkennen, um welchen Wald es sich handelt. Ich würde ihn überall erkennen. Es ist der Zauberwald aus meinen Träumen. »Aidan, bleib stehen!« Er bleibt stehen, dreht sich zu mir. »Sag mir sofort, was hier los ist.«

»Ich kann deine Träume wahr werden lassen, sagte ich. Und ich stehe generell zu meinem Wort. Keine Angst, ich entführe dich nicht in deine Albträume.«

»Aidan, du machst mir echt Angst. Das hier macht mir Angst. Wer bist du?«

»Du stellst mir immer und immer wieder die gleiche Frage und ich kann dir nur immer wieder dieselbe Antwort geben. Du musst es selbst herausfinden.«

Ich sollte umkehren. So schnell und weit laufen, wie meine Füße mich tragen, aber meine Neugier ist zu groß. Irgendwie kann ich mir auch nicht vorstellen, dass Aidan mir etwas antun würde. Dieses Gefühl ist das Einzige, was bei beiden Männern gleich stark ausgeprägt ist. Mein Bauch, mein Herz, mein Kopf, alle drei sagen mir, dass Devon und Aidan mir nie etwas tun würden. Wenn sich mir dazu hier die Möglichkeit bietet, eine Vor-Ort-Traumdeutung zu absolvieren, wie auch immer das möglich ist … Warum nicht? Schon ergreift Aidan wieder meine Hand.

KAPITEL 18

Möchtest du vorgehen?«, fragt Aidan.

»Wir gehen nebeneinander, würde ich sagen.« Wir nähern uns dem schmiedeeisernen Tor. Doch als wir kurz davor sind, dreht er ab und schlägt den Weg ein, der um die schwarze Seite herumführt. Ich bin in diesem Moment unfähig, auch nur ein Wort über die Lippen zu bringen. Alles sieht exakt so aus wie in meinen Träumen. Ich kann das alles gar nicht begreifen. Selbst als wir vor dem Dornröschenhügel, auf dem ich letztens stand und mit der Frau sprach, landen. Aidan lässt sich auf einer moosbewachsenen Stelle nieder und deutet mir an, ich soll mich zu ihm setzen. Die Luft ist warm, voll bittersüßer Gerüche und alles liegt in einem schwarzgrünen Schleier. Tannen vereinigen sich mit Moos. Ich bin in einer Märchenwelt. Langsam glaube ich wahrhaftig den Verstand zu verlieren, oder ich habe ihn längst verloren. Kann Traum und Realität nicht mehr auseinanderhalten. Zuviel Denken macht einen wirr. Ich habe immer gewusst, dass mit mir etwas nicht stimmt. Vielleicht hat Linda mich schon in die Geschlossene verfrachtet und sie geben mir hoffentlich ganz viele Medikamente, dass dieser Traum endet.

»Rayna.«

Erneut ergreift Aidan meine Hand. »Fürchte dich nicht, das hier gehört alles zu dir, wie die Luft zum Atmen.«

Ich träume. Ich kann nur träumen.

»Das ist alles Realität. Selbst in deinen Träumen hast du nur gezeigt bekommen, was längst in dir ist. Du hast mit Sari gesprochen.«

»Mit wem?«

»Sari. Unsere Königin. Die Mutter allen Seins. Du gehörst genauso zu ihr wie zu mir.«

Ich mache mich ganz klein. Lasse den Kopf in meine Hände sinken und versuche, ruhig zu atmen. »Aidan, du musst mir ein paar Antworten geben, sonst bekomme ich gleich einen Nervenzusammenbruch. Ganz ehrlich.«

»Ich darf dir keine Antworten geben.«

Seine Worte kommen kaum mehr als ein Flüstern über die Lippen, da ertönt eine andere Stimme aus dem Nichts.

»Aber ich darf es.«

Die helle, freundliche Frauenstimme ist unverkennbar die von meinem letzten Traumbesuch. »Was wollt ihr von mir?« Die Hände, noch immer vor den Augen, warte ich, was die Stimme mir zu sagen hat.

»Dich deiner Bestimmung entgegenführen.«

»Ich dachte, ich könne selbst bestimmen, wo mein Weg mich hinführt.«

»Ja, das trifft zu, mein Kind.«

»Oder statt entgegenführen, verführen«, flüstert Aidan.

»Halte dich zurück, Aidan.« Ihre Stimme klingt uns in den Ohren und man hört die Bestimmtheit, während sie zu Aidan spricht.

»Ja, Sari. Entschuldige.«

Ich richte meine Augen auf Aidan und sehe, wie er reumütig den Kopf gesenkt hält. »Ich spreche mit einer Königin? Welches Volk regierst du?«, will ich wissen. Mir gefällt nicht, wie sie ihm über den Mund fährt und wie geduckt er nun dasitzt.

»Ich bin die Königin der weißen Seite, Rayna.«

»Und wer regiert die Schwarze?«, frage ich in die Luft hinein und mein Blick wandert den Dornröschenhügel hinauf.

»Es steht mir nicht zu, dir darüber Informationen zukommen zu lassen.«

»Gut, es gibt also Schwarz und Weiß. Du bist eine Königin. Und weiter?«

»Ich bin Sari, die Königin der weißen Seite. Ich bin immer bei dir. War es schon immer und werde es, so du willst, immer sein.«

Da ist mir wohl in den letzten einundzwanzig Jahren etwas entgangen. »Was habe ich mit euch zu tun?« Ich bin, für meine Verhältnisse, verdammt mutig und versuche, mir einzureden, dass ich das alles nur träume. Was soll mir da schon passieren?

»Mehr als du annimmst«, antwortet sie.

»Dann klär mich doch auf. Ich kann mich erst für oder gegen etwas entscheiden, wenn ich weiß, worum es geht.«

»Ich kann dir kaum Antworten geben, bevor du nicht auf unserer Seite angelangt bist. Du musst den Eingang finden und die richtigen Freunde wählen.«

»Ich weiß, das sagtest du schon.« Aidan drückt meine Hand. »Welche Funktion hat er?« Ich deute auf Aidan, da ich davon ausgehe, dass sie es sehen kann.

»Im Moment nur die des Beobachters. Und Sohn, du

greifst mir zu sehr ins Geschehen ein. Du weißt sehr wohl, dass sie aus freien Stücken zu uns kommen muss.«

Er sieht mir fast flehend in die Augen. »Ich weigere mich, weiter in meinen Träumen sowie im realen Leben zu euch zu kommen, wenn ich nicht bald ein paar Antworten bekomme.« Ob verrückt oder real, ich habe langsam die Nase voll von diesem Katz-und-Maus-Spiel. Wütend springe ich auf. Es brodelt in mir.

»Was denkst du, gegen uns ausrichten zu können, Kind? Die Prophezeiung wird sich erfüllen. Sie ist unumgänglich.«

Ich höre Saris Lachen durch den Wald hallen. »Es gibt Möglichkeiten. Ich kann mich freiwillig einweisen lassen. Die haben bestimmt Medikamente, mit denen sie euch aus meinem Hirn verbannen.«

»Tu, was du nicht lassen kannst«, ertönt die Stimme nicht mehr ganz so freundlich und melodisch durch den Wald. »Du vernichtest dich dadurch nur selbst. Wir sind deine Familie, Rayna.«

»Dann geht wenigstens einen Handel mit mir ein.«

»Ich verhandle nicht. Nie!«

Trotzig schaue ich den Hügel hinauf, während Aidan die ganze Zeit wie ein Schoßhündchen am Waldboden sitzt und immer noch auf den Boden starrt. »Alles ist verhandelbar. Ihr beantwortet mir eine Frage meiner Wahl und ich kooperiere und breche den Kontakt nicht ab. Eine einzige Frage.«

»Stelle sie«, ertönt die Stimme.

Ich verkneife mir ein Lächeln. Sag ich doch, alles ist verhandelbar. »Du gibst mir dein Wort als Königin, dass du wahrheitsgemäß antworten wirst?«

»Stelle deine Frage.«

»Wer sind oder waren meine Eltern?« Während ich

die Frage stelle, bin ich fast verrückt vor Aufregung. Kann sie mir die Frage überhaupt beantworten? Falls ja, wird sie mir antworten? Ich warte, aber es kommt nichts. Mein Blick streift Aidan. Auch er sieht mittlerweile gespannt den Hügel hinauf. »Ich warte, Sari. Nicht mehr lange.«

»Ihr Name ist Aine. Er nennt sich Menor.« Die Worte kommen ihr schwer über die Lippen und man kann ihre Unsicherheit in der Luft auffangen.

»Sie leben noch?«, frage ich verwirrt.

»Du fragtest, wer deine Eltern waren, und ich habe dir die Namen genannt. Damit ist unser Handel von meiner Seite aus abgeschlossen.«

»Aine und Menor? Zwei seltsame Vornamen? Mehr gibst du mir nicht?«

»Das ist schon weitaus mehr, als mir zusteht, dir zu sagen. Gib dich nun mit dem zufrieden, was du bekommen hast. Finde den Eingang und du wirst mehr erfahren. Ihr müsst nun gehen. Sie sind nah. Aidan, beeilt euch.«

Aidan schaut sich um. Sein Blick wirkt plötzlich hektisch. »Komm, Rayna, wir müssen los.«

»Wer ist nah?« Ich sehe mich um, kann aber niemanden entdecken.

»Komm schon, wir müssen los«, drängt er mich.

Ich nehme verstärkt Oleandergeruch auf, höre Äste knacken und Aidans Augen wechseln von hellem Silber, zu dunklem.

»Komm, uns bleibt keine Zeit.«

Er rennt mit mir los und mir bleibt nichts anderes übrig, als mitzulaufen. »Das ist die falsche Richtung. Zur Kirche gehts da lang.« Ich deute in die andere Richtung.

»Später, jetzt müssen wir erst mal hier weg.«

Wir hechten durch den immer dichter werdenden Wald

und Aidan rennt so schnell, dass ich kaum mitkomme. »Aidan, bitte, nicht so schnell.«

»Keine Zeit!«

Er läuft immer weiter und ich bekomme kaum noch Luft. Äste schlagen mir ins Gesicht, ich stolpere über Wurzeln, sehe kaum die Hand vor Augen und hoffe weiter, dass ich endlich aufwache. Um uns herum wird es immer schneller Dunkel und der Oleandergeruch hängt überall in der Luft. Mit letzter Kraft bekomme ich noch »vor wem flüchten wir?«, über die Lippen, und kann mich kurz vor einem Sturz noch abfangen.

»Die Dunklen«, ruft Aidan mir zu.

Wir nähern uns Wasser, ich kann es hören. Aidan rennt und rennt und rennt. Jetzt spüre ich auch, dass wir verfolgt werden.

»Es reicht nicht«, schreit er. »Es reicht einfach nicht! Schließ die Augen!«

Er bleibt so abrupt stehen, dass ich hinfalle. Meine Knöchel schmerzen, meine Lunge brennt, doch Aidan lässt mich nicht mal kurz verschnaufen.

»Schließ die Augen!«, brüllt er mich an.

»Warum …«

»Zu. Sofort!«

Als er mich hochnimmt, kneife ich die Augen zusammen.

»Halt sie geschlossen, bis ich dir sage, dass du sie wieder öffnen kannst.«

Ich nicke nur und spüre im nächsten Moment, wie er wieder – mit mir auf dem Rücken – losrennt. Es kommt mir fast wie im Flug vor. Ganz entfernt nehme ich die Präsenz von jemandem wahr und dann öffne ich doch kurz die Augen, drehe meinen Kopf Richtung Wald. Ein einziger, schwarzer Nebelball zeichnet sich ein paar Meter von uns entfernt ab und danach kommt er … der freie Fall. Ich sehe in den Abgrund und schreie. Ich schreie und schreie und schreie. Alles geschieht in Sekundenschnelle und doch kommt es mir vor, als würde es in Zeitlupe ablaufen. Ich hänge am Rücken eines Vogels. Da ist nicht mehr Aidan vor mir, da ist ein Wanderfalke. Zumindest ist es das, was ich denke zu sehen. Mir wird schwindelig. Ich schließe die Augen wieder und höre das Wasser näherkommen.

»Halt die Luft an und vertrau mir«, ruft er mir zu.

Ich klammere mich an den riesigen Vogel und gleichzeitig prallen wir mit solcher Wucht ins Wasser, dass alles an meinem Körper schmerzt. Ich weiß nicht mehr, wo oben und unten ist. Presse die Augen zusammen und meine, jeden Augenblick sterben zu müssen. Das spüre ich ganz deutlich, denn ich bekomme keine Luft mehr. Wie wild schlage ich um mich, versuche, an die Oberfläche zu gelangen, egal wo sie ist. Doch etwas oder jemand hält mich fest umklammert und rauscht mit mir durchs Wasser. Devon erscheint vor meinem inneren Auge und mein Herz beginnt zusätzlich zu schmerzen. Ich werde ihn niemals wiedersehen, dessen bin ich mir mehr als sicher. Dann vergesse ich das Wasser. Vergesse sogar, dass ich ertrinke. Ich kann nur noch an Devon denken und dass ich ihn nie wieder spüren werde. Ich verliere das Bewusstsein.

Ich weiß nicht, wie viel Zeit inzwischen vergangen ist, aber als ich aufwache, muss ich mich übergeben und erbreche einen Wasserschwall nach dem anderen. Jemand hält mein Haar hoch und all meine Muskeln scheinen aus Blei zu bestehen. Schmerz. Da ist überall Schmerz. Meine Lunge brennt, als hätte man mir glühende Kohlen hineingeschüttet und dann bemerke ich mein schweres Herz. Mein Herz, das auseinandergerissen ist. Devon … »Devon!«

»Er ist nicht hier, beruhige dich. Wir sind in Sicherheit.«

Ich blicke hoch und erkenne Aidan über mir. Wir liegen an einem Sandstrand und hinter uns höre ich das Knacken von Scheiten. Er hat Feuer gemacht. Es ist warm im Rücken, aber nicht warm genug. Ich friere. Mein Herz ist kalt. Immer wieder muss ich husten. Aidan setzt sich hinter mich, will mich umarmen, aber ich stoße ihn fort.

»Sei nicht dumm, Rayna, ich will dich wärmen, weiter nichts.«

Mir ist so furchtbar kalt, dass ich es zulasse. Ich kann immer noch nicht richtig denken. Kann nicht begreifen, was geschehen ist. »Durst«, bringe ich über die Lippen. Er reicht mir eine Wasserflasche und nachdem ich ein paar Schlucke getrunken habe, entzieht er sie mir wieder. Ich will sie zurückholen, aber er schüttelt den Kopf.

»Die solltest du dir einteilen. Nach dem ganzen Wasser, das du geschluckt hast, ist es nicht sinnvoll, so viel auf einmal zu trinken.«

Ich schließe die Augen und schlafe wieder ein. Das ist einfach alles zu viel.

Im Traum erscheint mir Devon. Er sucht mich. Rennt durch den Zauberwald und er sieht unter jeden gefallenen Baum, in jede Höhle. Er sieht aus, wie ich mich fühle. Ich möchte ihm antworten, doch ich bringe kein Wort heraus.

Möwengeschrei holt mich zurück in die vermeintliche Wirklichkeit. Mittlerweile ist die Sonne aufgegangen. Ich bin allein, niemand ist mehr neben mir. Da ich immer noch am Strand liege und mich fühle wie dreimal ausgekotzt, scheint das Ganze kein Traum gewesen zu sein. Während ich mich langsam hochziehe und jeder Muskel in meinem Körper dagegen zu rebellieren scheint, entdecke ich ihn. Ein paar Meter weiter sitzt er, auf einem kleinen Felsen und blickt hinaus aufs Meer. So schnell es meine Beine mir erlauben, gehe ich zu ihm. »Bring mich zurück, sofort!« Er wendet sich mir zu, springt auf und geht los, ohne ein Wort. Ich folge ihm so gut ich kann, ebenfalls wortlos. Am Ende des Strandes erstreckt sich ein endlos hoher Berg und als ich hinaufsehe, wird mir wieder flau in der Magengegend. Diesen Berg könnte ich nicht einmal im guten Zustand besteigen.

»Lass mich dich tragen. Du bist zu schwach, Rayna.«

Ich antworte nicht und er geht vor mir in die Hocke. Selbst als ich so aus dem Stand heraus auf seinen Rücken steige, habe ich das Gefühl, nicht mal das zu schaffen.

»Bitte Rayna, mach die Augen zu. Ich möchte nicht, dass dir wieder schlecht wird.«

Aus Angst, mich wieder auf dem Rücken eines Falken wiederzufinden, lasse ich die Augen geöffnet. Zumindest für dreißig Sekunden, denn als Aidan losläuft, bestätigen sich seine Worte. Mir wird übel. Er rennt so unmenschlich schnell diesen Berg hinauf, dass ich nicht einmal die Bäume und Sträucher vor und neben uns wahrnehmen kann. Als wir den Berg und später auch den Eingang zur schwarzen Seite hinter uns lassen, setzt er mich vorsichtig auf dem Boden ab. Sein Blick sucht den meinen, doch ich wende mich ab und sehe zurück auf den hinter uns liegenden Wald.

»Es tut mir leid«, flüstert er. »Ich hätte dich nicht herbringen sollen. Dich nicht in Gefahr bringen sollen.«

»Ich will einfach nur zurück«, erwidere ich kalt und wir

gehen weiter. Ich kann jetzt nicht mit ihm sprechen. Kann eigentlich nichts und bin schon froh, dass meine Füße mich überhaupt tragen. Nach circa zwanzig Minuten stummen Marschs gelangen wir zurück auf den Kiesweg. Kommen wieder in den weißen Garten und kehren auf dem Weg, den wir hineingenommen haben, zurück. Durch die dunklen Gänge liegt meine Hand wieder in Aidans, wenn auch mit fürchterlichem Widerwillen. Er hätte mich einweihen müssen. Hätte mir sagen müssen, dass es gefährlich werden kann. Er hätte mir alles sagen müssen und mir die Entscheidung selbst überlassen sollen, ob ich mit ihm gehe oder nicht. Als wir endlich wieder im Auto sitzen und losfahren, werfe ich noch einen letzten Blick auf St. Deirhbile's. Obwohl alles so friedlich aussieht, zieht sich mir der Magen zusammen, denn die Kirche kommt mir vor wie ein riesiges Monster.

Kapitel 19

Als wir den Parkplatz erreichen stehen dort einige Autos, die vorher nicht da waren. Alles sündhaft teuer aussehende Wagen, und ich befürchte, dass das Head House nicht so verlassen ist wie sonst.

Aidan hält an, lässt den Motor jedoch laufen. Ich öffne die Tür und steige aus. Er macht keine Anstalten, es mir gleichzutun. Bevor ich die Tür zuschlage, um ihn zu verlassen, frage ich: »Kommst du nicht mit?« Ich sehe ihn nicht an, sondern lasse ihn weiterhin auf meinen Rücken starren.

»Ich denke, es ist besser, in ein Hotel zu ziehen.«

Ich bringe nur ein Nicken zustande.

»Rayna?«

Langsam wende ich mich ihm zu.

»Wenn was ist, du hast meine Nummer. Ich bleibe in der Nähe.«

»Wenn du nicht hier bist, werde ich keine Notfallnummer brauchen.«

»Wenn du über das, was passiert ist, sprechen willst …«

Ich schlage die Tür zu und gehe los. Es geht mir nicht gut dabei, ihn so zurückzulassen, aber für den Moment scheint es mir das Richtige. Ich muss mich erst mal sortieren und muss versuchen, zu begreifen, was da heute passiert ist. Sofern man so etwas überhaupt begreifen kann. Ich kann ihm gerade nicht verzeihen, dass er mich nicht vorgewarnt hat. Auf das alles. Während ich durch den kleinen Felsgang gehe, ist alles, woran ich noch denken kann, eine heiße Dusche. Und Devon. Noch völlig durch den Wind kommt mir im Haus Mister Doyle entgegen.

»Miss Oleand. Ihnen ist nichts passiert. Wir haben uns schon Sorgen gemacht!«

Die Salontür öffnet sich und Devon kommt herausgestürmt. Mit schnellen Schritten ist er bei mir und reißt mich nahezu in seine Arme.

»Scheiße, Rayna, ich habe dich wieder! Ich konnte dich nicht mehr sehen.«

Er drückt mich so fest an seine Brust, dass ich kaum noch Luft bekomme. Doch ich wehre mich nicht. Ich bin so froh ihn zu spüren und nicht verloren zu haben, dass nichts anderes zählt. Aidan und die Geschehnisse rücken ganz von allein in den Hintergrund. Ich weiß, dass auch Devon mir nicht alles erzählt, aber anders als Aidan, hat er mich noch nie in Gefahr gebracht. Als er irgendwann von mir ablässt, stehen plötzlich eine ganze Menge Leute um uns herum, die ich vorher gar nicht wahrgenommen und auch nicht kommen gehört habe. Ihre Blicke sind finster und wirken angriffslustig. Bis auf ein Gesicht, das mich anlächelt. Kristin. Mit schnellen Schritten kommt sie auf uns zu, während alle anderen Richtung Ausgang marschieren. Rufus, Ciara, Caitlin und Malorie. Sein Clan. Malorie ist es auch, die in der Tür stehen bleibt.

»Dev, vergiss unsere Verabredung nicht. Zweiundzwanzig Uhr. Wir warten auf dich.« Damit verschwindet sie nach draußen.

Natürlich nicht, ohne mir noch einen eisigen Blick zuzuwerfen. Devon blickt ihr kurz nach und sieht dann wieder mich an. Seine Bernsteinaugen glänzen im schönsten Glanz, doch ich gehe an ihm vorbei und habe auch gerade keine Lust nachzufragen, was Malorie mit der Verabredung meint. Alles, was ich für den Moment brauche, ist eine heiße Dusche. Im Anschluss folgt die Klarheit. Die möchte ich heute von Devon haben. »Kristin«, spreche ich meine Freundin an, »es geht dir besser?«

»Gott sei Dank«, antwortet sie strahlend und ich verstehe nicht, wie sie plötzlich so rosig und gesund aussehen kann.

»Hast du keine Nachricht von mir bekommen?«

Sie holt ihr Handy hervor. »Nein, heute nicht. Die Letzte ist schon ein paar Tage alt.«

»Egal, war nichts Wichtiges«, äußere ich. »Wie kann es dir so schnell wieder so gut gehen?«

»Weil und vor allem seit du wieder da bist«, antwortet sie lächelnd. »Wo warst du überhaupt? Wir haben uns Sorgen gemacht. Und wo steckt Aidan?«

»Wir reden später. Ich bin zu erledigt.«

»Okay, dann bis später.« Sie zwinkert Devon zu und läuft den anderen hinterher.

Mein Blick folgt ihr durchs Fenster und da sehe ich sie alle zusammen, wie sie auf den Felsdurchgang zugehen.

»Rayna?«, höre ich Devon hinter mir.

Ich strecke ihm meine Hand entgegen. »Willst du denn gar nicht wissen, wo ich war?«

»Du wirst es mir erzählen, wenn du es erzählen möchtest. Jetzt siehst du aus, als bräuchtest du erst mal eine

Dusche. Wir können später noch reden, ruh dich erst mal aus.«

Allerdings will ich mich nicht ausruhen. »In zehn Minuten in deinem Zimmer«, sage ich vehement und lasse ihn stehen, um die Treppe hoch in mein Zimmer zu laufen.

Der Wasserstrahl befreit meine Gedanken etwas. Ich weiß nicht, wie ich mit diesen ganzen Dingen hier umgehen soll. Zu viele Mythen, die auf einmal zur Wirklichkeit geworden sind. Nur zwei Dinge scheinen klar zu sein: Aidan steht auf der weißen Seite, Devon auf der schwarzen. Die schwarze Seite ist den Vampiren vorbehalten. Nun will ich wissen, was es genau mit Devon und den Dunklen auf sich hat. Dazu die weiße Seite … Diese Antwort muss noch warten.

Als ich aus der Dusche steige, steht Devon schon mit einem Handtuch vor mir. »Du hast es gerne dunkel, stimmts?«, frage ich und lasse mich von ihm in das Handtuch wickeln. Als seine Finger meine Haut berühren, spüre ich wieder die Elektrizität. Diesmal lasse ich mich nicht davon ablenken.

»Stimmt«, antwortet er.

»Deine Freunde teilen diese Vorliebe?«

»Stimmt auch.«

»Ihr habt alle eine Menge Geld.« Eigentlich ist es mehr eine persönliche Feststellung als eine Frage.

Er antwortet trotzdem. »Ja, auch da liegst du richtig.«

»Will ich wissen, wie ihr alle an so viel Geld kommt?«

»Das kannst nur du dir beantworten, Rayna.« In seinen Augen funkelt es.

»Werde ich eine Antwort bekommen?«

»Was meine Person anbelangt, ja, immer.«

Er sieht mir aufrichtig ins Gesicht, doch wie so oft,

versucht er seine Augen leicht abzuwenden. »Was ist mit deinen Augen?«

»Was soll damit sein?«, fragt er mit wenig Überzeugung.

»Du kannst mich richtig ansehen, Devon. Ich habe dieses Lichtspiel, das ab und an in ihnen zu sehen ist, schon am ersten Abend bemerkt.« Endlich blickt er mich direkt an und zum ersten Mal erkenne ich die ganze Struktur seiner Augen, wenn dieses extrem starke Funkeln in ihnen zu finden ist. Diesmal sehe ich nicht bloß verzerrt etwas schimmern, sondern werde gefangen genommen von einem bernsteinfarbenen See, der mich immer weiter mit in die Tiefe reißt.

»Geburtsfehler …«, flüstert er und das Funkeln wird stärker.

Ich bin selbst so überwältigt, dass ich meinen Katalog an Fragen nur noch weiter herunterrattern möchte und doch kein Wort herausbringe. Eigentlich bedarf es nur noch einer Leuchtreklame auf seiner Stirn, auf der *Vampir* aufblinkt, damit ich mir endgültig eingestehe, was er ist. »Warum isst du nie etwas?«

»Ich dachte, du wüsstest mittlerweile, was ich bin, Rayna.«

»Weiß ich es wirklich? Wie kann es so etwas überhaupt geben?« Für einen Augenblick stehen wir uns gegenüber und schweigen. Da ist immer diese Elektrizität zwischen uns, aber gerade ist sie, so empfinde ich es, sichtbar. Als würde die Luft zwischen uns erkennbar vibrieren. Genau in dieser Sekunde bin ich mir meiner Sache absolut sicher. Ich dachte schon einmal, mir sicher zu sein, aber jetzt spüre ich es in jeder Zelle meines Körpers. Es spielt absolut keine Rolle, was oder wer er ist, ob mein Verstand es begreifen kann oder nicht. Er gehört zu mir, wie ich zu ihm, und ich kann nicht ansatzweise nachvollziehen, wie ich auf den Gedanken gekommen bin, Aidan küssen zu wollen. »Ich muss dir etwas sagen. Wegen heute.«

»Musst du nicht«, antwortet er mit dieser einzigartigen Reibeisenstimme. »Alles, was du musst, ist, mir zu gehören.«

Seine Hand schießt vor, legt sich um meinen Hals und für eine Millisekunde habe ich Angst. Zumindest so lange, bis ich durch seine Augen tief in seine Seele blicke und mir ein sinnliches Stöhnen entweicht. Devon ist nicht nur von außen wunderschön, nein, er ist es genauso von innen. Auch wenn er selbst das vielleicht nicht so sieht. »Ich will dich«, keuche ich und heiße die Feuchtigkeit zwischen meinen Schenkeln, als er mich harsch herumdreht und gegen den Marmor drückt, herzlich willkommen.

»Du gehörst nur mir«, raunt er, hält mich an der Wand und öffnet mit der freien Hand seine Hose.

»Nur dir«, antworte ich mit bebender Stimme. Meine Beine spreize ich ohne Aufforderung, und als das Handtuch fällt, ich mit dem Rücken nackt vor ihm stehe, kann ich es kaum noch erwarten, dass er mich endlich berührt. Ich spüre wie seine Finger, die gerade noch um meinen Hals lagen, meine Wirbelsäule hinabgleiten und an der kleinen Kuhle über meinem Hintern verharren. Mein gesamter Körper zittert vor Aufregung, vor Lust, und ich presse meine Brüste fester gegen den Marmor, damit meine Nippel Reibung abbekommen.

»Ich will, dass du genauso bleibst, wie du bist. Du musst nicht werden wie ich, damit ich dich will.« Mit den Fingern wandert er weiter, so quälend langsam, dass ich wimmere. »Du bist alles, von dem ich niemals gewagt habe zu träumen, Rayna.«

Er erreicht meine Pussy und ich seufze laut auf, weil seine Fingerkuppe meine Klit berührt.

»Ich habe Angst, dass ich dich verletze, dass ich …«, er stockt und sein Finger beginnt sich auf meiner Klit zu bewegen.

»Gott, Devon«, keuche ich und spüre nur noch Lust in mir. Lust und Liebe. Ja, es ist Liebe. Etwas anderes kann es nicht sein.

»Dass ich nicht weiß, wie man sanft sein kann«, wispert er und die Bewegungen seiner Hand, seines Fingers strafen ihn Lügen.

»Mach weiter«, fordere ich und spüre weder Scham noch Reue noch irgendetwas. Ich spüre nur ihn und ich will noch mehr. Er lacht heiser und ich höre seine Hose fallen.

»Dein Körper ist so zart.«

Er drückt mir seinen erigierten Schwanz gegen den Hintern, was unweigerlich zur Folge hat, dass seine Finger aufhören mich zu massieren. »Du bist so verdammt perfekt, Rayna.«

»Ich will dich schmecken.« Ich keuche vor Lust. Allein der Gedanke an seinen großen, harten Schwanz, macht mich ganz verrückt. Ich will ihn in mir, will seine Hände auf mir, aber ich will auch wissen, wie es sich anfühlt, wenn er in meinem Mund kommt. »Lass mich dich schmecken, Devon, bis zum Schluss.« Er atmet stockend ein und im nächsten Moment liegt seine Hand wieder in meinem Nacken. Hart dreht er mich herum. Seine Augen sind ein einziges bernsteinfarbenes Feuer und ich weiß, ich habe niemals etwas Schöneres gesehen. Mit der Hand fasse ich an seinen stahlharten Bauch, sehe, höre, wie diese Berührung ihn knurren lässt und wandere weiter nach unten, bis ich ihn endlich in der Hand halte. Allein das zu tun, entlockt mir ein Stöhnen. »Ich will dich.« So schnell, dass ich es kaum realisiere, steht er an der Wand und ich vor ihm. Meine Augen gleiten zu seiner Härte, und als er mich an sich zieht, seine Zunge durch meine Lippen schiebt, fühlt es sich an wie der Himmel auf Erden. Seine Hände sind gefühlt überall auf mir. Seine Zunge raubt mir den Verstand und doch ist da dieser eine Wunsch, der mich in die Knie gehen lässt. Der ihn gegen die Wand in seinem Rücken sinken lässt. Wieder umgreife ich ihn, sehe dabei in seine funkelnden Augen, und als mein Mund sich seinem Schwanz nähert, er die Lippen leicht öffnet, erkenne ich wieder die leichten Spitzen seiner Eckzähne. Doch statt, dass sie mich verschrecken, spüre ich nur noch mehr Lust in mir hochkochen. »Ich will dich so sehr«, sage ich und lege meine Lippen um seinen Schwanz. Ein Knurren, das nicht von dieser Welt stammt, kommt aus seiner Brust. Seine Hand gräbt er in mein Haar. Er umfasst es, zieht streng daran, doch es ist kein Schmerz, den ich fühle. Nur noch mehr Lust. Er schmeckt wie die Nacht. Dunkel, sinnlich und nach so unendlich viel mehr. Niemals vor ihm habe ich einen Mann geschmeckt, aber meine Zunge, meine Lippen wissen scheinbar ganz genau, was sie wollen. Was er will und braucht. Sein Stöhnen, Knurren dringt so laut durch das Bad, dass man es sicher im gesamten Head House hört. Doch es stört mich nicht, im Gegenteil. Ich fühle mich sinnlich, schön und geliebt und kann mir nicht vorstellen, jemals wieder ohne ihn zu sein.

»Rayna«, raunt er über mir. »Wenn du nicht aufhörst …«

Ich werde nicht aufhören und umgreife seine dicht an den Körper gezogenen Eier. Ich höre die Geräusche, die mein Mund verursacht. Höre sein immer lauter werdendes Stöhnen und kann mich kaum noch auf den Füßen halten, weil meine Beine selbst hockend zittern. Weil ich ihn so sehr will. Der Griff in mein Haar wird immer fester, und auch wenn er es nicht muss, dirigiert er genau meinen Kopf.

»Fuck, Rayna«, kommt grollend aus seiner Brust und sein warmer Saft ergießt sich in meinen Mund.

Ich nehme jeden Tropfen von ihm auf, sauge an ihm, als bräuchte ich es zum Überleben, und kann mich kaum von ihm lösen, weil ich weiter diese Töne über seine Lippen kommen hören will. Doch er entzieht sich mir, beugt sich herab und schlingt seine starken Arme um meinen Körper.

»Ich liebe dich, Reniar, und ich werde dich nie wieder gehen lassen. Und ich werde nicht zulassen, dass dich mir irgendwer wegnimmt.«

Da ist keine Zärtlichkeit in seiner Stimme. Kein Widerspruch möglich. Es ist einfach eine Feststellung und sie lässt mich freudig erzittern. »Ich will dich in mir. Jetzt«, ist meine Antwort und seine Augen kochen funkelnd über.

»Nicht bloß einmal«, raunt er mit dunkler Stimme, hebt mich auf seine Arme und trägt mich hinüber in sein Bett.

Kapitel 20

Kerzen erleuchten das Zimmer, als er mich aufs Bett legt und sein Gesicht, das direkt zwischen meinen Beinen landet, lässt mich schreien. »Gott, ja«, wimmere ich. Seine Zunge umspielt meine Klitoris, einer seiner Finger dringt in meine Feuchte ein und ich drücke ihm mein Becken entgegen. »In mir … ich will dich in mir spüren.« Wieder knurrt er, beißt leicht in meine Klit und stellt sich auf. Sein harter Schwanz thront vor mir auf und ich kann es kaum noch erwarten. Wie automatisch umgreife ich meine Brüste, reibe über meine Nippel und sehe dabei zu, wie er sich selbst in die Hand nimmt. Wie er sich massiert, mich dabei fixiert und das Schwimmen seiner Augenfarbe immer wilder wird. »Bitte«, jammere ich. »Quäl mich nicht, Devon.«

»Ich will dich quälen«, antwortet er und sein verwegenes, dunkles Lächeln schießt direkt in meinen pochenden Punkt. »Ich will dich mit Lust quälen, Rayna. Bis du meinen Namen schreist und nie wieder einen anderen über die Lippen bringst.«

»Dann tu es«, bettle ich beinahe schon, aber es ist mir vollkommen egal. Ich muss ihn in mir haben. Muss diese Nähe spüren und will vollkommen in ihm versinken. Noch einige Male fährt er mit der Hand um den Schwanz auf und ab. Stöhnt laut und beugt sich danach vor. Meine Atmung ist so beschleunigt, dass ich Angst habe, ohnmächtig zu werden. Sobald er sich vor meiner Mitte platziert, mir dabei in die Augen sieht und endlich mit allem was er hat, in mich eindringt, lasse ich den Kopf zurückfallen.

»Fuck!«, stöhnt er roh, und ich sehe dabei zu, wie er immer tiefer in mich eindringt.

»Schneller«, seufze ich und grabe meine Hände in das Laken unter mir. Er füllt mich aus, ergreift meine Hüften und unsere Bewegungen passen sich einander an. Da ist nichts mehr, was zwischen uns passt, und als wir uns ansehen, beide unsere Lust hinausschreien, ist es wieder die Luft, die sichtbar um uns herum zirkuliert.

»Komm für mich, Rayna. Immer wieder für mich.«

Seine Augen werden dunkler, seine Bewegungen härter, schneller und als ich mich um ihn zusammenziehe, kommen wir beide. Blitzschnell schießt er vor, stößt weiter in mich und landet mit seinem Mund an meinem Hals. »Devon«, stöhne ich laut, weil er diesen einen Punkt in mir berührt. Als seine Zähne sich leicht in meine Haut graben, ist es, als würde die Welt explodieren. Er beißt mich nicht so, dass seine Zähne durch mein Fleisch dringen, aber es ist genug, um meine Nägel in seinen Rücken zu graben und mir auch noch seinen letzten Tropfen zu holen. Er ist mein Gegenstück. Ganz egal, was er sonst noch ist.

»Wann wirst du mich verwandeln?«, frage ich und wende mich ihm zu, während er seine Arme um mich gelegt hat.

»Was?«

Sein Blick wirkt finster und fragend zugleich. Ich muss mich selbst über diese Frage wundern, aber sie kam einfach aus meinem Bauch heraus. »Wann wirst du mich beißen, verwandeln oder was auch immer?«

»Nichts von all dem wird geschehen.«

»Also bin ich nur ein Zeitvertreib für dich? Spiel nicht mit mir, Devon.« Eigentlich weiß ich nicht mal, ob ich so sein will wie er. Ich weiß nur, dass ich eine deutlich kürzere Lebensspanne besitze. Zumindest wenn man davon ausgeht, dass er unsterblich ist.

»Wie kannst du denken, dass ich nur mit dir spiele? Zum ersten Mal seit meiner Existenz fühle ich mich lebendig, durch dich! Aber dass du wie ich wirst? Nein.«

»Meinst du nicht, dass ich da auch noch ein Wörtchen mitzureden habe? Lass mich an deiner Welt teilhaben, Devon. Lass sie mich verstehen. Dich verstehen. Und ich meine damit gar nicht mal, dass ich wie du sein will. Es geht mir um deine Geschichte und das, was du bist. Wie du bist. Erzähl mir davon. Ich wünsche es mir so sehr«, flüstere ich hinterher. Sein rechtes Bein wippt unter der Decke und seine Finger trommeln auf meinen Rücken.

»So einfach ist das nicht.«

»Versuch es.«

»Das ist nicht allein meine Entscheidung. Wenn ich dir zu viel erzähle, die anderen vielleicht recht behalten und ich mich täusche, könnte das Ganze ein ziemlich unschönes Ende nehmen.«

Ich verstehe nicht ganz was er meint, aber ich verstehe sowieso nicht mehr viel. Alles auf dieser Welt ist anders, als ich seit jeher gedacht habe. »Verworrener könnte mein

Leben nicht mehr werden. Was habe ich zu verlieren? Wenn ich dich nicht habe, was will ich dann mit dem Rest?«, frage ich.

»Du hast ein Leben und du hast mich, Rayna. Auf immer und ewig. Alles andere fügt sich nach und nach.«

»Sieh mich an.« Ich lege meine Hände um sein Gesicht und sauge seinen Anblick in mich auf. Er ist immer noch so unergründlich. So nah und doch auch fern. »Ich habe dich vielleicht jetzt und hier, aber was ist morgen? Nächstes Jahr? In hundert Jahren? Ich werde älter werden. Viel älter. Mir könnte morgen etwas zustoßen. Und du willst mir nicht mal ein bisschen Einblick in deine Welt geben?«

»Ich will es doch.«

Seine Lippen legen sich auf meine und er zieht mich näher an sich.

»Ich will es wirklich, nur jetzt kann ich es noch nicht.«

Meine Nippel reiben an seiner Brust und ich spüre seine Erektion. Wie kann sich etwas so gut, so richtig anfühlen, wenn er mir scheinbar doch nicht zu hundert Prozent vertraut? »Ich brauche Vertrauen, Devon«, keuche ich, weil seine Hände meinen Hintern umgreifen.

»Ich weiß. Ich weiß es.«

Er knurrt leise, beißt sanft in meine Unterlippe und das Vibrieren seines Handys auf dem Nachttisch, reißt uns aus diesem Moment. Kurz scheint er zu überlegen, ob er rangehen soll, doch dann steht er auf und nimmt das Gespräch entgegen.

»Was ist?«, faucht er in den Hörer.

Sein Blick weicht meinem aus, als ich ihn fragend ansehe.

»Jetzt sofort? Fuck!«, flucht er. »Ja, ich weiß.«

Er legt das Handy zurück auf den Nachttisch, geht zum

Schrank und holt sich eine Hose heraus. »Es tut mir leid«, sagt er und zieht ein Shirt über. »Ich muss noch mal weg.«

Er steht vor dem Bett und sieht mich an, als müsse ich verstehen, was jetzt wieder ist. »So wie in der Nacht, als du mit dem Helikopter verschwunden bist?« Eigentlich warte ich darauf, dass er mir mitteilt, wo er jetzt so plötzlich und unbedingt hinmuss. Vielleicht auch, dass er mir sagt, wo er in dieser Nacht war. Er macht es nicht.

»Es wird nicht lange dauern.«

»Ich dachte, wir hätten gerade erst über Vertrauen gesprochen?«, flüstere ich und wende den Blick ab.

»Ich kann nicht anders, Rayna. Du kannst das nicht verstehen.«

»Verstehen schon«, kommt bebend über meine Lippen.

»Nein, Rayna, leider verstehst du es nicht. Kannst es gar nicht. Wie solltest du auch.«

Noch bevor ich etwas erwidern kann, als ich mich ihm wieder zuwende, ist er schon aus dem Zimmer verschwunden. Langsam stehe ich auf, gehe ins Bad, dusche und steige in mein Schlafshirt. Mein Kopf weiß einfach nicht mehr, was er noch denken soll. Erst dieser geheime Garten unter der Kirche mit Aidan. Der Wald aus meinen Träumen. Sari, die Königin der weißen Seite, was auch immer das bedeutet. Dann die Flucht aus dem Wald, Aidan, der sich in einen überdimensional großen Falken verwandelt und nun das. Ein Mann, ein Vampir, für den mein Herz schlägt. Dem ich mich, meinen Körper anvertraue, der mir jedoch überhaupt nicht zu vertrauen scheint. Der mir noch nicht mal sagen kann, wohin er jetzt am späten Abend noch muss. Ich springe wieder auf und laufe auf den Gang hinaus, die Treppe hoch und in Kristins Zimmer. Als ich es wieder verlasse, weil Kristin noch immer nicht zurück ist, fällt mein Blick auf Aidans Tür. Sie steht offen und ich gehe leise darauf zu, schalte das Licht ein und … alles ist weg. All die Bücher, Unterlagen alles. Nichts mehr ist da, als wäre auch Aidan nie da gewesen. War er hier und hat alles geholt? Allein? Ich vermute, dass Kristin ihm, als sie herkamen, beim Tragen geholfen hat. Missmutig gehe ich zurück in mein Zimmer, schnappe mir mein Handy und wähle Kristins Nummer. Zumindest ertönt ein Freizeichen. Es dauert einen Moment und eine Frauenstimme geht ran. Jedoch nicht Kristins. »Wer ist da?«, frage ich.

»Wen willst du sprechen?«

»Die Inhaberin dieser Nummer, Miss Paxton.«

»Wer will sie sprechen?«

Hat Kristin jetzt eine Sekretärin, oder was? »Hier ist Rayna Oleand und ich würde gerne mit meiner Freundin Kristin Paxton sprechen.« Ein Lachen erklingt.

»Ah, sein Schätzchen. Tut mir furchtbar leid, aber deine Freundin ist gerade verhindert. Aber sag mir, Liebes, ist er schon unterwegs? Ich warte bereits viel zu lange auf ihn. Eigentlich kommt er immer, wenn ich ihn haben will.«

»Wer ist da?«, frage ich noch einmal und spüre dabei mein verdammtes Herz wie verrückt pumpen.

»Malorie, Liebes, falls du dich erinnerst. Sag ihm, er soll sich beeilen. Sonst hole ich mir vielleicht woanders, was eigentlich nur er mir so fabelhaft geben kann.«

Wie benommen drücke ich das Gespräch weg. Was habe ich hier überhaupt noch verloren? Während ich meine Habseligkeiten in die Tasche schleudere, fließen mir die Tränen übers Gesicht. Er fliegt so spät noch zu Malorie, bloß weil sie anruft, und mir kann er es nicht mal sagen? Ich würde es nicht verstehen? Damit liegt er mehr als richtig. Ich verstehe es nicht und will es auch nicht mehr. Das, was ich in ihm gesehen habe, ist wohl nicht richtig. Was auch immer ich meine gespürt zu haben, ist bloß einseitig.

Erneut greife ich nach dem Handy. Zwar verschwimmt das Display vor meinen Augen, aber Jacks Nummer kann ich raussuchen.

»Jack? Ich bin es. Ich komme nach Hause.« Innerhalb einer Minute erkläre ich ihm kurz, dass mein Urlaub vorbei ist und ich Montag wieder auf der Arbeit erscheinen werde. Gerade als ich das letzte Kleidungsstück in die Tasche werfe, klopft es an der Tür.

»Miss Oleand, alles in Ordnung bei Ihnen?«

Unter Tränen öffne ich und vor mir steht der alte Doyle. Als hätte er meinen stillen Schrei nach Hause zu kommen, tatsächlich vernommen, kommt er genau zum richtigen Zeitpunkt. »Mister Doyle, ich weiß, es ist viel verlangt, aber besteht irgendwie die Möglichkeit, mich zur Fähre zu bringen? Ich weiß, es ist eine lange Strecke, aber Sie sollen es auch nicht umsonst tun.«

»Wie Sie wünschen, Miss. Wir müssen allerdings bis zum Parkplatz laufen.«

»Wenn es für Sie nicht zu beschwerlich ist.«

»Machen Sie sich um mich keine Sorgen, Miss.«

Ich lasse Kristin von Doyle eine Nachricht hinterlegen, dass sie mir nicht böse sein soll, aber ich hier wegmüsse. Sie komme ja bestimmt mit einem ihrer neuen Freunde nach Hause und wir würden uns in London sehen. Ich kann einfach nicht länger hierbleiben. Ich will Devon, nachdem er von ihr kommt, nicht begegnen, weil ich mich betrogen und verraten fühle. Das alles ist mir zu viel.

Als Doyle und ich in seinen Wagen steigen, steht der Mond groß, rund und hell am Himmel. Innerlich seufze ich, schnäuze meine Nase und versuche, nicht auf mein reißendes Herz zu achten.

KAPITEL 21

Ihr Blut war süß wie Sirup. Das Blut der Dunkelhaarigen würde süßer schmecken. Für den Anfang war es aber schon eine Köstlichkeit. Der böse Beigeschmack seines kommenden Zorns wurde zunichtegemacht von ihrer Genugtuung. Die Kleine lebte noch und wand sich unter ihren starken Händen.

Er würde pünktlich sein. Er war immer pünktlich. Wenn sie ihn rief, kam er, egal von wo und von wem. Das war ein ungeschriebenes Gesetz.

Das Mädchen wand sich, keuchte leise. »Bitte … bitte nicht.«

Erneut schlug sie ihre Fänge in sie. Diesmal in ihren Oberschenkel. Das Lebenselixier floss ihr warm die Kehle herab und sie fühlte sich wie eine Königin. Sie war die Königin. Niemand konnte neben ihr bestehen. Außer ihm. Das wusste er. Sie konnten ihrer Bestimmung nicht entfliehen.

»Bitte …«, wimmerte das Mädchen erneut.

»Ja, mein Herz, bitte nur darum. Dir wird kein Wunsch verwehrt bleiben.«

Er kam näher. Sie musste sich beeilen. Ein letztes Mal biss sie zu, diesmal in die Halsschlagader. Der Geschmack erregte sie.

Während sie trank, glitten ihre Hände über die fast komplett entblößten Brüste ihres Opfers. Sie schmeckte so süß. Nach mehr. Als der Herzschlag fast vor dem Ende stand, musste sie sich zwingen, aufzuhören. Der Kopf des Mädchens fiel in ihren Schoß und sie biss sich selbst ins Handgelenk. Sogar das erregte sie. Nachdem sie ein bis zweimal an sich gesaugt hatte und das Blut floss, hielt sie ihr Handgelenk über den Mund der sterbenden jungen Frau. »Trink, meine Schöne. Trink.« Das Mädchen fing ihren Arm ein, saugte sich fest. »So ist gut, meine Süße.«

Er war angekommen. Sie hörte ihn schon die Treppen hinauflaufen. Sie würde ihm das Mädchen schenken, oder sich beiden schenken. Das Mädchen wollte sich nicht von ihr lösen, also schlug sie sie zurück und in dem Moment, als er ihr Zimmer betrat, warf sie eines ihrer Kleider über die Kleine.

Er knurrte aus seinem tiefsten Inneren und sie liebte ihn, wenn er so in Rage war.

»Was soll die Scheiße?«, brüllte er ihr entgegen.

Noch high vom Trinken schwebte sie geradezu in seine Richtung. »Ich habe ein Geschenk für dich, Geliebter.«

»Nenn mich nicht so! Also, was ist so wichtig?«

»Wann hast du das letzte Mal etwas zu dir genommen? Du siehst nicht gut aus«, säuselte sie.

»Lass das meine Sorge sein. Was war so wichtig?«

»Ich sorge mich nur um dich und habe ein Geschenk.« Sie ging in die Ecke ihres Zimmers, zog den Paravent zur Seite und ihm wurde schwindlig. Schwindlig vor Hunger.

Schon seit gut einer Woche hatte er sich nicht mehr ordentlich genährt. Es zehrte an ihm, sie wusste das.

»Devon, komm lass uns trinken. Du tust ihr keinen Gefallen, wenn du sie während eurer Schäferstündchen aussaugst.«

»Sprich nicht von ihr!« Schweiß trat ihm auf die Stirn. Er hatte solchen Hunger. Seine Kehle fing an zu brennen. Seine Fänge schmerzten. Sein Körper war ein einziger blutleerer Kadaver, der gefüllt werden wollte. Er versuchte, sich zu entziehen, aber der Hunger war zu groß. Unrecht hatte sie nicht. Was, wenn er sich nicht mehr zurückhalten konnte, während er mit Rayna zusammen war? Schon die letzten beiden Male musste er sich abrupt zurückziehen.

Sie würde es nicht überleben. Wenn, nur auf die Art, die er ihr niemals wünschen würde. Es durfte nicht sein.

Er ging ein paar Schritte auf ihr Geschenk zu. Zwei Frauen lagen bewusstlos in der Ecke. Er fand es nicht mal abscheulich. Eher anregend. So war seine Natur nun mal. Doch etwas hatte sich in ihm verändert, seit er ihr begegnet war. Früher stand es an der Tagesordnung zu töten, zu trinken und zu überleben. Jetzt stand sie über allem. Über fast allem. Den Gesetzen des Herrschers konnte auch er sich nicht entziehen. Wenn jemand aus seinem Clan rief, hatte er zu erscheinen.

Malorie war aus seinem Clan. Sie war sogar seine Nächste. Die Oberen hatten viel mit ihnen vor, denn die Prophezeiung war unabdingbar laut dem Herrscher. Doch Devon ließ sich nicht drängen. In nichts. Er würde mitspielen. Was blieb ihm auch sonst übrig. Doch das Wann, das entschied er.

Er machte einen weiteren Schritt auf die beiden Frauen zu. Malorie tänzelte lachend um die armen Kreaturen herum. Sie würden es nicht lebend aus diesem Zimmer schaffen. Er warf seine Motorradjacke auf den Boden und mit einem Satz lag er auf der Blonden. Seine Fänge vergruben sich in ihrem Hals.

»Ich habe damit gerechnet, dass du die Dunkelhaarige bevorzugst. Aber gut, mir soll es gleich sein«, rief sie lachend.

Er hörte sie nur weit entfernt wie durch einen Schleier. Es war ihm auch egal, was sie faselte. Er verabscheute sie. Nur konnte er das kaum jemandem mitteilen. Das Einzige, was er für Malorie empfand, war Mitleid. Nicht mehr und nicht weniger. Es war einmal mehr gewesen. Zu Anfang ihres neuen Lebens. Sie waren fast gleich alt. Sie war schon da, als er dazu kam. Schon so mächtig. Von Anfang an hatte sie ihn behandelt wie ihr Eigentum. Nur, dass er noch starrköpfiger war als sie. Dazu war er stärker. Sein nicht liebendes Herz hatte einen klaren Vorteil ihrem gegenüber. Sie liebte ihn. Oder auch nur seine Macht. Oder die Aussicht auf ihrer beider Macht, nach Erfüllung der Prophezeiung.

Malorie setzte sich neben ihn und streichelte sein Haar, während er sich weiter an der Blonden nährte. Als ihr Herz stillstand, ließ er von ihr ab und fiel rückwärts auf die Kissen. Jetzt war er wieder ganz er. Fühlte sich, sein dunkles Leben. Er würde niemals etwas an dem ändern können, was er war. Was er brauchte. Rayna hatte ihm das Licht zurückgebracht. Sie war sein warmer Strahl in der kühlen Umarmung der dunklen Nacht. Trotzdem würde er immer das bleiben, was er war. Eine Laune der Natur. Ein Monster. Wie konnte er ihr das mit ruhigem Gewissen weiter zumuten? Doch unterm Strich … hatte er kein Gewissen.

»Du siehst schon viel besser aus, Geliebter.«

Ihre Stimme riss ihn zurück in seine Wirklichkeit. »Verdammt! Nenn mich nicht so. Warum trinkst du nicht?«

»Ich bin schon gesättigt.«

Wie er sie verabscheute. Lange Zeit war diese Abscheu die einzige Gefühlsregung gewesen, die er überhaupt hatte fühlen können. Es war ihm fast schon zur Lebensaufgabe geworden, Malorie zu hassen. Obwohl er andererseits zugeben musste, dass irgendetwas an ihr war, das ihn faszinierte. Er war nur nie dahinter gestiegen, worin diese Faszination lag. Doch nun standen die Dinge anders. Am liebsten würde er gleich aufspringen und zurück zu Rayna fahren. Er hatte sie sehr verletzt, als er sie eben zurückgelassen hatte. Doch dagegen konnte er nichts tun. In diesem Zustand konnte er allerdings unmöglich zu Hause aufkreuzen. Sie würde schreiend vor ihm wegrennen. Egal was sie glaubte, zu wissen, zu verkraften. Die Realität sah doch meist anders aus.

In der Mitte des Raumes bewegte sich etwas unter einem der Kleider. »Du hast noch mehr hier?«

Sie kicherte. »Keine Beute.«

Das Kleid wurde weggeschleudert und da starb jemand tausend Tode. Er kannte diesen Kampf. Er hatte ihn schon so oft gesehen. Selbst hatte er ihn nie erfahren müssen, aber das reine Zusehen reichte aus, um diesen Kampf niemandem zu wünschen. Deshalb hatte er auch nie jemanden verwandelt. Wozu auch? Als er die Person näher betrachtete und sie erkannte, ging es mit ihm durch. Er packte Malories Kehle und drückte sie gegen die Wand, doch sie lachte nur.

»Was willst du tun, mich umbringen, du Dummkopf?«

Er ließ nicht von ihr ab, auch wenn er wusste, dass er ihr nichts anhaben konnte.

Kristin lag dort auf dem Boden, über und über mit

ihrem eigenen Blut beschmiert. Sie starb gerade ihr Menschenleben, und erwachen würde sie in einem Leben ohne Sonne. Ohne Liebe, ohne Zukunft. Beherrscht von der Blutgier. Ein totes, zersplittertes Herz am rechten Fleck.

Er litt mit ihr und war doch unfähig, irgendetwas zu tun. Er könnte das Ganze beenden, aber er war nicht in der Lage einzuschreiten. Er starrte Kristin an, Malorie immer noch an die Wand gedrückt. Er konnte ihr nur wünschen, dass die Wandlung nicht zu lange dauern würde. Er hatte schon Wandlungen von vier bis fünf Tagen erlebt.

»Was sagt der Herrscher zu dieser Wandlung?« Er ließ von Malorie ab.

Sie lachte weiter, wie eine Verrückte. »Er ist sehr damit einverstanden. Er hat sie uns zugesagt.«

»Uns?«

»Sie wird unsere Dienerin sein, nachdem sich die Prophezeiung erfüllt hat.«

»So weit sind wir noch nicht«, knurrte er und atmete heftig. Wie sollte er das Rayna erklären?

Kristin keuchte, weinte und krümmte sich. Er konnte die Schmerzen nur erahnen. Die Zeit des Schweigens schien abzulaufen. Er durfte Rayna nicht in Gefahr bringen, aber das war wohl schon längst geschehen, in dem Augenblick, in dem er in ihr Leben getreten war.

Malorie ging zu Kristin und streichelte ihren sterbenden Körper.

»Lass sie in Ruhe, das ist widerlich. Stimmt irgendwas in deinem Hirn?«, fauchte er sie an.

»Mein Geliebter, ich frage mich, ob bei dir alles stimmt. Du bist ein Vampir. Die Bedeutung sollte dir geläufig sein. Seit du mit diesem Menschending zusammen bist, bist du total verweichlicht. Du kannst froh sein, dass der Herrscher es duldet.«

»Was sollte er auch sonst tun?«

»Er könnte sie töten. Ich könnte sie töten.«

Wieder ging er ihr an die Kehle und diesmal drückte er so fest zu, dass sie wirklich in Bedrängnis kam. »Wenn du ihr auch nur ein Haar krümmst, scheiß ich auf die Prophezeiung! Auf euch alle, und du stirbst!«

»Dann stirbst auch du.«

»Als ob mich das interessieren würde. Du legst keinen Finger an Rayna. Und jetzt verlange ich, dass Kristin mit mir zurückkommt.«

»Nein, das wird sie nicht. Ich habe sie gewandelt, sie ist mein!«

»Falsch. Sie soll doch unser sein. Also kommt sie mit mir, und Doyle kümmert sich angemessen um sie. Damit ist das Thema beendet.«

Wieder lachte sie. »Dann erkläre das Mal schön deiner kleinen Menschenfreundin. Obwohl, vielleicht hat sich dieses Problem ja schon erledigt.«

Er sah sie fragend an. »W.a.s – h.a.s.t – d.u – g.e.t.a.n?«

»Ich musste doch an das Handy der Kleinen hier rangehen, als es klingelte. Hätte ja die besorgte Mutter sein können. Aber was für ein Zufall, es war deine kleine Freundin.« Sie lachte wieder. »Ich habe sie nur gefragt, ob du schon unterwegs zu mir bist.«

Er schlug ihr mit solcher Wucht ins Gesicht, dass sie gegen die Wand taumelte. Dennoch lachte sie noch immer.

Kristin, wie sollte er sie ins Head House bekommen? Mit dem Motorrad war es unmöglich. Den Helikopter hatte er vorhin gegen das Motorrad getauscht, weil er hier nirgends hätte landen können. Ob sie in ihrem Zustand schon eine Transportation überleben würde? Er musste es versuchen. Tot war sie so oder so. Er musste zurück. Musste ein paar klärende Dinge mit Rayna besprechen. Er legte sich Kristin über die Schulter und Malorie sah verwirrt zu ihm auf.

»Du wirst sie vernichten, das ist zu früh.«

»Ich lass es drauf ankommen.« Leise flüsterte er in Kristins Ohr. »Denk ans Head House und drück dich so fest du kannst an mich. Ich bringe dich hier raus.« Als hätte sie ihn wirklich verstanden, drückte sie sich enger an ihn und Malories Blick ging ins Leere, als sie wieder zu dem Platz sah, an dem er gerade noch mit dem Menschending gestanden hatte. Bloß dünner Nebel war noch zu sehen. Sie waren fort.

Im Foyer des Head Houses nahmen sie wieder Gestalt an. Beide.

Eigentlich ein kleines Wunder. Die Transportation klappte im Regelfall erst nach der endgültigen Wandlung. Doyle kam hektisch auf sie zugelaufen.

»Doyle, kümmern Sie sich um sie. Malorie hat sie gewandelt. Ich möchte, dass Sie ihr in allen Belangen zur Seite stehen und bitte lindern Sie ihre Schmerzen.«

»Sir, das kann ich nicht, das wissen Sie. Ich werde auf sie achten, bis es vorbei ist, aber ich kann rein gar nichts tun. Den Vollzug muss sie allein schaffen.«

»Ist Miss Oleand auf ihrem Zimmer?« Er strich Kristin über den Kopf.

»Sir, ich habe versucht, Sie zu erreichen. Ich bin selbst eben erst zurückgekommen. Miss Oleand hat die nächste Fähre nach Holyhead genommen. Sie war ziemlich aufgebracht.«

»Und Sie haben sie gefahren?« Ungläubig starrte Devon ihn an. »Wie konnten Sie, Doyle?« Die Wut kochte wieder in ihm auf. Das Blut des Mädchens, das in seinen Venen floss, machte ihn nicht gerade sanftmütig.

»Sir, bei allem Respekt, vergessen Sie nicht, dass ich in

den Diensten des Herrschers stehe. Er gab die Genehmigung, die Miss zurückzuschicken.«

»Das war klar. Ich reise noch heute ab. Sie kümmern sich um alles, was Miss Paxton betrifft. Ist das klar?«

»Natürlich, Sir.«

Kapitel 22

Während der Zug, den ich von Holyhead aus genommen habe, in die Victoria Station einfährt, werde ich langsam wach. Die gesamte Fahrt habe ich überwiegend schlafend verbracht, damit ich den Schmerz nicht spüren muss.

Ich schnappe mir meine Reisetasche, steige aus und gehe in das menschenüberfüllte Gebäude und von dort aus hinaus auf die Straße. Es ist dreizehn Uhr und jetzt, um diese Zeit, ein Black Cap von der Straße aus zu bekommen, würde an ein Wunder grenzen. Als ich mein Handy aus der Manteltasche ziehe, stelle ich auch noch fest, dass mein Akku mittlerweile den Geist aufgegeben hat. Hervorragend. Also bleibt mir nichts anderes übrig, als hinüber in Jacks Kanzlei zu gehen, um von dort aus zu telefonieren. Ich hoffe, ich begegne ihm dort nicht, da ich sicherlich vor ihm zusammenbreche, wenn er nach Devon fragt. Wahrscheinlicher ist aber, dass er an einem Samstag nicht da ist. Im Inneren des Gebäudes ist alles still, dunkel und verlassen. Oben angekommen hat das wahre Leben mich ein

Stückchen wieder. Alles fühlt sich erdig und vertraut an. Ich lasse mich in Jacks Sessel fallen, schalte die kleine Schreibtischlampe an und überblicke alles. Mein Augenmerk fällt auf unseren Aktenschrank.

Die Träume während der Heimreise waren nicht sehr erholsam, aber immer noch besser, als im wachen Zustand den Schmerz hinzunehmen, dass ich Devon so unwichtig bin, dass er mich bei jedem Anruf sofort sitzen lässt. Egal, ob ich ihm zwei Minuten vorher noch mitgeteilt habe, dass ich am meisten sein Vertrauen brauche.

Dann nagt da noch die Eifersucht. Was hat er wirklich mit Malorie zu schaffen?

In meinen Träumen, während der Zugfahrt, ist mir wie mittlerweile schon regelmäßig auch Aidan erschienen. Er versuchte, mich vor Devon und der schwarzen Seite zu warnen. Auf der anderen Seite wieder Devon, der mir seine Liebe versichert. Vielleicht hätte ich mich doch besser an Aidan gehalten. Vielleicht würde er mich nicht so behandeln. Vielleicht bin ich aber auch einfach nur verrückt.

Zum Teufel mit allen. Ich bin wieder in London, kann meiner Arbeit nachkommen und mein normales, unspektakuläres Leben weiterführen. Es ist nur zu hoffen, dass die Träume jetzt nicht ewig von Schwarz oder Weiß, Devon oder Aidan handeln werden.

Eine letzte Tat diesbezüglich werde ich allerdings noch begehen. Ich gehe auf unsere Aktencontainer zu und suche unter **C**. Doch so sehr ich auch suche, ich kann keine Cottler Akte finden. Auch auf Jacks Schreibtisch ist nichts zu finden. Ein letzter Versuch. Mein Arbeitsplatz. Auch dort ist nichts. Wo steckt die Akte? Auch wenn ein Fall abgeschlossen ist, werden die Dokumente erst nach zehn Jahren vernichtet. Ich bin so dämlich, dass ich sogar die zwei Mülleimer durchsuche. Als auch da Fehlanzeige herrscht und auch auf der Festplatte nicht das Geringste zu finden ist, rufe ich mir das Black Cap und fahre nach Hause.

Nachdem ich unter der Dusche war und mich danach mit meinem Buch auf die Couch gelegt habe, schaffe ich es trotz aller Bemühungen nicht, mich auf die Buchstaben zu konzentrieren. Immer wieder driften meine Gedanken nach Irland zurück. Ein Land, in dem ich mich irgendwie zuhause gefühlt habe. Das einzig Gute an der Reise war, dass ich jetzt die Namen meiner Eltern kenne. Wie seltsam sich das anhört … meine Eltern.

Linda! Ich muss mit Linda sprechen. Vielleicht hat sie eine Idee, wie man mehr über Menor und Aine in Erfahrung bringen kann. Ich schlage die Decke wieder zur Seite und lege Gemma auf den Tisch. Wobei ich inständig hoffe, dass sie es mir nicht allzu übel nehmen wird.

Drei Ansagen sind auf dem Anrufbeantworter. Eine von meiner Handygesellschaft, zwei von Linda, in denen sie mich dringend um Rückruf bittet. Beide Anrufe von heute. Unter ihrer Festnetznummer ist niemand zu erreichen, genauso wenig auf dem Handy. Also wähle ich die Nummer des Paxton Waisenhauses. Auch mit nicht viel mehr Erfolg. Sue, eine der Erzieherinnen, teilt mir mit, dass Linda kurzfristig heute Morgen wegmusste und noch nicht zurückgekommen ist. Ich lasse ihr ausrichten, dass ich wieder da bin und sie sich jederzeit bei mir melden kann.

Ziemlich träge schleife ich mich wieder auf meine Couch. Ob ich noch mal versuchen sollte, Kristin zu erreichen? Nein, meine Nachricht, dass ich ohne sie zurück nach London gereist bin, wird sie bekommen haben. Selbst daraufhin bekomme ich keine Reaktion von ihr. Aidan … Er weiß gar nicht, dass ich fort bin. Obwohl, mittlerweile vielleicht doch. Ihn anrufen? Doch wozu? Nach dem was passiert ist? Antworten habe ich von ihm wohl kaum zu erwarten. Trotzdem könnte ich einen Freund gebrauchen. Jemanden, dem ich alles erzählen kann. Doch selbst das geht nicht. Ich versuche, mich zu ermahnen, dass ich Devon, Aidan und Co ja abhaken will, als es an der Tür klingelt. Ein Blick durch den Spion offenbart mir meinen Besucher. »Komm rein, Linda.« Sie sieht mich von oben bis unten an, bevor sie mich in die Arme schließt.

»Rayna, es geht dir gut. Sag mir bitte, wo Kristin ist und warum ihr nicht zusammen zurückgekommen seid?«, sprudelt sie los.

»Du weißt doch, dass wir in Irland waren, oder nicht?«

»Doch natürlich. Aber wie ich sehe, bist du zurück und sie ist nicht hier. Ich versuche seit drei Tagen, sie telefonisch zu erreichen. Vergebens.«

Was kann ich Linda erzählen? Sie wird nicht erbaut sein, dass Kristin quasi allein in Irland zurückgeblieben ist. Ein wenig nagt das schlechte Gewissen an mir. »Irgendwie haben wir uns verkracht, glaube ich. Obwohl, eigentlich kann ich nicht mal das mit Gewissheit sagen. Etwas in diese Richtung. In den letzten Tagen ist so viel passiert, Linda, dass ich gar nicht weiß, wo mir der Kopf steht. Ich musste schnell abreisen und Kristin war nicht vor Ort.« Linda mustert mich skeptisch.

»Und da lässt du sie einfach zurück? Bei wildfremden Leuten?«

»Sie ist fast Mitte zwanzig. Außerdem denke ich, auch wenn ich sie ans Telefon bekommen hätte, dass sie auf keinen Fall so Hals über Kopf mit abgereist wäre. Und bei ganz Fremden ist sie ja nicht. Cottlers Sohn … ist halt Cottlers Sohn und seine, ihre neuen Freunde kennt sie auch. Bestimmt hat sie nur wieder ihr Handy irgendwo rumliegen. Du kennst das doch.« Lindas Blick wird versöhnlicher.

»Als ich gestern Abend abgereist bin, habe ich sie ein paar Stunden vorher noch gesehen und da ging es ihr sehr gut. Also mach dir keinen Kopf, sie wird in den nächsten Tagen schon wieder auftauchen.«

»Dein Wort in Gottes Ohr, mein Kind. Ich mache mir Sorgen, doch sie interessiert das nicht. Das ist typisch meine Tochter.« Linda rückt näher. Ihre hochgesteckten, blonden Haare werden nur von ein paar winzigen Haarnadeln gehalten.

Linda ist eine anmutige Frau. Klug, sehr belesen, sehr feminin. Immer chic gekleidet. Wenn man ihr gegenübersteht, hat man Respekt, ob man will oder nicht. Die perfekte Leiterin eines Heimes. Oft genug habe ich mitbekommen, wie Linda nur durch einen Blick die wildesten Teenies zur Räson rufen konnte. Nur gut, dass ich nie in den Genuss gekommen bin, mich mit ihr anlegen zu müssen. Wo mir die Geschichte von Irland vor zehn Jahren wieder in den Kopf kommt. »Sag mal, Linda, wie war das vor zehn Jahren, als ich mit euch in Irland war?«

»Was meinst du?«

»Kristin hat mir da so eine Geschichte erzählt, an die ich mich absolut nicht erinnern kann.«

Sie steht von ihrem Hocker auf und fängt an, herumzulaufen. »Was soll gewesen sein? Das ist so lange her. Wir waren, glaube ich, nur ein oder zwei Tage dort. Ich hatte etwas Geschäftliches zu erledigen und da unsere Vorfahren aus Irland stammen, wollte ich Kristin Irland zeigen. Und meiner kleinen Ziehtochter natürlich auch.«

Sie lächelt mich an und mir wird ganz warm ums Herz. Nein, zu mir war sie immer nur gut. »Ich wusste gar nicht, dass ihr aus Irland stammt. Ich dachte, das Heim läuft seit Jahrzehnten in Eigenregie.«

»Das tut es auch. In der dritten Generation. Ich weiß nicht mal genau, welche Vorfahren das waren. Ist auch nicht so wichtig. Warum musstest du eigentlich so zügig abreisen?«

»Du hast meine Frage noch nicht beantwortet, Linda.«

»Rayna, was möchtest du wissen? Wir haben uns damals ein wenig in der Landschaft umgesehen und sind nach meinem Geschäftstermin zurückgefahren.«

»Kristin hat mir etwas ganz anderes erzählt. Dass ich wie benommen auf einer Kirche gestanden habe, im strömenden Regen.« Warum sagt Linda mir nicht die Wahrheit?

»Ach, diesen Unsinn. Die Info hättest du mir gleich geben können. Kristin und ihre Geschichten. Das Ganze ist einfach erklärt. Rob und ich mussten zu dem Termin. Ich hatte den Hotelsitter engagiert, da ihr beide mit Fieber im Bett lagt.«

»Du hast uns mit Fieber mit nach Irland genommen?«

»Nein, natürlich nicht. Das Fieber kam erst abends, nachdem wir längst da gewesen sind. Du bist mit so vielen Kindern aufgewachsen, Rayna, da müsstest du eigentlich wissen, wie schnell sie von jetzt auf gleich Fieber bekommen können. Nun ja, wir konnten den Termin nicht verschieben, wir wollten ja auch schnell zurück sein. Der Sitter war da und ich sah kein Problem darin, euch für ein Stündchen in ihrer Obhut zu lassen. Als wir zurückkamen, wart ihr nicht mehr im Zimmer und die Sitterin in heller Aufruhr.«

»Also stimmt das doch mit der Kirche?«

»Nein, Rayna. Tut mir ja leid. Du warst auf keiner Kirche. Ihr hattet die arme Frau an der Nase herumgeführt. Habt sie losgeschickt, euch irgendwas zu besorgen. Und ich weiß beim besten Willen nicht mehr, was es war. Auf jeden Fall haben wir euch im Hotelschwimmbad gefunden. In den Umkleideräumen. Ihr lagt auf dem Boden und wart eingeschlafen. Eurem Fieber war das natürlich nicht zugutegekommen. Wir brachten euch in die Betten zurück und am nächsten Tag lagst du immer noch flach, während es Kristin wieder gut ging. Sie bekam erst mal gehörig die Leviten gelesen.«

»Ich verstehe nicht, was Kristin mir dann erzählt hat. Die Geschichten ähneln sich und sind doch sehr verschieden.«

»Rayna, Schätzchen, ihr hattet beide Fieber und Kristin konnte sich schon immer gut Geschichten ausdenken. Lass es gut sein. Was um alles in der Welt ist überhaupt so wichtig daran?«

Ich kann ihr unmöglich von den Vornamen meiner Eltern erzählen. Wie sollte ich das erklären im Zusammenhang mit dem Garten unter der Kirche? Sie würde mich für verrückt halten. »Ach, nichts weiter. Eigentlich ist es wirklich nicht so wichtig.« Sie beugt sich vor und streicht mir über den Arm.

»Willst du mir jetzt erzählen, warum du so schnell nach Hause musstest? Ein paar Tage ausspannen hätten dir doch auch mal gutgetan.«

»Meine Arbeit war erledigt, also konnte ich fahren.«

»So abrupt?«

»Es ist wegen Devon. Doch ich möchte im Moment nicht drüber sprechen.«

Linda wirft einen besorgten Blick auf mich. »Jetzt verstehe ich«, sagt sie. »Kristin hat erwähnt, dass du einen jungen Mann kennengelernt hast. Willst du mir nicht ein bisschen was über ihn erzählen?«

»Nicht jetzt. Sei mir nicht böse.« Sie steht auf, küsst meinen Scheitel und sieht mich an.

»Wenn du doch darüber sprechen willst, ruf mich an. Jederzeit. Oder, wenn sonst irgendwo der Schuh drückt.«

Ich nicke und fühle mein Herz wieder etwas mehr einreißen. Ich kann jetzt einfach nicht über Devon sprechen.

»Hörst du, Rayna? Du kannst mir jederzeit alles erzählen. Daran hat sich nichts geändert, nur weil du erwachsen bist.«

Mir stehen schon die Tränen in den Augen, aber ich halte sie mit aller Macht zurück. »Meinst du, es bestünde die Möglichkeit, doch etwas über meine Eltern in Erfahrung zu bringen?«, frage ich vorsichtig, um mich auf etwas anderes zu konzentrieren.

Sie macht einen Schritt zurück und setzt sich wieder auf den Hocker. »Schätzchen, du weißt, dass ich alles in meiner Macht Stehende versucht habe, etwas über sie herauszufinden. Aber es ist absolut unmöglich. Wenn von deren Seite nicht ein Schritt kommt, kann ich dir diesbezüglich keine Hoffnungen machen.«

Wieder bringe ich nur ein Nicken zustande.

»Und nun lass uns hoffen, dass Kristin bald gesund zurückkommt und alles wieder seinen gewohnten Gang geht.« Damit steht sie endgültig auf und geht zur Tür. »Du siehst mitgenommen aus. Leg dich hin und ruh dich aus. Wenn du was von meiner missratenen Tochter hörst, gib mir bitte Bescheid. Und sag ihr, sie soll sich melden.«

»Selbstredend, Linda. Komm gut heim.« Nachdem sie weg ist, lasse ich die Jalousien herunter und mummle mich wieder in meine Decke. Mit einem Mal bin ich fürchterlich müde. Während leise im Hintergrund eine meiner Playlists läuft, sinke ich in den Schlaf.

Ich erwache in der kleinen Marienkapelle und ich bin nicht allein hier. Allerdings sehe ich niemanden. Die Präsenz einer anderen Person ist jedoch deutlich zu spüren. »Wer ist da?«, frage ich. Niemand antwortet. Ich starre in die Kerzenflammen, neben der Marienfigur und ein kalter Hauch streift meinen Nacken. Ein Blick zurück sagt mir etwas anderes, als mein Gefühl mir verheißt. »Wer ist da? Aidan? Ich weiß, dass jemand da ist.« Plötzlich höre ich von nebenan aus dem Kirchenschiff Schritte, und in der nächsten Sekunde krachen die Eingangstore laut ins Schloss. Ich springe auf, verlasse schnell die Kapelle, um nachzusehen, wer dort ist. Doch als ich eines der Eingangstore aufdrücke, ist draußen niemand mehr zu sehen. Ich steige die Treppen hinunter auf die Straße. Das Café, in dem ich mit Aidan war, hat schon geschlossen und nun stehe ich hier, mutterseelenallein und weiß nicht wohin. Ich mache auf dem Absatz kehrt. Will zurück in die Kirche, doch als mein Blick auf diese fällt, wird mir schwindlig.

Dort oben, am Ende der Stufen, steht keine Kirche mehr im eigentlichen Sinne. Es sind nur noch Grundmauern zu sehen. Mittlerweile steht der Mond in seiner vollen Pracht über den Grundmauern von St. Deirhbile's. Nebel zieht vom Wald herüber und ich höre meinen Namen über die Mauern flüstern …

»Rayna, komm zurück. Wir erwarten dich.«

Ich überquere den kläglichen Rest der einst so prächtigen Kirche und gehe in Richtung Wald. Folge dem Nebel und seinem Sog. Man kann die Hand vor Augen nicht sehen, aber ich gehe weiter. Immer weiter und lasse mich vom Nebel verschlucken.

Kapitel 23

Mein Radiowecker holt mich in die Wirklichkeit zurück und benommen sehe ich zur Uhr hinüber.

Neun Uhr an einem Sonntagmorgen. Vier Stunden Schlaf und ich frage mich, warum der Wecker überhaupt an einem freien Tag für diese Zeit gestellt ist. Eigentlich habe ich vom frühen Abend an bis jetzt geschlafen. Zumindest wenn man davon absieht, dass ich etliche Male wach war. Entweder weil ich Durst hatte, oder weil ich zur Toilette musste, oder weil ich aus meinen Träumen gerissen worden war. Das letzte Mal habe ich um fünf Uhr die Toilette besucht und jetzt bin ich irgendwie völlig erledigt. Nach einer kurzen Dusche ziehe ich die Couchklamotten an, gieße mir einen Kaffee ein, der irgendwie übel riecht, und setze mich an den Laptop.

St. Deirhbile´s Irland.

Es wundert mich nicht, was ich finde. Von der Kirche stehen heutzutage tatsächlich nur noch ein paar Grundmauern. Das heißt, eigentlich sollte es mich wundern, da es absolut krank und verrückt ist, wenn man daran denkt, dass ich mit Aidan in der intakten St. Deirhbile´s Kirche war. Auf der anderen Seite geht es aber um Devon und Aidan. Was ist bei den beiden schon normal? Vor allem: was ist Aidan überhaupt? Dass er ebenfalls ein Vampir ist wie Devon, das glaube ich nicht. Ich fahre mir durchs Haar und massiere im Anschluss meine Stirn. Wie soll man das überhaupt alles begreifen? Das Sinnvollste wäre, alles hinter mir zu lassen und keinen Gedanken mehr daran zu verschwenden. Das Problem ist nur, ich kann es nicht. Davon abgesehen befindet sich meine beste Freundin immer noch in Gesellschaft all dieser andersartigen Geschöpfe und ich empfinde Scham dabei, sie genau mit diesen Wesen dort zurückgelassen zu haben. Es war falsch, übereilt und nicht meine Art. Kurzerhand wähle ich ihre Nummer, doch sofort springt die Mailbox an. »Kristin, bitte melde dich, sobald du das hörst. Es tut mir leid, dass ich so Hals über Kopf verschwunden bin. Ich muss unbedingt etwas mit dir besprechen und es ist wirklich wichtig. Vielleicht solltest du so schnell wie möglich von dort verschwinden. Ich erkläre dir alles, wenn wir telefonieren, oder besser noch, wenn wir uns sehen.« Nachdem ich aufgelegt habe, switcht mein Finger wie von Geisterhand geführt zu meinen Kontakten und unweigerlich lande ich bei Aidan. Soll ich ihn anrufen? Ihn einfach fragen, was er ist? Soll ich ihn losschicken, um nach Kristin zu sehen, oder bringe ich sie damit vielleicht sogar in Gefahr? Das Vertrauen, das ich trotz der letzten Aktion immer noch in Bezug auf Aidan empfinde, und die Gewissheit, dass er Devon und *seinen Clan* nicht mag, lässt mich dreimal bei ihm durchklingeln und aus Angst doch wieder auflegen. Beim vierten Mal fasse ich endlich Mut. Als ich seine Stimme am anderen Ende höre, kann ich nicht sagen, dass ich keine Schmetterlinge im Bauch fühle, was wieder völlig verrückt ist.

»Rayna …« Seine Stimme klingt viel zu vertraut und ich schließe beschämt die Augen, auch wenn er es sowieso nicht sieht.

»Aidan, hi«, stottere ich mehr, als das ich vernünftig spreche. Ich bin immer noch sauer auf ihn. Enttäuscht. Trotzdem freue ich mich viel zu sehr, seine Stimme zu hören.

»Sollen wir uns treffen?«, fragt er unvermittelt.

»Tut mir leid, Aidan. Ich bin schon seit vorgestern nicht mehr in Irland.«

»In dreißig Minuten beim Caféhaus bei dir um die Ecke?«

»Aidan, hast du nicht gehört, was ich gesagt habe? Ich bin wieder in London.« Was redet er da? Geht es ihm gut?

»Und du hörst mir nicht zu. Also, wie ist es? Dreißig Minuten? Bis dahin hast du es bestimmt geschafft, dich in straßentaugliche Klamotten zu werfen und die zwei Meter zu laufen. Ich warte dort auf dich.«

Damit ist die Leitung tot. Ich gehe zum Fenster, sehe hinaus. Die Straßen sind relativ leer. Ist er jetzt total durchgedreht, oder hat er mir einfach nicht richtig zugehört? Trotzdem stehe ich zwei Minuten später vor meinem Kleiderschrank und überlege, was ich anziehen soll. Es sollte keine Rolle spielen, was ich trage, aber unterm Strich tut es das doch. Als ich in für mich eher ungewöhnliche Sachen steige, nämlich eine enge, schwarze Röhrenjeans von Kristin, die sie hier liegenlassen hat, und einen taillierten schwarzen Pullover, weiß ich, dass ich es nicht nur tue, weil Devon mich verletzt hat. Nein, ich möchte wirklich gut aussehen und Aidan gefallen. Zumindest nachdem ich ihm die Leviten gelesen habe, wegen der Aktion im

Garten. Einen Garten, den es eigentlich gar nicht geben dürfte, unter einer Kirche, die es tatsächlich nicht mehr gibt.

Zwanzig Minuten später mache ich mich auf den Weg ins Café. Als ich um die letzte Straßenecke biege, sehe ich ihn schon an einem der Fenstertische sitzen. Sogar aus mehreren Metern Entfernung erkennt man, wie gut er aussieht. Mit einem grüblerischen Gesichtsausdruck sitzt er seitlich zur Scheibe und etliche dunkle Locken fallen in seine Stirn. Die wohlige Wärme breitet sich bei seinem Anblick in mir aus und ich spüre nicht mal mehr die Wut wie bei unserem letzten Auseinandergehen, weil ich so enttäuscht von ihm war. Mit leicht wackligen Knien trete ich ein und gehe auf ihn zu.

»Rayna«, ruft er mir zu, blickt mich mit fokussierten Augen an und ich bin froh, als ich auf dem Stuhl sitze.

»Aidan«, bringe ich über die Lippen und für ein paar Sekunden sehen wir uns stumm an. Ohne zu wissen, in welche Richtung dieses Treffen hier geht. Seine Augen leuchten heute in einem hellen Silber und obwohl sie völlig anders sind als Devons, muss ich doch sofort wieder an ihn denken. Sofort ist da auch wieder dieser tiefsitzende Schmerz und ich will ihn nicht spüren.

»So schnell sieht man sich wieder.«

»Kannst oder darfst du mir sagen, was du hier machst?« Ich klinge härter als beabsichtigt und werfe ein aufgesetztes Lächeln hinterher, was ihn auf sarkastische Weise die Augen verdrehen lässt.

»Ist wohl nicht so gut gelaufen mit Cottler? War ja eine ziemlich abrupte Abreise.«

»Woher weißt du …?«

»Ich habe doch gesagt, ich bleibe in der Nähe und habe ein Auge auf dich. Und was ich sage, das mache ich auch.

Um ehrlich zu sein, bin ich froh, dass du da weg bist. Und was sollte ich noch da, ohne dich? Also ging meine Reise, dicht gefolgt auf deine, zurück.«

Fast so wie in Fallmore tritt eine Kellnerin an unseren Tisch. Während sie die Bestellung aufnimmt, linst sie immer wieder zu Aidan und lächelt ihn an. Erst nachdem sie hinter der Theke verschwunden ist, ergreife ich das Wort. »Heute nicht in Flirtlaune?«

Er spielt mit der Silberkette, die um sein Handgelenk befestigt ist. »Schon, aber wenn nur mit dir.«

Er lächelt und diesmal bin ich die, die die Augen verdreht. Allerdings nur, damit er nicht merkt, wie sehr seine Worte mir gefallen.

»Ich glaube jedoch, dass wir erst über das, was im Garten geschehen ist, sprechen sollten. Zumindest insoweit, wie es mir möglich ist.«

»Du rückst also ganz freiwillig mit der Sprache heraus?«

»Vorher wird das mit dem Flirten ja sicher nichts«, antwortet er und zwinkert.

Ich nippe an meinem Kaffee, den die Kellnerin mittlerweile serviert hat und betrachte Aidan. Irgendwie kann ich ihm nicht mehr richtig böse sein wegen der Vorfälle bei unserem letzten Treffen. Trotzdem will ich hören, was er dazu zu sagen hat. »Dann leg mal los.« Er stützt seine Arme auf dem Tisch ab, beugt sich vor und gibt mir so unweigerlich einen Einblick auf seine tätowierte Brust, da sein helles Shirt einen viel zu großen Ausschnitt besitzt. »Wenn du denkst, dass du mich so ablenken kannst«, sage ich mit einem Lachen, »bist du auf dem Holzweg.«

»Schade, einen Versuch war es wert. Aber mal im Ernst, Rayna. Ich möchte mich wirklich bei dir entschuldigen. Das Letzte, was ich will, ist, dein Vertrauen und deine

Zuneigung zu verlieren. Trotzdem hat sich nicht grundlegend etwas daran geändert, dass ich dir nicht alles erzählen kann. Eben weil es so wichtig ist, dass du selbst hinter vieles kommst. Ich hätte dich aber irgendwie vorwarnen sollen. Hätte dir sagen müssen, dass es unter Umständen sogar gefährlich werden kann, Sari an dieser Stelle aufzusuchen. Um ehrlich zu sein, habe ich aber null damit gerechnet, dass das passiert.«

Er sitzt da, sieht mich eindringlich an und seine Augen leuchten beinahe so hell wie ein strahlender Himmel. Alles an ihm schreit nach Ehrlichkeit, Aufrichtigkeit und Bedauern für das, was er getan, oder eben nicht getan hat. Es ist ganz anders als Devons geheimnisvolle und doch so anziehende Verschlossenheit. Devon … Devon, der mir nicht vertraut. Devon, der mich für Malorie sitzenlässt und Gott weiß was mit ihr tut. Der weitere Riss in meinem Herzen, der durch diese Gedanken aufkommt, schmerzt so körperlich real, dass ich mich kurz krümme.

»Rayna, ist alles in Ordnung?«, ruft Aidan erschrocken und greift nach meiner Hand.

Sofort lässt das Reißen nach und eine angenehme Wärme breitet sich von der Stelle, an der er mich berührt, aus. »Ja«, äußere ich und atme einmal tief durch, um mich wieder aufrichten zu können. »Ich hätte vielleicht etwas essen sollen.«

»Wir können etwas bestellen.«

Er will schon die Kellnerin rufen, doch ich winke ab. »Es geht wirklich wieder. Ich esse später etwas zu Hause. Sprich bitte weiter.« Mein Blick fällt auf seine Hand und er zieht sie zurück. Sofort schwindet das warme Gefühl etwas, aber ich lasse es mir nicht anmerken.

»Ich wollte so unbedingt, dass du, außerhalb deiner Träume, mit Sari sprichst. Damit du erkennst, dass du nicht verrückt bist.« Seine Stimme wird leiser. »Vielleicht war das keine so gute Idee.«

»Was bist du, Aidan?«, frage ich und lese zeitgleich in seinem Gesicht, dass ich die Antwort darauf nicht bekommen werde.

»Ich bin so viel mehr, als du denkst«, antwortet er beinahe gequält.

Mein Blick schweift durch das Café und mir kommt der Gedanke, dass das hier vielleicht auch nicht der richtige Ort ist, um über all das zu sprechen. Ich schnappe den Blick der Kellnerin auf, die hinter der Theke steht und mit einem weiblichen Gast vor ihr tuschelt. Erst dann achte ich auch auf die wenigen anderen Gäste, die fast ausschließlich weiblich sind. »Wir möchten zahlen«, rufe ich der Kellnerin laut zu und stehe auf. Aidan sieht mich fragend an.

»Das war alles? Ein Drei-Minuten-Date?«

Ich trete an die Theke, zahle unsere Rechnung und gehe zum Ausgang.

»Rayna?«, ruft Aidan mir nach.

»Kommst du oder soll ich hier noch länger stehen?«, frage ich über meine Schulter hinweg und grinse innerlich. Ich höre, wie er aufspringt und auf mich zu kommt.

»Na, warum sagst du das denn nicht gleich?«

Sein Arm legt sich um meine Taille und Wärme durchströmt mich.

»Gehen wir zu mir oder zu dir?«, will er wissen und grinst unverschämt.

Kapitel 24

Draußen hat es angefangen zu nieseln und im Laufschritt hechte ich mit Aidan auf meine Wohnung zu.

»Damit ist wohl klar, dass es zu dir geht«, sagt er verspielt.

Wir steigen die Treppen hinauf, betreten mein Appartement und ich hänge meine Jacke an den Haken. Den Regen schüttle ich mir aus dem Haar als wäre ich ein Hund, während Aidan sich sofort auf die Couch fallenlässt und das Buch in die Hand nimmt, das dort liegt.

»Möchtest du etwas trinken?« Zur Antwort bekomme ich etwas ganz anderes.

»Gemma und Circe. Sehr interessant.«

Er übergeht meine Frage und dreht den *Geheimen Zirkel* in der Hand hin und her. »Du kennst es?«

»Ich habe alle drei Bände gelesen. Wer behagt dir mehr? Gemma oder Circe?«

»Ist das eine rhetorische Frage?«

»Nein, eine informative. Und nein danke, ich möchte nichts trinken.« Er klopft auf den Platz neben sich.

Ich folge der Einladung und nehme ihm das Buch aus den Händen, um es zurück ins Regal zu stellen. »Grundsätzlich überzeugt mich Gemmas Charakter, aber ich komme auch nicht umhin, Circe ein paar Dinge gutzuheißen. Ich denke, dass sie nicht von Grund auf schlecht ist. Sie wurde vielmehr schlecht gemacht. Ihr wurde zu viel Macht angeboten und am Anfang ist sie einfach zu naiv, das Ganze zu überschauen.«

»Interessante Denkweise. Für mich ist Circe böse. Punkt. Gemma hingegen gut. Punkt.«

»Also gibt es für dich nur schwarz und weiß? Kein bisschen grau?« Ich blicke ihn fragend an und er rückt näher.

»Richtig. Schwarz-Weiß, Punkt.«

»Ganz schön simpel gedacht, oder?« Ich stehe auf und gehe zum Schreibtisch hinüber. Mit dem Laptop unterm Arm setze ich mich wieder neben ihn, allerdings mit etwas mehr Sicherheitsabstand. Danach rufe ich die Seiten über die St. Deirhbile´s Kirche auf. Als sich die ersten Bilder öffnen, hat Aidan den Blick auf den Bildschirm gerichtet und rückt wieder näher. Verdammter Aidan! Viel zu deutlich spüre ich, wie sich unter meinem Pulli die Nippel aufstellen. Auch das noch! *Denk an etwas anderes, Rayna. Komm, das schaffst du. Denk daran, es ist Aidan. Bloß ein Freund.* »Hast du irgendetwas dazu zu sagen?«, frage ich, während er auf die Bilder starrt und ich meine Nippel beschwöre sich zu beruhigen. Er antwortet nicht. Ich spüre bloß seinen warmen Atem auf meiner Haut, und als ich meinen Kopf wieder in seine Richtung wende, sehe ich, wie er mit einem Mal auf meine Brüste sieht und dann langsam zu meinen Augen hochwandert. Shit! »Nun sag schon, statt mich anzustarren.« Ich äußere es lachend, überspiele damit jedoch nur, dass nicht bloß meine Nippel erwacht sind.

»Lass mich dich doch ansehen, wenn ich es gerne mache«, sagt er und zwinkert mir zu. »Glaubst du wirklich, ich denke simpel?«

Sein Blick ist so intensiv, dass mir immer wärmer wird. Überall. »Wenn ich irgendetwas glauben würde, würde ich dich nicht danach fragen. In den letzten Tagen habe ich meinen Glauben sowieso an so ziemlich alles verloren.«

»Und ich soll dich wieder auf den rechten Weg führen?«

Viel zu plötzlich ist er wieder genauso nah wie zuvor. Erneut streift sein Atem sanft meine Wange und er fixiert mich mit seinem Blick. Fast scheint es, als seien seine Augen einen Tick dunkler geworden. Während er so dicht neben mir sitzt, werde ich immer nervöser. »Ich möchte nur eine realistische Erklärung. Weiter nichts«, stammle ich. Seine Hand streicht mein Bein entlang und er klappt langsam den Laptop zu. Shit, shit, shit!

»Weiter nichts?«

Seine Stimme ist nicht rau und dunkel wie die von Devon. Sie jagt mir keine Elektrizität durch den Körper. Vielmehr ist sein Klang rein, melodisch und doch so verdammt sinnlich in diesem Augenblick, dass ich ein schmachtendes Seufzen unterdrücke. Als er mir den Laptop von den Beinen nimmt, ihn auf dem Tisch abstellt, rückt er keinen Zentimeter von mir ab. Seine linke Hand landet auf meinem Bauch, während seine rechte durch mein Haar streift. Ich will aufstehen, bin aber nicht fähig mich zu rühren.

»Es gibt nicht für alles eine rationale Erklärung, Rayna.«

Mit dem Daumen schiebt er den Saum meines Pullis

höher bis direkt unter meine Brust. *Gott, hilf mir!* Er betrachtet meinen nackten Bauch, lässt die rechte Hand zu meiner wandern, die sich fest zwischen uns in den Stoff krallt und atmet tief ein. »Aidan«, flüstere ich. Sein Name aus meinem Mund ist Abwehr wie Flehen zugleich. Ich sollte das hier nicht zulassen. Seine Lippen nähern sich meinen und wieder liegt seine Hand auf meinem Bauch. Ich wende den Blick ab, sehe zu, wie er höher wandert. So hoch, bis sie erneut am Saum meines Pullis liegt.

»Lass mich dich sehen, Rayna. Ich will dich bloß sehen. Ich werde noch verrückt, wenn ich dir nicht bald nah sein kann.«

Ich antworte nicht. Kann nicht. Als er leicht abrückt und auch seine andere Hand an den Pulli legt, ihn mir sacht über den Kopf zieht, bleibe ich still. Wieder atmet er hörbar aus und es klingt so verdammt verführerisch.

»Alles, Rayna«, sagt er, und ich, warum auch immer, greife hinter meinen Rücken, öffne den Verschluss des BHs und lasse meinen Oberkörper wieder gegen das Polster sinken. »Sieh mich an«, flüstert er, und ich richte meine Augen auf ihn.

Erneut und so langsam, als geschähe es in Zeitlupe, wandern seine Hände zu meinen Schultern. Als er sie darauf ablegt, ich die Wärme spüre, kann ich das leise, wohlige Seufzen nicht mehr unterdrücken. Er schiebt mir die Träger herunter und ein Lächeln liegt auf seinem Gesicht, bevor seine Augen etwas tiefer wandern und er den BH ganz entfernt. Als sei allein sein Blick dazu imstande, meine Brustwarzen zu verhärten, spüre ich buchstäblich, wie sie sich noch mehr aufstellen und ihm entgegenstrecken.

»Du bist genau so, wie ich dich mir vorgestellt habe«,

wispert er. »Ich werde dich jetzt küssen, weil ich wissen muss, ob du auch so schmeckst, wie ich es mir vorstelle.«

Seine Lippen kommen immer näher und als seine Zunge meinen Mund durchbricht, ist mein erster Reflex, ihn von mir zu stoßen. Doch … Scheiße! Ich genieße es auf eine unerklärbare, abartige Weise. Er umkreist mich. Zärtlich. Warm. Da ist kein neckendes Spiel wie mit Devon. Er ist einfach da, nimmt mich mit auf die Reise und ich bin nicht fähig, mich dagegen zu wehren.

»Manche Dinge muss man einfach geschehen lassen, um sie danach besser beurteilen zu können«, flüstert er, bevor er sich von mir löst und sein viel zu zärtlicher Finger über meinen Nippel streift.

Seine Stimme ist ebenso warm wie sein Blick, sein Atem. Sein Duft hängt in meiner Nase. Er riecht ganz anders als Devon. Was passiert hier? Irgendwo, tief in meinem Inneren taucht ein Bild von Devon vor mir auf. Doch sobald ich auch Malorie wieder vor Augen habe und Aidan erneut seine Lippen auf meine legt, zerplatzt es wie eine Seifenblase. Sein Geruch wird immer intensiver und ich ertappe mich dabei, wie mein Blick ständig zu seinem Hals fährt. Fast meine ich, sein Blut in den Adern pulsieren zu hören. Er riecht frisch wie eine Meeresbrise. Nicht dunkel und gefährlich. Er riecht so … verdammt, was mache ich hier eigentlich?

»Rayna …«, flüstert Aidan wieder.

Sein Kopf gleitet tiefer, sein Mund legt sich um meine Brustwarze, doch anders als Devon beißt er nicht hinein. Er küsst sie, streift sanft mit der Zunge darüber, während seine linke Hand auf den Knopf meiner Hose zuwandert. Tausend Gedanken kreisen in meinem Kopf. Ich spüre Verlangen, Verrat, Betrug, Gier und Aidans Sanftheit. Das Pochen meiner Klitoris und … einen seltsamen Hunger. Ich denke an sein warmes Fleisch mit dem süßen Lebenssaft darunter. Überlege, wie er schmecken könnte. Kalte und heiße Schauer zugleich fahren über meinen Körper, weil ich nicht verstehe, was ich da empfinde.

»Fühlst du dich hier auch an, wie ich vermute?«, höre ich ihn an meiner Brust fragen und der erste Knopf meiner Hose springt auf. Ich bete, dass uns jemand aus dem, was hier gerade vor sich geht, herausreißen wird. Bete, dass die Jalousien sich von selbst senken, damit wir genau hier weiter machen können. Ich bete, dass sich seine Hand auf meine Klit legt, und sie tut es. »Jaa«, keuche ich und augenblicklich wird es dunkel im Zimmer. Die Jalousien krachen herunter und ich denke kurz an die Kerzen, die sich daraufhin entzünden. Aidan scheint nicht mal beeindruckt oder er bekommt es gar nicht mit. Seine Zunge umkreist weiter meinen Nippel, seine gesamte große Hand liegt auf meiner Mitte und gibt genau den richtigen Druck ab. Und ich, ich beobachte ihn und fahre mit meiner Hand in sein lockiges Haar. Kurz blickt er zu mir auf, lächelt und seine Augen glühen in herrlichstem Silber.

»Wie ich sehe, hast du schon viel gelernt«, flüstert er unerwartet und wendet danach seine gesamte Aufmerksamkeit wieder meinen Brüsten zu.

Ich bin nicht in der Lage zu antworten. Zu sehr versuche ich, mich darauf zu konzentrieren, nicht meinem Wunsch nachzugeben, von ihm zu kosten. Ihn zu schmecken. Ich weiß nicht, wo das herkommt und es verwirrt mich genauso wie das, was wir hier tun. Was er tut. Gott! Einer seiner Finger schiebt sich in mich und ich schließe leise zischend die Augen. Das hier ist nicht roh. Nicht explosiv. Das hier ist warm, fühlt sich schön an und zugleich brennend in meinem Mund. Gierend nach ihm. Nach seinem Blut. Er wäre dann Mein. Er ist es auch so schon. Völlig unerwartet steht er auf. Langsam, bedächtig kniet er sich zwischen meine Beine. Seine Augen leuchten, als er mir die Jeans abstreift. Wieder legt sich seine gesamte Hand auf meine feuchte Mitte. Ich spüre das Pulsieren meiner Klit und doch bleibe ich reglos, während ich ihn beobachte. Sein Blick wandert von meinem Gesicht, meinen Körper hinunter, bis er bei seiner Hand landet und sie behutsam fortzieht, bevor sein Gesicht zwischen meinen Schenkeln verschwindet. »Aidan«, keuche ich so leise, dass ich nicht mal weiß, ob er mich gehört hat. Was seine Zunge vorhin mit meinem Nippel getan hat, macht sie nun mit meiner Klit. »Fuck!« Oh Gott, das fühlt sich so verdammt gut an. In mir tobt ein Kampf, der sich nicht zu entscheiden weiß, welche Seite gewinnt. Die eine ist abgestoßen und macht sich Vorwürfe, während die andere geradezu begierig darauf ist, mehr von diesem Mann zu bekommen. Mehr von seiner Zärtlichkeit. Alle meine Muskeln ziehen sich zusammen, weil sein Lecken intensiver wird, während seine eine Hand meine Wade massiert und ein Finger seiner anderen mich zärtlich nimmt. Das Gefühl ist unbeschreiblich. So anders als mit Devon. Nicht besser. Anders. Weicher. Trotzdem fühle ich mich außerstande, ihn auch zu berühren. So zu berühren. Ich bin nicht sicher, ob ich ihn oder mich damit schützen will und ob es überhaupt etwas ändern würde. Wie eine Raubkatze beobachte ich ihn, spüre immer mehr Hitze beim Anblick dessen, was er meinem Körper schenkt. Diese Raubkatze jedoch, die ich zeitgleich in mir fühle, die verharrt still. Fast so, als würde sie nur den richtigen Moment abwarten, um zuzustoßen. Wieder sind da diese Gedanken, von ihm zu kosten. Kranke Gedanken. Warum sollte ich das tun wollen? Warum denke ich überhaupt darüber nach? Ich meine sogar, sein Blut durch seine Venen zirkulieren zu hören. Erneut findet mein Blick seinen Hals und mein Kiefer schmerzt mit einem Mal. Bevor ich noch weiter darüber nachdenken kann, was hier eigentlich passiert, nimmt Aidan mir sämtliche Luft zum Atmen. Ein tief aus meinem Inneren kommender Laut durchdringt den Raum, denn ich komme unter seiner Zunge, seinem Finger. Nicht wild, nicht ansatzweise. Nicht laut und ungestüm. Es ist einfach da und reißt mich mit. Er leckt mich sanft und intensiv weiter, bis die Wellen gemächlich über meinen Körper hinwegfegen, ohne dass ich einen weiteren Laut von mir gebe.

Wie aus einer anderen Welt, höre ich mein Handy klingeln und bin plötzlich wieder so klar im Kopf, dass es mir vorkommt wie ein Traum. Doch da ist immer noch Aidan, der zwischen meinen Schenkeln sitzt und mich mit verschleierten Augen ansieht. Ich hebe mein Bein über ihn, stehe auf und gehe auf den Schreibtisch zu, auf dem mein Handy noch immer klingelt. Das Display zeigt Linda an. *Linda, dich schickt der Himmel!* Was habe ich getan? Wie konnte ich es so weit kommen lassen? Nicht nur wegen Devon. Ich war mir doch ganz sicher, dass die Sache mit Aidan nicht passieren würde. Was waren das für seltsame Empfindungen? Auch wenn Linda mich gerade gerettet hat, drücke ich den Anruf weg, gehe zur Couch, greife nach der Jeans und ziehe sie unter Aidans wachsamen Blick über.

»Rayna«, sagt er gequält und es bricht mir beinahe mein schon beschädigtes Herz.

Wortlos gehe ich zum Fenster, ziehe die Jalousien hoch und lasse Licht in den Raum.

»Rayna?«, wiederholt er fragend.

»Das hätte nicht passieren dürfen.« Ich wende mich

ihm zu, bleibe aber am Fenster stehen. »Diesmal bin ich die, der es leidtut.«

»Lass uns darüber reden.«

»Vielleicht ist es für den Moment besser, wenn du gehst.« Ich sage das nicht gerne und will ihm wirklich nicht wehtun. Doch ich muss mich sortieren. Das verstehen, was da gerade war.

»Warum? Hat sich irgendwas falsch angefühlt? Es hörte sich nicht so an. Es fühlte sich nicht so an. Rayna!«

»Aidan, bitte. Ich muss nachdenken. Ich brauche eine Erklärung, wie es so weit kommen konnte.«

»Wem bist du eine Erklärung schuldig?«, fragt er und steht harsch auf.

»Niemandem außer mir selbst und genau das ist es. Mein Herz ist nicht frei. Ich hätte das nicht zulassen dürfen.«

»Was wäre gewesen, wenn dein Handy nicht geklingelt hätte, Rayna. Was dann?«

»Es hat geklingelt und nur das zählt.«

»Vielleicht zählst du immer noch auf die falschen Dinge.« Er geht zur Tür.

Ich höre, dass er verletzt ist. Dass er wütend, enttäuscht ist. Das wollte ich ganz sicher nicht. Es ist ja nicht so, dass es mir nicht gefallen hätte. Dass es nicht gut war. Es fühlt sich nur nicht richtig an.

»Deine Entscheidung«, sagt er und öffnet die Tür. »Ich bleibe in der Nähe. Wenn du mich brauchst«, er stockt, »ach, verdammt! Du hast meine Nummer.« Die Tür fällt ins Schloss.

Plötzlich sind meine Wangen feucht und das nicht vom Regen, der gegen die Scheibe prasselt. Warum tue ich solche Dinge? Das bin doch nicht ich. Auch wenn Devon mir durch seinen Aufbruch zu Malorie das Herz herausgerissen hat, wie kann ich knapp achtundvierzig Stunden später hier so mit Aidan zusammen sein? So falsch es sich auch im Kopf anfühlt … mein Körper fand es mehr als richtig. Genau da liegt mein Problem. Mein Verstand war wie wegradiert. Es hätte nicht mehr viel gefehlt und ich hätte vollends die Kontrolle verloren. Ich lasse mich auf den Boden sinken, schlinge meine Arme um die Beine. Mein Gehör konzentriert sich auf den Regen vor meinem Fenster und durch das stetige Prasseln und der warmen Heizung in meinem Rücken, sinke ich irgendwann ganz auf den Boden und schlafe ein.

Drei Stunden später werde ich mit Rückenschmerzen wach, weil mein Handy wieder klingelt. Diesmal ist es Beth, Kristins Freundin von der Uni. Sie erkundigt sich, wie es mir geht und möchte wissen, warum man Kristin nicht erreichen kann. Ich wähle die Kurzfassung. Dass der Urlaub ganz nett war, ich aber zurückmusste und Kristin noch ein paar Tage bleiben wolle. Sie berichtet mir im Anschluss den neuesten Uniklatsch. Hauptprotagonisten dieses Klatsches seien zurzeit Devon, Kristin und Aidan. Man munkelt, dass sie eine Dreierbeziehung laufen hätten. Ich kann Beth beruhigen, dass dem nicht so ist und Aidan ja auch wieder zurück sei. Wir versprechen uns noch, uns beim anderen zu melden, falls Kristin mal ans Handy gehen sollte. Kaum, dass unser Gespräch beendet ist, versuche ich ebenfalls nochmal meine Freundin zu erreichen. Wieder erfolglos. Wo steckt sie nur? Niedergeschlagen trotte ich zum Kühlschrank, der allerdings gähnend leer ist, und bestelle mir kurzerhand etwas beim Chinesen um die Ecke. Als es rund zwanzig Minuten später an der Tür klingelt, bin ich aufgewühlt bei dem Gedanken, es könnte Devon oder Aidan sein. Es sind doch nur meine Nudeln. Irgendein Schwarz-Weiß-Film, bei dem man nicht viel denken muss, ist heute Abend mein Begleiter. Meine Gedanken kreisen aber sowieso nur um ein und dieselben Dinge und Personen.

Devon.

Kristin.

Aidan.

Vampire.

Sari.

Aidan. Verdammt, Aidan!

Ich bin nur froh, morgen wieder in die Kanzlei zu können. Zurück in mein normales Leben. Als der Regen draußen stärker wird, setze ich mich auf meine Fensterbank und sehe hinaus in die dunkle Nacht. Ein Gefühl, als würde ich beobachtet, greift wieder nach mir. Dieses Gefühl hatte ich länger nicht. Eigentlich seit meinem Geburtstag. Nun ist es mit einem Mal wieder da, aber ich kann nichts und niemanden in der Schwärze der Nacht erkennen.

Nachdem ich die Jalousien geschlossen habe, lege ich mich hin und schlafe auch ziemlich bald ein.

Kapitel 25

Der Montagmorgen empfängt mich freundlich mit ein wenig Sonne, doch so richtig wollen die Lebensgeister mich nicht wachrütteln. Ich weiß nicht, ob es daran liegt, was gestern mit Aidan geschehen ist, oder daran, dass mein Vampir- und andersartige Wesen-Kennenlerngehirn mir jäh vorgaukelt, Blut schmecken zu wollen. Oder einfach daran, dass ich ständig an Devon denke, auch wenn ich versuche, es mir zu verbieten.

Nach der Dusche und einem kleinen Frühstück fühle ich mich immer noch fern dieser realen Welt, also beschließe ich, heute mit dem Rad zur Arbeit zu fahren, um etwas in die Gänge zu kommen. Als ich nach draußen ins Sonnenlicht trete, falle ich sofort zurück in den Hausflur. Verdammt, meine Augen brennen mit einem Mal wie Feuer. Ich wische und reibe wie eine Verrückte und als das Ganze sich etwas beruhigt, wage ich erneut den Schritt nach draußen. Doch sowie ich aus dem geschützten Hausflur trete, fängt es wieder an. Ich kehre um, renne zurück in mein Appartement und träufle mir vor dem Spiegel die

Tropfen gegen Bindehautentzündung in beide Augen. Shit! Das brennt wie die Hölle. Als ich endlich wieder einigermaßen klar sehen kann, wundert mich das auch nicht mehr. Die Tropfen sind schon seit über einem Jahr abgelaufen. Nachdem auch das Brennen wieder nachgelassen hat, hole ich mir meine Sonnenbrille aus der Krims-Krams-Schublade und gehe nach unten.

Als ich diesmal hinaustrete und aufs Rad steige, macht mir die Sonne keine so großen Probleme mehr. Miss Random, meine Nachbarin, beobachtet mich mit entgeistertem Blick durch ihr Fenster. Es ist wohl schön draußen, sonnenbrillenschön aber doch nicht. Ich grinse ihr einmal zu, was ich sonst nie mache, da sie eine neugierige, nörglerische alte Hexe ist, und trete in die Pedalen.

Je länger ich unterwegs bin, desto schneller werde ich. Die Luft, die während der Fahrt über meine Haut streift, hinterlässt eigenartige Gefühle bei mir. Es ist, als könne ich urplötzlich viel mehr spüren. Vielleicht liegt es aber auch daran, dass ich so schnell unterwegs bin. Ebenso dringen die Stimmen der Menschen viel zu laut zu mir durch. Eigentlich dürfte ich sie überhaupt nicht hören können, so schnell, wie ich fahre. Tatsächlich nehme ich aber sogar einzelne Worte der Passanten auf. Sie laufen mit Kaffeebechern in der Hand über die Bürgersteige und es ist fast so, als stünde ich neben ihnen, wäre Teil ihrer Unterhaltung. Pünktlich um acht Uhr betrete ich die Kanzlei und bin nicht mal außer Atem. Jack ist noch nicht da, was etwas ungewohnt ist.

In den nächsten zwei Stunden nehme ich Telefonate an, arbeite etliche Akten ab und auch das scheint mir heute schneller von der Hand zu gehen als sonst. Jack hat sich immer noch nicht blicken lassen. Nur gut, dass er heute Vormittag keine Termine hat. Bei ihm zu Hause habe ich es schon mehrere Male probiert, doch jedes Mal springt die Mailbox an, genauso wie auf seinem Handy. Bis zum Nachmittag ist es relativ ruhig und endlich gegen fünfzehn Uhr wird die Tür aufgestoßen und Jack taumelt herein. »Um Himmels willen, Jack, was ist passiert?« Sein Blick ist leer und er scheint mich gar nicht wirklich wahrzunehmen. Seine Kleidung sieht aus, als habe er mehrere Tage unter einer Brücke verbracht. Ebenso der Geruch könnte darauf schließen lassen. »Soll ich einen Arzt rufen?« Er hängt quasi an der Wand und kann sich kaum auf den Beinen halten. Hat er getrunken? Um diese Uhrzeit? Endlich sieht er zu mir auf und scheint mich zu registrieren. »Soll ich dich nach Hause bringen?«, will ich wissen und stütze ihn, als ich bei ihm ankomme. Er nickt bloß und sein Kopf sinkt nach unten. Er muss wirklich sturzbetrunken sein, auch wenn ich keinen Alkohol rieche. So kenne ich ihn überhaupt nicht. »Warte zwei Minuten, dann bin ich soweit.« Ich beuge mich zur Seite, ziehe einen der Stühle heran und setze ihn darauf, bevor ich in den Aufenthaltsraum laufe, um meine Jacke zu holen. In Anbetracht dessen, was auch immer Jack passiert ist, halte ich es für besser, die Kanzlei heute und morgen zu schließen. Weshalb ich schnell noch eine Ansage auf dem Anrufbeantworter hinterlasse und ein Schild am Eingang befestige.

WEGEN KRANKHEIT VORÜBERGEHEND GESCHLOSSEN.

Jack ist in diesem Zustand verdammt schwer und lässt sich hängen wie ein nasser Sack. Doch irgendwie schaffe ich es, ihn bis auf die Straße zu bekommen. Kaum stehe ich im Sonnenlicht, fangen meine Augen wieder an zu schmerzen, doch dafür habe ich jetzt keine Zeit. Ich rufe uns ein Black Cap, nenne dem Fahrer Jacks Adresse und als wir bei ihm ankommen, schließe ich mit meinem Zweitschlüssel auf. Drin hieve ich ihn erstmal ins Bad. Kurz wundere ich mich darüber, wie ich das alles überhaupt schaffe, denn die Stärkste bin ich normalerweise nicht. Trotzdem bin ich froh darüber, dass bei Jack soweit alles ebenerdig ist und ich ihn nicht noch Treppen hinaufzerren muss. »Jack, ich ziehe dich jetzt aus und stelle dich unter die Dusche. Okay?« Wieder nickt er verhalten. Überhaupt hat er die ganze Zeit noch nicht gesprochen. Sein Blick geht immer wieder ins Leere, während er ab und an verängstigt zu mir sieht. So habe ich ihn noch nie erlebt. Ich stelle das Wasser an, der Raum füllt sich mit warmem Wasserdampf und danach entledige ich ihn seines Sakkos und seines verdreckten Hemdes. Er lässt alles einfach geschehen, als sei es ihm entweder egal, oder er würde es gar nicht bemerken. Auch den Gürtel lässt er sich öffnen und erst als ich ihm die Hose abstreifen will, fängt er an, um sich zu schlagen und zu schreien, als wolle ich ihm etwas antun. Allerdings ist er so angeschlagen, dass seine unkoordinierten Hiebe jedes Mal wieder ins Leere gehen. »Jack, beruhige dich. Ich bin es, Rayna. Ich möchte dir die dreckigen Sachen ausziehen. Weiter nichts.« Bedächtig mache ich erneut den Schritt auf ihn zu. Mittlerweile bin ich selbst pitschnass, und als er diesmal zu mir sieht, versiegen die Schreie genauso wie seine Abwehr. Dafür beginnt er am gesamten Leib zu zittern. Langsam macht er mir Angst. Ich versuche, mir meine Sorge nicht anmerken zu lassen, befreie ihn von seinen restlichen Sachen und als ich mich wieder aufstellen möchte, fällt mein Blick auf seine Oberschenkel. Scheiße! »Jack, was ist passiert? Wo warst du?« Zitternd greift er nach meiner Hand, taumelt einen kleinen Schritt zur Seite und fällt geradewegs hin. Ich gleich mit ihm. Während der Wasserstrahl nun genau auf seinen Kopf rauscht, beginnen die vielen kleinen kreisrunden Verletzungen an seinen

Beinen zu bluten. »Ich bin gleich zurück. Ich hole Hilfe«, stammle ich und stakse rückwärts aus der Dusche. Ich spare es mir, nach einem Handtuch zu greifen, sondern renne hinaus auf den Flur. Abgesehen davon, dass ich jetzt wirklich jemanden zur Unterstützung brauche, muss ich raus aus diesem Raum. Das ganze Blut, der Geruch. Ich kann es nicht ertragen, nicht sehen und es macht mir eine scheiß Angst. Jetzt ist mir ganz egal, was zwischen Aidan und mir passiert ist. Nur er kann uns helfen, also ziehe ich mein Handy aus der Hosentasche, das Gott sei Dank kaum nass geworden ist, und rufe Aidans Kontakt auf.

Rund zehn Minuten später öffne ich ihm die Tür.

»Wo ist er?«

»Noch unter der Dusche.« Aidans Gesichtsausdruck wirkt ernst, als er mir ins Haus folgt. Das von gestern steht gerade nicht zwischen uns. Wir betreten das Bad, wo Jack auf dem Duschboden kauert.

»Wann hast du ihn vor heute das letzte Mal gesehen?«

»Bevor ich nach Irland gefahren bin, aber kurz bevor ich zurück nach London kam, habe ich mit ihm telefoniert. Das war Freitag. Da schien noch alles okay.«

Aidan mustert ihn. »Hat er dir gesagt, was er vorhatte?«

»Nein, natürlich nicht.«

»Lass ihn uns erstmal da rausholen.«

Ich öffne die Kabinentür und Jacks Zittern wird stärker. »Jack, das ist Aidan. Ein Freund. Er wird dir helfen. Wir holen dich jetzt erst mal hier raus.«

»Ich mach das«, sagt Aidan, »hol ein Handtuch.«

Ohne Widerrede lasse ich ihn Jack unter den Armen

packen und herausziehen. »Vorsicht, Jack, ich trockne dich jetzt ab.« Er lässt sich von mir ein Badetuch um die Hüfte wickeln und das Haar mit einem kleineren Tuch trockenrubbeln. Die Wunden bluten noch immer und ich sehe hilfesuchend zu Aidan, der mich bei jedem Handgriff beobachtet. »Hilf ihm«, flüstere ich und trete zurück. Er stellt Jack gegen die Wand in seinem Rücken, ergreift mit beiden Händen sein Gesicht und sieht ihm für einige Sekunden tief in die Augen. Danach und völlig unvermittelt, wird Jack ganz ruhig.

»Kannst du ihn kurz stützen?«, wendet sich Aidan an mich und ich nicke.

Er hockt sich vor seine Beine, legt nacheinander eine seiner Hände auf die jeweilige Verletzung und sobald er sie fortzieht, sieht es aus, als wäre nie etwas gewesen. Jack wirkt währenddessen, als sei er an einem völlig anderen Ort.

»Du hast etwas Blut verloren«, spricht Aidan beruhigend zu ihm, nachdem er ihn wieder übernommen hat. »Du ruhst dich jetzt aus und morgen geht es dir wieder gut. Verstanden, Jack?«

Mein ältester Freund sieht irritiert in Aidans Gesicht, nickt aber erneut.

»Wo ist sein Schlafzimmer?«

»Am Ende des Gangs durch die Tür. Die führt über eine winzige Leiter hoch auf den Dachboden. Das einzige Zimmer hier, das nicht ebenerdig ist. Da wirst du ihn sicher nicht raufbekommen. Vielleicht sollten wir ihn einfach auf die Couch legen.« Aidan mustert mich mit einem versteckten Lächeln und hebt sich Jack mit Leichtigkeit auf die Schulter. Die Leiter hinauf gehe ich den beiden hinterher und kaum, dass Jack in seinem Bett liegt, schläft er auch schon.

»Lass uns zu dir fahren«, sagt Aidan, nachdem wir wieder unten im Gang stehen. »Er wird auf alle Fälle bis morgen früh durchschlafen und so hat er die größtmögliche Ruhe.«

Ich will schon widersprechen, als Aidan einfach hinausgeht und ich ihm doch mit einem Seufzen folge.

Kapitel 26

Erst als wir mein Appartement betreten, fällt etwas von der angespannten Stimmung, die während der zehnminütigen stillen Autofahrt herrschte, von mir ab. Ich will gerade anfangen zu fragen, da setzt Aidan bereits von allein an.

»Wir sind keine normalen Menschen, Rayna.«

»Erzähl mir was Neues.«

»Nichts von diesen Dingen darf je an andere weitergegeben werden, da müssen wir«, er stockt, »ich muss dir da vollkommen vertrauen können.«

Während ich mich in den nassen Sachen, in eine Decke gehüllt, auf die Couch setze, stellt er sich mit dem Rücken ans Fenster.

»Willst du dir nicht erstmal was Trockenes anziehen?«

»Später«, antworte ich. »Jetzt will ich wissen, was mit Jack passiert ist.«

»Was genau passiert ist, kann ich dir nicht sagen. Ich weiß es nicht. Welche Verletzungen das waren, weißt du selbst. Vorher möchte ich dich aber über etwas anderes aufklären. Etwas, wegen dem ich mir sicher Ärger mit Sari einhandle, aber sei es drum.«

Sein Blick taxiert mich ernst.

»Du bist nicht wie sie«, fährt er fort.

»Wie wer?«

»Die Menschen. Das solltest du inzwischen bemerkt haben. Du hast allgemein ein paar außergewöhnliche Gaben und eine davon hast du bereits errungen. Weitere werden folgen, aber sie alle werden nicht vollends ausgebildet sein. Erst wenn du dich entschieden hast, auf welcher Seite du stehst, wird die Wandlung vollständig sein.«

Er kommt auf mich zu, kniet sich vor mir auf den Boden und unweigerlich habe ich die Szene von gestern vor Augen. Mein Körper fängt ganz von allein an, Hitze zu entwickeln und mein Kiefer pocht leicht. Aidan fährt ein kleines Lächeln übers Gesicht.

»Das ehrt mich zwar, Rayna, und du weißt, dass ich sicher der Letzte wäre, der nein sagt, aber ich muss dir jetzt ein paar Dinge erklären.«

Röte steigt mir ins Gesicht und für einen kurzen Moment überlege ich, ob er recht hat. Ob ich wirklich gerade daran gedacht habe, das von gestern fortzuführen.

»Jack hat als Spender gedient. Seinem Zustand nach zu urteilen, kaum freiwillig«, fährt er fort und wirkt nicht ansatzweise so, als würde er aktuell auch nur einen Gedanken daran verschwenden, über Gestern nachzudenken.

»Spender?«, frage ich und konzentriere mich wieder auf das Jetzt. »Es waren die gleichen Verletzungen wie bei Kristin.«

»Richtig. Deshalb konnte ich sie heilen. Auch Kristin wurde als Spender benutzt. Allerdings denke ich, dass es in ihrem Fall freiwillig war. Auch wenn sie danach keine Erinnerung mehr daran hatte.«

»Das bedeutet jetzt also im Klartext, sie wurden beide von Vampiren gebissen? Und du bist auch einer? Und ich soll auch einer sein? Und du kannst Vampirbisse heilen?« Ich lache, weil es sich offen ausgesprochen einfach zu irrsinnig anhört.

»Nein, ganz so einfach ist es nicht. Du bist kein Vampir und ich bin ebenfalls keiner. Es gibt sie, ja, und du kennst sie, wie du weißt. Für meine Begriffe einen davon deutlich zu innig. Überspringen wir das aber für den Moment und kommen zum Heilen. Ich kann mehr als nur Vampirbisse heilen. Genaugenommen fast alle magischen Verletzungen. Bloß keine natürlichen, das habe ich dir schon erzählt.«

Er nimmt meine Hände in seine und ich versuche die Wärme, die von dort ausgeht, zu ignorieren.

»Rayna, Devons Freunde sind allesamt Vampire und du, du könntest so etwas wie sie sein. In Zukunft. Sofern du dich ihnen anschließt.«

»Was bedeutet so etwas wie sie? Und was ist mit Devon?«

»Er ist kein reiner Vampir, dennoch reiner als der Rest. Genauso wie in deinem Fall.«

Ich sehe ihn an. »Und du? Was bist du?«

»Ich bin kein Vampir, zumindest kein vollständiger. Meine Seite wurde für mich ausgewählt. Ich trage dunkles Potenzial in mir, aber die weiße Seite ist meine dominante.«

»Damit wäre ja wohl auch geklärt, das schwarz, wie immer, für die böse Seite steht. Und weiß? Ihr seid die Engel?«

Aidan huscht ein Grinsen übers Gesicht. »Nein, ein Engel bin ich sicher nicht. Die Antwort, was wir sind, darf ich dir nicht geben. Sari wird mir vergeben, die Feinde verraten zu haben, aber über uns … nein, den Preis möchte ich nicht zahlen. Du musst selbst dahinterkommen.«

»Ganz im Ernst, Aidan. Du hast gesagt, du willst mir endlich Dinge erklären und jetzt plötzlich doch nicht mehr? Das mit Devon und den anderen, das haben wir doch schon besprochen. Ist also nichts Neues«, raune ich. »Außerdem, was ist, wenn ich überhaupt nicht dahinterkommen möchte? Wie kommt ihr überhaupt alle auf mich? Wären wir uns nicht zufällig im Pascha begegnet, wer wäre es dann geworden? Ich möchte mein altes Leben zurück, Aidan. Ich möchte meine Freunde zurück. Oder sollen die sich jetzt auch entscheiden?« Mir laufen Tränen über die Wangen und es ist mir egal, dass Aidan sie sieht.

»Die beiden haben eigentlich nichts mit dem Ganzen zu tun. Kristin ist durch dich hineingeschlittert, was mir sehr leidtut. Außerdem ist es bestimmt nicht gut für sie, allein in Irland zu sein. Ich hoffe trotzdem, dass Devon ein Auge auf sie hat, weil er dich ja ganz offensichtlich mag. Wie Jack da reinpasst, kann ich noch nicht sagen, aber, Rayna, wir haben dich nicht willkürlich ausgesucht. Es ist deine Bestimmung, nur das Ende ist noch offen. Es liegt in deiner Hand, so wie Sari sagte.«

Ich höre seine Worte, aber ich verstehe sie nicht. Was soll das bedeuten, Bestimmung? »Und welche Rolle spielt Devon?«, frage ich, weil ich über das mit der Bestimmung gerade nicht weiter nachdenken kann. Es ist zu verworren.

»Er gehört definitiv der schwarzen Seite an. Unabänderlich. Trotz allem trägt auch er einen weißen Teil in sich. Zudem ist er kein Geschaffener. Er wurde als reines Halbwesen geboren. Genau wie du und ich, aber wir sind nur zur Hälfte Vampire. Ebenso Malorie.«

Ich schüttele den Kopf, habe das dringende Bedürfnis,

ihn am liebsten ordentlich und gleich mehrere Male gegen die Wand zu knallen, um danach wieder klarer denken zu können. Oder mich übergeben. Übergeben wäre gerade sehr hilfreich. Am liebsten beides, nacheinander. Was hat das nun mit Malorie zu bedeuten? Ich verstehe das alles einfach nicht. »Zeig es mir.« Es kommt einfach so aus meinem Mund. Ich will es sehen. Ich weiß nicht mal, ob Aidan ebenso wie Devon, etwas in meinen Kopf spielen kann, damit ich es sehe. Denn unser Kirchenbesuch in Fallmore, der kann nicht nur projiziert gewesen sein. Wir waren tatsächlich da, auch wenn ich nicht verstehe, wie das möglich ist. »Bitte«, sage ich.

»Leg dich hin«, fordert er mich auf.

Wieder ist da diese Ernsthaftigkeit in seinem Blick und dieses Ernste, auf seinem sonst so verspielten Gesicht. Sobald ich liege, beugt er sich vor, ergreift meinen Arm und im nächsten Moment hat er ein Messer in der Hand, mit dem er mich ritzt. »Hey was …?«, kreische ich auf, obwohl es nicht ansatzweise weh tat. Während der kleine Schnitt nun leicht blutet, steckt er das Messer in seine Jacke, die auf dem Tisch liegt. Warum habe ich nicht mitbekommen, wie er es herausgeholt hat?

»Ganz ruhig«, spricht er derweil und wendet sich mir wieder zu. »Ich würde dir nie etwas tun und du willst doch Beweise.«

Seine Lippen nähern sich meiner Verletzung und schon während ich seine Zunge auf meiner Haut spüre, erwacht meine Weiblichkeit. Shit! »Aidan«, seufze ich, doch er steht wieder auf. Diese Gefühle machen mich noch irre. Meine Augen wandern zu der Verletzung, die keine mehr ist. Da ist nichts mehr und ich sehe zu ihm auf. Was ich dann entdecke, ist nicht ganz neu für mich, allerdings neu an Aidan. Vier strahlend weiße, spitze Eckzähne sind da plötzlich in seinem Mund. Nicht wie bei einem Halloween-Vampir-Gebiss, aber kaum übersehbar. Aidan geht zum Barfach des Wohnzimmerschranks, schenkt sich einen uralten Whiskey ein, der hier schon ewig herumsteht, kippt ihn in einem Zug hinunter und kommt zurück zu mir. Er lächelt breit und seine Zähne sind wieder alle völlig normal groß. »Ich verstehe gar nichts mehr. Aidan, wie kann das sein?« Nachdem er sich wieder vor mir auf den Boden gehockt hat, fährt er fort.

»Ich bin nur zur Hälfte Vampir und habe mich zur weißen Seite bekannt. Dadurch ist der Vampirteil eigentlich weitestgehend eingedämmt, ein paar Überbleibsel sind allerdings noch vorhanden. Wenn ich Blut schmecke, fahren meine Fangzähne aus. Ich habe jedoch noch nie jemanden gebissen und werde es auch niemals tun. Und das nicht nur, weil ich nicht will, sondern weil ich es auch einfach nicht muss. Blut ist nicht mein Lebenselixier. Wie du ja gesehen hast, kann ich all das trinken, was die Menschen auch zu sich nehmen. Nur beim Alkohol muss ich aufpassen. Den vertrage ich nicht so gut wie die Menschen. Essen kann ich alles. Devon nicht. Er lebt vom Blut. Er hat höchstens die Wahl zwischen Menschen und Tierblut. Aber ich denke nicht, dass er aus freien Stücken Tierblut zu sich nehmen würde.«

»Und was ist dein Lebenselixier?«

»Das Licht«, antwortet er.

»Licht?«

»Ich brauche Licht zum Leben.«

Jetzt muss ich grinsen. »Dann bist du wohl eine Blume.« Sein Blick wirkt leicht verärgert. »Sorry.«

»Licht gibt mir Energie«, fährt er fort. »Ohne Licht kann ich nicht existieren. Was nicht heißt, dass ich wie eine Primel eingehe. Wenn du mich in ein dunkles Verlies steckst, komm ich schon etwas länger aus als du ohne Schnorchel unter Wasser.«

»Was heißt das dann genau?«

»Sagen wir so rund zehn bis fünfzig Jahre. Je nachdem.«

»Ich dachte ohne Licht keine Existenz.«

»Erstmal ohne Licht keine Energie und irgendwann dann auch kein Existieren mehr.«

»Und wie passe ich jetzt in dieses Spiel?«

»Genau genommen bist du ein Halbwesen. So wie Malorie, Devon und ich es auch einmal waren. Mit dem Unterschied, dass das jahrzehntelange Leben unter Menschen, dich ihnen sehr viel ähnlicher gemacht hat. Du musst deine Seite noch finden. Und, Rayna, ich bitte dich, erzähl Devon nichts von mir. Die Dunklen dürfen nichts von meiner Existenz erfahren. In dem Sinne, wer ich wirklich bin. Zumindest noch nicht. Also egal wie weit du dich noch auf Devon einlässt, er darf es nicht wissen!«

»Ich werde nichts sagen, mach dir keine Sorgen. Wahrscheinlich sehe ich ihn sowieso niemals wieder.«

»Nicht, dass ich mir wünsche, dass du wieder mit ihm zusammenkommst, aber ich kann mir nicht vorstellen, dass es das schon war. Er wird sich wieder bei dir melden.«

»Lass uns nicht weiter darüber reden. Machen wir mit Schwarz-Weiß weiter. Wieso weißt du von ihnen und sie nichts von dir?«

»Das ist eine lange Geschichte und ich würde sie dir lieber ein anderes Mal erzählen.«

»Erzählst du mir wenigstens etwas über meine Eltern?« Mein Blick fleht ihn geradezu an. Auch wenn ich mich innerlich eigentlich ärgere, weil er einfach nicht mit allem herausrückt, was er weiß.

»Aine und Menor, soviel weißt du schon. Menor ist ein

Vampir, über Aine darf ich dir nichts sagen. Und bitte dräng mich nicht dazu.«

»Ich wundere mich, dass ich überhaupt noch sprechen darf«, raune ich. Was soll das? Und dass mein Vater ein Vampir sein soll … Wie verrückt wird es noch? »Warum wurde ich vor dem Waisenhaus abgelegt? Oh, warte«, rufe ich sarkastisch, »das darfst du mir sicher auch nicht sagen!«

»Rayna, Sari ist die, die dir all deine Fragen beantworten kann und das wird sie auch, sobald du zu ihr findest.«

»Wenn ihr alle so erpicht darauf seid, dass ich zu euch komme, warum zeigt ihr mir dann nicht den Weg? Das passt doch vorn und hinten nicht.«

»Wenn es so einfach wäre. Alles hängt mit unserer Prophezeiung zusammen. Es ist unsagbar wichtig, dass du die nächsten Schritte allein unternimmst.«

Sein Blick drückt ehrliches Bedauern aus und er streicht mir mit der Hand über die Wange, die ich jedoch fortschiebe.

»Ich werde jetzt gehen.«

»Aidan, das war gefühlt wieder nichts, was du mir gesagt hast. Das frittiert eher mein Hirn.«

»Denkst du wirklich, wenn es keinen Einfluss auf uns hätte, würde ich es nicht auch aussprechen? Du wirst es verstehen, wenn du alles herausgefunden hast. Aber genau das ist so unsagbar wichtig. Ich komme wieder, und wenn du mich früher brauchst, meine Nummer hast du.«

Am liebsten würde ich ihn zwingen, bei mir zu bleiben, aber mittlerweile weiß ich, dass Aidan viel zu stur ist, als dass ich heute noch etwas aus ihm herausbekommen würde. »Was geschieht weiter mit Jack?«, rufe ich ihm nach, bevor er zur Tür hinaus verschwindet.

»Er wird bis morgen früh schlafen, dann solltest du wieder nach ihm sehen.«

Ich habe das Bedürfnis noch etwas wegen gestern zu sagen, auch wenn ich nicht genau weiß was und Aidan scheint das zu spüren.

»Auf meine Hilfe kannst du zählen. Immer, Rayna! Über uns, weißt du … Es kommt sowieso alles, wie es kommen soll.«

Er lächelt mich traurig an und drückt die Tür auf. Die tintenschwarzen Locken, die ihm lässig ins Gesicht fallen, wippen bei jedem Schritt, den er macht, und als die Tür zufällt, spüre ich seine warme Aura noch im gesamten Raum. Schnell laufe ich zum Fenster, um noch einen letzten Blick auf ihn zu werfen, doch er ist nicht mehr zu sehen. Ich, ein Halbwesen. Zur Hälfte Vampir und irgendein Lichtwesen, oder was auch immer. Warum habe ich mein ganzes Leben lang nichts davon bemerkt? Warum kann ich auf einmal aus reiner Gedankenkraft Kerzen anzünden und Jalousien schließen? Warum zum Teufel, denke ich urplötzlich über Dinge wie Blut nach und wie es schmecken könnte? Langsam gehe ich auf den Spiegel zu und sehe hinein. Ein Vampir? Ein Halbwesen? Nach allem, was ich gesehen habe, komme ich nicht umhin, die Sache nicht zu glauben. Wer ist meine Mutter? Warum wollte sie mich nicht? Extrem blöde, wie ich bin, trete ich näher an den Spiegel heran, betrachte meine Zähne. Alles normal. Ich gehe in die Küche, ritze mir mit einem Messer leicht in den Finger und ein paar Tropfen Blut quellen hervor. Ich lecke sie ab, um dann wieder in den Spiegel zu schauen. Nichts. Was habe ich erwartet?

Mit Kraft meines Willens lasse ich die Jalousien herunterfahren und entzünde ebenso die Kerzen. Das ist absolut nicht normal. Gut, ich hatte nie vor all dem probiert, ob ich zu so etwas imstande bin. Ich gehe aber mal davon aus, dass ich es bis vor einer Woche noch nicht konnte. Noch ein anderer Versuch … *Devon, hörst du mich?* Nichts, keine Antwort. Davon bin ich eigentlich ausgegangen. Zeitgleich ärger ich mich sofort über mich selbst, weil ich überhaupt versuche, ihn zu rufen. Verwirrt lege ich mich auf die Couch und denke an Aidan. Meine Gefühle ihm gegenüber haben sich verändert. Vielleicht waren sie auch die ganze Zeit über schon so, ohne dass ich davon etwas wissen wollte.

Wenn ich allerdings an Devon denke, überkommt mich ein noch viel tieferes Gefühl. Neben diesem Gefühl ist der Schmerz wegen Malorie. Beim Gedanken an ihn brennt ein tiefes Loch in mir. Was macht er gerade? Ist er jetzt bei ihr? Schmecken ihre Küsse genauso wie meine? Tränen laufen über mein Gesicht. Habe ich keine anderen Sorgen? Jack geht es schlecht, Kristin ist vielleicht in Gefahr. Was wird aus mir werden, wenn all das stimmt, was Aidan behauptet? Was wird aus uns allen werden? Jack und Kristin? Ich fühle mich wieder wie das kleine Mädchen im Waisenhaus, mit dem kaum jemand etwas zu tun haben wollte. Es ist ein Gefühl, das ich kaum ertrage.

KAPITEL 27

Sie war sein Ein und Alles, seine Reniar. Seine Rayna.

Sie hatte seinen Namen geflüstert und sie war unglücklich. Nur seinetwegen.

Er stand neben ihr an der Schlafcouch, beobachtete sie, so wie er es schon seit gestern tat. Als er zurück nach London gekommen war, hatte er eigentlich sofort zu ihr gewollt. Hatte ihr alles erklären wollen. Doch sie war nicht zu Hause gewesen, sondern mit Aidan in einem Café. Also hatte er erst andere Dinge erledigt, und als er am späten Abend in ihre Wohnung gekommen war, schlief sie schon. Bis heute Morgen war er geblieben und kurz bevor sich ihre Augen geöffnet hatten, verließ er sie wieder. Vorhin, als er um die Straßenecke bog, kam ihm Aidan entgegen. Was wollte er schon wieder bei ihr? Aidan hatte ihn natürlich nicht wahrnehmen können und er war versucht, ihm hinterherzugehen. Als er jedoch sah, wie sich ihre Jalousien schlossen, musste er doch nachsehen, ob alles in Ordnung war.

Sie stand vor dem Spiegel, untersuchte ihre Zähne und fast hätte er lachen müssen. Es sah nahezu zauberhaft aus. Sie sah zauberhaft aus, bei allem, was sie tat. Ihr Blut roch so süß, so unwiderstehlich und es war so schwer, sich in ihrer Nähe im Zaum zu halten. Er spürte einfach, dass sie mehr für ihn war als ein Spender. Sie musste etwas mit der Prophezeiung zu tun haben. Wenn wirklich etwas an den Vampir-Chroniken bare Münze war, dann konnte es nicht Malorie sein.

Das rasende Blut konnte nur durch die Vereinigung zweier reiner Halbwesen, die sich aus vollem Herzen liebten, entstehen.

Wer also, außer Rayna, sollte es sein? Niemals sonst könnte er so für sie empfinden. Es gab nur einen Haken an der Sache. Sie war kein Halbwesen, sie war ein Mensch. Ein medialer Mensch. Soviel konnte er schon spüren. Auch wenn die anderen nichts davon hören wollten. Er würde es auch nicht wieder mit ihnen besprechen. Für den Herrscher stand nur Malorie auf der Liste. Rayna war in großer Gefahr. Vielleicht hätte er dieses Thema nie anschneiden dürfen. Nun war es zu spät. Dennoch hatte sie Fähigkeiten, das konnte selbst der Herrscher nicht abtun. Sie lag hier im Kerzenschein und eine Aura ging von ihr aus, wie es niemals bei einem normalen Menschen sein könnte. Ihre blasse Haut schimmerte im Licht. Die langen dunklen Haare fielen ihr ins Gesicht und ihre Augen waren so blau wie der Himmel. Ihr Körper eine einzige Versuchung. Sie war so völlig anders als alle Frauen, die er bisher gekannt hatte. Menschenfrauen hatte er immer nur als Spender gesehen. Was aus ihren Mündern kam, hatte ihn wenig bis gar nicht interessiert. Sie redeten ihm nach dem Mund, nur damit er sich ihrer annahm. Im weitläufigen Sinne. Die Vampirfrauen konnte man nicht mal ansatzweise mit

Rayna vergleichen. Durch die Bank waren sie alle hochnäsige, selbstverliebte Hexen. Gut, eine Ausnahme gab es. Caitlin war ihm wirklich eine Freundin. Doch Rayna war für ihn wie ein junges Reh. Unverdorben. Sie machte sich über alles und jeden Gedanken. Sie hatte Herz und Köpfchen. Nie hatte er je so eine Feinfühligkeit bei jemandem empfunden. Nichts und niemand war vergleichbar mit ihr. Wie sollte er ihr nur alles über sich und seine Welt beibringen? Würde sie überhaupt wieder mit ihm sprechen? Nach ihrer abrupten Abreise zu urteilen, wohl kaum. An das Thema Kristin durfte er gar nicht denken.

Sie bewegte sich. Murmelte etwas, das selbst er mit seinem feinen Gehör nicht verstehen konnte. Er legte sich neben sie und unbewusst kuschelte sie sich in seinen Arm.

Noch bis in die frühen Morgenstunden lag er neben ihr. Sie hatte ruhig geschlafen. Langsam wurde ihr Puls schneller und auch ihr Atem passte sich an. Zeit für ihn zu verschwinden. Zu überlegen, wie er ihr das mit Kristin beibringen sollte.

Als sie die Augen aufschlug, war er schon längst wieder fort …

Kapitel 28

Als ich aufwache, habe ich sofort Oleandergeruch in der Nase.

Seinen.

Mein Blick schweift träge durchs Zimmer und alles scheint irgendwie verschleiert. Die Kerzen brennen nicht mehr, und ich kann mich nicht daran erinnern, sie gelöscht zu haben. Trotzdem atme ich auf, dass sie aus sind und ich nicht das ganze Haus niedergebrannt habe. Ich hieve mich hoch, gehe zum Lichtschalter und sehe auf die Uhr. Sechs Uhr morgens. Ich habe gute elf Stunden geschlafen. Unglaublich. Trotz allem fühle ich mich müde und abgeschlagen. Ich will die Jalousien hochziehen, doch sobald die ersten Lichtstrahlen auf meine Augen treffen, lasse ich es sein, weil sie sofort zu brennen beginnen.

In meinem Traum war ich bei Devon, konnte ihn fühlen, riechen. Wir waren glücklich. Die Wirklichkeit sieht wohl anders aus. Langsam ziehe ich mich an. Hunger habe ich wieder keinen. Danach bestelle ich mir ein Black Cap, denn je schneller ich nach Jack sehe, desto besser. Als das

Black Cap unten hupt, verlasse ich mein Appartement und schon im Hausflur schmerzen meine Augen wieder, obwohl hier nur schwaches Licht von außen eindringt. Die Sonnenbrille noch in der Jacke ziehe ich sie auf und sofort geht es besser. Im Black Cap versuche ich wieder, Kristin zu erreichen, doch genauso wie bei den letzten Malen, geht immer bloß der Anrufbeantworter ran. Mein Gefühl diesbezüglich wird immer beschissener und es ändert sich auch nicht, als ich mit dem Zweitschlüssel Jacks Haus betrete. Gerade will ich die Leiter zu seinem Schlafreich hinaufgehen, als er mich von der Küche aus ruft.

»Rayna, in der Küche!« Seine Stimme klingt wieder fest.

Ich folge dem Kaffeegeruch, der mir ein wenig Übelkeit verursacht, und finde ihn sitzend am Küchentisch vor. Rein äußerlich sieht er aus, als wäre nie etwas gewesen und ich falle ihm um den Hals. »Jack, du bist wieder okay, Gott sei Dank!« Etwas unsanft stößt er mich zur Seite. »Was ist los?« Sein Blick strahlt die pure Feindseligkeit aus.

»Setz dich!«

Ich bleibe stehen. Weiß nicht genau, was hier gerade passiert.

»Setz dich, Rayna! Bitte.«

Also setze ich mich und warte, was er mir zu sagen hat.

»Erzähl mir mehr von Cottler.«

»Cottler? Von Devon?«, frage ich.

»Meinetwegen. Cottler Junior, Cottler Senior. Mir gleich.«

»Willst du mir nicht erst erzählen, was bei dir passiert ist?«

»Das weißt du doch sehr genau«, raunt er.

Unverständig sehe ich ihn an. Klar weiß ich mittlerweile, dass er gebissen wurde. Nur von wem und warum, das kann ich nicht sagen. Kann es mir noch nicht mal denken und ich bin mir nicht sicher, ob er es weiß. Wissen darf. Warum zum Teufel habe ich Aidan nicht mit hierher genommen? »Jack, ich weiß wirklich nicht, was passiert ist. Wie kommst du auf so etwas?« Scheinbar schenkt er meinen Worten nun doch etwas Glauben, denn sein Gesichtsausdruck wird weicher.

»Nachdem du mich aus Irland angerufen hast, um mir mitzuteilen, dass du zurückkommst, rief mich dieser Cottler an. Er müsse sich gleich am Abend mit mir treffen, es gehe um das Head House. Ich fragte ihn, ob das nicht bis Montag Zeit hätte, da wurde er gleich pampig und faselte etwas davon, dass ich einen guten Ruf zu verlieren hätte. Also traf ich mich mit ihm. Er bestellte mich in so einen Privatclub, von dem ich nie zuvor gehört habe. Ich wollte ein Black Cap nehmen, doch er meinte, er würde seinen Fahrer schicken und ich solle mich nicht bemühen.«

Ich sitze reglos da, höre ihm zu. Mir ist nicht klar, wie viel er noch von der Nacht weiß und inwieweit er mich damit in Verbindung bringt, und ich will ihn nicht weiter mit reinziehen, als es schon geschehen ist. Also lasse ich ihn erzählen und höre einfach zu.

»Die Scheiben des Wagens waren innen wie außen verdunkelt, sodass ich nicht sehen konnte, in welche Gegend wir fuhren. Nach etwa fünfzig Minuten kamen wir an. Rose Rouge Club. Sagt dir das etwas?«

»Habe ich noch nie gehört, und vor allem, was hat ein Uniprofessor mit einem Club zu tun?«

»Ehrlich gesagt, hatte ich mir darüber noch nicht einmal Gedanken gemacht. Wie auch immer, sein Kutscher fuhr weg und so stand ich also vor diesem Club, inmitten irgendeines alten Industriegebietes. Da war nichts drum herum, was offen gewesen wäre. Nicht einmal andere Firmen. Vor dem Club selbst weder Türsteher noch Musik, die man von drinnen hätte hören können. Trotzdem ging ich rein und wäre beinahe abgestürzt, wenn ich mir nicht gerade eine Kippe angemacht und so zufällig die Treppe hinuntergesehen hätte. Nach etlichen, dunklen Gängen kam mir dann auch mal Musik entgegen. Rayna, glaub mir, wäre es nicht Cottlers Fahrer gewesen, der mich dorthin gebracht hat, ich hätte auf dem Absatz kehrt gemacht. Aber wie schlimm, dachte ich mir, kann ein Uni-Professor schon sein?«

Jack erzählt mir den Abend so genau, dass ich fast das Gefühl habe, selbst mit dort gewesen zu sein. Cottler holte ihn in sein Büro. Also tagsüber Uniprofessor und nachts Clubbesitzer. Ich bin Cottler selbst nie begegnet, aber warum hat Devon mir nichts davon erzählt? Zumal ich langsam sowieso davon ausgehen muss, dass auch Cottler kein Mensch ist. Aber ein Vampir als Professor an einer Universität? Auf alle Fälle teilte er ihm die Neuigkeiten bezüglich des Head Houses mit. Dass er die Hilfe der Kanzlei doch nicht mehr benötige, da man sich so mit dem Eigentümer hätte einigen können. Jack habe einen Whisky zu Beginn des Gesprächs bekommen. Im Nachhinein geht er davon aus, dass es kein purer Whiskey war, denn während des Gespräches mit Cottler sei er immer benommener geworden.

»Und was ist dann passiert?«, frage ich.

»Meine Erinnerung ist zu diesem Zeitpunkt schon recht brüchig. Cottler fragte mich etwas in der Art, ob ich noch ein wenig Spaß haben wolle. Scheinbar habe ich zugestimmt, denn als nächstes kommt mir nur ein Bild in den Kopf und, Rayna, ich möchte, dass dieses Gespräch unter uns bleibt. Kein Wort zu Linda und dergleichen.«

»Wenn du es nicht willst, selbstverständlich«, beteuere ich.

»Keine Ahnung, wie ich von Cottlers Büro da hinkam, aber ich lag mit mehreren Frauen plötzlich in einem Bett. Soweit ich mich erinnere, wunderschöne Frauen. Sex hatten wir glaube ich keinen, aber, Rayna, ich weiß nicht, du hältst mich sicher für vollkommen übergeschnappt.«

»Das kommt auf einen Versuch an.« Ich befürchte fast, dass ich mich kaum wundern werde, je nach dem, was Jack mir gleich erzählt.

»Diese Frauen haben von mir getrunken. Getrunken, Rayna. Eine hing zwischen meinen Beinen, eine andere an meinen Füßen und zwei an meinen Armen. Sie haben mich gebissen, mein Blut getrunken und ich stand drauf. Ich war Himmel und Hölle für diese Satansweiber und ich weiß nicht warum. Plötzlich stürmte *etwas* zur Tür herein und die Vier wichen vor mir zurück, als hätte ich urplötzlich die Pest. Ich weiß nicht, wer oder was da gekommen ist. Ich weiß nur, mit einem Mal war es vorbei. Als nächstes saß ich in einem Black Cap, das vor der Kanzlei hielt. Den Rest kennst du.«

Jack lässt die Schultern sinken und mein Gewissen gibt mir einen harten Schlag in die Magengegend. Wo habe ich ihn da nur mit reingezogen? Ich kann mich der Sache nicht weiter entziehen. Erst Kristin, jetzt Jack. Ich liebe diese Menschen viel zu sehr, als dass ich zulassen könnte, dass ihnen noch mehr geschieht. Ich habe keine Ahnung, was ich tun kann, aber ich werde einen Weg finden. Denn egal, wie es ist, am Ende scheint alles mit mir zusammenzuhängen. Was mich allerdings interessiert, ist, wie Jack darauf kommt, dass ich über ihn und seinen Abend Bescheid wüsste. »Wie kommst du darauf, dass ich wüsste, was da vorgefallen ist?«, frage ich, während er mich eingehend beobachtet.

»Na, du warst doch mit diesem Cottler Sohn unterwegs.«

»Weil du mich hingeschickt hast, vergiss das nicht. Ich habe keine Ahnung, was der alte Cottler mit dir abgezogen hat, das musst du mir glauben. Ich kenne den Mann nicht mal. Wo mir einfällt, dass in der Kanzlei nichts mehr über ihn zu finden ist. Weder im Aktenschrank noch auf der Festplatte. Hältst du es für möglich, dass er da war, um alles zu vernichten? Und falls dem so ist, warum?«

»Ich habe nicht die geringste Ahnung«, erwidert er.

»Alles, was ich weiß, ist, dass sich so etwas nicht wiederholen wird. Das schwöre ich dir.«

»Wie kannst du mir das schwören? Was weißt du wirklich darüber, Rayna?«

»Im Prinzip nicht viel, aber ich werde mich darum kümmern. Und wir bleiben bitte dabei: Kein Wort über diese ganze Sache zu Linda.«

»Was hat Linda damit zu tun?«

»Nichts und so soll es auch bleiben. Außerdem warst du der, der vorher gesagt hat, er will nicht, dass sie etwas davon erfährt.« Ich zwinkere ihm zu und bin froh, dass es ihm wieder bessergeht.

»Okay«, antwortet er gedehnt und steht auf. »Dann versuchen wir den unfreiwillig freien Tag heute irgendwie zu genießen und sehen uns morgen auf der Arbeit. Ich bin noch vollkommen erledigt und lege mich noch mal hin.«

»Klar«, erwidere ich. »Auf den Anrufbeantworter der Kanzlei hatte ich vorsichtshalber gesprochen, dass wegen Krankheit geschlossen ist.«

»Wir können ja am Abend kurz telefonieren und entscheiden dann. Sag mal, eins noch. Dieser junge Mann, der gestern bei dir war ...«

»Ein Freund«, sage ich schnell. »Er hat nichts mit dem

Ganzen zu tun und ich vertraue ihm.« Dass wir jetzt noch über Lichtwesen oder dergleichen sprechen, dafür habe ich keine Nerven. Jack nickt. »Dann machen wir es so«, sage ich und verlasse das Haus, nachdem das Black Cap, das Jack mir bestellt hat, da ist.

»Devon?«, rufe ich, als ich wenig später mein Appartement betrete und mir sofort wieder der starke Oleandergeruch in die Nase steigt. Natürlich bekomme ich wieder keine Antwort. Ich will mich gerade aus meinen Sachen schälen, als mein Handy klingelt. Es ist Linda. Auch das noch. »Hey Linda, gibt es etwas Neues?«, begrüße ich sie und streife mir die Schuhe ab. Dann ist es mit einem Mal wie in einem meiner Träume. Unwirklich und doch zu real. Real und es kann doch nicht sein. Ich fange an zu zittern und das Handy fällt aus meiner Hand. Sie ist tot. Meine Freundin Kristin ist tot. *Sie kann nicht tot sein.* Weit weg höre ich, wie Linda am anderen Ende der Leitung nach mir ruft, doch ich bin nicht imstande, das Telefon wieder aufzunehmen.

Sie war auf dem Rückweg nach London. Vor zwei Stunden. Der Wagen hatte einen Unfall, kurz vor der Fähre. Komplett ausgebrannt. Nun ist nicht mal mehr ein Körper da, den man beerdigen kann. Kristin … ist tot.

To be continued in Teil 2

BONUSMATERIAL – PART A

DIE ENTSTEHUNG

Sari ...

Es ist so unerträglich langweilig.

Jeden Tag ist es unerträglich langweilig.

Ich vermisse die Oberfläche. Die anderen sprechen nicht darüber, aber ich bin mir sicher, dass es bei ihnen genauso sein muss. Falls dem nicht so ist, stimmt mit mir etwas nicht.

Ich vermisse Valutus, meinen engsten Vertrauten. Ich vermisse ihn so sehr. Tausende von Jahren war er mein einziger Gesprächspartner. Zumindest der einzige, der sich wirklich interessiert hatte.

Für mich interessiert hatte.

Bis *er* uns die Menschen brachte.

Meine Gattung und ich zogen uns auf die Erdhälfte zurück, auf der kaum Menschen zu finden waren. Wir mieden den Kontakt. Nur Valutus suchte ihn.

Unsere Gespräche wurden weniger und sein Kontakt zu der Menschenfrau Irina, immer häufiger.

Ich spürte, dass *ihm* dieser Kontakt, dieser fast liebliche Kontakt, nicht zusagte. Valutus kümmerte das nicht. Immer wieder versuchte ich ihn zu warnen, dass *er* keine Liebelei unter unseren Gattungen zulassen würde. Nur das Austauschen und Lernen sei gewünscht. Dass das Ganze ein böses Ende nehmen würde, es einfach nicht sein durfte. Meinen persönlichen Argwohn diesbezüglich gab ich vor Valutus nicht preis. Schließlich benötigen Götter keine Partner.

Doch ich benötigte einen.

Ihn.

In der Unendlichkeit kann die Ewigkeit verdammt lang und einsam sein.

Valutus veränderte sich. Nahm immer mehr menschliche Züge an. Als es kam, wie es kommen musste, verbannte *er* Irina und meinen alten Freund und niemand der unseren weiß, wo sie geblieben sind. Vom Tage an waren auch wir verbannt. Von der Erde verwiesen. Unserer Heimat. Die Menschen durften bleiben, während wir in *sein* neu erschaffenes Reich Silversun eingesperrt wurden.

Seitdem sind viele Jahre ins Land gezogen. Jahre, in denen ich ihn noch wie am ersten Tag vermisse. Jahre, in denen ich allein durch Silversun streife und nichts mit mir anzufangen weiß.

Seit Monaten versuche ich, die Grenzen Silversuns zu finden. Es muss sie geben. Doch ich finde nichts außer Einöde. Langweilige, glänzende, helle Einöde. Ich weiß weder, wann es Zeit ist zu ruhen noch wann zu leben. Ich weiß nichts, außer dass sich etwas ändern muss. Ansonsten verliere ich mich. Ich kann es spüren.

Die anderen habe ich seit Jahren nicht gesehen. Irgendwann gaben sie ihre Bemühungen um meine Person auf. Dieses ständige, immer gleiche manifestieren irgendwelcher Dinge. Ich brauche das nicht. Ich brauche Gespräche. Anregende Gespräche. Ich möchte mich mitteilen, austauschen.

Fühlen.

Fühlen, dass ich lebe.

Fühlen, dass ich ich bin.

Wenn ich das nicht haben kann, verbringe ich mein Sein lieber allein in dieser wahr gewordenen heißen Hölle.

So weit wie heute bin ich noch nie gekommen. Auch wenn man den Unterschied mit den Augen nicht zu vernehmen bemerkt, spüre ich einen leichten Temperaturunterschied.

Ich spüre etwas.

Seit sehr langer Zeit zum ersten Mal.

Ich verharre und blicke mich um. Nichts hier sieht anders aus als an irgendeiner anderen Stelle Silversuns. Vor mir liegt ein Geröllstein. Er ist groß genug, dass ich ihn mit dem Fuß wegschießen kann. Ich nehme Anlauf und trete so fest ich nur kann gegen dieses sinnlose, nichtsnutzige Geröll. In dem Moment, als der Stein zwei Köpfe über mir wieder zur Landung ansetzt, zerbröselt er in tausend Einzelteile. Es ist viel lauter, als ich angenommen hatte.

Ich bin schon ein paar Schritte weiter gegangen, als ich das gleiche Geräusch wieder vernehme, doch als ich mich umblicke, ist dort nichts.

Gar nichts.

Wie überall.

Doch dann höre ich es wieder. Wäre ich ein Mensch, hätten meine Ohren dieses Geräusch sicher nicht vernommen, aber ich bin kein Mensch. So gehe ich zurück an die

Stelle, an der der Stein zerbröselte. Setze mich und warte. Warte, dass irgendetwas geschieht. Es ist längst überfällig.

Da … wieder! Das Geräusch liegt direkt unter mir.

Ich springe auf und trete ein paar Schritte zurück. Ich muss hineinschauen. Etwas muss dort unten sein. In Silversun gibt es keine eigenmächtigen Geräusche. Nur die, die wir erschaffen.

In meinem einsamen, vernachlässigten Geist lasse ich einen Eingang entstehen. Nichts Pompöses. Ein simples Erdloch.

Dann vernehme ich die Geräusche präziser. Dort unten ist etwas. Ein Wesen. Ich weiß noch nicht welches, doch meine Hoffnung ist plötzlich so enorm, dass dort unten mein alter Kamerad Valutus sein könnte. Dass er zu mir zurückwill, die Suche an die Oberfläche nie aufgegeben hat. Dass *er* eventuell Erbarmen hat.

Voller Inbrunst und Neugierde laufe ich auf das Erdloch zu, doch was ich finde, ist nicht Valutus. Mir ist nicht klar, *was* das ist. *Das* hat nur Glück, dass mir gerade so furchtbar langweilig ist, ansonsten hätte ich vor lauter Zorn das Erdloch gleich wieder zugeschüttet. »Wer bist du und wo kommst du her?«, rufe ich. Mir fällt auf, dass meine Stimme seltsam klingt. Ich weiß nicht mal mehr, wann ich sie das letzte Mal genutzt habe. Ich bekomme keine Antwort, bloß ein Stöhnen. Auch kann ich nur den pechschwarzen Haarschopf erkennen. Dort unten ist es zu dunkel.

Das kann nur ein Mensch sein. Wir Götter haben eigentlich ausschließlich nur helles Haar. Irina kann es auch nicht sein. Dort liegt etwas Männliches vor mir im Schutz der Erde. Soviel vermag ich zumindest zu sehen. »Gib dich zu erkennen oder ich sperre dich wieder dort ein!«

Erneut ein Stöhnen.

Dann muss es halt sein. Ich mache einen Schritt auf das Erdloch zu und bin schon fast mit einem Fuß drin, als das Stöhnen einem Knurren gleichkommt. Ein Knurren, wie ich es von so manchem Viehzeug auf der Erde in Erinnerung habe.

Kurz verharre ich an meinem Platz, komme aber doch mit mir überein, dass ein Mensch so oder so nichts gegen mich ausrichten kann. Ich manifestiere eine Fackel und trete mit schnell pumpendem Herzen ein.

Kaum erhellt mein Licht die Dunkelheit, zieht sich das Wesen in die hinterste Ecke zurück.

Er ist unbekleidet. Unbekleidet und dreckig. Dazu dünn. Doch vor allem … unbekleidet.

Langsam nähere ich mich diesem Menschen. Doch je näher meine Lichtquelle kommt, desto lauter wird sein Knurren. »Du musst keine Angst vor mir haben. Ich habe mich entschieden, dir zu helfen.« Ich weiß selbst nicht genau, wie diese Worte ihren Weg aus meinem Mund finden. Sie sind einfach da.

»Das Licht ...«, bringt er schwach hervor und seine Stimme ist so schwarz und rau, wie die Nacht, die ich schon so viele Jahrhunderte, vielleicht auch Jahrtausende nicht mehr gesehen habe.

Ich verkleinere die Lichtquelle auf ein Minimum. Sofort erkenne ich, dass seine Körperspannung nachlässt. Ich setze mich neben dieses *Etwas* und beobachte es neugierig. Das Gesicht vermag ich immer noch nicht zu sehen. Wenn man allerdings von diesem ganzen Dreck einmal absieht, gefällt mir, was ich dort erspähe. »Wer bist du?«, frage ich.

»Mephistus.« Wieder dieses raue Knurren.

»Ich habe nie von dir gehört. Von wo kommst du?«

»Aus der Dunkelheit.«

»Doch wie bist du in diese Dunkelheit hinein gekommen, hier so weit entfernt von deiner Gattung und deiner Erde?« Langsam beginnt sich sein Kopf zu heben und ich erkenne, wie viel Kraft ihn das kostet. Meine Hand bewegt sich behutsam auf ihn zu, will ihm Kraft geben. Ihn unterstützen. Als meine Finger seine Haut unter dem Kinn berühren, fühlt es sich kalt an. Fast, als würde ich sie in Eiswasser tauchen. *Ich habe so lange nichts mehr gefühlt.*

Er verspannt sich erneut und versucht meine Hand wegzuschieben. »Lass mich dir helfen, ich habe sowieso gerade nichts anderes zu tun.«

»Hunger ...«, entweicht es ihm.

Als ich endlich in seine Augen blicken kann, sehe ich dort etwas, von dem ich dachte, dass ich es nie wieder zu Gesicht bekommen würde. »Valutus?« Mit einem Mal springt er auf und kauert in der nächsten Sekunde schon in der von mir am weitesten entfernten Ecke. »Du hast seine Augen! Wie kann das sein? Von wo kommst du?« Ich erhebe mich und gehe wieder auf ihn zu. Seine Augen sind wie die von Valutus, aber er ist es nicht. »Los, sprich! Wer bist du?«

»Hunger. Blut ...«

»Bist du gänzlich von Sinnen? Blut?« Diesmal sieht er mich direkt an. Mit *diesen* Augen.

»Bitte!«

Ich verstehe nichts von dem, was hier gerade vor sich geht, aber wenn dieses Wesen Blut braucht, um mir zu erklären, wie das sein kann, soll es mir letzten Endes egal sein.

Menschenblut kann ich nicht manifestieren, das spüre ich. Also muss eins dieser Viecher Aderlass betreiben.

Im nächsten Moment stelle ich eine Karaffe randvoll

gefüllt mit frischem Auerochsenblut vor seine Füße. Kaum hat er diese geleert, verlangt er nach mehr.

Dieses Spiel spielen wir noch einige Male.

Mit jeder geleerten Karaffe dehnt sich sein nackter Körper seiner wahren Größe entgegen. Auch scheint er nach jeder Mahlzeit muskulöser zu werden.

Als ich keine Lust mehr verspüre, dieses ekelhafte Szenario weiter auszubauen, stehe ich auf. »Komm!« Er erhebt sich und mir wird erst gerade bewusst, dass er fast zwei Köpfe größer misst als ich. Außerdem fällt mir nun etwas ins Auge, das ich nie so nah zuvor gesehen habe. Das, was ihn ausmacht, ein Mann zu sein, steht dort in nicht minderer Größe zwischen mir und ihm. Ohne meinen Blick auch nur für einen Moment von seiner Männlichkeit zu nehmen, fordere ich ihn erneut auf: »Komm jetzt!«

»Ich kann nicht hinaus.«

»Natürlich kannst du. Es sind nur ein paar Schritte und du siehst bei Weitem nicht mehr so schwach aus.« Mein Blick fährt nun demonstrativ langsam von seiner Männlichkeit hoch zu *seinen* Augen.

»Ich kann nicht in dieses grelle Licht. Mach es aus!«

Ausmachen? Was denkt dieser Mensch, wo wir hier sind? Auf der Erde? »Ich kann das Licht nicht abstellen. Selbst eine Göttin vermag nicht die Sonne auszuschalten, du Narr!« Ich will schon ohne ihn hinaustreten, als er mich am Arm festhält. Dieses Gefühl ist nicht mehr ganz so eisig wie zu Anfang und es irritiert mich.

»Wer bist du?«, fragt er mit grimmiger Miene.

»Deine Retterin, du Narr. Und jetzt lass mich los.«

»Du bist eine von denen, von denen auch mein Vater kam. Habe ich recht? Du kennst seinen Namen.«

Sein Vater? Valutus hat ein Kind? *Von denen auch mein*

Vater kam? »Wo ist er, sag es mir sofort!«

»Er *ist* nirgends mehr. Und das schon eine lange Zeit. Wie ist dein Name?«

Valutus kann nicht tot sein. Götter sterben nicht einfach so. Ich muss mehr erfahren. Mir steht allerdings nicht mehr der Sinn nach diesem dreckigen, dunklen Loch. »Mein Name ist Sari und wenn du Dunkelheit brauchst, warte hier einen Moment.« Schnell verlasse ich die stinkende Erde und trete nach draußen in die gleißende Sonne Silversuns.

Das tut gut. Licht tut gut!

Kurz überlege ich, dann schließe ich die Augen.

Als ich sie wieder öffne, steht vor mir, mitten in den Geröllhaufen und Sanddünen ein kleines Steingebäude. »Du kannst jetzt kommen«, rufe ich diesem Mephistus entgegen. Während ich durch den Eingang des Steingebäudes trete, in die nächste Dunkelheit, rauscht Mephistus schon an mir vorbei. In der dunklen Eingangshalle lasse ich Pechfackeln erleuchten. »Ist es so angenehmer?«, frage ich Valutus´ Sohn. Er sieht sich um und bringt mich durch seine Nacktheit wieder auf merkwürdige Gedanken. Ich schließe die Augen und dehne das ganze Gebäude nach oben und unten hin aus. Der größte Teil bleibt in Dunkelheit getaucht, nur die Glaskuppel, oben am Ende der Wendeltreppe, wird Mein sein. »Geh nach unten und wasch dich, Valutus´ Sohn. Du wirst dort auch Bekleidung vorfinden. Wenn du so weit bist, rufe nach mir. Ich werde kommen und wir unterhalten uns.« Ohne eine Antwort abzuwarten, schreite ich die dunkle Wendeltreppe hinauf. Die Glaskuppel wird mein neues Heim sein und in der Dunkelheit wartet Valutus´ wunderschöner Sohn.

BONUSMATERIAL TO BE CONTINUED IN **PART 2**

PERSONENINDEX

MISCHWESEN, HALB GOTT, HALB VAMPIR

Devon, auf der dunklen Seite aufgewachsen
Aidan, auf der weißen Seite aufgewachsen
Malorie, auf der dunklen Seite aufgewachsen

DIE DUNKLEN

Caitlin, moderner Vampir
Nicolas, moderner Vampir
Ciara, Anhängerin der alten Dunklen
Rufus, Anhänger der alten Dunklen
Mister Doyle, Diener des dunklen Herrschers
Prof. Cottler, Anhänger der alten Dunklen
Menor, Raynas Vater, alter Dunkler

DIE GÖTTER

Sari, Königin der weißen Götterseite
Aine, Raynas Mutter
Valutus, verstoßener Gott

MENSCHEN

Rayna Oleand
Kristin Paxton
Jack, Raynas Chef und guter Freund
Linda Paxton, Heimleiterin und Kristins Mutter
Carl Paxton, Lindas Ehemann und Kristins Vater
Irina, verstoßene Frau
Miss Random, Raynas Untermieterin in Marylebone
Beth, Freundin von Kristin
Roxi, Freundin von Kristin
Duff, Freund von Kristin

THANKS TO:

Für euch zum Schluss …

Bei wem muss und will ich mich immer bedanken? Bei euch! Die, die meine Geschichten lesen. Es ist wirklich keine Floskel, denn nur so verbreiten sich genau jene Geschichten. Nur so erwachen sie zum Leben. Und … so sieht man sich wieder.

Diesmal in einer Dark Romantasy Reihe.

Was mich brennend interessiert: Wie hat sie euch gefallen? Lasst eure Meinung gerne in einer Rezension auf Amazon und anderen Portalen da. Ihr wisst ja, wie sehr uns Autoren gerade diese Rezensionen helfen.

An dieser Stelle möchte ich euch gerne kurz etwas über Nachtlicht erzählen. (Keine Ahnung, ob das überhaupt jemanden interessiert – mir fehlt hier das passende Emoji). Also … Angefangen habe ich 2017 unter meinem Klarnamen mit Romance Fantasy und Nachtlicht war meine erste veröffentlichte Reihe. Eigentlich – in der ursprünglichen Form – waren sogar Band 1 und 2, so wie ihr sie nun zu lesen bekommen werdet, ein einzelner Band, sodass es eine Trilogie war. Auf alle Fälle hatte Tante Bri sich überlegt: Hey, Nachtlicht war eigentlich richtig cool und mit etwas Umschreiben und Hinzufügen kannst du daraus eine solide, gute Dark Romantasy machen. Öhm, ja. Da hatte Tante Bri mal wieder falsch gedacht, denn was glaubt ihr wohl? *Ey, was ist denn das für ein Stil? Was hast du da für mega Logikbrüche drin und wie um Gottes Willen, hast du da geschrieben?* Dazu sei erwähnt, dass ich den ursprünglichen ersten Band tatsächlich schon 2008 während meiner Elternzeit geschrieben hatte. Also musste ich einsehen: Okay, das ist doch mehr Arbeit als angenommen. Den Kern der Story wollte ich auf keinen Fall verändern. Trotzdem, nach den ersten Seiten Bearbeitung, war ich mir unsicher. Ich muss dazu sagen, dass ich immer unsicher bin, bis ich die ersten positiven Feedbacks bekomme. So bin ich aber nun mal. Es war auf alle Fälle für mich ein Grund, meine Vorab-Testlesemädels an den Start zu rufen. Eigentlich arbeite ich mit all meinen Mädels so, dass ich erst das Buch komplett schreibe und es ihnen zu lesen gebe. Bei Unnoticed habe ich die Vorabgruppe ins Leben gerufen, weil ich immer, nach jedem Kapitel wissen wollte, ob es nicht zu langweilig und fad ist, mit Liz und Mic so allein im Regenwald. Zu Nachtlicht brauchte ich wieder Feedbacks, die mich warnen, dass ich da Mist fabriziere, bevor das komplette Buch fertig ist. Und was soll ich sagen? Meine Hühner (sorry! Hab euch lieb!) liebten es. Deshalb geht mein nächster Dank an Maida V., Nadine R. und Sabrina M. Danke, ihr Süßen, dass ihr mich so unterstützt und mir Mut zugesprochen habt. Euch kann wirklich niemand ersetzen!!! Im Anschluss komme ich sofort zum Rest meiner Mädels. Wir sind zu dieser Reihe sogar gewachsen, da uns leider ein paar mir sehr wichtige Mädels abhandengekommen sind. Klingt, als hätte ich sie verloren … Wo sind sie denn? Ne, Scherz beiseite. Ich betrauere wirklich, dass sie weg sind. Doch wo sich eine Tür schließt, öffnet sich eine andere, oder wie war das? Alles in allem: Ich bin so wahnsinnig dankbar für euch alle und das ihr an meiner Seite seid. Dass ihr mir eure kostbare Zeit schenkt:

Michaela S., Daniela K., Sabrina M., Kathrin F., Anika F., Maida V., Jacky G., Sanny R., Nicole Q., Carina W., Nadine R., Tina B., Jen V., Brigitte P., Katharina F., Sina F., Nora W., Melanie M., Anna-Lena M. Ich hab euch alle in mein Herz geschlossen.

Wer liegt mir noch am Herzen? Oh, sooo viele. Meine Zuckerschnute Ambra Kerr, die mittlerweile nicht nur eine Freundin für mich geworden ist – obwohl sie meine Tochter sein könnte – nein. Sie macht auch meinen gesamten Buchsatz und entwirft die Cover für die B. B. und Roxy Bücher genau so, wie ich es mir vorstelle. Danke, J. I., dass ich dich kennenlernen durfte und wir uns so gut verstehen – wir arbeiten auch ähnlich und so manches anderes. Vielleicht ist sie mein jüngeres Ich. Hier fehlt wieder das Emoji.

Meine Ruby June. Nein, du hast nichts zu diesem Buch beigetragen – offiziell – aber du, genauso wie Ambra, ihr geht diesen Weg mit mir gemeinsam. Manchmal frage ich mich wirklich, wer könnte euch ersetzen? Niemand! Wirds langsam schleimig? Dann rutscht gerne drauf aus, denn ich meine es tatsächlich so!!! Ich freue mich so wahnsinnig darauf, wenn wir drei unseren Schreiburlaub antreten!!! Für diese Zusammenkunft müsste man fast schon einer Person danken, der man echt nicht danken will. Emoji … hallo … wo bist du????

Mal wieder zum Ernst der Sache.

Yasmin Pohl, du wunderbare Korrektur-Fee! Danke.

Danke, dass ich dich quasi mitnehmen konnte in mein Selfpublisher Leben. Wenn es nach mir geht, lass ich dich nicht mehr gehen!!!!

Meine Buchbeauftragte Jill B. Auch für dich müsste ich eigentlich wieder dieser Person danken. Emoji fehlt wieder … du weißt schon! Danke, ich hab dich gern!

Meine Instagram-Blogger-Mädels:

Michaela S., Nadine W., Nadine V., Sabrina M., Nicole Q., Marie S., Bianca K., Corinna Z., Zina L., Ann-Kristin W.,

Lisa S., Anja R., Iris G., Petra G., Mareike H., Vanessa L., Kati K., Melanie C., Meryam Y., Celina H.

Dazu meine Facebook-Mädels:

Alex H., Nadine R., Mandy A., Anja G., Antje L., Angela J., Steffy S., Susanne M.

Wisst ihr eigentlich, wie unersetzbar ihr seid? Falls nicht, dann wisst ihr es jetzt!!!

Daneben danke ich meinen Feuchtgebieten. Ihr wisst, wer gemeint ist. Ebenso allen Darklights aus der gleichnamigen Gruppe von Ruby June und mir. Ein Extradankeschön an Jill und Sabrina, dass ihr uns beide dort unterstützt.

Ich danke unserer Wild Ones Gruppe. Die Gespräche reichen von Schnullern zu hochintellektuellen Themen bis zu Reichs... ihr wisst schon. Ich lieb euch, Crazys!!!!

Boh, haut mir doch mal auf die Finger. So lang kann doch in Gottes Namen keine Danksagung sein. Eben! Deshalb höre ich jetzt damit auf.

Ich möchte euch trotzdem noch einen kleinen Ausblick mit auf den Weg geben. Klar, jetzt erscheinen erstmal die nächsten drei Bände der Nachtlicht-Reihe. Doch was kommt danach?

Ein Einzelband unter Roxy Bennett im Genre Deep

Dark Erotic. Ich befürchte fast, der könnte euch gefallen. Hier fehlt wieder das Emoji. Er wird euch gefallen, das sag ich jetzt einfach mal so. Den Titel verrate ich auch schon: *Blog me, Mister Javid.*

Danach kommt eine neue Dark Romance Reihe unter B. B. Stiffers. Und die, Mädels, das sag ich euch: wird krass. Heiß, krass und ich hab sowas von Bock drauf, dass ich am liebsten sofort damit anfangen würde.

So, jetzt hört die Olle auf. Drück euch alle und bleibt mir gewogen sowie gesund.

Instagram:
https://www.instagram.com/b.b.stiffers/

https://www.instagram.com/roxy_bennett_author

Facebook:
https://www.facebook.com/BBStiffersAutorin

Facebook-Gruppe:
https://www.facebook.com/groups/181102940711947

Website:
https://www.b-b-stiffers.com

Printed by Amazon Italia Logistica S.r.l.
Torrazza Piemonte (TO), Italy

38032490R00194

Stefan Burban

Bedrohlicher Pakt

Stefan Burban

Bedrohlicher Pakt

ATLANTIS

Eine Veröffentlichung des
Atlantis-Verlages, Stolberg
Juli 2013

Druck: Schaltungsdienst Lange, Berlin

Titelbild: Allan J. Stark
Umschlaggestaltung: Timo Kümmel
Lektorat und Satz: André Piotrowski

ISBN 978-3-86402-042-1

Besuchen Sie uns im Internet:
www.atlantis-verlag.de

Prolog

Major Jürgen Bauer wäre um ein Haar gestürzt, als das Deck des Trägers sich unter ihm aufbäumte. Andere Besatzungsmitglieder hatten nicht so viel Glück und stürzten schwer. Einige standen nicht wieder auf. Eine Computerstimme rief die Besatzungsmitglieder immer noch auf ihre Gefechtsstationen. Die Beleuchtung fiel flackernd aus und wurde durch die düstere rötliche Notbeleuchtung ersetzt.

Bauer war beinahe dankbar für das Rotlicht, verbarg es doch viel von dem Schrecken und dem Chaos, die ringsum herrschten. Ein Raunen ging durch die Schiffshülle, als das Metall unter der Belastung protestierend ächzte. Sie befanden sich tief im Inneren des Schiffes, doch die Explosionen, die die Außenhülle malträtierten, waren sogar noch hier spürbar.

Besatzungsmitglieder des Trägers der Achilles-Klasse *TKS Chicago* rannten aufgeregt durch die Gänge des Schiffes, um ihre Gefechtsstationen zu bemannen oder der Schadenskontrolle bei Sichtung und notdürftiger Behebung von Gefechtsschäden zu helfen. Die Geschützmannschaften des Schiffes stemmten sich mit dem Mut der Verzweiflung gegen die drohende Niederlage, die jedoch längst nicht mehr aufzuhalten war. Diese Schlacht war schon verloren gewesen, bevor sie begonnen hatte. Nun galt es nur noch, dem Tod von Schiff und Besatzung wenigstens den Hauch von Sinn zu verleihen.

Eine Gruppe Marines marschierte im Eiltempo an ihm vorbei, in die Richtung, aus der er gerade gekommen war. Nur Augenblicke nachdem sie ihn passiert hatten, explodierte eine Leitung in der Decke und flutete den Korridor mit heißem Dampf. Bauer schloss die Augen, um die Schreie der sterbenden Männer und Frauen hinter sich auszublenden. Es gelang ihm nicht völlig. Tränen der Verzweiflung rannen über seine Wangen. Er hatte viele von ihnen gekannt.

Gebrüllte Befehle, Schreie und Sirenen waren die vorherrschende Geräuschkulisse, seit dieser ganze Albtraum begonnen hatte.

Die *Chicago* starb. Jeder mit Augen im Kopf konnte das sehen. Und sie starb keinen leichten Tod. Die Geschosse prasselten nun ununterbrochen auf das kleine Schiff ein, dessen Widerstand mit jeder Minute schwächer wurde. Die Geschützmannschaften des Trägers taten ihr Bestes, doch in diesem Fall war es bei Weitem nicht gut genug. Geschosse, Laser und Flakgranaten stoben den feindlichen Jägern entgegen und pusteten etliche aus dem All. Doch für jeden zerstörten Reaper tauchten fünf neue auf.

Unter anderen Umständen hätte die naheliegendste Entscheidung darin bestanden, das Heil in der Flucht zu suchen. Jedoch war selbst diese Möglichkeit nicht gegeben. Nicht mehr, seit die Slugs den Heckbereich der *Chicago* torpediert und den ISS-Antrieb ausgeschaltet hatten.

Theoretisch bestand Waffenstillstand zwischen den Stämmen und dem Konglomerat. Doch die Ruul kümmerte dies wenig. Dies alles hier war dermaßen falsch, dass es jeder Beschreibung spottete. Die *Chicago* sollten eigentlich gar nicht hier sein.

Der Träger hatte ursprünglich einem Verband angehört, der außer der *Chicago* drei Fregatten, drei Zerstörer, einen schweren Night-Kreuzer und einen Schlachtträger der neuen Nemesis-II-Klasse umfasste. Sie waren als Verstärkungskommando für die Kampfgruppe bei einem der neuen Horchposten tief in der RIZ vorgesehen gewesen, etwa 320 Lichtjahre nördlich von Starlight. Ein Fehler in den Berechnungen für den Sprung – eine Abweichung bei der vierten Nachkommastelle – hatte jedoch dazu geführt, dass die *Chicago* weit über ihr Ziel hinausgeschossen war. Wobei *weit* in diesem Fall nicht ganz den Kern der Sache traf.

Sie hatten nicht bloß den Horchposten verfehlt – eine Peinlichkeit sondergleichen –, sondern aus Versehen fast die komplette RIZ durchquert, waren auf der anderen Seite der ruulanischen Besatzungszone wieder in den Normalraum eingetreten, bevor man den Fehler bemerkt und den fehlerhaften ISS-Antrieb hatte ausschalten können, und mitten in ein Hornissennest geraten. Sie befanden sich nun fast genau an dem Punkt, der vor der ruulanischen Invasion die nördliche Grenze des Konglomerats gewesen war.

Wie es dazu hatte kommen können, war noch nicht ganz klar. Vieles sprach für eine unglückselige Verkettung technischer Defekte sowie für menschliches Versagen. Damit hörten die schlechten Neuigkeiten aber längst nicht auf.

Es wäre schon schlimm genug gewesen, mitten in einem ruulanischen Flottenverband wieder in den Normalraum einzutreten. Was sie jedoch vorgefunden hatten, war weit schlimmer. Die Langreichweiten-Sensoren der *Chicago* fingen etwas auf, kaum dass sie wieder arbeiteten.

Etwas, das den Waffenstillstand beenden und den Krieg gegen die Ruul wieder anheizen würde. Mit Sicherheit! Etwas, das die Menschheit erfahren musste, um noch eine kleine Chance gegen die Slugs zu haben. Etwas, das die vor ihm liegende Mission unverzichtbar machte. Die *Chicago* würde sterben. Nichts und niemand konnte das verhindern. Jetzt kam es lediglich noch darauf an, die Informationen, die sie gesammelt hatten, zurück ins Konglomerat zu schaffen. Und es spielte keine Rolle, welchen Preis dies kosten würde. Die Besatzung der *Chicago* würde ihn, ohne zu zögern, bezahlen. Nur leider waren die Ruul nicht bereit, den Träger davonkommen zu lassen. Die Slugs waren entschlossen, alle Zeugen aus dem Weg zu schaffen. Und ihre Chancen standen gut.

Als Bauer schwer atmend den Backbordhangar der *Chicago* erreichte, wurde er bereits von Commander Elizabeth Wengman erwartet, der XO. Er stutzte.

Wenn die XO es sich erlauben konnte, während eines heftigen Gefechts die Brücke zu verlassen und ihn persönlich in seine Mission einzuweisen, dann stand die Lage bereits schlechter, als er erwartet hatte.

Wengman begrüßte ihn mit einem knappen Nicken. Hinter ihr stand ein Kurierboot mit geöffneter Luke. Das Schiff war zwar klein, dafür sehr schnell und – wichtiger noch – mit einem ISS-Antrieb ausgerüstet. Sie griff in ihre Brusttasche und förderte eine Datendisc in einem Schutzumschlag zutage.

Bauer griff danach, zog den Reißverschluss seines Fliegeroveralls herunter und verstaute die wichtige Fracht in der Tasche auf der Innenseite.

»Ihr Navigationscomputer ist bereits auf die Manchester-Basis programmiert«, begann Wengman ohne Umschweife. »Das ist das nächste System in befreundeter Hand. Von dort wird man Ihnen weiterhelfen, sobald man erfährt, was wir herausgefunden haben.«

Sie winkte einen schmächtigen jungen Mann mit straffer Haltung und kampflustig blitzenden Augen herbei. »Commander Michelov wird Sie mit seinem Geschwader bis zur Nullgrenze eskortieren und sich um etwaige Reaper auf ihrer Flugbahn kümmern.«

Beide Männer nickten sich knapp zu.

»Noch Fragen?«

»Nein, Ma'am«, erwiderte Bauer gepresst.

»Viel Glück, Major.« Wengman reichte ihm zum Abschied die Hand und verzog die Lippen zu einem wehmütigen Lächeln. »Wir zählen auf Sie.«

»Ich werde Sie nicht enttäuschen, Ma'am.«

»Davon bin ich überzeugt.«

Das Deck erzitterte erneut. Wengman schwankte leicht, schaffte es aber, das Gleichgewicht zu halten. »Sie müssen los. Sofort!«

Ohne weitere Verabschiedung stürmte Bauer durch die Luke und quetschte sich auf den Pilotensitz. Mit wenigen Handgriffen war das Schiff startbereit. Zu guter Letzt schloss er die Luke. Wengman stand davor und beobachtete ihn, bis diese ganz geschlossen und verriegelt war.

Kurz bevor sie sich aus den Augen verloren, salutierte sie. Sie würden sich nicht wiedersehen. Bauer riss sich zusammen und konzentrierte sich auf die vor ihm liegende Aufgabe. Warnlichter zeigten an, dass sich das Kraftfeld vor dem Hangartor aufbaute, und die beiden Torflügel schoben sich langsam auseinander.

Draußen herrschte heilloses Durcheinander. Schwärme von Reapern stoben durch sein Blickfeld, während Flakgranaten, Leuchtspurmunition und Arrow-Jäger ihnen hartnäckig folgten. Laser blitzten kurz auf und hin und wieder verging ein Reaper oder ein Arrow-Jäger in einer gleißenden Explosion. Nein, er würde die *Chicago* oder jemanden aus seiner Besatzung mit Sicherheit nicht wiedersehen.

Ohne weiter darüber nachzudenken, gab er Vollschub und steuerte das Kurierboot hinaus ins Chaos. Hinter ihm folgten zwölf Zerberus-Jäger, die sich sofort zu einer Diamantformation gruppierten, mit Bauer im Mittelpunkt.

Die Reaper bemerkten die kleine Gruppe fliehender Schiffe anfangs gar nicht, so konzentriert waren sie darauf, die Abwehr der *Chicago* zu durchbrechen. Doch dann brachen etwa drei Dutzend Reaper aus dem Jägerverband aus und nahmen die Verfolgung auf.

Bauer fluchte unterdrückt. Es wäre auch zu schön gewesen, wenn die Sache glattgelaufen wäre. Zur Nullgrenze waren es etwa noch dreieinhalb Minuten. Die *Chicago* hatte sie so nah gebracht, wie es der Captain hatte verantworten können. Laut Bauers Anzeigen würden die Reaper jedoch weit früher in Schussweite sein. Das Kurierboot war nahezu ungepanzert und vollkommen unbewaffnet. Es würde feindlichem Beschuss nicht lange standhalten.

Michelov mussten die gleichen Gedanken durch den Kopf gegangen sein, denn er traf eine folgenschwere Entscheidung.

Das ComSystem knackte.

»Halten Sie weiter auf die Nullgrenze zu«, hörte er Michelovs gehetzt klingende Stimme. »Wir halten die Slugs auf.«

Ohne auf eine Bestätigung zu warten, drehten die zwölf Zerberusse bei und hielten mit halsbrecherischer Geschwindigkeit auf ihre Verfolger zu. Bauer konnte eine solche Verwegenheit nur bewundern. Die Piloten wussten, was auf dem Spiel stand, und hatten beschlossen, sich zu opfern, um seine Flucht zu ermöglichen. Er fühlte so etwas wie Schuldgefühle in sich aufsteigen, unterdrückte die Empfindung jedoch sofort. Sie taten ihre Pflicht. So wie er.

Während er auf die Nullgrenze zuhielt, verfolgte er das Gefecht auf seinen Sensoren. Das Abwehrfeuer der *Chicago* war nahezu vollständig zum Erliegen gekommen. Nur vereinzelte Geschütze wehrten die Ruul noch ab. Die Jäger des Trägers waren inzwischen zerstört oder von der *Chicago* abgeschnitten, ihre Auslöschung bloß noch eine Frage der Zeit.

Michelovs Geschwader jedoch brach mit brutaler Gewalt über die Slugs herein. Bauer gewann fast den Eindruck, die Piloten wollten sich für den Tod ihres Schiffes und ihrer Kameraden rächen. Und sie taten es äußerst effektiv.

Die Ruul verloren allein in den ersten Sekunden des Aufeinandertreffens elf Jäger. Michelovs Geschwader lediglich zwei. Von da an wurde die Situation zusehends schlechter. Die Zerberusse waren den Reapern technologisch voraus, aber es kam der Zeitpunkt, an dem dies keinerlei Rolle mehr spielte, sondern die zahlenmäßige Überlegenheit zum Tragen kam.

Ein Zerberus nach dem anderen erlag dem Beschuss. Schilde versagten mit kurzem Aufblitzen und ließen die Schiffe dem feindlichen Feuer schutzlos ausgeliefert zurück. Bis nur noch zwei übrig waren.

Noch während er hinsah, explodierten zwei Reaper und kurz darauf einer der verbliebenen Zerberusse. Der letzte Pilot meldete sich über Funk. Es war Michelov. Er hustete würgend und Bauer konnte nur vermuten, dass irgendetwas in dessen Cockpit verschmort war.

»Viel Glück, Bauer. Machen Sie uns stolz.«

Dann verschwand das Symbol seines Jägers mit einer Plötzlichkeit vom Plot, die Bauer schockierte und ihn mit einem Gefühl der Trauer und des Verlustes zurückließ. Er war allein.

Die verbliebenen neun Reaper nahmen erneut die Verfolgung auf. Bauer überprüfte seine Anzeigen. Die Nullgrenze war beinahe erreicht. Es fehlte nicht mehr viel. Auf einem Bildschirm zu seiner Rechten wurde der Countdown für den Sprung heruntergezählt. Noch dreißig Sekunden.

Es würde trotz allem knapp werden. Es war ihm vorhin wie eine kleine Ewigkeit vorgekommen, als Zerberusse und Reaper aufeinander eingeschlagen hatten. Nun erst wurde ihm bewusst, dass das Gefecht lediglich drei Minuten gedauert hatte. Im Hintergrund driftete die *Chicago* davon. Sie verlor aus einer Vielzahl von Rissen Trümmer und etwas, das aussah wie strampelnde, um sich schlagende Menschen. Dann brach der Träger in der Mitte auseinander. Eine Explosion blühte auf.

Die *Chicago* war nicht mehr.

Noch zehn Sekunden.

Die Reaper näherten sich unaufhörlich, beharrlich. Sollte das Opfer seiner Freunde, seiner Kameraden, das Opfer von Michelovs Geschwader denn völlig umsonst gewesen sein?

Noch fünf Sekunden.

Die Reaper schwärmten aus, um ihn aus mehreren Richtungen unter Beschuss nehmen zu können. Der Annäherungsalarm pfiff, dicht gefolgt von der Warnung gegnerischer Zielerfassung. Die Slugs nahmen ihn aufs Korn.

Noch drei Sekunden.

Die Reaper feuerten.

Konsolen und Instrumente an Bord des Kurierboots explodierten, einige stellten auch einfach stumm ihre Funktion ein. Bildschirme wurden schwarz. Bauer bedeckte sein Gesicht mit den Händen, doch die umherfliegenden Funken und ausbrechenden kleinen Feuer versengten ihm trotzdem die linke Wange und verbrannten ihm beide Hände.

Der Countdown erreichte endlich null und die Wirklichkeit zerriss, als der vorprogrammierte Navigationscomputer das winzige Schiff in den Hyperraum katapultierte.

1

Die Büros der planetaren Verteidigungszentrale der Starlight-Kolonie waren in Dunkelheit gehüllt. Nur über einem der Schreibtische brannte noch Licht und verbreitete in dem Großraumbüro eine diffuse Stimmung wie in einem schlechten Horrorfilm. Systemadministrator Aaron Leech hämmerte wie besessen auf die Tastatur ein, in dem Bemühen, seine Arbeit endlich zu einem Abschluss zu bringen.

Von Nervosität getrieben, sah er sich am laufenden Band um, ständig das ungute Gefühl im Nacken, beobachtet zu werden. Ein irrsinniger Gedanke, immerhin wusste niemand, was er hier trieb. So hoffte er jedenfalls.

Jedoch bestand immer die entfernte Möglichkeit, dass er versehentlich eine versteckte Sicherung oder einen stillen Alarm auslöste. Das Gefühl ständiger Bedrohung reichte aus, ihn in die Paranoia zu treiben. Ein Zustand, den er ohnehin beinahe erreicht hatte.

Er strich sich ungeduldig die wenigen Haare, die ihm noch geblieben waren, hinter das Ohr zurück.

Komm schon! Komm schon!, beschwor er den Computer in Gedanken immer wieder, als würde dieser dadurch schneller arbeiten.

Wie aufs Stichwort rollten endlich die herbeigesehnten Zahlenkolonnen über den Bildschirm. Aaron atmete erleichtert auf.

Na also. Warum nicht gleich?

Er kramte einen Speicherstick aus der Hosentasche und steckte ihn mit zitternden Fingern in die dafür vorgesehene Vertiefung an der Seite seines Arbeitsplatzes. Entschlossen schob er den Gedanken beiseite, dass er damit einen Akt des Hochverrats beging. Er war bereit gewesen, so weit zu gehen. Nun hatte er keine andere Wahl, als den eingeschlagenen Pfad weiterzuverfolgen. Bis zum bitteren Ende. Leech kicherte nervös. Und das Ende würde mit an Sicherheit grenzender Wahrscheinlichkeit bitter werden.

Mit wenigen Tasten startete er den Download der Daten auf den Speicherstick. Wie auf glühenden Kohlen beobachtete er den Fortschritt der Aktion. Quälend langsam füllte sich der Balken. Nach einer gefühlten Stunde – tatsächlich waren es zehn Minuten – zeigte der Balken endlich hundert Prozent an.

Aaron riss den Speicherstick aus dem Computer und stopfte ihn sich in die Brusttasche. Die Nervosität zehrte so stark an seinen Nerven, dass er beinahe vergaß, den Computer herunterzufahren und abzuschalten. Ließe er das Gerät weiterlaufen, käme man ihm nur umso schneller auf die Schliche. Das durfte er unter keinen Umständen gestatten.

Zu guter Letzt schaltete er das Licht aus und ging zügig Richtung Ausgang.

Das Gebäude der planetaren Verteidigungszentrale war in Hufeisenform entworfen, wobei Aarons Arbeitsplatz sich im Südflügel befand. Auf seinem Weg zum Ausgang begegneten ihm nur wenige Personen. Einige MAD-Offiziere und höherrangige Adjutanten. Allesamt Personal, das man um diese Uhrzeit durchaus in einem solchen Gebäude erwarten konnte. Keiner widmete ihm auch nur einen Blick, geschweige denn ernst gemeinte Aufmerksamkeit. Niemand bemerkte, dass er zu dieser nachtschlafenden Zeit keinerlei Grund hatte, hier zu sein. Niemand stellte seine Anwesenheit infrage. Niemand wunderte sich. Aaron konnte sein Glück kaum fassen, als er seine Sicherheits-ID-Karte in den Leseschlitz am Kontrollposten einsteckte, den diensttuenden TKA-Soldaten mit einem knappen Nicken grüßte und die Tür ansteuerte. Kurz vor der rettenden Freiheit hielt ihn jedoch eine tiefe Stimme zurück.

»Einen Augenblick, Sir.«

Aaron blieb ruckartig stehen. Kalter Schweiß trat ihm auf die Stirn. Jeder Tropfen fühlte sich wie ein Eiszapfen an. Steif wie ein Roboter drehte er sich zu der fremden Stimme um. Der Speicherstick fühlte sich an, als würde er jeden Augenblick ein Loch in seine Tasche brennen.

Vor ihm stand der TKA-Soldat, an dem er gerade vorbeigerannt war. Hatte der Mann vielleicht etwas bemerkt? Aarons Augen flogen auf der Suche nach einem Fluchtweg umher und blieben am Hüftholster des Soldaten und der darin steckenden Laserpistole hängen. Der Mann würde ihn, ohne zu zögern, niederschießen, falls er ihm auch nur den geringsten Anlass bot. Der Soldat hob die Hand.

Aaron zuckte instinktiv zurück. Doch der Soldat lächelte lediglich beruhigend und hielt ihm auffordernd die Hand hin. Leech zwang sich, den Blick zu senken. Der Soldat hielt Aarons Namensschild in den Händen.

»Hier«, forderte er freundlich auf. »Das haben Sie verloren.«

Aaron presste seine Lippen zu einem gekünstelten Lächeln auseinander. »Vielen Dank«, zwang er sich zu sagen und nahm das Schild aus den Fingern des Soldaten entgegen. Mit eiserner Entschlossenheit zwang er seine Finger, ruhig zu bleiben und nicht zu zittern. Ohne ein weiteres

Wort drehte er sich um und verschwand durch die Tür. Es ging so schnell, dass er das misstrauische Stirnrunzeln des Soldaten gar nicht mehr wahrnahm.

Als Aaron zu Hause ankam, war er nur noch ein Nervenbündel. Um das Gelände der planetaren Verteidigungszentrale zu verlassen, hatte er vier weitere Verteidigungscheckpoints samt dazugehörigem Sicherheitsbereich passieren müssen und bei jedem Checkpoint wäre ihm vor Angst beinahe das Herz stehen geblieben. Die ganze Zeit über hatte er das Gefühl gehabt, verfolgt zu werden. Nicht zum ersten Mal verfluchte er sich dafür, dass er sich überhaupt darauf eingelassen hatte. Warum nur? Warum hatte er das getan? Es wäre viel leichter gewesen, einfach seinen Job zu machen und die Augen zu schließen. Aber nein, das war ihm ja nicht genug gewesen.

Er schloss die Haustür auf, knallte aus Wut auf die Welt und vor allem auf sich selbst die Tür hinter sich zu und setzte sich an seine private Arbeitsstation, die er sich mühsam in einer Nische seiner kleinen Wohnung eingerichtet hatte.

Während der Computer hochfuhr, griff er zum Telefon. Die Kurzwahltaste eins stellte umgehend die Verbindung zu seiner Exfrau her. Es klingelte dreimal, bevor endlich am anderen Ende abgenommen wurde.

»Ja … hallo?«, fragte eine verschlafene weibliche Stimme.

»Andrea? Hier ist Aaron.«

»Aaron? Bist du verrückt geworden? Weißt du eigentlich, wie spät es ist?«

Aaron warf einen schnellen Blick zur Uhr an der Wand und stellte fest, dass es schon weit nach zwei Uhr morgens war.

»Tut mir leid«, antwortete er zerknirscht. »Ich … ich …«

»Was ist jetzt? Rufst du nur an, um mir die Ohren vollzustottern?«

Die Wut seiner Exfrau trieb seinen Frustrationslevel in ungeahnte Höhen und verdrängte vorübergehend jegliches Gefühl von Angst oder Nervosität.

»Könntest du wenigstens einmal wie mit einem normalen Menschen mit mir reden und nicht ständig deine Wut an mir auslassen?«

Schweigen antwortete von der anderen Seite.

»Was willst du?«, fragte sie plötzlich deutlich ruhiger. In seiner Ehe hatte er sich nie gegen sie aufgebäumt. Sie war immer der dominante Teil ihrer Partnerschaft gewesen, falls man in diesem Zusammenhang überhaupt von Partnerschaft reden konnte.

Auf diese Art ausgerechnet von ihm angesprochen zu werden, musste sie tief berührt, um nicht zu sagen: schockiert, haben.

»Ich musste mit jemandem reden. Und ich weiß nicht, an wen ich mich sonst wenden könnte. Ich habe vielleicht Mist gebaut. Vielleicht sogar großen Mist. Nein, warte. Streich das *vielleicht*. Ich *habe* großen Mist gebaut.«

»Mist welcher Art?«

»Mist von der Art, die einen den Kopf kosten kann.«

»Hast du solchen Ärger? Mit der Polizei? Brauchst du einen Anwalt? Wo bist du jetzt?«

»Zu Hause, aber ich befürchte fast, ein Anwalt könnte mir jetzt auch nicht helfen.« Ihre plötzliche Besorgnis rührte ihn. Während ihrer fünfjährigen Ehe hatte sie sich nie so um ihn gesorgt. Das war zum Teil – sogar zum Großteil – seine eigene Schuld. In einer Beziehung nie den Mund aufzumachen und nur Ja und Amen zu sagen, war keine kluge Entscheidung und förderte Konflikte eher, als dass es sie beseitigte. Sie waren jetzt seit vier Jahren geschieden und dies war das erste Mal seit der Scheidung, dass sie ihm wenigstens einen kleinen Schritt entgegenkam.

»Was ist denn los mit dir?«

»Ich hab mich vermutlich mit Leuten angelegt, die es jetzt auf mich abgesehen haben. Ich muss für eine Weile verschwinden.«

»Was? Wohin?«

»Keine Ahnung. Ich … ich will nur, dass du es Billy erklärst.«

»Willst du ihn sprechen? Ich könnte ihn kurz wecken?!«

Als sein achtjähriger Sohn zur Sprache kam, huschte ein kurzes Lächeln über Aarons Gesicht und sein Blick streifte ein Foto, das er liebevoll über seiner Arbeitsstation aufgehängt hatte.

»Nein, lass ihn schlafen. Morgen ist Schule und er braucht seinen Schlaf. Ich will nur, dass du es ihm erklärst. Er wird vielleicht Dinge hören über mich, die ein falsches Licht auf mich werfen. Könntest du ihm bitte sagen, dass ich alles, was ich getan habe, nur gemacht habe, damit es ihm gut geht? Ich habe alles nur für ihn getan.«

Aaron schluchzte nun fast.

»Aaron. Du machst mir Angst. Erzähl doch, was los ist.«

Sein Computer gab mit einem Piepton zu erkennen, dass er fertig war. Aaron jonglierte den Hörer zwischen Schulter und Wange, während er den Speicherstick in die dafür vorgesehene Vertiefung steckte. Sofort rollten wohlbekannte Daten- und Zahlenkolonnen über den Bildschirm. Das meiste ergab überhaupt keinen Sinn, da die Daten immer noch verschlüsselt waren. Aaron rief ein selbst programmiertes Entschlüsselungsprogramm auf und verknüpfte es mit den Dateien auf dem Speicherstick.

»Würde ich so gern, Andrea, aber ich kann nicht. Es würde jetzt auch zu weit gehen, dir das alles zu erklären. Und ich habe irgendwie das Gefühl, es ist besser, wenn ihr es nicht wisst.«

»Und wann kommst du zurück?«

Ihre Stimme drückte jetzt tiefe Betroffenheit aus. Die beiden hatten sich selbst zu den Glanzzeiten ihrer Ehe nur bedingt verstanden, doch es gab immer etwas, das sie verband und auf ewig verbinden würde: ihr gemeinsamer Sohn. Er respektierte sie als Mutter seines einzigen Kindes und zumindest in diesem Augenblick respektierte sie ihn ebenfalls.

»Ich weiß es nicht«, erwiderte er ehrlich. »Andrea, ich bin so müde. Am liebsten würde ich alles hinschmeißen und mich nur noch hinlegen.«

»Dann tu das doch … oder besser noch: Komm zu uns. Du kannst auf der Couch schlafen.«

Ein ungemein offenes Angebot seiner Exfrau. Und überaus freundlich. Hätten sie auf diese Art während ihrer Ehe öfters miteinander gesprochen, wäre vielleicht vieles anderes gekommen.

»Das geht nicht, ich würde euch nur in Gefahr bringen.«

»Jetzt machst du mir wirklich Angst. Oh Aaron, auf was hast du dich da nur eingelassen?«

»Das frage ich mich gerade selbst.«

Die Statusanzeige des Entschlüsselungsprogramms zeigte sechzig Prozent an. Noch ein paar Minuten und die schwerste Hürde war geschafft.

Es klopfte an der Tür, und das sogar ziemlich laut.

»Was war das?«, fragte Andrea am anderen Ende der Leitung.

»Ich muss Schluss machen. Sag bitte Billy, dass ich ihn sehr, sehr lieb habe.« Ohne Umschweife unterbrach er die Verbindung. Viel zu schnell, als dass seine Exfrau hätte reagieren oder sich verabschieden können. Er befürchtete, wenn er ihre Stimme noch einmal hörte, würde er schwach werden und das Gespräch unbewusst in die Länge ziehen.

Mit zögernden Schritten ging er zur Tür und lauschte. Er schreckte zurück, als es erneut klopfte, wobei »hämmerte« eher zutraf.

»Aufmachen!«, forderte eine befehlsgewohnte Stimme.

»Wer ist da?«

»Polizei.«

Aarons Herz machte einen Sprung bis zum Hals und landete anschließend wie ein Felsbrocken in seiner Magengegend. Er kniff ein Auge zusammen und blickte mit dem anderen durch den Türspion.

Vor seiner Wohnungstür standen zwei Männer in der Uniform der örtlichen Polizei, allerdings hätten sie besser in eine Position als Türsteher gepasst. Sie waren breitschultrig mit kantigen Gesichtern und beeindruckenden Muskeln.

»Einen Moment, ich komme gleich«, antwortete er, um Zeit zu gewinnen.

»Sofort aufmachen, sonst brechen wir die Tür auf!«

Aaron eilte zurück zu seiner Arbeitsstation. Die Statusanzeige zeigte siebzig Prozent an. Das musste fürs Erste genügen. Ohne die Sicherheitsvorkehrungen zum Schutz der Daten zu beachten, riss er den Speicherstick aus dem Computer und rannte ins Wohnzimmer. Auf halbem Weg machte er noch einmal kehrt, riss das Foto seines Sohnes herunter und stopfte es in seine Jackentasche.

Zwei Schüsse zerrissen hinter ihm die nächtliche Stille. Das Schloss seiner Tür barst unter den Projektilen und Sekunden später knirschte sie unter dem wuchtigen Tritt eines der Polizisten. Aaron hörte, wie das Holz nachgab und die Tür ins Innere der Wohnung geschleudert wurde.

Er riss das Fenster auf und duckte sich hinaus auf die Feuerleiter. Hinter ihm waren Schritte zu hören, als die Männer seine Wohnung auf der Suche nach ihm auf den Kopf stellten.

In aller Eile hangelte er sich die Leiter hinunter. Zum Glück wohnte er im zweiten Stock. Er bezweifelte, dass ihm seine Verfolger die Zeit gelassen hätten, eine weitere Strecke zum Boden zurückzulegen.

»He! Stehen bleiben!«, rief ihm jemand nach, als er durch die Gasse Richtung Hauptstraße rannte. Er hatte keinen Plan. Er wollte einfach nur noch weg.

Ein Schuss knallte. Etwas zischte neben seinem linken Ohr durch die Luft und schlug in die Wand gegenüber ein. Steinstaub löste sich in einer kleinen Wolke aus der Eintrittstelle.

Ein weiterer Schuss knallte. Etwas Heißes zupfte an seinem rechten Ärmel, knapp über dem Ellbogen. Aaron biss vor Schmerz die Zähne zusammen und griff nach der Wunde. Er fühlte Blut zwischen seinen Fingern hervorquellen.

Aaron taumelte verletzt und verängstigt davon. Hinein in die Nacht. Hinein ins Ungewisse. Seine Angreifer zögerten keine Sekunde und nahmen die Verfolgung auf.

2

»Für das Protokoll: Hier spricht Captain Jonathan Clarke vom MAD. Ebenfalls anwesend ist Agentin in Ausbildung Lieutenant Deborah Kirelsky …«

Jonathan ging langsam um den einfachen Tisch in der Mitte des Raums und setzte sich lässig auf die Kante, direkt gegenüber dem Mann in der schmucklosen Uniform eines Warrant Officers der Flotte. Der Mann war unrasiert und dem Geruch nach hatte er sich auch seit mindestens drei Tagen nicht gewaschen. Sein unsteter Blick zuckte auf der Suche nach einer Fluchtmöglichkeit durch den Raum und blieb schließlich auf dem kleinen schwarzen Aufzeichnungsgerät haften, das vor ihm auf dem Tisch lag.

»… und Verdächtiger Nr. 18753-09. Warrant Officer Jerry Bataglia vom Schlachtträger *TKS Rodriguez*.«

Die Ausdünstungen des Mannes stiegen Jonathan unangenehm in die Nase. Der MAD-Offizier verzog angewidert das Gesicht. Er atmete, so flach es nur ging, um möglichst wenig vom Gestank des Verdächtigen belästigt zu werden. Da der Raum eher winzig war, wirkte sich der Geruch doppelt stark aus.

Das war vermutlich nicht mal dessen Schuld. Über fünf Tage lang hatten sie den Kerl verfolgt. Sie waren ihm die ganze Zeit über dicht auf den Fersen gewesen, doch jedes Mal wenn sie sicher waren, ihn jeden Moment erwischen zu können, war er ihnen wieder durch die Lappen gegangen. Schleimig wie ein Aal, hatte er sich ihrem Griff immer wieder erfolgreich entziehen können. Die einzige Befriedigung, die er aus der Verfolgungsjagd ziehen konnte, war der Stress, unter den er Bataglia gesetzt hatte. Der Kerl hatte während der Flucht kaum einmal Zeit gehabt, zu Atem zu kommen.

Jonathan wünschte sich, er hätte Zeit und Mittel gehabt, den Mann zur Erde zu schaffen. Dort waren die Möglichkeiten gegeben, diesen einem umfassenderen Verhör zu unterziehen.

Stattdessen musste er sich mit den Gegebenheiten zufriedengeben und Bataglia an Ort und Stelle verhören – auf der kleinen Kolonie-Welt Ariella, knapp einhundertdreißig Lichtjahre südlich von Starlight. Jonathan streifte seine Kollegin mit einem beiläufigen Blick, die diesen aufmerksam erwiderte und ihre Konzentration anschließend wieder auf den Mann am Tisch fokussierte.

Deborah war erst seit knapp drei Monaten beim MAD und galt noch als Agentin in Ausbildung. So lange, bis Jonathan – als der ihr zugeteilte Führungsagent – etwas anderes sagte. In den Monaten, seit er sie kannte, hatte sie einen scharfen Verstand und einen wachen Geist bewiesen.

Sie war von der Logistik zum MAD gewechselt. Keine geringe Leistung, galt die Logistik in Offizierskreisen eher als Abstellgleis denn als Karrieresprungbrett. Sie war mit einem Meter sechzig relativ klein, war etwas untersetzt, hatte grüne Augen und trug ihr langes, brünettes Haar meistens zu einem Pferdeschwanz zusammengebunden.

Jonathan nahm die Akte, die er unter dem Arm trug, und knallte sie so laut auf den Tisch, dass Bataglia erschrocken zusammenzuckte. Es genügte, ihm ein gewisses Gefühl der Befriedigung zu bescheren. Seit seiner Zeit als MAD-Offizier auf der *Prince of Wales* jagte er nun diese Terroristen. Damals hatten sie es geschafft, die Besatzung, für deren Schutz er verantwortlich gewesen war, zu unterwandern und das Schiff während der Schlacht von Asalti beinahe zu zerstören. Er hatte sich geschworen, dies nie wieder geschehen zu lassen. Mit ausdrücklicher Billigung seiner Vorgesetzten war er zu einem der erfolgreichsten Terroristenjäger des MAD mutiert. »Das ist Ihr Werk«, meinte er und deutete auf die Akte. »Da haben Sie ganz schön Schaden angerichtet.«

Der Mann gab mit keiner Regung zu erkennen, dass er Jonathan zuhörte, geschweige denn seine Worte überhaupt verstand.

Dieser ließ sich seine Frustration über das Ausbleiben einer Reaktion nicht anmerken, stattdessen schlug er die Akte auf und nahm scheinbar wahllos Blätter heraus, um daraus vorzulesen.

»Das ALPHA-Flugdeck der *Rodriguez* für zwei Tage außer Gefecht gesetzt, Lebenserhaltung für ganze fünf Stunden, künstliche Schwerkraft, Waffenkontrolle, Antrieb … Soll ich weitermachen? Sie waren wirklich sehr fleißig.«

Bei dieser Bemerkung stahl sich ein flüchtiges Grinsen auf das Gesicht Bataglias. Es war zwar nicht die Art Reaktion, die er hatte provozieren wollen, doch immerhin *überhaupt* eine Reaktion.

»Mein Name ist Jerry Bataglia«, begann der Mann plötzlich zu sprechen. »Mein Rang ist Captain in der Armee der Kinder der Zukunft, meine Dienstnummer ist 088-734-899.«

»So, ihr habt jetzt also schon Ränge und Dienstnummern bei den Kindern?! Aber ich habe eine schlechte Nachricht für Sie. Sie sind kein

Kriegsgefangener. Genau genommen sind Sie nicht einmal ein Krimineller. Sie sind ein lausiger, dreckiger Terrorist. Ein mieser kleiner Feigling, wenn Sie mich fragen.«

Bei dem Wort *Feigling* verzog Bataglia kurz die Mundwinkel zu einer verärgerten Fratze. Seine Pupillen zuckten zu Jonathan hinüber und funkelten ihn für einen Sekundenbruchteil an, nur um sogleich wieder starr und ausdruckslos die Wand gegenüber anzustarren.

»Mein Name ist Jerry Bataglia. Mein Rang ist Captain in der Armee der Kinder der Zukunft, meine Dienstnummer ist –«

»Schluss damit!«, brüllte Jonathan den Mann so heftig und unvermittelt an, dass sogar seine Kollegin erschrocken zusammenzuckte. »Ich wiederhole noch einmal: Sie sind *kein* Kriegsgefangener. Sie sind ein *Terrorist*, der seine Tage damit zubringt, die militärischen Bemühungen des Konglomerats zu sabotieren. Wissen Sie eigentlich, was das für Sie bedeutet? Sie haben kein Recht, die Aussage zu verweigern, kein Recht auf anwaltliche Vertretung … Gott, Sie haben nicht mal das Recht auf eine Gerichtsverhandlung! Falls mir danach ist, könnte ich Sie einfach verschwinden lassen. Und im Moment würde ich eigentlich nichts lieber tun.«

Es war eine leere Drohung. Auf diese Art arbeitete der MAD nicht und würde es hoffentlich auch nie tun. Doch die Kinder der Zukunft wussten dies meistens nicht; es war erstaunlich, wie oft diese Drohung funktionierte. Doch nicht dieses Mal. Bataglia verzog keinen Muskel.

Jonathan setzte sich auf die Tischkante und beugte sich so tief zu Bataglia herunter, dass dieser ihn nicht länger ignorieren konnte und ihm direkt in die Augen blickte. »Geben Sie mir einfach einen Grund, es nicht zu tun.«

»Mein Name ist Jerry Bataglia. Mein Rang ist Captain in der Armee der Kinder der Zukunft, meine Dienstnummer ist 088-734-899.«

Jonathan seufzte gequält auf. Mit diesen Typen war es immer dasselbe. Verstockt und stur, dass es schon ans Fanatische grenzte. Es war nicht das erste Verhör mit einem Angehörigen der Kinder, das Jonathan durchführte. Und noch nicht mal eines der schwierigsten. Dennoch durchströmten Wellen der Frustration seinen Körper und er musste seine ganze Selbstbeherrschung aufwenden, um dem Mann vor ihm nicht ins Gesicht zu schlagen. Dies wäre kontraproduktiv gewesen und hätte seiner Autorität gegenüber dem Gefangenen schwer geschadet, ebenso dem Ansehen gegenüber seinem Schützling, der ihn aufmerksam beobachtete.

»Wir wissen, dass auf der *Rodriguez* noch weitere Terroristen sind. Ihr arbeitet nie allein. Wenn ihr ein Ziel infiltriert, dann nur als ganze Zelle, um an Bord möglichst viel Schaden anrichten zu können. Ich will ihre Namen und ihre Ränge innerhalb des Schiffes.«

»Mein Name ist Jerry Bataglia«, begann der Mann erneut zu sprechen. »Mein Rang ist Captain in der Armee der Kinder der Zukunft, meine Dienstnummer ist 088-734-899.«

Der monotone Sprechgesang, in der Bataglia diese Worte immer wieder wie ein Mantra herunterbetete, zehrte langsam an Jonathans Nerven. Aus Erfahrung wusste er sehr wohl, dass es unter anderem genau diese Wirkung erzielen sollte. Ein Verhör war immer auch ein Wettstreit der Willenskräfte zwischen dem Verhörenden und dem Verhörten. Und am Ende würde derjenige gewinnen, der sich am besten im Griff hatte. Meistens war dies Jonathan, aber nicht immer.

»Also schön, probieren wir es mal anders«, eröffnete Jonathan, stand auf und ging langsam um den Mann herum, bis er in dessen Rücken stand. »Seit dem Angriff der Rebellen auf das Serena-System vor sechs Monaten verzeichnen wir einen Anstieg der Sabotage auf terranischen Schiffen in allen frontnahen Sektoren, und zwar um ganze vierzig Prozent. Sind das nur zufällig ausgewählte Ziele oder verfolgen eure Anführer einen Plan?«

Bataglia schwieg. Doch bei dem Wort *Rebellen* zogen sich seine Augenbrauen über der Nasenwurzel zusammen.

Bingo!

Bei ähnlichen Verhören hatte Jonathan bereits die Erfahrung gemacht, dass die Angehörigen der Kinder der Zukunft äußerst negativ auf die Bezeichnung *Rebellen* reagierten. Das Wort Rebell implizierte, dass die Kinder keine legitimen Kämpfer oder Soldaten waren. Diese sahen das naturgemäß völlig anders. Der MAD hatte jedoch bereits vor geraumer Zeit eine allgemeine Anweisung herausgegeben, die Kinder der Zukunft nach Möglichkeit *immer* als Rebellen zu bezeichnen. Zum einen, weil dieses Wort sich gefährlicher anhörte als Kinder der Zukunft, zum anderen des negativen Touchs wegen, den dieses Wort beinhaltete.

Jonathan betrachtete dies persönlich eigentlich als Schwachsinn. Für ihn waren es ganz einfach Terroristen, die man ausmerzen musste. Alles andere war pure Augenwischerei.

»Wie viele Anführer gibt es noch? Wir wissen, dass bei Serena mindestens ein wichtiges Mitglied Ihrer Organisation getötet wurde. Wo sind die anderen?«

Jonathan ging zwei Schritte, um das Profil des Mannes genau betrachten zu können.

»Außerdem wissen wir, dass mindestens zwei Gründungsmitglieder der Rebellen noch aktiv sind.«

Die Augenbraue Bataglias zuckte nach oben. Der Mann gab sich bemüht gelassen, doch kleine Schweißperlen standen plötzlich auf seiner Stirn. Dass der MAD wusste, wie viele Anführer die Kinder der Zukunft hatten, war offensichtlich eine Überraschung für Bataglia und in diesem Stadium des Verhörs stellte alles eine wichtige Waffe dar, was half, den Terroristen auf dem Stuhl vor sich aus dem Gleichgewicht zu bringen. Jonathan lächelte.

Treffer!

Es klopfte an der Tür. Jonathans Kopf fuhr verärgert herum. Deborah öffnete sie einen kleinen Spalt, steckte den Kopf hindurch und Jonathan hörte sie leise tuscheln. Als sie ihren Kopf wieder einzog, deutete sie mit einem kurzen Wink hinaus. Jemand wollte sie sprechen. Sie beide. Jonathan knirschte wütend mit den Zähnen. Ausgerechnet jetzt, wo er endlich Fortschritte machte. Man störte niemals – *niemals!* – ein Verhör. Wenn man endlich dazu kam, es fortzuführen, musste man wieder bei null anfangen.

Jonathan klopfte Bataglia jovial auf die Schulter. »Bin gleich wieder da, mein Freund. Überlegen Sie sich schon mal, was Sie mir noch sagen wollen.«

Jonathan ging mit lockeren Schritten zur Tür. Bei seinen Worten entstanden erste tiefe Risse in der Miene des Saboteurs und er runzelte verwirrt die Stirn. »*Noch?* Ich habe Ihnen bis jetzt *gar nichts* gesagt.«

»Das denken *Sie!*«, erwiderte Jonathan und verließ mit Deborah den Raum, ohne sich noch einmal umzudrehen.

Während sich die Tür noch schloss, funkelte er den Mann, der auf ihn wartete, wütend an. Es war ein junger Lieutenant, der bei Jonathans Miene förmlich in sich zusammenfiel.

»Was ist denn so dringend, dass es nicht warten kann?«

Der eingeschüchterte Offizier brachte keinen klaren Satz zustande und deutete nur auf einen Raum am Ende des Ganges. Jonathan schob den jungen Mann ungeduldig beiseite. Deborah folgte ihm mit schmalem Schmunzeln auf den Lippen und blinzelte dem Lieutenant aufmunternd zu, woraufhin dieser sich etwas entspannte.

»War das wirklich nötig? Der Junge kann doch auch nichts dafür. Vermutlich führt er nur die Befehle irgendeines hohen Tieres aus.«

»Ja, ich weiß«, antwortete Jonathan deutlich ruhiger. »Aber ich musste es einfach an jemandem auslassen. Man stört unter keinen Umständen ein Verhör. Das ist die erste Regel bei Verhören.«

»Und falls es doch passiert?«

Jonathan lächelte. »Dann muss beim nächsten Mal der Druck gewaltig erhöht werden. Das ist die zweite Regel.«

Deborah lachte belustigt auf. »Gibt es diese zwei Regeln wirklich?«

»Nicht im Handbuch. Das sind meine persönlichen, die ich mir durch harte Arbeit und Erfahrungen im Dienst angeeignet habe.«

»Ich glaube, ich habe wirklich noch viel zu lernen.«

»Allerdings.«

Jonathan und Deborah betraten den kleinen Raum, auf den der Lieutenant gedeutet hatte. Er war bis auf einen Tisch und zwei Stühle leer. In der Mitte des Tisches lag ein Würfel mit vielleicht zehn Zentimeter Kantenlänge. Jonathan kannte so etwas bereits. Es handelte sich dabei um einen Depeschenwürfel. Wichtige Befehle, Nachrichten und Informationen wurden auf einem solchen Würfel aufgezeichnet und einem Kurier zur persönlichen Übergabe überantwortet. Dinge, die zu wichtig waren, um sie einer Funkmitteilung anzuvertrauen, die möglicherweise abgefangen werden konnte. Natürlich konnten Funknachrichten chiffriert werden. Doch ebenso gut konnten sie dechiffriert werden. Depeschenwürfel waren erheblich sicherer. Außerdem waren sie fälschungssicher und zerstörten sich selbst, falls jemand, der hierfür nicht ausdrücklich autorisiert war, versuchte, Zugriff auf die Daten zu erlangen.

Jonathan deutete auf einen der Stühle; Deborah ließ sich darauf nieder. Anschließend setzte er sich auf den verbliebenen und drückte seinen Daumen in eine Vertiefung an der Seite des Würfels.

»Identität bestätigt«, erklärte eine computergenerierte Stimme.

Kurz darauf drang die Stimme Colonel Daniel Asugas aus dem Gerät, des ranghöchsten MAD-Offiziers dieses Sektors.

»Hallo Jonathan«, grüßte der gesichtslose Bariton des Colonels. »Tut mir leid, falls ich dir in die Parade fahre. Ich weiß, dass du gerade damit beschäftigt bist, Saboteure auf Ariella zu jagen. Doch das muss jetzt warten. Du schwingst deinen Hintern sofort in ein Raumschiff und begibst dich nach Starlight. Es gibt dort Probleme. Ich habe bereits einen Transfer für dich und deine Auszubildende organisiert. Während wir hier reden, wartet bereits ein Zerstörer im Orbit über Ariella auf dich. Ihr könnt in etwa zwei Tagen auf Starlight sein. Je schneller, desto besser.«

»Klingt ja ernst«, murmelte Jonathan mehr zu sich selbst.

»Es gibt zwar ausreichend MAD-Offiziere auf Starlight, doch keiner mit deinen Erfahrungswerten. Du musst jemanden jagen, einen Mann namens Aaron Leech: ein kleiner Angestellter in der planetaren Verteidigungszentrale von Starlight. Er hat sich in streng geheime Dateien gehackt und sie gestohlen. Nun ist er untergetaucht und auf der Flucht. Eine Verbindung zu den Kindern der Zukunft ist nicht auszuschließen. Ich kann dir leider nicht sagen, worum es sich bei den Dateien handelt, die verschwunden sind.«

»Na großartig, du alter Geheimniskrämer.«

»Ich kann es dir nicht sagen, weil ich es selbst nicht weiß«, sprach die Stimme weiter und Jonathan schmunzelte, weil Asuga seine Bemerkung beim Aufnehmen der Nachricht vorhergesehen hatte. »Ich weiß nur, dass es ein Computerprogramm ist, das für eine Flotte den Unterschied zwischen Leben und Tod ausmachen könnte. Ich würde dir gern mehr sagen, das kannst du mir glauben.«

Jonathan dachte über die Worte Asugas angestrengt nach, während der MAD-Colonel weitersprach. »Da gibt es noch mehr, Jonathan. Inzwischen wurde Leechs Konto überprüft. Am Tag des Diebstahls ist eine beträchtliche Geldsumme darauf eingegangen. Daher nehmen wir an, dass Leech bereits dabei ist, das Programm zu verkaufen.«

»Daher kommst du also auf unsere Freunde von den Kindern«, nickte Jonathan anerkennend.

»Leech muss unbedingt gefunden und aufgehalten werden. Mit allen Mitteln!«

Bei diesen Worten warf Jonathan seiner Kollegin einen alarmierten Blick zu. Diese wirkte nicht weniger schockiert. Was Asuga nicht sagte, waren die Worte *»unter Einsatz tödlicher Gewalt«*, doch sie schwangen unüberhörbar in seinen Ausführungen mit.

»Und da gibt es noch etwas, Jonathan. Zwei weitere Punkte, weshalb ich dich schicken möchte. Sagen wir mal, es ist eine Art inoffizieller Auftrag. Ich will, dass du dich auf Starlight umsiehst. Im Bereich der Flotte sowie im Umfeld des Gouverneurs und seiner militärischen Berater. Starlight wird von der 4. Flotte unter Konteradmiral Miguel Hernandez verteidigt. Die 4. Flotte leidet wesentlich weniger unter Sabotageakten der Kinder der Zukunft als vergleichbare Verbände. Das ist natürlich erst mal kein Grund zur Sorge, doch ich will wissen, ob das daran liegt, dass die Sicherheit auf Starlight wesentlich besser ist als bei anderen Flottenstandorten, oder ob es … andere Gründe dafür gibt. Du weißt am besten, worauf du achten musst.

Der zweite Grund ist, dass die Regierung von Starlight uns nicht offiziell um Hilfe gebeten hat. Uns hat ein anonymer Tipp über den Diebstahl erreicht, auf dessen Grundlage wir uns zum Handeln entschlossen haben.

Es kann natürlich sein, dass der Gouverneur uns nicht offiziell informiert hat, weil ihm die ganze Angelegenheit furchtbar peinlich ist und er sie selbst regeln will, aber das Ganze ist trotzdem äußerst seltsam. Das wäre alles an Informationen, was ich für dich habe. Also will ich dich auf Starlight sehen. Umgehend!

Ich will ganz ehrlich zu dir sein: Es gibt keinen konkreten Anlass für mein Misstrauen, ich habe jedoch gelernt, auf meine Instinkte zu vertrauen, und mein Instinkt sagt mir im Moment, dass da etwas gewaltig im Argen liegt. Flieg hin, finde Leech, bevor er das Programm verkaufen kann, und sieh dich etwas um. Das ist schon dein ganzer Auftrag. Wir bleiben auf jeden Fall in Kontakt. Ich werde eine Weile auf Mirella sein, also ganz in der Nähe von Starlight. Nur für den Fall, dass du Hilfe brauchst. Asuga Ende.«

Jonathan wartete noch einen Moment, um sicherzugehen, dass die Nachricht wirklich zu Ende war.

Wenn Asuga misstrauisch geworden ist, haben wir alle Grund zur Sorge, sinnierte Jonathan.

»Was wird aus dem Verhör?«, fragte Deborah in die aufkeimende Stille nach der Einsatzeinweisung.

»Das muss jemand anders zu Ende bringen. Du hast doch gehört: Wir haben einen Auftrag.«

3

Starlight wirkte aus dem Orbit wie ein einziges Lichtermeer. Es gab ein Dutzend größerer Städte verteilt über die gesamte nördliche Hemisphäre sowie unzählige Dörfer und Ortschaften dazwischen. Das gemäßigte Klima der Nordhalbkugel begünstigte die Kolonialisierung, während die nahezu unbewohnte südliche Hemisphäre aus unfruchtbaren Wüsten- und Steppenlandschaften bestand. Nur die ortsansässige Industrie hatte diesen Teil des Planeten zu nutzen gewusst und dort Abbauanlagen für die Bodenschätze und Produktionsanlagen der wichtigsten Exportgüter errichtet. Exportgüter, zu denen nicht zuletzt wichtige Rüstungsgüter wie Infanteriewaffen und Fahrzeuge gehörten. Darüber hinaus war im Starlight-System der wichtigste Produzent schwerer Kampfpanzer ansässig.

Um zwei Fliegen mit einer Klappe zu schlagen, hatte man in der Nähe der Industrieanlagen auch das hiesige Til-Nara-Truppenkontingent stationiert. Die Insektoiden konnten durch ihre Anwesenheit die Produktionsanlagen schützen und wurden gleichzeitig von der Zivilbevölkerung isoliert, von der immer noch viele den Til-Nara skeptisch gegenüberstanden. Sie verdienten dieses Misstrauen nicht. Immerhin gehörte die Til-Nara-Hegemonie seit vielen Jahren zu den engsten und treusten Verbündeten der Menschen und die Insektoiden hatten ihre Bündnistreue in der Vergangenheit deutlich unter Beweis gestellt.

Die Kolonie bestand schon seit über siebzig Jahren und stellte eines der Produktionszentren des Konglomerats dar. Ähnlich wie Serena hatte es nach der ruulanischen Invasion und dem darauf folgenden Waffenstillstand eine Zeit des Niedergangs erlebt, in dem das System immer mehr verrohte. Industriezweige wanderten ab und nahmen dringend benötigtes Wirtschaftswachstum und Arbeitsplätze mit. Massenarbeitslosigkeit war die Folge.

Doch dem hiesigen Gouverneur war es in der Zwischenzeit durch Zugeständnisse wirtschaftlicher Art und geschicktes Verhandeln in beeindruckendem Maße gelungen, diesen Effekt umzukehren und Industrie und Investoren zurück nach Starlight zu locken. Sein gleichzeitig hartes Durchgreifen gegen Söldner, Glücksritter und Abenteurer hatte bewirkt, dieses Gesocks aus dem System zu vertreiben.

Inzwischen arbeiteten die Fabriken des Systems wieder mit hundertprozentiger Auslastung und das System gehörte zu den reichsten des Konglomerats. Die Bevölkerung von Starlight erlebte eine ganz beträchtliche Zunahme ihres Wohlstands – um nicht zu sagen: Luxus – und ein Wirtschaftswachstum und einen Aufschwung, den die meisten anderen Systems des Konglomerats nur mit unverhohlenem Neid betrachten konnten.

Keine geringe Leistung. Besonders wenn man bedachte, dass es sich bei Starlight um ein Frontsystem handelte, das immer mit der drohenden Gefahr eines ruulanischen Angriffs leben musste.

Der derzeitige Gouverneur Simon Lefferty hatte vor einem Jahr nach einem Erdrutschsieg seine nunmehr dritte Amtszeit angetreten. Die Popularität seiner Person stand außer Frage und er genoss sowohl Ansehen bei allen Bevölkerungsschichten als auch deren uneingeschränkte Unterstützung.

Nach allem, was Jonathan über Lefferty wusste oder gehört hatte, war der Mann sich für keine Arbeit zu schade. So hielt sich zum Beispiel hartnäckig das Gerücht, er habe während der Verteidigung gegen die ruulanische Invasion persönlich Hand angelegt, wo Hilfe vonnöten gewesen sei, von der Aufschichtung von Barrikaden bis hin zur Versorgung der Verwundeten in einem der Krankenhäuser. Natürlich war es durchaus möglich, dass es nur Gerüchte waren, die um seine Person kursierten, doch wenn auch nur die Hälfte der Geschichten zutraf, handelte es sich um einen äußert beeindruckenden Mann.

»Bin mal gespannt, ob das stimmt«, murmelte Jonathan leise vor sich hin und klappte die Mappe mit dem persönlichen Dossier des Gouverneurs zu.

Asuga hatte recht behalten. Deborah und er waren umgehend nach Erhalt des Depeschenwürfels per Shuttle in die Umlaufbahn zu einem bereits wartenden Zerstörer der neuen Blizzard-Klasse gebracht worden. Erheblich kleiner als bisherige Zerstörer, mit einer ausladenden Antriebssektion ausgestattet, waren Schiffe der Blizzard-Klasse die schnellsten in Zerstörer-Größe innerhalb der Flotte. Obwohl erst seit wenigen Monaten offiziell im Dienst, galten sie als verlässlich und wurden vorrangig zur schnellen Beförderung von Nachrichten und Würdenträgern eingesetzt. Sie konnten sich gegen alles wehren, was kleiner als ein Zerstörer war, und konnten allem davonfliegen, was größer war. Außerdem waren sie dank ihrer Geschwindigkeit hervorragend dafür geeignet, die Flanken einer Flottenformation zu beschützen und gegen kleinere Feindeinheiten abzuschirmen.

Der Flug hatte tatsächlich lediglich zwei Tage gedauert und der Zerstörer war, kaum dass sie im Starlight-System angekommen waren, in den Orbit eingeschwenkt. Ungeachtet der vielen hochgefährlichen Orbitalwaffen und Satelliten, die die Kolonie beschützten. Jonathan konnte das nur damit erklären, dass sie bereits erwartet wurden. Den Ring aus vier Orbitalforts und der zentralen Raumstation über dem Nordpol beachtete er kaum noch. Derartige Verteidigungsanlagen sah er beileibe nicht zum ersten Mal, sondern hatte sie schon über Fortress und Serena beobachten dürfen. Diese Trutzburgen im All waren in der Lage, jeden Gegner, der es tatsächlich schaffte, sich dem Planeten auf diese Entfernung zu nähern, in Staub zu verwandeln.

Der Pilot ihres Shuttles begann mit den abschließenden Anflugmanövern auf die planetare Hauptstadt Messiter und Jonathan spürte einen leichten Druck auf seine Eingeweide, als das Shuttle abzubremsen begann und sich die Schwerkraft bemerkbar machte.

»Hast du was gesagt?«, fragte Deborah ein wenig nervös auf dem Sitz neben ihm.

»Nein … nichts, hab nur mit mir selbst geredet.«

Ihm fielen sofort ihre Hände auf, die sich verkrampft in die Lehnen ihres Sitzes krallten. Das Nagelbett an ihren Fingern trat vor Anstrengung bereits weiß hervor. Jonathan rief sich ins Gedächtnis, dass Deborah an Bord von Shuttles unter Flugangst litt. Es machte ihr nichts aus, tagelang an Bord eines Raumschiffs eingepfercht zu sein, doch der Flug zwischen Raumschiff und Planeten rief bei ihr Schweißausbrüche und regelrechte Panik hervor. Jonathan war so in seine Lektüre vertieft gewesen, dass er ihre Gemütslage gar nicht bemerkt hatte.

»Ein Shuttleflug ist die sicherste Art zu reisen«, versuchte er zum wiederholten Mal, ihr die Unsinnigkeit ihrer Ängste vor Augen zu führen.

»Ich weiß … ich weiß.«

Eine leichte Turbulenz rüttelte das Gefährt für einen Sekundenbruchteil durch. Der Pilot bewies großes Geschick, als er das Shuttle mit sanfter Hand durch die Böe lenkte. Jonathan fühlte die Turbulenz kaum. Deborah jedoch lief von einer Sekunde zur nächsten kalkweiß an und er sah, wie die Muskeln an ihrem Hals arbeiteten, als sie verzweifelt gegen aufkeimenden Brechreiz ankämpfte.

»Ist das der falsche Augenblick, um dich darauf hinzuweisen, dass es seit mehr als sechzig Jahren keine Spucktüten mehr in solchen Flugzeugen gibt, weil so gut wie niemandem mehr beim Fliegen schlecht wird?! Trägheitsdämpfer sei Dank.«

»Ja«, würgte sie zwischen zusammengebissenen Zähnen hervor. »Der Zeitpunkt ist unpassend.« Mit einem Auge linste sie auf den Aktenberg auf seinem Schoß.

»Was hast du da?«

Jonathan vermutete stark, dass die Frage eher darauf abzielte, sie von ihrer eigenen Übelkeit abzulenken, und nicht aus wirklichem Interesse herrührte.

»Dossiers. Der wichtigsten einheimischen Persönlichkeiten. Standardvorgehensweise. Wir müssen uns mit den örtlichen Gegebenheiten vertraut machen, wenn wir einen neuen Einsatzort erreichen. Das schließt die Personen ein, auf die wir treffen werden.«

Aus einer plötzlichen Laune heraus, sie ärgern zu wollen, hob er den Aktenstapel hoch und knallte ihn ihr auf den Schoß. Die Bewegung kam so überraschend, dass Deborah nach Luft schnappte und die Muskeln an ihrem Hals noch hektischer arbeiteten. Vorsichtshalber zog er sich etwas zurück, nur um sicherzugehen, falls sie sich doch würde übergeben müssen.

»Du … duuu … A…«

»Ah, ah, ah, bevor du jetzt etwas sagst, das zwangsläufig unsere berufliche Zusammenarbeit stören würde, solltest du dich lieber auf die Akten vor dir konzentrieren. Du solltest dich daran gewöhnen, Akten zu wälzen.« Er schmunzelte leicht. Das Sprichwort, wer den Schaden hat, braucht für den Spott nicht zu sorgen, bekam bei ihm eine ganz neue Bedeutung. Aber da musste seine Kollegin jetzt durch. Während seiner eigenen Ausbildung war ihm von seinem damaligen Führungsagenten eine ähnlich rüde Behandlung widerfahren. Man konnte dies durchaus als Tradition beim MAD bezeichnen.

»Irgendetwas, was ich wissen sollte?«

»Nicht wirklich. Eigentlich sogar alles ziemlich langweilig und nichtssagend.«

Deborah nahm wahllos eine Akte und schlug sie auf. Auf dem Foto, das auf dem ersten Blatt abgebildet war, starrte ihr ein Mann in den Vierzigern entgegen. Dunkelhaarig mit beeindruckendem Schnurrbart, der eher zu einem Musketier des alten Frankreichs gepasst hätte.

»Konteradmiral Miguel Hernandez«, erklärte Jonathan in leicht belehrendem Tonfall. »Kommandeur der 4. Flotte. Das Gros der Flotte ist in der Umlaufbahn von Nexus III stationiert, dem dritten Mond von Starlight. Dort befinden sich gleichfalls die meisten Flotteneinrichtungen des Systems. Hernandez hat die Flotte übernommen, nachdem Vizeadmiral

Nekejami während der ruulanischen Invasion von 2143 gefallen war. Seitdem ist er eher unauffällig. Wenn man davon absieht, dass er sich einen recht guten Namen durch die Bekämpfung des Sklavenhandels und der Piraterie in diesem Gebiet gemacht hat. Über seinen Charakter steht leider nicht allzu viel in seiner Akte. Es gibt allerdings Stimmen, die halten ihn für …«

»Für?«

»Schwierig.«

Sie schlug die nächste Akte auf. Das Gesicht auf dem dazugehörigen Foto wirkte offen und sympathisch. Das Einzige, was diesen Eindruck störte, waren die kurz geschorenen Haare und die deutlich sichtbare Narbe, die sich vom Zentrum seines Mittelscheitels quer über die rechte Wange bis hin zum rechten Mundwinkel zog.

»Commodore Viktor Brandt. Hernandez' Stabschef, sein Stellvertreter und Kommandeur der *Excalibur*-Kampfgruppe innerhalb der 4. Flotte.«

»Du erwähnst das, als sollte mir das etwas sagen?!«

»Solltest es auch. Die *Excalibur*-Kampfgruppe ist beinahe schon berühmt. Es handelt sich um eine schnelle Interventionseinheit, die Hernandez ins Leben gerufen hat, als er noch Nekejamis Stabschef gewesen ist. Sie ist ständig kampfbereit und kann im Notfall innerhalb von nur zwanzig Minuten auslaufen, während die übrige Flotte noch dabei ist, sich gefechtsklar zu machen. Viele Admiräle unterhalten inzwischen in ihren Flottenverbänden ähnliche Einheiten. Sie besteht aus sechzig Schiffen. Hauptsächlich leichtes Kaliber mit einigen schweren Brocken, die für den nötigen Rückhalt sorgen. Brandt kommandiert die Eingreiftruppe von seinem Schlachtschiff *Excalibur* aus.«

»Eine furchtbare Narbe.«

Jonathan nickte ernst. »Die hat er einem Ruul zu verdanken.«

Deborah sah überrascht auf. »Tatsächlich?!«

»Brandt dient seit fast fünfzehn Jahren in der 4. Flotte.«

»Das bedeutet, er war schon während der Invasion dabei.«

»Ja. Das Geschwader unter seinem Kommando hatte damals als erste Einheit der 4. Flotte Feindkontakt. Die Slugs griffen das Starlight-System schneller und mit weit überwältigenderer Stärke an, als der MAD es vorhersagte. Als sie kamen, war die 4. Flotte noch nicht kampfbereit. Brandt lief mit seinen Einheiten aus und stellte sich ihnen entgegen. Ohne den Befehl dafür erhalten zu haben. Sie hielten die Vorhut der Slugs mit Guerillataktiken über eine Stunde auf Trab und verzögerten so den Vormarsch ihrer Hauptangriffsverbände.«

»Das war aber sehr mutig.«

»Allerdings. Wobei andere Offiziere nicht so taktvoll waren, es mutig zu nennen. Tollkühn ist noch eine der harmloseren Bezeichnungen, die mir zu Ohren gekommen sind.«

»Das ist doch noch nicht alles, oder?«

»Bei Weitem nicht. Nach fast achtzig Minuten Kampf verließ Brandt sein Glück. Die zahlenmäßige Überlegenheit der Ruul gab den Ausschlag. Sie manövrierten ihn aus und er fand sich plötzlich in der Zange zwischen drei feindlichen Geschwadern wieder. Sie schossen fast sein ganzes Kommando in Stücke. Von sechzig Schiffen entkamen nur sieben. Die *Excalibur* war nicht darunter. Die Slugs enterten die *Excalibur* und massakrierten fast die gesamte Besatzung. Der Kampf an Bord des Schlachtschiffs muss brutal gewesen sein. Teilweise Mann gegen Mann. Die Narbe hat ein ruulanisches Schwert ihm beigebracht. Hat Brandt beinahe den Schädel gespalten.«

»Wie hat er überlebt?«

»Die Besatzung der *Excalibur* brachte die Enterer um. Nicht einer der Slugs überlebte, allerdings auch nur sehr wenige von Brandts Besatzungsmitgliedern. Sie versorgten ihn notdürftig, bis die Schlacht um Starlight vorbei war. Nach dem Abzug der Slugs wurde das Schlachtschiff geborgen und man fand ihn und vielleicht drei Dutzend weiterer Überlebender.«

»Eine beeindruckende Leistung.«

»Das war es«, nickte Jonathan. »Und doch gab es Stimmen, die anderer Meinung waren. Aber man konnte schlecht den Mann, der verhindert hat, dass die 4. Flotte bereits in den Anfängen der Schlacht vernichtet wurde, wegen Befehlsverweigerung vor Gericht stellen. Denn eins ist unstrittig: Wäre Brandt nicht gewesen, hätten die Slugs die Verteidigungsflotte von Starlight auf dem falschen Fuß erwischt. Die Zahl der Opfer wäre astronomisch hoch gewesen.«

»Also stellte man lediglich seinen Beförderungsanspruch zurück. Ich hab mich schon gewundert, warum er nicht längst mindestens Konteradmiral ist.«

»Verdient hätte er es, wenn du mich fragst. Aber die Entscheidung wurde von Offizieren getroffen, die sich durch effiziente, unorthodoxe und vor allem unberechenbare Offiziere bedroht fühlen. Und damit war Brandts Schicksal besiegelt.«

»Wem gehört die letzte Akte?«

»Lieutenant Colonel René Leduc. Leffertys Militärattaché und Verbindungsoffizier zwischen dem Militär und der zivilen Regierung von Starlight. Die brauchst du gar nicht erst zu lesen. Sie ist so was von unauffällig, den kannst du getrost vergessen.«

Mit einem weichen Ruck setzte das Shuttle auf und die Luke öffnete sich.

»Wir sind da«, eröffnete Jonathan fröhlich.

»Ein Glück. Der Boden hat mich wieder.«

Während Jonathan und Deborah das Shuttle verließen, nutzte der MAD-Offizier die Gelegenheit, sich einen ersten Eindruck von Starlight zu verschaffen. Und der war gar nicht mal schlecht. Vor ihm breitete sich der sauberste Raumhafen aus, den er je gesehen hatte. Ein Indiz für das straffe Regiment, das die hiesige Regierung führte. Die meisten militärisch genutzten Raumhäfen zeichneten sich durch Schmutz, Öl und ein geordnetes Chaos aus. Dieser hier nicht.

Derzeit waren nur wenige Schiffe auf dem Flugfeld, die meisten davon kleinere Shuttles. In der Ferne erhoben sich eine Reihe von Lagerhallen und ein Tower sowie eine Wartehalle für den zivilen Teil des Raumhafens. Dahinter befand sich die Skyline von Messiter mit seinen unzähligen Wolkenkratzern, die Büros und Wohnungen gleichermaßen beherbergten. Zwischen Skyline und Tower störte nur die Silhouette eines Raumabwehrlasers die friedliche Szenerie, der martialisch aus seiner schützenden Kuppel ins All zeigte.

Auf Starlight war es früher Morgen. Die Sonne schob sich gerade knapp über die Flachdächer der Wolkenkratzer und morgendlicher Nebel kroch gleichmäßig über den Boden.

Die drei Monde des Planeten umkreisten Starlight in so geringem Abstand, dass sie selbst bei Tageslicht vom Boden aus bequem zu erkennen waren. Sie waren der Einfachheit halber Nexus I, II und III genannt worden. Nexus III beherbergte, wie schon erwähnt, die hiesige Flottenbasis. Nexus I war wegen seiner giftigen Atmosphäre unbewohnbar. Nexus II hingegen hatte bis vor einigen Monaten eine menschliche Kolonie beherbergt. Aus dem Dossier, das er erhalten hatte, ging jedoch hervor, dass man sie wegen eines Chemieunfalls hatte evakuieren müssen. Auf Nexus II lebte jetzt niemand mehr, und das würde sich so lange nicht ändern, bis der Mond gereinigt und dekontaminiert worden war.

Jonathan konzentrierte sich erneut auf die vor ihm liegende Stadt und nickte anerkennend. Definitiv einer der wohlhabenderen Planeten, die er je besucht hatte. Knapp vor dem Shuttle parkte ein Fahrzeug, das sie bereits erwartete. Es war ein alter Jeep. Noch mit Reifen, nicht die Hover-Ausführung. Dies war entweder ein Hinweis auf Sparsamkeit, dass hier noch so alte Ausrüstung im Dienst war, oder auf nostalgische Anwandlungen der hiesigen Bevölkerung.

Vor dem Jeep warteten bereits drei Offiziere – ein Captain und ein Corporal, beides Marines, außerdem noch ein Lieutenant Colonel der TKA –: ihr Empfangskomitee.

Jonathan und Deborah stiegen die Gangway herab – in Deborahs Fall war es ein eher wackliger Gang – und gingen auf die drei Offiziere zu. Diese traten ihnen auf halbem Weg entgegen. Der TKA-Colonel als ranghöchster Offizier ergriff zuerst das Wort.

»Captain Clarke, Lieutenant Kirelsky, ich bin Lieutenant Colonel René Leduc, TKA, Militärattaché dieses Systems. Das sind Captain Andreas Westling von den Marine-Stoßtruppen und unser Fahrer, Corporal Pavel Czerenkow. Willkommen auf Starlight.«

Leduc reichte erst Jonathan und anschließend Deborah die Hand. Sein Händedruck war überraschend fest, fester, als es Jonathan nach dessen verweichlichtem Äußeren vermutet hätte. Leduc wirkte nicht wie ein kampferprobter Veteran, eher wie jemand, der es geschafft hatte, die Karriereleiter hinaufzustolpern, ohne jemals seine Waffe abfeuern zu müssen. Jonathan gab ihm insgeheim sofort den Spitznamen *Babyface.* In der Tat wirkte er viel zu jung, um wirklich schon Mitte vierzig sein zu können. Er hätte ihn auf höchstens Ende zwanzig geschätzt. Es war ein Gesicht, das sich nie hatte Sorgen machen müssen.

Westling war da schon ein anderes Thema. Die Stoßtruppen waren eine Eliteeinheit innerhalb der Marines. Ihr Motto lautete: Als Erste rein, als Letzte raus. Und damit wurde ihre Mentalität auch schon recht gut umschrieben. Sie waren äußerst gefährlich und dafür zuständig, eine Landezone zu erobern und für nachrückende Einheiten zu sichern. Das Auswahlverfahren war streng und nur einer von fünfzig Soldaten schaffte es. Trotzdem meldeten sich jedes Jahr Zigtausende von Marines freiwillig, um diesen Einheiten beitreten zu dürfen.

Der Mann wirkte schweigsam und überaus kompetent. Trotz dessen nur relativ geringer Größe von eins siebzig, hatte er nicht das Bedürfnis, sich mit dem Marine ernsthaft anzulegen. Vermutlich konnte dieser ihm mühelos sämtliche Knochen brechen, ohne auch nur ins Schwitzen zu geraten. Noch während Jonathan ihn musternd betrachtete, bemerkte er, dass er seinerseits von den hellbraunen, intelligent blickenden Augen gemustert und eingeschätzt wurde. Als sich ihre Blicke trafen, nickte Westling kurz grüßend. Jonathan erwiderte die Geste. Zwei Profis, die einander Respekt zollten.

Czerenkow stand gelangweilt daneben und wünschte sich offensichtlich, die hohen Tiere würden endlich damit fertig, sich gegenseitig zu beschnuppern. Er war etwa einen Kopf größer als Westling und durchtrainiert. Seine gelassene Haltung täuschte Jonathan jedoch nur einen Moment. Er ging jede Wette ein, dass Czerenkow erstens ebenfalls zu den Stoßtruppen gehörte und zweitens für einen der Anwesenden eine Leibwächterfunktion einnahm. Vermutlich für Leduc. Die Art und Weise, wie er sich jedes Mal anspannte, wenn ein fremdes Fahrzeug näher kam, und er es nicht aus den Augen ließ, bis es sie passierte und sich wieder entfernte, war typisch. Jonathan schmunzelte bei der Vorstellung, Westling könnte einen Leibwächter brauchen. Er konnte sich keine Situation vorstellen, mit der der Marine-Captain nicht fertigwurde.

»Wollen wir?«, fragte Leduc hilfreich und deutete auf den wartenden Jeep. Noch während Leduc sprach, quetschte sich Czerenkow hinter den Fahrersitz. Westling nahm auf dem Beifahrersitz Platz, während sich Leduc, Jonathan und Deborah mit der hinteren Sitzreihe begnügen mussten.

Jonathan hatte sich noch gar nicht richtig angeschnallt, als Czerenkow bereits losfuhr und beeindruckend sicher, jedoch für Jonathans Geschmack viel zu schnell über das Flugfeld brauste. Der Fahrtwind zerzauste seine Haare und er gab es schnell auf, sie zurechtzuzupfen. Den anderen erging es jedoch kaum besser, wie er tröstend registrierte. Vor allem Deborah mit ihren langen Haaren hatte den Schwarzen Peter gezogen.

Leduc reichte Jonathan eine kleine, versiegelte Mappe. Er sah den Militärattaché fragend an.

»Leechs Akte«, erklärte dieser wortkarg. »Ich dachte mir, Sie würden bestimmt möglichst schnell mit den Nachforschungen beginnen wollen.«

»Da haben Sie richtig gedacht«, antwortete Jonathan und schlug die Akte auf … und hätte sie am liebsten gleich wieder zugemacht. Die Akte war zensiert. Von fünf Zeilen waren durchschnittlich vier geschwärzt.

»Und was hat das jetzt zu bedeuten?«

»Ähm … Leech arbeitete an einigen streng geheimen Projekten, daher waren wir gezwungen, diese Bestandteile seiner Akte unkenntlich zu machen.«

»Das ist ein Witz, oder? Meine Sicherheitsstufe berechtigt mich zum Einsehen solcher Akten. Völlig egal, an welchen Projekten er gearbeitet hat.«

Jonathan schlug die Akte zu und reichte sie an Leduc zurück. »Ich will eine unzensierte Fassung.«

»Tut mir leid, aber ich glaube nicht, dass das machbar ist.«

»Und wieso nicht?«

»Anweisung des Gouverneurs. Ich darf niemandem eine vollständige Version von Leechs Akte aushändigen.«

»Damit sind doch sicher nicht wir gemeint?«, sprang Deborah helfend ein.

»Der Gouverneur hat keine Ausnahmen vorgesehen. Tut mir wirklich leid.«

»Sie wissen aber schon, dass wir hier sind, um Ihnen zu helfen. Um genau zu sein: Wir sind hier, um für Sie und den Gouverneur die Kastanien aus dem Feuer zu holen, nachdem man einem Saboteur und Dieb Zugang zu streng geheimen Daten ermöglicht hat.«

»Das … ist mir durchaus klar, Captain«, erwiderte Leduc leicht aus der Fassung gebracht. »Ich werde sehen, was ich tun kann.« Er hob abwehrend die Hände. »Ich verspreche jedoch nichts.«

»Wie Sie meinen.« Jonathan schlug die Akte noch mal auf und nahm Leechs Foto heraus. Etwas, das von Leduc mit deutlichem Missfallen in Form einer hochgezogenen Augenbraue quittiert wurde. Er tat jedoch sein Möglichstes, um den Militärattaché zu ignorieren.

Na wenigstens ist das Foto nicht auch zensiert. Das ist doch schon mal ein Anfang.

Das Gesicht, das von dem Bild zu ihm aufblickte, wirkte auf den ersten Blick wenig gefährlich, beinahe langweilig. Der Mann trug eine dicke Brille auf der Nase mit Gläsern, die aus Panzerglas gemacht schienen. Ohne musste er blind wie ein Maulwurf sein. Das schüttere Haar war leicht wirr und der Träger schien jeden Versuch aufgegeben zu haben, es in eine anständige Form zu bringen. Sein fliehendes Kinn stach auffällig aus dem Gesicht hervor. Kaum zu glauben, dass so jemand zum Verräter geworden sein sollte.

Andererseits sind die besten Verräter gerade diejenigen, die man am wenigsten verdächtigen würde, überlegte er. Ohne zu zögern, steckte er das Foto in die Brusttasche seiner Uniform.

»Äh … Captain?!«, bemühte sich Leduc um einen taktvollen Einwand.

»Vergessen Sie's, Colonel«, kam ihm Jonathan jedoch zuvor. »Das Foto behalte ich. Wie soll ich den Kerl finden, wenn ich nicht mal weiß, wie er aussieht?«

Leduc schloss den Mund wieder, warf Jonathans Brusttasche und dem darin enthaltenen Foto jedoch sehnsüchtige Blicke zu. Das Verhalten seines Gegenübers wunderte und ärgerte Jonathan gleichermaßen. Immerhin war er hier, um den einheimischen Behörden beim Ergreifen eines gefährlichen Kriminellen zu helfen. Er hatte erwartet, unterstützt und nicht behindert zu werden.

»Wohin sind wir eigentlich unterwegs?«

»Zur Residenz des Gouverneurs. Mister Lefferty möchte Sie gern persönlich begrüßen. Dort werden Sie und Ihre Kollegin auch während Ihres Aufenthalts wohnen.«

»In der Residenz selbst?«

Leduc schaffte es, einen sogar noch irritierteren Eindruck als zuvor bei Jonathan zu hinterlassen. »Ja natürlich. Wieso? Stimmt etwas nicht?«

»Für uns wurden eigentlich zwei Zimmer in einem Hotel in der Innenstadt gebucht.«

»Ich weiß, ich habe sie abbestellt.«

»Sie haben *was?«*

»Sie abbestellt. Der Gouverneur möchte, dass Sie bestmöglich untergebracht werden, und das Naheliegendste ist nun mal seine Residenz. Dort sind eine ganze Menge Gästezimmer frei.«

»Ich hatte aber gehofft, wir könnten direkt in der Innenstadt unterkommen.«

»Aber wieso das denn um Himmels willen? In der Residenz ist es doch wesentlich bequemer.«

»Und weitab vom Schuss. Leech wird sich kaum in der Nähe des Gouverneurs versteckt halten, sondern in der Stadt selbst, wo er schnell in der Menschenmenge untertauchen kann. Er kennt die Umgebung und weiß vermutlich, wem er dort trauen kann. Mit an Sicherheit grenzender Wahrscheinlichkeit hat er Freunde oder Familie in Messiter, die ihm helfen. Dort müssen wir hin. Die Residenz ist viel zu weit von allen Punkten entfernt, die wir aufsuchen müssen.«

»Aber …«

»… der Gouverneur besteht darauf«, vollendete Jonathan den Satz.

Leduc lächelte freundlich. »Ich wusste, Sie würden es verstehen.«

Davon kann keine Rede sein, du Lackaffe!

Der Militärattaché bemühte sich nicht einmal um den Anschein, die Diskussion sei nicht beendet. Ein leichtes Lächeln umspielte dessen Mundwinkel. Ohne Zweifel wertete er den kurzen Wortwechsel als Punkt für sich. In diesem Moment erkannte Jonathan etwas, das nicht in Leducs Dossier stand. Der Mann war manipulativ und auf eine unangenehm freundliche Art hinterhältig. Jonathan hätte ihm liebend gern seine Selbstzufriedenheit in den dürren Hals gerammt, hielt sich aber sorgsam zurück. Dieser Kerl würde ihm bei seiner Aufgabe sicher nicht hilfreich sein. Ganz im Gegenteil. Es würde ihn wundern, wenn Leduc nicht bereits plante, ihm den einen oder anderen Stein in den Weg zu legen. Jonathan hatte jedoch nicht den Hauch einer Ahnung, warum ausgerechnet der hiesige Militärattaché etwas Derartiges tun sollte.

Langsam bekam Jonathan einen Eindruck davon, was Asuga gemeint hatte, als er davon sprach, dass auf Starlight etwas Seltsames vor sich ging.

4

Simon Lefferty wurde seinem Dossier nicht ganz gerecht. In Wirklichkeit war er weitaus beeindruckender. Zumindest, was seine Aura betraf. Sobald er den Raum betrat, schien er ihn mit seiner Präsenz auszufüllen. Eine Wirkung, die so gar nicht zu seinem Äußeren passen mochte. Der Mann war relativ klein, pausbäckig und hatte einen Bauchansatz. Trotzdem war Jonathan sofort von dem Mann eingenommen und es fiel ihm nicht schwer zu begreifen, wie es dieser optisch eher unscheinbare Mann geschafft hatte, eine Frontkolonie in Kriegszeiten und während eines anschließenden mehrjährigen Waffenstillstands zusammenzuhalten.

Der Mann kam ohne Umschweife auf Jonathan und Deborah zu und begrüßte sie nacheinander mit festem Händedruck. Leduc und Westling hielten sich währenddessen diskret im Hintergrund, die Hände hinter dem Rücken verschränkt. Leduc wirkte während der Begrüßung sogar ein klein wenig gelangweilt und unterdrückte mehrmals ein Gähnen.

»Willkommen auf Starlight.« Der obligatorische Willkommensgruß wurde von einem strahlenden Lächeln begleitet, das es schwer machte, den Mann nicht zu mögen.

»Vielen Dank, Herr Gouverneur. Ich bin –«

»Captain Jonathan Clarke und Lieutenant Deborah Kirelsky, aber natürlich. Ihre Ankunft wurde mir bereits angekündigt. Wenn Sie mir bitte folgen würden?« Ohne auf eine Antwort zu warten, drehte sich Lefferty um und steuerte einen angrenzenden Raum an. Die beiden MAD-Offiziere beeilten sich, ihm zu folgen. Jonathan bemerkte, dass Leduc und Westling zurückblieben. Das zu erwartende Gespräch überstieg wohl ihre Gehaltsstufe.

Der Raum, den der Gouverneur betrat, war ein eher spartanisch eingerichtetes Arbeitszimmer: ein Tisch, ein paar Stühle, eine kleine Sitzecke mit Beistelltisch, auf dem eine Karaffe mit einer gelblichen Flüssigkeit und einige Gläser standen.

An den Wänden hingen Gemälde verschiedener distinguiert wirkender Männer und einiger Frauen. Gouverneure und Gouverneurinnen der Starlight-Kolonie. Leffertys Vorgänger, ähnlich einer Ahnenreihe, die bis zurück zur Gründung der Kolonie reichte.

Ein Gemälde stach Jonathan jedoch besonders ins Auge. Es hing hinter Leffertys Schreibtisch, war circa vier Meter hoch und drei Meter breit. Es nahm fast die Hälfte der rückwärtigen Wand des Arbeitszimmers ein. Es zeigte einen Mann, eine brünette Frau und zwei Kinder. Jonathan musste zweimal hinsehen, bis er erkannte, dass das Gemälde eine jüngere Version ihres Gastgebers zeigte. Auf dem Gesicht das stolze Lächeln eines Vaters und glücklichen Ehemanns.

Jonathan konnte nicht anders, verglich den Lefferty auf dem Gemälde mit dem heutigen Gouverneur und kam nicht umhin, seine ursprüngliche Einschätzung etwas zu revidieren. Der Lefferty auf dem Gemälde wirkte um einiges unbeschwerter, während ihr Gegenüber leicht die Schultern hängen ließ und tiefe Sorgenfalten seine einst glatte Stirn verunzierten. Was jedoch angesichts der Ereignisse der vergangenen Jahre nicht weiter verwunderte.

Jonathan kramte in seinem Gedächtnis nach ein paar Informationsfetzen, die er über Simon Lefferty aufgeschnappt hatte. Aus der Zeit der ruulanischen Invasion. Alle Berichte beschrieben den Mann als zielstrebig und motivierend. Er hatte sich tatkräftig an der Verteidigung seiner Kolonie beteiligt – und dafür einen sehr hohen Preis bezahlt. Seine ganze Familie war während eines Bombardements der Ruul ums Leben gekommen. Sie hatten sich in einem Bunker zusammen mit einigen Hundert Zivilisten befunden.

Die Ruul jedoch setzten schwere Raketen gegen zivile Bodenziele ein, um die Moral der Verteidiger zu zerstören. Es handelte sich um regelrechte Bunkerbrecher. Es wurden mehrere Schutzbunker getroffen und zerstört. Unter anderem auch der, in dem sich die Familie des Gouverneurs befunden hatte. Überlebende gab es keine.

Die Kolonisten, außer sich vor Wut, kämpften nur noch verbissener. Die Ruul verstanden nichts von der menschlichen Psyche. Ein in die Ecke gedrängter Gegner kämpft mit dem Mut der Verzweiflung gegen das drohende Ende. Eine Lektion, die den Ruul erteilt worden war und die man ihnen so oft erteilen würde, wie es notwendig war.

»Bitte setzen Sie sich doch«, bot Lefferty hilfreich an und wies auf die Sitzecke. »Orangensaft?« Er deutete auf die Karaffe.

»Nicht für mich, danke«, lehnte Jonathan höflich ab, wohingegen Deborah sich dankbar ein Glas einschenkte.

Lefferty selbst ging um seinen Schreibtisch herum und betätigte einen versteckten Knopf, bevor er sich zu dem Duo gesellte und sich Jonathan gegenübersetzte.

Eine Tür an der Rückseite des Büros ging auf, zwei Männer kamen herein und nahmen zur Rechten respektive Linken des Gouverneurs Platz. Jonathan erkannte sie sofort. Ein schneller Blickkontakt mit Deborah zeigte ihm, dass auch sie die Männer in den weißen Uniformen der Flotte erkannt hatte.

»Darf ich Sie miteinander bekannt machen? Captain Jonathan Clarke, Lieutenant Deborah Kirelsky, das sind Konteradmiral Miguel Hernandez und Commodore Viktor Brandt.«

Hernandez streifte beide MAD-Offiziere mit einem kurzen, desinteressierten Blick und neigte den Kopf gerade lange genug, dass es als Begrüßungsnicken durchging. Brandt hingegen gab ihnen nacheinander die Hand, wobei er die Mundwinkel lediglich zu einem knappen Lächeln verzog, das er jedoch nur aus Höflichkeit zur Schau stellte und das ebenso schnell wieder verschwand, wie es erschienen war.

»Sie sind also gekommen, um uns bei unserem kleinen Problem zu helfen, weil wir Hinterwäldler das ja nicht allein hinbekommen, nicht wahr?«, eröffnete Hernandez streitlustig das Gespräch. Seine Stimme rangierte nur eine Nuance unter offener Feindseligkeit. Doch bevor Jonathan darauf reagieren konnte, griff der Gouverneur ein.

»Miguel, bitte, das ist in keiner Weise hilfreich.«

»Ich fürchte, ich verstehe nicht ganz, Herr Gouverneur«, wagte Deborah zu sagen.

Lefferty schenkte ihr ein entschuldigendes Lächeln. »Hat man Ihnen das nicht gesagt?«

»Uns was gesagt?«, wollte nun auch Jonathan wissen.

»Dass wir Sie gar nicht angefordert haben.«

»Ich fürchte, ich verstehe immer noch nicht so ganz. Colonel Asuga hat so was erwähnt, aber ich war eigentlich der Meinung, Sie wären für jede Hilfe dankbar. Immerhin besitzt der MAD Ressourcen, die gerade solchen Ermittlungen dienen.«

»Wir wollten das ganze leidige Thema selbst in den Griff bekommen, doch jemand innerhalb der Verteidigungszentrale hat die Sache dem MAD gemeldet und nun sind Sie hier. Und ehrlich gesagt, weiß ich nicht, was ich jetzt mit Ihnen anfangen soll.«

Jonathan wechselte einen vorsichtigen Blick mit seiner Kollegin. »Lassen Sie uns unseren Job machen. Das wäre das Sinnvollste.«

»Wir finden Leech auch alleine. Es gibt keinen Ort, an den er flüchten kann, und niemanden, der ihm helfen würde. Es ist nur eine Frage der Zeit, bevor er uns ins Netz geht.« Hernandez verschränkte demonstrativ die Arme vor der Brust. Brandt wandte verlegen den Blick ab. Seinem Gesichtsausdruck nach war er peinlich berührt von der Unhöflichkeit seines Vorgesetzten.

»Ich befürchte fast, der Admiral ist ein wenig in seinem beruflichen Stolz verletzt und reagiert deshalb so überzogen«, schmunzelte Lefferty.

»Da wir nun schon mal da sind, wäre es eine Verschwendung von Steuergeldern, wenn wir Ihnen nicht helfen würden. Erzählen Sie uns doch einfach etwas über Leech und den vorliegenden Fall.«

Der Gouverneur wechselte einen langen Blick mit Hernandez und Brandt; Jonathan fiel auf, wie unbehaglich sich alle drei fühlten. Er hatte das unangenehme Gefühl, die drei Männer führten ein stilles Zwiegespräch, dessen Inhalt nur sie allein verstanden. Was zum Teufel ging hier eigentlich vor?

»Ich denke … es könnte nicht schaden.« Der Gouverneur kratzte sich nachdenklich am Kinn. »Nun, wo soll ich am besten anfangen? Leech ist … war … in der planetaren Verteidigungszentrale nördlich von Messiter tätig. Als Datenanalytiker und Programmierer.«

»Klingt nicht wie der typische Verräter.«

»Dachten wir auch. Ich hätte so etwas nie erwartet. Vor allem, da jeder Mitarbeiter auf Herz und Nieren geprüft wird, bevor er dort arbeiten darf. Und in regelmäßigen Abständen auch, *sobald* er dort arbeitet. Es gab nie Anzeichen, dass er nicht voll und ganz loyal ist. Er war über jeden Zweifel erhaben. Und dann das …«

»Und dann was?«

»Er ist untergetaucht und hat etwas enorm Wichtiges mitgenommen.«

»Nämlich?«

Ein weiterer unbehaglicher Blick wurde gewechselt.

»Den Prototyp eines neuartigen Virus. Eines Computervirus.«

Jonathans Nackenhaare stellten sich ruckartig auf, als er das hörte. Ein Computervirus bedeutete selten etwas Gutes und in den falschen Händen schon gar nicht.

»Welche Art Virus?«

»Captain, was wissen Sie über die zweite Schlacht von Serena?«

Der unerwartete Themenwechsel überraschte und verwirrte ihn zugleich, jedoch kam er der unausgesprochenen Bitte nach und spulte fast automatisch ab, was er über die Schlacht wusste.

»Vor etwas mehr als einem halben Jahr griffen Streitkräfte, die später als die Kinder der Zukunft identifiziert wurden, das Serena-System mit veralteten, jedoch aufgerüsteten Schiffen an und lösten eine regelrechte

Revolte im System aus, die nur durch das schnelle und entschlossene Eingreifen der Til-Nara niedergeschlagen werden konnte. Bei der Verteidigung des Systems wurden beide gegeneinander antretende Verbände nahezu ausgelöscht, das Serena-System wurde jedoch gehalten. Der Angriff wurde nur möglich, weil vorher jemand fast die komplette zum Schutz des Serena-Systems eingesetzte Flotte durch ein … ein Computervirus unschädlich gemacht hatte.« Bei dem letzten Satz lief es eiskalt Jonathans Rückgrat hinunter und eine eisige Klammer der Furcht griff nach seinem Herzen. »Sagen Sie mir bitte, dass das nichts mit den Vorgängen auf Starlight zu tun hat.«

»Das würde ich nur zu gern. Leider hat es alles mit unserer derzeitigen Situation zu tun. Nach der Schlacht gelang es einigen Programmierern des MAD, das Virus zu isolieren und aus den Schiffssystemen zu extrahieren. Wir erhielten den streng geheimen Auftrag, es weiterzuentwickeln, da man hoffte, daraus eine Waffe gegen die Ruul entwickeln zu können. Das gelang uns. Ich kann Ihnen versichern, dass es inzwischen enorm wirkungsvoll ist. Viel effektiver als während der zweiten Schlacht von Serena.«

»Wollen Sie damit sagen, dass dieses Virus jetzt in den Händen eines Verrückten auf der Flucht ist? Eines Verrückten, der die Absicht hat, es an unsere Feinde zu verkaufen?«

»Ja, und … das ist noch nicht alles.«

»Ich höre?«

»Bei der Durchsuchung von Leechs Wohnung sind Hinweise aufgetaucht, dass er möglicherweise mit den Kindern der Zukunft sympathisiert.«

Jonathan fühlte sich, als würde er den Boden unter den Füßen verlieren. »Das ist doch ein Scherz?!«

»Zum Scherzen ist uns beim besten Willen nicht zumute, Captain.«

»Daher also diese Geheimniskrämerei und dieses ganze Unbehagen, das ich schon spüre, seit ich zum ersten Mal einen Fuß auf Starlights Boden gesetzt habe.«

»Nun verstehen Sie vielleicht unsere Lage.«

»Allerdings und ich verstehe noch etwas: Sie brauchen jede Hilfe, die Sie kriegen können. Und jemand auf der Erde ist derselben Meinung, sonst wären wir nicht hier.« Jonathan stutzte, als ihm ein schlimmer Verdacht kam. »Haben Sie den Verlust des Virus überhaupt gemeldet.«

Der Gouverneur blickte betreten zu Boden, was Jonathan alles sagte, was er wissen musste. »Also schön, dann haben wir jede Menge Arbeit vor uns. Ich will Leechs Arbeitsplatz sehen und seine Wohnung. Außerdem will ich mit jedem seiner Kollegen sprechen, mit seiner Familie, seinen Nachbarn und jedem anderen, mit dem er auch nur entfernt Kontakt hatte. Ach, und ich brauche die Überwachungsbänder und Sicherheitsprotokolle der Verteidigungszentrale.«

»Soll das heißen …« Die Stimme des Gouverneurs brach, wobei sich Jonathan nicht sicher war, worauf er dies zurückführen sollte. »… dass Sie hierbleiben und sich an der Suche beteiligen wollen?«

»Ganz und gar nicht, Herr Gouverneur. Das bedeutet, dass ich hierbleiben und die Suche *leiten* will.«

Jonathans Gedanken rasten, als er den Ausgang ansteuerte. Die Besprechung mit dem Gouverneur und den beiden Offizieren hatte Stunden in Anspruch genommen. Stunden, die zäh verlaufen waren. Hernandez war ihm keine große Hilfe gewesen, während Brandt so gut wie gar nichts gesagt hatte. Die tiefe Abneigung des Admirals den beiden MAD-Agenten gegenüber war in jeder Phase des Gesprächs zum Ausdruck gekommen. Eine auf Dauer zutiefst ermüdende Situation. Ein Sekretär des Gouverneurs folgte ihnen diskret in einigem Abstand, während sie den Ausgang ansteuerten.

»Und?«, fragte seine Kollegin, als sie das Schweigen nicht länger aushielt.

»Was und?«

»Was hältst du von der ganzen Geschichte?«

»Alles ein wenig beunruhigend.«

»Ein wenig?«, schnaubte sie halb amüsiert, halb frustriert. »Das ist wohl die Untertreibung des Jahrhunderts. Falls die Kinder der Zukunft inzwischen tatsächlich dieses Virus haben …« Sie ließ den Satz vielsagend ausklingen und schnalzte dabei mit der Zunge.

»Haben sie nicht.«

Dieser voll Überzeugung ausgesprochene Satz brachte ihm von Deborah einen zweifelnden Seitenblick ein. »Was macht dich so sicher?«

»Falls diese Fanatiker tatsächlich Zugang zu einer solchen Technologie hätten, würden uns die Ruul bereits auf die Pelle rücken, während die zum Schutz von Starlight abgestellte Flotte hilflos im All treiben würde. Nein, die Rebellen haben dieses Virus nicht. Noch nicht. Und dafür sollten wir Gott danken und dafür sorgen, dass das auch so bleibt.«

»Dann konnte Leech ihn noch nicht übergeben.«

»Möglicherweise.«

»Du klingst nicht überzeugt?!«

»Allerdings nicht. Etwas stimmt hier nicht.«

»Inwiefern?«

»Ist dir an unseren Gastgebern irgendetwas aufgefallen?«

»Sie waren übernervös, was ja kein Wunder ist, wenn man bedenkt, was ihnen abhandengekommen ist. Und sie wollen uns offensichtlich nicht hier haben.«

»Oh ja, das war wirklich *sehr* deutlich. Man sollte aber meinen, dass Ihnen jede Hilfe bei der Wiederbeschaffung recht wäre. Was die Frage aufwirft, warum sie den Verlust nicht selbst gemeldet haben.«

»Es war ihnen peinlich. Die ganze Angelegenheit ist ja nicht unbedingt ein Aushängeschild für die hiesigen Sicherheitsvorkehrungen.«

»Möglicherweise«, wiederholte Jonathan erneut rätselhaft.

»So, jetzt reicht's aber mit diesem *Möglicherweise-Gefasel.* Sag endlich, was in deinem Kopf vor sich geht.«

Er blieb abrupt stehen und musterte seine Kollegin, bevor er antwortete. Als er es schließlich tat, war seine Stimme nur ein leises Flüstern, beinahe, als würde er unwillkommene Zuhörer fürchten. Ihr Schatten in Gestalt des Sekretärs blieb ebenfalls stehen, und zwar in exakt dem Abstand, in dem er ihnen zuvor gefolgt war.

»Kommt dir die ganze Sache nicht auch ein wenig unglaubwürdig vor? Etwas so Wichtiges wie dieses Virus wird gestohlen und niemand informiert die Erde, damit wir uns gegen einen eventuellen Hackerangriff wappnen können?! Stattdessen erfahren wir aus einer anonymen Quelle davon. Stolz hin oder her, dennoch hätten die hiesigen Behörden sofort Alarm schlagen müssen. Der Dieb verschwindet spurlos, aber ein Angriff mit dem Virus bleibt trotzdem aus, was den Schluss nahelegt, dass die Kinder der Zukunft es nicht in ihren dreckigen Pfoten haben. Wieso, wenn Leech doch angeblich für sie arbeitet? Und wie konnte er überhaupt in einer streng gesicherten Anlage an etwas so unglaublich Wichtiges wie dieses Virus kommen?«

»Alles gute Fragen. Aber wo fangen wir an?«

»*Ich* fange bei Leechs Arbeitsplatz an.«

»Ah, und was mache ich so lange?«

»Dich brauche ich hier.«

Sie zog fragend die linke Augenbraue nach oben. »Hier? In der Residenz?«

»Ganz genau. An der Sache ist was faul und ich will, dass du die Lage hier im Auge behältst. Am besten, du lässt dir ein Zimmer hier geben. Ich nehme an, man wird hocherfreut sein und deiner Bitte umgehend nachkommen. Je weniger MAD-Agenten in der Stadt herumschnüffeln, umso beruhigter wird der Gouverneur sein. Darauf verwette ich meinen Jahressold. Du solltest gleich unseren Schatten dort drüben fragen. Bei ihm wirst du mit deinem Anliegen an der richtigen Adresse sein.«

»Soll ich nicht lieber mitkommen?«

»Nein, ich glaube kaum, dass zwei von uns notwendig sind, um Leechs Kollegen zu befragen. Aber ich bin schon gespannt, was ich dort rausfinden kann. Anschließend suche ich mir ein günstiges Zimmer in der Stadt. Mach dir keine Sorgen, wir bleiben in regelmäßigem Kontakt.«

»Ich mache mir keine Sorgen. Sollte ich?«

»Wenn mich mein Instinkt nicht sehr trügt, dann ja. Ich glaube, wir sollten uns alle sogar sehr große Sorgen machen.«

Hernandez beobachtete auf einem Monitor, der in den Schreibtisch eines kleinen kaum benutzten Arbeitszimmers eingelassen war, wie die beiden MAD-Offiziere sich leise unterhielten. So leise, dass die Abhöreinrichtungen der Residenz Mühe hatten, dem Gespräch zu folgen. Kurz darauf trennten sie sich und die MAD-Offizierin trat dem Sekretär entgegen, der dem Duo folgte. Die beiden wechselten einige kurze Worte, woraufhin der Mann die MAD-Agentin in eine andere Richtung führte. Wenn sich Hernandez nicht sehr täuschte, lagen in dieser Richtung die Gästezimmer.

Sie bleibt hier. Das ist ja interessant. Das ist sogar sehr interessant.

Brandt stand hinter ihm und beobachtete die Szene mit einer Mischung aus Besorgnis und Resignation.

Der Gouverneur hatte sich bereits mit dringenden Aufgaben zurückgezogen. Hernandez war darüber alles andere als unglücklich. Je weniger sich der Mann einmischte, desto besser.

»Glauben Sie, sie haben's gefressen?«, wagte Brandt schließlich seinen Vorgesetzten zu fragen.

»Keine Ahnung. Ich hoffe es. Wir können uns in dieser Phase der Operation keinen Fehler mehr leisten. Es sind bereits zu viele gemacht worden.«

»Wie soll ich mit den MAD-Offizieren weiter verfahren?«

»Lassen Sie Clarke von einigen unserer Freunde beobachten. Nur beobachten. Sie sollen nicht eingreifen. Mit seinen Fragen wird er ohnehin nur gegen eine Wand laufen. Und falls nicht, erledigt er möglicherweise die Drecksarbeit für uns und findet Leech sogar.«

»Was ist mit dieser Kirelsky? Allem Anschein nach bleibt sie hier. Das könnte durchaus problematisch werden.«

»Behalten Sie sie im Auge. Beschäftigen Sie sie. Und sorgen Sie um Himmels willen dafür, dass sie nicht versehentlich unseren Gästen über den Weg läuft. Falls sie Ärger macht, sorgen Sie dafür, dass sie einen Unfall hat.«

Hernandez war so auf den Monitor konzentriert, dass er nicht bemerkte, wie Brandt bei seinen Worten erschrocken zusammenzuckte und einen Kloß hinunterwürgte, der sich in seinem Hals zu sammeln drohte.

5

Ein Transportmittel zu organisieren, erwies sich als erfrischend unkompliziert. Captain Westling wies Jonathan ein Shuttle zu und stellte ihm Czerenkow – Leducs Marine-Leibwächter – und einen weiteren Marine als Piloten zur Verfügung.

Die planetare Verteidigungszentrale befand sich knapp dreißig Kilometer außerhalb von Messiter in einer eher abgelegenen und unzugänglichen Bergregion. Ein Blick aus dem Fenster bestätigte ihm, wie abgelegen sie war. Eine kleine Gebirgskette wand sich unter dem Shuttle von Osten nach Südwesten und verlor sich am Horizont. Etwas entfernt erkannte er die weißen Kondensstreifen mehrerer Kampfflugzeuge am Himmel. Dann musste die Zentrale bereits sehr nah sein. Die Verteidigungszentrale befand sich in einer kreisrunden Flugverbotszone von annähernd zehn Kilometern Durchmesser, die von Flugzeugen der Miliz überwacht und durchgesetzt wurde. In die Flugverbotszone einzudringen, konnten sie sich nur erlauben, weil man sie vorher angekündigt hatte. Ansonsten wären die örtlichen Sicherheitskräfte im Recht gewesen, sie ohne Vorwarnung abzuschießen. Nicht einmal ein Disziplinarverfahren müssten die Betreffenden in so einem Fall fürchten.

»Wie weit noch?«, rief er nach vorn.

Czerenkow, dessen ganze Konzentration dem Steuern des Shuttles galt, wandte bei seiner Antwort nur halb den Kopf. »Vielleicht noch zehn, fünfzehn Minuten.«

Zehn, fünfzehn Minuten?

Entgegen seiner vorigen Annahme konnten sie dann nicht innerhalb der Flugverbotszone sein, sondern mussten sich sogar noch ein ganzes Stück entfernt befinden.

Verwirrt warf er einen weiteren Blick aus dem Fenster. Die Kondensstreifen der Kampfflugzeuge waren immer noch zu sehen. Tatsächlich schienen sie sich sogar auf ihr Shuttle zuzubewegen.

»Corporal Czerenkow, sehen Sie die Flugzeuge? Auf fünf Uhr.«

Czerenkow antwortete nicht sofort, sondern prüfte erst die Anzeigen seines Armaturenbretts. »Scheinen Miliz-Jäger zu sein. Sind sicher nur auf Patrouille.«

»Ist das üblich? So weit hier draußen eine Patrouille?«

»Keine Ahnung, Captain. Mit der Miliz hab ich nicht sonderlich viel am Hut.« Jonathan hörte ein unterdrücktes Lachen aus der Antwort heraus und ließ es dabei bewenden. Stattdessen widmete er sich erneut den aufschließenden Flugzeugen. Sie waren schon deutlich näher und hielten in der Tat direkt auf sie zu – mit einer beunruhigend hohen Geschwindigkeit.

Es dauerte nur wenige Augenblicke, bis die Jäger mit dem viel langsameren Shuttle gleichauf zogen. Einer postierte sich links, der andere rechts davon. Sie waren nun so nah, dass Jonathan ins Cockpit des Jägers zu seiner Rechten spähen konnte. Der Pilot spähte frech zurück. Das verspiegelte Visier des Helms war zwar herabgelassen, sodass das Gesicht nicht zu erkennen war, doch Jonathan konnte sich des Eindrucks nicht erwehren, dass der Mann ihn auslachte oder sich zumindest über ihn lustig machte.

Jonathan warf dem Jäger einen genaueren Blick zu. Die Lackierung war tatsächlich in der von der Miliz favorisierten Grauschattierung gehalten. Die Jäger gehörten dem Typ Hornet an. Eine seit etwa zehn Jahren veraltete Maschine, die hauptsächlich für Aufklärungsflüge geeignet war. Bewaffnet war sie lediglich mit schweren Maschinengewehren in beiden Tragflächen und unter jeder Tragfläche befand sich jeweils eine Aufhängung für Raketen. Der Jäger-Typ wurde von den meisten Milizen nur noch vereinzelt verwendet. Er war von dem moderneren und viel leistungsfähigeren Firebird abgelöst worden. Doch etwas stimmte mit dem Jäger nicht, abgesehen vom Alter. Jonathan kam nicht sofort darauf, doch dann fiel es ihm wie Schuppen von den Augen.

Der Jäger hatte weder Einheitsembleme noch sonstige Markierungen, die Aufschluss darüber geben konnten, welcher Einheit er angehörte oder wo er stationiert war. Selbst der Schriftzug des Namens des Piloten inklusive seines Ranges, der normalerweise unterhalb der Einstiegsluke angebracht war, fehlte völlig. Der Pilot in dem Jäger musste Jonathans Misstrauen und sein Interesse an der Maschine bemerkt haben, denn plötzlich drehte er scharf nach rechts ab. Das Flugzeug auf der linken Seite bog in die entgegengesetzte Richtung ab. Beide Maschinen flogen einen weiten Bogen und platzierten sich direkt hinter dem Shuttle.

Sie gehen in Angriffsposition!, schoss es Jonathan wie ein eisiger Schock durch den Kopf.

»Corporal!«, rief er aufgeregt.

»Ja?«

»Ausweichmanöver fliegen. Sofort!«

»Aber wies…?«

Plötzlich schrillte der durchdringende Ton aktivierter Zielerfassung durch das Cockpit, so laut, dass Jonathan in dem Personenabteil es mitbekam. Czerenkow fluchte lautstark und zog das Shuttle hart nach rechts.

Jonathan warf einen Blick durch das Fenster. Die Jäger waren hinter ihnen und folgten hartnäckig jeder Bewegung des Shuttles. Ihre Verfolger waren ihnen in jeder Hinsicht überlegen, angefangen von der Manövrierfähigkeit bis hin zur Geschwindigkeit.

Unter den Tragflächen beider Jäger lösten sich je zwei kleine Objekte.

»Raketen im Anflug!«, rief Jonathan ins Cockpit.

»Schon gemerkt!«, brüllte Czerenkow zurück und ging mit dem Shuttle in einen halsbrecherischen Sturzflug über. Im ersten Moment gelangte Jonathan zu der Meinung, dass der Marine verrückt geworden sein musste, doch seine Taktik wurde ziemlich schnell offenkundig und der MAD-Offizier zollte dem Marine in Gedanken Hochachtung.

Czerenkow versuchte, zwischen den Berggipfeln abzutauchen, in der Hoffnung, dass die Raketen entweder ihre Zielerfassung verloren oder an den Gipfeln zerschellten. Wenn man bedachte, dass ihr Shuttle nichts besaß, mit dem man zurückschießen oder sich sonst wie verteidigen konnte, war diese Vorgehensweise in der Tat ihre einzige Hoffnung. Davonfliegen konnten sie den Flugkörpern nicht. Diese waren viel zu schnell.

Jonathan hatte die beiden Verfolger bei all den Ausweichmanövern längst aus den Augen verloren, vermutete aber, dass sie irgendwo über ihnen kreisten und in Ruhe das Ergebnis des Raketenbeschusses abwarteten.

Czerenkow erwies sich als überaus begabter Pilot. Er holte aus dem schwerfälligen Shuttle mehr heraus, als Jonathan für möglich gehalten hätte. In seinen Händen flog sich das für Personentransporte gedachte Vehikel fast wie ein Jäger. Aber nur fast. Mehrmals zog Czerenkow das Shuttle knapp an den schneebedeckten Gipfeln vorbei, wobei er jedes Mal nur um Haaresbreite einer Katastrophe entging. Doch die vier Raketen hielten stur auf sie zu und verringerten sogar merklich die Distanz zu ihrem Ziel.

Der Corporal fluchte erneut und tauchte mit dem Shuttle tiefer in ein Gebirgstal ab, wobei er wiederum knapp eine Felswand verpasste. Dieses Manöver war zu viel für zwei der Geschosse. Sie versuchten noch, das Manöver mitzumachen, waren jedoch nicht schnell genug und prallten gegen besagte Felswand.

»Zwei weniger«, jubelte Czerenkow und steuerte das Shuttle immer tiefer ins Tal hinab. Jonathan hätte liebend gern darauf geantwortet, war jedoch zu sehr damit beschäftigt, sein Frühstück bei sich zu behalten. Der Andruck presste ihn mit brutaler Gewalt in den Sitz. Seine Fingernägel krallten sich so stark in die Lehnen, dass das Nagelbett weiß hervortrat. Die Sonne, deren Strahlen bisher sanftes Licht verbreitete hatten, verschwand mit einem Mal. Sie flogen so tief, dass man den Eindruck hätte gewinnen können, dass es schlagartig Nacht geworden war.

Er schloss die Augen, schickte ein Stoßgebet zum Himmel und hoffte, dass Czerenkow wusste, was er tat. Knapp dreißig Meter über dem Boden bremste dieser ab und zog das Shuttle hart in eine Linkswende. Die zwei verbliebenen Raketen konnten dieses Manöver nicht schnell genug nachahmen und prallten auf dem Boden auf. Hinter ihnen türmte sich eine Feuerwand auf, in der beide Geschosse vergingen.

»Wo sind die Jäger?«, gelang es Jonathan endlich hervorzupressen, wobei er standhaft gegen aufkeimende Übelkeit ankämpfte.

»Weiß ich nicht. Sie stören unseren Funk und unser Radar.«

Na großartig. Wir können nicht einmal Hilfe rufen.

»Wie weit noch bis zur Flugverbotszone?«

»Ein paar Minuten.«

Das war gut. Das war sogar sehr gut. Sobald sie in die Zone eindrangen, würde irgendein Offizier an irgendeinem Radarschirm merken, dass etwas nicht stimmte, und mit viel Glück schickte er umgehend jemanden los, der nach dem Rechten sah. Im Idealfall jemand, der über sehr viel Feuerkraft verfügte. Entweder würden ihre Verfolger dadurch abgeschreckt oder man würde diese kurzerhand abschießen. In beiden Fällen waren sie gerettet.

Jonathan warf einen Blick aus dem Fenster, doch von den beiden Flugzeugen fehlte jede Spur. Er wusste nicht genau, ob er deswegen erleichtert oder ängstlich sein sollte. Die Geschwindigkeit ihrer Flugzeuge war im Moment ein Manko für die Piloten. Die Hornets waren zu schnell, um in einem so engen Tal gefahrlos manövrieren zu können. Ihr größter Vorteil könnte hier unten zu einem tödlichen Nachteil werden. Czerenkow wusste sehr genau, was er tat, als er hier herunter steuerte. Das Problem war nur, er konnte hier nicht ewig bleiben. Selbst von seinem Platz aus konnte Jonathan erkennen, dass das Tal demnächst zu Ende war. Corporal Czerenkow war bereits dabei, wieder an Höhe zu gewinnen.

Er zog das Shuttle über den letzten Gipfel und schon drang wieder heller Sonnenschein in das Passagierabteil. Reflexartig kniff der MAD-Offizier die Augen zusammen.

»Können Sie sie sehen?«

Jonathans Augen tränten immer noch angesichts der Helligkeit, die jetzt wie unzählige feine Nadelspitzen seine Netzhäute malträtierten. Trotzdem spähte er aus dem Fenster, um etwas auszumachen.

Das Erste, was er von den Angreifern bemerkte, war MG-Feuer, das gegen die Außenhaut des Shuttles prasselte. Die beiden Hornets hatten sich direkt hinter ihnen positioniert und beharkten sie aus ihren Bord-MGs mit Dauerfeuer.

Das Personenshuttle war zwar ein militärisches Vehikel, war jedoch nicht für Kampfeinsätze gedacht. Es wäre nur eine Frage der Zeit, bis die großkalibrigen Waffen die Außenhaut durchdrangen.

»Wir sind jetzt in der Flugverbotszone«, meldete Czerenkow atemlos. Jonathan entschied, nicht darauf zu antworten, da der Pilot alle Hände voll zu tun hatte. Die Piloten hinter ihnen verfolgten sie störrisch weiter und pumpten Unmengen an Munition in ihr ohnehin schon arg strapaziertes Shuttle. Sie waren entschlossen, ihr Opfer nicht entkommen zu lassen.

Knapp über Jonathans Kopf knallte etwas und ein etwa faustgroßes Loch wurde in die Außenhaut gerissen. Dicht gefolgt von zwei weiteren Löchern etwas links des ersten. Jonathan zuckte instinktiv zusammen. Kalte Luft strömte in das Passagierabteil. Sein Atem erschien als weißer Dampf direkt vor seinen Augen. Lange würde das nicht mehr gut gehen.

Weitere Projektile prallten auf die Außenhaut und ein guter Teil durchschlug sie ohne nennenswerten Widerstand. Ein Querschläger pfiff knapp an Jonathans Ohr vorbei. Ein gequälter Aufschrei aus dem Cockpit folgte und Czerenkows Kopilot sank mit einer blutenden Wunde im Rücken über seinen Kontrollen zusammen.

Czerenkow achtete nur am Rande darauf, seine Konzentration galt zu sehr dem Unterfangen, das Shuttle am Himmel zu halten und den Verfolgern auszuweichen. Inzwischen drang schwarzer Qualm aus dem Antrieb.

»Ich suche mir einen Landeplatz«, rief der Corporal Jonathan zu. »Wir müssen runter, und zwar schnell.«

Ihre Verfolger schienen das nahe Ende ebenfalls zu spüren. Sie ließen sich einfach nicht abschütteln und falls möglich verstärkten sie ihr Feuer sogar noch.

Einer der Jäger zog links am Shuttle vorbei, um in eine seitliche Angriffsposition zu gelangen, die es ihm ermöglichen würde, nicht das Heck, sondern das Passagierabteil unter Feuer zu nehmen.

Die Hornet war fast in einer perfekten Angriffsposition, als sie plötzlich ins Trudeln geriet und Anstalten machte auszuweichen. Zwei Sekunden später ging sie in Flammen auf. Bruchstücke des zerstörten Jägers regneten brennend vom Himmel. Es geschah so rasend schnell, dass sich Jonathan anfangs keinen Reim darauf machen konnte. Der zweite Jäger drehte in Panik ab und entfernte sich, so schnell er konnte.

Vier Jäger stürmten unter Nachbrennereinsatz heran. Zwei nahmen umgehend die Verfolgung des überlebenden Angreifers auf, während die beiden anderen das angeschlagene Shuttle flankierten.

»Kampfpatrouille Epsilon drei an Shuttle 1-1-9«, drang eine tiefe Stimme aus dem ComGerät. »Bitte kommen.«

»Hier Shuttle 1-1-9. Danke für die Rettung. Das war in allerletzter Sekunde.«

»Gern geschehen 1-1-9. Wie ist Ihr Status?«

»Mein Kopilot ist tot, der Antrieb schwer ist schwer beschädigt und wir haben mehrere Löcher in der Außenhaut.«

»Schaffen Sie es bis zum Flugplatz in der Nähe der Verteidigungszentrale? Ist nur noch etwa einen Kilometer entfernt.«

»Positiv. Das werde ich schon hinkriegen. Und danke noch mal für die Rettung.«

Jonathan sah den Sanitätern dabei zu, wie sie den Leichnam des Kopiloten aus dem ramponierten Shuttle bargen. Der Querschläger, der ihn nur knapp verfehlt hatte, war nicht die einzige Wunde des Mannes. Er war von mindestens acht weiteren Projektilen getroffen worden.

Czerenkow saß im Heckbereich eines Krankenwagens und ließ sich seine eigenen Wunden versorgen. Der Mann hatte unfassbares Glück gehabt und lediglich drei Streifschüsse abbekommen. Ohne das fliegerische Können des Marines wäre die Sache übel ausgegangen.

Die andere Hornet war leider den Milizjägern entkommen, die sie gerettet hatten. Im Anschluss daran hatte man sie auf einen militärischen Flughafen etwas nördlich der Verteidigungszentrale eskortiert. Eine Strecke, die sie gerade mal so geschafft hatten.

Ein Ermittlerteam der örtlichen Behörden war bereits damit beschäftigt, die Trümmerstücke des abgeschossenen Flugzeugs zu bergen und auszuwerten, um die Herkunft zu bestimmen. Jonathan hatte jedoch nicht unbedingt Zutrauen in deren Fähigkeiten oder Willen, Licht in die Angelegenheit zu bringen.

Eine sanfte Hand an der Schulter ließ ihn aufblicken.

»Alles in Ordnung?«, fragte Deborah besorgt. Seine Kollegin war nach der Meldung über den Angriff schnellstens mit einem Shuttle hergebracht worden, aber nicht allein. Hernandez und Brandt hatten sie begleitet. Ein Umstand, auf den er gut und gerne hätte verzichten können.

»Geht so«, erwiderte er erschöpft. In Ausübung seines Dienstes sein Leben zu riskieren, war für ihn nichts Neues. Doch er konnte sich beim besten Willen nicht an eine Begebenheit erinnern, bei der es dermaßen knapp ausgegangen war.

»Eine Tragödie«, warf Hernandez ein, während er den Abtransport des Kopiloten beobachtete. »Eine furchtbare Tragödie.«

Jonathan fragte sich, ob sich die Beteuerungen des Admirals nur in seinen Ohren unaufrichtig und gespielt anhörten.

»Ich verspreche Ihnen, Captain. Ich werde alles in meiner Macht Stehende tun, um herauszufinden, wie das geschehen konnte und wer für den Angriff verantwortlich ist.«

Wer's glaubt …, dachte Jonathan, behielt aber wohlweislich eine neutrale Miene bei, um keine Rückschlüsse auf seine wahren Gedanken zuzulassen.

Stattdessen fragte er: »Gibt es bereits Erkenntnisse?«

Hernandez zuckte betont unschuldig mit den Achseln. »Leider noch nicht. Ich vermute aber stark, dass die Piloten zu den Kindern der Zukunft gehörten. Es ist das Einzige, was Sinn ergibt. Fragen Sie mich aber nicht, woher die wussten, wer Sie sind oder wann Sie fliegen würden. Sie müssen irgendwie den Flugplan in ihre Finger bekommen haben.«

Das unerwartete Eingeständnis ließ den MAD-Offizier aufhorchen. »Ich wusste gar nicht, dass die Kinder in diesem System aktiv sind?!«

»Sind Sie eigentlich auch nicht. Jedenfalls nicht in besonders bedrohlichem Umfang. Doch ein hochrangiger MAD-Offizier hat sie vielleicht veranlasst, ihre Deckung zu verlassen.«

»Ja, möglicherweise«, sinnierte Jonathan vor sich hin und musterte eindringlich Hernandez' Gesicht, doch die Mimik des Admirals war so nichtssagend, dass er es bereits nach wenigen Sekunden aufgab. Mitunter konnte der Admiral ein wirklich guter Schauspieler sein.

»Und wie sehen Ihre nächsten Schritte aus, Admiral?«

»Ich werde natürlich die Sicherheitsvorkehrungen auf und um Starlight verstärken und mich mit den hiesigen Miliz-Generälen kurzschließen. Falls es ein Problem mit der Sicherheit in ihren Abteilungen geben sollte, müssen sie es wissen, und zwar dringend.«

»In der Tat«, schloss sich Jonathan den Ausführungen an. »In der Tat.«

»Ich nehme an, nach diesem Schrecken werden Sie vorerst zurück in die Stadt wollen, um sich auszuruhen.«

»Ganz im Gegenteil. Ich bin schließlich hier, um mich an Leechs Arbeitsplatz umzuhören, und genau das werde ich auch tun. Nun, da ich schon mal hier bin, wäre es eine Verschwendung von Zeit, würde ich anders handeln.«

Brandt, der bisher schweigend hinter dem Admiral gestanden hatte, zuckte bei dieser Ankündigung merklich zusammen. Hernandez selbst hingegen behielt seine stoisch gelassene Miene bei. Tatsächlich setzte er sogar ein strahlendes, vielleicht etwas überhebliches Lächeln auf.

»Ganz wie Sie wünschen.«

Mit diesen Worten drehte er sich um und steuerte auf das Shuttle zu, das ihn hergebracht hatte.

»Lieutenant Kirelsky«, sprach Brandt seine Kollegin an, »begleiten Sie uns zurück nach Messiter?«

»Ich komme nach«, wehrte Deborah charmant ab. »Ich möchte noch etwas mit Captain Clarke bereden.«

Brandt nickte zur Antwort lediglich, reichte beiden Offizieren nacheinander die Hand und eilte ohne Hast seinem Vorgesetzten hinterher.

»Was hältst du davon?«, fragte sie ihn, als sie sicher war, dass beide Flottenoffiziere außer Hörweite waren.

»Weiß ich noch nicht«, entgegnete er wahrheitsgemäß. »Doch je länger wir hier sind, desto mehr gelange ich zu der Ansicht, dass wir hier in ein Wespennest gestochen haben.«

»Scheint mir auch so. Hast du wirklich vor, dich in der Verteidigungszentrale umzuhören?«

»Ja, auch wenn ich nicht wirklich glaube, dass ich dort nennenswerte Erkenntnisse sammeln werde. Dafür führt Hernandez hier ein viel zu strenges Regiment. Aber mal sehen, was passiert, wenn ich dort etwas auf den Busch klopfe.«

»Sei vorsichtig. Das letzte Mal, als du auf den Busch geklopft hast, hat man versucht, dich abzuschießen.«

»Kein Grund zur Sorge. Nun, da das Attentat gescheitert ist, werden sie es nicht noch einmal auf diese direkte Art angehen.«

»Gibt's auch Anweisungen für mich?«, fragte seine Kollegin wenig überzeugt.

»Die sind unverändert. Du kehrst in die Gouverneursresidenz zurück und hältst Augen und Ohren offen. Ich habe das Gefühl, dass alle Fäden dort zusammenlaufen. Außerdem wissen Hernandez und Brandt viel mehr über den Angriff, als sie uns wissen lassen wollten. Falls die Kinder der Zukunft auf Starlight tatsächlich aktiv sind, warum weiß der MAD dann nichts davon? Es gibt keinerlei Berichte darüber. Jedenfalls keine, die mir bekannt sind.«

»Eine gute Frage.«

»Ja, sogar eine sehr gute Frage.«

»Willst du nicht doch lieber in der Residenz wohnen, wenn du hier fertig bist? Wäre vielleicht sicherer, wenn wir zusammen sind.«

»Sicherer vielleicht, aber es würde unsere Ermittlungen erschweren, und nur darauf kommt es an. Nein, nein, ich suche mir ein schönes Hotel in der Stadt.«

Jonathan streckte seinen strapazierten Rücken. »Aber eines weiß ich mit Sicherheit.«

»Und das wäre?«

»Um in die Stadt zurückzukommen, nehme ich ein Hovercar.«

»War das wirklich klug?«, fragte Brandt seinen Vorgesetzten, als sie wieder in ihrem Shuttle saßen.

»Was meinen Sie?«

»Clarke das von den Kindern der Zukunft zu erzählen.«

»Ach das. Das spielt doch keine große Rolle.«

»Meinen Sie? Ich glaube eher, dass es ihn misstrauisch machen wird. Der Kerl macht auf mich nicht den Eindruck, so etwas auf sich beruhen zu lassen.«

»Mag sein, aber das wird bald keine Rolle mehr spielen. Soll er doch ruhig etwas herumschnüffeln. Selbst wenn er etwas herausfindet. Wem soll er es denn sagen? Wir kontrollieren sämtliche Kommunikationsmöglichkeiten des Planeten. Er wird mit seinen Ermittlungen entweder gegen eine Wand laufen und frustriert wieder abreisen oder er wird etwas herausfinden und dann wird man sich eben um ihn kümmern müssen.«

»So einfach ist das?«

»Ja, so einfach ist das«, schmunzelte Hernandez.

»Ich hoffe, Sie haben recht. Die Anwesenheit der beiden macht mich langsam nervös.«

»Sie sollten sich etwas entspannen. Es entwickelt sich alles genau nach Plan.«

»Bis auf Leech«, hielt Brandt dagegen.

»Bis auf Leech«, stimmte Hernandez zu, plötzlich nicht mehr so gut gelaunt.

»Falls die MAD-Offiziere ihn zuerst finden …« Er ließ den Satz vielsagend ausklingen.

»Sie machen sich zu viele Sorgen. Aber Sie haben recht, man darf die Leute vom MAD nicht unterschätzen. Sie haben die unschöne Angewohnheit, Verborgenes ans Tageslicht zu zerren, und das können wir uns im Moment nicht leisten.«

Der Admiral hob den Kopf und fixierte Brandt mit einem wütenden Blick. »Aber etwas macht mir gerade mehr zu schaffen als das, was Clarke und Kirelsky vielleicht herausfinden können. Was sollte das mit diesem dämlichen Angriff? Ich sagte, man solle ihn im Auge behalten, und nicht, man solle ihn ausschalten. Jetzt ist er noch misstrauischer als zuvor. Und selbst wenn der Anschlag geglückt wäre, was dann? Ein toter MAD-Offizier hätte innerhalb kürzester Zeit Dutzende dieser Nervensägen nach Starlight gebracht. Was zum Teufel sollte das?«

»Ich habe Ihre Anweisungen buchstabengetreu weitergegeben, doch ich vermute, dass einige unserer Leute Initiative beweisen und die Sache selbst in die Hand nehmen wollten.«

»Na großartig. Das hat mir zu meinem Glück gerade noch gefehlt. Finden Sie den Piloten, der entkommen ist, und lassen Sie ihn liquidieren. Er darf nicht gefunden werden. Dann wird diese Spur im Sand verlaufen. Wir dürfen nicht riskieren, dass ihn der MAD zuerst ausfindig macht. Und machen Sie unseren Leuten unmissverständlich klar, dass solche eigenmächtigen Aktionen nicht toleriert werden. Sie sollen gefälligst die Füße stillhalten. Falls es nötig werden sollte, Clarke oder Kirelsky aus dem Weg zu räumen, werde ich persönlich die Anweisung dazu geben. Niemand sonst. Haben Sie das verstanden, Viktor?«

»Ich werde das sofort erledigen, Admiral.«

»Das will ich hoffen, Viktor. Um Ihretwillen.«

Brandt nickte und bemühte sich nach Kräften, das fanatische Funkeln in den Augen seines Vorgesetzten zu ignorieren.

6

Ein Zimmer in der Stadt zu bekommen, war nicht weiter schwierig. Trotz der Nähe zu den Ruul hatte es Starlight tatsächlich geschafft, sich einen guten Teil seines Tourismusaufkommens zu erhalten, was in der Konsequenz dazu führte, dass es praktisch an jeder zweiten Ecke Hotels gab. Und nicht einmal die schlechtesten.

Bei seinem Weg in die Innenstadt fiel ihm auf, dass der anfängliche Eindruck, den er am Raumhafen von der Hauptstadt und der ganzen Kolonie gewonnen hatte, sich sogar noch verstärkte. Starlight war die sauberste Kolonie, die er je gesehen hatte. Arbeitslosigkeit war im ganzen Konglomerat ein ernstes Problem mit allen daraus resultierenden Konsequenzen wie zum Beispiel einer hohen Anzahl Obdachloser. Doch davon war hier nichts zu spüren. Die Straßen waren sauber, die Gebäude gepflegt und Jonathan hatte seit seiner Ankunft noch keinen einzigen Obdachlosen in der ganzen Stadt gesehen. Bemerkenswert.

Auf dem Weg zu dem von ihm ausgesuchten Hotel schüttelte er mehrmals den Kopf. Die Normalität eines Ortes war manchmal ein Indiz für dessen Anomalie. Wenn etwas zu gut war, um wahr zu sein, handelte es sich meistens um einen Trugschluss. Und Starlight schien tatsächlich trotz der Frontnähe ein Paradies zu sein, in dem jeder gern wohnen würde.

Was Jonathan jedoch als zunehmend störend empfand, waren die Aufpasser, die ihm hartnäckig folgten, seit er die Stadt betreten hatte. Sie trugen zivile Anzüge, fuhren zivile Hovercars ohne irgendwelche markanten Insignien, Aufkleber oder besondere Merkmale. Trotzdem war er sich sicher, dass sie für Brandt oder Hernandez arbeiteten. Und sie waren obendrein auch noch furchtbar schlecht in dem, was sie taten.

Seine Aufpasser wechselten alle vier Stunden – wie ein Uhrwerk. Und sie verhielten sich so unauffällig, dass sie zwangsläufig auffallen *mussten.* Hinzu kam, dass sie vorbeikommende Passanten mit einer gewissen Verachtung betrachteten, was Jonathan besonders missfiel. Immerhin arbeiteten sie für die hiesige Regierung, die wiederum für den Schutz und das Wohlergehen der hiesigen Bevölkerung verantwortlich war. Doch diese Einstellung war bei den Männern, die er von seinem Hotelzimmer aus bequem beobachten konnte, zu keinem Zeitpunkt spürbar.

Er überlegte schmunzelnd, sich einen Spaß zu machen und den ersten Tag für eine kleine Besichtigungstour zu nutzen, nur um seine Verfolger ein wenig auf Trab zu halten. Doch diesen Gedanken verwarf er sofort wieder. So spaßig es auch gewesen wäre, diese Kerle ein wenig ins Schwitzen zu bringen, aber für derlei Kinkerlitzchen hatte er keine Zeit. Es gab Dringenderes zu erledigen.

Die Untersuchung von Leechs Arbeitsplatz hatte erwartungsgemäß absolut nichts ergeben. Er hatte sich sowohl mit Leechs Chef als auch mit seinen Kollegen unterhalten und nur standardisierte, nichtssagende Antworten erhalten. Bei allen Fragen, deren Antworten ihn wirklich interessiert hatten, war er jedoch auf eine Mauer des Schweigens gestoßen. Beinahe, als wäre von oben eine diesbezügliche Parole ausgegeben worden. Durchaus möglich, dass dem tatsächlich so war.

Frustriert hatte er die Befragungen abgebrochen, da er inzwischen sicher war, auf diese Art nicht fündig zu werden. Also hatte er sich der Suche nach einem Hotel gewidmet und dabei seine Schatten entdeckt, die ihm ziemlich stümperhaft folgten.

Es gab nur zwei Gründe, warum man ihm Aufpasser zugeteilt hatte. Entweder wollte man herausfinden, was er herausfand, oder man wollte verhindern, *dass* er etwas herausfand. Und beide Möglichkeiten stellten sein Vertrauen in die hiesigen Behörden auf eine harte Geduldsprobe. Ihm war ziemlich schnell klar geworden, dass Leechs Arbeitsplatz – ähnlich wie dessen Akte – inzwischen mit Sicherheit gesäubert worden war. Dort würde er nichts finden.

In der Akte stand jedoch etwas von einer Exfrau und einem Sohn. Eine der wenigen nützlichen Informationen, die er dem Dokument hatte entnehmen können. Dieser Ansatzpunkt war so gut wie jeder andere auch. Vorher jedoch gab es noch etwas anderes zu erledigen. Er hatte keine Wahl. Er musste seine Verfolger loswerden, um in Ruhe arbeiten zu können.

Jonathan zog die Jalousie vor seinem Fenster ein paar Zentimeter herunter, um die zwei Männer einer eingehenden Musterung zu unterziehen, die man für würdig erachtete, ihn im Auge zu behalten. Er musste sich zusammenreißen, um den beiden nicht aus einer plötzlichen Laune heraus dümmlich grinsend zuzuwinken. Die Szene, die er sich ausmalte, zauberte ein Schmunzeln auf seine Lippen, das er jedoch schnell unterdrückte.

Wie sollte er die zwei also loswerden? Auf einer Welt wie Starlight – eigentlich auf jeder industrialisierten Welt – gab es eines im Überfluss: Rotlichtviertel. Dies stellte im Prinzip seine größte Chance dar. Eine bunt gemischte Menschenmenge aus allen gesellschaftlichen Schichten und von etlichen Welten. Dort sollten sie ihn mal im Auge behalten … falls sie konnten.

Er griff sich seine Jacke und eilte im Laufschritt vor das Hotel, wo immer einige Taxis standen. Ohne innezuhalten oder seinen Schatten auch nur eines Blickes zu würdigen, steuerte er das erste in der Reihe an und setzte sich auf den Rücksitz.

Er hielt dem Fahrer einen Hunderter unter die Nase, der beim Anblick des hohen Betrages große Augen bekam. »Bringen Sie mich zum Rotlichtbezirk?« Mehr brauchte er gar nicht zu sagen. Taxifahrer wussten derlei Dinge immer. Hin und wieder bekamen sie sogar Geld von den Eigentümern gewisser Etablissements, damit sie Fahrgäste gezielt dort ablieferten. Keine zehn Minuten später stand Jonathan am Eingang einer Straße, die sich mindestens vier Kilometer nach Westen erstreckte und von den verschiedensten Erotik-Etablissements gesäumt war. Es bedurfte nur eines kurzen Blickes ins nächste Schaufenster, um ihm zu zeigen, dass seine Bewacher noch an ihm dran waren.

Jonathan grinste gehässig.

Showtime!

Ohne sich lange umzusehen, betrat er die nächstgelegene Tabledance-Bar. Es war ein heruntergekommener Schuppen. Einer dieser Läden, in denen nicht nur an den Stangen getanzt wurde, sondern in diversen Hinterzimmern auch noch Dienstleistungen anderer Art angeboten wurden. Einige der Damen saßen bereits an der Bar auf Männerfang und bekamen große Augen, als er eintrat.

Drei der Damen standen auf und gingen zielstrebig auf ihn zu, offenbar in der Absicht, ihn zum einen oder anderen kostspieligen Abenteuer zu verführen. Bevor sie ihm ihre Offerten machen konnten, zückte er jedoch seinen Geldbeutel. »Könnt ihr und eure Kolleginnen mir einen kleinen Gefallen tun?«

Die drei auffällig unauffälligen Aufpasser betraten keine zwei Minuten nach Jonathan die Bar und fanden sich sofort im Fokus eines halben Dutzends äußerst aufdringlicher Damen wieder. Trotz vehementer Versuche, sie sich vom Leib zu halten, ließen die jungen Frauen nicht locker und bedrängten die Männer aufs Schärfste, während ihre Hände dabei auf Wanderschaft gingen.

Der Anführer der Truppe bemühte sich, durch das Gewusel der Frauen die Bar mit den Augen abzutasten, doch das Zielobjekt war nicht auffindbar.

Jonathan hatte das Gemäuer längst wieder durch den Hinterausgang verlassen, grinsend und sehr mit sich zufrieden. Wider Erwarten hatte ihm das Versteckspiel Spaß gemacht.

Er hob die Hand und winkte ein Taxi zu sich an den Straßenrand. Mit einem selbstzufriedenen Lächeln auf dem Gesicht stieg er ein und brauste davon.

Andrea Leech wohnte in einem weniger erfreulichen Vorort von Messiter. Ein heruntergekommenes Wohnhaus reihte sich hier an das andere. In der Ferne war aufsteigender Rauch zu erkennen und markierte so die Nähe zu einem der wenigen Industrieviertel, die unmittelbar an die Hauptstadt grenzten.

Als Jonathan den Fahrer bezahlte und aus dem Taxi stieg, rümpfte er angeekelt die Nase. Es roch durchdringend nach brennendem Gummi oder etwas, das dem sehr nahe kam.

Er stapfte die Stufen zur Eingangstüre hoch und klopfte lautstark an die Holztür, die schon deutlich bessere Tage gesehen hatte. Es dauerte nur wenige Sekunden, bis die Tür aufgerissen wurde und Jonathan einer Frau in mittleren Jahren gegenüberstand, die ihn aus wütenden Augen anfunkelte. Sie war mindestens zwei Köpfe kleiner als er selbst und von zierlicher Statur. Das war vermutlich einer der Gründe, weshalb er von der Intensität ihres Blickes überrascht war. Er kannte Marine-Ausbilder, die dafür töten würden, um einen solchen Blick zustande zu bringen.

»Wir kaufen nichts!«, herrschte sie ihn an und machte Anstalten, ihm die Türe vor der Nase zuzuschlagen. Im letzten Moment gelang es ihm, seinen Fuß zwischen Rahmen und Tür zu platzieren, was ihm eine schmerzhafte Quetschung seiner Zehen einbrachte.

»Andrea Leech?«, fragte er, obwohl er die Antwort bereits kannte. Leechs Akte hatte Fotos all seiner lebenden Verwandten enthalten.

»Ja?«

»Captain Jonathan Clarke. MAD.«

Der wütende Gesichtsausdruck wich einer Maske der Vorsicht. In einem Kampf- oder Fluchtreflex wich die Frau einen Schritt in ihre Wohnung zurück. Jonathan hob beschwichtigend die Hände, um sie zu beruhigen.

»Ich habe nur einige Fragen an Sie.«

»Ich habe bereits alle Fragen beantwortet. Es gibt nichts mehr zu sagen. Falls Sie meine Aussage noch einmal durchgehen wollen, fragen Sie doch Ihre Kumpane.« Sie wies mit dem Kinn die Straße hinab.

Jonathan folgte ihrem Blick, bewegte dabei aber den Kopf nicht mehr als unbedingt nötig, um etwaigen Beobachtern nicht zu verraten, dass er sich umsah. Tatsächlich stand vielleicht hundert Meter die Straße hinab ein Fahrzeug, in dem drei Männer saßen. Jonathan verfluchte sich im Stillen selbst, dass sie ihm nicht früher aufgefallen waren. Sie waren ähnlich gekleidet wie seine eigenen Verfolger. Doch diese hier verfolgten eine andere Art der Überwachung. Sie waren nicht unauffällig, sondern demonstrierten im Gegenteil sogar ihre Präsenz, um das Opfer einzuschüchtern.

Sie waren zu weit entfernt, als dass Jonathan Einzelheiten ausmachen konnte, doch er war sich sicher, ihre interessierten Blicke auf sich zu spüren. Sie brannten ihm förmlich ein Loch in den Nacken.

»Glauben Sie mir, ich gehöre nicht zu denen. Darf ich vielleicht ganz kurz hereinkommen?«

Immer noch misstrauisch, musterte sie ihn einen Augenblick lang und wich schließlich zur Seite. Schnell trat er an ihr vorbei in die Wohnung, um aus dem Sichtfeld des Überwachungsteams zu kommen.

Wortlos führte sie ihn ins Wohnzimmer, wo ein Junge gerade auf dem Boden spielte. Mit einem Wink schickte sie ihn aus dem Zimmer, bot Jonathan einen Sitzplatz an und setzte sich ihm zu guter Letzt gegenüber.

»Also. Was wollen Sie?«

»Über Ihren Mann reden.«

»Wenn das alles ist, können Sie gleich wieder gehen. Ich habe ihn nicht gesehen.«

»Und gehört auch nicht?«

Sie zögerte. Zwar nur für einen Sekundenbruchteil, jedoch unübersehbar.

Erwischt!

»Sie haben also von ihm gehört«, sprach er seine Schlussfolgerung laut aus.

»Und wenn? Ist das ein Verbrechen?«

»Es ist ein Verbrechen, einem gesuchten Kriminellen zu helfen oder die Ermittlungen zu behindern.«

Sie lachte laut auf. Ein Geräusch bar jeden Humors. »Aaron hat Fehler. Oh, das können Sie mir glauben, er hat sogar viele Fehler. Doch eine kriminelle Ader gehört nicht dazu. Er ist … ein anständiger Mensch. Er hat nur meistens Pech im Leben. Das ist alles.«

»Meistens sind es die Menschen, die ständig Pech haben, die auf die schiefe Bahn geraten.«

»Nicht mein Aaron.«

Jonathan fiel die zärtliche Note, die in diesen Worten mitschwang, sofort auf. Interessant. Seine Exfrau hatte also tatsächlich noch Gefühle für ihn. Möglicherweise würde sie sich deshalb dazu hinreißen lassen, dem Flüchtigen zu helfen.

»Sehen Sie«, fuhr Andrea Leech fort und deutete auf einen Gegenstand an der Stelle, an der Ihr Sohn gerade noch gespielt hatte. Es handelte sich um einen kleinen, handgearbeiteten Teddy. »Den hat er unserem Sohn geschenkt. Er hat ihn, zwei Tage nachdem er untergetaucht ist, mit der Post hierher geschickt. Würde ein schlechter Mensch so was tun? Einen Teddy zu verschenken, obwohl alle hinter ihm her sind?«

»Er hat ihn geschickt, *nachdem* er schon untergetaucht war?«

Andrea Leech nickte.

Wie seltsam. Von etwas Ähnlichem habe ich tatsächlich noch nie gehört.

»Was hat er Ihnen erzählt, als Sie das letzte Mal mit ihm gesprochen haben?«

»Nicht viel. Das Gespräch war sehr kurz. Er hörte sich an, als wäre er halb in Panik. Er sagte nur, er habe große Schwierigkeiten. Dann wurde das Gespräch auch schon unterbrochen. Das habe ich aber alles schon Ihren Kollegen erzählt.«

»Auch auf die Gefahr hin, mich zu wiederholen, aber das sind nicht meine Kollegen. Ganz sicher nicht.« Er lächelte – wie er hoffte – vertrauenerweckend.

Sie schnaubte nur abfällig. »Und wenn schon. Regierungsbehörde ist Regierungsbehörde. Alles derselbe Mist. Diese Kerle kamen in mein Heim, haben meinen Sohn in Angst und Schrecken versetzt und alles durchwühlt. Und als wäre das noch nicht genug, haben Sie mich bedroht.«

»Bedroht? Inwiefern?«

»Sie sagten, ich solle mich sofort melden, sobald ich Näheres über Aaron erfahren würde. Es wäre doch sehr schade, wenn mein kleiner Billy irgendwann nicht mehr von der Schule nach Hause käme.«

Jonathan knirschte mit den Zähnen. Er hatte nur das Wort dieser Frau, dass der Vorfall so abgelaufen war, trotzdem hatte er nicht den Hauch eines Zweifels, was den Wahrheitsgehalt ihrer Aussage betraf. Er erkannte die Wahrheit, wenn er sie hörte.

»Können Sie sich vorstellen, in was für einen Schlamassel er sich gebracht haben könnte?«

Als Entgegnung schüttelte sein Gegenüber nur den Kopf. »Ich habe nicht die geringste Ahnung. Wissen Sie, Aaron ist sehr, sehr gut in seinem Job. Das war er schon immer. Eine seiner wenigen guten Eigenschaften, aber er hielt immer den Kopf unten und sich selbst aus allem raus. Ich kann mir nicht vorstellen, was passiert ist, dass plötzlich alle hinter ihm her sind.«

»Das werde ich herausfinden. Ich verspreche es.« Er erhob sich. Hier war nichts weiter herauszufinden. »Falls er sich allerdings wieder melden sollte …«

»Wird er nicht«, erwiderte sie ohne Umschweife.

»Was macht Sie so sicher?«

»Ich … ich habe ihn sehr schlecht behandelt. Vielleicht schlechter, als es angebracht war. Aber ich war immer so wütend auf ihn. Doch jetzt habe ich Angst, dass der Vater meines Sohnes vielleicht ins Gefängnis kommt oder getötet wird. Das hat er nicht verdient. Egal was zwischen uns stand und welche Probleme wir hatten, er war immer ein guter Vater. Und Billy liebt ihn.«

»Ich werde alles in meiner Macht Stehende tun, damit ihm nichts passiert. Darauf können Sie sich verlassen. Dass er nicht ins Gefängnis kommt, kann ich allerdings nicht versprechen. Ich will Sie nicht anlügen, es steht nicht gut um seine Zukunft.«

Sie seufzte. »Hauptsache, er bleibt am Leben. Alles andere wird man dann sehen.«

Jonathan verabschiedete sich mit einem festen Händedruck und ließ sich zur Tür geleiten. »Ich werde mit den örtlichen Behörden sprechen und mich dafür einsetzen, dass die Überwachung abgezogen wird.«

»Dafür wäre ich Ihnen sehr dankbar. Auch wenn ich glaube, dass das nichts bringen wird.«

»Wieso sagen Sie das?«

»Ganz einfach, ich erkenne Abschaum und Schläger, wenn ich sie sehe.«

Die Wunde schmerzte. Es war nur ein Streifschuss, doch sie hatte sich entzündet und brannte wie Feuer. Er hatte die Wunde in einem gemeinnützigen Krankenhaus notdürftig verarzten und sich Medikamente gegen die Entzündung geben lassen. Dort behandelte man oft Schussverletzungen und man war so daran gewöhnt, dass man keine Fragen stellte. Auch die gesetzliche Vorschrift, die Polizei über solche Verletzungen zu informieren, wurde rigoros ignoriert, was ihm in seiner derzeitigen Lage sehr entgegenkam.

Aaron stolperte durch die Seitengasse, nur eine Straße vom Haus seiner Exfrau entfernt. Er hatte lange Zeit hin und her überlegt, ob er sie aufsuchen sollte, immerhin war ihr Kontakt schon lange nicht mehr der beste. Doch er wusste nicht wohin und ihm gingen langsam die Optionen aus. Außerdem war er hungrig und fror. Kurz gesagt: Er war verzweifelt und sah keine andere Möglichkeit mehr.

Er trat unsicher aus dem Dunkel der Gasse hinaus auf die Hauptstraße ins helle Sonnenlicht. Nach dem tagelangen Dahinvegetieren in Hinterhöfen und Seitengassen fühlte sich das Licht sehr gut an. Allerdings kam er sich so verwundbar vor wie schon seit Tagen nicht mehr. Anonymität war bisher sein einziger Schutz gewesen. Nun war er dabei, diesen Schutz aufzugeben.

Andreas Haus war in Sichtweite. Wie sie wohl auf ihn reagieren würde? Er machte sich daran, die Straße zu überqueren, als plötzlich die Haustür aufging und Andrea in Begleitung eines schwarz uniformierten Mannes erschien. Aaron fühlte Panik in seiner Kehle aufsteigen. Der Mann sah auf und bemerkte ihn im selben Augenblick. Der Offizier riss überrascht die Augen auf.

»Aaron Leech?«

Jonathans Mund stand weit offen. Seit fast einer Woche wurde der Mann systemweit gesucht und nun stand er einfach da, wurde ihm praktisch auf dem Präsentierteller serviert. Die Türen des Hovercars flogen auf und das Überwachungsteam stürzte daraus hervor.

Einer rief: »Er ist es! Er ist es!«

Der Flüchtige sah sich auf der Suche nach einem Fluchtweg hektisch nach allen Seiten um.

»Ganz ruhig, Aaron. Bleiben Sie einfach da stehen«, wies Jonathan ihn an. Er musste Leech so schnell wie möglich in Gewahrsam nehmen. Leech hatte zwar keine Ahnung, doch in der Obhut des MAD würde es ihm mit Sicherheit bedeutend wohler ergehen, als wenn sich diese Schläger um ihn kümmerten.

»Tu, was er sagt, Aaron«, redete ihm Andrea Leech gut zu. »Bitte. Tu es für Billy.« Diese Einlassung zeigte Wirkung. Der Mann entspannte sich sichtlich und gab jeden Versuch auf, davonlaufen zu wollen.

Dann eskalierte die Situation.

Die drei Männer stürmten heran und zog noch im Sprint ihre Waffen. Ein Umstand, der Leech nicht verborgen blieb. Die Panik kehrte augenblicklich in seine Körpersprache zurück.

»Nein, Aaron. Nicht weglaufen. Es wird Ihnen nichts passieren, wenn Sie einfach nur stehen bleiben.« Jonathan war sich nicht sicher, ob er damit überhaupt die Wahrheit sagte, denn die drei Männer schienen nicht in der Laune zu sein, Gefangene zu machen. Außerdem schienen sie eher der Erst-schießen-dann-fragen-Fraktion anzugehören. Leech teilte offensichtlich seine Einschätzung, denn er machte auf dem Absatz kehrt und floh in die Gasse zurück, aus der er soeben gekommen war.

Jonathan fluchte und machte sich an die Verfolgung, das Überwachungsteam dicht auf den Fersen. Leech kannte sich hier hervorragend aus und er schlug Haken wie ein auf der Flucht befindliches Kaninchen. Und in den verwinkelten, dunklen Gassen war er deutlich im Vorteil. Doch Jonathan ließ sich nicht abhängen. Den Rufen, die ihm folgten, nach zu urteilen, das Überwachungsteam leider auch nicht.

»Bleiben Sie stehen, Aaron«, rief er ihm hinterher. »Das hat doch keinen Sinn.«

Mehrere Male war er nahe daran, ihn einzuholen. Doch immer entwischte Leech im letzten Augenblick durch eine andere Gasse und gewann wieder an Vorsprung. Jonathan zählte nicht unbedingt zu den durchtrainiertesten Menschen, man konnte ihm jedoch eine gewisse Fitness nicht absprechen. Für seine Art, sich seinen Lebensunterhalt zu verdienen, war das unabdingbar. Doch auch er stieß an seine Grenzen. Der Kerl war flink wie ein Wiesel. Aufgeben wollte er dennoch nicht. Vielleicht kam er dem Flüchtigen nie wieder so nahe.

Jonathan konnte gerade noch erkennen, wie die drahtige Gestalt des Flüchtigen einige Meter voraus um die nächste Ecke bog und verschwand. Inzwischen leicht japsend nahm er die Verfolgung auf und kam schlitternd zum Stehen, als er ebenfalls in die Gasse einbog.

Leech lag mit blutiger Nase am Boden. Einer der Anzugträger aus dem Überwachungsteam stand drohend über ihm. Jonathan erfasste die Situation mit einem Blick. Das Überwachungsteam hatte sich aufgeteilt und den Flüchtigen unbemerkt eingekreist. Die Typen waren wirklich nicht übel.

Ein zweites Mitglied des Überwachungsteams stürmte aus der entgegengesetzten Richtung heran und bremste erst ab, als es den am Boden liegenden Leech bemerkte. Der Dritte im Bunde folgte hinter Jonathan und blieb nach Luft ringend stehen.

»Na … also«, bemerkte dieser zwischen zwei Atemzügen. Aus dem Umstand, dass er der Einzige war, der etwas sagte, schloss Jonathan, dass es sich um den Teamleiter handeln musste.

»Herzlichen Glückwunsch«, sprach Jonathan den Mann an, doch dieser beachtete ihn gar nicht. Im Gegenteil ging er an ihm vorbei, als wäre der MAD-Offizier gar nicht vorhanden.

»Handschellen anlegen!«, befahl er stattdessen.

Der Mann, der Leech niedergeschlagen hatte, drehte diesen um, bog ihm grob die Hände auf den Rücken und legte ihm Fesseln an. Abschließend trat er ihm noch mit einem hässlichen Grinsen in die Rippen.

»Nur nicht so übermütig«, schalt ihn sein Teamleiter. »Er muss schließlich noch reden können.«

Jonathan ging das Verhalten der Männer langsam, aber sicher auf die Nerven und er hatte nicht die Absicht, sich länger ignorieren zu lassen.

Entschlossen trat er in die Runde. »Sie werden mir den Mann übergeben.«

Der Teamleiter wandte sich ihm mit einem Gesichtsausdruck zu, als würde er ihn zum ersten Mal überhaupt wahrnehmen.

»Und Sie sind?«

»Captain Jonathan Clarke. MAD.«

»Ah … MAD …« Er warf seinen Männern ein abfälliges Grinsen zu, das in der Runde allgemeine Heiterkeit auslöste. Jonathan beschlich das unangenehme Gefühl, dass man sich gerade über ihn lustig machte.

»Das ist mein Gefangener und Sie werden ihn mir sofort überlassen.«

»Ich denke nicht«, entgegnete der Teamleiter. Der Mann warf ihm über den Rand seiner Sonnenbrille einen genervten Blick zu. »Verschwinden Sie!«

»Der MAD hat Vorrang vor örtlichen Behörden. Ich werde Ihren Gefangenen übernehmen.« Jonathan trat einen Schritt näher und machte Anstalten, den immer noch am Boden liegenden Leech am Arm zu packen und ihm aufzuhelfen. Plötzlich trat der Mann, der Leech niedergeschlagen hatte, in seinen Weg. Es war ein Hüne von Mann, gut zwei Meter groß und aus Jonathans Perspektive wirkte er auch mindestens einen Meter breit.

»Ich mach es Ihnen einfach, Clarke«, sagte der Teamleiter gelassen. »Entweder Sie verschwinden oder wir werden richtig ungemütlich.« Das war keine sonderlich subtile Drohung, seine Gesundheit betreffend. Jonathan war tatsächlich für einen Moment aus dem Konzept gebracht. Wer waren diese Typen eigentlich? Kompetenzrangeleien gab es unter Ermittlungsbehörden immer. Doch was hier ablief, ging weit darüber hinaus. Und er zweifelte keinen Augenblick daran, dass die Drohung durchaus ernst gemeint war.

»Von welcher hiesigen Ermittlungsbehörde sind Sie noch mal?«, fragte er unschuldig.

Der Teamleiter grinste nur, blieb ihm eine Antwort jedoch schuldig.

»Bitte!«, flehte plötzlich Leech. »Sie dürfen nicht zulassen, dass man mich mitnimmt. Die werden mich umbringen.«

Jonathan musterte seine Gegenüber nacheinander nachdenklich. Leech hatte recht. Diese Kerle waren nicht hier, um ihn gefangen zu nehmen. Wenn er sie mit ihm gehen ließ, würde ihn vermutlich nie wieder jemand zu Gesicht kriegen.

»Verschwinden Sie!«, zischte der Teamleiter durch zusammengebissene Zähne. »Letzte Warnung.«

Jonathan trat noch einen Schritt näher und analysierte die Situation. Er konnte nicht verschwinden, auch wenn ein Teil seines Wesens nichts lieber getan hätte. Leechs Leben hing am seidenen Faden. Er war ein Flüchtiger und vielleicht war er sogar kriminell, doch Jonathan würde nicht zulassen, dass ein Gefangener misshandelt und umgebracht wurde. Die einzige Alternative zum Rückzug bestand in der direkten Konfrontation.

Der Teamleiter kam offensichtlich zur gleichen Schlussfolgerung. Er gab dem Hünen einen kurzen Wink. Dieser öffnete zwei Knöpfe seines Anzugs und griff in den Innenteil. Jonathan benötigte nicht viel Fantasie, um zu erraten, dass die Hand mit einer Waffe wieder an die Oberfläche kommen würde.

Er reagierte blitzschnell, überbrückte die Entfernung zum Gegner mit einem einzigen Satz und schlug ihm mit dem Handballen gegen das Nasenbein. Der Hüne schrie auf vor Schmerz. Die beiden anderen zogen zeitgleich ihre Waffen. Doch Jonathan verlor keine Zeit. Er trat hinter den halb orientierungslosen Hünen, aus dessen Nase das Blut in einer hellroten Fontäne schoss, und trat ihm die Beine unter dem Körper weg.

Der Mann plumpste mit einem dumpfen Stöhnen auf die Knie. Jonathan griff sich die Hand, die immer noch die Waffe fest umklammert hielt.

Der Teamleiter und sein Kamerad sprinteten in verschiedene Richtungen auseinander, die Waffen im Anschlag. Jonathan zielte seinerseits. Vier Schüsse peitschten durch die Gasse. Einer schlug hinter ihm in die Hauswand ein, ein zweiter ritzte ihm die Wange auf. Seine Schüsse jedoch saßen präziser. Beide Gegner sanken zu Boden. Einer mit einem faustgroßen Loch in der Brust, der Teamleiter mit zertrümmerter Stirn. Der Hüne war gerade dabei, sich wieder zu fangen. Er rappelte sich schwerfällig auf und bemühte sich, seine Last abzuwerfen. Jonathan stand kurz davor, die Kontrolle über seinen letzten Gegner zu verlieren. Ihm blieb daher keine Wahl. Auch dieser Mann musste neutralisiert werden. Schnell und endgültig.

Er ließ die Waffe los, packte Nacken und Kinn mit festem Griff und riss den Kopf des Hünen in einem heftigen Ruck nach rechts. Das ekelhafte Knirschen seines brechenden Genicks erfüllte die Luft. Der Mann erschlaffte augenblicklich und brach zusammen. Jonathan nahm sich Zeit, das entstandene Szenario in sich aufzunehmen.

Oh Mann, was für ein Schlamassel!

Er packte Leech am Arm und zerrte ihn grob auf die Beine, während er die nächste Gasse ansteuerte, um möglichst viel Raum zwischen sich und den Ort des Geschehens zu bringen.

»Wehe, du bist das nicht wert!«, zischte er dem Mann ins Ohr.

Zwischenspiel 1

Major Jürgen Bauer konnte sich beim besten Willen nicht an eine Situation erinnern, die an Brisanz mit dieser auch nur im Entferntesten vergleichbar war. Das kleine Kurierboot hatte in dem kurzen Gefecht einiges abbekommen. Dass die Außenhülle unter der enormen Belastung des ruulanischen Beschusses nicht gebrochen war, grenzte an ein Wunder. Die Lebenserhaltung arbeitete nur noch mit halber Kapazität, was sich jedoch nicht besonders auswirken würde, da Bauer allein an Bord war. Für gewöhnlich waren Kurierboote dieser Bauart für drei Besatzungsmitglieder vorgesehen, sodass Sauerstoff kein Problem darstellte. Der Antrieb hatte am meisten abbekommen und war nur noch bedingt einsatzfähig.

Sein eigentliches Ziel, die Manchester-Basis, hatte etwa achtzig Lichtjahre von seinem Ausgangspunkt entfernt gelegen. Die Strecke wäre in mehreren Tagen zu bewältigen gewesen. Doch auch in diesem Punkt mussten die Slugs ihm einen Strich durch die Rechnung machen. Einer der letzten Treffer hatte den ISS-Antrieb des kleinen Kurierboots schwer beschädigt, sodass Bauer bereits nach weniger als zwanzig Lichtjahren aus dem Hyperraum gefallen war. Das System, in dem er sich wiederfand, wurde von einem Roten Riesen dominiert, der von drei Planeten umkreist wurde. In seinem Navigationscomputer wurde das System als 8833-55581-Epsilon identifiziert. Das System war schlicht und ergreifend nicht wichtig genug für einen Namen. Eines von unzähligen anderen in diesem Teil des Weltraums.

Wider Erwarten gab es jedoch auch gute Neuigkeiten. Das System wurde in der Datenbank des Schiffes als unbewohnt eingestuft. Die Atmosphäre aller drei Planeten galt als giftig und die Welten als nicht kolonisierbar. In der Konsequenz gab es zwar keine terranischen, aber auch keine ruulanischen Einrichtungen oder Verbände, die hier stationiert waren. Zumindest gemäß dem letzten Wissensstand des Nachrichtendienstes. Wie viele andere Offiziere der Flotte hatte er nur begrenztes Zutrauen in die Fähigkeiten des MAD und der Aufklärung, doch Bauer betete dafür, dass sie wenigstens dieses eine Mal recht hatten.

Einer der drei Planeten, die den Gasriesen umkreisten, verfügte über ein ausgedehntes Asteroidenfeld in Form eines breiten Ringes, der sich in einer elliptischen Umlaufbahn um den Planeten zog. Mit letzter Kraft steuerte er sein Schiff in das Asteroidenfeld und bezog eine Parkposition unweit eines der größeren Brocken. Erleichtert schaltete er Antrieb und alle nicht benötigten Systeme ab, um sich den gröbsten Gefechtsschäden zu widmen.

Er arbeitete stundenlang am ISS-Antrieb, um sein Schiff möglichst schnell wieder flottzubekommen. Je eher, desto besser. In seiner momentanen Situation fühlte er sich schrecklich verwundbar. Der ISS-Antrieb stellte ihn vor mehrere große Probleme, die er nur mit viel Kreativität in den Griff bekam. Innerlich schwor er sich, sollte er je wieder mit einer solchen Mission betraut werden, würde er darauf bestehen, einen Ingenieur oder Techniker mitzunehmen. Bei dem Gedanken kicherte er.

Je wieder in eine solche Situation zu geraten, ist wohl das Letzte, an das ich denken sollte.

Das Innere des Schiffes glich inzwischen einer Werkstatt – und keiner, in der Bauer seinen Wagen hätte reparieren lassen. Überall lag Werkzeug herum und so gut wie jede Konsole, die auch nur entfernt etwas mit Energieversorgung oder Antrieb zu tun hatte, war geöffnet.

Fünf Stunden später versuchte er immer noch, den ISS-Antrieb wieder funktionstüchtig zu bekommen, mit insgesamt betrachtet eher mäßigem Erfolg. Frustriert verband er zwei Kabel miteinander. Eher weil ihm andere Optionen ausgegangen waren, als dass er wirklich mit einem Erfolg rechnete. Seine Bemühungen brachten ihm prompt einen Stromschlag ein, der ihn vor Schmerz zurückschrecken ließ. Gleichzeitig ergoss sich ein Funkenschauer aus nicht weniger als drei verschiedenen Konsolen durch die ganze Kabine, der ihm eine Verbrennung im Gesicht bescherte.

Bauer fluchte unterdrückt. Die Arbeit am Antrieb nahm so viel seiner Aufmerksamkeit in Beschlag, dass er beinahe den Annäherungsalarm überhört hätte, der sich aus dem Cockpit zu Wort meldete.

Bauer ließ alles stehen und liegen, eilte zur Quelle des Alarms und überflog die Anzeigen. Die wenigen, die noch funktionierten. Insgeheim hegte er die Hoffnung, dass die Manchester-Basis ein Schiff ausgesandt hatte, das nach dem vermissten Träger suchte. Doch diese wurde brutal zunichtegemacht.

Was sich da näherte, war kein terranisches Schiff. Es war ein Geschwader ruulanischer Typ-8-Kreuzer. Und sie wurden von drei alten Trägern begleitet. Nach allem, was Bauer über Slug-Schiffe wusste, handelte es sich dabei um Vorkriegsmodelle. Also technisch in jeder Hinsicht veraltet. Allerdings spielte das im Moment für ihn selbst nur eine untergeordnete

Rolle. Genauso gut hätte es sich um Schlachtträger handeln können. Seine Überlebenschancen hätten dadurch kaum weiter absinken können. Instinktiv griff sich Bauer seine Uniformjacke, die er achtlos über den Pilotensessel gelegt hatte, und tastete nach der versteckten Datendisc. Sie war noch da – ein tröstendes Gefühl.

Dass diese ruulanischen Schiffe zufällig hier auftauchten, daran glaubte er keinen Augenblick. Sie jagten ihn. Ihn ganz persönlich. Und das Aufgebot, dass sie dafür abstellten, wirkte in seiner Übermacht zwar ein wenig übertrieben, bewies jedoch, wie dringend sie ihn daran hindern wollten, seine Entdeckung zu melden. Das war ja wirklich großartig.

Es war extrem schwierig, ein Schiff, das unter ISS flog, im Hyperraum zu verfolgen. Bei einem so kleinen Schiff wie Bauers Kurierboot war es schlichtweg ein Ding der Unmöglichkeit. Es gab nur eine plausible Erklärung, die ihm dazu einfiel, dass diese Schiffe hier so schnell nach seinem Wiedereintritt im Normalraum auftauchten: Sie hatten Schiffe in alle infrage kommenden Systeme gesandt. Sie durchsuchten die halbe RIZ nach ihm. Ein hoher Aufwand für ein so kleines Schiff und den einzigen Insassen an Bord. Die Ruul setzten wirklich alles daran, ihn aufzuhalten.

Auf seinem Schirm bemerkte er ein Dutzend kleiner Objekte, die sich schnell von einem der Träger entfernten und die Planetenringe ansteuerten. Bauer überschlug sich fast dabei, sämtliche Elektronik und alle Energie abzuschalten, die ihm noch zur Verfügung standen. Selbst die Lebenserhaltung deaktivierte er und hoffte, dass der Sauerstoff lange genug ausreichen würde, bis die Slugs wieder verschwunden waren.

Einer der Kreuzer folgte den ruulanischen Jägern, die der Träger ausgesandt hatte. Der Typ-8 verlangsamte seine Geschwindigkeit in einiger Entfernung vom Asteroidenfeld, während die Jäger vorstießen. Bauer hatte im Moment – da alles abgeschaltet war – keine Möglichkeit, das zu überprüfen, aber er war sich ziemlich sicher, dass der Typ-8 gerade das Asteroidenfeld scannte.

Die Reaper hingegen kreuzten mit halsbrecherischer Geschwindigkeit zwischen den Gesteinsbrocken umher, sodass Bauer zunächst nicht ganz klar war, welche Absicht sie damit verfolgten. Sie verfügten nicht über die Ausrüstung, um ihn ausfindig zu machen, und waren viel zu schnell, um ihn auf Sichtkontakt identifizieren zu können. Die Erkenntnis traf ihn wie der Stromschlag zuvor. Die Ruul vollführten eine Treibjagd. Die Reaper sollten ihn aufscheuchen, und wenn er die Fassung verlor und zu fliehen versuchte, würde der Kreuzer ihn erledigen. Ziemlich verschlagen. Selbst für Ruul.

Bauer zwang sich, sich zu entspannen und nichts zu tun. Mehrere Male kamen ihm die Reaper gefährlich nahe, sodass ihm der unerwünschte Gedanke kam, dass sie ihn einfach entdecken mussten. Doch sie drehten jedes Mal wieder ab und flogen in eine andere Richtung. Dieses Spiel spielten sie fast zwei Stunden, bis es der Kreuzerbesatzung offenbar zu langweilig wurde und sie überzeugt waren, dass Bauer nicht hier sein konnte. Der Kreuzer drehte Richtung Nullgrenze ab und die Jäger kehrten zu ihrem Träger zurück. Der gesamte Verband entfernte sich schnell, doch Bauer wartete noch weitere zwanzig Minuten, bis er sich getraute, die Lebenserhaltung wieder einzuschalten – und dann auch nur mit Minimalleistung.

Es dauerte noch über eine Stunde, bis die Ruul die Nullgrenze erreichten und aus dem System verschwanden. Bauer stieß erleichtert den Atem aus und wunderte sich im gleichen Moment, da ihm vollkommen entgangen war, dass er ihn überhaupt angehalten hatte.

Seine Situation wurde von nun an nur noch komplizierter. Die Ruul würden nicht locker lassen. Sie hatte gar keine andere Wahl, als ihn zu jagen.

Nach und nach aktivierte er sämtliche Systeme wieder. Er wollte sich gerade erheben und an seine Arbeit zurückkehren, als er bemerkte, dass der Status des ISS-Antriebs eine Bereitschaft von fünfundfünfzig Prozent anzeigte. Seine Handlungen hatten irgendetwas bewirkt. Entweder der Kurzschluss, den er verursacht hatte, oder das erneute Hochfahren sämtlicher Systeme. Wie dem auch sei, der Antrieb funktionierte wieder. Nicht vollauf zufriedenstellend zwar, aber immerhin. Mit einer Bereitschaft knapp über der Hälfte konnte er nicht unbegrenzt im Hyperraum verweilen, sondern musste sich seinem Ziel in Etappen nähern. Er überflog die Entfernung zur Manchester-Basis im Kopf. Es waren etwa noch sechzig Lichtjahre. Das hieß, er benötigte mit seinem beschädigten Antrieb fünf Sprünge, bevor er den geheimen Horchposten erreichte. Vielleicht sechs. Und in jedem System, das er anflog, bestand die Gefahr, dass die Ruul entweder auf ihn warteten oder in das System einflogen, kurz nachdem er dort in den Normalraum eingetreten war. Schlimmer noch. Falls es ihnen gelang, seine Spur aufzunehmen, wäre es denkbar, dass er sie unabsichtlich zur Manchester-Basis führte. Trotzdem musste er es riskieren. Es führte kein Weg daran vorbei. Mit neu erwachtem Mut, rief er eine Sternkarte auf und ließ sich alle unbewohnten Systeme zwischen seinem momentanen Standort und der Manchester-Basis anzeigen.

7

»Beeindruckend, nicht wahr?«

Deborah fuhr erschrocken herum, als die unerwartete Stimme sie ansprach. Hinter ihr stand Brandt mit einem breiten Lächeln im Gesicht, der sie aufmerksam, aber nicht unfreundlich musterte.

»Allerdings«, erwiderte sie und drehte sich zu dem Fenster um, durch das sie die Skyline von Messiter betrachtet hatte. Es war in der Tat ein beeindruckender Anblick. Die Wolkenkratzer, die das Bild dominierten, zeigten keine Spuren der Zerstörung mehr, die hier geherrscht haben musste, als die Ruul während der Invasion über Starlight hergefallen waren. Die Akten, die Jonathan während des Fluges nach Starlight so aufmerksam studiert hatte, hatten einige Fotos enthalten, die Kriegsberichterstatter während und kurz nach dem Angriff der Ruul aufgenommen hatten.

Viele der Wolkenkratzer hatten weitaus mehr Ähnlichkeit mit Ruinen gehabt denn mit modernen Gebäuden. Sofern sie überhaupt noch gestanden hatten, waren sie zum Großteil einsturzgefährdet gewesen. In der Tat war man gezwungen gewesen, viele abzureißen und von Grund auf neu zu errichten. Die Luftbilder von Messiter hatten eine Kraterlandschaft gezeigt, in der kaum noch menschliches Leben möglich schien. Barrikaden und brennende Fahrzeugwracks hatten die Straßen verstopft; die Straßenkämpfe mussten mit äußerster Brutalität und praktisch Mann gegen Mann geführt worden sein. Es grenzte an ein Wunder, dass sich die Kolonie in nur wenigen Jahren wieder davon erholt hatte, und sprach Bände über den Widerstandswillen und die Unbeugsamkeit ihrer Bevölkerung.

Nur der geringste Teil der Wolkenkratzer diente als Wohngebäude, der weitaus größte Teil beherbergte Büros, Geschäftsräume und nicht zu vergessen, einige der wichtigsten Banken des Konglomerats.

»Ich bin überrascht, wie relativ schnell sich Starlight von den Ruul erholt hat«, sprach sie ihre Gedanken laut aus.

Brandt trat neben sie. Sie musterte ihn verstohlen aus dem Augenwinkel. Bei der Erwähnung der Ruul huschte ein Schatten der Trauer und Wut über sein Gesicht. Vermutlich auch Abscheu, doch in diesem Punkt war sie sich nicht sicher. Ebenso schnell, wie er aufgetaucht war, verschwand er auch wieder.

»Wir hatten keine andere Wahl. Als die Ruul zurückgeschlagen waren, mussten wir die Trümmer beiseiteräumen, die Toten bestatten und noch einmal ganz von vorne anfangen.« Er lächelte schmal. »Etwas halbherzig anzufangen, liegt nicht unbedingt im Charakter des Gouverneurs.«

»Hab ich schon bemerkt.«

»Soll ich Sie etwas in der Residenz herumführen?«

Sie wandte sich ihm zu und überlegte, ob er sie gerade anbaggerte. Falls ja, so ließ er es jedenfalls nicht durchblicken. Noch nicht. Vielleicht war es lediglich der freundliche Versuch, ihr die Zeit zu vertreiben. Wie dem auch sei, es war eine gute Möglichkeit, unauffällig die Residenz näher in Augenschein zu nehmen, ohne verdächtig zu wirken.

»Sehr gerne«, antwortete sie.

Brandt dirigierte sie geschickt zu einem der Aufzüge. Beinahe hätte er sie am Arm genommen, besann sich jedoch im letzten Moment eines Besseren. Ihr fielen mehrere tiefe Narben an seiner rechten Hand auf. Als er ihren Blick bemerkte, versteckte er die Hand schnell in seiner Hosentasche. Trotzdem fühlte er sich zu einer Antwort genötigt.

»Ein Andenken an die Ruul. Eines von vielen.«

»Das tut mir sehr leid.«

»Mir nicht. Es erinnert mich daran, was für ein grausamer Feind die Ruul sind.«

»Es muss schrecklich gewesen sein. Die Invasion meine ich.«

»Das war es. Und eine ganze Zeit lang war ich sicher, wir würden es nicht schaffen.« Sie bestiegen die Aufzugkabine und Brandt drückte den Knopf für das Erdgeschoss. Seine Augen verschleierten sich, als würde er etwas wahrnehmen, das nur er sehen konnte. »Ich sehe immer noch ihre Schiffe vor mir. Wie Welle um Welle aus der Nullgrenze hervorbricht. Ein unaufhaltsamer Strom. Ein Anblick, den ich wohl nie wieder loswerde.«

Deborah beschloss, ihn noch eine Weile reden zu lassen. Vielleicht ließ er etwas verlauten, das sie weiterbrachte. Manchmal war es besser, einfach zuzuhören.

»Ich konnte es kaum glauben, als ich nach meiner Rettung hörte, dass die Ruul tatsächlich zurückgeschlagen waren. Es war für mich wie ein Wunder. Ich wünschte, meine Leute hätten diesen Augenblick mit mir teilen können.«

Die Aufzugtüren öffneten sich und die beiden Offiziere stiegen aus.

Die breite, luxuriöse Lobby breitete sich vor ihnen aus. An nahezu jedem Aufgang und vor jeder Tür standen Wachen mit hinter den Rücken verschränkten Händen. Ihre Uniformen wirkten sehr zeremoniell. Alles andere als zeremoniell wirkten die Laserpistolen in den Hüftholstern. Die Soldaten gehörten nahezu ausnahmslos der Miliz an. Sehr ungewöhnlich. Die meisten Gouverneure bevorzugten als Wachmannschaften für ihre Residenzen Marines oder TKA-Soldaten.

»Ja, ich hörte, dass Ihre Verluste sehr hoch waren.« Während sie sich unterhielten, durchquerten sie rasch den Raum und traten hinaus ins helle Sonnenlicht. Deborah kniff instinktiv die Augen zusammen.

»Kann man wohl sagen. Viel zu hoch.« Er deutete voraus auf eine kleine Landeplattform und wechselte abrupt das Thema. »Sehen Sie, die Miliz bricht zu einer Übung auf einem der Monde auf.« Noch während sie hinsah, hoben mehrere Stingrays ab und entfernten sich schnell.

»Wie oft halten sie Übungen ab?«

»Nicht oft genug, wenn Sie mich fragen«, erwiderte Brandt schmunzelnd.

»Sie halten nicht viel von der Miliz?«

»Oh doch«, wehrte er schnell ab. »Die Milizionäre sind sicherlich kompetent – im Rahmen ihrer Möglichkeiten. Sie könnten jedoch weitaus besser sein.«

Obwohl Deborah den Anschein erweckte, sie würde den aufsteigenden Stingrays hinterhersehen, war sie in Wirklichkeit mit etwas ganz anderem beschäftigt. Der Gebäudekomplex hinter dem Landefeld glich einer Festung. Es standen mindestens doppelt so viele Wachen herum wie auf dem übrigen Gelände, das sie bisher gesehen hatte. Und selbst auf diese Entfernung waren die Sicherheitsvorkehrungen unübersehbar. Kameras, die kaum einen toten Winkel ließen, Laserschranken und sie ging jede Wette ein, dass außerdem Bewegungsmelder zum Arsenal der Wachmannschaft gehörten.

Wenn etwas so abgeschirmt war, lohnte es sich, mal etwas genauer nachzuforschen. Wie selbstverständlich schlenderte sie in Richtung der inzwischen leeren Landeplattform. Brandt stutzte, doch sie ließ ihm keine andere Wahl, als ihr zu folgen. Doch bevor sie die Landeplattform erreicht hatte, stellte er sich ihr in den Weg.

»Tut mir leid, aber ab hier dürfen sie leider nicht weiter. Militärisches Sperrgebiet.«

Sie lächelte unschuldig. »Wie kann ein Teil der Gouverneursresidenz militärisches Sperrgebiet sein?«

Er lächelte ebenso unschuldig, aber unnachgiebig zurück. »Es ist nun mal so. Tut mir wirklich sehr leid.«

»Ich dachte, Sie wollten mir die Residenz zeigen?«

Er deutete auf einen Nebenflügel. »Ich dachte dabei eher an einen der anderen Gebäudeteile. Zum Beispiel die HyperraumComStation oder die Konferenzräume. Hier kann ich Sie nicht weiter bringen.«

»Schade, aber da kann man wohl nichts machen«, sagte sie und drehte sich um, aber nicht, ohne dem Gebäude noch einen sehnsüchtigen Blick zuzuwerfen.

Wenn Brandt mir keinen Einblick gestattet, muss ich mir wohl selbst Zutritt verschaffen.

»Na? Hat Ihnen Ihr kleiner Ausflug mit unserer Spionin gefallen?«

Brandt überhörte den sarkastischen Tonfall in der Stimme seines Vorgesetzten. Miguel Hernandez lümmelte sich auf dem Sofa eines kleinen Konferenzzimmers, in das er Brandt bestellt hatte; ein Bein baumelte flegelhaft über der Lehne.

»Sie wissen davon?«

»Es geschehen hier nur sehr wenige Dinge, von denen ich nichts erfahre. Apropos … haben Sie etwas von unserer kleinen Spionin erfahren?«

»Hören Sie auf, Sie so zu nennen.«

Bei Brandts Widerworten hob der Admiral überrascht eine Augenbraue. »Sie haben tatsächlich etwas für die Kleine übrig, nicht wahr?«

»Sie ist eine angenehme Gesprächspartnerin«, wich Brandt der unausgesprochenen Anschuldigung aus.

Und Sie ist ein weit besserer Offizier, als du es je sein könntest.

Hernandez setzte sich ruckartig auf. »Vergessen Sie nur nicht, wem Ihre Loyalität zu gehören hat und was wir hier zu schaffen versuchen, Brandt.«

»Das werde ich ganz bestimmt nicht vergessen, Admiral.«

»Gut. Und? Haben Sie etwas erfahren?«

»Nein.«

»Bedauerlich, aber nicht weiter tragisch. Im Moment haben wir ganz andere Probleme.«

Brandt merkte sichtlich auf. »Inwiefern?«

»Leech wurde aufgestöbert.«

»Das ist doch gut, oder?!«

»Normalerweise würde ich Ihnen in diesem Punkt durchaus zustimmen, aber es gibt bedauerlicherweise Komplikationen.«

»Welcher Art?«, fragte Brandt und verkniff sich gerade noch einen genervten Tonfall. Er wünschte sich, Hernandez nicht jede Antwort einzeln abluchsen zu müssen.

»Clarke.«

»Was ist mit ihm?«

»Er kam meinen Leuten in die Quere, hat drei von ihnen getötet und ist mit Leech entkommen.«

»*Was?* Wie um alles in der Welt konnte das denn nur passieren?«

»Hervorragende Frage. Ich bin mir da selbst noch nicht so ganz sicher, aber ich könnte mir gut vorstellen, dass ihn vielleicht etwas misstrauisch gemacht hat.« Der Admiral schnaubte unterdrückt. »Vielleicht sind meine Leute daran nicht ganz unschuldig. Sie sind manchmal etwas … enthusiastisch in ihrer Arbeit.«

Brandt unterdrückte einen Stoßseufzer. Das war die Untertreibung des Jahrhunderts.

»Und was machen wir jetzt?«

»Na was schon? Wir holen uns Leech zurück. Der Kerl windet sich wie ein Aal, aber er wird mir auf keinen Fall entkommen.«

»Wissen Sie denn, wo er und Clarke im Moment sind?«

»Noch nicht, aber das wird nicht mehr lange dauern. In der Stadt wimmelt es von meinen Überwachungsteams. Alle haben ihre Beschreibung und man wird sie bald eingekreist haben. Nur keine Sorge.«

»Ich mache mir keine Sorgen, obwohl ich denke, dass ich mir vielleicht langsam welche machen sollte.«

»Nur keine Bange. Außerhalb des Starlight-Systems weiß niemand etwas von dem, was hier vor sich geht. Und das wird auch so bleiben. Dafür werde ich schon sorgen.«

»Was ist mit Kirelsky?«

»Der kleinen Spionin? Ich weiß nicht. Im Moment ist sie keine Bedrohung und daher auch nicht von Bedeutung. Sie sollte lieber beten, dass das so bleibt.«

»Sie hat großes Interesse am Sperrgebiet gezeigt.«

Hernandez' Kopf zuckte peitschenartig in Richtung seines Untergebenen. »Und?«

»Es ist mir gelungen, sie in eine weniger gefährliche Richtung zu dirigieren.«

»Ausgezeichnet. Das war knapp.«

»Ich glaube aber ehrlich gesagt nicht, dass sie der Typ Mensch ist, der so leicht aufgibt. Dass sie dort nicht hindurfte, hat mit Sicherheit ihre Neugier geweckt.«

»Dann müssen Sie sie eben noch besser im Auge behalten. Denken Sie daran, je besser Sie sie beschäftigen und von den sensiblen Orten der

Residenz fernhalten, umso größer sind ihre Überlebenschancen … und die Ihren ebenfalls, Brandt.«

Brandt schluckte schwer. Hernandez ging für seine Ziele über Leichen, das wusste er. Und die Drohung war keineswegs flapsig gemeint. Der Admiral hatte schon Menschen wegen geringerer Vergehen einfach verschwinden lassen. Brandt verspürte nicht die geringste Lust, sich zu ihnen zu gesellen.

»Was ist mit unseren anderen Gästen?«

Hernandez stand auf und schlenderte zum nächsten Fenster. Von dort aus hatte er einen ungehinderten Blick auf das von allen Seiten abgeschirmte und bewachte Gebäude.

»Überlassen Sie die getrost mir.« Der Admiral lächelte Unheil verkündend. »Mögen die Spiele beginnen.«

8

»Nun beeilen Sie sich doch, machen Sie schneller!«, drängelte Leech der Panik nahe.

»Ich bin gleich so weit«, beruhigte Jonathan den Programmierer und machte sich erneut daran, den Wagen kurzzuschließen. Das war nicht unbedingt die feine, englische Art, aber sie brauchten dringend einen fahrbaren Untersatz. Die Autotür zu knacken, war kein Problem gewesen. Den Wagen zum Fahren zu bringen, stellte eine Herausforderung ganz anderer Güte dar. Immerhin waren moderne Sicherheitssysteme darauf ausgelegt, genau das zu verhindern.

Jonathan verband zwei Kabel, von denen er annahm, dass sie mit Zündung und A-Grav-Generatoren verbunden waren, und wartete gespannt. Nichts geschah. Er fluchte unterdrückt und probierte zwei andere Kabel aus, indem er sie mit seinem Taschenmesser von der Isolierung befreite und auch diese verband. Die A-Grav-Generatoren sprangen mit leisem Summen an und das Fahrzeug erhob sich einige Zentimeter über den Boden. Die Generatoren stotterten für einen Moment, das Fahrzeug sackte Richtung Boden ab, nur um sich eine Sekunde später wieder zu fangen und erneut zu heben. Und diesmal summten die A-Grav-Generatoren beruhigend und gleichmäßig.

Na also.

»Einsteigen«, befahl Jonathan seinem … hm … was war Leech im Moment eigentlich? Schützling? Gefangener? Jonathan hatte selbst keine Ahnung, als was er ihn bezeichnen sollte. Im Moment war nur eines klar. Leechs Leben war in Gefahr. Jemand wollte seinen Tod. Und das war für Jonathan Grund genug, ihn am Leben zu erhalten.

Er zwängte sich hinter das Lenkrad, während Leech auf dem Beifahrersitz Platz nahm. Seine Nase blutete immer noch und besudelte Hemd und Hose mit roten Spritzern. Jonathan reichte ihm ein Taschentuch, das sich der Mann eilig unter die Nase hielt, in dem Versuch, den heftigen Blutstrom zu stoppen. Der hünenhafte Kerl hatte ganz schön hingelangt, als er Leech gestoppt hatte.

Jonathan steuerte den Wagen geschickt aus der engen Parklücke und fuhr ohne Umwege auf eine der belebtesten Straßen von Messiter. Nun, da sie unterwegs waren, galt es, darüber nachzudenken, wohin die Reise überhaupt gehen sollte.

Sie fuhren mehrere Minuten durch das Stadtgebiet, ohne dass Jonathan sich entscheiden konnte, welches Ziel sie ansteuern sollten. Die Gouverneursresidenz kam nicht infrage. Wer immer diese Typen waren, die er hatte ausschalten müssen, sie arbeiteten mit Sicherheit für jemanden aus der örtlichen Regierung, ihrer Ausbildung und Ausrüstung nach sogar für jemanden ganz oben. Genauso wenig kam sein Hotelzimmer in Betracht. Dort würden sie zuallererst nach ihm suchen und mit Sicherheit ein Überwachungsteam postieren. Nur für den Fall, dass er so dumm sein sollte, dorthin zurückzukehren. Das Haus von Leechs Ehefrau kam ebenfalls unter keinen Umständen in Betracht.

Leech zog sich immer mehr in sich selbst zurück und verfiel in bedrücktes Schweigen. Der Mann war ein Rätsel. Er wirkte nicht im Mindesten wie ein Verräter. Allerdings wirkten Bösewichte nur im Film wie Bösewichte. Im realen Leben sah das ganz anders aus. Trotzdem gelangte Jonathan zu der Einsicht, dass dieses Häufchen Elend neben ihm – und anders konnte er den Mann beim besten Willen nicht bezeichnen – keiner Fliege etwas zuleide tun konnte. Bisher hatte er sich getrost auf seine Menschenkenntnis verlassen können und die schrie ihm förmlich zu, dass Leech für die nationale Sicherheit nun wirklich keine Bedrohung darstellte. Nach etwa einer halben Stunde brach Jonathan endlich das Schweigen.

»Jetzt sind Sie an der Reihe.«

Leech schreckte überrascht hoch und starrte den MAD-Offizier aus großen Augen an. »Wie bitte?«

»Sie sind dran. Ich will wissen, was hier vor sich geht. Warum ist man hinter Ihnen her? Wer immer es auch auf Sie abgesehen hat, er hat bereits beträchtliche Ressourcen eingesetzt, um sie zu kriegen. Warum?«

Leech lachte kurz und bellend auf, ein Laut voll Bitterkeit und Selbstmitleid. »Haben Sie es noch nicht gehört? Ich bin ein Verräter. Ich habe meinen Planeten, meine Familie, ja sogar mein Volk verraten.«

»So sagt man jedenfalls.«

Leech verfiel erneut in Schweigen, sodass Jonathan sich genötigt sah nachzubohren.

»Und? Stimmt es?«

»Dass ich ein Verräter bin? Was denken Sie?«

»Ich bin mir nicht sicher. Nur eines weiß ich: Etwas stimmt hier nicht. Einen mutmaßlichen Verräter bringt man nicht um. Und man hetzt auch keine Killerkommandos auf ihn. Man nimmt ihn fest und versucht, über ihn an Informationen zu kommen. Insofern bin ich zumindest aufgeschlossen und bereit, mir Ihre Version der Dinge anzuhören. Erst dann entscheide ich.«

»Ein Mann mit Prinzipien also«, flüsterte Leech kaum hörbar vor sich hin. »Das gibt es heutzutage selten. Viel zu selten.«

»Ich warte immer noch«, drängte Jonathan sanft. »Was geht auf Starlight vor sich?«

Endlich wandte Leech sich ihm zu. Jonathan warf dem Mann nur einen flüchtigen Seitenblick zu, doch der Ausdruck in dessen Augen ging dem MAD-Offizier durch Mark und Bein.

»Krieg«, flüsterte Leech. »Es ist wieder Krieg. Mit dem Unterschied, dass der Rest der Menschheit keine Ahnung davon hat, dass sie sich erneut im Krieg befindet.«

Das Verkehrsüberwachungssystem von Starlight und insbesondere von Messiter war das beste und ausgeklügeltste des gesamten Sektors. Es gab kaum eine Ecke oder Kreuzung, die nicht von Kameras observiert wurde, die allesamt Daten in Echtzeit an eine KI sendeten, die den ganzen Tag nichts anderes tat, als den Verkehr zu regeln und Verstöße an die Behörden zu melden. Dadurch wurden Verbrechen und Verkehrsunfälle um nahezu neunzig Prozent reduziert.

Der Nachteil war, dass man sich auf den Straßen von Messiter so gut wie nirgends unbeobachtet fühlen konnte. So blieb auch Jonathans Diebstahl des Hovercars der KI nicht verborgen. Sie reagierte, indem sie augenblicklich eine entsprechende Meldung an die Polizei sendete. Komplett mit Beschreibung der Täter, Marke und Farbe des Wagens sowie letzte bekannte Fahrtrichtung. Es gab jedoch noch jemanden, der sich für diese Meldung interessierte. Jemand, der die Meldung stornierte, die örtliche Polizei zurückrief und stattdessen seine eigenen Leute auf die Fährte der Flüchtigen setzte.

»Das Ganze ist ein wenig kompliziert«, fuhr Leech fort.

»Sparen Sie sich das besser für später auf.«

»Wieso?«

»Wir haben Gesellschaft«, wisperte Jonathan, während er immer wieder verstohlene Blicke in den Rückspiegel warf.

Leech war nicht so zurückhaltend und drehte sich um, das Gesicht eine Maske purer Angst.

»Oh mein Gott, wie haben die uns nur so schnell finden können?«

»Keine Ahnung, aber wir müssen sie möglichst schnell abhängen.«

Zwei Hovercars hatten sich an ihre Fersen gehängt, und soweit Jonathan die Situation überblicken konnte, waren beide Fahrzeuge mit vier Personen bemannt.

Na toll! Acht Killer. Die wollen Leech wirklich um jeden Preis ausschalten.

»Geben Sie Gas! Worauf warten Sie denn noch?«

»Nicht so hastig. Noch haben wir etwas Zeit.«

»Habe ich Sie gerade richtig verstanden? Die sind hinter uns her. Zeit ist das Einzige, was wir nicht haben.«

»Sie können uns nicht auf einer viel befahrenen Straße stoppen. Das würde zu viel Aufmerksamkeit auf sich ziehen. Uns ist am besten gedient, wenn wir erst mal unauffällig weiterfahren. Hier und jetzt auf uns zu schießen, würde unseren Verfolgern mehr schaden als nutzen.«

»Hoffentlich wissen die das auch«, winselte Leech.

Jonathan warf ihm einen kurzen Seitenblick zu und bemerkte, dass der Mann seine Lippen vor Schmerz aufeinanderpresste.

»Alles in Ordnung?«

»Nicht wirklich. Ich wurde angeschossen. Schon vor einigen Tagen. Ist nur ein Streifschuss, aber es brennt wie die Hölle.«

»Sobald wir etwas Luft haben, sehe ich mir das mal an.«

»Danke.«

»Schon gut. – War ein ziemliches Risiko«, wechselte Jonathan unvermittelt das Thema.

»Was?«

»Ihre Familie aufzusuchen. Sie wussten doch, dass man Sie jagt. War ein ziemliches Risiko.«

»Ja, da ist mir klar, aber ich musste sie einfach sehen. Vor allem meinen Sohn.«

»Ich verstehe«, entgegnete der MAD-Offizier. Es war keine Floskel. Er verstand wirklich. Seine eigene Familie hatte er bereits seit Monaten nicht mehr gesehen. Sie lebten auf der Erde. Die zu vermissen, die man liebt, war ein Gefühl, das ihm keineswegs fremd war. Und ein solches Risiko einzugehen, nur um die eigene Familie für einen Augenblick sehen zu können, das respektierte er. Er wusste immer noch nicht, was er von Leech zu halten hatte. Aber jemand, der zu solch einer Tat imstande war, konnte im Grunde seines Herzens kein übler Kerl sein.

»Oh nein!«

Jonathan schreckte durch den Ausruf augenblicklich hoch.

»Was?«

»Auf der Gegenfahrbahn.«

Er folgte Leechs Wink und erkannte im selben Moment, worauf der Programmierer hinauswollte. Es kamen ihnen zwei weitere Fahrzeuge entgegen, ähnlich stark besetzt wie die Verfolger hinter ihnen.

»Sie kreisen uns ein. Festhalten!«

Jonathan drückte das Gaspedal bis zum Anschlag durch; das Hovercar heulte auf und machte einen Satz nach vorn, bevor es mit gleichmäßiger Geschwindigkeit beschleunigte. Der MAD-Offizier riss das Lenkrad herum und flüchtete in eine Querstraße. Fahrzeuge, die ihm in die Quere kamen oder zu langsam waren, umrundete er zwar elegant, jedoch mit erheblicher Geschwindigkeit. Hupkonzerte und wüste Beschimpfungen kennzeichneten seinen Weg. Darauf konnte er aber keine Rücksicht nehmen. Jonathan brauchte sich auch gar nicht umzusehen, um zu wissen, dass die vier Fahrzeuge bereits die Verfolgung aufgenommen hatten. Und falls er sie nicht bald abschüttelte, war es das für Leech und ihn.

Der Programmierer klammerte sich verzweifelt am Armaturenbrett fest, die Augen weit aufgerissen.

»Ich dachte, wir wollten unauffällig bleiben«, schrie er über den Lärm des Wagens hinweg.

»Kleine Planänderung.«

»Um Himmels willen, das überleben wir nicht. Sie fahren ja wie ein Henker.«

»Würden Sie sich lieber mit denen unterhalten?« Jonathan wies mit dem Daumen über die Schulter.

»Lieber nicht.«

Ihre Verfolger verfügten über äußerst leistungsfähige Hovercars. Sie holten besorgniserregend schnell auf. Das führende Fahrzeug befand sich nur noch fünf oder sechs Fahrzeuglängen hinter ihnen und machte Anstalten, sie zu überholen.

Sollte ihm das gelingen, würde einer der Insassen entweder in ihre Fahrerkabine schießen, sobald sie sich auf gleicher Höhe befanden, oder der Wagen würde sich vor sie setzen, sich quer über die Fahrbahn stellen und sie auf diese Weise zum Anhalten zwingen.

Beides waren keine erstrebenswerten Aussichten. Sollten es ihre Verfolger schaffen, sie zu stoppen, waren sie so gut wie tot. Jonathan musste die Situation irgendwie bereinigen, und zwar schnell, bevor es zu spät war.

Das Verfolgerfahrzeug holte weiter auf. Jonathan blockierte es, indem er ihm immer wieder in die Quere kam und alles daransetzte, damit es nicht überholen konnte.

Der Fahrer des anderen Wagens war jedoch beileibe kein Anfänger. Geschickt manövrierte er Jonathan mit einem waghalsigen Manöver aus und befand sich plötzlich nahezu auf gleicher Höhe. Ein Schütze auf dem Rücksitz hob eine Laserpistole aus dem Fenster.

Jonathan reagierte instinktiv und riss das Lenkrad herum. Beide Fahrzeuge krachten ineinander und der Schuss ging zwar fehl, jedoch nur Zentimeter am Kopf des MAD-Offiziers vorbei. Der Laserblitz versengte die Windschutzscheibe ihres Fluchtwagens. Mit einem wüsten Hieb hämmerte er zweimal dagegen, um die Scheibe aus ihrer Halterung zu drücken.

Der Fahrtwind schlug im brutal ins Gesicht, doch wenigstens vermochte er nun wieder, etwas zu sehen. Ein schneller Blick zurück zeigte ihm, dass die Verfolger noch längst nicht aufgegeben hatten.

Der Fahrer war sehr hartnäckig. Darüber hinaus gaben sie nun alle Zurückhaltung auf und lieferten sich mit den beiden Flüchtigen eine regelrechte Verfolgungsjagd durch die Innenstadt. Außerdem schossen nun beide Männer auf dem Rücksitz auf sie.

Laserblitze schlugen fauchend in die Karosserie des Wagens ein. Er erwog für einen Moment, Leech seine Waffe zu geben, um das Feuer zu erwidern, entschloss sich aber dagegen. So sehr vertraute er Leech noch nicht. Im Übrigen bezweifelte er, dass der Mann in der Lage war, mit einer Laserpistole umzugehen. Seine Gedanken überschlugen sich und er war für einen Sekundenbruchteil derart abgelenkt, dass er kaum auf die Straße achtete.

»Vorsicht!« Leechs Schrei rettete ihnen das Leben.

Eine scharfe Kurve, die wie aus dem Nichts vor ihnen auftauchte, forderte plötzlich Jonathans ganze Aufmerksamkeit. Mit beiden Händen zerrte er an dem Lenkrad und schaffte es gerade noch, das Fahrzeug herumzureißen. Er nahm die Kurve in einem weiten Bogen und streifte dabei das Gebäude auf der anderen Straßenseite. Das Metall der Karosserie quietschte protestierend auf.

Zwei Fahrzeugen auf der Gegenfahrbahn gelang es gerade noch, ihm auszuweichen. Das führende Verfolgerfahrzeug hatte weniger Glück. Es streifte zunächst eine Hauswand, prallte davon ab und kam den beiden entgegenkommenden Fahrzeugen in die Quere. Das erste wich gekonnt aus, das zweite nicht.

Die Fahrzeuge prallten frontal aufeinander und mindestens eines fing Feuer. Die beiden Hovercars endeten als ineinander verkeilte Schrotthaufen am Straßenrand. Jonathan widmete ihnen nur einen beiläufigen Blick im Rückspiegel.

Ein weiterer Blick in den Rückspiegel; die anderen drei Fahrzeuge wurden merklich langsamer und bogen schließlich in eine Seitenstraße ab. Bevor er sich fragen konnte, was dieses seltsame Verhalten zu bedeuten hatte, hörte er auch schon die Sirenen von Polizei- und Krankenwagen.

Sie wollen nicht allzu viel Aufmerksamkeit auf sich ziehen. Na also. Die Polizei, dein Freund und Helfer.

»Sind wir sie los?«, fragte Leech außer Atem. Jonathan konnte förmlich sehen, wie das Adrenalin durch dessen Körper pumpte.

»Vorerst«, beruhigte er ihn. Wer immer diese Kerle waren, sie waren gut. Sogar sehr gut. Das bereitete ihm große Sorgen.«

»Was tun wir jetzt?«

»Wir suchen uns ein stilles Plätzchen und dort werden Sie mir alles sagen, was Sie über die Vorgänge auf Starlight wissen. Und zwar wirklich *alles*. Haben Sie mich verstanden?«

Leech nickte abgehackt.

»Das hoffe ich«, setzte der MAD-Offizier nach. »Sonst bringe ich Sie eigenhändig um.«

Mit seinen Gedanken weilte er jedoch bereits bei Deborah. Wenn sie schon hinter ihm mit einer derartigen Vehemenz her waren, dann vielleicht auch hinter ihr. Er hätte sie nie allein in der Residenz des Gouverneurs zurücklassen dürfen. Das war ein schwerer Fehler gewesen. Er hoffe nur, dass sie zurechtkam. Es gab nämlich nichts, was er im Augenblick für sie tun konnte. Sie war auf sich allein gestellt.

9

Deborah streifte sich die schwarze Montur lässig über. So ganz wohl fühlte sie sich nicht in ihrer Haut. Würde sie nachts auf dem Gelände der Residenz und dann auch noch in einem gesicherten Bereich aufgegriffen, drohte ihr bestenfalls ein Kriegsgerichtsverfahren. Möglicherweise hatten die Wachen auch den Befehl, auf unbefugte Eindringlinge sofort zu schießen. In diesem besonderen Fall brauchte sie sich um berufliche Konsequenzen keine allzu großen Sorgen mehr zu machen.

Dennoch blieb ihr keine andere Wahl. Es galt herauszufinden, was in diesem Gästehaus so Besonderes vor sich ging, dass all diese Sicherheitsmaßnahmen als notwendig erachtet wurden. Jonathan wäre bestimmt einer Meinung mit ihr – wenn er hier wäre. Er hatte ihr zwar nicht explizit befohlen, auf Entdeckungstour zu gehen, aber die Augen und Ohren offen zu halten. Mit viel Toleranz und gutem Willen ließ sich diese Bemerkung so interpretieren, dass es in seinem Interesse sei, das angrenzende Gebäude einmal genauer unter die Lupe zu nehmen.

Beim Gedanken an ihren Kameraden fühlte sie einen Stich des Unbehagens. Jonathan hätte sich längst mit ihr in Verbindung setzen sollen, doch das letzte Lebenszeichen war fast einen Tag her. Sich so lange nicht zu melden, sah ihm gar nicht ähnlich. In Ihren Eingeweiden spürte sie, etwas war schiefgegangen.

Sie zwang sich zu einem unbekümmerten Achselzucken.

Jonathan ist ein großer Junge. Er wird schon auf sich achtgeben können.

Sie steckte noch ein paar Utensilien in ihre Tasche, von denen sie annahm, dass sie diese vermutlich würde brauchen können, und schlich sich zur Tür. Deborah öffnete sie nur einen Spaltbreit und vergewisserte sich, dass sich niemand auf dem Flur aufhielt. Sie atmete noch einmal tief durch, schlüpfte durch den Spalt und schloss die Tür ihres Zimmers lautlos hinter sich.

Obwohl es bereits beinahe ein Uhr nachts Ortszeit war, war die Gouverneursresidenz erst seit knapp zwei Stunden in tiefer Nachtruhe versunken. Bei einer Stadt wie Messiter und einer Kolonie wie Starlight lagen immer irgendwelche Entscheidungen oder wichtige Besprechungen an. In gewisser Weise, hatte dies auch sein Gutes. Somit hatte ihr genügend Zeit zur Verfügung gestanden, um ihr Vorhaben ausgiebig zu planen und in ihrem Geist mehrmals durchzugehen, bevor sie das Unternehmen in der Realität in Angriff nahm.

Erwartungsgemäß war das Licht im Haus von dem Personal gedämpft worden, bevor sich die Dienstboten des Gouverneurs in die eigenen vier Wände zurückgezogen hatten, um ihre spärliche Freizeit zu genießen. Ein Umstand, der ihr Vorhaben unterstützte.

Deborah huschte wie ein Schatten von Wand zu Wand, immer die wenigen toten Winkel der allgegenwärtigen Überwachungskameras ausnutzend. Der Rundgang mit Brandt vom Vormittag hatte ihr die willkommene Gelegenheit geboten, sich die Standorte der Überwachungs- und Sicherheitseinrichtungen einzuprägen, ohne dabei verdächtig zu wirken.

Die letzte Hürde, bevor sie den Außenbereich des Anwesens erreichte, stellte die Lobby dar. Doch dafür gab es eine sowohl einfache als auch elegante Lösung. Die Lobby selbst wurde nahezu lückenlos überwacht. Die Bilder der zahlreichen Kameras wurden in einen kleinen Raum übertragen, der rund um die Uhr von Sicherheitsleuten der Miliz besetzt war.

Doch es gab einen einzelnen toten Winkel. Ein Fenster auf der Nordseite der Lobby. Deborah holte eine Scheibe mit einem Durchmesser von sechs Zentimeter aus ihrer Hosentasche. Es handelte sich um eine kleine technische Spielerei des MAD, die für solche Aktionen geradezu prädestiniert war. Sie schlich einige Stufen die breite Treppe hinab, die vom ersten Stock in den Eingangsbereich führte. Kurz bevor sie in den Sichtbereich der Kameras eintrat, sprang sie über das Geländer und landete geschickt zwei Meter tiefer auf dem edlen Holzfußboden, fast genau vor besagtem Fenster.

Sie brachte die Scheibe ein kleines Stück unterhalb des Fensterrahmens an und aktivierte diese. Die Scheibe sandte augenblicklich ein Störsignal aus, das sämtliche Sicherheitseinrichtungen innerhalb der Wand in einem Umkreis von fünf Metern unterbrach und dem System innerhalb des Gebäudes gleichzeitig suggerierte, es sei alles in Ordnung. Nun war sie in der Lage, das Fenster zu öffnen, ohne auf dem ganzen Anwesen Alarm auszulösen.

Der einzige Knackpunkt: Die Energiezelle der Scheibe reichte lediglich für einen begrenzten Zeitraum. Sie durfte nicht aus den Augen verlieren, innerhalb von zwei Stunden wieder zurückzukehren und die Scheibe zu entfernen. Ansonsten hatte sie ein ernstes Problem.

Geschmeidig schwang sie sich aus dem Fenster und landete auf weichem Gras. Geduckt schlich sie sich durch den prächtigen Garten des

Gouverneurs. Der durchdringende Duft exotischer Orchideen stieg ihr in die Nase. Doch sie hatte keine Zeit, sich daran zu erfreuen. Der Garten wimmelte von Patrouillen. Sie wich mehreren Soldatentrupps geschickt aus, wäre aber bei einer Gelegenheit um ein Haar entdeckt worden. Nur ein schneller Rückzug hinter ein dichtes Blumenbeet rettete sie. Es handelte sich bei der Wachmannschaft der Residenz nicht nur um privat angeheuerte Leibwächter, sondern auch um eine große Anzahl Milizionäre. Und wiederum fiel ihr auf, dass TKA und Marines vollständig fehlten. Es wirkte fast, als würde der Gouverneur praktisch nur seiner persönlichen Miliz voll und ganz vertrauen.

Die Landeplattform, von der aus am Nachmittag die Stingrays gestartet waren, lag dunkel und verlassen vor ihr. Nur zwei Milizionäre standen darauf auf Posten und unterhielten sich gedämpft. Sie waren so in ihr Gespräch vertieft, dass sie gar nicht bemerkten, wie Deborah unter die Plattform schlüpfte und sich zwischen den metallenen Stützstreben hindurch auf die andere Seite hangelte.

Sie hatte ihr Ziel fast erreicht. Der abgeschirmte Gebäudekomplex breitete sich vor ihr aus. Sie kniete sich hinter eine hohe Hecke, um sich vor der Wachmannschaft zu verbergen. Die Männer patrouillierten außerhalb des durch Laserschranken abgesperrten Bereichs in Zwei-Mann-Teams. Innerhalb des Bereichs patrouillierte seltsamerweise niemand. Deborah verblieb etwas mehr als zehn Minuten in ihrem Versteck, um ein Gefühl für die zeitliche Abfolge der Patrouillen zu bekommen. Als sie sicher war, genügend Zeit zu haben, schlich sie sich zur Laserschranke und blieb nur eine Armlänge davon entfernt stehen. Hier würde etwas anderes sehr nützlich sein. Sie kramte eine kleine Fernbedienung aus ihrer Tasche. Dieser unscheinbar wirkende Kasten war in Wirklichkeit ein leistungsstarker Codeknacker mit integrierter, rudimentärer künstlicher Intelligenz. Einmal aktiviert, hackte sich das Gerät in das nächste Sicherheitssystem und brachte es unter seine Kontrolle.

In der Residenz hatte sie das Gerät wegen der allgegenwärtigen Wachmannschaften nicht anwenden können. Man hätte sofort gemerkt, dass etwas nicht stimmte. Hier jedoch würde es seinen Zweck erfüllen. Sie drückte einen Knopf an der Vorderseite des Kastens. Sofort erschienen allerhand Zahlen auf einem Display, als das Gerät nach einem Zugang suchte. Der Vorgang dauerte weniger als dreißig Sekunden.

Deborah grinste zufrieden. Das Gerät hatte nicht nur den Sicherheitscode für die Laserschranken heruntergeladen, sondern gleich noch einen Grundriss des abgeriegelten Gebäudekomplexes, komplett mit Markierungen aller Wachen, Kameras und Alarmanlagen. Somit waren auch die Bewegungsmelder kein Problem mehr.

Sie deaktivierte die Schranke an ihrem momentanen Standort, schlüpfte auf das Gelände und reaktivierte sie. Sie nahm sich eine Minute Zeit, um den Grundriss zu studieren, und entschied, dass das Obergeschoss des Gebäudes die besten Voraussetzungen bot, um herauszufinden, was Hernandez, Brandt und der Gouverneur so verbissen zu verbergen suchten.

Mithilfe ihres neu erworbenen Wissens war es kein Problem, sich zurechtzufinden und in das Gebäude einzudringen. Innen angekommen, fühlte sie sich bereits bedeutend wohler und bei Weitem nicht mehr so angreifbar und verletzlich wie noch Sekunden zuvor.

Die Inneneinrichtung glich sehr der eigentlichen Residenz. Die Beleuchtung war vielleicht einen Tick schummriger eingestellt, aber ansonsten wies auf den ersten Blick nichts darauf hin, dass hier etwas Geheimnisvolles vor sich ging.

Deborah schlich die Treppe hinauf. Ständig rechnete sie damit, entdeckt zu werden, oder damit, einen Alarm auszulösen, doch soweit sie das beurteilen konnte, gab es auch innerhalb des Gebäudes nicht die geringsten Sicherheitsvorkehrungen. Verstohlen sah sie auf ihre Uhr. Sie hatte noch knapp eine Stunde, bevor sie sich auf den Rückweg machen musste.

Schritte ertönten vor ihr im Korridor. Ohne zu überlegen, machte sie einen Satz auf eine Tür zu, riss sie auf und stürmte hinein. Glücklicherweise war der Raum, in den sie gelangte, leer.

Gutturale, seltsam anmutende Laute drangen an ihr Ohr. Es klang wie eine fremde Sprache, wie Deborah sie noch nie gehört hatte. Ihr Übersetzungsimplantat konnte auch nicht viel damit anfangen. Entweder war die verwendete Sprache nicht einprogrammiert oder die Worte waren so leise gesprochen, dass der Empfänger des Implantats Probleme hatte, sie aufzufangen.

Sie spähte durch einen winzigen Türspalt, eigentlich eine Dummheit, da es die Gefahr erhöhte, entdeckt zu werden, doch sie konnte nicht anders. Sie musste einfach wissen, wer dort den Gang entlangschlenderte. Was sie sah, verschlug ihr den Atem.

Muskulöse Beine, darauf ein schuppiger Körper und ein ebenso schuppiger Kopf, aus dem Torso wuchsen zwei muskulöse Arme, die in krallenbewehrten Händen endeten. Sie hatte zwar noch nie welche in natura gesehen, aber natürlich schon von ihnen gehört und auch bereits Bilder gesehen. Vor ihren Augen spazierten zwei Ruul über den Flur, als wäre es das Natürlichste der Welt.

Die beiden unterhielten sich gedämpft in ihrer barsch klingenden Sprache. Mit weit ausgreifenden Schritten bogen sie um die nächste Ecke.

Deborah nutzte diese Gelegenheit und schlüpfte aus dem Zimmer, um die Verfolgung des geheimnisvollen Duos aufzunehmen. Währenddessen überschlugen sich ihre Gedanken. *Ruul! Hier! Auf Starlight. Mehr noch. Sogar im Zentrum der Macht auf dieser Kolonie. Inmitten der Gouverneursresidenz!* Sie weigerte sich zu glauben, dass die beiden Ruul – Mitglieder der Rasse, die danach strebte, die Galaxis zu erobern – hier auf Starlight geduldete Gäste waren. In Gedanken spielte sie jede Möglichkeit durch, die die Anwesenheit der beiden ruulanischen Krieger erklären mochte.

Sie erwog sogar für einen Augenblick – und zwar wirklich nur für einen Augenblick –, dass sich die Ruul ohne Wissen des Gouverneurs hier aufhielten, doch diesen Gedanken verwarf sie noch im selben Moment. Das war einfach absurd. Schon allein die Sicherheitsvorkehrungen rund um das Gebäude bestätigten, dass die Ruul hier nicht nur geduldet, sondern in gewisser Weise sogar erwünscht waren. Was zum Teufel ging hier vor? Und was führten die Ruul im Schilde?

Sämtliche Vorkehrungen, die sie auf ihrem Weg herein umgangen oder ausgeschaltet hatte, waren darauf ausgerichtet, unangenehme Besucher davon abzuhalten hereinzukommen. Sie dienten keinesfalls dazu, die Ruul in diesem Gebäude einzusperren. Also waren es wirklich Gäste. Keine Gefangenen.

Deborah war jedoch nicht imstande, sich auch nur einen logischen Grund vorzustellen, aus dem ein terranischer Gouverneur eine Gruppe Ruul beherbergen sollte. Was auch immer die hier taten, es war ganz gewiss nicht im Interesse der Menschheit. Sie hatte das Gefühl, etwas ganz Großem auf die Schliche gekommen zu sein.

Die Ruul stoppten vor einem Raum, dessen breite Tür weit offen stand, und betraten ihn, ohne zu zögern und ohne anzuklopfen. Deborah presste sich eng an die Wand, um auch wirklich nichts zu verpassen. Die Gefahr entdeckt zu werden, war inzwischen sehr hoch, doch sie musste einfach wissen, was hier gespielt wurde.

Sie konnte zwar nicht in den Raum sehen, doch vermutete sie stark, dass es sich um eine Art Besprechungszimmer handelte, wie es auch in der Residenz selbst einige gab. Im Innern hörte sie mehrere Personen miteinander tuscheln. Nicht alle waren Ruul.

»Bitte! Nehmen Sie doch Platz«, forderte plötzlich eine volltönende Stimme die Ruul auf. Deborah wäre fast zurückgeschreckt vor dieser Entdeckung. Die Stimme gehörte Simon Lefferty, dem Gouverneur.

»Ja, lassen Sie uns beginnen.« Das war Hernandez. Dann war der Admiral also auch in diese Sache verstrickt. Was auch immer *diese Sache* sein mochte. *Diese* Entdeckung überraschte sie nun nicht wirklich. Der Admiral war ihr von Anfang an suspekt erschienen.

Allgemeines Stühlerücken war zu hören. Die Stühle, auf denen die Ruul saßen, knarrten protestierend angesichts deren ungewohnten Gewichts.

»Wir sind mit der Entwicklung ganz und gar nicht zufrieden.« Die menschlichen Worte klangen abgehackt und waren ganz offensichtlich für eine ruulanische Zunge nicht geschaffen. Es hätte Deborah eigentlich seltsam vorkommen sollen, dass die Slugs kein Übersetzungsgerät benötigten, sondern in fehlerlosem Universal sprachen, doch heute wunderte sie nichts mehr.

»Ich versichere Ihnen, dass alles unter Kontrolle ist«, wandte sich der Gouverneur beschwichtigend an seine Gäste.

»Ihr Menschen scheint eine andere Auffassung von *unter Kontrolle* zu haben. Wir allerdings betrachten die Angelegenheit und die Richtung, die sie einschlägt, mit etwas mehr Sorge.«

»Dazu besteht kein Anlass.« Hernandez' Stimme klang ungewohnt einschmeichelnd und kriecherisch, ja fast schon schmierig. Der Mann hatte kaum noch etwas gemein mit dem arroganten, selbstverliebten Offizier, den sie kennengelernt hatte. Er wirkte nun eher wie ein Speichellecker.

»Ach wirklich?«, höhnte der Ruul. »Mein Herr sieht dies leider nicht ganz so optimistisch wie Sie. Kriegsmeister Kerrelak besteht auf die umfassende Einhaltung unserer Abmachung, ansonsten ist unser Abkommen in ernster Gefahr.« Seine Stimme nahm einen drohenden Tonfall an. »Und ich muss euch Menschen doch nicht etwa daran erinnern, was die Folge wäre. Die Konsequenzen für Starlight wären … sagen wir mal … nicht unbedingt erfreulich.«

»Nein … nein, natürlich nicht«, stammelte Hernandez.

»Ich denke nicht, dass Drohungen in irgendeiner Form nützlich sind«, mischte sich Gouverneur Lefferty erneut ein. Falls Deborah seinen Tonfall richtig interpretierte, dann nahm er eher eine distanzierte Haltung zu den Ruul ein.

»Niemand will Ihnen drohen«, spottete der Ruul und machte sich dabei offenbar insgeheim über die Menschen lustig. »Ich will Ihnen lediglich die Konsequenzen Ihres Handelns aufzeigen. Und vergessen Sie nicht: *Sie* kamen zu uns. Und Sie sollten stolz und glücklich darüber sein, denn Ihr Handeln sichert den Frieden für die Menschen unter Ihrer Obhut. Dieses

Abkommen wollen Sie doch nicht in Gefahr bringen, oder?« Wieder eine kaum verhüllte Drohung.

Schweigen antwortete den Ausführungen des Ruul. Deborah wünschte sich, jetzt die Gesichter der Gesprächspartner sehen zu können. Es wäre überaus hilfreich gewesen, Körpersprache und Gesichtsausdrücke lesen und interpretieren zu können. Doch das Risiko, entdeckt zu werden, war zu hoch. Also musste sie sich mit dem Part einer Zuhörerin zufriedengeben.

»Was mich zum nächsten Punkt bringt«, fuhr der Ruul fort. »Sie sind mit den versprochenen Lieferungen im Verzug.«

Lefferty räusperte sich hörbar. »Es gab gewisse … Probleme.«

»Probleme interessieren uns nicht«, fiel ihm der Ruul barsch ins Wort. »Das Einhalten der Vereinbarung schon. Wir waren bereits weit gnädiger, als es gemeinhin unsere Art ist. Kriegsmeister Kerrelak war bereits weit nachsichtiger, als es andere an seiner Stelle gewesen wären. Im Ältestenrat sind sogar Stimmen laut geworden, die für das Starlight-System eine Bestrafung fordern. Dafür, dass die Lieferungen so in Verzug geraten sind. Und auch auf die Gefahr hin, mich zu wiederholen: Wir bestehen auf die Erfüllung des Vertrages.«

Deborah schüttelte innerlich den Kopf. Wenn sie alles Gehörte auf einen Nenner brachte, dann hatten die Ruul das Starlight-System fest im Würgegriff. Aber wie hatten sie das geschafft? Und wenn sie in der Lage waren, dem System schweren Schaden zuzufügen, warum taten sie es nicht einfach? Derartige Zurückhaltung sah den Ruul überhaupt nicht ähnlich. Es sei denn … dass sie es gar nicht nötig hatten, Gewalt anzuwenden. Diese Schlussfolgerung gefiel ihr überhaupt nicht.

»Die Beschaffung entwickelt sich zunehmend schwieriger. Außerdem haben wir derzeit Besuch von einigen Geheimdienstschnüfflern«, brachte sich Hernandez wieder in das Gespräch ein.

»Das ist uns bekannt, aber nicht unser Problem. Lösen Sie es, damit wir schnell wieder zu den Tagesgeschäften zurückkehren können.«

»Das ist nicht ganz einfach«, wandte Lefferty halbherzig ein. »Falls wir die beiden verschwinden lassen, werden andere kommen. Eine elegantere Lösung wäre es sicherlich, ihre Ermittlungen einfach gegen eine Wand laufen zu lassen. Dann verschwinden sie über kurz oder lang von selbst.«

»Das dauert uns zu lange.«

»Und völlig zu Recht«, gab Hernandez dem Ruul einschmeichelnd recht. »Wenn es nach mir gegangen wäre, hätten wir jetzt kein solches Problem.«

»Die beiden umzubringen, ist aber keine adäquate Lösung«, wies der Gouverneur seinen Admiral zurecht.

»Aber eine schnelle, und das genügt mir.«

»Damit würden Sie in ein Hornissennest stoßen. Wenn Ihnen diese beiden MAD-Ermittler bereits ein Dorn im Auge sind, was halten Sie dann von einem Dutzend oder zwei, die hier herumschnüffeln? Muss ich Sie noch extra daran erinnern, was für uns alles auf dem Spiel steht?«

»Wohl kaum«, schnaubte Hernandez. »Wenn wir auffliegen, können wir uns glücklich schätzen, falls man sich überhaupt damit aufhält, uns vor ein Kriegsgericht zu stellen.«

»Deshalb müssen wir jedes unnötige Risiko vermeiden.«

»Dafür ist es jetzt doch ein wenig zu spät. Clarke hat Leech, und wenn dieser schmierige, kleine Programmierer auspackt, dann sind wir wirklich angeschmiert.«

»Dann darf ich also davon ausgehen, dass Sie das entwendete Virus noch nicht wiederbeschaffen konnten?«, mischte sich der Ruul in den Streit ein. »Wenn ich das richtig sehe, dann sind Sie noch nicht einmal nahe dran. Das ist überaus enttäuschend. Mein Herr wird das nicht gern hören. Er hat fest mit Ihrem Entgegenkommen gerechnet.«

»Es besteht keine Notwendigkeit, den Kriegsmeister zu diesem Zeitpunkt davon zu unterrichten«, bemühte sich Hernandez um Schadensbegrenzung. »Es wäre in der Tat bedauerlich, falls unsere Geschäftsbeziehungen so abrupt beendet würden.«

»Vor allem für die Menschen«, schloss der Ruul süffisant. »Was also schlagen Sie vor?«

»Lassen Sie uns noch ein wenig mehr Zeit. Wir regeln die Angelegenheit und nehmen unsere Lieferungen wieder auf. Ganz so wie versprochen.«

Schweigen senkte sich über den Raum. Deborah vermutete, dass der Ruul über den Vorschlag ernsthaft nachdachte.

»Na gut«, entgegnete er schließlich. »Aber das ist Ihre letzte Chance.«

»Ich danke Ihnen«, antwortete der Gouverneur hörbar erleichtert. »Damit wäre wohl alles geklärt.«

»Zumindest für den Augenblick.« Erneutes Stühlerücken, als die Anwesenden aufstanden.

»Gouverneur Lefferty, ich bringe unsere Gäste in ihre Quartiere zurück, wenn Sie erlauben.« Selbst für Deborahs in solchen Dingen ungeübte Ohren, klang Hernandez' Stimme falsch und verschlagen, der Gouverneur schien davon jedoch nichts mitzubekommen.

»Gern«, erwiderte er schlicht. Schritte entfernten sich von Deborahs Standort, eine Tür wurde geöffnet und kurz darauf schwungvoll zugeschlagen. Der Gouverneur hatte den Raum durch eine andere Tür verlassen. Zum Glück. Hätte er das Besprechungszimmer durch dieselbe Tür verlassen, durch die die Ruul ihn betreten hatten, wäre er Deborah mit ziemlicher Sicherheit in die Arme gelaufen.

Sie wollte sich schon vorsichtig zurückziehen, als sie bemerkte, dass Hernandez das Gespräch mit den Ruul offenbar fortführen wollte.

»Was für ein *Narr!«* Das letzte Wort betonte er übertrieben.

»Ein Narr vielleicht, aber ein ungewöhnlich scharfsinniger. Wir werden ihn nicht dauerhaft täuschen können.« Der Ruul wirkte von Hernandez' Gegenwart beinahe schon angewidert. Sein Tonfall war ein Ausdruck purer Abscheu.

»Das wird auch gar nicht nötig sein. Der Gouverneur wird uns nicht mehr lange von Nutzen sein und wir werden ihn durch jemand ersetzen, der … sagen wir mal, ein wenig fügsamer ist.«

»Sind Sie sicher? Es war schwierig genug, ihn an diesen Punkt zu bringen. Ihn jetzt aus dem Weg zu räumen, wäre Verschwendung.«

Der Admiral kochte sein eigenes Süppchen mit den Ruul. Ohne das Wissen des Gouverneurs. Das war ja wirklich interessant.

»Bald spielt das keine Rolle mehr. Nur noch ein paar Lieferungen und Ihr Volk ist bereit, den Krieg wieder aufzunehmen.«

Deborah durchfuhr ein Schock des Grauens. Hernandez besprach mit den Ruul die Wiederaufnahme des Krieges. Und Starlight spielte dabei allem Anschein nach eine Schlüsselrolle. Und außerhalb des Systems hatte die Menschheit keine Ahnung davon.

»Noch nicht ganz«, widersprach der Ruul. »Da wäre noch dieses Virus. Er ist für uns von essenziellem Interesse. Sogar von weit höherem Interesse als die Lieferungen. Vor dem Gouverneur wollte ich das nicht zugeben, aber wir können im Prinzip gut ohne weitere Lieferungen auskommen, doch wir würden den Krieg nur sehr ungern ohne dieses Computervirus wiederaufnehmen.«

»Ja, natürlich. Dieses Virus. Es wird geliefert. Das schwöre ich bei meinem Leben.«

»In der Tat. Das tun Sie«, entgegnete der Ruul ungerührt. »Es war schwierig, Sie in diese Position zu bringen. Tatsächlich haben wir beträchtliche Mühen und Ressourcen dafür aufgewendet. Und nicht zu vergessen: Zeit, sehr viel Zeit. Lassen Sie unser Vertrauen in Sie nicht vergebens sein. Sie und Ihre Leute haben uns immer gut und treu gedient, und sobald der

Krieg gewonnen ist, werden Sie entsprechend belohnt. Sie und die übrigen Kinder der Zukunft.«

Deborah schloss leise die Tür zu ihrem Quartier hinter sich. Sie war sich sicher, dass niemand ihr Fehlen bemerkt hatte. Der Schock über ihre Entdeckung saß noch immer tief.

Ein Admiral der Raumflotte des Terranischen Konglomerats. Ein Mitglied der Kinder der Zukunft. Ein Abtrünniger. Ein Rebell.

Sie schüttelte den Kopf, um das Gefühl der Beklemmung loszuwerden. Es half nicht viel. Das Ganze zog noch weitere Kreise. Aus dem folgenden Gesprächsverlauf hatte sie herausgehört, dass Hernandez in der Hierarchie dieser Organisation ein ziemlich hohes Tier war. Vermutlich sogar eines der zwei letzten Gründungsmitglieder, nach denen der MAD seit der zweiten Schlacht von Serena so verbissen fahndete. Und hier versteckte er sich, direkt unter den Augen des MAD, in die ehrenhafte Uniform eines Admirals gekleidet. Wer hätte damit rechnen können?

Nach der hochkarätigen Unterredung, deren Zeuge sie geworden war, hatte sie sich aus dem Anwesen und zurück in die Residenz gestohlen. Bei ihrem Rückzug hatte sie peinlich darauf geachtet, alle Hinweise, die auf ihre Anwesenheit schließen ließen, zu beseitigen. Außerdem waren sämtliche Sicherheitseinrichtungen von ihr reaktiviert worden.

Nun war sie wieder in der relativen Sicherheit ihrer vier Wände und grübelte über ihre Entdeckung nach. Die Angelegenheit wuchs ihr über den Kopf. Buchstäblich. Sie musste Jonathan informieren, und zwar umgehend.

Falls sie Hernandez richtig verstanden hatte – und dessen war sie sich ziemlich sicher –, dann würde der Admiral alles daransetzen, um Leechs habhaft zu werden. Egal mit welchen Mitteln. Und wer ihm im Weg stand, würde ausgeschaltet. Dies schloss Jonathan definitiv mit ein – und sie selbst natürlich auch. Jonathan befand sich in großer Gefahr.

Die Tragweite all dessen, was sie mitgehört hatte, war ihr indes noch nicht so ganz klar. Von was für Lieferungen war die ganze Zeit die Rede gewesen? Belieferten der Gouverneur und Hernandez die Ruul etwa mit Kriegsmaterial? Durchaus denkbar. Diese Idee war nicht neu und sowohl MAD als auch Raumflotte hatten alle Hände voll damit zu tun, illegalen Waffenhandel einzudämmen. Denn trotz ihres Fortschritts in Waffentechnik, Schiffskonstruktion und Raumfahrt waren die Ruul immer noch geradezu versessen auf terranische Technik. Diese Versessenheit war beinahe schon obsessiv.

Das war die einfachste und plausibelste Schlussfolgerung. Jedoch sollte sich Jonathan selbst ein Bild davon machen.

Sie eilte quer durch den Raum zu ihrem Koffer und kramte zwei technische Spielereien hervor. Einen kleinen Kommunikator und einen Störsender. Der Störsender würde alle Abhörmechanismen, die es in ihrem Zimmer mit Sicherheit gab, außer Kraft setzen. Und die Ausführung dieses Kommunikators wurde nur an MAD- und SES-Agenten ausgegeben. Das Signal galt als absolut abhörsicher und nicht zurückzuverfolgen.

»Deborah Kirelsky an Jonathan Clarke«, flüsterte sie in das Gerät. »Jonathan, bitte kommen!«

10

Jonathan schreckte überrascht hoch, als sein Kommunikator leise piepte. Er und Leech hatten sich in ein kleines Motel in einem Vorort zurückgezogen und harrten dort nun aus in der Hoffnung, dass sie ihre Verfolger abgeschüttelt hatten.

Jonathan nahm das Gerät vom Tisch und drückte auf die Empfangstaste. Sofort ertönte die angenehme, doch gehetzt klingende Stimme seiner Kollegin. In ihrem Tonfall schwang ein unterschwelliger Hauch tiefer Besorgnis mit, der ihm nicht entging.

»… an Jonathan Clarke. Jonathan, bitte kommen.«

»Deborah? Bin auf Empfang. Es tut gut, deine Stimme zu hören.«

»Oh, Gott sei Dank, Jonathan. Ich bin so froh, dass es dir gut geht. Ich befürchtete schon das Schlimmste.« Die Erleichterung war der Stimme seiner Kollegin deutlich anzuhören. Dem MAD-Offizier war augenblicklich klar, dass etwas vorgefallen sein musste. Sie überschlug sich fast, als sie ihm Bericht erstattete. Es ging so schnell, dass er das meiste gar nicht ganz mitbekam und nachhaken musste.

»Jetzt beruhige dich erst mal. Noch mal ganz langsam. Was ist denn los?«

»Die Ruul«, erklärte sie deutlich langsamer. »Die Ruul sind hier. Hier in der Residenz. Das heißt, eigentlich in einem angrenzenden Anwesen, das schwer bewacht wird.«

Jonathan glaubte, sich verhört zu haben. »Die Ruul? Bist du sicher?«

»*Natürlich* bin ich sicher. Ich erkenne einen Ruul, wenn ich einen sehe«, entgegnete sie leicht ärgerlich. Leech setzte sich auf seinem Bett alarmiert auf.

»Schon gut, schon gut«, beschwichtigte Jonathan sie. »Was noch?«

»Es gibt irgendeine Abmachung zwischen den Ruul und dem Gouverneur beziehungsweise Hernandez. Woraus diese besteht, ist mir allerdings noch nicht so ganz klar. Auch Hernandez' Rolle in dieser ganzen Sache ist ein wenig undurchsichtig. Und Jonathan … er gehört zu den Kindern der Zukunft.«

Bei dieser Eröffnung krochen eisige Schauer sein Rückgrat hinauf. Er warf Leech einen schnellen Blick zu. Die Reaktion des Programmierers gefiel ihm gar nicht. Der Mann starrte nur wie apathisch auf den Boden und gab mit keinerlei Zucken zu erkennen, ob er das Gesagte überhaupt gehört, geschweige denn verstanden hatte. Dies ließ nur einen Schluss zu. Leech war über diese Neuigkeit kein bisschen überrascht. Der Mann wusste dies längst. Er notierte diese Beobachtung in Gedanken und nahm sich fest vor, den Programmierer darauf anzusprechen.

»Deborah –«

»Jonathan«, unterbrach ihn seine Kollegin atemlos. »Die Ruul planen einen neuen Krieg gegen uns. Ich werde versuchen, jemanden außerhalb des Systems zu warnen. Wir müssen die Flotte unbedingt kampfbereit kriegen, bevor die Ruul losschlagen. Ich habe nicht viel Zeit. Ich kann auch nicht länger reden. Ich befürchte, dass sie schon bald etwas gegen uns beide unternehmen werden. Ich wollte dich nur informieren, bevor ich die Sache in die Hand nehme. Nur für den Fall, dass mir etwas zustößt. Wünsch mir Glück.«

»Deborah, unternimm auf keinen Fall etwas auf eigene Faust. Deborah …« Doch die Verbindung zu seiner Kollegin war bereits unterbrochen.

»Verdammt!«, fluchte Jonathan und knallte den Kommunikator auf den Tisch. Leech zuckte bei dem Geräusch zusammen.

»Und Sie«, Jonathan wies anklagend mit dem Finger in Leechs Richtung, »wussten genau, dass Hernandez zu den Kindern gehört. Sie wussten, dass er ein verfluchter Rebell ist. Und wagen Sie es ja nicht, mich anzulügen.«

Leech schüttelte bekümmert den Kopf und setzte sich erneut auf das heruntergekommene Bett. »Wissen? Nein, ich wusste es nicht. Nicht direkt jedenfalls. Andererseits überrascht es mich auch nicht besonders. Eine diesbezügliche Ahnung hege ich schon länger.«

»Und Sie kamen zu keinem Zeitpunkt auf die Idee, mir das vielleicht zu sagen?«

»Was zu sagen? Dass Hernandez ein Verräter ist? Dass ein hochrangiger Admiral für die Kinder der Zukunft arbeitet? Sie hätten mich doch gleich für verrückt erklärt. Und um ganz ehrlich zu sein, ich wusste nicht, ob ich Ihnen trauen kann.«

»Wie bitte? Ich habe Ihnen das Leben gerettet.«

»Ich dachte, das taten Sie nur, um zu erfahren, wo ich das Virus versteckt habe.«

»Das soll wohl ein schlechter Scherz sein? Ich habe Agenten des Gouverneurs getötet.«

»Ein Spottpreis verglichen mit dem Wert der Daten, die ich gestohlen habe.«

»Also schön. Ich hab jetzt endgültig die Schnauze voll. Erzählen Sie mir, was hier vor sich geht, und diesmal will ich alles wissen. Haben Sie verstanden?«

Leech machte den Eindruck, widersprechen zu wollen, besann sich dann aber eines Besseren und nickte ergeben.

»Wo soll ich anfangen?«

»Am Anfang wäre mir ganz angenehm.«

»Schön. Lassen Sie mich damit beginnen, dass ich keine Ahnung hatte. Es war wirklich nicht meine Schuld. Ich bin einfach so in die Sache hineingeschlittert.«

»Kommen Sie endlich zum Punkt.«

»Der Gouverneur –«

Ein Schuss knallte und das Fenster gegenüber Leech zersprang in tausend Scherben. Der Programmierer heulte gequält auf und fiel hintenüber. Zwei weitere Projektile schlugen in die Wand direkt neben Jonathan ein. Ein Holzsplitter ritzte ihn an der Stirn auf, doch er ignorierte die unbedeutende Wunde.

Oh verdammt, sie haben uns gefunden! Weiß der Teufel, wie sie das hinbekommen haben.

Jonathans über Jahre antrainierte Reflexe übernahmen die Oberhand. Mit einem kräftigen Tritt kippte er das Bett um und griff sich mit der anderen Hand sein Holster mit der Laserwaffe. Ein ungeduldiger Ruck beförderte das Holster auf den Boden und er richtete die Waffe auf die Tür.

Gerade noch rechtzeitig, denn diese wurde förmlich aus den Angeln gerissen, als drei Personen in den Raum stürzten, bösartig aussehende Maschinenpistolen im Anschlag.

Jonathan tippte den Abzug seiner Waffe dreimal kurz an und ebenso viele Lichtimpulse schlugen in den ersten anstürmenden Gegner ein. Der Mann wurde zweimal in der Brust und einmal zwischen den Augen getroffen, wo der Laser Brandwunden hinterließ. Der Geruch von verkohltem Fleisch füllte augenblicklich den kleinen Raum. Der Mann verdrehte die Augen, bis nur noch das Weiße darin zu sehen war, anschließend sank der Angreifer ohne ein Wort auf die Knie und fiel vornüber, noch im Tod einen überraschten Ausdruck auf dem Gesicht. Seine beiden Kameraden verschwendeten keinen weiteren Gedanken an ihn, sondern eröffneten das Feuer. Jonathan duckte sich hinter das umgestürzte Bett, das zwar nur unzureichenden Schutz bot, aber besser als nichts war. Mehrere Projektile durchschlugen die Matratze und rissen tiefe Furchen in die gegenüberliegende Wand, verfehlten Jonathan und den am Boden liegenden Leech jedoch. Mit der freien Hand packte er Leech am Kragen und zog ihn hinter die zweifelhafte Barrikade in Deckung. Der MAD-Offizier widmete dem Programmierer einen oberflächlichen Blick. Der Mann rührte sich nicht und blutete aus einer hässlichen Wunde an der Hüfte. Mit etwas Glück und schneller Hilfe würde er die Verletzung jedoch überleben.

Im Gegensatz zu den Männern, die er gestern getötet hatte, konnten diese beileibe keine Profis sein. Sie begingen nämlich einen Fehler nach dem anderen. Der erste Fehler war, dass sie nicht sofort selbst Deckung suchten, als Jonathan hinter dem Bett verschwand. Der zweite, dass sie gleichzeitig schossen, anstatt sich abzuwechseln. Und der dritte und finale Fehler ergab sich aus dem zweiten. Sie stellten nämlich gleichzeitig das Feuer ein, um ihre Magazine nachzuladen. Nein, das waren keine Profis. Eher bezahlte Schläger, die man in irgendeiner Spelunke angeheuert hatte.

Amateure. Jetzt bin ich dran!

Jonathan erhob sich geschmeidig hinter seiner provisorischen Barrikade und feuerte auf den Gegner auf der linken Seite. Der Mann schrie getroffen und mit zwei Laserwunden im Körper auf, bevor er fiel.

Jonathan schwenkte die Waffe in Richtung seines letzten Angreifers, doch dieser schüttelte die Überraschung schneller ab, als der MAD-Offizier es für möglich gehalten hatte.

Der Attentäter gab sämtliche Versuche auf, die Waffe in seiner Hand nachladen zu wollen, und verwendete sie stattdessen als Wurfgeschoss. Die Maschinenpistole traf Jonathan am Kinn und verriss den Schusswinkel um wenige Zentimeter. Dies genügte jedoch, um den Mann statt in der Brust an der linken Schulter zu erwischen. Der Angreifer heulte vor Qual laut auf.

Jonathans Augen tränten vor Schmerz über den unerwarteten Schachzug. Als er wieder halbwegs klar sehen konnte, war der Gegner bereits fast über ihm. Er versuchte noch, die Waffe wieder herumzuschwenken, doch es war bereits zu spät. Ein wilder Schwinger riss ihm die Laserpistole aus der Hand. Irgendwo hinter ihm klapperte es, als sie auf den Boden aufschlug.

Jonathan reagierte schnell und brachte einen eigenen Haken an, in der Hoffnung, den Gegner auf Abstand zu halten. Es half nicht viel. Der Mann grunzte nur, stürmte aber weiter auf ihn ein. Die beiden Kontrahenten prallten unkontrolliert auf den Boden, wobei sich der Attentäter in der taktisch besseren Position befand. Er kniete auf Jonathans Brust.

Seine Hände krallten sich um dessen Hals. Jonathan japste verzweifelt nach Luft, als ihm sein Gegner systematisch die Sauerstoffzufuhr abdrückte. Der MAD-Offizier versetzte dem Mann zwei Haken in die Nieren und einen weiteren Schwinger ins Gesicht, die dieser allesamt unbeeindruckt wegsteckte. Er war stark, sogar überaus stark. Jonathans Sicht wurde langsam trübe.

Er blickte in die Augen seines Gegners und sah dort nur Grausamkeit und den unbändigen Willen, ihn zu töten. Die Kraft schwand aus seinen Gliedern. Er strampelte verzweifelt mit den Beinen, die unter dem massigen Körper des Mannes eingeklemmt und nutzlos waren. Ein weiterer Schlag ins Gesicht, doch falls er überhaupt eine Reaktion des Attentäters hervorrief, dann bestand diese nur in einem noch stärkeren Griff um Jonathans Hals.

Die Augen seines Kontrahenten glitzerten siegessicher. Wie aus weiter Ferne hörte Jonathan ein Fauchen, das ihn an das Geräusch eines wilden Tieres erinnerte. Die Augen des Mannes über ihm wurden plötzlich glasig. Ein weiteres Fauchen. Ein Keuchen entrang sich den spröden Lippen des Attentäters, doch noch immer wurde dessen Griff nicht schwächer. Jonathan bemühte sich, dessen schraubstockartigen Griff zu brechen. Ein drittes Fauchen – und der Mann glitt von Jonathan herunter, um auf dem Boden neben ihm sein Leben auszuhauchen.

Jonathans Blick glitt nach rechts. Auf dem Boden lag Leech, keine drei Meter entfernt, mit Jonathans Laserpistole in der Hand. Der MAD-Offizier rieb sich den schmerzenden Hals und kroch zu dem Verletzten, der die Waffe erschöpft sinken ließ. Auf Leechs Gesicht standen dicke Schweißperlen. Hemd und Jacke waren blutdurchtränkt.

Jonathan rappelte sich mühsam hoch, zog seine Uniform aus und drückte sie notdürftig auf die Wunde. Soweit er das feststellen konnte, war der Programmierer nur einmal getroffen worden. Doch diese Wunde war tief und blutete stark. Es schienen jedoch keine lebenswichtigen Organe getroffen worden zu sein. Zum Glück war es wohl nur eine Fleischwunde, eine heftig blutende zwar, doch wenn Fortuna ihnen beistand, würde Leech es überleben.

Jonathan streifte den gefallenen Attentäter mit einem abfälligen Blick. Falls er noch einen Beweis dafür gebraucht hatte, dass es sich um Amateure handelte, so war dieser nun erbracht worden. Sie hatten das Überraschungsmoment auf ihrer Seite gehabt und hatten ihre ganze Feuerkraft eingesetzt und nur einen Treffer erzielt. Außerdem wirkten sie in keiner Weise wie die Männer des Gouverneurs, die er ausgeschaltet hatte.

Nur die Waffen wirkten brandneu und gut gepflegt. Jonathan musste nicht lange überlegen, um zu wissen, wer diese Männer ausgerüstet hatte. Gouverneur Lefferty oder Hernandez hatten wohl ihre eigenen Leute schonen wollen und stattdessen dieses Kanonenfutter eingesetzt.

»Wie geht es Ihnen?«, fragte er Leech, während er ihm einen provisorischen Verband aus seiner in Streifen gerissenen Uniform anlegte.

»Nicht gut«, keuchte Leech angestrengt.

»Kann ich mir vorstellen. Danke. Dass Sie mir das Leben gerettet haben, meine ich.«

»War … ich … Ihnen noch schuldig.«

»Wir müssen Sie dringend zum Arzt bringen.«

In einer letzten Kraftanstrengung schüttelte Leech den Kopf.

»Andrea«, presste er hervor.

»Ihre Frau? Dafür haben wir jetzt keine Zeit. Sie könnten sterben, wenn Sie nicht bald richtig versorgt werden.«

»Andrea«, bestand Leech weiterhin. »Wir müssen … zu Andrea. Ist … wichtig.«

»Ihre Frau wird sicherlich noch überwacht. Wir bringen nur sie, Ihren Sohn und uns in Gefahr.«

»Ist wichtig«, beharrte Leech. »Andrea!«

»Also schön. Es ist schließlich Ihr Leben«, gab Jonathan nach und half dem Verletzten auf die Beine, der Schwierigkeiten hatte, bei Bewusstsein zu bleiben. »Ich hoffe, es ist wirklich so wichtig, wie Sie behaupten.«

»Ist es. Bringen … Sie … mich nach Hause.«

Deborah hatte indessen noch keinen richtigen Plan, nur *dass* sie etwas unternehmen musste, stand hundertprozentig fest. Zu warten, bis Jonathan sich etwas einfallen ließ, wäre einfach nur grob fahrlässig gewesen. Sie durfte keine Zeit mehr verlieren. Außerdem war er im Augenblick ohnehin nicht greifbar.

Sie erwog für einen Moment, Brandt einzuweihen und um Hilfe zu bitten. Doch diesen Einfall verwarf sie nahezu in derselben Sekunde wieder. Eine innere Stimme riet ihr eindringlich davon ab und sie gab sehr viel auf derartige Eingebungen. Außerdem konnte sie hier niemandem trauen. Wo diese zwei Ruul waren, gab es mit Sicherheit noch mehr. Und es war völlig undenkbar, dass Ruul sich auf Starlight aufhielten ohne zumindest umfassendes Wohlwollen des Militärs. Hernandez war mit Sicherheit nicht der einzige Offizier, der in die Sache involviert war. Im Moment einfach jedem auf Starlight zu misstrauen, erschien ihr daher vorerst als die beste Vorgehensweise.

Geschichten über Serena gingen ihr durch den Kopf. Geschichten von Verrat und Intrige. Genaueres über die Verschwörung auf Serena war nie an die breite Öffentlichkeit gelangt, doch MAD-Offiziere kannten die Wahrheit, wussten von der Beteiligung der Blaurücken an einem Putschversuch und dem gescheiterten Angriff von Rebellenstreitkräften auf das System. Auf Serena waren sie knapp einem Bürgerkrieg entgangen. Etwas Ähnliches durfte sich hier auf Starlight nicht wiederholen. Es musste unter allen Umständen verhindert werden.

Sie stieß einen tiefen Stoßseufzer aus. Dann blieb nur eines zu tun übrig. Sie musste Hilfe rufen. Am besten eine ganze Flotte und hunderttausend Marines, die den ganzen Laden übernahmen, bis festgestellt wurde, wer schuldig und wer unschuldig war.

Die HyperraumComStation!, schoss es ihr durch den Kopf.

Sie stellte die einzige Möglichkeit dar, mit einem anderen System relativ zeitnah in Verbindung zu treten. Aber wen sollte sie um Unterstützung ersuchen? Fortress? Es dauerte zu lange, bis eine Nachricht Fortress erreichte. Bis schließlich Hilfe eintreffen würde, wäre es möglicherweise bereits viel zu spät.

Moment mal! Hat Asuga nicht erwähnt, dass er sich derzeit auf Mirella aufhält? Das wäre doch eine denkbare Alternative.

Die Mirella-Kolonie befand sich nur ungefähr drei Lichtjahre oberhalb von Starlight. In galaktischen Maßstäben ein Katzensprung. Wenn Sie das ComSignal über eine Stafette von Kommunikationssatelliten sendete, würde es sie vielleicht sogar in die Möglichkeit versetzen, nahezu in Echtzeit mit dem Lieutenant Colonel sprechen zu können. Lediglich eine unbedeutende Zeitverzögerung von mehreren Minuten wäre die unmittelbare Folge. Ein zu vernachlässigendes Ärgernis.

Sie warf einen Blick aus dem Fenster. Die Sonne ging bereits auf. Das war insofern gut, als sie nun ihr Zimmer verlassen konnte, ohne Verdacht zu erregen. Sie machte einen Morgenspaziergang. Wer könnte schon etwas dagegen haben? Eilig zog sie ihre schwarze Montur aus, machte sich frisch und schlüpfte in ihre Uniform. Die Müdigkeit machte sich langsam in ihren Gliedern bemerkbar. Eine Nacht ohne Schlaf forderte ihren Tribut. Trotzdem ging sie lockeren Schrittes die Treppen zum Foyer hinunter.

Das Gebäude erwachte langsam zum Leben; man sah weniger Wachen, im Gegenzug dafür mehr Bürokraten, Beamte und Adjutanten des Gouverneurs sowie Vertreter der einzelnen hier stationierten Waffengattungen.

»Guten Morgen.«

Die Stimme hinter ihr ließ sie auf der Stelle erstarren. Mühsam setzte sie ein nichtssagendes Lächeln auf und drehte sich zu Victor Brandt um, der einige Stufen hinter ihr stand und sie freundlich musterte.

»Gut geschlafen?«

Sie zwang sich zu einem etwas breiteren Lächeln, bei dem sie auch ihre Zähne zeigte. »Danke. Hervorragend. Die Betten hier sind sehr bequem.«

»Nur das Beste für die Gäste des Gouverneurs«, entgegnete Brandt und schlenderte näher, bis er nur noch eine Stufe über ihr stand. »Wie wär's mit Frühstück?«

»Danke für das Angebot. Vielleicht später, ich möchte erst ein wenig spazieren gehen.« Sie wies mit dem Kopf durch das nächste Fenster. »Die Sonne genießen.«

»Kein bisschen hungrig?«, bohrte der Commodore nach.

»Später sicher. Im Moment aber noch nicht«, erwiderte sie und drehte sich mit einem kurzen Gruß um.

»Dann sehen wir uns vielleicht später beim Essen«, rief er ihr noch nach, als sie die Treppe gemächlich hinunterschlenderte.

»Gern«, antwortete sie halb über die Schulter, während sie im Stillen seufzte. Hoffentlich war er nicht misstrauisch geworden. Es war das Letzte, was sie im Moment gebrauchen konnte. Sie bemerkte nicht, wie ihr Brandts Augen folgten, als sie die Tür der Residenz öffnete und hinaus in den hellen Sonnenschein trat.

Von der kleinen Besichtigungstour mit Brandt kurz nach ihrer Ankunft wusste sie, dass sich der Zugang zur HyperraumComStation auf der anderen Seite des Hauptanwesens befand. Die riesige Parabolantenne war bereits von Weitem zu erkennen und markierte den Standort eines geschützten Bunkers, der sich direkt an den Nordflügel des Gebäudes anschmiegte. Es gab nur einen einzigen Zugang, der von einer fünfköpfigen Gruppe Milizionäre geschützt wurde.

Die HyperraumComStation war eigentlich ein Sicherheitsbereich hoher Priorität und von Rechts wegen wären die Soldaten verpflichtet gewesen, Deborah aufzuhalten und nach einem Sicherheitsausweis zu fragen. MAD-Offiziere jedoch besaßen grundsätzlich Zugang zu all solchen Bereichen. Der Staff Sergeant, der die Gruppe kommandierte, warf lediglich einen Blick auf ihre schwarze Uniform und ließ sie dann kommentarlos passieren.

Das ist fast zu einfach, dachte sie, als sie den Männern freundlich zunickte und den Bunker betrat.

Eine breite Steintreppe führte in die Tiefe, bis sie an einer weiteren Sicherheitstür angelangte, die allerdings unbewacht war. Die Tür stand offen und im Inneren des angrenzenden Raumes hatten nur zwei ComOffiziere Dienst. Ein Mann und eine Frau.

Sie straffte ihre Uniform und betrat die Station hocherhobenen Hauptes und mit einem – wie sie hoffte – wichtigtuerischen Gesichtsausdruck. Sofort hatte sie die volle Aufmerksamkeit der beiden. »Wer hat hier das Sagen?«, eröffnete sie ohne Umschweife das Gespräch.

Der weibliche Lieutenant erhob sich von seiner Konsole. Die Frau musterte sie herausfordernd. Ihr Partner – ebenfalls ein Lieutenant – sah sie mit einer Mischung aus Unsicherheit und Neugier an.

»Ihr Name?«, forderte sie von der Frau.

»Lieutenant Sandra Baker«, erwiderte die Frau widerwillig. »Und Sie sind?«

»Lieutenant Deborah Kirelsky. Richten Sie die Antenne aus und stellen Sie Kontakt zum nächsten Kommunikationssatelliten her. Ich brauche eine Verbindung nach Mirella.«

Die Frau schnaubte herablassend. »Auf wessen Anordnung?«

Deborahs Augenbrauen zogen sich drohend über der Nasenwurzel zusammen. »Auf meine, Lieutenant.«

»Nicht machbar«, entgegnete die Frau leichthin. Deborah fiel auf, dass sich der männliche Lieutenant nach Kräften bemühte, sich unsichtbar zu machen, während die beiden Frauen ihr Duell austrugen.

»Wie bitte?«

»Ich sagte, das ist nicht machbar. So etwas darf nur auf persönliche Anweisung des Gouverneurs oder Admiral Hernandez' ausgeführt werden. Korrigieren Sie mich, wenn ich mich irre, aber Sie sind keiner von beiden.«

Deborahs Nasenflügel bebten, als sie das Gehörte verarbeitete. Die Frau war weit unverschämter, als es ihr Rang rechtfertigte. Es gab nur wenige, die es wagten, auf diese Art mit MAD-Offizieren zu sprechen. »Korrigieren *Sie* mich, wenn ich mich irre, aber MAD-Offiziere dürfen solche Anweisungen geben, ungeachtet möglicher Befehle örtlicher Offiziere und Würdenträger.«

Ein unsicherer Ausdruck huschte über das Gesicht der Frau. »Das ist in der Tat … korrekt.«

»Worauf warten Sie also noch? Führen Sie meinen Befehl aus, bevor ich Sie Ihres Postens entheben lasse und mir jemanden suche, der Befehle befolgen kann.«

Ihr Blick streifte den männlichen Lieutenant und Baker verstand den Wink. Auf solchen Posten gab es immer – wirklich immer – Rivalitäten unter den Offizieren. Und es gab immer jemanden, der es auf den Posten des diensthabenden Lieutenants abgesehen hatte. Die HyperraumComStation auf Starlight schien da keine Ausnahme zu bilden. Die Art und Weise, wie der männliche Lieutenant plötzlich hellhörig wurde, bestätigte diesen Eindruck nur.

»Das dauert etwas«, gab die Frau schließlich nach. »Stanley, die Antenne auf die Koordinaten von Mirella ausrichten. Ich suche inzwischen einen infrage kommenden Satelliten für die Überlichtübertragung aus.«

Deborah nickte zufrieden, als beide Offiziere ihrem Befehl nachkamen, trotzdem dauerte es tatsächlich fast eine halbe Stunde, bis sich Baker erneut von ihrem Platz erhob.

»Verbindung ist bereit und kann aufgebaut werden … Ma'am.«

»Wie mache ich das?«, fragte Deborah.

»Ich erledige das«, erwiderte Baker. »Auf Ihren Befehl hin«, fügte sie kleinlaut hinzu.

»Erklären Sie es mir«, forderte die MAD-Offizierin.

»Erst diese beiden Tasten, dann warten Sie, bis auf dem Bildschirm an meiner Konsole *Verbindung aufgebaut* angezeigt wird, und dann nur noch diesen Regler auf hundert Prozent stellen.«

»Ausgezeichnet. Gehen Sie jetzt beide und schließen Sie die Tür hinter sich.«

»Lieutenant, das ist im höchsten Maße ungehörig«, wehrte sich Baker dagegen. »Ich kann meinen Posten nicht –«

»Was ich zu sagen habe, unterliegt der Geheimhaltung. Gehen Sie! Sofort!«

Widerwillig räumte Baker ihren Platz und beide Offiziere zogen sich aus dem Raum zurück. Als sie die Tür hinter sich geschlossen hatten, gönnte sich Deborah erstmals, etwas Erleichterung in ihre müden Glieder fließen zu lassen.

Sie führte die Anweisung Bakers buchstabengetreu aus und wartete gespannt. HyperraumComStationen waren eigentlich nicht für direkte Gespräche geeignet. Vielmehr dienten sie der Übermittlung von Nachrichten zwischen einzelnen Systemen. Etwas wie das, was sie vorhatte, ging nur, wenn sich zwei Systeme in relativer Nähe zueinander befanden und beide Systeme Kommunikationssatelliten aufwiesen, die für überlichtschnelle Kommunikation geeignet waren. Etwas, das nicht selbstverständlich war.-
Sie tippte ungeduldig mit den Fingerspitzen auf die Lehne ihres Stuhls, als

sie darauf wartete, dass etwas geschah. Der große Bildschirm im Zentrum der Station erwachte plötzlich zum Leben und ein markantes, dunkelhäutiges Gesicht blickte neugierig auf sie herab. Zu ihrer grenzenlosen Überraschung war es kein Adjutant oder ein rangniedriger ComOffizier, mit dem sie eigentlich gerechnet hatte.

»Lieutenant Colonel Daniel Asuga«, stellte sich der Mann vor.

»Lieutenant Colonel Asuga«, begann sie. »Ich bin Lieutenant Deborah Kirelsky.«

Sie wartete angespannt, bis ihre Worte den Lieutenant Colonel erreichten und seine Antwort zurückkam. Die Zeitverzögerung erwies sich tatsächlich als ungemein störend, war aber nicht so groß, wie sie eigentlich erwartet hatte.

»Ich weiß, Lieutenant. Was gibt es denn und warum meldet sich nicht Captain Clarke? Immerhin ist er der ermittelnde Offizier.«

»Captain Clarke ist derzeit nicht verfügbar. Es ist etwas vorgefallen, das Ihr Eingreifen dringend notwendig macht. Es geht um das Computervirus, das Gouverneur Lefferty im Auftrag der Regierung weiterentwickeln soll. Ich befürchte, die Administration der Starlight-Kolonie wurde unterwandert und Lefferty hat das weiterentwickelte Virus den Ruul versprochen. Wir brauchen hier umgehend eine Flotte und ausreichend Marines, um das System unter Kontrolle zu bringen, da ich nicht weiß, wem hier zu trauen ist. Auf jeden Fall ist eine erhebliche Anzahl hochrangiger Militärs in die Sache verstrickt.«

Sie wartete ungeduldig, bis Asuga die Nachricht erhielt und seine Antwort eintraf. Doch noch bevor der Geheimdienstoffizier auch nur ein Wort sagte, bemerkte sie eine subtile, nichtsdestoweniger unübersehbare Veränderung in seiner Ausstrahlung. Es dauerte einige Sekunden, bis sie den Finger darauf legen konnte, was nicht stimmte. Dann hatte sie es: Asuga war verwirrt.

»Lieutenant, ich weiß ganz ehrlich gesagt nicht, wovon Sie sprechen. Welches Computervirus und was war das mit den Ruul? Vielleicht fangen Sie noch einmal ganz von vorne an.«

»Sir, ich verstehe die Notwendigkeit von Geheimhaltung und einer ordentlichen Kommandohierarchie, aber die Katze ist aus dem Sack. Ich weiß über das bei Serena erbeutete Computervirus Bescheid. Und darüber, dass Gouverneur Lefferty den Auftrag erhielt, das Virus weiterzuentwickeln, um es gegen die Ruul einsetzen zu können. Allerdings scheint es, als habe er die Absicht, es den Ruul selbst in die Hände zu spielen. Sollte ihm das gelingen, würde die Gefährlichkeit der Slugs exponentiell gesteigert. Ich kann die Dringlichkeit dieser Angelegenheit nicht hoch genug bewerten.«

Falls überhaupt möglich, steigerte sich Asugas Verwirrung noch. »Ich nehme an, mit Serena meinen Sie die zweite Schlacht von Serena, bei der der weitaus größte Teil unserer Flotte von einem ruulanischen Computervirus infiziert wurde. Allerdings sind Sie einem Irrtum erlegen, fürchte ich. Wir haben es zwar versucht, aber es ist uns nicht gelungen, das Virus aus den Systemen der Kriegsschiffe zu extrahieren und sicherzustellen. Die Schiffe konnten lediglich wieder in Dienst gestellt werden, indem man ihre Systeme vollständig herunterfuhr, von Grund auf säuberte und neu startete. Dadurch wurde leider auch das Virus an sich unwiederbringlich zerstört. Und davon, dass Gouverneur Lefferty den Auftrag erhielt, dieses Teufelszeug weiterzuentwickeln, davon höre ich jetzt zum ersten Mal. Falls es so einen Auftrag gäbe, wüsste ich davon. Wer hat Ihnen denn diesen Bären aufgebunden? Einen solchen Auftrag gibt es nicht.«

Deborahs Gedanken überschlugen sich. Asuga hatte keinen Grund, sie anzulügen. Falls er tatsächlich nichts davon wusste, dann war alles, was Lefferty erzählt hatte, eine Lüge. Das bedeutete, Lefferty hatte das Virus aus einer ganz anderen Quelle. Es gab eine ganze Reihe von Implikationen, die diese Entdeckung heraufbeschwor. Keine einzige war besonders beruhigend.

Hinter ihr quietschte die Tür. Wütend drehte sie sich um, um den Betreffenden anzufahren: »Ich hatte doch gesagt, dass ich nicht gestört werden w–« Ein Gewehrkolben traf sie mitten im Gesicht und ließ sie zu Boden gehen. Blut schoss aus ihrer malträtierten Nase und sammelte sich in einer Lache vor ihr auf dem Boden. Wie durch einen Schleier sah sie über sich Commodore Victor Brandt aufragen, flankiert von zwei TKA-Soldaten.

Wie aus weiter Ferne, hörte sie Asugas Stimme zu ihr herunterhallen. »Lieutenant Kirelsky? Ist bei Ihnen alles in Ordnung? Lieutenant …?!«

»Das hätten Sie nicht herausfinden dürfen«, murmelte Brandt verdrossen vor sich hin. »Tut mir leid. Tut mir wirklich sehr leid.« Mit diesen Worten unterbrach er die Comverbindung und der Bildschirm wurde schwarz.

11

Leech stöhnte unterdrückt auf, als seine Exfrau ihm einen provisorischen Verband anlegte. Der Mann lag auf einem inzwischen blutbesudelten Sofa und war nur halb bei Bewusstsein. Er driftete immer wieder ins Reich der Träume ab, während Jonathan unruhig auf und ab ging und das Geschehen aus der Distanz beobachtete. Sie hatten mit Müh und Not das Haus von Leechs Exfrau erreicht und im Schutze der Nacht waren sie still und leise durch den Hintereingang geschlüpft.

Das Anwesen der Leechs wurde noch immer von Hernandez' Leuten überwacht. Jonathan hatte das Haus und die nähere Umgebung fast eine halbe Stunde lang beobachtet. In dieser Zeit waren ihm zwei Fahrzeuge mit jeweils vier Mann aufgefallen. Er konnte jedoch nicht ausschließen, dass es noch mehr gab. Die hatten die Straße vor dem Haus der Leechs in jeder Richtung abgeriegelt.

Die Annäherung der zwei Flüchtigen hatte fast eine Stunde gedauert und ihn und seinen Schützling durch beinahe jede Seitengasse und über mehrere Zäune geführt, bevor sie durch den Hintereingang hatten schlüpfen können. Die Strapazen waren für Leech fast zu viel gewesen und er wäre kurz vor dem Ziel beinahe in Jonathans Armen zusammengesackt. Doch der Mann erwies sich als zäher als erwartet, biss die Zähne zusammen und schaffte es gerade mal so bis auf Andrea Leechs Couch.

Jonathan hoffte nur, dass wirklich niemand sie entdeckt hatte. Zwar waren sie ausgesprochen vorsichtig vorgegangen, aber ihre Gegner hatten sie bereits mehrmals mit ihrer Fähigkeit überrascht, sie aufzuspüren. Und Jonathan hätte nur höchst ungern die Frau und Leechs Sohn in Gefahr gebracht.

Zumindest war der Programmierer vorerst außer Lebensgefahr. Andrea Leech hatte die Blutung gestillt und die Schusswunde mit einem organischen Pflaster versiegelt, das in die Wunde eindrang und das Projektil in einer Kapsel einschloss, damit es nicht im Körper umherwanderte und es später leichter operativ entfernt werden konnte.

»Sie machen das sehr gut«, honorierte er ihre Bemühungen.

»Ich war früher Krankenschwester. Vor meiner Hochzeit. So etwas verlernt man nicht.«

»Die Unannehmlichkeiten tun mir wirklich sehr leid. Ich verspreche, dass wir uns nicht länger hier aufhalten werden als unbedingt notwendig.«

»Er benötigt ohnehin ein Krankenhaus. Das hier ist nur eine provisorische Lösung und ich weiß nicht, wie lange der Verband halten wird. Außerdem hat er sehr viel Blut verloren. Was er jetzt dringend braucht, ist einen Arzt und eine richtige Behandlung.«

»Es wäre mir auch wesentlich lieber gewesen, ihn ins nächste Krankenhaus zu bringen, aber Ihr Exmann hat darauf bestanden, hierher zu kommen. Mal ganz davon abgesehen, dass unsere Verfolger uns sofort am Haken haben, sobald wir uns auch nur in die Nähe eines Krankenhauses begeben.«

Ein wehmütiges Lächeln stahl sich auf ihre Lippen. »Dieses Haus war schon immer seine Festung, wenn es ihm schlecht ging. Hier hat er sich verkrochen, wenn ihn seine Chefs mal wieder drangsaliert haben.«

»Sind Sie sicher, dass es an dem Haus liegt und nicht vielleicht doch eher an Ihnen und Ihrem Sohn?«

Als Antwort zuckte sie lediglich mit den Achseln. »Mag sein«, gab sie schließlich zu.

Jonathan betrachtete eine ganze Weile ihr Profil. »Sie halten ihn für einen Verlierer, nicht wahr?«

Sie dachte einige Sekunden über seine Worte nach, schließlich schüttelte sie den Kopf und ein bitterer Ausdruck huschte über ihr Gesicht. »Für einen Verlierer? Nein. Aber für schwach. Er hat zu oft die Klappe gehalten, wo es besser gewesen wäre, den Mund aufzumachen. Irgendwann habe ich die Geschichten nicht mehr ausgehalten, die er mir erzählt hat. Den ganzen Ärger, den er Tag für Tag bei der Arbeit hatte. Das Schlimme daran ist: Eigentlich ist er brillant. Er ist einer der besten Programmierer, die es gibt. Nicht nur auf Starlight, sondern überhaupt. Er hätte so viel aus sich machen können, wenn er sich nur mal auf die Hinterbeine gestellt und sich gegen seine Chefs und Kollegen behauptet hätte. Seine Vorgesetzten haben nicht halb so viel auf dem Kasten wie er. Das ist vermutlich der Grund für ihre tagtäglichen Demütigungen. Sie fühlten sich von seinem Fachwissen bedroht, hatten wohl Angst, er könne eines Tages ihre Posten innehaben. Er hätte sich einfach mehr wehren müssen.«

»Das ist nicht so einfach. Glauben Sie mir.«

»Das ist mir schon klar. Trotzdem …«

»Vielleicht … haben Sie mich deshalb … ausgewählt«, brachte sich Leech plötzlich schleppend in das Gespräch ein. Andrea Leech hatte ihm ein mildes Schmerzmittel gegeben, bevor sie seine Verletzung behandelt hatte, nun klang seine Stimme bleiern und schwer. Leech kämpfte um jedes Wort, das er aussprechen wollte.

»Aaron, du bist ja wach.«

»Mehr oder weniger.« Ein schwaches Lächeln zuckte über sein Gesicht, als er seine Exfrau betrachtete. In diesem Moment fiel es Jonathan schwerer als je zuvor, in diesem Mann einen Verräter zu sehen.

»Wie meinen Sie das?«, fragte er.

»Ich bin schwach, aber brillant. Das ist der Grund, weshalb die mich ausgewählt haben. Ich bin gut, in dem, was ich tue, halte aber normalerweise meine Klappe. Sie haben mich benutzt, meine Kenntnisse und Fähigkeiten missbraucht. Und ich habe es erst bemerkt, als es bereits viel zu spät war. Ich bin so ein Idiot gewesen.«

Jonathan kniete sich neben Leech auf den Boden. »Reden Sie weiter.«

»Lefferty hat mir erzählt, wir hätten den Auftrag, das Computervirus weiterzuentwickeln, das bei Serena unsere Schiffe lahmgelegt hat. Als wirksame Waffe gegen die Slugs.«

»Das hat er meiner Kollegin und mir auch erzählt.«

»Eine Lüge. Die Ruul selbst haben dem Gouverneur das Virus übergeben. *Sie* gaben ihm den Auftrag, es weiterzuentwickeln – gegen *uns*.«

Diese Neuigkeit traf Jonathan wie einen Schlag in die Magengrube. Andrea Leech, die dem Gespräch gespannt lauschte, presste vor Überraschung die Hände vor den Mund und unterdrückte einen spitzen Schrei.

»Und weiter?«, forderte Jonathan Leech zum Reden auf.

»Ich war wirklich ein Idiot, wie er im Buche steht. Ich habe alles geglaubt. Alles, was sie mir gesagt haben. Und dabei war ich für sie die ganze Zeit nur ein nützlicher Trottel.«

»Sie?«

»Lefferty und Hernandez. Sie stecken da gemeinsam mit drin. Vielleicht auch Brandt, aber in diesem Punkt bin ich mir nicht sicher. Brandt schien mir eigentlich immer ein ganz patenter Kerl zu sein.«

»Warum tun die das?«

»Keine Ahnung. Da müssen Sie Lefferty schon selbst fragen. Ich weiß nur, dass sie mit den Ruul unter einer Decke stecken, Hernandez schon wesentlich länger als Lefferty. Wie das alles genau zustande gekommen ist, weiß ich aber nicht. Leider.«

»Was ist dann passiert?«

»Ich bin durch Zufall dahintergekommen. Hab ein Gespräch belauscht. Ich wusste, dass ich etwas unternehmen musste. Meine Arbeit durfte nicht missbraucht werden, um meiner Fam… der Menschheit zu schaden.«

Leech hatte zuerst *Familie* sagen wollen. Er hatte all dies auf sich genommen, sich dem Gouverneur, Hernandez und ihrer Mörderbande widersetzt, um seine Familie zu beschützen. Nein, dieser Mann war kein Verräter. Er war nicht einmal schwach. In ihm steckte mehr, als man auf Anhieb erkennen konnte. Andrea Leechs Gesichtsausdruck nach hatte sie ebenfalls bemerkt, was ihr Exmann eigentlich hatte sagen wollen. Ihre Augen leuchteten vor Stolz.

»Was haben Sie getan, Leech?«

Ein schwaches Kichern drang über seine Lippen. »Das Virus ist zwar noch längst nicht fertig, aber weit genug fortgeschritten, um für die Ruul bereits interessant zu sein. Also habe ich meine Daten auf einen Speicherstick geladen und anschließend alles im zentralen Computersystem gelöscht. Alles, was da war. Sie können meine Daten nicht mehr rekonstruieren, selbst wenn sie hundert Programmierer zehn Jahre daran arbeiten lassen. Nicht ohne den Speicherstick, von dem nur ich weiß, wo er ist.«

»Respekt!« Jonathan rang sich ein anerkennendes Lächeln ab. Der Kerl hatte tatsächlich Mumm bewiesen. Sich praktisch unter der Nase des Sicherheitspersonals Zugang zu einer streng gesicherten Anlage zu verschaffen und Daten zu stehlen, dazu gehörte schon eine gehörige Portion Mut. »Deshalb waren Lefferty und Hernandez also nicht begeistert darüber, dass der MAD Leute geschickt hat. Sie wollten die Sache in aller Stille bereinigen.«

»Genau. Und das wollte ich verhindern. Deshalb habe ich dem MAD doch auch diese Nachricht geschickt.«

»*Sie?* Der anonyme Tipp kam von *Ihnen?*«

»Natürlich. Von wem denn sonst? Ich musste jemanden herlocken, der die ganze miese Nummer hier aufdeckt. Und nun sind Sie hier.«

»Und nun bin ich hier«, bestätigte Jonathan müde. »Leider habe ich keine Ahnung, was ich tun soll. Ich kann meine Kollegin nicht erreichen, weil sie vermutlich etwas Dummes tut, und selbst bin ich zurzeit praktisch handlungsunfähig.«

»So schlecht, wie Sie denken, stehen wir im Moment gar nicht da.«

»Ach! Habe ich etwas nicht mitbekommen?«

Anstatt Jonathan zu antworten, wandte sich Leech an seine Exfrau: »Andrea, holst du bitte den Teddy, den ich Billy geschickt habe?«

Sie sah ihn verständnislos an, bis er ein drängendes *Bitte* nachschob. Immer noch verwirrt, ging sie kurz aus dem Zimmer. Kurz darauf kam sie mit dem Teddy zurück. Leech nahm ihn wortlos entgegen, öffnete den Reißverschluss an der Rückseite und kramte mehrere Sekunden in der Füllung herum, bis er etwas Glänzendes zutage förderte. Jonathan riss überrascht die Augen auf. Leech hielt einen Speicherstick in der Hand.

»Ich nenne es, das *Prometheus-Protokoll*«, erklärte Leech stolz.

Deborah hatte Kopfschmerzen und war überaus verwirrt. Sie dämmerte ständig zwischen hellwach und bewusstlos dahin. Die beiden TKA-Soldaten schleppten sie ohne Rücksicht auf ihren Zustand durch lange, nur spärlich beleuchtete Gänge. Inzwischen hatte sie längst jegliche Versuche aufgegeben, sich zu orientieren oder sich den Weg zu merken, den sie zurücklegte. Sie vermochte Brandt nicht zu sehen. Dennoch wusste sie, dass er nur wenige Schritte hinter ihr ging und die Vorgänge aufmerksam verfolgte.

»Ich hätte nie gedacht, dass Sie ebenfalls Ihre Finger im Spiel haben, Brandt.« Sie verzichtete wohlweislich auf seinen Rang. Ihres Erachtens hatte er es nicht verdient, noch mit *Commodore* angesprochen zu werden.

Einer der TKA-Soldaten wandte sich ihr zu und hob drohend seine Hand. Es war Brandts Befehl, der ihn zurückhielt.

»Lassen Sie das gefälligst, Mann! Ignorieren Sie sie.« Nur widerwillig senkte der Soldat seine Faust. Seltsamerweise klang Brandts Tonfall weder stolz noch herablassend, sondern eher … bedauernd. War es vielleicht möglich, dass er gar nicht voll und ganz hinter dem stand, was er tat? Einen Versuch, das auszutesten, war es auf jeden Fall wert.

»Wie konnten Sie nur so weit sinken, Brandt? Sie waren mal ein Held. Sie haben die Ruul so erfolgreich bekämpft, dass die Einnahme des Starlight-Systems praktisch nur durch ihre Handlungen verhindert wurde.«

»Sie verstehen das nicht«, entgegnete er gedämpft.

»Nein, das verstehe ich wirklich nicht. Sie haben sich immer gegen die Ruul gestellt, komme, was da wolle.«

»Und, was hat es mir gebracht? Tausende Männer und Frauen unter meinem Kommando sind gestorben. Menschen, die mir vertraut haben. Und ich habe sie in den Untergang geführt. Haben Sie schon mal Soldaten im Gefecht befehligt und diese verloren? Falls nicht, dann schweigen Sie. Sie haben keinerlei Recht, über mich zu urteilen.«

»Sie haben vielleicht Tausende verloren, aber im Gegenzug haben Sie Millionen dadurch gerettet.«

»Lieutenant, die Dinge sind nicht immer nur schwarz oder weiß. Wir sind nicht immer nur die Guten und die Ruul sind nicht durch die Bank schlecht. Das ist eine schlichte Wahrheit. Hier auf Starlight haben wir uns mit den Ruul arrangiert. Wir hatten schlichtweg genug davon, jahrelang im

Kriegszustand zu leben, immer mit einer erneuten Invasion der Ruul konfrontiert. Wissen Sie, was das für eine Gesellschaft überhaupt bedeutet? Wir konnten einfach nicht mehr. Wir waren müde und wir wollten, dass es endlich endet.« Er seufzte tief. »Wir mussten eine Entscheidung treffen. Sie war zwar schwierig, aber wir haben sie getroffen.«

»Sich mit den Ruul arrangiert? Sie haben die Menschheit verraten und sich auf die falsche Seite gestellt. Die Männer und Frauen, von denen Sie vorhin gesprochen haben, drehen sich gerade im Grab um, Brandt. Sie und Sie ganz allein verraten ihr Andenken. Glauben Sie wirklich, dass alles besser wird, wenn Sie den Ruul helfen?«

»Vielleicht nicht, aber sehr viel schlechter kann es ohnehin nicht mehr kommen.«

»Und das glauben Sie allen Ernstes?«

»Ja, daran glaube ich und dafür stehe ich ein. Mit meiner ganzen Ehre als Offizier.«

»Ehre? An diesem Wort sollten Sie eigentlich ersticken.« Sie sammelte so viel Speichel, wie sie noch aufbieten konnte, und spuckte aus. Die beiden TKA-Soldaten bedachten sie mit mürrischen Blicken, doch Brandts Befehl besaß noch immer Gültigkeit und so hielten sie sich mit Repressalien gegen Deborah zurück.

»Es ist nicht immer so einfach«, wiederholte er. »Bei Weitem nicht.« Nach einer Pause fuhr er fort. »Die Ruul leben schon seit Jahrtausenden als Nomaden. Sie haben dieses Dasein satt. Sie wollen endlich sesshaft werden und in Frieden leben. Und wer könnte es ihnen verdenken?«

»Die Ruul wollen uns vernichten«, hielt sie dagegen.

»Nein, das sehen Sie ganz falsch, aber es ist nicht an mir, Ihnen Ihre Irrtümer aufzuzeigen.«

»Sie sind ein Narr, wenn Sie den Schwachsinn wirklich glauben. Die Ruul interessieren sich nur für einen Frieden – den, der nach ihrem Sieg folgen soll. Und in dieser neuen Welt wird es keinen Platz für die Menschheit geben.«

»Wie Sie meinen«, flüsterte er. »Ganz wie Sie meinen.«

Sie kamen an einer eisernen Tür an, die von den TKA-Soldaten ohne Umschweife aufgestoßen wurde. Im Raum wartete Hernandez neben einem einfachen Stuhl, auf den sie ohne viel Federlesens unsanft gesetzt wurde.

»Guten Tag, Lieutenant«, begrüßte der Admiral sie jovial. »Die Umstände unseres Wiedersehens tun mir unendlich leid, aber es ließ sich leider nicht vermeiden.«

»Sparen Sie sich Ihre Heuchelei«, giftete Deborah zurück.

»Wie Sie wünschen. Ich nehme an, Sie werden mir nicht helfen, Ihren Kollegen und Leech zu finden?!«

Deborah presste ihre Lippen demonstrativ aufeinander.

»Hatte ich auch nicht angenommen. Zum Glück ist das auch gar nicht notwendig.«

Er zog etwas aus seiner Hosentasche. Es war Deborahs Kommunikator. Er grinste Deborah frech an, als er ihn aktivierte und an seine Lippen hielt.

»Captain Clarke«, drang Hernandez' widerlich säuselnde Stimme plötzlich aus Jonathans Funkgerät.

»Nicht rangehen«, beschwor Leech. »Sonst können sie uns orten.«

»Ich weiß.«

»Ich weiß, dass Sie viel zu clever sind, um zu antworten, darum hören Sie jetzt einfach zu«, sprach Hernandez weiter, ohne sich durch Jonathans Funkstille aus der Ruhe bringen zu lassen. »Ich habe Ihre kleine Kollegin und Sie haben Leech nebst seines cleveren kleinen Computervirus. Das sind perfekte Voraussetzungen für einen Austausch. Lieutenant Kirelsky gegen Leech und seine Daten, und niemand muss sterben. Sie haben vierundzwanzig Stunden, um mir beides auszuliefern. Ansonsten ist Kirelsky tot.«

»Verdammt!«

»Das tut mir wirklich sehr leid, Captain.«

»Nicht Ihre Schuld, Aaron.«

»Sie haben doch nicht wirklich vor, darauf einzugehen?«, wunderte sich Andrea Leech. »Sie werden meinen Aaron auf keinen Fall als Tauschobjekt einsetzen.«

»Natürlich nicht«, beruhigte Jonathan sie und schmunzelte insgeheim über ihre Wortwahl. »Sobald Hernandez Leech hat, wird er alle Mitwisser erledigen. Ich frage mich nur, warum er mir ausgerechnet vierundzwanzig Stunden Zeit lässt.«

»Die Frist läuft in sechsunddreißig Stunden ab.«

»Wie bitte?«

»Der Abgabetermin«, erläuterte Leech. »Hernandez hat den Ruul das Virus in sechsunddreißig Stunden versprochen. Ansonsten ist die getroffene Vereinbarung hinfällig.«

»Und was heißt das genau?«

»Ich weiß es nicht, aber es wird mit Sicherheit nicht angenehm sein.«

»Hm … ihm läuft also die Zeit davon. Das ist gut. Das setzt ihn gehörig unter Druck.«

»Es gibt aber noch etwas, das Sie wissen sollten. Über das Virus.«

»Schon klar, es kann Schiffe und Raumstationen außer Gefecht setzen. Darüber bin ich im Bilde.«

Leech lachte kurz und humorlos auf. »Das war einmal.«

Jonathan stutzte. »Soll heißen?«

Leech setzte sich auf, um seine Ausführungen besser darlegen zu können. Nun, da er sich auf einem Gebiet befand, das er wie selbstverständlich als seine Domäne ansah, wirkte er kein bisschen mehr unselbstständig oder unsicher. Vielmehr war Jonathans Eindruck, dass er sich nun wie die Koryphäe fühlte, die er war.

»Früher wurde das Programm über ein Funksignal verbreitet, das alle Elektronik in einem System infizierte und ausschaltete.«

»Und?«

»Das Virus ist jetzt sehr viel gefährlicher. Es kann zwar immer noch über ein Funksignal verbreitet werden, jedoch ist es bei Weitem effektiver, das Virus auf einem feindlichen Schiff zu installieren und dann einfach abzuwarten.«

Jonathan schüttelte verwirrt den Kopf. »Abwarten? Das klingt aber ehrlich gesagt kein bisschen effektiv.«

»Ganz im Gegenteil«, widersprach Leech betroffen. »Verstehen Sie denn nicht? Ich habe aus dem Virus einen Trojaner gemacht. Einmal installiert wartet es ab. Es nistet sich ein und tarnt sich als eines von Tausenden unbenutzter Programme, die es in jedem Computersystem gibt. Und dann kopiert es sich selbst.«

»Es kopiert sich selbst? Wohin?«

»In andere Systeme und schließlich auch in andere Schiffe. Sobald ein infiziertes Schiff mit einem nicht infizierten Schiff in Kontakt tritt oder über Com Nachrichten austauscht, übermittelt sich der Trojaner getarnt selbst in das andere Schiff und auf diese Weise verbreitet er sich, infiziert nach und nach eine ganze Flotte. Das Ganze ist unbegrenzt möglich. Über kurz oder lang würde er zwangsläufig auch Raumstationen befallen und so den Weg in andere Flotten finden.«

»Und sich so über das ganze Konglomerat ausbreiten«, vollendete Jonathan den Gedankengang. Vor seinem inneren Auge breitete sich ein Horrorszenario aus. »Oh mein Gott! Stellen Sie sich nur vor, ein infiziertes Schiff dockt an einen Wartungsstützpunkt an und übermittelt dabei unbewusst den Trojaner. Anschließend werden alle Schiffe, die den Stützpunkt nach dem infizierten Schiff anlaufen, ebenfalls infiziert. Die Ruul würden in die Lage versetzt, unsere komplette Raumflotte innerhalb kürzester Zeit außer Gefecht zu setzen.«

»So ist es«, bestätigte Leech. »Die Ruul müssten nur lange genug warten. Und wenn sie zuschlagen, dann gnade uns Gott. Wenn sie dazu bereit sind, senden sie ein Signal, sobald sie ein System angreifen, und alle infizierten Schiffe im System sind plötzlich kampfunfähig. Und nicht nur alle Schiffe. Auch alle Raumstationen, Abwehrsatelliten, Minenfelder, bodengestützte Raumabwehrwaffen und Kommunikationsanlagen. Alles wird nutzlos sein. Die Ruul würden einen leichten Sieg erringen. Der einzige Weg, ein infiziertes Schiff zu säubern, wäre eine Komplettsäuberung des Computersystems, und das braucht Zeit. Ganz davon abgesehen, dass wir zunächst gar nicht wissen würden, womit wir es zu tun haben. Die Frontlinie würde ins Chaos gestürzt. Die Ruul würden uns binnen Wochen überrennen.«

»Die Ruul wären nicht zu stoppen«, stimmte Jonathan ihm zu. »Sie könnten sogar bis zur Erde vorstoßen, bevor wir sie würden aufhalten können. Das ist ja furchtbar.«

»Ich befürchte, so ist es.« Leech packte Jonathan bei den Schultern. »Egal was passiert, die Ruul dürfen den Trojaner nicht bekommen.« Er zögerte. »Und mich auch nicht.«

Jonathan sah Leech lange in die Augen. Er verstand, was Leech ihm gerade sagen wollte. Der Programmierer durfte Hernandez oder den Ruul nicht in die Hände fallen, jedenfalls nicht lebend.

Er nickte unmerklich. Leechs Gesicht entspannte sich. Auch er verstand den Wink. Jonathans Respekt für den Mann wuchs. Er räusperte sich verlegen.

»Aber so weit sind wir noch lange nicht«, verkündete er und stand entschlossen auf.

»Was haben wir denn vor?«

»*Wir* haben gar nichts vor. *Ich* habe vor, meine Kollegin zu retten.«

»Das können Sie unmöglich ernst meinen.«

»Natürlich meine ich das ernst. Deborah würde dasselbe für mich tun. Außerdem habe ich noch ein paar Stunden Zeit, bevor die Frist abläuft. Genug Zeit, um mir etwas einfallen zu lassen.«

»Haben Sie schon eine Vorstellung?«

»Nicht die geringste, aber das macht nichts. Ich bin ohnehin eher der spontane Improvisationstyp.«

»Verstehe«, erwiderte Leech wenig überzeugt.

»Fangen wir mal damit an: Wo würde Hernandez eine Gefangene wie meine Kollegin unterbringen?«

»Am ehesten dort, wo er ein Auge auf sie haben kann. Vermutlich die Keller von Leffertys Residenz.«

»Na, das ist doch schon mal was. Dort werde ich mich schon zurechtfinden.«

»Die werden aber schwer bewacht.«

»Das brauchen Sie mir nicht extra zu sagen, aber ich finde schon einen Weg rein. Überlassen Sie das nur mir.«

»Und was mache ich in der Zwischenzeit?«

»Sie tun gar nichts. Sie bleiben hier und verhalten sich unauffällig. Ich möchte mich nicht auch noch um Sie sorgen müssen.«

»Endlich mal ein Plan, der mir gefällt«, grinste Leech und lehnte sich entspannt zurück. Jonathan fiel auf, dass er seine Exfrau mit einem zärtlichen Blick streifte, den diese erwiderte. Jonathan unterdrückte ein weiteres belustigtes Schmunzeln. Die beiden hatten vermutlich viel zu bereden, während er weg war. Er drehte sich mit neuem Schwung um und machte sich auf den Weg zur Hintertür, als Leech ihn noch einmal zurückrief.

»Und was mache ich, wenn Sie nicht wiederkommen?«

»Dann halten Sie sich bedeckt und warten, dass die Frist verstreicht. Die Ruul werden nicht gerade freundlich reagieren, wenn ihnen Hernandez keine Ergebnisse liefern kann. Aber machen Sie sich nicht allzu viele Sorgen. Ich komme bestimmt zurück.«

Hoffe ich, dachte er, als er das Haus durch den Hinterausgang verließ.

Zwischenspiel 2

Major Jürgen Bauer zog das kleine Kurierschiff in eine enge Kehre und entging dabei nur knapp der Salve zweier Reaper, die dicht an seinem Heck klebten. Mit einem Auge behielt er den Weltraum voraus im Auge, während er mit dem anderen die Position der feindlichen Schiffe im System bestimmte.

Der Offizier knirschte unterdrückt mit den Zähnen. Was für ein Pech. Drei Sprünge hatte er inzwischen tadellos ausgeführt und war keinen weiteren ruulanischen Patrouillen begegnet. Bei seinem vierten Sprung jedoch war er einem feindlichen Kreuzer-Geschwader mit Trägerunterstützung praktisch direkt in die Arme gelaufen. Die feindlichen Einheiten waren gerade dabei gewesen, aus dem System zu navigieren, als er eingeflogen war. Gott half Kindern und Narren. Im Moment war er versucht, sich in letztere Kategorie einzuordnen, denn die ruulanischen Schiffe waren außer Waffenreichweite gewesen, als er ihnen direkt vor den Bug gesprungen war, was die Träger allerdings nicht davon abgehalten hatte, ihre Jäger zu entsenden.

Nun versuchte er, sie mit einigen komplizierten Manövern zu verwirren, um Zeit zu gewinnen, und betete, dass der Antrieb für den nächsten Sprung bald aufgeladen war. Er vermochte nicht zu sagen, ob es die gleichen Schiffe waren, die ihm bereits begegnet waren. Die Zusammensetzung stimmte jedenfalls, ein Typ-8-Geschwader und drei alte Träger. Andererseits konnte es durchaus sein, dass die Ruul ihre Suchmannschaften alle gleich zusammenstellten. Ohnehin war es einerlei. Wenn sie ihn erwischten, war er in jedem Fall tot.

Die Reaper umschwärmten ihn wie ein wild gewordener Moskitoschwarm. Zu den zwei ursprünglichen Verfolgern hatten sich inzwischen sechs weitere gesellt.

Bauers einziger Schutz war die Manövrierfähigkeit des kleinen Schiffes und dessen Geschwindigkeit. Das Kurierschiff konnte es in der Hinsicht durchaus mit den schnellen Reapern der Ruul aufnehmen. Bei seiner überstürzten Flucht von der *Chicago* war er gezwungen gewesen, sich in der Nähe seines Geleitschutzes aufzuhalten. Dies war nun anders. Allerdings hätte er sich trotzdem nichts sehnlicher gewünscht als ein paar anständige

Waffen zu seiner Verteidigung. Quälend langsam stieg der Energiepegel des Antriebs auf vierzig Prozent. Fünfzig Prozent waren für einen Sprung mindestens notwendig.

Egal wie schnell er war und wie gekonnt er auswich, die Reaper waren einfach überall und er konnte ihnen zwangsläufig nicht ständig ein Schnippchen schlagen. Die Waffen der Ruul hämmerten auf die dünne Seitenpanzerung des Kurierschiffs ein und warfen es bockend hin und her. Wäre Bauer nicht angeschnallt gewesen, wäre er längst hilflos umhergeschleudert worden.

Fünfundvierzig Prozent …

Er hatte alle Hände voll damit zu tun, den Reapern auszuweichen, die feindlichen Großkampfschiffe auf Abstand zu halten und in der Nähe der Nullgrenze zu bleiben, damit er springen konnte, sobald der Pegel hoch genug war. Doch die Ruul hatten andere Pläne mit ihm und waren mit seinem Vorhaben ganz und gar nicht einverstanden. Immer wieder bemühten sie sich, ihn abzudrängen.

Er war so darauf konzentriert, sieben feindliche Jäger auszumanövrieren, dass es dem achten gelang, unbemerkt in eine perfekte Schussposition zu kommen. Der Pilot war beileibe kein Anfänger und nutzte seine Chance gnadenlos aus.

Funken stoben durch das kleine Schiff, als eine volle Salve ins Schwarze traf. Die Panzerung brach an zwei Stellen und das Metall kreischte protestierend auf. Doch das Schlimmste von allem: Der Energiepegel sank auf achtunddreißig Prozent und blieb dort stehen. Die Anzeige rührte sich nicht mehr von der Stelle. Eine hastige Überprüfung der Systeme offenbarte die grausame Wahrheit. Mehrere Energierelais waren durchgebrannt und unbrauchbar.

Bauers Gedanken rasten. Ewig konnte er den feindlichen Jägern nicht ausweichen. Er musste verschwinden, und zwar schnell. Deshalb traf er eine verzweifelte Entscheidung.

Bauer leitete die komplette verbliebene Energie des Lebenserhaltungssystems auf den Antrieb um und nahm gleichzeitig Kurs auf die Nullgrenze. Auf einem Schirm erschien die drängende Meldung des Bordcomputers: *Befehl nicht ausführbar. Leben des Piloten gefährdet.*

Mit wenigen Tasten schaltete Bauer den Computer ab und führte die Anweisung, die Energie umzuleiten, manuell aus. Sofort sprang der Pegel des Antriebs auf sechzig Prozent. Gleichzeitig meinte Bauer, bereits zu spüren, wie es im Cockpit kühler wurde. Es konnte nicht lange dauern, bis ihm die Luft ausging. Zur Manchester-Basis war es nur noch eine Flugstunde. Mit viel, viel Glück würde die Luft gerade ausreichen. Aber er musste es versuchen. Er musste einfach.

Er gab das Ziel-System in den Navigationscomputer ein und bestätigte den Befehl. Das Schiff reagierte gehorsam und katapultierte Bauer in den Hyperraum, einer ungewissen Zukunft entgegen.

12

»Das alles tut mir ja so furchtbar leid«, entschuldigte sich der Gouverneur kleinlaut, als er das Blut von Deborahs Stirn mit einem feuchten Tuch abwischte.

»Sparen Sie sich das!«, zischte sie ihm zwischen zusammengebissenen Zähnen entgegen. Die Beule an ihrer Schläfe, wo sie der Gewehrkolben getroffen hatte, schmerzte nicht so sehr wie ihr geknickter Stolz, dass sie sich überhaupt hatte gefangen nehmen lassen.

»Ich kann verstehen, weshalb Sie so ungehalten sind. Aber irgendwann werden Sie vielleicht nachvollziehen können, warum ich so gehandelt habe. Warum *wir* so handeln mussten.«

»Das kann ich mir beim besten Willen nicht vorstellen. Sie haben Ihr eigenes Volk an die Ruul verkauft. Die Menschen, die Ihnen vertraut haben, Ihrem Schutz unterstellt sind.«

»Sie begreifen es einfach nicht«, bemühte sich Lefferty um Rechtfertigung. Hernandez stand hinter dem Gouverneur und betrachtete die Szenerie mit wachsendem Amüsement. Brandt stand teilnahmslos daneben und wünschte sich allem Anschein nach irgendwo anders hin.

»Wir versuchen, hier eine neue Zukunft zu schaffen. Eine Zukunft, in der Menschen und Ruul friedlich nebeneinander leben können. Ohne Angst dem anderen Volk gegenüber. Eine strahlende Zukunft. Ich habe mein Volk nicht verraten, ich habe es gerettet.«

»Das glauben Sie doch wohl selbst nicht. Die haben Ihre Familie getötet. Haben Sie das etwa schon vergessen?«

Bei Ihren Worten verzerrte sich das Antlitz des Gouverneurs zu einer Maske aus Wut und Trauer. Er sprang auf und ließ dabei das blutdurchtränkte Tuch auf den Boden fallen. Deborah glaubte schon, sie wäre zu weit gegangen und Lefferty würde sie jeden Augenblick schlagen. Doch nichts dergleichen geschah. Stattdessen funkelte er sie lediglich aus kleinen Augen zornig an.

»Das werde ich niemals vergessen. Hören Sie? Niemals!« Er spie angehaltenen Atem reflexartig aus. Genauso schnell, wie sie aufgeflammt war, verrauchte seine Wut auch wieder. »Im Grunde ist meine Familie der Grund für all das hier.«

»Wie meinen Sie das?«

Während Lefferty erzählte, ließ er mutlos die Schultern hängen. »Nach dem Tod meiner Familie verlor ich jeglichen Halt. Das Leben hatte für mich keinen Sinn mehr. Da kam Admiral Hernandez auf mich zu und bot mir an, mit den Ruul in Verhandlungen zu treten. Wir wollten ein Ende des Hasses erreichen, ein Ende der Gewalt. Das Töten sollte endlich gestoppt werden.

Es sollten keine Familien mehr so leiden, wie ich gelitten habe. Unsere Söhne und Töchter sollten nicht erneut in sinnlosen und endlosen Kämpfen verheizt werden. Ich wollte einfach nur, dass es aufhört.« Er funkelte sie erneut an. »Sie meinen, ich hätte das Volk von Starlight verkauft und an die Ruul verraten? Alles, was ich tat, tat ich nur *für* die Menschen von Starlight.« Lefferty räusperte sich unterdrückt und ging langsam vor ihr auf und ab, als wäre sein Körper ein Hort immerwährender Unruhe. »Und so tat ich das einzig Richtige.«

Eine schlimme Vorahnung kroch Deborahs Rückgrat hoch und hinterließ eine unangenehme Gänsehaut. »Und das wäre?«

Lefferty ruckte zu ihr herum und sah ihr direkt in die Augen. Der Gouverneur versuchte, Entschlossenheit auszustrahlen, es gelang ihm jedoch nicht ganz. Deborah glaubte, einen Hauch Unsicherheit und sogar Reue zu erkennen. »Ich habe mit den Ruul einen Separatfrieden geschlossen.«

Deborah riss vor Überraschung ihre Augen weit auf. »Sie Narr! Wie konnten Sie nur? Das ist nicht nur töricht … das ist … das ist …«

»Sprechen Sie nur aus, was Sie denken. Wahnsinn. Das wollten Sie doch sagen? Aber Visionäre wurden schon oft als Wahnsinnige bezeichnet.«

»Und Verräter haben sich selbst schon oft als Visionäre dargestellt«, schoss sie entgeistert zurück. »Man darf den Ruul nicht vertrauen. Sie planen eine Fortsetzung des Krieges.«

»Das weiß ich.«

Leffertys Entgegnung raubte Deborah schier den Atem. »Wie bitte, Sie wissen …?«

»Entgegen Ihrer Meinung bin ich *kein* Narr. Ich weiß, dass die Ruul keine Engel sind und den Krieg demnächst wieder aufnehmen werden, aber Starlight wird nicht in den Krieg hineingezogen. Die Menschen hier werden sicher sein. Und ich habe die Hoffnung, dass das Zusammenleben von Ruul und Menschen hier auf Starlight vielleicht bald als Pilotprojekt angesehen wird und Systeme überall im Konglomerat dem nacheifern werden.« Leffertys Stimme nahm einen verträumten Tonfall an, den Tonfall eines Mannes, der einer Vision nachrennt, von der er im Grunde wusste, dass sie nie zu realisieren sein würde, der aber dennoch von ihr überzeugt war. Oder auch einfach nur felsenfest an sie glauben *wollte*. Je nachdem, welchen Standpunkt man vertrat.

»Deshalb haben Sie den Ruul dieses Computervirus versprochen. Sie wollen, dass der Krieg möglichst schnell endet.«

Lefferty nickte müde. »Schnell und mit einem Minimum an Opfern auf beiden Seiten. Vor allem an zivilen Opfern.«

»Die Ruul *kennen* das Konzept von Zivilisten nicht einmal!« Deborah schrie den Gouverneur nun fast an, doch der Mann vor ihr schüttelte vehement den Kopf.

»Genau darin irren Sie sich. Die Ruul kennen das sehr wohl. Das ist einer der Irrtümer, denen wir in der Vergangenheit immer wieder unterlegen sind. Es gibt Zivilisten bei den Ruul. Glauben Sie mir, ich weiß das.«

Bevor sie sich wundern konnte, was der Gouverneur damit meinte, fuhr er bereits mit seinen Ausführungen fort und Deborah gewann immer mehr den Eindruck, dass er weniger sie, sondern vielmehr sich selbst überzeugen wollte.

»Die Abgesandten der Ruul haben mir unmissverständlich zugesagt, dass bei ihrem anstehenden Feldzug Zivilisten geschützt und geschont werden. Sie wollen nur unsere Verteidigung möglichst schnell überwinden und überwältigen. Und wir haben ihnen im Gegenzug zugesichert, ihnen dabei nach besten Kräften zu helfen.«

»Und das glauben Sie? Die Slugs würden Ihnen alles versprechen, nur um zu bekommen, was sie wollen. Und selbst, wenn man ihnen trauen könnte, werden bei den Kämpfen trotzdem Hunderttausende unserer Soldaten ihr Leben lassen.«

»Das ist kein Vergleich zu den Millionen Opfern, die es geben wird, wenn den Ruul mit all unseren Mitteln Widerstand geleistet wird«, hielt der Gouverneur stur dagegen.

»Oh, Lefferty, Sie ahnen gar nicht, was Sie getan haben. Was beinhaltet der Vertrag mit den Ruul noch? Was liefern Sie ihnen? Kriegsmaterial? Waffen? Schiffe? Panzer? Technologie? Was ist es?«

Der Gouverneur hob überrascht beide Augenbrauen. »Sie sind aber sehr gut informiert. Ich muss mich zukünftig davor hüten, die Agenten des MAD zu unterschätzen.«

»Unser kleiner Lieutenant hier hat sich als überaus naseweis entpuppt«, mischte sich Hernandez lächelnd ein.

»Also? Was liefern Sie den Ruul?«, fragte sie erneut an Lefferty gewandt, während sie den Admiral rigoros ignorierte.

»Wir liefern … Rohstoffe. Man könnte es tatsächlich Kriegsmaterial nennen.«

Deborah war Leffertys Stocken nicht entgangen. Irgendetwas verheimlichte der Gouverneur vor ihr. Etwas Wichtiges. »Was für Kriegsmaterial?«, beharrte sie. »Welche Rohstoffe?«

Der Gouverneur drehte sich um und wandte ihr demonstrativ den Rücken zu. Die Erkenntnis, aus welchem Grund er das tat, stellte sich erst nach und nach ein. Es war schlicht und ergreifend Scham. Der Gouverneur schämte sich plötzlich für sein Vorgehen, und das, wo er doch zuvor so glühend davon lamentiert hatte. Welches Geheimnis war so schrecklich, dass es alles bisher Gesagte in den Schatten stellte?

»Sagen Sie mal, Lieutenant«, sprang Hernandez ein. »Gefällt Ihnen unsere Stadt?«

Der plötzliche Themawechsel überraschte und verwirrte sie gleichermaßen. »Was?«

»Gefällt Ihnen unsere Stadt?«, wiederholte der Admiral beinahe zu freundlich.

»Ich verstehe den Zusammenhang nicht ganz.«

»Das werden Sie noch. Also?«

Deborah dachte ausgiebig über die Frage nach. Schließlich nickte sie. »Ja, ich denke schon.«

»Was gefällt Ihnen daran?«

»Sie ist ordentlich … Sie ist …«

»Sauber?«, half er nach. »Würde es Sie überraschen, wenn ich Ihnen erzähle, dass es auf dem ganzen Planeten so aussieht wie in der Hauptstadt? In allen Städten?«

»Ja, allerdings.«

»Sie haben doch im Zuge Ihrer Tätigkeit beim MAD viele Systeme besucht, oder?«

Deborah nickte wie betäubt, da sie keine Ahnung hatte, wo dieses Gespräch hinführen sollte. Etwas Gutes konnte es jedoch beileibe nicht sein.

»Waren alle Systeme so sauber und ordentlich wie Starlight?«

»Die wenigsten.« Sie dachte einen Moment über ihre eigenen Worte nach und korrigierte sich: »Eigentlich keines.«

»Keines«, bestätigte Hernandez wohlwollend. »Wenn Sie also Starlight mit anderen Systemen vergleichen, was fehlt hier bei uns? Und denken Sie jetzt gut über die Frage nach.«

Deborahs Gedanken überschlugen sich. Worauf wollte Hernandez nur hinaus? Na schön, die Straßen von Messiter waren tatsächlich sehr sauber. Nirgends lag Abfall herum. Nirgends lungerten … Die Erkenntnis traf sie wie ein Blitzschlag und fuhr ihr in sämtliche Glieder.

»Oh nein, sagen Sie, dass Sie das nicht getan haben! So tief können Sie unmöglich gesunken sein.«

Hernandez grinste herablassend. »Oh doch. Wir liefern den Ruul Rohstoffe in Form von Menschen. Unsere erste Maßnahme bestand im Zusammentreiben von Bettlern und Obdachlosen. Menschen, die niemand vermisst. Das reichte allerdings bald nicht mehr. Inzwischen greifen wir auf die Insassen unserer Gefängnisse zurück. Die Ruul haben immer Verwendung für Sklaven in der einen oder anderen Funktion. Es war Teil unseres Abkommens mit ihnen und als kleiner Nebeneffekt wurden unsere Straßen gesäubert. Nett, nicht wahr?«

»Sie elender Dreckskerl!« Die Beleidigung war gar nicht so sehr an Hernandez oder an Lefferty gerichtet, sondern eher an beide zusammen. »Auch diese Menschen sind Ihrer Verantwortung unterstellt. Und Sie haben sie einfach an die Slugs verschachert wie Vieh.«

Lefferty antwortete nicht. Stattdessen zog er den Kopf zwischen die Schultern, als würde er sich schützen wollen. Dann, ohne Vorwarnung, stürmte er aus dem Raum. Brandt folgte nur ein paar Sekunden später, wobei er immer wieder den Kopf schüttelte.

Hernandez sah den beiden amüsiert hinterher. »Wissen Sie«, sagte er schließlich, »der Gouverneur ist im Grunde ein guter Mann. Es war gar nicht so einfach, ihn so weit zu bringen, dass er all seine Prinzipien über den Haufen wirft. Ohne den Verlust seiner Familie hätten wir ihn nie so weit gebracht.«

»Ich glaube, ich muss mich bei allen Dreckskerlen entschuldigen«, erwiderte sie mit mühsam beherrschter Wut. »Seit wann gehören Sie zu den Kindern der Zukunft?«

Hernandez zog überrascht eine Augenbraue hoch. »Das wissen Sie also auch?« Er applaudierte spöttisch. »Sollte mich wohl eigentlich nicht weiter überraschen. Aber um auf Ihre Frage zurückzukommen, schon sehr lange. Wie lange genau, spielt wohl keine große Rolle. Meinen Sie nicht auch?«

»Captain Clarke wird Ihrem Tausch niemals zustimmen. Das muss Ihnen doch klar sein.«

Hernandez' überhebliches Grinsen kehrte zurück. »Oh, das ist mir sogar völlig klar. Ich rechne in der Tat fest damit. Tatsächlich gehe ich sogar davon aus, dass er einen völlig törichten Versuch unternehmen wird, Sie zu befreien. Diese Saubermann-Heldentypen sind alle so schrecklich vorhersehbar.« Er stieß ein kurzes, gackerndes Lachen aus. »Ich habe dafür gesorgt, dass er ohne Probleme auf das Grundstück kommt. Wir sind auf sein Kommen in ausreichendem Maße vorbereitet. Dann wird er mir erzählen, wo sich Leech derzeit aufhält – bevor er stirbt. Und wenn Sie beide erst mal aus dem Weg geräumt sind, habe ich zwei große Probleme weniger.«

Das Vergnügungsviertel von Messiter war eines der saubersten, die Jonathan je gesehen hatte. In gewisser Weise passte es gerade dadurch auf diesen Planeten. Das sollte nicht heißen, er verkehre regelmäßig an solchen Orten. Seine Arbeit machte es jedoch unabdingbar, dass er sich hin und wieder mit diesem Geschäftszweig befasste und mit Personen aus diesem Milieu auseinandersetzte. Außerdem stellte ein Vergnügungsviertel für gewöhnlich eine Möglichkeit dar, unerkannt unterzutauchen. An Orten wie diesen waren es die Menschen gewohnt, Ordnungshütern eher skeptisch gegenüberzutreten, und lichtscheues Gesindel, das der bewaffneten Staatsmacht nach Möglichkeit ausweichen wollte, stellte hier keine Seltenheit dar.

Das Vergnügungsviertel von Messiter war in dieser Hinsicht jedoch eine Ausnahme. Zwar präsentierten sich die Damen des horizontalen Gewerbes hinter Glasscheiben potenziellen Kunden, doch es fehlten die dazugehörigen Freier aus allen Gesellschaftsschichten, um hier effektiv untertauchen zu können. Der Großteil der Interessierten bestand nämlich aus Militärs. Man hatte ständig das Gefühl, durch ein Soldatenbordell zu schlendern.

Jonathan bemerkte, dass kaum Zivilisten auf den Straßen waren. Nach Einbruch der Nacht gingen sie auf direktem Weg nach Hause, als wäre es nicht sicher, nachts noch unterwegs zu sein. Eine allgegenwärtige, jedoch unterschwellige Aura der Angst kroch durch die Stadt. Eine Aura, die Jonathan zuvor nicht bemerkt hatte und die ihn zutiefst beunruhigte. Nirgends war diese spürbarer als hier. Die Augen der leicht bekleideten Damen hinter den Glasscheiben zuckten unsicher von rechts nach links, jeden Soldaten genau begutachtend, der vorüberstolzierte. Und trotz des Umstands, dass die meisten Soldaten dienstfrei hatten, sah Jonathan kaum einen, der unbewaffnet war, beinahe, als rechneten sie jeden Augenblick mit einem Aufstand der Bevölkerung oder einer anderen drohenden Gefahr.

Jonathan drückte sich tief in einen dunklen Hauseingang und beobachtete die Umgebung eine Weile. Vor allem die Soldaten auf den Straßen unterzog er einer eingehenden Begutachtung. Er zweifelte schon daran, dass es eine gute Idee gewesen war, hierher zu kommen, als ihm eine Gruppe Milizionäre auffiel. Die Männer schlenderten gemütlich die Straße entlang, während sie die Frauen auf eine Art angafften, die Jonathan abstieß. Einige riefen den Frauen obszöne Angebote zu, andere torkelten schon fast, sodass Jonathan zwangsläufig zu der Schlussfolgerung gelangte, dass die Männer bereits eine Weile am Feiern waren. Aber das Beste war: Er kannte einige der Männer. Sie gehörten zur Wachmannschaft von Leffertys Residenz. Sie führten mit an Sicherheit grenzender Wahrscheinlichkeit Codeschlüssel für die Sicherheitsanlagen bei sich, etwas, das er unbedingt benötigte, wollte er sich auf das Gelände schleichen und Deborah retten.

Die Soldaten gingen langsamer, als sie die prunkvollen – für Jonathans Dafürhalten geschmacklosen – Türen eines Etablissements betrachteten. Die Männer – und zwei Frauen, wie Jonathan inzwischen erkannte – lachten, scherzten und diskutierten lautstark und gestenreich. Schließlich setzten sich die Soldaten durch, die für das Etablissement argumentierten; die Gruppe setzte sich schwerfällig in Bewegung und torkelte mehr schlecht als recht durch die Tür und die Treppe hinauf. Jonathan wartete noch fünf Minuten, bevor er ihnen folgte.

Der Eingang des Bordells war nur unwesentlich heller beleuchtet als der Hauseingang, in dem Jonathan sich versteckt hatte. Die Treppe war mit aufdringlichen blauen, pinkfarbenen, gelben und roten Glühbirnen verziert, sodass man die Stufen vor lauter Farben kaum zu sehen imstande war.

Oben angekommen fand sich Jonathan im Zentrum der Aufmerksamkeit von einigen Dutzend Damen wieder, die fest entschlossen schienen, ihn ohne Rücksicht auf Verluste in eines der Zimmer zu bugsieren. Einige waren durchaus ansehnlich, doch Jonathan besann sich auf die vor ihm liegende Aufgabe und erwehrte sich der Avancen. Als die Frauen bemerkten, dass an ihm nichts zu verdienen war, verloren sie zum Glück recht schnell das Interesse.

Der Gang, der sich vor ihm erstreckte, wurde zu beiden Seiten von Türen gesäumt, hinter denen eindeutige Geräusche hervordrangen. Er befürchtete schon, er hätte die Milizionäre verloren, als er voraus zwei der Uniformen durch eine der Türen verschwinden sah. Zusammen mit vier leicht bekleideten Damen.

Jonathan schnaubte belustigt. Na, wenn da mal nicht jemand sehr von sich überzeugt war.

Der MAD-Offizier schlich vorsichtig näher, sah verstohlen nach links und rechts, damit er nicht im falschen Augenblick überrascht wurde, und lauschte an der Tür.

Es dauerte nicht lang und die Geräuschkulisse veränderte sich auf nicht gerade subtile Art und Weise. Um sicherzugehen, wartete er noch einige Minuten, bevor er leise die Tür öffnete.

Die Soldaten waren mit den Mädchen in einem angrenzenden Raum zugange, doch die Uniformen waren in einer kleinen Garderobe achtlos über einen Stuhl geworfen worden. Mit flinken Fingern durchsuchte er beide und wurde auch schnell fündig. Eine Schlüsselkarte für die Residenz.

Jackpot!

Er wollte sich schon umdrehen und ebenso leise wieder verschwinden, wie er gekommen war, als ihm ein anderer Gedanke kam und er die Miliz-Uniformen verstohlen musterte.

Warum sich eigentlich nur mit der Schlüsselkarte zufriedengeben?

Er brauchte nur zwei Sekunden, um sich zu entscheiden. Entschlossen schob er die Schlüsselkarte in seine Hosentasche und raffte die Uniform eines Miliz-Captains eilig zusammen.

Jonathan war bereits fast fertig, als eines der Mädchen aus dem Nebenzimmer kam. Sie erstarrte vor Angst, als sie ihn bemerkte mit der zerknitterten Uniform in den Armen. Er lächelte sie freundlich an und fummelte einen Geldschein aus der Hosentasche. Einen Hunderter. Das Mädchen bekam beim Anblick der Banknote große Augen.

»Ich brauche die Uniform für ein paar Stunden«, flüsterte er ihr zu.

Das Mädchen sah sich verstohlen in den Nebenraum um, in dem noch immer die zwei Soldaten mit den anderen Damen zugange waren. Sie zwinkerte Jonathan verschwörerisch zu.

»Kein Problem.« Entschlossen griff sie nach der Note und ließ sie geschickt verschwinden, bevor sie sich wieder umdrehte und zu den anderen gesellte.

Jonathan lächelte verschmitzt, als er sich wieder aus dem Zimmer stahl.

Wenige Minuten später trottete ein etwas zerzaust aussehender Miliz-Captain aus dem Bordell und schlenderte schnellen Schrittes in Richtung Regierungsviertel.

Das ist todsicher eine Falle, dachte Jonathan Clarke.

Es waren kaum Wachen rund um die Residenz zu sehen. Hernandez' unausgesprochene Einladung war unübersehbar. Der Admiral machte es dem MAD-Offizier so einfach wie möglich. Falls sich Jonathan nicht sehr täuschte – und er täuschte sich nur selten –, dann würde den ganzen Weg zu Deborahs Zelle kaum eine Wache seinen Weg kreuzen. Bis er seine Kollegin erreichte. Dann würde die Hölle losbrechen. Entweder war der gute Admiral sehr viel selbstsicherer, als ihm guttat, oder er war schlicht der Meinung, Jonathan hätte gar keine andere Wahl, als freiwillig in seine Falle zu tappen.

Nun, es gab verschiedene Wege, einer Falle zu begegnen, von der man wusste. Man konnte sie auslösen, umgehen oder einfach ein Ablenkungsmanöver starten. Umgehen oder ein Ablenkungsmanöver kamen nicht infrage. Es dauerte schlichtweg zu lange. Blieb eigentlich nur noch auslösen. Eigentlich genau die Art von Plan, die er tunlichst hatte vermeiden wollen. Aber es blieb keine Alternative. Für eine andere Vorgehensweise fehlte ihm einfach die Zeit.

Jonathan warf seiner Uhr einen schnellen Blick zu. Noch eine Stunde, bevor das Ultimatum ablief. Es wurde allerhöchste Eisenbahn. Die Zeit lief ihm davon. Er durfte nicht noch mehr verschwenden.

Der Plan war eigentlich denkbar einfach. Mithilfe seines Codeschlüssels und der Uniform so weit wie möglich vordringen und sich schnappen lassen. Es würde vermutlich einige Schläge hageln, aber man würde ihn nicht umbringen. Hoffte er. Immerhin war er im Besitz von Informationen, die Hernandez um jeden Preis wollte. Allerdings würde man ihn mit hoher Wahrscheinlichkeit zu Deborah bringen. Damit wäre die erste Hürde schon einmal genommen: die Gefangene zu finden. Schließlich musste er nur noch die Formalität erledigen, sie beide möglichst unverletzt aus der Residenz zu schaffen. Im Nachhinein war er sehr froh, dass er die Uniform hatte mitgehen lassen. Der Befreiungsversuch musste unbedingt echt wirken, damit Hernandez und seine Handlanger darauf hereinfielen.

Das eigentliche Problem bestand darin, sich gefangen nehmen zu lassen und gleichzeitig vorzugeben, er würde tatsächlich versuchen, sich der Gefangennahme zu entziehen.

Ich wünschte, mir würde ein besserer Plan einfallen, schoss es ihm verdrossen durch den Kopf.

Wenn er wüsste, wer auf Starlight loyal und wer aufseiten der Verschwörer war, würde er sich Unterstützung bei regierungstreuen Militärs suchen und die Residenz mit Gewalt nehmen. Dies barg für Deborah zwar ein höheres Risiko, stellte aber dennoch die bessere Alternative dar, wenn man die Gesamtumstände betrachtete. Lefferty und Hernandez würden sich in einer Gefängniszelle wiederfinden, ehe ihnen klar wurde, wie ihnen geschah.

Nur leider war er von jeglicher Unterstützung abgeschnitten. Jonathan war auf sich allein gestellt und er hatte keine Ahnung, wem er hier trauen konnte.

Der MAD-Offizier stieß einen tiefen Seufzer aus. Es half nichts, noch länger zu warten. Entschlossen trat er auf die hell erleuchtete Straße und begab sich ohne Umschweife zum kleinen Seitentor, das für zurückkehrende Soldaten der Wachmannschaft reserviert war. Es war unbewacht. Nur der Schlitz des Codekartenlesers wachte hier über die Integrität des Geländes.

Hernandez muss mich wirklich für einen Vollidioten halten, wenn er denkt, dass mich das nicht stutzig macht.

Ein halbes Dutzend betrunkener Soldaten torkelten hinter ihm die Straße hinunter. Jonathan steckte seinen erbeuteten Codeschlüssel in den dafür vorgesehenen Schlitz. Er hatte Mühe, nicht ungeduldig mit der Fußspitze aufzutippen, während das Gerät seine Berechtigung prüfte. Die Soldaten hinter ihm kamen immer näher. Jonathan widerstand nur mit Mühe dem Drang, sich geheimniskrämerisch umzusehen. Das wäre nur verdächtig gewesen. Er musste es unter allen Umständen vermeiden, von anderen Soldaten aus der Nähe gesehen zu werden, denn jeder hier kannte die anderen Soldaten der Wachmannschaft zumindest vom Sehen, wenn nicht sogar namentlich. Und es gab hier mit Sicherheit nicht so viele Captains, dass er damit durchkommen würde.

Es war von immenser Bedeutung, seine Gefangennahme so lange wie möglich hinauszuzögern und Deborah so nah wie möglich zu kommen, bevor man ihn erwischte. Etwas anderes hätte Hernandez nur misstrauisch gemacht.

Endlich sprang die Leuchtdiode von Rot zu Grün und die Tür öffnete sich mit einem leisen *Klick*.

»He Marc, bist du das?«, rief ihn plötzlich eine undeutliche Stimme an. Dem Tonfall nach hatte der Mann den ganzen Abend bereits ordentlich gebechert. »Schon zurück von deinem kleinen Ausflug?« Es folgte ein schmutziges Kichern. »Wo hast du die anderen gelassen?«

Jonathan winkte nur nichtssagend über die Schulter, ohne sich umzudrehen, und verschwand durch den Eingang. Erleichtert registrierte er die hinter ihm ins Schloss fallende Tür.

Der Hof war nur spärlich beleuchtet, etwas, das Jonathan überaus gelegen kam. Je länger er sich auf dem Gelände aufhielt, bevor man ihn aufgriff, desto eher erhielt er die Möglichkeit, ihrer beider Flucht zu planen. In der Ferne marschierte eine Miliz-Patrouille aus zehn Mann über das Gelände, nur als undeutliche Schemen im Mondlicht zu erkennen. Bedauerlicherweise gingen sie genau in die Richtung, in die er sich auch begeben musste. Ihre geschulterten Waffen erinnerten ihn unangenehm daran, was auf dem Spiel stand.

Donnerndes Getöse lenkte seine Aufmerksamkeit auf den nächtlichen Himmel. Auf der anderen Seite der Residenz erhob sich ein Shuttle in die Luft, verharrte für einen Augenblick und nahm dann schnell Geschwindigkeit auf, um die Schwerkraft zu überwinden. Bald war es nur noch ein stecknadelkopfgroßes Objekt und kurz darauf ganz verschwunden.

Falls sich Jonathan nicht sehr täuschte, handelte es sich bei dem Shuttle um einen Transporter, wie ihn Milizen im ganzen Konglomerat für Frachtflüge einsetzten. Er kratzte sich nachdenklich am Kinn. Ziemlich spät für solche Aktivitäten. Er machte sich eine geistige Notiz, dass es sich möglicherweise lohnte, sich näher damit zu befassen, sobald er Deborah gefunden hatte.

Er stutzte. Die Frachtflüge könnten sich durchaus als nützlich erweisen. *Falls* es startbereite Shuttles auf dem Flugfeld gab, wären sie möglicherweise imstande, eines davon zu kapern und damit vom Gelände zu entkommen. Sehr weit würden sie damit natürlich nicht fliegen können, denn Milizjäger waren zwar sehr veraltet, würden aber genügen, um ein Frachtshuttle abzuschießen, von Raumjägern der Flotte mal ganz abgesehen. Ein Kurzstreckenflug barg jedoch keine allzu großen Risiken.

Zumindest in der Theorie.

Jonathan straffte die Schultern und schlenderte die breite Treppe hinauf, die ins Foyer der Residenz führte. Er gab durch sein Verhalten vor dazuzugehören. Etwaige aufmerksame Beobachter würden automatisch annehmen, dass dem auch so sei. Jedenfalls so lange, wie er sich nicht allzu auffällig verhielt.

Um diese Uhrzeit war sowieso nicht viel los, was seinem Vorhaben nur entgegenkam. Auf seinem Weg in die Höhle des Löwen begegneten ihm lediglich einige Bürokraten, Beamte und vielleicht ein halbes Dutzend Offiziere unterschiedlicher Waffengattungen. Außerdem stand eine Doppelwache TKA-Soldaten vor der Eingangstür Wache, die ihn jedoch keines Blickes würdigte. Ob dies allerdings ein gutes oder schlechtes Zeichen war, wagte er nicht vorherzusagen.

Das Innere der Residenz bot ein ähnlich düsteres Bild. Das gedämpfte Licht und die Stille, unterbrochen von gelegentlichen geflüsterten Gesprächen oder den leisen Schritten von Militärstiefeln auf Stein, waren nicht gerade dazu angetan, sein Gefühl drohenden Unheils abzustreifen.

Entschlossen ging er weiter, wobei er an sich halten musste, um nicht unsicher zu wirken. Im Grunde hatte er keine Ahnung, wo Deborah gefangen gehalten wurde. Ihm fiel Leechs Tipp mit den Kellern unterhalb der Residenz wieder ein. Durchaus denkbar, dass der Programmierer mit seiner Vermutung richtiglag. Außerdem war dieser Ansatz so gut wie jeder andere.

Zielstrebig steuerte er den nächsten Aufzug an und stieg ein – nur um gleich wieder auszusteigen. Um in die untersten Stockwerke zu kommen, benötigte man einen Codeschlüssel höchster Sicherheitspriorität. Der von ihm erbeutete Schlüssel reichte dafür nicht aus. Jonathan fluchte unterdrückt.

Verstohlen – ohne zu viel Aufsehen zu erregen – sah er sich um. Sein Blick streifte einen Colonel mit so viel Lametta auf der Brust, dass er sich wunderte, wie sich der Mann überhaupt aufrecht halten konnte. Und an dessen Gürtel baumelte ein Codeschlüssel.

Und auch noch genau der, den ich jetzt brauche, dachte er bei sich.

Er folgte dem Mann unauffällig, der in einen Seitengang abbog. Jonathan sah sich nach allen Seiten um. Sie waren allein.

»Äh … Entschuldigung?«, rief er dem Offizier hinterher.

Der Mann drehte sich verwirrt um. »Ja? Kann ich Ihnen helfen?«

Bei der freundlichen Antwort und dem offenen, hilfsbereiten Ausdruck auf dem Gesicht des Colonels überkam Jonathan ein schlechtes Gewissen, das er jedoch schnell unterdrückte. Er würde dem Mann nichts tun, was diesen dauerhaft schädigen konnte. Und Deborah brauchte seine Hilfe.

»Ich wollte nur sagen … es tut mir leid.«

Der verwirrte Ausdruck des Mannes vertiefte sich. »Wie meinen –?«

Bevor der Colonel den Satz zu Ende sprechen konnte, schlug Jonathan blitzschnell zu und traf den überraschten Offizier an der linken Schläfe. Augenblicklich wurden dessen Augen glasig und er sackte in sich zusammen. Der MAD-Offizier fing ihn auf, bevor der Colonel schwer zu Boden poltern konnte. Er ließ ihn sanft hinuntergleiten, zog ihn in einen angrenzenden Raum und griff sich den Codeschlüssel für den Aufzug. Bevor der Mann wieder aufwachte, würde die Sache längst über die Bühne gegangen sein. Hoffte er wenigstens.

Mit dem Prioritätscodeschlüssel bewaffnet, begab er sich erneut in den Aufzug und fuhr auf direktem Weg in das unterste Stockwerk. Als sich die

Aufzugtüren wieder öffneten, fühlte sich Jonathan an die Beschreibungen altertümlicher Kerker erinnert. Er befand sich nun in einem lang gestreckten Gang ohne Abzweigungen, dessen Enden sich beide im Dunkel verloren.

Von der linken Seite hörte er schwache Gespräche, also entschied er sich, nach rechts zu gehen. Auf eine Konfrontation hatte er es im Moment nicht abgesehen. Außerdem war davon auszugehen, dass seine Maskerade als Miliz-Offizier ihm hier nicht viel helfen würde, da vermutlich jeder, der hier herunterkam, auf den ersten Blick erkannte, dass er nicht hierher gehörte.

Nach etwa zehn Minuten Fußmarsch, bei dem ihm keine Menschenseele begegnete, kam er an einer massiven stählernen Tür an. Neugierig lauschte er, doch kein Laut drang durch das stabile Material. Die Stimmen hinter ihm kamen immer näher. Er hatte keine Wahl und musste einfach ins kalte Wasser springen.

Jonathan atmete einmal tief durch, öffnete die Tür und trat hindurch. Das Geräusch durchladender Waffen erfüllte den Raum. Er blieb wie angewurzelt stehen und betrachtete mit leicht verzweifeltem Ausdruck auf dem Gesicht (wobei er die Mundwinkel ganz gewaltig nach unten verzog) die acht TKA-Soldaten, die ihre Sturmgewehre auf ihn richteten.

Im Hintergrund saß Deborah mit Handschellen gefesselt an einem Stuhl. Lefferty war auch anwesend, genauso wie Brandt. Beide schauten unglücklich drein. Ein weiterer Offizier drängte sich in den Vordergrund. Im Gegensatz zu seinen Mitverschwörern wirkte dieser überaus zufrieden mit sich.

»Captain Clarke, wir haben Sie schon erwartet«, sagte Admiral Hernandez. »Es war gar nicht so einfach, Sie hierher zu bugsieren.«

Jonathan wurde neben Deborah unsanft auf einen Stuhl gesetzt und ebenfalls gefesselt. Seine Kollegin beobachtete den Vorgang mit milder Zurechtweisung im Blick. »Darf ich fragen, was du hier zu suchen hast?«

»Ich wollte dich retten.«

Sie bedachte seine Fesseln mit einem amüsierten Blick. »Hat ja toll geklappt.«

»An den Einzelheiten feile ich noch.«

»Na da bin ich aber gespannt.«

»Darfst du auch sein.«

»Lässt du mich an deiner Weisheit teilhaben?«

»Sobald mein Fluchtplan steht, bist du die Erste, die ihn erfährt.«

»Darf ich Sie beide an dieser Stelle unterbrechen?«, mischte sich Hernandez ungehalten ein. »Von diesem Gerede bekomme ich Kopfschmerzen. Sie benehmen sich ja wie ein altes Ehepaar.«

»Da hab ich einen Vorschlag: Lassen Sie uns gehen. Dann müssen Sie sich das nicht mehr antun.« Jonathan lächelte süffisant.

Der Admiral fand seinen Vorschlag wohl nicht ganz so komisch. Auf einen Wink, trat ein bulliger TKA-Soldat vor und versetzte Jonathan einen wuchtigen Schlag ins Gesicht.

Jonathan fühlte den metallischen Geschmack von Blut im Mund und spuckte angewidert aus, Hernandez direkt vor die Füße, was ihm noch einen zweiten Schlag einbrachte.

»Ich nehme nicht an, dass Sie es sich einfach machen wollen und mir Leechs Aufenthaltsort nennen.«

»Wohl kaum.«

Ein dritter Schlag folgte. Der MAD-Offizier kämpfte darum, bei Bewusstsein zu bleiben. Er war sich zwar nicht sicher, hatte jedoch den Eindruck, für ein oder zwei Sekunden weggetreten gewesen zu sein. Als er wieder klar denken konnte, stand Hernandez keinen Meter von ihm entfernt und musterte ihn siegessicher.

»Oh doch, Sie werden mir alles sagen, was ich wissen will.«

»Leech hat mir alles erzählt. Ich weiß, was für Sie auf dem Spiel steht. Die Ruul erwarten das Computervirus und ich glaube nicht, dass die allzu viel Geduld besitzen. Ich muss nur durchhalten, bis die Frist verstreicht. Und deshalb werde ich Ihnen gar nichts sagen.«

»Sie reden wie ein wandelndes Klischee, Captain. Hat Ihnen das schon mal jemand gesagt? Sie wissen gar nicht, was hier vor sich geht. Sie haben einige Bruchstücke herausgefunden und versuchen nun, sie zusammenzusetzen. Aber im Grunde wissen Sie gar nichts.«

»Sie müssen uns erzählen, wo Leech ist«, mischte sich Lefferty plötzlich ein. »Bitte!« Der Gouverneur wirkte verzweifelt und den Tränen nahe. »Wenn die Ruul das Virus nicht erhalten, werden sie das Starlight-System auseinandernehmen, um es in ihre Krallen zu bekommen. Vor allem die Zivilbevölkerung wird schrecklich zu leiden haben.«

»Das halte ich für sehr unwahrscheinlich«, hielt Jonathan überzeugt dagegen. »Die Ruul sind nicht stark genug, das Starlight-System zu nehmen. Sie haben es schon einmal versucht und sind gescheitert.«

»Genau das habe ich gemeint«, widersprach Hernandez. »Tatsächlich wissen Sie gar nichts. Die Dinge haben sich geändert. Und wenn Sie mir nicht freiwillig sagen wollen, wo sich Leech befindet, dann werde ich die

Information eben aus Ihnen herauspressen. Auch wenn das bedeutet, dass Sie und Ihre Kollegin am Ende nur noch ein blutiger Klumpen Fleisch sind.«

»Damit kommen Sie nicht durch!«, wetterte Jonathan. Als ihm seine eigenen Worte bewusst wurden, warf er seiner Kollegin einen leicht verdatterten Blick zu. »Oh mein Gott, ich klinge ja wirklich wie ein wandelndes Klischee …«

Deborah kicherte unterdrückt, was Hernandez' Wut nur noch verstärkte. »Mal sehen, wie lange Sie noch zu lachen imstande sind.« Er drehte sich auf dem Absatz herum. »Brandt, besorgen Sie mir die Information. Egal wie.«

Der Commodore schreckte überrascht auf. »Warum ich?«

Hernandez blieb stehen und schenkte seinem Untergebenen einen abfälligen Blick. »Weil *ich* es sage.« Ein Wink von ihm und alle bis auf zwei TKA-Soldaten verließen den Raum. »Vergessen Sie nicht, dass für Sie genauso viel auf dem Spiel steht wie für uns«, hielt er Brandt noch vor, bevor er ebenfalls den Raum verließ. Gouverneur Lefferty warf den beiden gefesselten MAD-Offizieren noch einen letzten schuldbewussten Blick zu, bevor er traurig den Kopf schüttelte und Hernandez aus dem Raum folgte. In diesem Moment wurde Jonathan klar, wer auf Starlight wirklich das Sagen hatte. Der Gouverneur war nichts weiter als eine nützliche Marionette. Jemand, der der Öffentlichkeit weismachen konnte, alles sei in Ordnung, und dem man bei Bedarf auch die Schuld für alles in die Schuhe schieben konnte. Doch es war Hernandez, der die Fäden zog.

Brandt stand unglücklich mitten im Raum, mit seiner Rolle als Verhörmeister sichtlich unzufrieden. Der bullige TKA-Soldat stand abwartend daneben, bereit, auf Befehl des Flottenoffiziers mit dem Verhör fortzufahren. Der andere TKA-Soldat lehnte locker an der Wand, sein Gewehr neben sich.

»Ich bin Offizier«, flüsterte Brandt plötzlich, »kein Folterknecht.«

»Es ist anders, als Sie es sich vorgestellt haben, nicht wahr, Commodore?«

Brandt blickte auf, sein Gesicht, seine gesamte Körperhaltung ein Ausdruck schlechten Gewissens.

»Schnauze!«, brüllte der TKA-Soldat und kam drohend näher.

»Halt!« Brandts Befehl hielt ihn gerade rechtzeitig zurück, um zu verhindern, dass Jonathan seine nächste Tracht Prügel bezog.

»Raus! Alle beide!« Die beiden TKA-Soldaten sahen sich unschlüssig an, doch Brandts Stimme verlangte unbedingten Gehorsam. Die Unterwürfigkeit, die er eben noch gegenüber Hernandez an den Tag gelegt hatte, war wie weggeblasen.

»Sind Sie sicher?«, wagte der bullige Soldat zu fragen.

»Sie hören wohl schlecht. Verschwinden Sie! Auf der Stelle!«

Die Soldaten zogen sich langsam aus dem Raum zurück und schlossen die Tür hinter sich. Brandt seufzte tief und zog einen Stuhl zu sich her. Schwer ließ er sich darauf fallen.

»Sie verstehen das alles nicht«, sagte der Commodore mit gedämpfter Stimme.

»Ich verstehe nur zu gut, Brandt«, entgegnete Jonathan fest. »Sie haben Ihren Eid und Ihr Volk verraten – an Monster, die uns auslöschen wollen.«

»Ja«, gab Brandt unumwunden zu. »Aber es ist noch weitaus schlimmer.«

Jonathan und Deborah wechselten einen Unheil verkündenden Blick. »Wie meinen Sie das?«

»Was Hernandez gesagt hat, entspricht der Wahrheit. Sollten die Ruul nicht innerhalb der nächsten Stunden an das Virus gelangen, ist der Separatfriede ungültig. Dann zerstören sie das Starlight-System.«

»Dazu sind sie nicht in der Lage«, beharrte Jonathan, dem eine dunkle Vorahnung überkam. »Oder?«

»Denken Sie wirklich, die paar Ruul, die Lieutenant Kirelsky gesehen hat, wären die einzigen hier?«

»Großer Gott, was haben Sie getan, Brandt? *Was* haben Sie getan?«

»Es klang anfangs alles so plausibel, was Hernandez gesagt hat.« Brandts Stimme nahm plötzlich einen Tonfall an, als wäre er mit den Gedanken weit, weit weg. »Wir sind ihm einfach gefolgt wie eine Schafherde. Und als wir erkannten, was vor sich geht, war es längst viel zu spät und wir hatten keine andere Wahl mehr, als weiterzumachen.« Brandts Tonfall wurde mit jedem Wort, das er sprach, dumpfer. Mehr, als spräche er zu sich selbst und nicht zu den beiden MAD-Offizieren, denen er gegenübersaß.

»Der Weg zur Hölle ist mit guten Vorsätzen gepflastert«, zitierte er.

»Wovon reden Sie?«

Endlich sah Brandt auf.

In seinen Augen glänzten Tränen. »Es existiert bereits eine erhebliche ruulanische Militärpräsenz im Starlight-System. Innerhalb des Verteidigungsperimeters. Bereit loszuschlagen. Und ich habe persönlich dafür gesorgt, dass sie sich hier einnisten konnten.«

Jonathan fühlte sich, als hätte er soeben einen Schlag in die Magengrube erhalten. Er drohte den Boden unter den Füßen zu verlieren. »Sagen Sie mir, dass sie das nicht getan haben!«

»Es ist die Wahrheit«, bestätigte Brandt. »Lefferty – oder vielmehr Hernandez – hat den Slugs den Mond Nexus II als Zeichen unseres guten Willens übergeben. Die Ruul haben dort inzwischen eine eigene Kolonie errichtet. Die Geschichte mit dem Chemieunfall diente nur zur Tarnung, um die Evakuierung der Kolonie und die Flugverbotszone zu rechtfertigen. Auf Nexus II werden sich inzwischen mehrere Tausend Slugs aufhalten.«

»Großer Gott, Ihr Wahnsinnigen!«

»Das ist noch nicht alles.«

»Was kommt denn jetzt noch?«

»Lefferty hat den Slugs die Kontrolle über sämtliche orbitalen Verteidigungsanlagen übergeben. Minenfeld, Satelliten, Orbitalforts … und die Schiffe.«

»Die 4. Flotte? Die Ruul haben die Kontrolle über die 4. Flotte? Wie das?«

»Die Orbitalverteidigung und die Kriegsschiffe wurden bereits mit dem Virus infiziert. Die Ruul sind jederzeit in der Lage, die Verteidigung des Starlight-Systems quasi auf Knopfdruck auszuschalten.« Brandt schluchzte nun hemmungslos. »Und sie werden nicht zögern, diese Macht auch einzusetzen, falls sie der Meinung sind, dass es ihren Plänen nützt.«

»Ha!«, hielt Jonathan dagegen. »Jetzt weiß ich, dass Sie lügen. Leech hat mir selbst erzählt, dass er das Virus inklusive aller Aufzeichnungen gestohlen hat. Außerdem ist seine Arbeit noch nicht abgeschlossen. Der Trojaner ist noch längst nicht fertig und einsatzbereit. Was Sie uns erzählen, kann daher unmöglich die Wahrheit sein. Und Leechs Worten vertraue ich mehr als Ihren.«

»Er hat recht. Im Prinzip. Der eigentliche Trojaner ist noch nicht fertig, doch wir haben die Orbitalverteidigung und die 4. Flotte mit einer frühen Beta-Version des Virus infiziert. Nicht so fortschrittlich wie die, an der Leech gearbeitet hat, aber effektiv genug. Die Slugs haben darauf bestanden. Zu ihrer eigenen Sicherheit … sagten sie. Das Starlight-System befindet sich fest in ihrer Hand. Vielleicht sollte ich besser sagen, in ihrem Würgegriff – sie haben das gesamte System in Geiselhaft genommen.«

»Woher wissen Sie das so sicher?«

Brandt senkte vor Scham den Blick. »Weil ich es getan habe. Ich habe die 4. Flotte und die Orbitalforts infiziert. Ich habe das Virus höchstpersönlich aufgespielt. Hernandez gab mir den Befehl und ich habe diesen ausgeführt, ohne ihn infrage zu stellen. Hätte ich den Mut dazu, würde ich mir selbst eine Waffe an den Kopf halten und abdrücken.«

»Jonathan, was können wir jetzt noch tun?«, flüsterte Deborah verzweifelt.

»Keine Ahnung. Es ist schlimmer, als ich in meinen kühnsten Träumen gedacht hätte. Aber um etwas zu tun, müssen wir erst mal hier raus, und zwar sofort.«

Jonathan stieß den deprimiert vor ihnen sitzenden Commodore mit dem Fuß an. »Brandt? Brandt, hören Sie doch!«

Endlich sah der Flottenoffizier auf. Über seine Wangen liefen dicke Tränen und er schien abwesender denn je. Trotzdem riss er sich sichtlich zusammen. »Was?«

»Noch ist nichts zu spät. Wir können immer noch das Ruder herumreißen. Und Selbstmord ist keine Lösung.«

Brandt schüttelte vehement den Kopf. »Nein, es ist zu spät. Manche Fehler sind nicht wiedergutzumachen.«

»Es ist erst zu spät, wenn wir aufgeben. Hören Sie, Sie haben einen Fehler gemacht. Und jetzt haben Sie die einmalige Gelegenheit, ihn wiedergutmachen. Noch ist Zeit, die Ruul aufzuhalten. Und Hernandez.«

»Sie stellen sich das so einfach vor. Er hat die uneingeschränkte Unterstützung eines Großteils des örtlichen Offizierskorps. Nicht alle zwar, aber genug. Und die, die nicht darin verstrickt sind, werden uns wohl kaum glauben.«

»Des Offizierskorps? Aber nicht des Großteils der Soldaten?«

»Nein, natürlich nicht«, erwiderte Brandt. »Je weniger davon wissen, desto besser. Er hat seine Leute in die höchsten Schlüsselpositionen gebracht. Die Ränge darunter wissen nichts davon.«

»Perfekt!«

»Perfekt? Wieso perfekt?«

»Wenn die Generäle nicht auf unserer Seite stehen, wenden wir uns eben an die Colonels, Majore und Captains und suchen unter ihnen nach Unterstützung. Falls wir genügend Unterstützung versammeln können, zwingen wir die Generäle, die über Hernandez' Verrat nichts wissen, uns wenigstens zuzuhören – ob sie wollen oder nicht.«

Brandt dachte lange über Jonathans Worte nach. Der MAD-Offizier konnte förmlich hören, wie die Räder in Brandts Gehirn angestrengt ratterten. Schließlich nickte der Commodore. »Das könnte sogar funktionieren.«

»Sie sind immer noch ihrem Eid verpflichtet, Commodore. Sie müssen sich nun entscheiden. Also, auf welcher Seite stehen Sie?«

Der Commodore überlegte einen schier endlosen Moment, schließlich straffte er die Schultern.

Als Antwort zog Brandt die Schlüssel für die Handschellen aus seiner Tasche.

Das Trio schlich geduckt durch die spärlich beleuchteten Gänge. Jonathan hatte wie selbstverständlich die Führung übernommen, während Deborah das Schlusslicht bildete. Die goldene Mitte gehörte ganz Brandt.

Jonathan war sich schmerzlich ihrer fehlenden Waffen bewusst. Was sie tun konnten, falls sie einer bewaffneten Patrouille begegneten, wusste er nicht zu sagen. Er bezweifelte, dass die hier unten diensttuenden Soldaten sonderlich gesprächsbereit sein würden. Wenn man sie lebend in Gewahrsam nähme und zurück in diesen Verhörraum verbrächte, könnten sie von Glück reden. Viel wahrscheinlicher war, dass sie kurzerhand erschossen würden, ohne lange abzuklären, ob man sie noch brauchte.

Jonathan ertappte sich mehrmals dabei, wie er verstohlen in die Dunkelheit voraus und in den Gang hinter ihnen spähte. Er entdeckte nichts. Das beklemmende Gefühl, von Dutzenden Augen beobachtet zu werden, ließ sich jedoch nicht abstreifen.

»Es ist sonst niemand hier unten«, erklärte Brandt überraschend. Der Commodore hatte sich still verhalten, seit er die beiden MAD-Offiziere befreit hatte. Doch Jonathans Nervosität nötigte ihn nun zum Reden.

»So offensichtlich?«, fragte Jonathan.

»Ihre Besorgnis? Ja, würde ich schon sagen.«

»Sind hier unten wirklich sonst keine Wachen?«

»Nein, Sie und Lieutenant Kirelsky sind … waren die einzigen Gäste. Es gibt keinen Grund für eine große Wachmannschaft.«

»Wenigstens ein Lichtblick.«

»Zumindest, bis wir wieder an der Oberfläche sind. Aus diesem Keller zu entkommen, ist leicht. Vom Gelände zu entkommen, dürfte schon ein wenig schwieriger sein. Hernandez wird sich uns nicht so leicht durch die Lappen gehen lassen.«

Jonathan ging auf diese Anspielung nicht näher ein. »Ich habe schon einen Plan. Zumindest in groben Zügen.«

Brandts nächste Worten bewiesen, dass das auch gar nicht nötig war. »Das Flugfeld?«

»Ist unsere beste Chance. Ist es schwer gesichert?«

»Nein, nicht wirklich. Ein halbes Dutzend TKA-Soldaten schiebt dort Wache. Mehr sind gar nicht nötig. Wer rechnet schon mit so einem Ausbruch. Mir machen zwei andere Dinge Sorgen.«

»Nämlich?«

»Ob überhaupt ein startbereites Shuttle verfügbar ist. Das wäre die erste Hürde. Die zweite ist eine kleine Miliz-Basis vielleicht einen Kilometer entfernt. Dort steht eine Jagdstaffel. Zwar nur atmosphärentaugliche Flugzeuge, aber immerhin genug Feuerkraft, um uns problemlos vom Himmel zu holen.«

»Ein Problem nach dem anderen. Mit etwas Glück sind wir hier verschwunden, bevor jemand unsere Flucht entdeckt. Dann sind wir untergetaucht, ehe die Flugzeuge hier sind.«

»Ihr Wort in Gottes Ohr.«

Den Rest des Weges legten sie schweigend zurück. Insgeheim war Jonathan von seinem Fluchtplan längst nicht so überzeugt, wie er vorgab. Jedoch war es ihre einzige Chance. Er bezweifelte, dass sie auf dem Weg, auf dem er eingedrungen war, zu dritt würden entkommen können. Um genau zu sein: Er bezweifelte sogar, dass er allein eine Chance gehabt hätte.

Entgegen seinen Befürchtungen erreichten sie den Aufzug zur Oberfläche und stiegen ein. Jonathan registrierte amüsiert den kollektiven Seufzer der Erleichterung, den die Flüchtigen (er selbst eingeschlossen) ausstießen, als sich die Türen schlossen und die Kabine sich in Bewegung setzte.

Die Aufzugtüren öffneten sich und Jonathan erkannte, dass bereits der Morgen graute. Sanftes Sonnenlicht drang durch die hohen Fenster des Foyers ein und beleuchtete eine Bürokratie, die kurz davorstand zu erwachen.

Der MAD-Offizier glättete seine Uniform und wischte sich eilig die letzten Reste Blut aus dem Gesicht, bevor er sich hocherhobenen Hauptes, aber ohne Hast daranmachte, die große Eingangstür anzusteuern. Brandt übernahm die Führung und geleitete sie aus dem Gebäude.

Draußen im hellen Sonnenlicht angekommen, bedeutete er seinen beiden Begleitern mit einem kurzen Wink, welchen Weg sie zu nehmen hatten. Sie nahmen eine Abkürzung durch einen prächtigen Garten, in dem es sogar einige farbenfrohe Blumen und Pflanzen gab, die auf der Erde schon lange ausgestorben waren. Der Duft, der von ihnen ausging, war betörend. Unter anderen Umständen hätte Jonathan sich die Zeit genommen, sich näher mit ihnen zu befassen, doch das Flugfeld kam bereits in

Sicht. Und es standen zwei Shuttles parat, beides ältere Transportmaschinen.

Der MAD-Offizier verkniff sich ein zufriedenes Lächeln. So weit, so gut. Brandt beschleunigte unwillkürlich seinen Gang, trat den TKA-Soldaten, die das kleine Flugfeld bewachten, selbstbewusst entgegen und wechselte leise einige Worte mit ihnen.

Währenddessen nutzte Jonathan die Gelegenheit, die Start- und Landeeinrichtung genauer in Augenschein zu nehmen. Das Flugfeld war lediglich ein Gestell in quadratischer Form auf einigen Metallstreben, das von Positionslichtern umgeben war. Es war für fünf oder sechs Transportshuttles ausgelegt, doch bis auf die sechs TKA-Soldaten war es unbefestigt. Keine Flaks, keine schweren Maschinengewehre, keine Luftabwehr-Laser. Wieso auch? Dieses Flugfeld war beileibe kein militärisches Ziel. Deborah hatte ihn inzwischen darüber informiert, was Lefferty und Hernandez taten und woraus die Lieferungen an die Ruul bestanden. Kalte Wut überkam ihn, als er darüber nachdachte, wie viel arme Seelen von hier aus bereits an die Slugs ausgeliefert worden waren, wie viel Angst sie gehabt haben mussten, als man sie einem grausigen Schicksal überantwortete. Es musste enden.

Und das wird es auch!, schwor er sich.

Brandt bedeutete mit einer Geste den beiden MAD-Offizieren, in eins der Transportshuttles einzusteigen, während er den kommandierenden Offizier weiterhin ablenkte. Der Commodore bedankte sich lautstark bei dem TKA-Soldaten und machte Anstalten, ebenfalls in die Maschine einzusteigen.

Plötzlich griff sich der TKA-Offizier ans linke Ohr, als er über Headset eine Nachricht empfing. Sein entspanntes Gesicht verwandelte sich von einer Sekunde zur nächsten in einen Ausdruck von Panik, gefolgt von einer Mischung aus Angst und Hast. »Commodore, bleiben Sie stehen!«, rief er Brandt nach und zerrte gleichzeitig sein Sturmgewehr von der Schulter.

Brandt sprang die letzten zwei Meter die Rampe herauf und betätigte den Knopf, der das Eingangsschott verriegelte und die Rampe einfahren ließ. Sirrende Geräusche bestätigten, was Jonathan bereits halb erwartet hatte. Die TKA-Soldaten feuerten auf das Einstiegsschott. Doch ihre Handfeuerwaffen hatte keine Chance, etwas auszurichten. Die Panzerung war zwar relativ dünn, doch allem gewachsen, was die Soldaten dagegen aufbieten konnten.

Es war eine sinnlose Geste.

Jonathan zwängte sich hinter das Steuer, Deborah quetschte sich in den Kopilotensitz und Brandt hinter die Kommunikationskonsole.

Jonathan betätigte einige Kontrollen und das Shuttle erhob sich schwerfällig in die Höhe. Die TKA-Soldaten feuerten immer noch in dem sinnlosen Versuch, das klobige Schiff am Starten zu hindern.

Er hatte schon lange keine solche Maschine mehr geflogen und selbst damals war es nur in einem Simulator gewesen. Beim MAD war es Pflicht, sich zumindest rudimentär mit den meisten Fluggeräten auszukennen. Die Maschine bockte leicht, als sie ein Luftloch durchflogen, doch Jonathan bekam sie schnell wieder unter Kontrolle. Langsam bekam er ein Gefühl dafür.

»Jemand ruft uns«, sagte Brandt und drückte einen Knopf an seiner Konsole, damit alle im Cockpit mithören konnten.

»Brandt! Was zum Teufel denken Sie, was Sie da tun?« Hernandez' vor Wut schäumende Stimme überschlug sich fast, während er mit Vorwürfen um sich warf.

»Das Richtige«, erwiderte Brandt ruhig, doch an seinen zitternden, zu Fäusten geballten Händen war sein innerer Zwiespalt deutlich zu erkennen.

»Das Richtige? Sind Sie wahnsinnig? Ich dachte immer, Sie hätten verstanden, was wir hier vollbringen wollten. Eine Welt frei von Krieg. Ein neues Utopia.«

»Während der Rest des Konglomerats im Chaos versinkt.«

»Das haben die sich selbst zuzuschreiben. Starlight hätte beispiellosen Frieden erlebt.«

»Auf Kosten anderer. Ohne mich. Es reicht mir. Ich habe mich entschieden.«

»Das ist der Preis des Friedens, Brandt. Soweit ich mich erinnere, waren das Ihre Worte.«

»Ich habe mich geirrt. Der Preis des Friedens ist zu hoch.«

»Sie sind ein Narr.«

»Vielleicht. Aber ich bin kein Verräter. Nicht mehr.«

»Vor allem sind Sie bald tot.« Es knackte in der Leitung.

»Er hat die Verbindung unterbrochen«, sagte Brandt, und noch während er sich zu erklären versuchte, was Hernandez mit seinen letzten Worten gemeint hatte, rief Deborah aus: »Kontakte. Sechs Stück. Sie nähern sich schnell.«

»Miliz-Kampfflugzeuge«, erklärte Jonathan durch zusammengebissene Zähne.

»Wir müssen an Höhe gewinnen«, sagte Brandt. »In den Orbit können Sie uns nicht folgen.«

»Dann schießen uns die Orbitalforts ab«, wehrte Jonathan ab. »Wir müssen ihnen hier unten entkommen.«

»Das schaffen wir nie. Steigen Sie in den Orbit auf. Ich kümmere mich um den Rest.«

»Wovon reden Sie?« Brandt war jedoch bereits zu beschäftigt, um auf die Frage zu antworten. Mit einer Hand stellte er eine Funkfrequenz ein, während er sich mit der anderen ein Headset an die Ohren hielt und etwas in das Mikro sagte, das Jonathan nicht verstand. Er entschied, dem Commodore zu vertrauen. Etwas anderes blieb ihm ohnehin nicht übrig. Die Flugzeuge näherten sich schnell, und obwohl er etwas Gegenteiliges gesagt hatte, glaubte er zu keinem Zeitpunkt, dass sie den wendigen, kleinen Kampffliegern würden entkommen können. Der Weltraum bot ihre einzige Chance auf Flucht. Aber dort lauerten die Geschütze der Orbitalforts, die mit Sicherheit treu zu Hernandez und dem Gouverneur standen.

Die Kampfflieger waren jetzt nah genug, um durch den Bordcomputer identifiziert zu werden. Es handelte sich um kleine Ein-Mann-Jäger des Typs Firebird. Die Maschinen waren an beiden Tragflächen mit jeweils einem schweren Zwillingsmaschinengewehr ausgerüstet, dessen Geschosse die Panzerung des Shuttles mühelos durchschlagen konnten. Als wäre das nicht genug, verfügte jeder Firebird über ein leichtes Lasergeschütz unter dem Cockpit. Damit waren die Jäger imstande, das Transportshuttle zu tranchieren wie einen Truthahn.

»Achtung! Achtung!«, drang es plötzlich aus dem Lautsprecher des Cockpits. »Hier ist der Commander der verfolgenden Jagdstaffel 115 an die Insassen des gestohlenen Shuttles. Begeben Sie Ihr Fluggerät auf Bodenniveau und landen Sie auf der Stelle. Sonst sind wir ermächtigt, Sie abzuschießen.«

»Commander«, erwiderte Brandt den Ruf. »Hier spricht Commodore Viktor Brandt, Befehlshaber von Kampfgruppe 2.25 der 4. Flotte. Sie befolgen einen illegalen Befehl. Kehren Sie um, oder Sie müssen sich vor einem Kriegsgericht für Ihr Handeln verantworten.«

»Und?«, hakte Jonathan nach.

»Nichts. Sie haben bestimmt Befehl, nicht auf unsere Funksprüche zu reagieren.«

»Schade, aber es war ein guter Versuch.«

»Danke«, entgegnete Brandt, und obwohl sich Jonathan nicht nach ihm umdrehte, so hörte er doch das Lächeln aus dessen Stimme heraus.

»Wie lange noch bis zum Orbit?«, fragte Deborah.

»Etwa sechs Minuten.«

»Das ist zu lange.«

»Ich weiß«, entgegnete Jonathan deprimiert.

»Die Flugzeuge sind gleich in Reichweite ihrer Waffen«, erklärte Deborah. »In etwa zwei Minuten.«

»Das Schlimmste daran ist, dass Hernandez nun vermutlich doch damit durchkommt«, verkündete Jonathan missmutig.

»Damit würde ich noch nicht rechnen«, rief Brandt aus und zeigte mit einer Hand aus dem Cockpitfenster nach oben. Jonathan und Deborah folgten mit ihren Augen dem ausgestreckten Finger.

Etwas Riesiges schob sich durch die dichte Wolkendecke. Etwas, das auffällig an einen Hai mit enormen Ausmaßen erinnerte. Die Schilde glühten karmesinrot vom Eintritt in die Planetenatmosphäre.

»Die Kampfflugzeuge drehen um.« Deborahs Stimme überschlug sich fast vor Freude und Eifer.

»Das möchte ich denen auch geraten haben. Sich mit einem Schlachtschiff der Shark-Klasse anzulegen, ist keine kluge Entscheidung«, sagte Brandt verschmitzt. »Darf ich vorstellen: die *TKS Excalibur*.«

13

Als sie das Shuttle im Beiboothangar der *Excalibur* verließen, wurden sie bereits von zwei Personen sehnsüchtig erwartet. Einer der Offiziere war Captain Andreas Westling, der andere ein hochgewachsener, wenn auch hagerer, asiatisch aussehender Offizier, den Brandt als seinen XO Commander Son-Tzu Lien vorstellte.

»Bericht!«, verlangte Brandt, kaum dass sie ihr gekapertes Shuttle verlassen hatten und auf dem kargen Deck des Schlachtschiffes standen.

»Die Orbitalforts warnen uns, unsere Position beizubehalten«, erwiderte Lien. »Ansonsten würden sie das Feuer auf uns eröffnen. Alle Offiziere unseres Schiffes würden wegen Verrats unter Arrest stehen.« Lien zögerte merklich. »Außerdem fordert man Ihre sofortige Auslieferung. Und die Ihrer Begleiter.«

»Ignorieren Sie den Befehl.«

Der XO lauschte mit geistesabwesendem Blick auf eine gesichtslose Stimme in seinem Headset. »Sir? Wir fangen gerade weitere, nicht an uns gerichtete Funksprüche auf. Die Befehle sind an die Orbitalforts gerichtet.« Liens Gesicht wurde aschfahl. »Sie erhalten gerade den Befehl, ihre Waffen auf uns zu richten und Feuerbereitschaft herzustellen.«

»Lassen Sie sich davon nicht beeindrucken und nehmen Sie Kurs auf den Rest der Kampfgruppe.«

»Aber die Forts …«

»Werden nicht auf ein Schlachtschiff der eigenen Streitkräfte feuern«, hielt Brandt dagegen. Jonathan bemerkte an seinen Augen, dass er in diesem Punkt jedoch nicht ganz so selbstsicher war, wie er vorgab.

»Das hoffen Sie«, flüsterte er ihm zu, während Lien den Befehl an die Brücke weitergab.

»Ja, aber wir haben ohnehin keine andere Wahl. Wir können unmöglich im Orbit bleiben. Es wird nicht lange dauern und Hernandez hat genug Unterstützung versammelt, um uns zu überwältigen. Wir sind im Augenblick in einer sehr ernsten Position.«

»Brauchen Sie mir wirklich nicht zu sagen.«

»Wo ist der Rest der Kampfgruppe?«, fragte Brandt seinen XO, nachdem er erneut dessen ungeteilte Aufmerksamkeit hatte.

»Knapp außerhalb des Orbits. Sie halten eine Parkposition relativ zu den Forts.«

»Ausgezeichnet. Mit etwas Glück zögern die Forts, auf uns zu feuern, aus Angst, die Kampfgruppe könnte uns helfen. Was ist mit dem Rest der 4. Flotte?«

»Hat ihre Position bei Nexus III nicht verlassen. Nur Hernandez' Flaggschiff hat Kurs auf Starlight genommen und wird bald hier sein.«

»Auch das noch.«

»Was ist eigentlich los?«, mischte sich Westling in das Gespräch ein.

Jonathan und Brandt warfen sich einen langen Blick zu und führten stumme Zwiesprache.

Es war gefährlich, den Offizieren ihre Enthüllungen zu verraten. Man konnte nicht wissen, wie weit die Unterstützung des Gouverneurs und Hernandez' innerhalb der Streitkräfte ging. Doch andererseits hatten sie keine andere Wahl. Sie brauchten dringend Verbündete und sie konnten genauso gut jetzt gleich damit anfangen.

Der MAD-Offizier nickte Brandt knapp zu. Der Commodore zuckte ergeben mit den Achseln. In knappen, präzisen Sätzen umriss er, was vor sich ging, berichtete vom Verrat Leffertys und Hernandez' und ließ auch die ruulanische Kolonie auf Nexus II nicht aus. Überraschenderweise erzählte er auch von seiner eigenen Beteiligung ohne Einschränkung. Als er fertig war, antwortete ihm eisiges Schweigen.

»Ich werde Hernandez umbringen, falls ich ihn erwische!«, presste Westling zwischen zusammengebissenen Zähnen hervor. »Und Sie – Sie, Brandt, sollte ich auf der Stelle erschießen …« Brandt besaß den Anstand, errötend zu Boden zu blicken, sagte jedoch nichts.

»Für Schuldzuweisungen ist jetzt wirklich keine Zeit«, kam ihm Jonathan zu Hilfe. »Im Moment ist es wichtiger, die Lage zu retten.«

»Also? Wie gehen wir jetzt vor?«

Jonathan brauchte nicht lange zu überlegen. »Schritt eins muss sein, dass wir Leech und seine Familie auf die *Excalibur* holen. Hier sind sie weitaus sicherer als irgendwo sonst.«

»So makaber sich das auch anhört«, antwortete Brandt verkniffen. »Und weiter?«

»Wir müssen uns Unterstützung unter den Militärs sichern. Je mehr, desto besser. Viele werden uns nicht glauben, aber ich hoffe, dass es einige doch tun.«

»Und wenn nicht?«, fragte Deborah.

»Dann sitzen wir ziemlich in der Tinte.«

»Ich weiß schon, wen ich schicke, um Leech abzuholen«, brachte Westling ein. »Das ist genau die richtige Aufgabe für ihn. Ich selbst kümmere mich um Unterstützung bei den Bodentruppen.«

»Und wo fangen sie dabei an?«

»Bei Leduc.«

»Beim Militärattaché?«

Westling lächelte schmal. »Ich weiß, was Sie von ihm halten, Captain Clarke. Das denken die meisten von ihm, aber glauben Sie mir: Er ist vielleicht arrogant, aber ehrlich. Außerdem genießt er großes Ansehen beim örtlichen Militär. Wenn wir Hilfe brauchen, sollte Leduc unsere erste Anlaufstelle sein. Vertrauen Sie mir. Ich hole ihn persönlich aufs Schiff.«

»Ich versammle inzwischen die Kampfgruppe. Am besten, ich hole sie näher an den Planeten. Die Orbitalforts werden sich keine Schwachheiten erlauben, solange die Kriegsschiffe in der Nähe sind. Ich befürchte nur, wir haben nicht viel Zeit. Hernandez überlegt jetzt in diesem Moment, ob er die 4. Flotte gegen uns einsetzen soll. Nur die Tatsache, dass er damit einen regelrechten Bürgerkrieg auf Starlight auslösen würde, hält ihn noch zurück. Viele würden es hinterfragen, auf eigene Schiffe zu schießen. Es würde uns zwangsläufig mehr Unterstützung einbringen, als uns im Moment einfach gewähren zu lassen. Und vor Ersterem fürchtet er sich.«

»Das ist gut«, sinnierte Jonathan vor sich hin. »Das verschafft uns etwas Zeit, wenn auch nicht viel.«

»Dann sollten wir uns besser beeilen«, schloss sich Brandt an.

Corporal Pavel Czerenkow hielt sich angestrengt an seinem Sitz fest, als der Stingray in die unteren Atmosphäreschichten von Starlight eintauchte. Das Sturmschiff bockte in einer Tour. Zunächst hielt der Corporal es für eine Konsequenz der örtlichen Wetterbedingungen, doch mit einem Mal realisierte er, dass der Pilot Ausweichmanöver flog.

Das ist ja sehr vertrauenerweckend.

Der Pilot rechnete offensichtlich jede Minute mit einem Angriff. Das war nicht gut. Das war ganz und gar nicht gut. Vor allem, da sie gegen einen Angriff nicht viel würden ausrichten können. Die Starlight-Kolonie war schwer bewaffnet und die Raumabwehrwaffen reichten allemal aus, einen einzelnen Stingray zu atomisieren. Inklusive seiner Passagiere.

»Voraussichtliche Ankunftszeit in vier Minuten«, meldete der Pilot über HelmCom.

Keine Sekunde zu früh. Je eher wir wieder auf dem Schiff sind, desto besser. Wer weiß, wie lange die Luftabwehr sich noch so passiv verhält.

Andrea Leech weckte ihren Mann, der auf ihrer Couch schlief, recht unsanft. Eigentlich benötigte er noch sehr viel Ruhe. Nur leider konnte sie ihm dies im Moment nicht zugestehen.

Erneut klopfte es grob an der Tür, lauter sogar als noch Sekunden zuvor.

»Wach auf!«, zischte sie ihrem Mann zu, packte den Arm ihres Sohnes und zog den verständnislosen Jungen hinter sich her.

»Was ist?«, fragte Leech schlaftrunken.

»Aufmachen!«, drang eine grobschlächtige Stimme von draußen herein.

»Männer des Gouverneurs sind draußen.«

Alle Benommenheit fiel von Leech von einer Sekunde zur nächsten ab und er sprang von der Couch auf. Er verzog sein Gesicht vor Schmerz. Seine Gedanken rasten. Warum kamen die Überwachungsteams plötzlich herein? Hatten sie irgendwie deren Misstrauen erregt? Oder waren sie einfach des Wartens überdrüssig und kamen auf gut Glück herein? Eigentlich spielte das Warum keine große Rolle. Wichtig war nur, dass sie verschwinden mussten, und zwar schnell.

»Kommt. Zur Hintertür«, flüsterte er.

Doch im selben Moment hörten sie jemanden lautstark durch den Garten trampeln und kurz darauf rüttelte jemand an der Hintertür.

Leech sah unschlüssig zur Vordertür. »Oh nein! Wir sitzen in der Falle.«

»Corporal? Wir setzen zur Landung an«, meldete der Pilot. »Ich setzte direkt auf der Straße vor dem Haus auf. Ist gerade nicht viel Verkehr. Damit wir schnellstmöglich wieder verschwinden können.«

»Gute Idee«, kommentierte Czerenkow und nahm sein Sturmgewehr aus der Halterung neben seinem Sitz.

»Ausrüstung prüfen«, wies er seine Soldaten an. Der Stoßtrupp aus fünfzig Marines kam seinem Befehl umgehend nach und man hörte einige Sekunden lang nur noch das Durchladen automatischer Waffen.

»Corporal? Da stimmt etwas nicht«, meldete sich der Pilot erneut.

»Inwiefern?«

»Vor dem Haus sind einige Gestalten. Vier, wenn ich richtig gezählt habe. Und die sehen alles andere als freundlich aus.«

Verflucht!

»Wie weit noch bis zum Boden?«

»Etwa drei Meter.«

»Luke auf!«

Der Pilot vergeudete keine Zeit damit, den Befehl zu hinterfragen, sondern öffnete wortlos die Luke. Sie war erst zur Hälfte geöffnet, als Czerenkow bereits von seinem Sitz aufsprang und seinen massigen Körper durch die Luke quetschte. Einige der Soldaten in seiner unmittelbaren Nähe besaßen die Geistesgegenwart, ihm zu folgen.

Czerenkow kam schwer auf dem Asphalt auf. Er ging federnd in die Knie, um seinem Körper die Gelegenheit zu geben, die Aufprallenergie zu absorbieren. Doch sofort schnellte er wieder in die Höhe, das Sturmgewehr im Anschlag. Nur unterbewusst nahm er die fünf Marines hinter ihm wahr, die ihm folgten, oder den Stingray, der aufsetzte und die übrigen Marines aus seinem Bauch entließ.

»Weg von der Tür!«, schrie er die Männer an, die immer noch an Leechs Haustür hämmerten. Erst jetzt wurden sich diese bewusst, dass etwas ganz und gar schieflief.

Verdutzt starrten sie die kampfbereiten Marines an, die auf sie zustürmten. Drei waren so vernünftig, die Hände zu heben und sich von der Tür demonstrativ zwei Schritte zu entfernen. Einer war doch tatsächlich so dämlich, unter seine Jacke zu greifen und eine Laserpistole hervorzuholen, die er auf die Marines richtete.

Czerenkow vergeudete keine Zeit mit einer erneuten Warnung. Noch im Sprint hob er die Waffe und feuerte aus der Hüfte eine gezielte Salve, die den Mann in der Brust traf, ihn herumwirbelte und auf den Stufen niedersinken ließ.

Seine drei Kumpane waren so eingeschüchtert, dass sie – falls überhaupt möglich – ihre Hände noch höher hielten. Czerenkow widmete ihnen keinen Blick, sondern überließ es seinen Marines, die Männer zu entwaffnen und ihnen die Hände mit Kabelbindern hinter den Rücken zu fesseln.

Der Corporal indes hatte ganz andere Probleme. Aus dem Haus hörte er viele Stimmen, darunter mindestens drei Männer. Plötzlich knallte ein Schuss.

Czerenkow rammte die Tür mit seiner Schulter einfach aus den Angeln und rannte weiter ins Innere. Eine Frau stand erschrocken im Flur; sie presste einen kleinen Jungen eng an sich. Ihre Aufmerksamkeit galt jedoch nicht ihm, sondern zwei Männern, die miteinander um eine Waffe rangen. Einer von ihnen war Leech. Czerenkow erkannte den Mann auf den ersten Blick. Vor dem Einsatz hatte man ihm ein relativ aktuelles Foto gezeigt. Der Schuss musste sich während des Kampfes gelöst haben.

Noch während er fasziniert das Gerangel beobachtete, stieß sein Gegner Leech brutal zu Boden und hob die Waffe. Czerenkow zögerte keinen Augenblick und feuerte einen einzelnen Schuss. Das Projektil drang dem Mann in die Stirn und hinterließ dort ein fast faustgroßes Loch, bevor es sich aus dessen Hinterkopf Bahn brach und in die gegenüberliegende Wand einschlug. Der Mann stürzte rücklings zu Boden. Hinter Czerenkow stürmten weitere Marines ins Haus.

Die drei Begleiter des Getöteten hoben kapitulierend ihre Hände. Sich mit Marines anzulegen, stand ganz offenbar nicht in ihrer Stellenbeschreibung. Czerenkow reichte sein Sturmgewehr einem Marine und half Leech auf die Beine. Der Mann atmete schwer und stoßweise. An Bord der *Excalibur* musste er erst mal medizinisch versorgt werden.

»Mr. Leech«, sprach er den Programmierer an. »Kommen Sie mit uns. Wir bringen Ihre Familie und Sie in Sicherheit.«

Hoffen wir mal, dass Sie dort wirklich in Sicherheit sind, fügte er in Gedanken hinzu.

»Colonel Leduc?«

Der Militärattaché drehte sich verwirrt um, als ihn unerwarteterweise jemand ansprach. Seine Verwirrung wuchs noch, als sich die Person als Zivilist entpuppte. Erst bei näherem Hinsehen erkannte er seinen Irrtum.

»Westling? Was tun Sie hier, zum Teufel noch mal? Und dann auch noch in Zivil?«

Der Marine-Captain schenkte dem TKA-Colonel ein entschuldigendes Lächeln. »Es erschien mir sicherer, in Zivil nach Messiter zurückzukehren.«

»Sie werden gesucht, Mann. Es heißt, Sie wären fahnenflüchtig und Sie hätten sich den Meuterern auf der *Excalibur* angeschlossen.«

Westling verzog missmutig das Gesicht. »Ganz so einfach ist es nicht.«

»Ist es das jemals?«, entgegnete Leduc. »Aber ich muss Sie melden und festnehmen lassen.« Der Militärattaché sah betreten zu Boden. »Tut mir leid. Tut mir wirklich leid.«

Leduc wandte sich dem Tor der Gouverneursresidenz zu, die er gerade hatte betreten wollen, als ihn Westling aufgehalten hatte. Er öffnete den Mund, um die Wachen zu alarmieren, doch eine Hand am Arm hielt ihn im letzten Moment zurück.

»Kommen Sie mit mir.«

Es war die Einfachheit dieser Aufforderung, die Leduc zurückhielt. Perplex sah er Westling ins offene und freundliche Gesicht. Was ihn dabei am meisten verunsicherte, war die Tatsache, dass der Mann keinerlei Anzeichen von Angst oder Reue zeigte. Er schien von seinem Tun felsenfest überzeugt. Doch Leduc hatte eine Verpflichtung gegenüber der ordentlich ernannten Zivilregierung von Starlight und so konnte es nur eine Antwort geben.

»Das können Sie nicht von mir verlangen. Ehrlich gesagt, kann ich mir auch keinen Grund vorstellen, der mich dazu bewegen könnte, mit ihnen zu gehen. Sie sind eine Bande von Verrätern. Weiß der Himmel, was Sie dazu bewogen hat, Westling.«

Der Captain schmunzelte leicht.

»Was ist?«, fragte Leduc verwirrt.

»Ach nichts. Mir wurde nur gerade die Ironie Ihrer Aussage bewusst.« Westling wurde jedoch schlagartig wieder ernst. »Leduc … René … Sie kennen mich doch. Ich bin kein Verräter. Ich war nie einer und werde nie einer sein.«

»Ich gebe zu … das Ganze fällt mir sehr schwer zu glauben«, gab Leduc ihm zögernd recht. »Doch Lefferty –«

»Hat gelogen«, fiel ihm Westling ins Wort.

Leduc schüttelte vehement den Kopf.

»Kommen Sie mit mir und ich beweise es Ihnen«, beharrte Westling stur.

»Das kann ich nicht. Ich *kann* nicht.«

»Kommen Sie mit mir auf die *Excalibur* und ich versichere Ihnen, Sie werden alles verstehen. Sie werden nur ein paar Stunden abwesend sein. Niemand wird merken, dass Sie weg sind. Auf der *Excalibur* wird Ihnen alles klar werden. Ich verspreche es.«

»Und, wenn es Ihnen nicht gelingt, mich zu überzeugen?«

»Dann können Sie einfach wieder gehen und niemand wird wissen, dass Sie uns überhaupt zugehört haben.«

»Ihr Wort darauf?«

Westling nickte lächelnd. »Das haben Sie, René. Ich habe einen Stingray knapp außerhalb der Stadt. Wenn Sie wollen …«

Leduc überlegte noch für einen Moment und nickte dann, immer noch nicht gänzlich überzeugt. »Gehen Sie voran, Andreas.«

14

»Das ist Wahnsinn!«, wetterte Leduc im Tonfall eines Mannes, der sich verzweifelt darum bemühte, sich gegen etwas zu sträuben, von dem er längst wusste, dass es der Wahrheit entsprechen musste. »Gouverneur Lefferty … er … er würde so etwas nicht gutheißen. Niemals! Er kann kein Verräter sein.«

Jonathan bedachte den auf und ab gehenden Militärattaché mit milder Zurückhaltung. Er konnte den Mann gut verstehen. Das Ganze war nur sehr schwer vorstellbar. Hätte ihm jemand unter anderen Umständen diese Geschichte erzählt, er hätte ihn schlichtweg für verrückt erklärt.

Nichtsdestoweniger sprachen die Fakten eine ganz andere Sprache und ließen nur den einen Schluss zu. Nämlich dass die Ruul kurz davorstanden, den Krieg in großem Maßstab wieder aufzunehmen, und ihre Chancen standen nicht schlecht, das Starlight-System im Handstreich zu nehmen. Und was danach kommen mochte, daran wollte Jonathan nicht einmal denken.

In dem kleinen Konferenzraum der *Excalibur* drängten sich nunmehr außer Leduc, Westling, Brandt, Leech, Deborah und Clarke selbst noch sieben weitere Marine-Offiziere (vier Captains, zwei Majore und ein Colonel) sowie sechs TKA-Offiziere (fünf Captains und ein Major). Von der Miliz hatten sie niemanden überzeugen können, sich die Sachlage wenigstens anzuhören.

Zwei der Marine-Captains trugen wie Westling an der Schulter das Symbol der Stoßtruppen. Westling verbürgte sich für die Integrität und Loyalität der Marine-Offiziere. Für das, was sie vorhatten, brauchten sie ohnehin dringend Hilfe und jeder Soldat, der sich ihnen anschloss, zählte. Nach einer groben Schätzung war ihnen der Feind zahlenmäßig und an verfügbarer Ausrüstung haushoch überlegen.

Der örtliche Til-Nara-Kommandeur hatte zwar nicht selbst kommen können, hatte jedoch immerhin einen Vertreter geschickt. Ein für Clarke in höchstem Maß erfreulicher Umstand. Sollten sie die Unterstützung der Til-Nara gewinnen können, war die Sache bereits einen großen Schritt weiter. Das Wesen stand etwas abseits und begnügte sich damit, den Gesprächen gespannt zu lauschen.

Die Starlight-Kolonie war inzwischen Schauplatz einer angespannten Pattsituation. Seit die *Excalibur* auf Brandts Hilferuf reagiert und sie gerettet hatte, war inzwischen etwas mehr als ein Tag vergangen. Das Marine-Kommando unter Corporal Czerenkow hatte Leech und seine Familie sicher auf das Schlachtschiff gebracht. Nur wenig später war Westling mit Leduc eingetroffen. Man sah dem Militärattaché seinen Widerwillen deutlich an, Jonathan musste ihm jedoch zugutehalten, dass er Westling auf die *Excalibur* gefolgt war. Eine überraschend mutige Tat, die man dem TKA-Offizier gar nicht hoch genug anrechnen konnte.

Nach seiner Rückkehr auf die *Excalibur* hatte Westling Stunden auf der Brücke zugebracht und sich vom ComOffizier mit allerhand Stützpunkten, Basen, Außenposten und Stellungen innerhalb des Starlight-Systems verbinden lassen. Immer in der Hoffnung, den einen oder anderen Offizier von ihren hehren Absichten und ihrer Loyalität zum Konglomerat überzeugen zu können. Auf diese Weise hatte inzwischen so gut wie jeder Offizier und ein guter Teil der Mannschäftsränge Kenntnis von den Vorwürfen erlangt, die Jonathan und seine Mitstreiter gegen Hernandez und Lefferty erhoben. Einige glaubten es, andere nicht. Und gerade dadurch hatten sie ungewollt das System ins Chaos gestürzt. Zumindest, was die militärische Infrastruktur betraf.

Die Reaktion war bei Weitem nicht so eindeutig ausgefallen, wie Jonathan sich das erhofft hatte. Einige Offiziere hatten sich ihnen augenblicklich und ohne Umschweife oder ausufernde Diskussionen angeschlossen.

Andere hatten sich offen zu Hernandez und dem Gouverneur bekannt. Die Anhängerschaft und der Respekt, den Hernandez innerhalb des Militärs des Systems genoss, waren geradezu deprimierend. Wobei Jonathan durchaus vermutete, dass viele von ihnen eher dem Gouverneur zugeneigt waren als wirklich dem Admiral und nur zu Hernandez hielten, weil ihm Lefferty öffentlich sein Vertrauen aussprach. Und dann gab es da noch eine dritte Gruppe – die weitaus größte –, die noch unentschlossen war und sich bisher sorgsam aus den Streitigkeiten heraushielt.

Ironischerweise war es genau diese Gruppe Unentschlossener, die bewirkte, dass noch keine offenen Kämpfe ausgebrochen waren. Sie stellten das Zünglein an der Waage dar.

Es war noch kein Schuss gefallen und Jonathan vermutete stark, dass Hernandez zögerte, den Befehl zu geben, auf die *Excalibur* zu feuern. Nicht zuletzt deshalb, weil er befürchten musste, dass sich die Unentschlossenen als direkte Reaktion eines Angriffs auf die Seite der Meuterer schlagen würden. Wollte der Admiral die Oberhand über die Situation behalten, musste er das Übergreifen der Meuterei – und nichts anderes war ihr Verhalten im Moment, jedenfalls so lange, bis eine übergeordnete Autorität ihre Aktionen sanktionierte – verhindern. Immerhin standen hier Menschen gegen Menschen und ein Feuerbefehl auf ein terranisches Schlachtschiff – das darüber hinaus als Flaggschiff einer ganzen Kampfgruppe fungierte – würde bei den übrigen Truppen nicht gut ankommen. Im schlimmsten Fall würde es sogar den Anschein erwecken, Hernandez wäre nicht Herr der Lage.

Alles in allem war die Lage jedoch explosiv und es würde ein Funke genügen, das Pulverfass zur Explosion zu bringen. Bürgerkriegsähnliche Zustände im System wären die Folge, was zwangsläufig nur den Ruul in die Hände spielen würde.

Die Schiffe der *Excalibur*-Kampfgruppe kreuzten immer noch knapp außerhalb des Orbits von Starlight, wobei die Kreuzer, Zerstörer und Fregatten das größere Schlachtschiff wie einen schützenden Kokon umgaben und damit ein eindeutiges Zeichen setzten: Wollt ihr die *Excalibur*, müsst ihr zuerst uns erledigen.

»Gibt es Neues von den Orbitalforts?«, fragte Jonathan, ohne so recht zu wissen, von wem er eigentlich eine Antwort erwartete.

Brandt schüttelte nur deprimiert den Kopf. Seit ihrer Flucht und der Rückkehr auf sein Flaggschiff wirkte der einstmals so stolze und pflichtbewusste Offizier zunehmend in sich gekehrt und introvertiert. Jonathan hatte das unangenehme Gefühl, dass der Mann mehr mit sich selbst beschäftigt war als mit ihrer derzeitigen misslichen Lage. Die Taten, die er unter Hernandez begangen hatte, holten ihn langsam mit all ihrer Härte und ihren Konsequenzen ein. Vermutlich quälten ihn schwere Gewissensbisse. Jonathan konnte sich durchaus vorstellen, dass der Mann ebenfalls in Gedanken schon mit dem Kriegsgerichtsverfahren beschäftigt war, dass ohne Zweifel auf ihn warten würde, sobald die Krise beigelegt war.

Falls wir dann überhaupt noch leben, dachte er missmutig.

»Sie verhalten sich ruhig«, erwiderte der Commodore schließlich müde. »Ich könnte mir vorstellen, dass sie dort so zerstritten sind wie alle anderen auch. Die eine Hälfte will uns vermutlich umbringen und die andere zu uns überlaufen.«

»Irgendetwas müssen wir doch tun können«, wandte Deborah ein. »Hier zu warten, dass Hernandez seinen nächsten Zug macht, ist reiner Selbstmord.«

»Und was schlagen Sie vor?«, fragte Westling mit schiefem Grinsen. »Wenn wir versuchen, Hernandez zu verhaften, lösen wir todsicher den

Bürgerkrieg aus, den wir eigentlich verhindern wollen. Er hat im Moment nicht genügend Truppen, um gegen uns vorzugehen, aber sie genügen mit Sicherheit, um die Gouverneursresidenz zu verteidigen. Mal ganz davon abgesehen, dass wir vor demselben Problem stehen wie er. Falls wir den ersten Schuss abgeben, treiben wir die Unentschlossenen in sein Lager. Wer auch immer zuerst feuert, wird als Bösewicht dastehen.«

Dieses Dilemma besaß eine surreale Komponente, die Jonathan nicht mehr losließ.

Es war wie ein Paradoxon. Völlig egal, was sie machten, es würde zwangsläufig den Feind stärken. Taten sie nichts, würde Hernandez über kurz oder lang so viel Unterstützung zurückerlangen, dass er gegen sie loszuschlagen imstande war. Schlugen sie hingegen zuerst los, würde diese Entwicklung nur noch beschleunigt. Es war schlichtweg zum Verrücktwerden.

Und doch gab es eine Sache, die er nicht ganz verstand, sosehr er sich auch das Hirn darüber zermarterte. »Warum dreht uns Hernandez nicht einfach den Saft ab?«

»Wie meinst du das?«, wunderte sich Deborah.

»Alle Schiffe der 4. Flotte sind mit dem Virus infiziert. Warum drückt er nicht einfach auf den Knopf und schaltet uns als Bedrohung aus? Zeit genug hätte er dafür gehabt. Dann kann er die Schiffe leicht einnehmen, selbst ohne die Unterstützung des größten Teils von Armee und Flotte.«

»Ja«, mischte sich Brandt mit monotoner Stimme und beinahe schon schüchtern ein. »Alle Schiffe der 4. Flotte sind infiziert. Bis auf die *Excalibur*-Kampfgruppe. Er kann uns nicht ausschalten.«

Jonathan warf ihm einen überraschten Gesichtsausdruck zu – und dann verstand er. »Als Sie die Schiffe infiziert haben, ließen Sie Ihre eigenen Einheiten aus. Sie sagten, es handele sich um eine frühe Version des Virus. Das bedeutet, es ist kein Trojaner. Und er überträgt sich nicht durch Funkkontakt oder Ähnliches. Er bleibt auf die Schiffe beschränkt, die infiziert wurden.«

»So ist es«, bestätigte der Commodore.

»Sie schlauer, kleiner Mistkerl!«, fluchte Deborah. »Sie haben alle anderen Schiffe zum Untergang verdammt, nur Ihre eigenen nicht.«

»Beruhige dich. Damit hat er uns einen Gefallen getan, auch wenn er es damals wohl nicht so beabsichtigt hatte. Sagen Sie mir, Brandt, warum? Warum haben Sie Ihre Kampfgruppe ausgelassen? Wollten Sie für den Fall der Fälle etwas gegen Hernandez in der Hinterhand haben? Oder war es purer Egoismus?«

»Ehrlich gesagt, weiß ich es nicht. Als es darauf ankam, konnte ich es nicht tun. Die Männer und Frauen unter meinem Kommando haben mir vertraut. Ich konnte es einfach nicht.«

»Wie dem auch sei. Dadurch gewinnen wir wenigstens etwas Zeit. Hernandez wird inzwischen gemerkt haben, dass sein Virus bei uns nicht funktioniert, und er wird schäumen vor Wut, aber er kann nichts gegen uns unternehmen. Vorerst.«

»Er könnte die Ruul auf uns hetzen.«

»Nein, kann er nicht. Die meisten auf Starlight wissen nichts von seiner Abmachung mit den Ruul. Falls er ihre Schiffe zu Hilfe ruft, werden seine Loyalitäten offenkundig und das Ergebnis wird sein, dass sich das ganze System gegen ihn stellt.«

»Ohne Verteidigungsanlagen oder Flotte wäre der Kampf schnell vorbei.«

»Sicher, aber Starlight würde in den Kämpfen zerstört werden und eins glaube ich ihm, Hernandez möchte unter allen Umständen, dass die Kolonie intakt bleibt. Und sei es nur aus dem einzigen Grund, dass er hier selbst das Kommando führen will.«

»Also, wir können nicht ewig hierbleiben und wir können nicht gegen Hernandez losschlagen«, fasste sie ihre Optionen zusammen. »Was bleibt dann noch?«

Jonathan überlegte fieberhaft, bis sich die einzige Option in den Vordergrund drängte, auf die noch niemand gekommen war. Ein leichtes Lächeln umspielte seine Lippen. »Angriff ist die beste Verteidigung.«

»Aber wir sind doch gerade übereingekommen, dass ein Angriff –«

»Nein, nicht auf Hernandez«, fiel Jonathan ihr ins Wort. »Wir greifen Nexus II an.«

»Den Mond? Du willst die Ruul angreifen? Ich kann dir ehrlich gesagt nicht ganz folgen.«

»Was ist das Einzige, was uns davon abhält, Lefferty und Hernandez zu verhaften?«

»Ihre immer noch beträchtliche Unterstützung durch das Militär und die Unentschlossenen, die sich im Falle eines Angriffs fast sicher dem Admiral zuwenden würden.«

»Genau. Und der Großteil der Soldaten ist unentschlossen, weil sie uns nicht glauben beziehungsweise nicht wissen, was sie glauben sollen.«

»Und?«

»Wir beschaffen uns die notwendigen Beweise. Und die sind allesamt entweder in der Gouverneursresidenz, zu der wir im Moment keinen

Zugang haben, oder auf Nexus II. Die dortige Slug-Kolonie ist streng geheim. Kaum einer weiß davon und die Soldaten auf Starlight schon gar nicht.«

»Das ist ein ziemlich gefährlicher Plan«, sagte Westling mit mehr als nur einem Hauch Hochachtung in der Stimme.

»Das ist Wahnsinn!«, wetterte Leduc immer noch, wobei er sich wiederholte.

»Es ist aber unsere einzige Chance, die Sache zu einem halbwegs guten Abschluss zu bringen. Wie viele ruulanische Truppen und Schiffe stehen im System?«

Brandt beugte sich interessiert vor, während er angestrengt nachdachte. Die Lethargie schien von ihm abzufallen, als sein Fachwissen als Taktiker gefragt wurde. »Was an Bodentruppen auf Nexus II stationiert ist, kann ich Ihnen nicht sagen. Nicht mit Bestimmtheit. Es könnten tausend sein oder auch zehntausend. Das wissen wir erst, sobald wir eigene Truppen landen. Aber es können nicht mehr als fünfzig oder sechzig ruulanische Schiffe im System sein. Eher weniger. Mit denen werden wir schon fertig.«

»Wir erledigen also ihre Kriegsschiffe, landen Truppen und erobern den Mond zurück«, führte Leduc aus. »Und dann?«

»Dann haben wir die Beweise, um Hernandez und Lefferty des Hochverrats und der Verschwörung zu überführen. Das sollte es eigentlich gewesen sein.«

»Wir erhalten noch mehr als das«, erklärte Brandt überraschend. Auf Jonathans Blick hin, fuhr er fort. »In der ruulanischen Kolonie – ich vermute in der dortigen Kommandozentrale – ist eine Vorrichtung. Sie ist angelegt als eine Art Kommunikationsplattform und in der Lage, ein Signal auszustrahlen, das das Virus an Bord der Schiffe der 4. Flotte und der Orbitalforts aktiviert. Erobern wir die Kolonie, verliert Hernandez die Möglichkeit, das Starlight-System jeden Schutzes zu berauben. Er verliert sein wichtigstes Druckmittel.«

»Langsam klingt das Ganze nach einem guten Plan«, jubilierte Jonathan. Die Schwere, die auf seinem Gemüt lastete, wich Entschlossenheit. Nun hatten sie endlich wieder ein Ziel vor Augen.

Jonathan wandte sich erstmals an den Til-Nara-Offizier. »Können wir mit Ihrer Unterstützung rechnen? Ein paar Tausend Til-Nara-Drohnen würden unsere Erfolgsaussichten exponentiell steigern.«

»Ich befürchte, das muss ich ablehnen«, erwiderte der Til-Nara. Sein Übersetzungsgerät blinkte im Takt seiner Worte. »Wir betrachten dies für den Moment als rein interne menschliche Angelegenheit.«

»Auf Nexus II befinden sich Ruul«, hielt Jonathan dagegen. »Die Til-Nara befinden sich immerhin im Krieg mit den Ruul.«

»Dass sich dort Ruul aufhalten, behaupten *Sie*. Verstehen Sie mich nicht falsch, wir glauben Ihnen durchaus. Im Prinzip jedenfalls. Doch falls Sie sich irren, beteiligen wir uns an einer militärischen Operation, die gegen die legale Regierung dieses Systems gerichtet ist. Im ungünstigsten Fall könnte dies das Ende der Allianz zwischen unseren Völkern bedeuten. Das können wir unmöglich unterstützen.«

»Also legen Sie Ihre Hände in den Schoß«, erwiderte einer der Marine-Offiziere. Der Til-Nara ließ sich von dem feindseligen Tonfall jedoch nicht beirren, falls er ihn überhaupt als solchen erkannte.

»Falls sich Ihre Behauptung als wahr herausstellen sollte, werden wir Sie und Ihr Anliegen unterstützen. Jedoch nicht vorher.«

»Wie Sie meinen«, antwortete Jonathan enttäuscht. »Dann liegt es also an uns, Nexus II zu befreien.«

Zustimmendes Nicken und halblautes Gemurmel antwortete ihm. Die Zurückhaltung der Til-Nara war in der Tat ärgerlich und verkomplizierte die bevorstehende Operation unnötig.

Jonathan warf Leech einen ungnädigen Blick zu. Der Programmierer trat bereits seit geraumer Zeit nervös von einem Fuß auf den anderen, bis der MAD-Offizier gar nicht anders konnte, als ihm einen fragenden Blick zuzuwerfen. »Was ist denn?«

Statt ihm zu antworten, wandte sich Leech an Brandt. »Sie sagten, die Vorrichtung ist angelegt wie eine Kommunikationsplattform. Woher wissen Sie das?«

»Ich war dort und habe es gesehen. Einmal. Wieso?«

Leech wurde mit einem Mal kreidebleich.

»Ist alles in Ordnung?«, fragte Jonathan besorgt.

»Nein, leider nicht. Ich muss mit runter, wenn die Marines die Kolonie einnehmen.«

»Nein, müssen Sie nicht.«

»Doch. Eventuell weiß ich einen Weg, das Virus zu neutralisieren. Dauerhaft. Aber dazu muss ich an diese Kommunikationsplattform ran.«

Jonathan wechselte einen schnellen Blick mit Brandt. »Das wäre natürlich in der Tat enorm hilfreich.«

»Mist!«, fluchte Leech. »Und ich hatte gehofft, ich müsste mich ab jetzt nicht mehr in Lebensgefahr bringen.«

»Keine Sorge«, entgegnete Jonathan leichthin. »Ihnen wird nichts passieren. Ich werde nämlich mit runtergehen und auf Sie aufpassen.«

Bei dieser Aussicht stahl sich ein schmales Lächeln auf Leechs Gesichtszüge, das jedoch nicht ganz darüber hinwegtäuschen konnte, dass er wohl gerade dabei war, in Gedanken sein Testament aufzusetzen.

»Wenn etwas richtig gemacht werden soll, muss man es selbst machen«, zitierte Hernandez. Die Lage entwickelte sich nicht unbedingt in seinem Sinne, trotzdem war er weit davon entfernt, in Panik auszubrechen. Ganz im Gegensatz zum Gouverneur.

Lefferty tigerte in seinem Arbeitszimmer auf und ab, setzte sich auf seinen Stuhl, nur um Sekunden später aufzuspringen und erneut auf und ab zu gehen.

Er tolerierte dieses peinliche Verhalten, solange es ihm möglich war, doch keine Sekunde länger. »Setzten Sie sich hin. Sie machen mich langsam nervös, und das kann ich mir im Augenblick nicht leisten.«

»Wie können Sie nur so ruhig dasitzen? Was gerade abläuft, ist eine Katastrophe. Anders kann man es nicht ausdrücken.«

»Ich würde es eher eine unvorhergesehene Komplikation nennen. Von einer Katastrophe sind wir doch noch weit entfernt.«

»Brandt hat uns hintergangen und sammelt an Unterstützung, was er kriegen kann, und wir sind nicht stark genug, um gegen ihn vorzugehen. Ich denke, über eine Katastrophe sind wir sogar längst hinaus.«

Der Admiral schmunzelte leicht angesichts Leffertys Verdrehung der Tatsachen. Wenn man es genau betrachtete, so waren *sie* doch die Verräter und Brandt stand nun wieder auf der richtigen Seite – was auch immer ihn dazu bewogen haben mochte. Doch die Einwände des Gouverneurs hatten auch etwas für sich. Tatsächlich bewegten sich Hernandez' und Leffertys Gedanken in ähnlichen Bahnen wie die der Offiziere an Bord der *Excalibur*. Den ersten Schuss abzugeben, würde zwangsläufig eine große Anzahl Unentschlossener ins gegnerische Lager treiben. Das lag einfach in der Natur des Menschen.

Das darf ich auf keinen Fall zulassen.

»Das Computervirus«, warf der Gouverneur plötzlich in den Raum.

»Was ist damit?«

»Die Ruul könnten das Virus aktivieren und Brandts Schiffe ausschalten. Dann wäre dieser Albtraum in einer Minute vorbei.«

In Gedanken verdrehte Hernandez die Augen. Wie konnte man nur so lange brauchen, um auf eine so einfache Lösung ihres Problems zu stoßen? »Und wie erklären wir dem Rest des Militärs, dass wir die Meutererschiffe derart leicht überwältigen konnten? Das würde im Moment mehr

Probleme aufwerfen als lösen. Das schlagen Sie sich mal ganz schnell aus dem Kopf.«

Er verschwieg wohlweislich, dass er die Ruul bereits vor Stunden kontaktiert und genau darum gebeten hatte. Der Anführer der ruulanischen Kolonie auf Nexus II war auch umgehend seiner Bitte nachgekommen, hatte die Sendeantenne auf Brandts Schiffe im Orbit um Starlight fokussiert und das Aktivierungssignal gesendet – und es war absolut nichts passiert. Dies ließ nur den einen Schluss zu, dass Brandt schon seit längerer Zeit mit sich haderte, was seine Rolle in Hernandez' Spiel betraf. Der Admiral hoffte nur, Brandts Befehlsverweigerung betraf lediglich seine eigene Kampfgruppe und nicht die gesamte Flotte. Falls der Commodore das Computervirus nicht auf die Flotte übertragen hatte, war der Schaden gar nicht abzusehen.

Das war auch der Grund, weshalb er dem Gouverneur nichts davon erzählt hatte. Der Mann war bloß noch ein Nervenbündel und seine geistige Gesundheit hing inzwischen an einem seidenen Faden. Eine weitere Hiobsbotschaft würde er kaum verkraften in seinem labilen Zustand.

Es klopfte zaghaft an der Tür.

»Herein!«, bellte Hernandez, wütend über die Unterbrechung.

Die Tür öffnete sich und das schüchterne Gesicht eines jungen Adjutanten erschien im Türspalt.

»Ja? Was gibt es denn?«

»Sir, Sie wollten informiert werden, sobald es etwas Neues gibt. Die *Excalibur*-Kampfgruppe ist soeben ausgelaufen.«

»Ausgelaufen? Welcher Kurs?«

»Nexus II.«

Hernandez' Gesicht verdüsterte sich. Mit einem ungeduldigen Blick scheuchte er den Mann aus dem Raum. Nach nur wenigen Sekunden hatte er ihn bereits wieder vergessen, so war er in Gedanken versunken.

Das war ein unerwarteter Schachzug von Brandt und den MAD-Nervensägen. Er war sehr aggressiv und brachte seine Pläne in ernste Gefahr. Es gab nur einen einzigen Grund, weshalb sie Kurs auf den zweiten Mond von Starlight nahmen.

»Sie sind hinter der ruulanischen Kolonie her.«

»Das wird ein Gemetzel geben.«

»Allerdings. Mit Hilfe der Truppen und Schiffe, die sie derzeit zur Verfügung haben, könnte es ihnen sogar gelingen, den Mond einzunehmen, wenn auch unter hohen Verlusten. Dort stehen nicht viele ruulanische Truppen und Brandts Kampfgruppe ist den wenigen ruulanischen Schiffen überlegen, wenn schon nicht zahlenmäßig, so doch zumindest technologisch. Das könnte den Ausschlag geben. Und falls Nexus II in ihre Hände fällt, bekommen sie damit die Mittel in die Hand, das Gros des Militärs auf ihre Seite zu ziehen.«

»Wir müssen sie aufhalten«, jammerte der Gouverneur. »Die ahnen ja gar nicht, was sie damit auslösen. Ein Angriff auf die Ruul würde …«

»Unsere Abmachung beenden«, vollendete Hernandez den Satz. »Sie haben recht, das darf nicht geschehen.«

Der Admiral drehte sich ruckartig um und steuerte mit weit ausgreifenden Schritten die Tür an.

»Wo gehen Sie hin?«

»Wohin wohl? Ich suche mir eine ComAnlage.«

»Die Stoßtruppen der Marines gehen als Erste rein«, erklärte Westling im Brustton der Überzeugung, die keinen Widerspruch duldete. »Wir räumen eine Landezone frei und sichern einen Brückenkopf.«

»Und wo?«, fragte Deborah.

Die Offiziere hatten sich um einen Holotank versammelt, der eine ziemlich gute dreidimensionale Nachbildung der Kolonie auf Nexus II zustande brachte. Während sich die Kampfgruppe dem Mond näherte, planten sie hier ihren Angriff.

»Dort.« Der Marine deutete auf einen Punkt des Hologramms, der etwas außerhalb der zentralen Kolonie in einem Vorort lag.

»Wie weit ist es von da bis zur Kommandozentrale?«, wollte die MAD-Offizierin zweifelnd wissen.

»Nicht ganz fünf Kilometer«, entgegnete Westling.

»Ziemlich weit durch Feindesland. Vor allem wenn man bedenkt, dass Hernandez die Slugs inzwischen vermutlich gewarnt hat. Sie werden auf uns warten.«

»Näher an der Zentrale zu landen, können wir uns nicht erlauben. Die Kolonie verfügt über eine ziemlich gute Luftabwehr und sie wird besser, je näher man der Kommandozentrale kommt. Ich denke, wir können davon ausgehen, dass Hernandez den Ruul die Kolonie intakt übergeben hat – inklusive funktionierender Waffensysteme.«

»Und wie geht's von dort weiter?«, erkundigte sich Jonathan.

»Von dort aus wird es ziemlich hart. Wir landen unsere Truppen und die schwere Ausrüstung und rücken gegen die ruulanischen Stellungen vor. Wir müssen uns praktisch Haus für Haus, Straße für Straße vorarbeiten. Das wird nicht angenehm – und leicht schon gar nicht.«

»Häuserkampf.« Jonathan konnte den Marine gut verstehen. Häuser- und Straßenkämpfe gehörten so ziemlich zu den schlimmsten und verlustreichsten Szenarien während einer Schlacht. Der Tod lauerte an jeder Ecke. Der MAD-Offizier schüttelte nachdenklich den Kopf.

»Haben wir für so eine Aktion überhaupt genügend Truppen?«

»Die Marines an Bord von Brandts Schiffen mitgerechnet, verfügen wir im Ganzen über etwas mehr als achttausend Mann und einige Dutzend Panzer und gepanzerte Fahrzeuge. Müsste eigentlich reichen. Ich würde mich jedoch sehr viel wohler fühlen, wenn ich wüsste, was uns erwartet. Blind in einer Kampfzone zu landen, schmeckt mir überhaupt nicht.«

»Die Ruul verfügen vermutlich über genauere Vorstellungen unserer Stärke«, nickte Jonathan.

»Dank Hernandez«, bestätigte Westling. »Aber es hilft alles nichts, da müssen wir jetzt durch.«

Damit traf der Berufssoldat den Nagel auf den Kopf. Und Jonathan würde ebenfalls mitten im Gefecht stehen. Er hatte Leech versprochen, auf ihn aufzupassen, und er gedachte, dieses Versprechen einzulösen. Also musste er mit runter. Deborah hingegen würde auf der *Excalibur* bleiben. Für alle Fälle. Sie waren sich darüber einig, dass jemand auf Brandt achtgeben musste, damit dieser nicht einknickte. Und sie waren sich ebenso einig darüber, dass diese Person Deborah zu sein hatte, da Brandt offensichtlich Gefallen an ihr fand und sich in ihrer Gegenwart höchstwahrscheinlich nicht zu einer Dummheit hinreißen ließ. Apropos Brandt, das brachte Jonathan gleich auf das nächste Thema.

»Wo stehen die ruulanischen Schiffe?«

Brandt ließ das Hologramm herauszoomen, bis der Bildausschnitt den Mond als Ganzes sowie einen großen Teil des umgebenden Weltraums zeigte.

»Hier.« Der Commodore deutete auf einen hellen Fleck zwischen Nexus I und II.

»Was ist das?«

»Ein Nebel aus verschiedenen kosmischen Gasen«, erläuterte Brandt. »Ungefährlich für Schilde oder eine Schiffshülle, doch Sensoren können ihn nicht durchdringen. Die ruulanischen Schiffe verstecken sich darin, um von unseren Patrouillen nicht entdeckt zu werden. Das hätte zu viele Fragen aufgeworfen, die Hernandez nicht beantworten wollte.«

»Aber Funksignale durchdringen den Nebel?«

Der Commodore nickte.

»Dann werden die Slug-Schiffe alles daransetzen, uns abzufangen, sobald die Kolonie sie zu Hilfe ruft.«

»Daher werden meine Einheiten ihnen auch nicht viel Luftunterstützung geben können. Ich kann Ihnen einige Jagdstaffeln überlassen, aber nicht mehr, jedenfalls nicht, solange die ruulanische Flotte nicht ausgeschaltet ist.«

»Sobald die Kolonie gefallen ist, beginnen wir mit dem Sammeln von Beweisen und Leech macht sich unverzüglich an die Arbeit, um das Virus zu deaktivieren.« Jonathan wies in Richtung des Programmierers, der still in der Ecke stand und nicht gerade glücklich dreinschaute. Der Mann war es eindeutig nicht gewohnt, im Zentrum einer militärischen Operation zu stehen.

Brandt nickte. »Und dann ist Leduc an der Reihe.«

Brandt und der MAD-Offizier wechselten einen vielsagenden Blick. Wie viel Leducs Hilfe wert war, musste sich erst noch erweisen. Der Militärattaché war freiwillig auf Starlight zurückgeblieben und von einem Stingray vor dem Auslaufen der Kampfgruppe zurück zur Oberfläche gebracht worden. Sein vordringlichstes Ziel war es, weiter für Unterstützung aufseiten des Militärs zu werben. Es ging ihm vor allem darum, die Generäle zu überzeugen, denn sie symbolisierten die eigentliche bewaffnete Macht auf Starlight. Sobald sie selbst die notwendigen Beweise hatten, würden sie diese umgehend nach Starlight schicken, wo Leduc sie benutzen konnte, um Hernandez und Lefferty bloßzustellen. Und anschließend – vorausgesetzt, es verlief alles nach Plan – würde Leduc mit seiner neu gewonnenen Unterstützung, die Gouverneursresidenz besetzen und den Gouverneur sowie Hernandez verhaften.

Hörte sich alles sehr einfach an, doch Jonathan wusste nur zu genau, es würde kein Kinderspiel werden. Auf den Gesichtern der Umstehenden spiegelten sich seine eigenen Zweifel wider, doch den eingeschlagenen Weg, hatten sie nun bis zum Ende zu gehen. Es gab kein Zurück mehr.

Aus dem Lautsprecher des Planungsraums drang plötzlich die Stimme von Commander Son-Tzu Lien, Brandts XO. »Sir, uns erreicht soeben ein Signal von Starlight. Für Sie persönlich.«

»Und wer? Leduc?«

Es folgte eine kurze angespannte Pause. »Nein, Sir. Es ist Admiral Hernandez. Er wünscht, Sie zu sprechen.«

Falls Jonathan die Pause zuvor bereits als angespannt empfunden hatte, so wurde er nun eines Besseren belehrt. Eine geraume Weile sagte keiner der Anwesenden ein Wort. Lien wartete so lange, wie er es aushielt. »Sir?«

»Ja, Commander. Ich habe Sie nicht vergessen. Stellen Sie ihn durch. Hierher. In den Planungsraum. Auf die Lautsprecher. Alle sollen mithören.«

»Aye-aye, Sir.«

»Brandt? Sind Sie da?«, drang nur wenig später Hernandez' arrogante Stimme aus dem Lautsprecher.

»Ja, Admiral, ich kann Sie hören.«

»Was denken Sie eigentlich, was Sie da tun?«

»Zum ersten Mal seit Langem das Richtige.«

»Ich dachte wirklich, Sie würden verstehen, was wir hier zu erreichen versuchen.« Zu Jonathans Überraschung wirkte Hernandez ehrlich enttäuscht. Was ihn noch mehr überraschte, war die Betroffenheit auf Brandts Gesicht. Jonathan knirschte unterdrückt mit den Zähnen. Der Commodore war schon wieder dabei, sich von Hernandez einlullen zu lassen.

»Melden Sie sich etwa nur, um mir Ihre rechtschaffene Enttäuschung um die Ohren zu schlagen?«

»Nicht im Geringsten. Ich melde mich, um Sie zu warnen. Drehen Sie ab. Greifen Sie die Kolonie nicht an. Ihr Plan wird nicht funktionieren.«

»Sparen Sie sich Ihre Worte. Wir werden nicht mehr zurückstecken und wir schätzen unsere Chancen, Nexus II einzunehmen, als gut bis sehr gut ein.«

»Da gebe ich Ihnen durchaus recht. Aller Wahrscheinlichkeit nach nehmen Sie den Mond ein, doch mit diesem Sieg werden Sie letztendlich Ihr Schicksal und das Schicksal jedes anderen Menschen im Starlight-System besiegeln.«

Hernandez' Ehrlichkeit, was die Erfolgsaussichten ihres Angriffs auf Nexus II betraf, ließ Jonathan verwirrt innehalten. Was hatte der Kerl nur vor?

»Wovon reden Sie?«, fragte Brandt, dem seine Ungeduld anzumerken war. Der Commodore hätte das Gespräch am liebsten sofort beendet.

»Es befindet sich eine große ruulanische Flotte in einem nahen System. Das System gehört zur RIZ und dient den Ruul als Aufmarschgebiet und Flottenbasis. Die Schiffe benötigen nur drei oder vier Stunden, um uns zu erreichen. Und sie verfügen ebenfalls über die Aktivierungscodes für das Virus, das Starlights Verteidigung ausschaltet. Sollten Sie Nexus II also tatsächlich angreifen und einnehmen, zwingen Sie die Ruul zu einer umgehenden und vernichtenden Vergeltungsaktion. Starlight würde in einem Flammenmeer untergehen.«

»Sie lügen!«

»Sie kennen mich doch jetzt wirklich lange genug, Viktor. Glauben Sie das ernsthaft? Glauben Sie, dass ich bluffe?«

Brandt warf Jonathan einen vielsagenden Blick zu, den der MAD-Offizier mit einem Nicken quittierte.

Brandt ist überzeugt, dass Hernandez die Wahrheit sagt. Das hat uns gerade noch gefehlt …

»Es gibt immer noch einen Weg, das Schlimmste zu verhindern«, nahm Brandt den Faden wieder auf. »Treten Sie zurück, Miguel. Treten Sie zurück und legen Sie Ihr Kommando nieder, damit wir Starlight retten können.«

Ein heiseres Lachen drang aus den Lautsprechern. »Sie kennen mich wirklich nicht, oder, Viktor?!«

Bevor Brandt antworten konnte, wurde die Verbindung unterbrochen und der Commodore senkte betreten den Kopf.

»Dachten Sie tatsächlich, er würde darauf eingehen?«, fragte Jonathan.

»Nein, aber einen Versuch war es wert.«

»Wie weit noch bis Nexus II?«

Brandt blickte zum Chronometer an der Wand. »Etwas mehr als eine Stunde.«

»Dann sollten wir uns wohl besser alle fertigmachen. Ich habe so das ungute Gefühl, dass der heutige Tag in die Geschichtsbücher eingehen wird – auf die eine oder andere Art.«

»Nun, das hätte besser laufen können«, erklärte Hernandez zu niemand Speziellem. Trotzdem fühlte sich der neben ihm stehende Gouverneur genötigt, darauf zu antworten.

»Was tun wir jetzt, Miguel?«

»Ich bin mir nicht sicher. Diese Willensstärke hätte ich Viktor gar nicht zugetraut. Kann natürlich auch sein, dass es sich einfach um einen Nebeneffekt der Anwesenheit dieser MAD-Schnösel handelt. Wie dem auch sei, wir müssen etwas unternehmen. Vielleicht etwas Aggressiveres.«

»Und was?«

Hernandez lächelte kalt, während er sich an den ComOffizier wandte. »Rufen Sie mir ein Shuttle und teilen Sie meinem Flaggschiff mit, es soll sich auf meine Ankunft vorbereiten.«

15

Ressourcen waren für die Streitkräfte, die das Starlight-System von den Ruul befreien sollten, Mangelware. Mit Ausnahme der *Excalibur*-Kampfgruppe verfügten sie nur über zwei altersschwache Truppentransporter der Elephant-Klasse der TKA, in der jeweils fünftausend Mann Platz fanden. Da sie jedoch weit weniger Soldaten auf ihrer Habenseite zu verbuchen hatten, konnte man sich über einen Mangel an Bewegungsfreiheit in den Schiffen beim besten Willen nicht beklagen.

Jonathan rutschte unruhig in seinem Sitz hin und her und bemühte sich nach Kräften, sich keine Sorgen zu machen oder sie sich zumindest nicht anmerken zu lassen. Leech, der auf dem Sitz neben ihm saß, hatte indes jeglichen Versuch in diese Richtung aufgegeben. Die Ärzte an Bord der *Excalibur* hatten sich gut um ihn gekümmert, seine Wunden versorgt und ihn mit Stimulanzien vollgepumpt, damit er den bevorstehenden Einsatz zumindest überstehen würde. In welchem Zustand er danach sein würde, stand indes natürlich auf einem ganz anderen Blatt.

Brandts Kampfgruppe hatte sie vor zwanzig Minuten verlassen und war Richtung Nebel abgedreht, um die ruulanischen Schiffe anzugreifen, die todsicher bereits dabei waren, sich kampfbereit zu machen.

Vor seinem Abflug hatte er ihnen allerdings noch einen Teil seiner Marines, zwölf Stingrays und fünf Jagdgeschwader überlassen. Es war nicht viel, doch es musste reichen. Mehr hatten sie einfach nicht.

Jonathan hätte es lieber gesehen, wenn Brandt geblieben wäre und ihnen mit seinen Schiffen Deckung gegeben oder ihren Angriff durch Orbitalbombardements unterstützt hätte, doch der Commodore hatte vermutlich recht. Es war wichtig, die ruulanischen Schiffe so früh wie möglich zu zerstören, bevor sie die Gelegenheit erhielten, ihnen in den Rücken zu fallen oder etwas ähnlich Störendes zu unternehmen.

Die Stoßtruppen der Marines griffen die ruulanische Kolonie auf Nexus II mit acht der Stingrays an. In jedem Stingray befanden sich hundert bis an die Zähne bewaffnete Marines und unter jedem Stingray hing ein schwerer Cherokee-Panzer. Es handelte sich nur um die erste Angriffswelle, aber sollte diese bereits scheitern, würde alles Folgende nur umso schwieriger – vielleicht sogar unmöglich.

Jonathan wünschte ihnen alles Glück der Welt.

»Captain, wir durchstoßen soeben die obere Atmosphäre«, teilte der Pilot des Stingrays Westling mit. Der Marine-Captain ersparte sich eine Antwort. Er wurde in seinem Sitz nach allen Regeln der Kunst durchgeschüttelt und befürchtete, sich übergeben zu müssen, falls er den Mund aufmachte. Egal wie oft er an solchen Aktionen teilnahm, er würde sich an das Geschüttel nie gewöhnen. Er bezweifelte ohnehin, dass der Pilot eine Antwort erwartete. Dieser widmete sich bereits wieder seiner nicht unwichtigen Aufgabe, seine Passagiere am Leben zu erhalten.

Entgegen seiner Gewohnheit hatte er sein HelmCom auf die allgemeine Gefechtsfrequenz geschaltet und verfolgte den Anflug der Stingrays quasi aus erster Hand. Es wäre ihm lieber gewesen, auch etwas zu sehen, anstatt nur den Kampfgesprächen zu lauschen, doch Bildschirme für die Offiziere gab es nur an Bord von Großraumtruppentransportern. An Bord von Stingrays war der arg begrenzte Platz für derlei technischen Schnickschnack zu wertvoll.

Die Zerberus- und Arrow-Staffeln, die Brandt ihnen überlassen hatte, flogen den ganzen Weg zur Oberfläche Geleitschutz. Sie lenkten todesmutig das Feuer auf sich und von den Stingrays ab und zerstörten identifizierte feindliche Stellungen. Flakfeuer und Laser tasteten den ganzen Weg zur Oberfläche nach den Angreifern und sowohl Geleitjäger als auch Stingrays flogen wilde Ausweichmanöver.

Die angepeilte Landezone befand sich auf einem kleinen Marktplatz außerhalb der eigentlichen Kolonie. Westling hatte sie aus zweierlei Gründen ausgewählt. Erstens: Er war davon ausgegangen, dass die Luftabwehr schwächer sein würde, je weiter sie von der zentralen Kolonie entfernt landeten. Zweitens: Es war der einzige Ort, der groß genug war, die Landung überhaupt zu ermöglichen. An allen anderen infrage kommenden Landezonen standen entweder die Gebäude zu dicht beieinander oder stellte die zu erwartende Luftabwehr ein unüberwindbares Problem dar.

Doch leider schienen sich die Ruul nicht an die Spielregeln halten zu wollen. Ihre angepeilte Landezone wurde überraschend verbissen verteidigt. Die Verteidigung glich einem engmaschigen Netz, durch das die Stingrays und ihre Jägereskorte hindurchstießen.

Eine Flakgranate riss einem Stingray die Backbordseite auf und schleuderte Ausrüstung und Soldaten in die Tiefe. Das Sturmschiff selbst hielt sich noch einige Momente träge in der Luft, bevor die Triebwerke ausfielen und es trudelnd abstürzte, eine ölige Rauchwolke hinter sich herziehend. Westling schloss die Augen und schickte für seine gefallenen Kameraden ein Stoßgebet gen Himmel, bevor er sich wieder auf die ringsum tobende Schlacht konzentrierte.

Zwei Zerberusse wurden von Luftabwehrlasern der Slugs in Stücke geschnitten. Die Piloten hatten nicht mal die Zeit, ihre Schleudersitze auszulösen. Drei feindliche Laserstellungen schossen sich auf einen weiteren Stingray ein und schlitzten sowohl Backbord- als auch Steuerbordseite vom Bug bis zum Heck auf. Das Innere des Schiffes verwandelte sich binnen Sekunden in eine glühend heiße Todesfalle, als Megajoule an Energie die metallene Außenhaut traktierten.

Westling rollte eine einzelne Träne über die Wange, als er über Funk die Todesschreie seiner Kameraden hörte. Schließlich explodierten die Treibstofftanks des havarierten Stingrays und beendete die Leiden seiner Insassen.

»Noch drei Minuten bis zum Absetzpunkt«, informierte der Pilot ihn.

Als hätten die Ruul es gehört, verstärkte sich das Abwehrfeuer sogar noch. Die Slugs waren entschlossen, die Landung zu verhindern. Innerhalb weniger Augenblicke gingen drei Arrows und zwei Zerberusse verloren. Jeder der überlebenden Stingrays erlitt schwere Blessuren, doch Fortuna war auf ihrer Seite, denn sie verloren keines der Sturmschiffe mehr.

»Fertig machen!«, brüllte er über HelmCom. Hinter ihm überprüften seine Soldaten ein allerletztes Mal ihre Ausrüstung oder luden ihre Waffen durch. Es stellte mehr ein beruhigendes Ritual dar, als dass es einem wirklichen Zweck diente. Die Männer und Frauen waren allesamt Profis und die Ausrüstung schon lange kampfbereit.

Über HelmCom bekam er mit, wie die Zerberusse und Arrows an den Stingrays vorbeipreschten und Jagd auf feindliche Stellungen machten. Es entbrannte ein heftiger Schlagabtausch zwischen ihrer Jägereskorte und den ruulanischen Stellungen. Kurzzeitig schienen die Slugs die Stingrays sogar vollkommen vergessen zu haben. Die Menschen verloren innerhalb kürzester Zeit weitere sieben Zerberusse und drei Arrows. Im Gegenzug zerstörten die Jäger vierzehn feindliche Stellungen. Es würde noch mehr geben, doch die Erfolgsbilanz der Jäger konnte sich sehen lassen.

Und die überlebenden Stellungen sind ohnehin unser Problem.

Ein heftiger Ruck ging durch den Stingray und die Marines wurden in ihre Sicherheitsgurte geworfen, als der Pilot die Landedüsen zündete, um das Schiff in zwei Sekunden knapp über dem Boden auf null abzubremsen. Westling drehte sich der Magen um und er kämpfte gegen den aufkeimenden Brechreiz an. Sein Magen hing ihm irgendwo am Adamsapfel.

Der Anflug auf die LZ erfolgte mit Höchstgeschwindigkeit, um ein möglichst schwieriges Ziel zu bieten. Die Piloten der Stingrays bremsten erst im letztmöglichen Augenblick ab. Nicht selten warteten sie damit zu lange und Stingray samt Besatzung und Marines gingen verloren, doch nicht heute. Die sechs überlebenden Stingrays schwebten wenige Meter über dem Boden. Die Luken sprangen auf.

»Los! Los! Los!«, schrie Westling, während die Marines bereits durch die geöffnete Luke strömten. Westling selbst sprang als Letzter. Die Zwillingslaser auf der Oberseite der Stingrays eröffneten im selben Moment fauchend das Feuer – wohl eher, um die Slugs in Deckung zu zwingen, als wirklich in der Hoffnung, etwas zu treffen.

Über ihnen schwärmten Zerberusse und Arrows paarweise aus. Sie ließen Laserfeuer und Raketen auf ruulanische Stellungen regnen, während die Slugs ihrerseits die Jäger aufs Korn nahmen.

»Alle mal herhören«, sprach er ruhig in sein HelmCom. Er war erfahren genug, um zu wissen, wie aufreibend und aufregend eine solche Operation selbst für erfahrene Truppen sein konnte. Seine ruhige, professionelle Art würde sich auf seine Soldaten übertragen und dafür sorgen, dass sie ihren Job taten.

»Die Luftabwehrstellungen sind unser erstes Ziel. Während die Stingrays die Panzer abladen, werden wir die Umgebung sichern. Schaltet aus, was ihr könnt, aber für stärkere Stellungen und größere Truppenansammlungen fordert Luftunterstützung an. Haltet Sichtkontakt zu anderen Einheiten und geht auf keinen Fall unter Zugstärke auf die Jagd. Kompanie Echo kommt mit mir. Viel Glück.«

Eine Landezone unter Beschuss zu räumen und einen halbwegs brauchbaren Brückenkopf zu sichern, gehörte wohl zu den schwierigsten militärischen Aufgaben einer Truppe im Feld. Die Ruul waren ziemlich schnell im Bilde, was vor sich ging, und setzten alles daran, die Menschen zurückzutreiben. Bereits nach kürzester Zeit gingen Artilleriegranaten auf die Landezone nieder. Nur kleines Kaliber zwar, das hauptsächlich für Infanterie eine Bedrohung darstellte, doch Westling verspürte nicht die geringste Lust, dessen größere Brüder kennenzulernen.

»Bravo- und Delta-Kompanie, die Artillerie ausschalten. Sie müsste sich etwa einen halben Klick westlich befinden. Seid vorsichtig und achtet auf mögliche Hinterhalte.«

»Foxtrott-Kompanie, eingraben und Stellung sichern. Zulu- und Baker-Kompanie nach Osten und Norden ausschwärmen und feindliche Stellungen ausheben.«

Westling gab den Soldaten der Echo-Kompanie, die sich hinter ihm versammelt hatten, ein kurzes Zeichen und die Marines setzten sich in südlicher Richtung in Bewegung. Indem er die Kompanien in alle Himmelsrichtungen ausschwärmen ließ, verringerte er die Möglichkeit, dass die Slugs einer seiner Einheiten in den Rücken fallen konnten. Hätte er über mehr Truppen verfügt, hätte er jeweils zwei Kompanien in jede Himmelsrichtung geschickt und zusätzlich mindestens drei oder vier in der Landezone belassen, damit sie im Notfall als Reserve und schnelle Eingreiftruppe fungieren konnten.

Die Stingrays waren unterdessen dabei, die Cherokees abzuladen. Drei der Ungetüme standen bereits kampfbereit auf dem Marktplatz, die Besatzungen richteten die gedrungenen Türme mit den doppelläufigen Lasergeschützen auf die drei wichtigsten Zufahrten zum Marktplatz, für den Fall, dass die Ruul sich zu einem Gegenangriff entschlossen.

Über ihnen schossen in diesem Moment Reaper vorüber, die die Landezone mit ihren Lasern beharkten, kaum dass sich ihnen lohnende Ziele boten. Marines hechteten vor dem Beschuss in Deckung. Westling selbst suchte in einem Hauseingang vorübergehende Zuflucht, während sich seine Männer verteilten. Die Geschütze der Stingrays erwiderten das Feuer, doch ohne viel auszurichten. Die Reaper waren einfach zu schnell. Einer der Stingrays erlitt mehrere Volltreffer. Das Sturmschiff wurde zwar nicht zerstört, doch plötzlich setzten seine Triebwerke immer wieder stotternd aus.

Das Schiff fuhr seine Landekufen aus und setzte schwerfällig auf. Westling begrüßte die Entscheidung des Piloten. Sie konnten es sich nicht leisten, Stingrays auf diese Weise zu verlieren. Der Beschuss der ruulanischen Jäger dauerte noch fast eine Minute an. Doch schon waren Arrows zur Stelle, die die Reaper in ein heftiges Gefecht verwickelten. Trümmerstücke zerstörter Maschinen beider Seiten stürzten vom Himmel.

Ja, Westling hätte sich bedeutend mehr Unterstützung gewünscht, doch er musste mit dem auskommen, was ihm zur Verfügung stand. Eine weitere Artilleriesalve ging auf dem Marktplatz nieder und schleuderte Dreck und Geröll in die Luft. Marines warfen sich erneut zu Boden. Einige standen nicht mehr auf. Der Marine-Captain hoffte inständig, was ihnen zur Verfügung stand, würde ausreichen, die Kolonie zu nehmen.

»Noch zwanzig Minuten bis zum Nebel, Commodore.«

Brandt nahm die Information seines XO mit einem ruhigen Nicken zur Kenntnis. Insgeheim spürte er jedoch wachsende Zweifel an sich nagen.

Außer Lien wusste niemand unter seiner Besatzung von seiner Beteiligung an Hernandez' Verschwörung. Die MAD-Offizierin Deborah Kirelsky und er waren übereingekommen, dass es weder sinnvoll noch zweckmäßig wäre, sie darüber zu informieren. Vermutlich wären sie ihm von diesem Moment an nicht mehr gefolgt. Allermindestens jedoch hätten sie ihm nicht mehr vertraut, und das wäre in einer Gefechtssituation tödlich gewesen.

Es spielte jedoch auch keine Rolle, ob sie es wussten. *Er* wusste es. Und es schwärte wie eine eitrige Wunde in seinem Herzen. Sein eigener Verrat erschreckte ihn zutiefst. In den letzten Stunden hatte er wiederholt versucht, es sich schönzureden, hatte allerhand Ausreden für sein eigenes Handeln gesucht, gefunden und wieder verworfen. Am Ende blieb es Verrat an seiner eigenen Spezies.

»Womit haben wir wohl zu rechnen?«, fragte Deborah und schreckte ihn damit aus seinen Gedanken auf. Ihre Fähigkeit, sich ihm unbemerkt zu nähern, hatte etwas Irritierendes an sich. Trotzdem war er froh, sie auf der Brücke der *Excalibur* zu wissen. Ihre Nähe gab ihm … Halt. Ja, das war das richtige Wort. Sie gab ihm Halt in einer Zeit, in der er sich verzweifelt darum bemühte, nicht den Verstand zu verlieren angesichts seiner eigenen Schwäche, seiner eigenen Unzulänglichkeit.

Er fragte sich immer noch, wie er so tief hatte sinken können. Vor der ruulanischen Invasion und der Enterung der *Excalibur* während der ersten ruulanischen Angriffswelle wäre so etwas nie vorgekommen. Wäre er noch der Mensch, der er vor der Invasion gewesen war – pflichtbewusst, ehrenvoll und stolz –, er hätte Hernandez augenblicklich erschossen, sobald dieser mit seinem Vorschlag von Separatfrieden und Hochverrat an ihn herangetreten wäre. Doch nun? Wer war er eigentlich im Augenblick noch? Er wusste es selbst nicht zu sagen.

»Commodore?«, hakte die MAD-Offizierin ein wenig ungehalten nach und Brandt erkannte, dass er ihr immer noch nicht geantwortet hatte.

»Keine Ahnung. Die genaue Zusammensetzung ihrer Flotte haben uns die Ruul immer verschwiegen. Ihre ungefähre Stärke kenne ich nur aus einigen Scans, die ich selbst durchgeführt habe.«

»Sie haben also eine gewisse Vorstellung von ihren Einheiten?«

»Ich vermute, wir haben es mit drei oder vier Trägergruppen zu tun. Möglicherweise noch unterstützt von einer Schlachtträger- oder Schlachtschiffgruppe. Wären es mehr, wäre die Flotte zu groß, um sich in diesem Nebel zu verstecken.«

Deborah schürzte nachdenklich die Lippen.

Ruulanische Trägergruppen umfassten jeweils drei bis vier ältere Träger, die von mehreren Schweren Kreuzern und Zerstörern eskortiert wurden. Schlachtträger- und Schlachtschiffgruppen hingegen bestanden aus exakt vier Schlachtträgern beziehungsweise Schlachtschiffen, die *ausnahmslos* von Schweren Kreuzern begleitet wurden.

Terranische Geschwader umfassten insgesamt zwanzig Schiffe unterschiedlicher Klassen und Typen. Die *Excalibur*-Kampfgruppe hingegen bestand aus zwei verstärkten Geschwadern zu je dreißig Schiffen. Zu den schwersten Kalibern der Kampfgruppe gehörten die *Excalibur* selbst sowie sieben weitere Schlachtschiffe der Shark-Klasse und acht Schlachtträger der Nemesis-Klasse. Des Weiteren zählten zehn Leichte und achtzehn Schwere Kreuzer sowie sieben Zerstörer und neun Fregatten zum Aufgebot der Kampfgruppe.

Theoretisch sollten sie mit allem fertigwerden, was im Nebel auf sie lauerte, doch die Ruul standen nicht unbedingt in dem Ruf, Angsthasen zu sein, und sie waren für ihre Überraschungen berüchtigt. Stünde ihnen auch der Rest der 4. Flotte zur Verfügung, wäre die Sache ein Kinderspiel. Doch dem war leider nicht so.

Brandt hatte nicht den Hauch eines Zweifels, dass er mit allem fertigwerden würde, was die Ruul gegen ihn aufzufahren imstande waren, doch er gab sich keinen Illusionen hin. Seine Kampfgruppe würde gehörig Federn lassen müssen, bis das Gefecht vorüber war.

»Sir«, brachte sich Lien in Erinnerung, »wir erhalten unregelmäßige Daten aus dem Nebel. Da tut sich etwas.«

Brandt beugte sich interessiert in seinem Kommandosessel vor. »Können Sie mir schon Genaueres sagen?«

»Leider ni… Einen Moment, da kommt etwas aus dem Nebel.«

»Was ist es?«

»Hunderte kleiner Objekte, Commodore!«

Brandt wusste sofort, womit sie es zu tun hatten. »Jägerangriff! Kampfgruppe zusammenziehen und mit den Flakbatterien einen Teppich legen. Wir müssen eine Todeszone errichten. Befehl an die Schlachtträger: Jagdgeschwader ausschleusen und Gefecht aufnehmen.«

»Aye-aye, Sir!«, brüllte Lien und bellte kurz darauf seine Befehle.

Dieser verschwenderische Einsatz von Jägern war typisch für die Ruul, sobald sie sich in die Ecke gedrängt fühlten. Eigentlich hätte er damit rechnen müssen. Innerlich verfluchte er seine eigene Unentschlossenheit. Er hätte die Jäger längst ausschleusen lassen müssen, um mit ihnen einen Verteidigungsgürtel vor der Kampfgruppe zu etablieren.

Nun verloren sie wertvolle Zeit.

Auch *das* wäre ihm früher nicht passiert.

Auf seinem taktischen Hologramm verfolgte er, wie sich die Formation seiner Schiffe enger zusammenzog und die Schlachtträger in schneller Folge ihre Jäger ausstießen. Röhrend eröffneten die Flakbatterien der Kampfgruppe das Feuer, wobei sich keine der Geschützmannschaften auch nur einen Deut darum scherte, auf die feindliche Formation zu zielen. Brandts Befehl hatte anders gelautet. Und zwar legten die Flakmannschaften eine nahezu undurchdringliche Wand aus Explosivgranaten und Schrapnellen zwischen die Kampfgruppe und den herannahenden Feind. In einem solchen Gefecht wurde Zielen zur Nebensache.

Aber die Jäger würden nicht mit so halsbrecherischer Geschwindigkeit vorstürmen, wenn die Großkampfschiffe nicht gleich dahinter wären.

In diesem Moment schob sich schon das erste ruulanische Schiff – auf Brandts Hologramm als großes rotes Dreieck gekennzeichnet – aus dem Nebel, gleich darauf noch eines und noch eines. Es waren zwei Träger und ein Typ-8-Kreuzer. Damit aber noch nicht genug, kam hinter dem Trio ein ruulanischer Tartarus-Schlachtträger in Sicht. Und das war mit Sicherheit nur der Anfang.

Oh, oh, das wird übel.

Der Raum zwischen den beiden Flotten füllte sich mit Tod und Zerstörung, als die Reaper auf die Wand aus Feuer trafen, die die Flaks inzwischen aufgebaut hatten. Die ruulanischen Jäger waren schnell und wendig und doch half es ihnen nicht, diesem Feuersturm zu entkommen. Sie detonierten zu Dutzenden. Die terranischen Geschwader hielten sich sorgsam zurück, um den eigenen Flaks nicht in die Quere zu kommen.

Erste Reaper durchbrachen den Teppich der Flakexplosionen, um die terranischen Schiffe dahinter anzugreifen, nur um von Arrows und Zerberussen empfangen zu werden. In der Zwischenzeit schoben sich immer mehr ruulanische Schiffe aus dem Nebel und nahmen gegenüber den terranischen Schiffen Aufstellung.

»Mr. Lien. Fertig machen zum Torpedogefecht.«

»Aye-aye, Sir. Fertig machen zum Torpedogefecht.«

Brandt gönnte sich zum allerersten Mal einen ungehinderten Blick auf seinen Gegner. Es waren rund fünfzig Schiffe. Einige alte Träger und Zerstörer waren darunter. Im Großen und Ganzen handelte es sich um die Aufstellung und Zusammensetzung, die er sich vorgestellt hatte. Was ihm allerdings größte Sorgen bereitete, waren die große Anzahl Typ-8-Kreuzer und die vier Schlachtträger, über die der Feind verfügte.

Die MAD-Offizierin trat neben ihn und schluckte schwer. Er lächelte ihr aufmunternd zu. »Nur keine Sorge. Die kriegen wir schon klein.«

»Sagen Sie das, weil Sie wirklich daran glauben, oder nur, um mich zu beruhigen?«

Er zuckte nonchalant mit den Achseln. »Ein bisschen von beidem.«

Sie lächelte ihn dankbar an, musste jedoch den Platz räumen, als Lien näher trat.

»Commodore, feindliche Einheiten nähern sich auf Torpedoreichweite.«

Das Jägergefecht hatte sich inzwischen verlagert und tobte nun im freien Bereich und zwischen den Schiffen. Die Flaks hatten weitgehend das Feuer eingestellt und verschossen nur noch einzelne, gezielte Salven auf sich bietende Ziele, da nun die sehr reale Gefahr bestand, eigene Schiffe und Jäger zu treffen.

Brandt gab über die Tastatur an seiner rechten Lehne einen einzelnen Befehl ein, woraufhin auf dem Display mehrere Markierungen erschienen. Der Computer errechnete Anflugvektoren und benötigte Zeit für einen ersten erfolgversprechenden Torpedoschlag. Noch während sie zusah, überschritten die ersten ruulanischen Schiffe die Linie für die erste Torpedowelle.

»Mr. Lien. Feuer frei!«

»Aye-aye, Sir. Alle Schiffe: Feuer frei!«

Der taktische Offizier der *Excalibur* reagierte ohne Verzögerung. Seine Finger flogen über die Konsole vor ihm, als er sich mit den taktischen Offizieren der anderen Schiffe abstimmte und den Befehl weitergab.

Das Ergebnis war eine einzelne massive Salve der *Excalibur*-Kampfgruppe, die ihre Vernichtungskraft auf die ruulanische Flotte voraus konzentrierte. Brandt tippte mit den Fingerspitzen beider Hände ungeduldig auf die Lehnen seines Kommandosessels. Die Ruul reagierten noch nicht. Wozu auch? Die Slugs wussten sehr genau, dass sie mit den eigenen Waffen die terranischen Schiffe noch nicht erreichen konnten. Sie würden jedoch noch früh genug auf den Beschuss reagieren. In dieser Hinsicht brauchte er sich keinen Illusionen hinzugeben.

Während die Torpedosalve sich dem Gegner näherte, waren die Besatzungen auf den Torpedodecks der terranischen Schiffe jedoch alles andere als untätig. Die Rohre wurden geöffnet, neue Projektile in Position gebracht und die Rohre nachgeladen.

»Zweite Salve bereit«, meldete Lien.

»Zweite Salve los!«

»Zweite Salve los. Aye-aye.«

Eine weitere Welle folgte der ersten und wenige Minuten später noch eine dritte. Erst jetzt begannen die ruulanischen Flakmannschaften mit der Arbeit. Den terranischen Torpedos schlug eine Flammenwand entgegen, ähnlich der, die die ruulanischen Jäger empfangen hatte. Die Anzahl der Lenkwaffen wurde merklich ausgedünnt. Dutzende von Explosionen erhellten die Schwärze des Alls.

Brandt hatte kaum Hoffnung, dass von der ersten Salve eine angemessene Anzahl Geschosse würde durchkommen können. Das spielte auch keine Rolle. Der Beschuss musste so lange wie möglich aufrechterhalten werden, und ab einem bestimmten Punkt würde die anhaltende Dichte anfliegender Flugkörper Wirkung zeigen und die feindliche Abwehr übersättigen. So hoffte er jedenfalls.

»Feindlicher Torpedoabschuss!«

Brandts Blick zuckte sofort zu seinem taktischen Hologramm. Die Ruul begannen mit ihrem eigenen Feuerwerk, kaum dass die terranischen Schiffe in den Feuerbereich ihrer Waffen eingedrungen waren.

Schnell überprüfte er den Standort seiner Jäger. »Mr. Lien, die Jäger zurückziehen. Wir brauchen freie Bahn für die Flak. Sobald die feindlichen Torpedos in Reichweite sind, Feuer frei. Die Mannschaften sollen schießen, bis die Rohre glühen.«

Die ersten terranischen Torpedos drangen auf die ruulanische Flotte ein. Auf seinem Display verschwanden einzelne Symbole oder begannen zu blinken als Zeichen, dass die entsprechenden Schiffe schwer angeschlagen waren.

Ein alter ruulanischer Vorkriegs-Träger wurde gleich von mehreren Torpedos getroffen und buchstäblich in Stücke gerissen. Selbst die aktivierten Schilde halfen Schiff und Besatzung nicht mehr. Brandt bezweifelte sogar, dass sie etwas von den Einschlägen mitbekommen hatten, so schnell war das Ende über den Träger hereingebrochen.

Ein Typ-8-Kreuzer brach mit einem Schweif an geborstener Panzerung aus der Formation aus, ein weiterer fing an zu trudeln und rammte dabei versehentlich eine Fregatte, von der nicht viel mehr übrig blieb, als eine Ansammlung von Schrott.

»Einkommende Torpedos«, meldete sein XO.

Die Flaks der *Excalibur*-Kampfgruppe griffen mit all ihrer nicht unbeträchtlichen Macht nach den ruulanischen Flugkörpern. Die erste ruulanische Torpedowelle wurde komplett vernichtet. Der zweiten erging es ebenso, doch es kam der Punkt, an dem die Flaks nicht alle erwischten.

»Bereithalten für Aufprall!«

Das Schlachtschiff warf sich bockend zur Seite und auf Brandts taktischem Hologramm wurden die Bugschilde der *Excalibur* merklich dünner unter dem unbarmherzigen Beschuss des Gegners. Brandts Finger krallten sich in die Lehnen seines Kommandosessels, als er den feindlichen Beschuss aussaß.

Die *Excalibur* selbst kam relativ glimpflich davon. Lediglich fünf Torpedos schlugen in die stumpfe Schnauze und die rechte Flosse ein. Die Schilde absorbierten den Einschlag dreier Geschosse, doch zwei schlüpften durch die entstandene Bresche. Das Schlachtschiff verlor dabei drei Torpedorohre und einige wenige Energiewaffen der Bugbewaffnung. Der Verlust an Leben betrug nur acht, alle auf dem Geschützdeck.

Andere Schiffe hatten nicht so viel Glück.

Die Fregatte *Westchester* starb einen langsamen und qualvollen Tod. Die ruulanischen Torpedos nahmen sie praktisch Stück für Stück auseinander. Mit jedem Einschlag verlor das Schiff mehr an struktureller Stabilität und weigerte sich dennoch zu explodieren. Bereits nach dem zweiten Treffer stellte das kleine Schiff das Feuer ein. Nach dem dritten brannte der Antrieb aus und ließ die Fregatte steuerlos zurück. Nach dem sechsten Treffer konnten die Sensoren der *Excalibur* keine Lebenszeichen an Bord mehr feststellen.

Der Zerstörer *Milano*, dessen Position an der Steuerbordseite der *Westchester* lag, verlor ein Drittel seiner Besatzung durch einen direkten Treffer auf das Torpedodeck, nachdem zwei Einschläge zuvor die Schutzschilde geschwächt hatten.

Der Schlachtträger *Lexington* musste den Flugbetrieb einstellen, nachdem ein halbes Dutzend Torpedos in beide Startdecks eingeschlagen waren und den Bug des Schlachtträgers in eine Flammenhölle verwandelten, derer man nur Herr werden konnte, indem man die Decks versiegelte, die Luftzufuhr abschaltete und die Kraftfelder zum Weltraum hin deaktivierte. Außerdem blieb keine andere Wahl, als die Jäger der *Lexington* zum Auftanken oder Aufmunitionieren zu anderen Schlachtträgern umzuleiten.

Außer der Fregatte *Westchester* verlor die *Excalibur*-Kampfgruppe noch vier weitere Schiffe: einen Zerstörer, der versucht hatte, der *Milano* zu Hilfe zu eilen, und dabei in die Zielaufschaltung einiger Torpedos geraten war; einen Sioux-Kreuzer an der Backbordseite der *Excalibur*; zwei Leichte Falcon-Kreuzer.

Die Ruul hatten nicht minder Federn lassen müssen. Sie verloren bei dem Schlagabtausch neun Schiffe. Drei ältere Träger, die besagte Fregatte und fünf Typ-8-Kreuzer. Drei weitere Schiffe waren – soweit Brandt das beurteilen konnte – manövrierunfähig und keine Bedrohung mehr.

»Bericht!«, befahl er.

»Unsere Schilde sind runter auf knapp fünfzig Prozent, aber der Chefingenieur meint, dass sie in wenigen Minuten wieder bei siebzig stehen und dann pro fünf Minuten weitere zehn Prozent hinzukommen. Ansonsten sind wir gut weggekommen. Hätte schlimmer kommen können.«

Das war noch gar nichts. Die haben erst angefangen.

»Warum haben die Slugs das Feuer eingestellt?«, fragte Deborah mit zitternder Stimme. Brandt beschlich das dumpfe Gefühl, dass es das erste Gefecht überhaupt war, an dem sie teilnahm. Kein Wunder also, wenn sie nun etwas durch den Wind war.

»Aus dem gleichen Grund wie wir. Wir sind inzwischen zu nah. Torpedotreffer würden nicht nur den Feind, sondern uns in gleichem Ausmaß gefährden.«

»Und was bedeutet das für uns?«

»Jetzt kommt das Nahkampfgefecht.«

Und da ruulanischen Energiewaffen fast die gleiche Reichweite haben wie unsere, dürfte das sehr interessant werden.

Westling warf eine Handgranate in die geöffnete Tür des Gebäudes und wartete angespannt ab. Die Explosion zerriss das Innere und schleuderte Dreck, Blut und etwas, das stark an Hautfetzen erinnerte, durch Tür und Fenster.

Dem Marine-Captain klingelten noch immer die Ohren, als er durch die Öffnung sprang, seinen Soldaten dicht auf den Fersen. Er fand sich in einem Raum wieder, der früher vielleicht einmal als Wohnzimmer gedient haben mochte, doch nun eher einem Feldlager glich. Auf dem Boden lagen die Überreste von fünf Ruul, die sich hinter einer behelfsmäßigen Barrikade geduckt hatten. Es hatte ihnen nicht viel genutzt. Eine Granate wirkte in einer so beengten Umgebung wie eine Sense und verarbeitete alles zu Kleinholz respektive Hackfleisch.

Nach Stunden des Kampfes waren die Marines immer noch dabei, die Landezone für die Truppentransporter zu sichern. Die Ruul leisteten auf jedem Fußbreit erbitterten Widerstand und die Verluste auf beiden Seiten stiegen von Minute zu Minute. Von den hundert Soldaten der Echo-Kompanie waren nur noch zweiundsechzig am Leben. Nach dem, was er über Funk von anderen Einheiten hörte, hatte die Echo-Kompanie noch Glück gehabt. Einige seiner Kompanien lagen inzwischen unter fünfzig Prozent ihrer anfänglichen Stärke. Lange würden sie solche hohen Verluste nicht mehr durchhalten.

Westling führte seine Marines über eine kleine Wendeltreppe in das Stockwerk darüber. Weit und breit waren keine weiteren Slugs zu sehen. Entweder sie hatten durch eine glückliche Fügung des Schicksals die komplette Truppe innerhalb des Gebäudes bereits ausgeschaltet oder die übrigen Slugs hatten das Eindringen der Marines noch gar nicht bemerkt. An eine dritte Möglichkeit wollte Westling lieber gar nicht denken, nämlich dass die Slugs einen Hinterhalt für sie vorbereiteten.

Das Gebäude diente als Standort für eine schwere Flakstellung auf dem Dach. Es war eine der letzten, die den menschlichen Angreifern noch Sorgen bereitete. Waren diese und zwei andere erst einmal aus dem Weg geräumt, konnten die Truppentransporter endlich mit der eigentlichen Landung beginnen. Westling sah ungeduldig auf seine Armbanduhr. Zeit wurde es jedenfalls. Sie hinkten dem Zeitplan über eine Stunde hinterher. Die ruulanischen Stellungen rund um die Landezone hatten sich als ungemein harte Nüsse erwiesen. In der Zwischenzeit hatten sie drei ihrer elf Cherokee-Panzer verloren, alle drei durch mit Kreischern bewaffnete Slug-Trupps auf den Dächern. Die autonom operierenden ruulanischen Kriegertrupps stellten eine so enorme Bedrohung dar, dass Westling keinen anderen Ausweg gesehen hatte, als zusätzlich zu den verbliebenen Jägern auch noch die Stingrays Deckung aus der Luft fliegen zu lassen, um seine Panzer zu schützen, wodurch er wiederum eins der Sturmschiffe an eine Flakstellung verloren hatte. Es war zum Verrücktwerden.

Der Marine-Captain entdeckte voraus eine Luke, die aufs Dach führte. Sie war geöffnet; Sonnenlicht strömte herein und bildete ein viereckiges Muster auf dem Boden. Er sah das sprichwörtliche Licht am Ende des Tunnels.

Na endlich. Wird auch langsam Zeit.

Er bewegte sich vorsichtig darauf zu. Der Trupp hinter ihm folgte, die Waffen im Anschlag. Plötzlich stürmten drei Slugs aus einem Nebenraum. Sie schwangen die charakteristischen Schwerter und nahmen keine Rücksicht auf ihr eigenes Wohlergehen. Einer der Slugs köpfte den Marine hinter Westling mit einem einzigen Hieb. Den kopflosen Torso trat er einfach gegen den Mann dahinter. Ein anderer Ruul schlitzte einen Soldaten der Länge nach auf. Der Mann ging gurgelnd zu Boden und blieb in seinem eigenen Blut liegen.

Westling wirbelte auf dem Absatz herum und trieb dem Slug, der ihm am nächsten stand, das Bajonett seines Sturmgewehrs in den Rücken, zog es heraus, nur um es ein weiteres Mal hineinzustoßen und in der Wunde herumzudrehen. Der Ruul kreischte ohrenbetäubend auf, ließ sein Schwert fallen und schlug mit seinen Krallen wild um sich, wobei er einen Marine im Gesicht traf.

Einer der Ruul wollte seinem Kameraden zu Hilfe eilen, doch drei Marines nutzten ihre Chance und der Slug ging unter den Bajonetten der Soldaten ebenfalls zu Boden.

Der letzte Ruul ging wie ein Berserker auf die Marines los und trieb die Soldaten durch seine schiere Kraft auseinander. Westling setzte ihm nach, doch gerade als er sein Bajonett zum tödlichen Stoß ansetzte, fuhr der Slug herum und lenkte die Waffe mit seinem Schwert ab. Gleichzeitig schlug er mit seiner krallenbewehrten Hand nach ihm, wobei er Westlings Gesicht nur deshalb verfehlte, weil sich der Marine rücklings fallen ließ. Der Ruul fletschte mordlustig die spitzen Zähne und trat drohend einen Schritt näher, doch weiter kam er nicht. Hinter dem Ruul tauchte ein weiblicher Marine auf. Mit entschlossenem Gesichtsausdruck entlud sie ein ganzes Magazin in den Rücken des Kriegers. Dieser schwankte bedenklich, bevor die Schwerkraft ein Übriges tat und er neben Westling liegen blieb. Der Marine-Captain ließ sich von der Soldatin dankbar aufhelfen.

»Alles in Ordnung?«, fragte die Frau.

»Ja«, erwiderte er und ergriff ihre dargebotene Hand. Sie zog kräftig daran und schon stand er wieder auf den Füßen. »Danke, dass Sie mir das Leben gerettet haben.«

Die Frau grinste und lud ein neues Magazin nach. »Keine Ursache.«

Westling hob seine eigene Waffe auf. Über sich ertönte erneut das dumpfe Wummern der Flakbatterie. Das verdammte Ding musste unbedingt zum Schweigen gebracht werden. *Jetzt!*

Westling zog den Stift einer Granate ab und warf sie, ohne zu zögern, durch die geöffnete Dachluke. Über sich hörte er die gutturale, barsche Sprache der Ruul. Er verstand kein Wort, doch die Slugs klangen unüberhörbar überrascht. Dann folgte eine Explosion, die das Gebäude in seinen Grundfesten erschütterte.

Westling kletterte die Leiter hinauf, nahm zwei Sprossen auf einmal. Oben angekommen, nahm er sich einen Moment Zeit zur Orientierung. Qualm stieg von dem zertrümmerten metallischen Ungetüm auf, das einmal eine Flakbatterie gewesen war. Und von den Leichen dreier Ruul, die das Geschütz bemannt hatten. Ihre graugrünen Schuppenpanzer waren aufgerissen und das bloße Fleisch lugte darunter hervor. Ein vierter war gerade dabei, sich benommen wieder aufzurichten.

Zwei Marines, die hinter Westling die Luke hochstiegen, machten mit ihm kurzen Prozess.

Im Westen türmte sich plötzlich eine Explosionswolke auf, die die Aufmerksamkeit des Marine-Captains auf sich zog, kurz darauf noch eine zweite und eine dritte. Die Explosionen beherrschten den ganzen westlichen Horizont. Westling nickte zufrieden.

Na endlich. Schluss mit der Artillerie.

Er aktivierte sein HelmCom und klinkte sich in die Kampfgespräche ein, um sich einen Überblick zu verschaffen. Die Kämpfe flauten allerorts ab und es schien tatsächlich so, als würden sich die Ruul in Richtung zentrale Kolonie zurückziehen und den Menschen das Feld überlassen. Unter sich bemerkte Westling, wie sich zwei Cherokee-Panzer langsam die Straße hinauf vorarbeiteten. Die Fahrzeuge wiesen deutliche Kampf- und Brandspuren auf. Sie hatten einiges hinter sich. Doch jetzt schlug ihnen kein nennenswerter Widerstand mehr entgegen.

Ohne Unterstützung der Flaks hatten die Reaper und ruulanischen Bodentruppen den terranischen Jägern nicht mehr viel entgegenzusetzen. Die Arrows trieben die ruulanischen Krieger vor sich her, während die Zerberusse den Reapern heftig zusetzten. Kurz bevor sie in den Einflussbereich der Luftabwehr rund um die eigentliche Kolonie gerieten, drehten sie jedoch ab und gestatteten den übrigen ruulanischen Truppen den Rückzug. Um die schwereren Stellungen der Ruul zu überwinden, würden sie alles an Truppen und Ausrüstung brauchen, was sie in die Waagschale werfen konnten.

Er aktivierte die allgemeine Befehlsfrequenz. »Westling an Stingray eins. Rufen Sie die Truppentransporter. Es kann mit der Landung begonnen werden. Die LZ wurde gesichert. Ich wiederhole, die LZ wurde gesichert.«

Und zum ersten Mal seit Stunden setzte er sich auf den Boden und gönnte sich einige wenige Minuten der Ruhe.

Wer wusste schon, wann er wieder Gelegenheit erhalten würde, sich auszuruhen?

»Ladys und Gentlemen«, erklang die Stimme des Piloten in ihren Helmen. »Wir setzen jetzt zum Landeanflug auf Nexus II an.«

Das wurde auch langsam Zeit, dachte Jonathan verdrossen.

Ohne sich davon etwas anmerken zu lassen, drehte er sich zu Leech um und schenkte diesem ein breites Lächeln. »Sehen Sie? Alles gar kein Problem.«

Das Lächeln, das er im Gegenzug zurückerhielt, wirkte kein bisschen beruhigt.

Weit im Norden beobachtete Tedyr'solar-ano auf einem Balkon des Gebäudes, das früher einmal die Ziviladministration und Kommandozentrale der Kolonie beherbergt hatte, zerknirscht, wie seine Träume von Macht und Ruhm sich in Rauch auflösten. Die Explosion, die seine Artillerie pulverisierte, war sogar noch von seinem Standort aus deutlich zu sehen. Seine Krieger zogen sich ungeordnet zurück und wurden von den Menschen aus den Vororten der Kolonie gejagt. Die erste Phase der Schlacht war vorbei – und sie ging eindeutig an die Menschen, auch wenn seine Krieger wirklich gut gekämpft hatten. Er konnte ihnen beim besten Willen keine Vorwürfe machen. Sie wichen schlicht und ergreifend der Übermacht.

Die Schmach der Niederlage zehrte mit all ihren düsteren Konsequenzen an ihm. Doch sie kam nicht überraschend. Dieser Plan war Kerrelaks Werk und Tedyr hatte zu dessen ärgsten Kritikern gehört. Die Menschen zu benutzen, um das stark befestigte Starlight-System insgeheim zu okkupieren, das war einfach nicht die Art der Stämme. Obwohl er zugeben musste, dass der Plan erstaunlich gut funktioniert hatte. Zumindest am Anfang. In Hernandez und dem Gouverneur hatten sie willige Werkzeuge gefunden, die nur allzu bereit waren, alles zu tun, um den Ruul in die Hände zu spielen.

Und dann – Tedyr vermochte nicht einmal zu sagen, ab welchem Punkt dies geschehen war – war alles ganz furchtbar schiefgelaufen. Nun drangen menschliche Truppen in ihre Kolonie ein und es gab nichts, was er noch dagegen tun konnte. Der Widerstand seiner Krieger stand kurz davor zusammenzubrechen. Vor allem jetzt, da die nestral'avac eine Landezone gesichert hatten und dabei waren, einen Brückenkopf einzurichten. Kerrelak würde überaus enttäuscht sein und Tedyr wusste sehr genau, wem er die Schuld dafür zuschieben würde. Der jähzornige Kriegsmeister der Stämme war nicht für seine Gnade gegenüber Versagern bekannt. Die Kolonie war verloren. Es war nur noch eine Frage der Zeit.

Und trotzdem zögerte er noch immer. Kerrelaks Anweisungen waren klar. Geschah etwas Unerwartetes, das den Plan gefährdete, sollte Tedyr unbedingt sofort den Ruf nach Unterstützung absetzen. Innerhalb weniger Stunden würden ihm dann ausreichend Truppen und Schiffe zur Verfügung stehen, um das Blatt noch zu wenden.

Dies wäre jedoch einem Eingeständnis von Tedyrs Versagen gleichgekommen. Und das zu akzeptieren, fiel ihm äußerst schwer. Der solar-

Stamm war zwar nur klein, aber tapfer und seine Verdienste standen außer Frage. Kein Stamm hatte es je gewagt, den solar-Stamm infrage zu stellen, nicht einmal die karis, als die noch etwas zu sagen gehabt hatten.

Und als Ältester der solar war es seine Aufgabe, dieses Vermächtnis zu bewahren. Eine weitere Explosion türmte sich auf. Die Menschen hatten noch etwas in die Luft gejagt. Von seinem Standort aus, konnte er nicht sehen, was das war. Doch es lag im Bereich des Möglichen, dass es sich um den Standort von einigen seiner wenigen Panzer handelte. Damit schränkten die nestral'avac seine Handlungsmöglichkeiten weiter ein – noch mehr, als es ohnehin schon der Fall war.

Hinter ihm trat ein Krieger auf den Balkon und blieb diskret in einigem Abstand stehen. Tedyr brauchte gar nicht hinzusehen, um zu wissen, dass es sich um Kalan'solar-ano handelte, einen entfernten Verwandten, der ihm auf dieser Mission als Adjutant diente. Dies war die erste Mission des jungen Kriegers und so, wie die Dinge standen, würde es auch die letzte sein. Tedyr hielt es für ausgeschlossen, dass auch nur ein Einziger von ihnen lebend von diesem Mond entkommen würde. Der Älteste bedauerte fast, den jungen Krieger mitgenommen zu haben, schob diesen Gedanken aber schnell beiseite. Solche Regungen waren ebenfalls nicht die Art der Stämme.

Ein zischendes Geräusch, das die Luft durchschnitt, lenkte seine Aufmerksamkeit auf den Himmel. Über sich sah er, wie zwei große Truppentransporter der Menschen in die Atmosphäre eindrangen und in der Landezone niedergingen.

Genau das, was ich jetzt brauche. Noch mehr Menschen.

Trotz der überaus ernsten Situation, amüsierte ihn der Gedanke.

»Herr«, wagte der junge Krieger hinter ihm, das Wort an Tedyr zu richten. »Wie lauten Eure Befehle?«

Der Älteste dachte lange über die Frage nach. Und selbst jetzt, nachdem er die beiden Transporter gesehen hatte, die die Menschen mit frischen Truppen und Nachschub versorgten, fielen ihm die Worte, die er zu sagen hatte, so schwer wie nichts zuvor in seinem Leben.

»Schick eine Nachricht an Kerrelak. Wir brauchen Hilfe.«

16

Brandt wurde hart in die Gurte geschleudert, als die Breitseite des ruulanischen Schlachtträgers die *Excalibur* mit voller Wucht traf. Die Ruul bewiesen beim Steuern ihrer Schiffe ungemein Geschick und ein fast intuitives Gespür für Schwachpunkte. Er hatte von ihnen jedoch auch nichts anderes erwartet. Viele Offiziere – vor allem vor dem Krieg – verachteten die Ruul und sahen auf diese herab, nur weil sie Nomaden waren und kaum eigene Technologien entwickelten, sondern sie lieber stahlen und für ihre eigenen Bedürfnisse anpassten. Sie übersahen dabei völlig, was für einen Grad an Kreativität, Einfallsreichtum und vor allem Skrupellosigkeit hierfür notwendig war.

Es war vor allem diese Zurschaustellung offener Arroganz, die Brandts Meinung zufolge maßgeblich für die ersten schweren Niederlagen zu Beginn der ruulanischen Invasion verantwortlich war. Aus bitterer Erfahrung hatte er jedoch gelernt, dass die Ruul Meister an den Steuern und Waffen ihrer Schiffe waren. Sie durften keinesfalls unterschätzt werden.

Seit beide Flotten das Torpedogefecht eingestellt hatten, beschleunigten sie beständig aufeinander zu. Kaum waren sie in Waffenreichweite gekommen, hatten beide Seiten aus allen Rohren das Feuer eröffnet. Nun passierten sie einander auf kürzeste Distanz und beharkten sich mit allem, was sie aufbieten konnten. Und dabei teilten die Slugs genauso viel aus, wie sie einsteckten.

Ein Schwerer Sioux-Kreuzer wurde im Kreuzfeuer mehrerer feindlicher Typ-8-Kreuzer gefangen und regelrecht auseinandergenommen. Als Erstes fielen die Schilde aus, danach fetzten die Energiewaffen der Ruul Panzerplatte um Panzerplatte beiseite, bis die Energiewaffen tief ins Innere des menschlichen Schiffes vordrangen und dabei alles auf ihrem Weg verdampften. In wenigen Minuten verlor das Schiff fast vierzig Prozent seiner Besatzung an die ruulanischen Geschütze. Was von dem Kreuzer übrig blieb, hatte kaum noch etwas mit einem Raumschiff gemein. Feuer loderten auf nahezu allen Decks und ein Hüllenbruch hatte das Waffendeck zum Vakuum hin geöffnet. Die Überlebenden versuchten – soweit sie dazu in der Lage waren – ihr Schiff vor dem endgültigen Untergang zu bewahren.

Bei einem Falcon-Kreuzer versagte die Reaktorabschirmung, nachdem ein ruulanischer Zerstörer das Schiff aus Versehen gerammt hatte. Beide Schiffe vergingen in einem glühenden Inferno.

Zwei Shark-Schlachtschiffe schlossen sich zusammen, um ihr Feuer auf einen ruulanischen Schlachtträger zu konzentrieren. Zuerst schossen sie die Startdecks in Flammen, nur um sich anschließend auf Kommandodeck, Torpedodeck und Kommunikationsanlagen zu konzentrieren.

Das zum Untergang verurteilte Schiff schwenkte nach Steuerbord ab, in dem verzweifelten Bemühen, dem Todesstoß zu entgehen. Das einzige Ergebnis dieser Taktik war jedoch, dass es einem terranischen Schlachtträger vor die Waffen lief, der sich dem Angriff anschloss und dem Slug-Schiff den Rest gab. Nach und nach stellten die Waffen des ruulanischen Schlachtträgers das Feuer ein. Das Schiff brach unter dem konzentrierten Beschuss der drei Großkampfschiffe an vier Stellen auseinander.

Brandt verlor jedoch ein Schlachtschiff und zwei Schlachtträger durch einen kombinierten Angriff mehrerer Reaper-Geschwader, dem sich fast zwei Dutzend Typ-8-Kreuzer anschlossen. Die Schiffe wurden in beinahe berechnend professioneller Art von Brandts anderen Schiffen getrennt und aus allen Richtungen beschossen. Es war ein beeindruckendes Beispiel für rudelbasiertes Jagen, und wäre die Situation nicht so ernst gewesen, hätte Brandt das Gefecht mit weitaus mehr Faszination beobachtet. Ein weiteres Mal musste er sich in Gedanken vor den Slugs verbeugen. Sie hatten schon wieder eine neue Taktik entwickelt – eine äußerst wirkungsvolle dazu. Zwar bemühten sich mehrere von Brandts Einheiten, den Bedrängten zu Hilfe zu eilen, doch es war längst zu spät. Die Ruul verloren bei der Attacke fast alle an der Aktion beteiligten Reaper sowie sechzehn Kreuzer, doch der Verlust auf terranischer Seite schmerzte mehr. Brandt rief sich in Erinnerung, dass es den Ruul egal war, wie viele Schiffe und Leben sie verloren, solange sie nur dafür sorgten, dass der Verlust auf der Gegenseite höher war.

»Schadensbericht!«, brüllte der Commodore ärgerlich über die erneute Lektion, die ihm der Gegner erteilt hatte.

»Wir haben auf der Backbordseite fast alle Raketenwerfer und etwa zwanzig Prozent der Energiebewaffnung verloren. Lebenserhaltung auf Deck 8 versagt und wir haben zwei Hüllenbrüche auf Deck 11. Notkraftfelder halten jedoch und die Schadenskontrolle ist verständigt. Außerdem werden von allen Decks und aus allen Abteilungen Verluste gemeldet. Die Krankenstation hat alle Hände voll zu tun.« Lien spulte die Litanei der vielfältigen Schäden an der *Excalibur* atemlos herunter. Das Gefecht dauerte noch nicht lange, doch der Mann musste bereits zu Tode erschöpft sein, so wie Brandt selbst auch. Die Ruul besaßen ein Talent dafür, einen Gegner auszulaugen, nicht nur körperlich, sondern auch seelisch.

»Die Raketenbatterien an Steuerbord auf diesen Zerstörer ausrichten und Feuer«, befahl Brandt, während er mit einem Ohr die Schäden an der *Excalibur* registrierte.

Die Finger des taktischen Offiziers flogen über seine Konsole, und noch während Brandt auf das taktische Hologramm sah, verlosch das Symbol des ruulanischen Zerstörers, als die Anti-Schiffsraketenwerfer des Schlachtschiffs ihn aus dem All fegten.

»Munitionsstatus?«

»Bei den Raketen liegen wir jetzt bei etwa siebzig Prozent«, meldete sein XO.

Brandt kommentierte diese Information mit einem knappen Nicken. In diesem Augenblick verloschen die Symbole dreier weiterer ruulanischer Zerstörer und zweier terranischer Leichter Kreuzer. Dasselbe Schicksal erlitt kurz darauf eine Puma-Fregatte.

Das Shark-Schlachtschiff *Hannover* brach nach einem Schlagabtausch mit zwei ruulanischen Schlachtträgern, die das Kriegsschiff auf beiden Seiten flankierten, schlitternd aus der Formation aus. Weite Teile des Schiffes waren ohne lebenswichtigen Sauerstoff, die Panzerung war vom Bug bis zum Heck zertrümmert und fast neunzig Prozent der Bewaffnung waren zerstört. Seinen beiden Kontrahenten erging es jedoch nicht viel besser, sodass ein schneller Angriff eines halben Dutzends Sioux-Kreuzer eines der Schiffe zu erledigen imstande war und das andere steuerlos ins All davontrudelte. Jedoch verlor Brandt vorher einen weiteren der Schweren Kreuzer.

»Befehl an die *Hannover:* Aus dem Gefecht zurückziehen!«

Brandt wischte sich ungeduldig einen Schweißtropfen von der Stirn.

»Lien? Wie lange noch?«

Der XO der *Excalibur* konsultierte sein Datenterminal. »Die ruulanischen Schiffe sind noch etwa drei Minuten in Reichweite unserer Nahkampfbewaffnung, dann sind sie an uns vorbei.«

»Welchen Kurs schlagen sie ein?«

»Direkt Richtung Nexus II.«

Dies bestätigte seine schlimmsten Befürchtungen. Die Ruul hatten gar nicht die Absicht, ernsthaft gegen seine Kampfgruppe anzutreten. Die Ruul waren auf dem Weg, um ihrer Kolonie beizustehen. Brandts Schiffe standen ihnen dabei einfach nur im Weg. Sie wollten seine Linien durchbrechen, um danach so schnell wie möglich die terranischen Bodentruppen auf Nexus II zu bombardieren. Und sie waren bereit, einen verdammt hohen Preis dafür zu bezahlen.

»Sie wollen ihre Bodentruppen unterstützen und unsere Landeoperation vernichten. So ein Mist!«

Brandt überschlug in Gedanken die Zeit, die ihm zur Verfügung stand. Noch drei Minuten lang würden sich seine Einheiten mit denen der Ruul ein Breitseitengefecht liefern. Anschließend mussten seine Einheiten abbremsen und wenden, um die Verfolgung der Ruul aufzunehmen.

Die Slugs benötigten ungefähr sechzig Minuten zum Mond. Das Abbremsen der *Excalibur*-Kampfgruppe, das Wenden und erneute Beschleunigen würde ihnen einen ordentlichen Vorsprung verschaffen. Mit viel Glück jedoch könnte er sie nach vierzig Minuten wieder einholen und hätte noch zwanzig Minuten Zeit, um die restlichen ruulanischen Schiffe zu vernichten. Das war zwar nicht viel, konnte jedoch gelingen. Sollte es auch nur ein einziges ruulanisches Schiff bis auf Waffenreichweite an Nexus II schaffen, wäre der Verlust an Leben aufseiten der terranischen Bodentruppen katastrophal.

Auf einem Diagramm neben der taktischen Ansicht, las Brandt gegnerische und eigene Verluste ab. Die Jägerschlacht zwischen seinen Maschinen und den Reapern war bereits seit etwa fünfzehn Minuten beendet – mit einem deutlichen Sieg für Brandt. Die Verlustrate seiner eigenen Jäger betrug zwar fast dreißig Prozent – wenn man die Ausfallrate beschädigter Maschinen in die Rechnung mit einbezog, sogar über fünfzig Prozent –, die Reaper des Gegners jedoch waren vollständig vernichtet worden.

Nun dienten die Jäger der Kampfgruppe vorrangig dazu, den Gegner beschäftigt zu halten und seine Bemühungen zu stören, sich neu zu formieren. Außerdem flogen sie Präzisionsangriffe auf Kommunikationseinrichtungen und Waffenstellungen feindlicher Schiffe. Die Flugabwehr der Slugs war jedoch immer noch ungemein dicht und stellte für seine Piloten eine enorme Bedrohung dar. Falls die Verluste weiterhin stiegen, würde er seine Jäger bald zurückziehen müssen. Es ergab keinen Sinn, sie unnötig zu verheizen. Nicht wenn ihm andere Optionen zur Verfügung standen.

Die Minuten vergingen quälend langsam. Er erwog einen Moment, die Geschwindigkeit bereits jetzt im Vorfeld reduzieren zu lassen, verwarf diesen Gedanken aber schnell wieder. Das hätte das Breitseitengefecht in die Länge gezogen und im Endeffekt mehr Schäden und Verluste unter seinen Einheiten gefordert. Es war günstiger, die Ruul wieder vor die Torpedorohre zu bekommen. Die überlegene Torpedobewaffnung seiner Einheiten würde die Waagschale endlich erneut zu seinen Gunsten neigen und das Gefecht endgültig entscheiden.

Brandt verlor einen weiteren Zerstörer und zwei Schwere Kreuzer, bevor die Ruul die Breitseiten seiner Schiffe passierten und den Feuerbereich der Nahkampfwaffen verließen. Die Ruul verloren im Gegenzug noch zwei Zerstörer, zwei Fregatten, einen Kreuzer sowie einen bereits zuvor schwer angeschlagenen Schlachtträger. Das terranische Schlachtschiff *Missouri* büßte seinen Antrieb ein und blieb manövrierunfähig und hilflos zurück.

Die Ruul entfernten sich mit Maximalgeschwindigkeit fort von Brandts Kampfgruppe. Der Commodore zögerte gerade lange genug, um sicher zu sein, dass der Beschuss keine Gefahr für eigene Einheiten darstellte.

»Lien. Schicken wir ihnen noch eine kleine Botschaft hinterher. Mündungsklappen achtern öffnen und Feuer frei auf die ruulanischen Schiffe.«

»Aye. Alle Schiffe Feuer frei nach achtern.«

Die Anzahl an Torpedos, die ein Geschwader, eine Kampfgruppe oder eine Flotte nach achtern abzufeuern vermochte, war verglichen mit derjenigen an Bugtorpedos relativ gering. Doch auch sie zeigte Wirkung. Beide Seiten tauschten Salven aus, bis die Entfernung zu hoch wurde, um den Beschuss aufrechterhalten zu können.

Die Ruul verloren neun weitere Schiffe. Brandt verlor die bereits schwer beschädigte *Missouri*. Die Ruul hatten das Schlachtschiff sehr richtig als manövrierunfähig und derzeit schwächste von Brandts Einheiten erkannt und konzentrierten ihren Beschuss vorrangig auf diese. Das Schlachtschiff wurde während der eilig angeordneten Notevakuierung getroffen und erlosch in einem Augenblick. Kaum ein Besatzungsmitglied hatte die Zeit gehabt, sich zu retten. Außerdem gingen der Schwere Kreuzer *Buenos Aires*, der Schlachtträger *Pretoria*, der Zerstörer *Invisible* und die Fregatte *Eagle* verloren.

»XO, Schäden und Verluste feststellen, Geschwindigkeit reduzieren, wenden und Verfolgung aufnehmen. Schadenskontrollmannschaften sollen sich beeilen. Wir müssen so gefechtsbereit wie möglich sein, sobald wir die Ruul eingeholt haben, und dafür haben wir maximal eine dreiviertel Stunde.«

»Aye, Commodore.«

Die MAD-Offizierin Deborah Kirelsky trat mit aschfahlem Gesicht auf ihn zu. Ihre Anwesenheit hatte Brandt völlig vergessen, so konzentriert war er auf das Gefecht gewesen. Sie wirkte zutiefst erschüttert. Die Brücke der *Excalibur* selbst glich einem Schlachtfeld. Konsolen waren zerstört und Besatzungsmitglieder getötet oder verwundet worden. Sanitäter nutzten die kurze Kampfpause, um über die Brücke zu schwärmen und zu versorgen, wer noch gerettet werden konnte. Die Türen öffneten sich zischend und ausgeruhte Besatzungsmitglieder kamen herein, um die entstandenen Lücken der Brückenbesatzung zu füllen oder zu Tode erschöpfte Besatzungsmitglieder auf ihren Posten abzulösen.

»Wie geht es Ihnen?« Die Frage kam ihm angesichts von so viel Tod und Zerstörung seltsam ungenügend vor, doch es war alles, was ihm im Moment einfiel. Sie lächelte ihm als Antwort scheu zu.

»Es geht so. Was viel wichtiger ist, wie steht es um uns?«

Brandt zuckte mit den Achseln. »Wir haben über zwanzig Schiffe verloren, viele der anderen sind schwer beschädigt. Ich schätze, die Ruul haben etwa achtzig Prozent Kampfkraft eingebüßt. Die übrigen erwischen wir, sobald wir sie eingeholt haben.«

»Und dann geht alles von vorne los?«

»Nicht ganz. Ein Nahkampfgefecht wird uns diesmal erspart bleiben. Das wird unsere Verluste auf ein Minimum reduzieren, aber hart wird es allemal.«

»Mein Gott!« Sie schluckte schwer. »Erwischen wir die Slugs überhaupt, bevor sie den Mond erreichen?«

»Ich denke schon. Ist allerdings alles nur ein Zahlenspiel. Es können hundert verschiedene Dinge passieren, die uns aufhalten. Aber wenn alles halbwegs planmäßig verläuft, fangen wir sie vorher ab. Sorgen machen mir allerdings die zwei Schlachtträger, die die Ruul durchbekommen haben. Angeschlagen oder nicht, das ist eine Menge Feuerkraft. Wenn sie nur einen Torpedo auf unsere Landezone abschießen, pulverisieren sie unsere Leute.«

»Was ist mit den Skull-Bombern?«

»Das wäre eine Möglichkeit. Ich habe schon daran gedacht, sie den Ruul hinterherzuschicken, aber die Bomber wären ohne Unterstützung durch die Flotte. Die Verluste wären enorm hoch. Ich möchte das lieber als allerletzte Möglichkeit in der Hinterhand behalten.«

»Dann heißt es jetzt also, wir können die nächsten vierzig Minuten nur abwarten.«

»Ich fürchte, so ist es.«

Ein Zittern durchlief den Rumpf der *Excalibur*. Der Antrieb hatte vermutlich etwas abbekommen, wodurch das Schiff nicht mehr sauber lief.

Abwarten und das Beste hoffen.

Jonathan und Leech bemühten sich nach Kräften, den Soldaten nicht im Weg zu stehen. Die Landezone füllte sich zusehends mit Truppen, Ausrüstung und Fahrzeugen, die aus den beiden TKA-Truppentransportern entladen wurden. Inzwischen hatte sich eine ansehnliche Armee versammelt. Westling hatte bereits vorausgedacht und Kundschafter der Marines entsandt, die die Truppenbewegungen der Ruul im Auge behalten sollten. Diese konzentrierten sich vorwiegend auf die zentrale Kolonie im Norden, das allerdings in massiver Art und Weise. Sie schienen sich regelrecht einzugraben und ein verlustreicher Häuserkampf damit unausweichlich zu sein.

Westling – ein ruhender Pol inmitten des Chaos – schlenderte entspannt auf sie zu. Die Strapazen des Kampfes waren ihm kein bisschen anzusehen. Jonathan fragte sich, wie viel nötig war, um den zähen Kerl kleinzukriegen.

»Wir legen jetzt mal ein paar Regeln fest«, begann der Marine ohne Umschweife. »Wir starten demnächst unseren Vormarsch. Sie beide halten sich im Hintergrund, und zwar weit im Hintergrund. Wenn einer meiner Männer sagt: ›Spring!‹, dann fragen Sie: ›Wie hoch?‹ Ist das klar?«

Jonathan nickte. Leech sah sich unsicher um und fragte schließlich: »Wäre es nicht sinnvoller, wenn ich hierbleibe, bis das alles vorbei ist?«

»Ganz dumme Idee. So gut wie jeder kampftaugliche Mann rückt mit uns vor. Wir werden jeden Kämpfer dringend brauchen. Es bleiben nur die Verwundeten und eine kleine Rumpftruppe zurück, um die Landezone zu sichern. Falls sich noch Slugs in der Gegend aufhalten, könnten sie sich zu einem Überraschungsangriff ermutigt fühlen und dann könnte es hier weit gefährlicher werden als vorne an der Front. Alles klar?«

»Hab nichts dagegen«, erklärte Jonathan im Brustton der Überzeugung. Er hatte ohnehin nicht vor, sich dem Abwehrfeuer der Ruul zu stellen. Leech wirkte indessen nicht im Mindesten überzeugt, sagte aber nichts mehr. Jonathan stieß ihn aufmunternd mit dem Ellbogen an und zwinkerte ihm zu.

Die Armee nahm währenddessen immer mehr Gestalt an. Sie verfügten über knapp sechstausend kampffähige Soldaten, elf Panzer und vierzehn Schützenpanzer. Das müsste eigentlich reichen, um Nexus II und vor allem die zentrale Kolonie einzunehmen. Ein paar Hundert Mann und die Verwundeten blieben zurück, um die Landezone zu halten.

Leech murmelte ständig »Oje, oje!« vor sich hin, was Jonathan ein schmales Schmunzeln entlockte. Er konnte nicht anders, er mochte den Mann irgendwie.

Als Anmarschroute hatten sie die breiteste Straße gewählt, die Richtung Norden führte. Sie würde für die Ruul weit schwerer zu verteidigen sein als die engen Gassen und verwinkelten Straßen, die den Großteil der Verkehrsverbindungen der Kolonie bildeten.

Jonathan und Leech würden sich die ganze Zeit in einem Odin-IV-Schützenpanzer aufhalten, der eigens für sie reserviert worden war. Dieser würde sich die ganze Zeit über weit hinter der Kampflinie aufhalten. Sollte ihnen tatsächlich etwas passieren, würde die Armee vor ihnen bereits aufgerieben sein.

Und in diesem Fall wäre ohnehin alles verloren.

Leech stellte die wichtigste Person ihrer Armee dar und diese Tatsache war jedem Soldaten und jeder Soldatin eingebläut worden. Der Programmierer war unter allen Umständen zu schützen.

Obwohl Westling nicht der ranghöchste Offizier war – immerhin gab es noch einen Colonel und eine Anzahl Majore –, so führte er doch inoffiziell den Befehl, aufgrund seiner enormen Erfahrung und der Tatsache, dass er mit einigen wenigen Hundert Mann, die Landezone geräumt hatte. Er war schlicht die logische Wahl für die Rolle des Anführers. Der Marine-Captain kletterte auf das Chassis des vordersten Panzers und gab ein gut sichtbares Handzeichen.

»Vormarsch!«

»Unsere Techniker konnten fast alle ausgefallenen Raketenwerfer wieder instand setzen, doch etwa zehn Prozent sind so schwer beschädigt, dass man sie nur in einer Werft reparieren könnte«, schloss Lien seinen Bericht. »Auf die müssen wir verzichten.«

Deborah beobachtete Brandt genau und der deprimierte Ausdruck auf seinem Gesicht bereitete ihr große Sorgen. Seit dem Wendemanöver waren gut zehn Minuten vergangen. Noch etwa dreißig Minuten, bis sie die Ruul eingeholt hatten. Diese legten jedoch ein beachtliches Tempo vor. Die Slugs verfügten noch über fünfzehn Schiffe. An und für sich kein Gegner für Brandts Kampfgruppe, doch die Ruul hatten nicht die leiseste Absicht, sich dem Commodore erneut zu stellen. Sie hatten nur noch Augen für Nexus II. Brandt hingegen verfügte noch über fünfunddreißig Schiffe. Einundzwanzig waren während des Gefechts zerstört worden und vier weitere musste der Commodore zurücklassen, da sie zu schwer beschädigt waren, um noch von Nutzen zu sein. Inklusive der angeschlagenen *Hannover*.

»Wie steht es um die Schäden der anderen Schiffe?«

»Sind fast alle unter Kontrolle. Mir machen eigentlich nur noch der Schlachtträger *Helsinki* und der Zerstörer *Night* Sorgen. Der Antrieb der *Night* arbeitet immer noch unregelmäßig, und wenn das so weitergeht, befürchte ich, wir müssen den Zerstörer evakuieren und aufgeben. Die *Helsinki* ist ein ähnlich schwerer Fall. Durch mehrere direkte Treffer sind Feuer an Bord ausgebrochen, die die Besatzung nicht unter Kontrolle bekommt. Ich habe die Jäger der *Helsinki* auf andere Schiffe verteilt, bis die Situation geklärt ist.«

»Hoffentlich regelt sich das noch, ich würde die *Helsinki* ungern aufgeben. Es wäre noch ein Schlachtträger, den wir verlieren.«

Lien nickte bedrückt. »Außerdem gibt es auf allen Schiffen eine bedenklich hohe Anzahl Verwundeter. Bei einigen Einheiten übersteigt die Anzahl sogar die Kapazität des Schiffslazaretts.«

»Dagegen sind wir im Augenblick machtlos. Wir können die Verwundeten erst auf Lazarettschiffe evakuieren, wenn wir die ruulanische Flotte vernichtet haben. Die Besatzungen müssen bis dahin mit der Situation selbst fertigwerden, so leid mir das auch tut.«

»Aye, Sir«, bestätigte Lien.

»Halten Sie mich auf dem Laufenden, was die Reparaturen angeht.«

Der XO der *Excalibur* nickte und entfernte sich diskret, um sich seinen Aufgaben zu widmen.

Deborah nutzte die Gelegenheit, um unter vier Augen mit Brandt zu reden. »Alles in Ordnung?«

»Könnte besser sein«, erwiderte er schwach.

Leichte Kopfschmerzen überfluteten Deborah und sie betastete geistesabwesend die blutrote Beule an ihrer Stirn, die sie sich zugezogen hatte, als die *Excalibur* einen schweren Treffer hatte einstecken müssen. Sie hatte den Halt verloren und war auf das Deck geknallt.

»Und mit Ihnen?«, fragte Brandt besorgt, dem der Griff an die Stirn nicht entgangen war. »Das sollte sich jemand ansehen.«

»Ist nicht so wild. Die Ärzte haben Wichtigeres zu tun.«

Er zuckte mit den Achseln. »Wie Sie meinen, aber wenn Sie uns hier umkippen, nützen Sie niemandem mehr etwas.«

»So schlimm wird es schon nicht werden«, lächelte sie, wurde aber schlagartig wieder ernst. »Wie lange noch, bis wir die Slugs einholen?«

»Die legen ein ganz schönes Tempo vor. Das wird noch knapp zwanzig Minuten so weitergehen.«

»Aber wir holen sie doch ein, bevor sie Nexus II erreichen … oder?!«

»Ich hoffe es, Lieutenant. Ich hoffe es.«

Der vorderste Argus-II-Schützenpanzer eröffnete aus seinem leichten Laser-Turmgeschütz das Feuer auf eine Slug-Stellung, die diese auf dem Dach eines Gebäudes eingerichtet hatten. Die Lichtimpulse zwangen die Ruul in Deckung. Zwei waren jedoch nicht schnell genug und die Laser schnitten wie Skalpelle durch ihre Körper. Die Ruul zuckten bei jedem Einschlag. Einer stürzte vom Dach und blieb zerschmettert auf dem drei Stockwerke tieferen Asphalt liegen. Der Gestank verkohlten Fleisches ließ selbst so manchen kampferprobten Soldaten in der Nähe würgen.

Der Vormarsch ging zügig vonstatten, sogar verdächtig zügig. Die Ruul lieferten sich mit den vorrückenden Menschen kurze Schusswechsel, um sich dann blitzartig zurückzuziehen. Jonathan stand über sein HelmCom mit Westling in Kontakt und der Offizier teilte seine Meinung, die Ruul würden sie vermutlich in ihre neue Auffangstellung locken wollen. Leider blieb keine andere Wahl, als den eingeschlagenen Weg weiterzugehen. Jede andere Möglichkeit hätte eine ungleich höhere Opferzahl gefordert.

»Mit etwas Deckung aus der Luft würde ich mich bedeutend wohler fühlen«, hörte Jonathan über das Funkgerät in seinem Helm. Westlings Stimme klang dumpf und emotionslos. Doch der MAD-Offizier las zwischen den Zeilen. Die ganze Situation war dem Marine-Captain nicht geheuer. Verglichen mit dem Räumen und Sichern der Landezone, verlief der bisherige Angriff einfach viel zu glatt.

»Cherokees! Flanken sichern. Die Schützenpanzer übernehmen das Zentrum unserer Linien. Und seid vorsichtig!«

Ein guter Rat, dachte Jonathan, *ein sehr guter Rat.*

Tedyr'solar-ano beobachtete von seinem Aussichtspunkt aus die Fortschritte der terranischen Truppen. Mehrere Ex-und-hopp-Angriffe seiner Krieger waren erwartungsgemäß zurückgeschlagen worden. Doch noch war nicht alles verloren. Einen Trumpf hatte er noch in der Hinterhand, um den verhassten Feind aufzuhalten. Etwas, von dem die nestral'avac nichts ahnten. Er lockte sie immer näher, nur um dann überraschend zuzuschlagen. Die Hoffnung, an die er sich klammerte, war schwach, doch sie war alles, was ihm blieb.

Kalan trat hinter ihm auf den Balkon. Tedyr brauchte sich gar nicht erst umzusehen, um die Niedergeschlagenheit seines Adjutanten wahrzunehmen. Sie umgab diesen wie ein düsterer Mantel. Unter gewöhnlichen Umständen, wäre es für Tedyr ein Grund gewesen, den jüngeren Krieger zu tadeln.

Jedoch nicht heute. Der heutige Tag bot durchaus Grund genug für ein wenig Niedergeschlagenheit.

»Und?«, fragte der Älteste tonlos.

»Kerrelak hat geantwortet. Der Kriegsmeister hat uns befohlen, unter allen Umständen durchzuhalten. Er stellt eine Flotte zusammen, um uns zu entsetzen, jedoch wird sie nicht vor zwölf bis fünfzehn Stunden hier eintreffen.«

Zwölf bis fünfzehn Stunden.

Beinahe hätte der Älteste bei dieser Aussicht ausgespien. Nur mit Mühe bezwang Tedyr seine aufkeimende Wut. Es stand eine große Flotte nicht mehr als fünf Stunden entfernt. Was zum Teufel hatte dieser intrigante Mistkerl Kerrelak denn nun vor? Wollte er den solar-Stamm ausgelöscht sehen? Seiner Führung beraubt? Das ergab keinen Sinn. Die solar waren ein kleiner Stamm und standen nicht in politischer Konkurrenz zu dem Kriegsmeister und seinen Verbündeten im Rat.

Tedyr schüttelte den Kopf, um die düsteren Gedanken zu vertreiben. Was auch immer der Grund für Kerrelaks rätselhaftes Verhalten sein mochte, er hatte seine Befehle und würde sie befolgen. Es war ja nicht so, als hätte er eine andere Wahl.

Allerdings gab er sich keinen Illusionen hin. Die Kolonie noch fünfzehn Stunden lang zu halten, war unmöglich, selbst mit der Überraschung, die er für die nestral'avac vorbereitet hatte. Auch die Schiffe, die sich derzeit Nexus II näherten, würden am Endergebnis der Schlacht nicht viel ändern. Sie dienten nur dazu, den Preis der Menschen für ihren Sieg etwas in die Höhe zu treiben. Sobald die menschlichen Schiffe sie eingeholt hatten, würden sie vernichtet werden. Er konnte von Glück reden, wenn sie vorher ein oder zwei Torpedos auf die nestral'avac abfeuern konnten.

Tedyr seufzte tief. Er hatte sich ein anderes Ende für seine Laufbahn als Krieger erhofft.

Schade, aber man konnte schließlich nicht alles haben.

»Wir sind in knapp drei Minuten in Torpedoreichweite, Commodore.«

»Danke, XO. Kampfgruppe in Feuerlinie formieren. Mündungsklappen öffnen und weitere Befehle abwarten.«

Auf dem taktischen Hologramm verfolgte Brandt, wie seine Befehle umgesetzt wurden. Nun hieß es Farbe bekennen. Die Ruul hatten alles auf eine Karte gesetzt und ihre Antriebe über Gebühr beansprucht. Aus ihrer Sicht mochte dies durchaus logisch sein. *Vielleicht* brannte der eine oder andere Antrieb aus und sie verloren eine Reihe Schiffe, aber wenn die

Menschen sie einholten, verloren sie sie ganz sicher. Tatsächlich hatten die Reaktorabschirmungen bei drei feindlichen Schiffen versagt und die entsprechenden Einheiten waren auf geradezu spektakuläre Weise aus dem All gefegt worden. Derlei Dinge forderten immer ihren Preis. Doch bei keinem der drei Schiffe handelte es sich um einen Schlachtträger, sondern ausschließlich um kleinere Einheiten, die bereits bei dem Gefecht zuvor Schäden erlitten hatten.

Schade, aber man konnte schließlich nicht alles haben.

Der Plan der Ruul ging leider auf.

Sie hatten es geschafft, ihren Vorsprung weiter auszubauen, und waren dem Mond nun näher, als Brandt es gern gesehen hätte. Noch elf Minuten und Nexus II war in Schussweite ihrer Waffen. Somit blieben Brandt nur acht Minuten, um die verbliebenen zwölf ruulanischen Schiffe auszuschalten.

Bei der Vorstellung wurde sein Mund staubtrocken. Acht Minuten waren bei einem Schiffsgefecht verschwindend wenig Zeit. Und er war sich sicher, dass sich die Ruul dessen nur allzu bewusst waren.

»Noch eine Minute, Commodore«, informierte sein XO ihn.

Er hatte nur eine Chance: die Ruul mit so viel Feuerkraft wie möglich überwältigen und dabei das Beste hoffen. Es würde kein Taktieren, keinen ausgeklügelten Plan geben. Er würde einfach auf die Ruul einprügeln, bis sie erledigt waren.

»Feindliche Schiffe in Schussweite.«

»Feuer!«

Die verbliebenen fünfunddreißig Einheiten der *Excalibur*-Kampfgruppe eröffneten simultan das Feuer auf die ruulanischen Schiffe. Der Vorsprung der Slugs war relativ groß und sie hätten ohne Probleme Ausweichmanöver fliegen können, um zumindest einem Teil des Beschusses zu entgehen. Doch sie blieben stur weiter auf Kurs, verließen sich zur Abwehr der einkommenden Lenkwaffen lediglich auf ihre Flugabwehr.

Bedingt durch das vorangegangene Gefecht war diese jedoch längst nicht mehr so dicht wie zuvor. Die Reihen der Torpedos wurden zwar merklich ausgedünnt, konnten aber nicht gänzlich zerstört werden.

Die terranischen Waffen verzeichneten erste Treffer. Die Schilde der Ruul schillerten in allen Regenbogenfarben, als sie sich damit abmühten, die enormen Energien zu absorbieren, die auf sie einwirkten. Und sie leisteten weit bessere Arbeit, als Brandt es für möglich gehalten hätte.

»Diese Mistkerle!«, fluchte der Commodore.

»Was ist?«, fragte Deborah besorgt.

»Sie müssen von allen anderen Systemen – sogar vom Lebenserhaltungssystem – Energie abgezweigt und den Schutzschilden zugeführt haben, um einen solchen Output zu erhalten.«

»Was bedeutet das für uns?«

»Im Wesentlichen, dass wir länger benötigen, um diese Schiffe zu knacken. Die wollen unbedingt bis zum Mond durchhalten. Jetzt muss ich genau das tun, was ich eigentlich nicht tun wollte. Mr. Lien? Start frei für die Skull-Bomber. Schicken Sie sie den Ruul hinterher. Wir brauchen jedes Quäntchen Feuerkraft, um diese Schiffe zu knacken. Und Dauerfeuer mit den Torpedos.«

»Aye, Commodore.«

Währenddessen erwiderten die Ruul das Feuer aus ihren Heck-Torpedorohren, waren jedoch nicht in der Lage, die immer noch dichte Flugabwehr der Menschen zu durchbrechen. Brandt nickte zufrieden. Das war immerhin ein Lichtblick. Die Flakbatterien röhrten im Gleichklang und schleuderten den ruulanischen Torpedos Tonnen an Metall entgegen.

Die Menschen erzielten einige Treffer bei den Ruul und verzeichneten sogar geringfügige Erfolge. Bei zwei Zerstörern fielen die Schilde aus und sie wurden von den massiven Salven buchstäblich in Stücke geschossen. Einer Fregatte und einem Typ-8-Kreuzer erging es kurz darauf ebenso. Die Hauptziele in Brandts Planungen jedoch – die beiden ruulanischen Schlachtträger – konnten sich immer wieder der Zerstörung entziehen, indem sie ihren Schutzschilden weiter Energie zuführten. Da es sich um die größten Schiffe der feindlichen Formation handelte, war ihr Energiepotenzial entsprechend hoch, doch Brandt fragte sich, wie lange die Besatzungen der Schlachtträger dies noch durchzuhalten imstande waren. Schon allein der Energieverlust in der Lebenserhaltung musste weite Teile der Schiffe unbewohnbar machen.

Auf seinem taktischen Hologramm erkannte er, wie bei einem der Schlachtträger die Schilde gefährlich dünn wurden, und er jubilierte bereits innerlich, doch bevor die nächsten Treffer die Schilde an dieser Stelle durchbrechen konnten, wurden sie wieder verstärkt. Der Commodore fluchte.

Von seinen eigenen Schlachtträgern lösten sich Dutzende kleiner Objekte und strebten mit halsbrecherischer Geschwindigkeit den ruulanischen Schiffen zu.

Die Skull-Bomber würden den Ausschlag geben, da war er sich sicher. Hinter ihm stand die MAD-Offizierin und beobachtete die Vorgänge auf dem Display mit ausdrucksloser Miene. Der Commodore war sogar überzeugt, dass sie den Atem vor Anspannung anhielt.

Die Skull-Bomber näherten sich den feindlichen Schiffen von oben und unten, um den eigenen Torpedos nicht in die Quere zu kommen. Noch während Brandt hinsah, drangen sie in den Einflussbereich der feindlichen Flugabwehr ein. Sofort schlug ihnen heftiges Abwehrfeuer entgegen.

Die Skulls tänzelten, um möglichst schwierige Ziele zu bieten. Einige jedoch schafften es nicht. Ein halbes Dutzend Symbole verschwand vom Plot und jedes Symbol stand für einen Skull-Bomber und einen Piloten, dessen Leben endete. Eine eiserne Klammer griff nach Brandts Herz, doch er zwang sich, hart zu bleiben. Seine Piloten auf diese Art zu opfern, war zweifelsohne eine harte Entscheidung. Tat er es jedoch nicht, würden noch viel mehr Menschen sterben.

Die führenden Bomber klinkten ihre Trägerlast aus und drehten ab, fort von den feindlichen Schiffen. Die nachfolgenden taten es ihnen gleich. Und die dahinter ebenfalls. Etliche Bomber wurden noch während des Ausklinkvorgangs getroffen oder im Augenblick des Abdrehens. Doch für die ruulanischen Schiffe spielte das keine Rolle mehr. Die Torpedos trafen auf Schilde und explodierten, erst wenige, dann immer mehr. Schilde fielen aus, Lenkwaffen trafen auf Schiffshüllen, zerschmetterten Panzerung, Waffen und Antennen gleichermaßen.

Mehrere Typ-8-Kreuzer explodierten nahezu gleichzeitig. Der letzte ruulanische Zerstörer folgte, anschließend noch zwei Fregatten. Schließlich waren nur noch die beiden Schlachtträger übrig.

Die Panzerung der beiden Schiffe war vom Bug bis zum Heck aufgerissen und narbig. Zertrümmerte Waffenstellungen und Kommunikationsanlagen zogen sich über die Schiffshüllen, die Startdecks waren längst zerstört und nicht mehr zu gebrauchen. Trotzdem hielten sie weiterhin stur auf Nexus II zu. Es war beinahe schon bewundernswert.

Brandt knirschte unterdrückt mit den Zähnen. Wie viel war eigentlich noch nötig, um diese Schiffe kleinzukriegen? Die überlebenden Skulls waren inzwischen auf dem Rückweg. Brandt schätzte ihre Verluste auf etwa vierzig Prozent. Ein hoher Preis, und falls sie die Schlachtträger nicht erledigten, würde er umsonst erbracht worden sein.

Ihm fiel auf, dass keines der Schiffe brannte. Ein Indiz, dass die Ruul es entweder geschafft hatten, die beschädigten Sektionen vom Rest der Schiffe zu isolieren, oder dass es an Bord der Schlachtträger keinen Sauerstoff mehr gab.

Der Commodore rief sich in Erinnerung, was er alles über die Physiologie der Ruul wusste. Es waren Amphibien, die am liebsten in feuchter Umgebung lebten … Und ja, soweit er gehört hatte, waren sie fähig, begrenzte Zeit im Vakuum zu überleben. Das war des Rätsels Lösung. Die Slugs hatten ihre gesamte Lebenserhaltung abgeschaltet und die Energie Antrieb und Schilden zugeführt.

Brandt wurde die Tragweite des Gefechts allmählich klar. Die Ruul hatten nicht die Absicht, das Gefecht zu überleben, hatten auch nie die Absicht gehabt. Sie wollten nur lange genug überleben, um ein paar saubere Treffer auf Nexus II landen zu können.

Brandt warf dem Brückenchronometer einen verzweifelten Blick zu. Noch eine Minute und die Ruul waren in Schussweite des Mondes. Seine Schiffe verschossen unterdessen weiter Salve um Salve, doch die Schlachtträger waren imstande, Gewaltiges einzustecken, bevor sie zugrunde gingen.

Der hintere Schlachtträger wurde plötzlich langsamer. Einige seiner Antriebsaggregate versagten. Weitere Torpedos schlugen in seinen Achtersektionen ein. Das Schiff begann, sich unter der enormen Belastung vor Brandts Augen praktisch aufzulösen.

Panzerplatten und Aufbauten lösten sich und trudelten durch das Vakuum davon. Ganze Schiffssektionen brachen ab und trieben langsam vom Hauptsegment des Schlachtträgers weg. Brandt bildete sich ein, das überbeanspruchte Metall protestierend knirschen zu hören.

Dann brach das Schiff entlang der Hauptaufbauten auseinander. Es explodierte nicht, es brach einfach auseinander. Brandt seufzte erleichtert. Ein Schiff erledigt, eines noch übrig.

Der letzte Schlachtträger befand sich nun fast in Schussweite des Mondes, allerdings fand er sich jetzt ebenfalls in dem nicht erstrebenswerten Mittelpunkt der terranischen Aufmerksamkeit wieder. Die *Excalibur*-Kampfgruppe überschüttete das ruulanische Schiff mit allem, was sie aufbieten konnte. Hunderte Torpedos hämmerten auf eine Schiffshülle ein, die längst nicht mehr von Schutzschilden geschützt wurde.

Die hintere Schiffshülle brach auf und die tödlichen Geschosse drangen tief in das Schiff ein, um dort Tod und Vernichtung zu säen. Der Schlachtträger starb von innen heraus. Wie irgendjemand dieses Inferno überleben konnte, war Brandt ein Rätsel. Doch es musste noch jemand leben, der das Schiff steuerte. Sekundärexplosionen rissen die Hülle an mehreren Stellen auf. Der Antrieb verstummte.

Ja, na endlich!, jubelte Brandt innerlich.

Dann zerriss eine gewaltige Explosion den Schlachtträger und zerfetzte ihn in Millionen Stücke. Der Commodore sackte in seinem Sessel erschöpft zusammen. Er japste nach dringend benötigtem Sauerstoff. Dass er die Luft angehalten hatte, war ihm gar nicht klar gewesen.

»War es das?«, fragte Deborah Kirelsky hoffnungsvoll.

Doch bevor Brandt imstande war, darauf zu antworten, meldete sich sein taktisches Hologramm piepsend zu Wort. Er beugte sich augenblicklich vor. Es waren zwei kleine rote Symbole zu sehen, die dem Mond entgegenstrebten.

»Oh nein!«, hauchte der Commodore.

»Was?«

»Die Ruul. Sie haben zwei Torpedos auf den Planeten abgefeuert, bevor sie zerstört wurden. Und wir können rein gar nichts tun, um sie aufzuhalten.«

Der Vormarsch auf die Kolonie verlief planmäßig. Die terranischen Kräfte waren nur noch einen Kilometer von der zentralen Kolonie und der dortigen ruulanischen Kommandozentrale entfernt.

Doch je näher sie der Zentrale kamen, desto verbissener leisteten die Ruul Widerstand, als wollten sie den Menschen in den letzten Zügen noch den Sieg streitig machen. Westling war jedoch zuversichtlich, Nexus II innerhalb der nächsten zwei Stunden unter Kontrolle bringen zu können. Sie hatten bereits seit Stunden nichts mehr von Brandt gehört und sie konnten nur vermuten, dass der Kampf im Weltraum immer noch tobte. Das war sowohl gut als auch schlecht. Es bedeutete, dass sie in nächster Zeit keine Luftunterstützung erwarten durften, die Ruul jedoch ebenso wenig.

Der Schützenpanzer kam stockend zum Stehen. Die Heckluke öffnete sich. Das erschöpfte, aber zufriedene Gesicht Westlings kam zum Vorschein und grinste die einzigen beiden Insassen in dem Personenabteil an.

»Na? Etwas frische Luft gefällig?«

Jonathan trat durch die Heckluke auf die Straße der Kolonie und streckte sich erst mal genüsslich. »Wo sind wir jetzt?«

»Auf der Hauptstraße der Kolonie. Kurz vor der Kommandozentrale. Ich hielt den Augenblick für eine Pause angemessen, bevor wir zum letzten Angriff ansetzen.«

»Da bin ich sofort dafür. In dem Ding ist es ziemlich beengt.« Jonathan wandte sich um. »Kommen Sie, Leech. Strecken Sie sich ein wenig. Ihre Muskeln werden es Ihnen danken.«

»Ich bleibe lieber hier drin, wo es sicher ist.«

Jonathan und Westling wechselten einen amüsierten Blick.

»Es ist fast vorbei«, erwiderte der Marine-Captain. »Kein Grund, sich Sorgen zu machen.«

»Ich ziehe es trotzdem vor, in dem Schützenpanzer zu bleiben. Vielen Dank.«

»Wie Sie meinen«, entgegnete Jonathan verschmitzt und begann mit einigen kleinen Übungen, um seinen Rücken zu entspannen.

»Was ist mit den Ruul?«, fragte er währenddessen.

»Meine Kundschafter melden, dass sich die Slugs in der Nähe ihrer Zentrale sammeln. Sie beschränken wohl die Verteidigung direkt auf das Gebäude.«

»Ist das sicher?«

»In so einem Fall ist nichts wirklich sicher, aber es scheint tatsächlich so zu sein.«

Getöse und ohrenbetäubender Lärm hallten mit schockierender Plötzlichkeit durch die Atmosphäre. Männer und Frauen hielten sich überrascht die Ohren zu, einige gingen mit schmerzverzerrtem Gesicht zu Boden.

Eine Druckwelle fegte mit der Kraft eines Orkans über sie hinweg. Wer noch aufrecht stand, wurde augenblicklich zu Boden geschleudert. Selbst die Fahrzeuge hatten dieser Gewalt nichts entgegenzusetzen und wurden beiseitegeschoben. Einige am Boden liegende Soldaten wurden dabei zerquetscht.

Der Sturm legte sich langsam wieder. Westling war einer der Ersten, die sich wieder aufrappelten. Sein unsteter Blick wanderte nach Süden. Das Gesicht des Marines wirkte über alle Maßen erschüttert. Jonathan folgte seinem Blick und er riss überrascht die Augen auf. Der südliche Horizont stand in Flammen. Alles, was sich mehr als zwei Kilometer südlich von ihnen befand, existierte nicht mehr. Stattdessen tobte dort ein alles verzehrendes Flammenmeer. Die Vororte der Kolonie, die Gebäude, alles weg. Einschließlich ihrer Landezone, der Stingrays, der Truppentransporter, des dortigen Feldlazaretts und insgesamt fast sechshundert Soldaten, die sie zurückgelassen hatten, in der Annahme, es wäre dort halbwegs sicher.

17

»Mein Gott!«, hauchte Jonathan erschüttert. »Was zum Teufel war das?«

»Schiffswaffen«, mutmaßte Westling. »Torpedos, würde ich schätzen.«

»Die Ruul?«

»Wer sonst?«

Ringsum rappelten sich die Marines und TKA-Soldaten wieder hoch und begannen sofort mit der Bergung der Toten und Versorgung der Verwundeten. Die Panzerbesatzungen ließen die Motoren und A-Grav-Generatoren ihrer Fahrzeuge aufheulen, um sie zurück in Position zu bringen, was gar nicht so einfach war, da sich einige der Fahrzeuge ineinander verkeilt hatten.

Leech arbeite sich auf wackelnden Beinen und mit aschfahlem Gesicht aus dem Schützenpanzer. Er hielt den rechten Arm eng am Körper.

»Brauchen wir Geigerzähler? Was ist, falls wir verstrahlt wurden?« Seine Stimme siedelte nur wenige Nuancen unter unverhohlener Panik an.

»Keine Sorge«, wiegelte Westling ab. »Die Torepdos waren mit konventionellen Sprengköpfen bestückt. Hätten sie eine nukleare Nutzlast getragen, wäre keiner von uns noch hier. Und unsere Leichen würden im Dunkeln leuchten.«

»Aber die Landezone?«, jammerte Leech weiter.

»Ist verloren.«

»Oh mein Gott … oh mein Gott …«

Westling drehte sich mit hochrotem Gesicht zu Leech um und fauchte diesen an: »Jetzt hören Sie mir mal gut zu, ich habe gerade sechshundert gute Leute verloren. Falls Sie sich im Moment nicht irgendwie nützlich machen können, dann seien Sie gefälligst ruhig. Für so etwas habe ich jetzt wirklich keine Zeit!«

Jonathan nahm Leech am Arm und führte ihn beiseite, was ihm ein dankbares Nicken von Westling einbrachte. Dieser machte sich daran, Ordnung in das Chaos zu bringen. Ob mit oder ohne Landezone, die Mission war immer noch die gleiche. Jonathan ertappte sich dabei, wie er verstohlen zum Himmel aufsah.

Hoffentlich werfen uns die Slugs nicht noch ein paar solcher Kaliber auf die Köpfe.

Tedyr beobachtete den Feuersturm am Horizont mit wachsendem Missmut. Das war nicht nach Plan verlaufen. Die eintreffenden Schiffe hätten die größte Ansammlung feindlicher Truppen und Panzer bombardieren sollen, nicht die feindliche Landezone. Die menschliche Streitmacht, die im Anmarsch begriffen war, stellte das größte Problem dar. Stattdessen hatten die nestral'avac lediglich ein paar Hundert Soldaten und einige Sturmschiffe verloren. Als wäre das noch nicht genug, war der Kontakt zu seinen Schiffen vollständig abgebrochen, was nur bedeuten konnte, dass sie vernichtet waren. Damit war jede Hoffnung dahin, das Blatt wenden zu können. Wenn endlich Verstärkung eintraf, würden sie alle schon nicht mehr hier sein.

Der Tod selbst ängstigte ihn nicht. Ganz und gar nicht. Es war die Tatsache, dass er seinen Posten an den verhassten Feind verlor, der ihm zu schaffen machte. Verflucht sollten sie alle sein! Tief unterhalb seines Balkons formierte sich sein letztes Aufgebot an Truppen zu einer Verteidigungslinie, um die Kommandozentrale der Kolonie zu schützen. Über deren Fähigkeit, den Feind aufzuhalten, machte er sich jedoch keine Illusionen. Die Schlacht war verloren. Seine Schiffe hatten sie bereits im Weltraum verloren und er war dabei, sie auf der Oberfläche zu verlieren. Er mahlte frustriert mit den Zähnen. Das war wirklich zu ärgerlich.

Erneut betrachtete er die Verteidigungslinie unter ihm und die zum Untergang verurteilten Krieger. Wenn sie hier alle schon sterben sollten, dann wenigstens auf Ruul-Art.

Sein Adjutant, der wie ein diensteifriger Schatten hinter ihm stand, senkte betreten den Blick.

»Kalan?«

»Ja, Herr.«

»Befehle unseren Truppen den letzten Angriff. Wenn wir schon untergehen, wollen wir wenigstens einige von ihnen noch mitnehmen.«

»Slugs!«

Der Ruf von der Spitze der Kolonne löste einen Schwall hektischer Aktivität aus. Panzer und Schützenpanzer brachten sich schwerfällig an vorderster Front in Position. Infanterie ging in Hauseingängen oder hinter Schuttbergen in Deckung. Aus einer Seitenstraße brachen plötzlich drei Feuersalamander und eröffneten ohne Verzögerung oder Vorwarnung das Feuer auf die überraschten terranischen Soldaten.

Der vordere Cherokee erlitt zwei Treffer an seinem Turm, der auf ganzer Breite aufriss. Rauch und Feuer drangen aus dem Inneren heraus. Jonathan glaubte auch, die Schreie der Besatzung zu hören. Zwei Argus-II-Schützenpanzer erwiderten das Feuer aus ihren leichten Lasern, doch die Energieimpulse prallten von der dicken Panzerung der ruulanischen Feuersalamander einfach ab. Der MAD-Offizier packte Leech am Kragen und zog ihn weg von ihrem Gefährt in einen nahen Seiteneingang, kurz bevor ihr Schützenpanzer mit einem lauten Knall in die Luft flog und alle Soldaten in der Nähe benommen zu Boden schickte.

»Schön unten bleiben«, rief er dem ängstlichen Programmierer zu und drehte sich um. Gerade noch rechtzeitig, um mitansehen zu müssen, wie die leichten Laser der drei Feuersalamander wie eine Sense durch die Soldaten schnitten. Wer nicht auf der Stelle starb, erlitt furchtbare Verletzungen. Die Schreie zehrten an Jonathans ohnehin schon strapazierten Nerven.

Die Cherokee-Panzer reagierten. Ihre Türme schwenkten in Richtung der Bedrohung. Die schweren Zwillingsgeschütze erwachten zum Leben. Jeweils mehrere Panzer konzentrierten sich auf ein Ziel. Megajoule an Energie fraßen sich in die dicke Panzerung der ruulanischen Gefährte und schmolz deren Schutz in ganzen Sturzbächen weg, um sich schließlich ins Innere Bahn zu brechen.

Die Hitze löste bei einem der Panzer eine Kettenreaktion bei der eingelagerten Munition aus und er flog in einer spektakulären Explosion in die Luft. Die beiden anderen folgten nur kurz darauf, als die Strahlbahnen die letzten Panzerungsreste wegschmolzen und alles im Inneren der Stahlungetüme verdampften. Alles, was von den drei Panzern übrig blieb, war eine Ansammlung dampfenden Metalls.

Westling eilte herbei, ein Lasergewehr in den Händen. Sein Gesicht zierten mehrere tiefe Schrammen und sein Atem ging vor Erschöpfung stoßweise. »Alles in Ordnung?«, fragte er besorgt.

»Geht so«, erwiderte Jonathan wahrheitsgemäß. Der MAD-Offizier sah sich aufmerksam auf dem Schlachtfeld um.

Die Überlebenden machten sich bereits daran, die Straße für ihre verbliebenen Fahrzeuge frei zu räumen. Sanitäter richteten einige Meter entfernt in einem halbwegs intakten Gebäude eine Art Notlazarett ein, in dem sie die schwersten Verwundungen notdürftig versorgten und die Schmerzen derer stillten, denen nicht mehr geholfen werden konnte.

In der Ferne ragte das silberne Gebäude auf, das das Kontrollzentrum und die Ziviladministration der zentralen Kolonie beherbergte. Es wirkte nicht mehr fern, trotzdem bekam Jonathan das ungute Gefühl, die Slugs, die sich derzeit dort verbarrikadierten, lachten sie aus.

»Ist es so schlimm, wie es aussieht?«, fragte er den Marine-Captain.

»Schlimmer. Wenn das so weitergeht, wird von uns nicht mehr viel übrig bleiben, wenn wir das Kontrollzentrum der Kolonie erreichen. Das wird übel. Und ich hab das unbestimmte Gefühl, das Schlimmste steht uns erst noch bevor.«

»Was schlagen Sie also vor?«

Westling zuckte nur ergeben mit den Achseln. »Es bleibt uns nicht viel anderes übrig, als weiterzumachen. Hierbleiben können wir nicht und zurück auch nicht. Und Verstärkung ist ebenfalls nicht zu erwarten. Der Plan ist immer noch der gleiche. Die Kolonie *muss* eingenommen werden. Da führt kein Weg dran vorbei.«

»Ich hatte befürchtet, dass Sie das sagen.«

Westling lächelte leicht. »Wieso? Schließlich war es *Ihr* Plan.«

»Schon, aber ich dachte nicht, dass es so … so … na eben *so* sein würde.« Er deutete auf die vielen Toten und Verwundeten ringsum.

»Dass es leicht werden würde, hatte ich zu keinem Zeitpunkt angenommen, aber ich stimme Ihnen zu. Die Ruul wehren sich weit effektiver, als ich befürchtet hatte.«

Einer der Sergeants gab Westling mit einem Handzeichen zu verstehen, dass die Straße wieder befahrbar war.

»Es geht weiter«, sagte der Marine und machte Anstalten, sich umzudrehen, hielt jedoch ein letztes Mal inne. »Vielleicht marschieren Sie beide ab jetzt am Ende der Kolonne und setzen sich nicht mehr in einen Schützenpanzer. Nur für den Fall, dass die Ruul weitere Überraschungen dieser Art geplant haben.«

Die *Excalibur* schwenkte in einen niedrigen Orbit um Nexus II ein. Die Schäden der vergangenen Schlacht behinderten das riesige, robuste Kriegsschiff auf eine Weise, wie sich Brandt das nie hatte vorstellen können. Der Antrieb arbeitete unregelmäßig, eine Vielzahl Waffen war beschädigt und immer noch nicht instand gesetzt worden und mehrere Sektionen des Schlachtschiffs waren weiterhin ohne funktionierende Lebenserhaltung. Weit schlimmer als die materiellen Schäden traf ihn aber das menschliche Leid, das die Schlacht ausgelöst hatte. Fast ein Viertel seiner Besatzung war tot oder lag verwundet entweder im Lazarett oder in Bereichen des Schiffes, zu denen sie sich noch keinen Zugang hatten verschaffen können. Ärzte, Krankenschwestern und Sanitäter arbeiteten im Akkord, ebenso die Schadenskontrollmannschaften, doch realistisch betrachtet, würde es eine Weile dauern, bis die *Excalibur* wieder gefechtsklar war.

Der Rest der Kampfgruppe wartete in einiger Entfernung und leckte seine Wunden. Kein Schiff war ohne Blessuren davongekommen. Brandt war sogar so weit gegangen, die vier am schwersten beschädigten Schiffe zurück nach Starlight zu schicken, da sie kaum noch von Nutzen waren und man nur dort in der Lage war, die große Anzahl an Verwundeten zu versorgen und die Schäden zumindest provisorisch zu reparieren. Die angeschlagene *Hannover* gehörte dazu.

Deborah Kirelsky saß auf dem frei gewordenen Sitz, der zur Schadenskontrolle gehörte. Der Offizier, der hier normalerweise Dienst tat, war gerade auf einer Bahre von der Brücke getragen worden. Die MAD-Offizierin hatte das Gefecht bemerkenswert gut überstanden, zumindest körperlich. Ihre rechte Schulter war bandagiert, wo sie sie sich geprellt hatte. Ansonsten wirkte sie relativ gesund. Nur seelisch war sie noch immer arg angeschlagen.

»Alles in Ordnung?«, fragte er besorgt und erntete lediglich ein knappes Nicken, gefolgt von einem erschöpften Lächeln. Er nickte ihr aufmunternd zu, bevor er sich an den ComOffizier wandte.

»Ich brauche eine Verbindung zur Oberfläche, zu Captain Clarke, Captain Westling oder irgendjemand sonst, den Sie erreichen können. Wir müssen unbedingt wissen, was da unten vor sich geht.«

Der weibliche Ensign hackte mehrere Minuten ergebnislos auf seine Konsole ein und sprach mehrmals emotionslos in sein Headset, als er sämtliche infrage kommenden Frequenzen nach einem Lebenszeichen der Truppe auf dem Mond unter ihnen absuchte.

Brandt nutzte die erzwungene Pause, um bei den einzelnen Abteilungsleitern einen Statusbericht über den Stand der dringend erforderlichen Reparaturarbeiten abzufragen. Die Antworten, die er erhielt, waren nicht ermutigend. Zwar war es ohne Weiteres möglich, nahezu alle Schäden provisorisch zu reparieren, doch alles in allem betrachtet, benötigte die *Excalibur* eine Überholung in einer voll ausgerüsteten Werft. Ihn beschlich das unangenehme Gefühl, dass die anderen Schiffe sich nur in unwesentlich besserem Zustand befanden, manche vermutlich sogar in deutlich schlechterem.

Die ComOffizierin drehte sich nach einer endlos scheinenden Zeit zu ihm um. Als er zum Brückenchronometer sah, bemerkte er allerdings, es waren gerade mal zwanzig Minuten vergangen.

»Sie können sprechen, Sir.«

Brandt nickte der jungen Frau dankbar zu und aktivierte sein eigenes Headset.

»Brandt hier.«

»Hier ist Westling.«

Erleichterung durchflutete Brandt wie eine frische Brise. Als der ruulanische Schlachtträger die beiden Torpedos abfeuerte, hatte Brandt bereits das Schlimmste befürchtet.

»Wie ist Ihre Lage?«

Im Hintergrund hörte Brandt immer wieder Schreie, durchdrungen von den Schüssen von Sturmgewehren, dem Fauchen von Lasern und dem Knistern von Blitzschleudern. Westlings Stimme klang angespannt, fast schon atemlos, als müsste er sich auf mehrere Dinge gleichzeitig konzentrieren und als stellte Brandts Kontaktaufnahme für ihn lediglich eine zusätzliche Ablenkung dar.

»Wir haben die Landezone verloren. Alle Stingrays und Truppentransporter sind zerstört. Wir arbeiten uns gerade auf das Zentrum der Kolonie vor. Die Slugs leisten schweren Widerstand. Befinden uns derzeit im Häuserkampf.«

»Was ist mit Clarke und Leech?«

»Sind beide noch am Leben und bei uns. Können Sie uns von da oben irgendwie helfen?«

Brandt rief sich die taktische Darstellung der Bodenkämpfe auf seinen Schirm. Er studierte kurz die Situation und schüttelte dann betrübt den Kopf. »Negativ. Sie sind zu eng mit den Ruul verkeilt. Außerdem würden wir Gefahr laufen, die Kontrollzentrale der Kolonie zu beschädigen.«

»Sie haben recht, das dürfen wir nicht riskieren. Dann muss es eben auf die harte Tour sein.«

»Soll ich Ihnen Verstärkung schicken? An Bord meiner Schlachtträger sind noch immer einige Stingrays und wir haben etliche Marines an Bord.«

»Negativ. Viel zu gefährlich. Wir haben keine gesicherte Landezone mehr. Und die Luftabwehr über der und um die Kontrollzentrale ist immer noch sehr aktiv. Wir schaffen das auch so.«

Brandt hörte in den Ausführungen des Captains die unausgesprochenen Worte »Hoffe ich« heraus und verzog das Gesicht zu einer schmerzerfüllten Fratze. So weit hätte es nie kommen dürfen. Und dass es so weit gekommen war, war unter anderem *seine* Schuld. Er hätte es verhindern müssen. Er hätte Hernandez aufhalten müssen. Schlimmer noch, er hätte es gar verhindern *können*. Lange bevor die Handlungen des verräterischen Admirals Konsequenzen für die Menschen von Starlight nach sich gezogen hätten. Erneute Schuldgefühle suchten ihn heim. Für den Tod dieser Menschen auf Nexus II trug er die Verantwortung. Vielleicht wäre es am besten, wenn er diese Operation gar nicht überlebte. Brandt schob den Gedanken entschlossen beiseite. Es galt noch immer, eine Schlacht zu schlagen. Für jeden anderen Gedanken war später Zeit.

»Verstanden. Viel Glück, Captain.«

»Danke. Westling Ende.«

Jonathan hatte das Gespräch zwischen Westling und Brandt gebannt verfolgt. Etwas Unterstützung wäre ihm jetzt sehr willkommen gewesen, doch der Marine-Captain hatte vermutlich recht. Die Opferzahl wäre in diesem Fall unangemessen hoch gewesen. Außerdem hatten sie die Kontrollzentrale fast erreicht.

Das silberne Gebäude der Zentrale ragte inmitten eines weiten, offenen Platzes nach oben. Ihre letzten Zerberus- und Arrow-Jäger hatten inzwischen die gegnerischen Reaper der ruulanischen Kolonie besiegt und sich anschließend zurückgezogen. Das hässliche, quaderförmige Gebäude diente zwar als Zentrum der zivilen Bürokratie auf Nexus II, verfügte aber dennoch über eine beeindruckende Anzahl an Luftabwehrwaffen und die Ruul scheuten sich nicht, sie auch einzusetzen.

Die Kommandozentrale stand auf einer Art Podest, zu der auf jeder Seite eine breite Steintreppe nach oben führte. Die Treppe und der Platz selbst waren inzwischen mit unzähligen Leichen – gleichermaßen Menschen wie Ruul – bedeckt. Die Slugs hatten bereits drei Versuche der Menschen vereitelt, ihre Stellung einzunehmen. Die letzten fünf Feuersalamander der Ruul brannten lichterloh vor sich hin, ebenso wie ein Cherokee und ein Raven. Noch während Jonathan zusah, gingen die letzten terranischen Panzer – zwei Cherokee und vier Raven – in Stellung. Die Artilleriepanzer vom Typ Raven, die anstelle eines Geschützturms eine 205-mm-Haubitze auf dem Chassis trugen, fuhren Stabilisatoren aus und verankerten sie im Boden. Und ohne Vorwarnung eröffneten sie das Feuer.

Der Lärm war ohrenbetäubend. Trotz des Kampfhelms klingelten Jonathans Ohren. Als er sich umsah, registrierte er, dass es vielen der umstehenden Soldaten ähnlich ging. Einige Männer und Frauen zogen sich sogar in die Gassen und Winkel der soeben eroberten Stadt zurück, bis der Beschuss beendet war.

Die schweren Artilleriegranaten zeigten augenblicklich Wirkung. Heftige Explosionen fuhren unter die Ruul, die noch immer verbissen die Stellung hielten. Doch gegen diese Art des Angriffs gab es keinen Schutz und keine Verteidigung. Westling hatte sich entschieden, die Ruul förmlich aus ihrer Stellung zu treiben.

Es war ein guter Plan und im Grunde auch ihre letzte Hoffnung.

Jonathan sah sich missmutig um. Ihre Streitmacht war in der Zwischenzeit stark geschrumpft. Mit Ausnahme der sechs Panzer verfügte ihre Armee noch über vier Schützenpanzer und knapp zweitausend Mann. Inzwischen hatte Westling nicht mehr nur das geduldete Kommando inne, sondern er führte auch rechtmäßig den Befehl, da er der ranghöchste überlebende Offizier war. Der TKA-Colonel war bereits zwei Stunden zuvor bei einem Angriff auf eine Slug-Artilleriestellung gefallen. Die Hälfte der Majore war entweder davor oder danach getötet oder verwundet worden. Und die andere Hälfte war bei der Zerstörung der Landezone umgekommen.

Nun befehligte Westling offiziell die Armee und er tat das sehr gut, wie Jonathan bewundernd zugab. Den MAD-Offizier beschlich bloß das seltsame Gefühl, der Mann würde die Verantwortung nur zu gern an jemand anderen abgeben.

»Es ist gleich so weit«, gab Westling bekannt. Jonathan richtete augenblicklich seine Aufmerksamkeit wieder auf das Ende der Treppe und das Gebäude, wo die ruulanischen Truppen, gerade in Auflösung begriffen, dabei waren, sich ins Innere der Zentrale zurückzuziehen. Sie ließen Dutzende an Toten und Tonnen an zerstörter Ausrüstung zurück.

»Los!«, rief Westling und sofort stürmten Soldaten die Treppen hoch, ständig unter der Deckung der Panzer, wobei die Raven inzwischen das Feuer eingestellt hatten.

Der Cherokee folgte schwerfällig die Treppe hoch. Aus einigen Fenstern des Turms schoss den Soldaten vereinzeltes Feuer entgegen. Blitzschleudern der Ruul verschossen Kugelblitze unter die vorrückenden Soldaten. Einige gingen getroffen zu Boden. Sanitäter stürzten ohne Rücksicht auf die Gefahr für das eigene Leben zu ihnen, versorgten sie inmitten des Gefechts notdürftig und schleppten sie in Sicherheit.

Als der Cherokee nah genug war, erwachte sein Zwillingsgeschütz zum Leben. Der Panzer schwenkte seinen Gefechtsturm im Halbkreis und bestrich mit den beiden Strahlen die Fenster, von denen der Angriff ausging. Unter der glühend heißen Berührung warf das Metall der Außenverkleidung Blasen und Jonathan hörte sogar aus dieser Entfernung die Schreie der Slugs im Inneren. Der Beschuss der Ruul verstummte. Der Cherokee feuerte noch einige Sekunden weiter, bevor er ebenfalls zufrieden das Feuer einstellte.

Die ersten Soldaten kamen oben an, sicherten den Platz vor der Ziviladministration und gaben Zeichen an die nachrückenden Einheiten.

»Es ist so weit«, sagte Westling und machte sich an den Aufstieg.

»Sie warten hier«, erklärte Jonathan an Leech gewandt. Seine Stimme duldete keinen Widerspruch, wobei er bei Leech aber auch nicht rechnen musste.

»Mich kriegen hier keine zehn Pferde weg«, antwortete dieser. Jonathan lächelte ihm aufmunternd zu und ließ ihn inmitten einer Leibwache aus zehn Marines und acht TKA-Soldaten zurück.

Jonathan zählte die Stufen zwar nicht, er schätzte aber, dass es mindestens dreißig bis vierzig waren. Oben angekommen, japste er merklich. Er bildete sich ein, relativ fit zu sein, doch die Strapazen der vergangenen Stunden forderten ihren Tribut. Jonathan bedachte das Gebäude, das vor ihm aufragte, mit prüfendem Blick. Noch eine letzte Kraftanstrengung und es war geschafft.

»Sind Sie sicher, dass Sie mitwollen? Ich hätte vollstes Verständnis dafür, wenn Sie bei Leech bleiben wollten.«

Anstatt zu antworten, lud Jonathan seine Waffe durch und warf Westling einen halb amüsierten, halb beleidigten Seitenblick zu. Dieser zuckte nur die Achseln.

»Wie Sie wollen.«

Der Vorraum der Zentrale war von den Marines und TKA-Soldaten mittlerweile geräumt und gesichert worden, offenbar ohne nennenswerten Widerstand vonseiten der Ruul. Jonathan fühlte sich hier unangenehm an ein Bürogebäude erinnert. Der Raum glich einem Großraumbüro mit zwanzig oder mehr kleinen Kabinen, die alle nur von brusthohen Abgrenzungen voneinander getrennt waren. In früheren Tagen war von diesem Ort die administrative Gewalt von und für Nexus II ausgegangen. Vor den Ruul.

Im hinteren Teil des Raumes führten mehrere Aufzüge in die oberen Stockwerke. Bei der Vorstellung, sich in die engen Kabinen zu quetschen und noch oben zu fahren, den Ruul vollkommen ausgeliefert, drehte sich ihm der Magen um. Seine Gedanken musste sich auf seinem Gesicht widergespiegelt haben, denn Westling lächelte wissend.

»Keine Sorge, wir nehmen die Treppe.«

»Na ein Glück«, entgegnete Jonathan schwach.

Plötzlich hallten Schüsse durch die Luft. Eine verzweifelt klingende Stimme drang aus Jonathans HelmCom. »Ruul! 8. Stock. Sie haben sich verschanzt. Brauchen Verstärkung!«

Westling sprintete los, noch bevor der Mann ganz ausgesprochen hatte. Jonathan und mehrere Dutzend Soldaten dicht hinter ihm. Dass die Männer bereits bis in den 8. Stock vorgedrungen waren, hätte der MAD-Offizier nie für möglich gehalten. Als sie über die Treppe in die einzelnen Stockwerke vordrangen, wurde ihm aber klar, weshalb der Vormarsch der terranischen Truppen so schnell vonstattenging. Die Ruul hatten sich aus allen Stockwerken zurückgezogen und in der Hauptzentrale des Gebäudes verbarrikadiert. Die dortige Ansammlung an Truppen stellte höchstwahrscheinlich ihr letztes Aufgebot dar. Es sollte ihr letztes Gefecht werden.

Endlich erreichten sie das 8. Stockwerk. Der Raum erinnerte stark an die Brücke eines Raumschiffs, mit Konsolen, einem Holotank mitten im Raum und einem großen Bildschirm an der Nordseite. Ein Marine vor ihm wurde von einem Kugelblitz getroffen und mit qualmender Uniform gegen die nächste Wand geschleudert. Instinktiv zog Jonathan den Kopf zwischen die Schultern und ging hinter dem nächsten Arbeitsplatz in Deckung. Westling hechtete sich flach neben ihn auf den Boden.

»Wie viele haben Sie gezählt?«, fragte Jonathan und gab eine ungezielte Salve in Richtung der Slugs ab.

»Zwanzig oder dreißig. Mehr nicht.«

»Das sind für meinen Geschmack schon zu viel.«

Es entwickelte sich ein heftiges Feuergefecht. Querschläger stellten für beide Seiten ein ernstes Problem dar. Selbst die Kugelblitze der Ruul konnten von der metallischen Verkleidung der Armaturen abprallen und versteckte terranische Soldaten erledigen. Sie mussten die Sache beenden. Jetzt. Jede weitere Verzögerung spielte den Ruul in die Hände und würde nur unnötig Blut kosten. Die Slugs waren erledigt und sie wussten es. Nexus II war gefallen. Doch die Ruul wurden immer dann am gefährlichsten, wenn man sie in die Ecke drängte. Jeder andere Gegner hätte sich unter solchen Bedingungen ergeben, doch nicht die Ruul. Die wollten nur noch Schaden anrichten.

»Bajonette aufpflanzen!«, rief Westling.

»Ist das Ihr Ernst?«, fragte Jonathan erstaunt.

»Ich werde hier nicht stundenlang rumsitzen und mir mit den Slugs einen Stellungskrieg liefern. Jetzt oder nie!«

»Angriff!«

Sein über HelmCom übermittelter Befehl brachte Bewegung in die Soldaten. Sie stürmten aus ihren Verstecken und griffen den Feind an. Jonathan pflanzte eilig sein Bajonett auf und folgte ihnen.

Jede andere Spezies hätte den Sturmangriff der Menschen benutzt, um noch so viele wie möglich abzuschießen, doch nicht die Ruul. Sie liebten nichts so sehr wie einen guten Nahkampf. Die Slugs zogen ihre Schwerter, stimmten ein ohrenbetäubendes Gebrüll an und stellten sich den Menschen entgegen.

Es entbrannte ein erbittertes Gefecht. Die Ruul waren größer als die Menschen und körperlich um einiges stärker, die Menschen im Gegenzug waren in der Überzahl, kampferfahren und zu allem entschlossen.

Vor Jonathan schlitzte ein Ruul einen Marine auf, nur um Sekunden später einen weiteren mit einem einzigen Hieb zu köpfen. Es war einer der größten Ruul, von denen er je auch nur gehört hatte.

Er brüllte dem Gegner seine Wut entgegen und stützte sich auf ihn, das Bajonett zum Stoß erhoben. Der Slug parierte den Hieb und setzte zum Gegenangriff an, der so wild geführt wurde, dass Jonathan um ein Haar sein Gewehr aus den Händen gerissen worden wäre. Nur mit äußerster Anstrengung gelang es ihm, aufrecht zu bleiben.

Jonathan machte einen erneuten Vorstoß und zielte diesmal genau auf die Kehle des Gegners, doch erneut machte ihm ein Hieb des Slug einen Strich durch die Rechnung. Egal was er versuchte, das Schwert des Ruul war schon da und lenkte den Angriff harmlos zur Seite ab.

Jonathan war nicht besonders geübt mit dem Bajonett. Im Gegensatz dazu schien der Ruul gegenüber geradezu ein Meister mit dem Schwert zu sein. Beim vierten Stoß mit dem Bajonett, tänzelte der Ruul plötzlich und für Jonathan völlig überraschend nach rechts, lenkte die Waffe seitlich ab und hob den Fuß zu einem mächtigen Tritt. Dieser traf ihn am Brustbein und schleuderte ihn rücklings über einen Tisch. Und dieses Mal konnte er nicht verhindern, dass er sein Gewehr samt Bajonett verlor.

Jonathan blieb benommen liegen. Der Ruul ragte drohend über ihm auf. Er glaubte, auf dessen Gesicht ein schadenfrohes Grinsen wahrzunehmen. Der Ruul hob sein Schwert zum tödlichen Stoß und ließ es mit einem erfreuten Kreischen niedersausen.

Der Hieb stoppte mitten in der Luft, rund zwanzig Zentimeter über Jonathans Kopf. Aus dem erfreuten Kreischen des Slug wurde ein schmerzerfülltes Brüllen. Jonathans Blick senkte sich. Hinter dem Slug stand Westling, der sein Gewehr mit beiden Händen umklammert hielt. Das Bajonett steckte tief im Oberschenkel des Slug. Dieser wirbelte herum und schlug mit seiner krallenbewehrten Klaue nach dem Marine-Captain, der dem Schlag nur entgehen konnte, indem er sein Gewehr losließ.

Jonathan suchte mit den Händen verzweifelt nach etwas, das er als Waffe benutzten konnte. Irgendetwas. Seine Hände bekamen etwas zu fassen. Etwas Scharfes. Ohne zu überlegen, kam er wieder auf die Beine und stieß zu.

Der Ruul kreischte ohrenbetäubend auf. Jonathan stieß erneut zu … und erneut. Der Slug bemühte sich, sich umzudrehen. Es gelang ihm jedoch nicht ganz. Seine Bewegungen wurden langsamer und erlahmten schließlich ganz. Die Leiche des Ruul blieb genau neben ihm liegen.

Erst jetzt bemerkte Jonathan, was er dem Ruul mehrmals in den Rücken gerammt hatte. Es war ein Bajonett, an dem noch ein Stück des Laufs eines Sturmgewehrs hing. Das Gewehr musste während des Kampfes durch ein Schwert zerstört worden sein. Westling trat auf ihn zu und klopfte ihm dankbar auf die Schulter.

»Gut gemacht.« Er deutete auf die Leiche. »Das war ihr Anführer.«

»Woher wissen Sie das?«

»Nach einer Weile bekommt man einen Blick für so was.« Westling schaute sich aufmerksam in der Zentrale um. Der Kampf kam langsam zum Stillstand. Kein Ruul stand mehr aufrecht. Und auch viel zu viele Menschen lagen blutend am Boden. Es war geschafft. Nexus II stand endlich wieder unter terranischer Kontrolle.

»Also?«, fragte Westling. »Was tun wir als Nächstes?«

»Das Gebäude gründlich durchsuchen. Lassen Sie Fotos schießen und sammeln Sie alles an Beweismaterial, was Sie finden können. Schicken Sie anschließend sämtliche Unterlagen nach Starlight zu Leduc, damit er den Gouverneur und Hernandez verhaften kann. Anschließend holen Sie Leech rein. Es gibt viel für ihn zu tun. Ich werde erst dann wieder beruhigt sein, wenn das Virus an Bord der Raumstationen und der Kriegsschiffe neutralisiert ist. Erst dann ist unsere Position wirklich sicher.«

Der weibliche ComOffizier drehte sich mit breitem Grinsen zu Brandt um und meldete: »Eine Nachricht von der Oberfläche, Sir. Nexus II ist gefallen.«

Spontaner Jubel brandete auf der Brücke der *Excalibur* auf und der Commodore ließ sich erschöpft, aber hocherfreut in seinen Sessel sinken.

Deborah hatte alle Mühe, nicht augenblicklich auf dem Deck zusammenzusinken, so müde fühlte sie sich. Sie bemerkte, wie Lien auf seinem Datenterminal etwas empfing und sich gleich darauf zu seinem Kommandeur herunterbeugte, um ihm etwas ins Ohr zu flüstern. Brandts Stimmung änderte sich schlagartig. Seine Augenbrauen zogen sich drohend über der Nasenwurzel zusammen und er fletschte die Zähne.

»Was ist los?«, fragte Deborah besorgt.

Brandt antwortete nicht. Stattdessen sagte er: »Com, schicken Sie eine Nachricht an Captain Westling. Sagen Sie ihm, wir haben eine Botschaft der Ruul an ihre Kolonie auf Nexus II abgefangen. Ruulanische Verstärkungen sind im Anflug. Es ist noch nicht vorbei.«

18

Leduc bemühte sich, sich seine Nervosität nicht anmerken zu lassen, was sich als ausgesprochen schwierig erwies. Er saß in einem Konferenzsaal der größten TKA-Kaserne auf Starlight mit mehr als zwanzig hochrangigen Offizieren, die eigentlich alle nichts sehnlicher wollten als seinen Kopf auf einem silbernen Tablett. Obwohl zwei der Fenster weit geöffnet waren und eine angenehme Brise hereinwehte, standen ihm dicke Schweißperlen auf der Stirn.

Bei der Besprechung waren sämtliche Waffengattungen vertreten. Sogar zwei Miliz-Generäle, die Leduc misstrauisch beäugten. Nexus II befand sich nun seit knapp acht Stunden unter terranischer Kontrolle und vor knapp einer Stunde hatte per Shuttle ein Kurier Brandts die dringend benötigten Unterlagen überbracht, die sich nun in einer Aktentasche vor Leduc auf dem Tisch befanden. Er selbst hatte die Unterlagen, Fotos und Daten sporadisch überflogen. Doch selbst diese oberflächliche Sichtung der Beweise hatte ihn zutiefst bestürzt.

Was an dieser Angelegenheit ihn am stärksten traf, vermochte er selbst nicht zu sagen: dass sich dies alles direkt vor ihrer aller Nasen abgespielt hatte oder dass der Gouverneur und Hernandez maßgeblich in die Sache involviert waren.

Seit Brandt und Westling zu ihrem Abenteuer nach Nexus II aufgebrochen waren, hatte Leduc beständig um Unterstützung aufseiten des zerstrittenen Militärs geworben. Und das, obwohl er selbst wenig überzeugt von dieser abstrusen Verschwörungstheorie dieses MAD-Offiziers Clarke gewesen war. Nun lagen ihm die Beweise schwarz auf weiß vor und er glaubte es immer noch nicht. Wollte es einfach nicht glauben. Leider blieb ihm kaum eine andere Wahl. Die Beweise waren unwiderlegbar. Trotzdem war er sich ziemlich sicher, dass es einige der Anwesenden sich nicht nehmen ließen, genau das zu versuchen.

Leduc war nicht nur Offizier, sondern in seiner Funktion als Militärattaché zwangsläufig auch ein Stück weit Politiker. Daher konnte er sich sehr gut vorstellen, was die Preisgabe der vorliegenden Beweise bei den versammelten Offizieren anrichten würde. Sie waren auch so schon uneins. Dies würde sich vermutlich noch verstärken. Einige würden glauben, die

Beweise seien gefälscht, andere würden sich schlichtweg weigern, das Offensichtliche zu akzeptieren, weil es einfacher war, Augen und Herz vor den Tatsachen zu verschließen.

Schließlich taten sie das alle schon seit geraumer Zeit, ansonsten hätte es niemals so weit kommen können.

Brandt hatte ihn auch über die bevorstehende Ankunft weiterer ruulanischer Kräfte in Kenntnis gesetzt. Das hieß, es gab jetzt nur noch die Flucht nach vorn. Entweder er schaffte es, die Männer und Frauen vor ihm zu überzeugen, oder die Ruul brachen über das ahnungs- und wehrlose Starlight herein wie eine Seuche. Er hatte keine Wahl und musste seine Rolle in diesem Drama zu Ende spielen.

Die meisten Männer und Frauen am Tisch tuschelten aufgeregt miteinander, während sich andere – so wie Leduc – damit begnügten, die Szenerie einfach nur zu beobachten.

Der Militärattaché warf dem einzigen Nichtmenschen am Tisch einen verschwörerischen Blick zu. Der Til-Nara saß zwei Plätze links von ihm auf einer Sitzgelegenheit, die für sein Volk geeignet war. Der Insektoide bekleidete den Rang eines Drohnenführers Erster Klasse. In menschlichen Begriffen war das so etwas wie ein Ein-Sterne-General. Der Til-Nara hieß Norha Bolan und kommandierte das fast siebzigtausend Kriegsdrohnen starke Til-Nara-Truppenkontingent auf Starlight. Der Insektoide erwiderte gleichmütig und mit undeutbarem Ausdruck in den Facettenaugen Leducs Blick. Man konnte ihre Gemütslage einfach nicht einschätzen. Die Til-Nara waren nach menschlichen Maßstäben immer noch so geheimnisvoll wie zu früheren Zeiten, trotz eines inzwischen fast zehnjährigen Bündnisses. Wie sich der Insektoide verhalten würde, vermochte der Militärattaché beim besten Willen nicht vorauszusagen.

Leduc seufzte tief. Sosehr er sich das auch wünschte, er konnte nicht länger warten und den Beginn der Besprechung weiter aufschieben. Es musste endlich jemand den Anfang machen.

Er öffnete gerade den Mund, um sich Gehör zu verschaffen, als die Tür geräuschvoll aufschwang und ein hochgewachsener, etwas untersetzt wirkender Offizier mit ergrauten Haaren und buschigem Vollbart den Raum betrat.

Leduc fluchte unterdrückt und knirschte unbewusst mit den Zähnen. *Diesen* Offizier hatte er mit Absicht außen vor gelassen. Lieutenant General Norman Besinski von der TKA war der höchstrangige Offizier auf Starlight und als kompromissloser Unterstützer des Gouverneurs bekannt. Durch seine Anwesenheit wurde die Angelegenheit nur unnötig kompliziert. Viele der anwesenden Offiziere brachten dem Mann ein gehöriges Maß an Respekt entgegen, das fast an Verehrung grenzte. Dies lag nicht zuletzt an den fast vierzig Jahren ehrenvollen Dienstes, die hinter Besinski lagen.

Der General ging zielstrebig zu dem einzigen noch freien Platz – der sich ausgerechnet gegenüber von Leduc auf der anderen Stirnseite des Tisches befand –, ohne den Militärattaché auch nur eines Blickes zu würdigen, und setzte sich.

Der hat sich seine Meinung bereits gebildet.

»Nun, dann können wir ja anfangen«, begann Leduc ein wenig eingeschüchtert. Den TKA-General umgab eine düstere, beinahe schon aggressive Aura. Ihm gegenüber saß mit Sicherheit niemand, mit dem er sich würde anfreunden können.

»Sie alle wissen, weshalb wir uns hier versammelt haben.«

»Wollen Sie uns jetzt noch mehr Ihrer Lügen auftischen, Leduc?« Leduc fühlte Besinskis stechenden Blick auf sich ruhen. Mit einem Mal spürte der Militärattaché den Wunsch in sich aufsteigen, der TKA-General möge ihn weiter ignorieren.

»Keine Lügen, General. Nur die reine Wahrheit.«

»Das letzte Mal, als Sie uns von der *Wahrheit* erzählt haben, ist am Schluss Brandt mit einigen Tausend unserer Soldaten aufgebrochen.« Besinski gelang das Kunststück, dem Wort *Wahrheit* einen obszönen Klang zu geben.

»Ich darf Ihnen mitteilen, dass Brandt und Westling inzwischen die Einnahme von Nexus II gelungen ist. Der Mond ist wieder unter unserer Kontrolle.«

»Einnahme? Wieder?«, hakte einer der Miliz-Generäle erstaunt nach. Sein Name war Brigadegeneral Toben Clausen, meinte sich Leduc zu erinnern. Clausen unterstand unter anderem ein beträchtlicher Teil der Luftverteidigungsstreitkräfte von Starlight, inklusive einiger Jagd-Staffeln. Seine Unterstützung würde sie schon ein gehöriges Stück nach vorne bringen.

»Hören Sie nicht auf ihn«, mischte sich Besinski erneut ein. »Was der Kerl vorbringt, ist doch reiner Blödsinn.«

Leduc ließ sich von den offenen Anfeindungen des TKA-Generals nicht beirren.

»Ganz im Gegenteil. Einer gemischten Einsatzgruppe aus TKA und Marine Corps ist es gelungen, die Okkupation des Mondes Nexus II durch ruulanische Streitkräfte zu beenden. Gleichzeitig hat Commodore

Brandt einen großen ruulanischen Kampfverband vernichtet, der sich im Starlight-System praktisch direkt vor unserer Nase versteckt hielt.«

Besinski öffnete den Mund, um etwas zu erwidern, doch Leduc fasste sich ein Herz und kam ihm zuvor. »Brandt hat dabei fast die Hälfte seiner Schiffe verloren. Die übrigen sind in erheblichem Umfang beschädigt worden und die personellen Verluste der Flotte waren enorm. Noch höher waren allerdings die Verluste der Truppen, die Nexus II angegriffen haben. Von annähernd achttausend eingesetzten Soldaten haben weniger als eintausendfünfhundert die Schlacht überlebt. Aufseiten der Ruul gab es keine Überlebenden.«

Schlagartig wurde es still im Raum. Mehr als einer der Offiziere senkte betreten den Blick, selbst Besinskis Gesicht wurde aschfahl und er schloss angesichts solcher erdrückenden Zahlen den Mund. Leduc hielt nun den richtigen Augenblick für gekommen. Mit knappen, präzisen Bewegungen öffnete er die vor ihm liegende Aktentasche und verteilte mehrere Stapel mit Fotos.

Die Offiziere sahen sich die Fotos der Reihe nach an und gaben sie schließlich weiter. Leduc beobachtete die Reaktionen jedes Einzelnen genau und versuchte abzuschätzen, was in den Köpfen der Betreffenden vor sich ging. Das vorherrschende Gefühl war Betroffenheit, dicht gefolgt von Wut, Trauer und unverhohlenem Hass.

Leduc hatte sich die Fotos vor Beginn der Besprechung selbst lange angesehen und wusste genau, was darauf abgebildet war. Er bezweifelte, dass er die Bilder je würde vergessen können. Sie zeigten die ausgebrannten, zerstörten Gerippe terranischer und ruulanischer Panzer, die Leichen terranischer Soldaten und ruulanischer Krieger sowie abgestürzte Wracks von Reapern, Zerberussen, Arrows und Stingrays. Das letzte Foto zeigte den Platz vor der Kommando- und Kontrollzentrale der Nexus-II-Kolonie als unmissverständlichen Beweis, wo die Fotos aufgenommen worden waren. Der Schauplatz des letzten Gefechts gegen die Ruul war unverändert und authentisch aufgenommen worden. Inklusive etlicher feindlicher und eigener Leichen, die den Platz und die Stufen zur Administration bedeckten.

Besinski war der Letzte, der die Fotos begutachtete. Mit jeder Aufnahme, die er betrachtete, verkrampften sich seine Wangenmuskeln mehr. Leduc fragte sich, ob der General einige der Männer und Frauen in TKA-Uniform, die auf den Fotos abgebildet waren, persönlich kannte.

»Das … das sind Fälschungen«, erklärte Besinski schließlich im Tonfall eines Mannes, der sich weigerte, das Gesehene zu akzeptieren.

Leduc lächelte nachsichtig. »Sie wissen sehr genau, dass es keine sind.«

»Das ist einfach ungeheuerlich«, meldete sich Clausen zu Wort. »Und das genau vor unserer Nase.«

»Die Existenz dieser Basis vor unserer Haustür ist leider eine unbestreitbare Tatsache, meine Damen und Herren. Und wir müssen nun schnell und entschlossen handeln.«

»Was meinen Sie denn nun schon wieder damit?«, meldete sich Besinski mit neu erstarktem Selbstbewusstsein zu Wort. »Ich dachte, die Gefahr sei gebannt. Falls es denn je wirklich eine gegeben hat.«

»Noch lange nicht. Mir wurde ebenfalls mitgeteilt, dass sich starke ruulanische Verbände auf dem Weg nach Starlight befinden. Und unsere Verteidigung – einschließlich der 4. Flotte – ist nicht in der Lage, es mit ihnen aufzunehmen. Nicht solange dieser Trojaner nicht neutralisiert wurde.«

»Kommen Sie jetzt schon wieder mit diesem Ammenmärchen von einem ruulanischen Supervirus?« Besinskis Arroganz kehrte mit jedem Wort, das er aussprach, zurück. Er glaubte an Lefferty und dieser Glaube machte ihn blind für alles andere.

»Das ist kein Ammenmärchen.« Leduc hatte Mühe, seine Stimme unter Kontrolle zu halten. Jede Minute, die sie hier verschwendeten, kamen die Ruul näher. Und die militärische Macht von Starlight saß in diesem Raum und debattierte sich buchstäblich zu Tode.

»Derzeit arbeitet ein Spezialist auf Nexus II daran, den Trojaner zu neutralisieren, doch bis er das erledigt hat, sind wir verwundbar.«

»Was genau wollen Sie von uns?«, fragte Clausen. Der Miliz-General war zumindest bereit zuzuhören. Leduc war für jedwedes Entgegenkommen, egal wie geringfügig, dankbar.

»Zunächst einmal Einigkeit. Wir alle sind für diesen Planeten verantwortlich und für die hier lebenden Zivilisten, daher schlage ich zunächst einmal eine begrenzte Evakuierung vor. Wir müssen möglichst schnell möglichst viele Zivilisten in die unterirdischen Schutzräume bringen. Das würde uns schon extrem helfen. Dann wären die meisten Menschen aus der Schusslinie, wenn die Ruul hier eintreffen. Außerdem müssen wir bei ihrem Eintreffen kampfbereit sein. Und die Ruul *werden* hier eintreffen.« Die letzten Worte waren an Besinski gerichtet, der darauf nur mit einem abfälligen Schnauben reagierte.

»Und was noch?«

»Wir schicken eine Nachricht nach Fortress, nach Serena, zur Erde und zu jeder terranischen Basis, jedem Flottenstützpunkt und jedem Schiff, das wir erreichen können. Falls es uns nicht gelingt, den Trojaner zu neutralisieren, und die Ruul in der schlimmsten Konsequenz das Starlight-System einnehmen sollten, müssen wir den Rest des Konglomerats warnen.«

»Ist das alles an Forderungen von Ihrer Seite?«, wollte Clausen wissen.

»Nicht ganz. Eine Sache ist noch übrig.« Leduc schöpfte noch einmal Atem, bevor er fortfuhr. »Ich bitte Sie alle um Ihre Unterstützung, wenn ich gegen Hernandez und Lefferty vorgehen und die beiden verhaften werde.«

Stille folgte auf die Ankündigung hin, gefolgt von hektischem, fast panischem Durcheinander, als alle gleichzeitig redeten. Empörung war die vorherrschende Emotion, gepaart mit Unglaube und Trotz.

»Bitte!«, bemühte sich Leduc um Gehör. »Bitte beruhigen Sie sich. Das bringt doch nichts. Außerdem kann ich niemanden verstehen, wenn alle durcheinanderreden.«

Nach und nach kehrte erneut Ruhe ein, auch wenn es unter der Oberfläche gefährlich brodelte.

»Das kann unmöglich Ihr Ernst sein«, schüttelte Clausen den Kopf. »In der gesamten Geschichte des Konglomerats ist so etwas noch nie vorgekommen. Einen Gouverneur und einen kommandierenden Admiral des Hochverrats und der Verschwörung zu bezichtigen und festzunehmen, das können Sie nicht von uns verlangen, das nicht.«

Plötzlich beugte sich der Til-Nara vor und brachte sich in das Gespräch ein.

»Falls Ihr Gouverneur tatsächlich Ihr Volk verraten hat, dann hat er auch das Bündnis mit den Til-Nara verraten. Es bleibt Ihnen somit keine andere Wahl, als ihn festnehmen zu lassen.« Trotz monotoner, mechanischer Sprechweise des Til-Nara-Übersetzers meinte Leduc, so etwas wie Ärger über die Debatte aus den Worten des Insektoiden herauszuhören. Aus der Sicht eines Til-Nara musste dieses ganze Gespräch in höchstem Maße unsinnig wirken.

»Wir können doch nicht einen Gouverneur einfach so absetzen«, wehrte Clausen sich immer noch vehement. »Dazu sind wir gar nicht ermächtigt.«

»Auch dann nicht, falls die Anschuldigungen stimmen sollten?«, wunderte sich der Til-Nara-Drohnenführer.

»Das … das … ist in diesem speziellen Fall gar nicht der Punkt.«

»Sondern?«

»Es handelt sich hier um einen Gouverneur des Konglomerats, verdammt noch mal! Wenn wir schon dem Mann keinen Respekt entgegenbringen, so doch zumindest dem Amt.«

»Gerade aus Respekt dem Amt gegenüber sollte man ihn aus seiner Position entfernen. Wir Til-Nara würden uns mit einer solchen Diskussion gar nicht aufhalten. Unsere Rechtsprechung arbeitet schnell und gründlich.«

Einige der Offiziere gluckste n angesichts dieser Äußerung vergnügt. Es war nicht schwer, sich vorzustellen, dass die Til-Nara sich nicht lange mit Gerichtsverfahren oder Beweisanträgen aufhielten, sondern den Übeltäter schlichtweg aus seinem Amt entfernten – und vermutlich auch gleich aus seiner Existenz.

Während der Debatte beobachtete Leduc Besinski sehr genau. Überraschenderweise kam gerade von ihm kein Widerspruch. Stattdessen lehnte sich der Mann auf seinem Stuhl genüsslich zurück und begnügte sich damit, das Geschehen mit spöttischem Grinsen zu beobachten. Der Mann stand noch immer auf Leffertys Seite – und er wähnte sich offenbar bereits als Gewinner der Auseinandersetzung. Doch Leduc hatte einen Trumpf in der Hinterhand, den er sich für genau diesen Moment aufgehoben hatte.

Der Militärattaché öffnete erneut die Aktentasche und holte weitere Fotos sowie einige Dokumente und Computerausdrucke hervor. Die Dokumente und Computerausdrucke waren von Westlings Soldaten in der Zentrale von Nexus II sichergestellt worden und sie sagten mehr als tausend Worte. Er verteilte sie kommentarlos.

Die Offiziere studierten sie aufmerksam. Sogar Besinski. Leduc sah mehr als eine Kinnlade herunterklappen. Westling hatte auf Nexus II weit mehr vorgefunden als eine ruulanische Kolonie. Unterhalb des Gebäudes, das die Administration beherbergte, waren weitverzweigte Anlagen und Tunnel gefunden worden. Tunnel, die von Hunderten Zellen gesäumt waren, in denen sich wiederum Tausende von Menschen befanden. Menschen, von Hernandez und Lefferty wissentlich um das Schicksal, das diese erwartete, an die Ruul übergeben. Die Ruul hatten sie dort aufbewahrt, um sie auf Transportschiffe zu verladen und in die RIZ zu verschleppen, einem grausigen Schicksal entgegen. Die Dokumente enthielten Befehle und Anweisungen, die Ergreifung bestimmter Gruppen von Menschen betreffend. Obdachlose und vor allem Menschen, die man als unerwünscht betrachtete. In erster Linie Kriminelle aus verschiedenen Gefängnissen. Und alle Dokumente trugen Unterschrift und persönliches Siegel des Gouverneurs, einige noch zusätzlich die von Hernandez.

Leduc ließ allen Zeit, das Gesehene im angemessenen Umfang zu verarbeiten, bevor er sich räusperte.

»Normalerweise würde ich so etwas nicht vorschlagen, da sich das Militär Demokratie nicht leisten kann, aber ich denke in diesem speziellen Fall sollten wir eine Ausnahme machen. Daher möchte ich anregen, jetzt eine Abstimmung abzuhalten, um festzustellen, wo wir alle stehen und wie wir weiter vorgehen.«

Niemand widersprach Leducs Vorschlag. Nicht einmal Besinski.

»Sir? Die *Shadow* nähert sich und bittet darum, ein Shuttle mit einem VIP übersetzen zu dürfen.«

Bei der Ankündigung seines XO setzte sich Brandt ruckartig in seinem Kommandosessel auf. Die *Shadow* war ein Schlachtträger der Nemesis-Klasse und darüber hinaus Hernandez' Flaggschiff. Der Commodore musste sich nicht lange fragen, um wen es sich bei besagtem VIP handelte. Fast unbemerkt trat Deborah an seine Seite.

»Probleme?«

»Mit Sicherheit«, teilte er ihr im Flüsterton mit. Dann lauter: »Mr. Lien. Erlaubnis, ein Shuttle überzusetzen, gewährt.«

Die Minuten vergingen quälend langsam. Auf seinem taktischen Hologramm beobachtete Brandt angespannt, wie sich ein kleiner Lichtpunkt von der *Shadow* trennte und Kurs auf die *Excalibur* nahm. Während der Commodore das Hologramm beobachtete, beobachtete Deborah ihn und ihre Besorgnis wuchs mit jeder Minute, die verging. Sie spürte mit jeder Faser, dass sich bald erweisen würde, inwiefern Brandt geläutert und in seinen Ansichten und seiner Integrität gefestigt war. Die Konfrontation mit Hernandez würde es zeigen.

Es dauerte auch nicht lange und die Tür zur Brücke öffnete sich zischend. Ein arroganter und von sich überzeugter Hernandez trat ein und sah sich großspurig um. Bei der Ankunft des Admirals erhob sich die Brückencrew und stand stramm. Eine in Fleisch und Blut übergegangene Handlungsweise, die vollkommen automatisch ausgeführt wurde. Alle handelten so – bis auf Deborah und Brandt.

Der Commodore stand langsam von seinem Kommandosessel auf und bemühte sich um Fassung, doch Deborah bemerkte die Angst in seinen Augen, kaum dass Hernandez die Brücke betreten hatte. Wer war dieser Kerl, dass er eine solche Macht über die Männer unter sich ausübte?

»Admiral«, begrüßte der Commodore seinen Vorgesetzten.

»Lassen Sie uns allein. Alle!«, befahl der Admiral unwirsch. Die Männer und Frauen der Brückenbesatzung warfen sich gegenseitig unschlüssige Blicke zu.

»Gehen Sie bitte hinaus«, bat Brandt seine Leute. Nach und nach verließen die Offiziere die Kommandobrücke der *Excalibur*, Lien als Letzter. Bevor sich die Tür hinter ihm schloss, warf dieser seinem Commodore noch einen letzten unglücklichen Blick zu.

Hernandez ging gemessenen Schrittes zu der Station des Navigators und tat so, als würde er einige Anzeigen studieren.

»Haben wir einen schönen Ausflug gemacht, Viktor?«

»Admiral, ich –«

»Sie müssen nichts dazu sagen, ich verstehe Sie durchaus. Ihr Gewissen hat sich gemeldet.« Hernandez seufzte in gespielter Trauer. »Das ist meine Schuld. Ich hätte es wissen müssen. Sie derart tief in meine Pläne zu involvieren, war ein Fehler. Ein schwerwiegender Fehler.« Er wandte sich um und sah Brandt direkt in die Augen. »Ihre eigene Kampfgruppe nicht mit dem Virus zu infizieren, war ein cleverer Schachzug, das muss ich zugeben. Dieser Anflug von Trotz und Initiative war für mich eine große Überraschung.«

Deborah entschloss sich, hilfreich auf Brandts Seite einzugreifen. »Der Commodore hat sich entschieden, endlich wieder einmal das Richtige zu tun. Sie sind ein Verräter, Hernandez.«

Der Admiral wirkte durch den Einwurf nicht im Mindesten beunruhigt oder gar berührt. Stattdessen schnaubte er nur belustigt. »Ich bitte Sie, Lieutenant. Sind Sie wirklich so naiv? Das *Richtige* liegt im Auge des Betrachters, finden Sie nicht? Und man kann eine Sache nur dann verraten, wenn man wirklich an sie glaubt, und an das Terranische Konglomerat oder die Menschheit per se glaube ich schon lange nicht mehr. Wirklich schon sehr lange.«

»Haben Sie deshalb bei der Gründung der Kinder der Zukunft geholfen?«

Deborah hatte geglaubt, Hernandez würde wenigstens so viel Anstand besitzen zusammenzuzucken, wenn sie ihm auf den Kopf zusagte, dass sie ihn für ein Gründungsmitglied dieser Fanatiker hielt, die die Ruul unbedingt unterstützen wollten. Doch seine Reaktion überraschte sie. Er lächelte lediglich und zuckte die Achseln.

»Allerdings«, entgegnete er leichthin. »Sehen Sie es mal so, die Menschheit war ein Experiment und das ist schiefgelaufen.«

»Wie bitte …?«

»Sie haben schon ganz richtig gehört. Das Experiment Menschheit ist schiefgelaufen. Wir sind ein gewaltiger Fehler.«

»Das kann unmöglich Ihre wahre Meinung sein.«

»Aber es ist so. Seien Sie mal ehrlich, wie viele Kriege hat die Menschheit in ihrer Geschichte geführt? Gegen sich selbst! Unzählige Millionen sind sinnlos gestorben. Es gibt kaum eine andere Spezies, auf die das zutrifft.«

»Der letzte Krieg dieser Art ist bereits fünfzig Jahre her.«

»Sie wollen ein jüngeres Beispiel? Also schön. Unsere Gefängnisse quellen regelrecht über vor Kriminellen: Mörder, Vergewaltiger, Psychopathen.«

Deborah schüttelte ungläubig den Kopf. »Und Sie denken, unter den Ruul würde das besser? Falls Sie es vergessen haben, bei den Ruul sind Stammeskriege an der Tagesordnung. Sie versklaven ihr eigenes Volk, wenn sie keinen Gegner haben, den sie bekämpfen können.«

»Das ist etwas anderes«, winkte Hernandez nur lapidar ab. »Das ist natürliche Selektion, wenn Sie so wollen. Die Ruul tun das, damit ihr Volk stark bleibt. Und deshalb werden sie auch diesen Krieg gewinnen. Weil sie bereit sind, alles zu tun, um uns zu besiegen. Absolut alles. Wozu die Ruul fähig sind, geht weit über Ihr Begriffsvermögen hinaus, Lieutenant.«

»Sie sind wahnsinnig!«, hauchte Deborah fassungslos.

»Für den einen wahnsinnig, für den anderen visionär.«

»Nein«, beharrte sie. »Einfach nur wahnsinnig.«

Er zuckte nichtssagend mit den Schultern. »Nur Ihre Meinung.«

»Nein«, schaltete sich Brandt erneut ein. »Auch meine. Wie konnte ich einem Subjekt wie Ihnen nur jemals so bereitwillig folgen?«

»Sie haben meine Vision geteilt, Viktor.«

»Ich wollte Frieden für die Menschheit, für Starlight.«

»Und den hatten wir auch.«

»Aber zu was für einem Preis! Auf dem Weg zum Frieden wurden wir zu Monstern, Miguel, wurde *ich* zum Monster. Ich wurde zu etwas, das ich früher geschworen hatte zu bekämpfen. *Sie* haben mich zum Monster gemacht. Sie haben mich korrumpiert.«

»Und Sie haben sich bereitwillig korrumpieren lassen. Sie sind wirklich naiv, Viktor, ein Kind, das sich in die Welt der Erwachsenen verirrt hat.« Hernandez spie die Worte förmlich aus. Seine Stimme troff vor Verachtung. Der Admiral musterte Deborah mit neu entfachtem Interesse. »Oder ist der Grund für Ihren Verrat an mir in einer ganz anderen Sache begründet? Die Kleine gefällt Ihnen, oder? Ist das des Rätsels Lösung?«

»Meine Entscheidung, mich gegen Sie zu stellen, hat nichts mit Lieutenant Kirelsky zu tun«, hielt Brandt dagegen, doch seine Stimme zitterte bei jedem Wort.

»Ich denke doch«, lächelte Hernandez. Der Admiral wies anklagend auf Brandt. »Sie haben einmal mir gehört, Viktor – und Sie werden mir wieder gehören.«

»Auf keinen Fall!«

»Oh doch«, beharrte Hernandez. »Noch ist nichts verloren. Wir können die Situation immer noch retten. Die Ruul sind auf dem Weg hierher. Ich bin sicher, das wissen Sie inzwischen. Wir werden uns bei ihnen für den Angriff auf Nexus II entschuldigen. Die Ruul brauchen uns, mehr, als sie zuzugeben bereit sind. Sie wollen weiterhin Nachschub an Menschen von uns … und natürlich Leechs cleveres kleines Computervirus. Die Ruul werden die Entschuldigung akzeptieren. Vorausgesetzt, wir liefern ihnen die Schuldigen an dieser Misere.«

Ohne Vorwarnung zog Hernandez eine Pistole unter seiner Uniformjacke hervor und richtete sie auf Deborah. »Und ich befürchte, das betrifft Sie, Lieutenant.«

»Stecken Sie die Waffe weg, Admiral!«, forderte Brandt ihn bestimmt auf.

»Begreifen Sie denn nicht, Viktor? Kirelsky ist *Ihr* Alibi. Wenn wir sie an die Ruul ausliefern, zusammen mit Clarke, dann sind wir wieder obenauf.«

»Admiral … ich beschwöre Sie.«

»Am liebsten würde ich Sie den Ruul lebendig ausliefern, Lieutenant«, sprach Hernandez Deborah direkt an, indem er Brandt nun völlig ignorierte. »Aber ich glaube fast, diesen Luxus kann ich mir nicht erlauben. Solange Sie am Leben sind, werden Sie mir nur Ärger machen.«

Sein Finger krampfte sich um den Abzug der Waffe. Wie hypnotisiert starrte Deborah auf den Lauf, der direkt auf ihr Herz zielte. Ein Schuss knallte. Instinktiv zuckte sie zusammen. Es dauerte einige Sekunden, bis ihr bewusst wurde, dass sie nicht getroffen war. Kein Schmerz fuhr durch ihren Leib, kein Blut tränkte ihre Uniform.

Stattdessen breitete sich ein immer größer werdender Blutfleck auf Hernandez' weißer Flottenuniform aus.

Der ungläubige Blick des Admirals schwankte zu Brandt. Deborahs Augen folgten ihm. Der Commodore hielt eine immer noch rauchende Waffe in der Hand. Brandt zitterte am ganzen Leib. Hernandez versuchte noch, etwas zu sagen. Doch statt Worten kam nur blutiger Schaum über seine Lippen. Der Admiral verdrehte mit einem Mal die Augen und stürzte schwer auf das Deck. Eine Blutlache breitete sich unter ihm aus.

»Danke«, hauchte Deborah ehrlich.

Brandt reagierte nicht. Seine Augen waren immer noch auf Hernandez' Leiche fokussiert.

»Brandt?« Keine Reaktion. »Viktor?«

Endlich sah der Commodore auf. Ihm standen Tränen in den Augen.

»Es gab eine Zeit, da habe ich wirklich an ihn geglaubt.«

Deborah nickte mitfühlend. »Ich weiß, doch er hat seinen Weg gewählt. Und Sie Ihren.«

Brandt nickte, straffte die Schultern und steckte die Waffe zurück ins Holster. Zu guter Letzt strich er sich die Tränen aus den Augenwinkeln. »Und meinen eingeschlagenen Weg muss ich nun bis zum Ende gehen.«

Entschlossen drehte er sich um und ging zur ComStation. Deborah folgte ihm und sah ihm neugierig über die Schulter. Die Frequenz, die er eingab, konnte von jedem terranischen Kriegsschiff im Starlight-System empfangen werden. Er aktivierte sein Headset.

»Hier spricht Commodore Viktor Brandt an Bord des Schlachtschiffs *Excalibur*. Mit sofortiger Wirkung ...« Seine Stimme brach und er warf Deborah einen fast flehenden Blick zu. Doch dieser wurde umgehend von neuer Entschlossenheit verdrängt. »Mit sofortiger Wirkung, übernehme ich das Kommando der Flotte.«

Lieutenant Colonel Leduc durchschritt das Tor zur Gouverneursresidenz in Begleitung der Generäle Clausen und Besinski. Außerdem marschierten zwei TKA-Kompanien in Reih und Glied in ihrem Rücken. Die Wachmannschaft der Residenz kam nicht einmal auf die Idee, die Männer aufzuhalten. Dies kam Leduc sehr entgegen. Er hätte sich nicht wohl dabei gefühlt, das Feuer auf Männer und Frauen eröffnen zu lassen, die nur ihrer Pflicht nachkamen.

Dass ausgerechnet Besinski ihn bei dieser unliebsamen Pflicht hatte begleiten wollen, hatte Leduc sehr überrascht. Der Mann empfand weiterhin Hochachtung vor dem Gouverneur. Vielleicht war auch gerade das der Grund für seine Anwesenheit.

Während Sie in der Residenz aufmarschierten, um den Gouverneur zu verhaften, liefen die Verteidigungsvorbereitungen bereits auf Hochtouren. In jeder Stadt der Starlight-Kolonie wurden die Menschen von Mitarbeitern der Zivilverteidigung in die unterirdischen Schutzräume geführt. Die Krankenhäuser richteten sich auf eine große Anzahl Verwundeter ein. Das Kriegsrecht war bereits ausgerufen und in den Straßen patrouillierten Panzer, Marines, TKA-Soldaten und Milizionäre zu Tausenden. Was sie allerdings gegen eine ausgewachsene ruulanische Invasion ohne Unterstützung der Orbitalverteidigung oder Flotte würden ausrichten können, wagte niemand vorauszusagen. All ihre Gebete galten jetzt Leech, der immer noch versuchte, den Trojaner außer Kraft zu setzen.

Inzwischen galt auch ein allgemeines ziviles Flugverbot und Firebirds patrouillierten im Luftraum, um es durchzusetzen. Was die wendigen, kleinen, aber rein atmosphäretauglichen Jäger allerdings gegen Reaper auszurichten imstande waren, musste sich noch erweisen. Wie auch immer, die Starlight-Kolonie würde nicht kampflos untergehen.

Die TKA-Soldaten schwärmten aus, um die Wachmannschaft der Residenz zu entwaffnen. Nur für alle Fälle, falls jemand auf die wirklich dumme Idee kam, den Helden zu spielen.

Leduc fand den Gouverneur schließlich in seinem Arbeitszimmer. Er saß hinter seinem Schreibtisch und starrte lethargisch vor sich auf die Tischplatte, seine Jacke locker über der Lehne seines Stuhls gelegt.

Die drei Offiziere blieben unschlüssig im Türrahmen stehen.

»Sir?«, sprach Leduc den Gouverneur an. »Gouverneur Lefferty?«

Der Mann am Schreibtisch sah schamhaft auf und Leduc schreckte innerlich vor dem Anblick zurück. Dieser Mann, der vor ihm saß, war in jeder Hinsicht gebrochen.

»Sir?«, versuchte er es erneut.

»Leduc?«

»Ja, Sir. Ich bin es. Ich … *Wir* sind gekommen, um …«

»Ich weiß, weshalb Sie hier sind«, antwortete der Gouverneur mit schwachem Lächeln. »Ein großer Teil von mir ist froh, dass Sie mich verhaften wollen. Ein sehr großer Teil. Und ein noch größerer Teil ist froh, dass jetzt endlich alles vorbei ist. Ich habe zu lange mit alledem gelebt. Zu viele Geheimnisse, zu viele Kompromisse … zu viel Verrat.«

»Sir«, mischte sich Besinski plötzlich mit leiser Stimme ein. »Wie konnten Sie das nur tun?«

»Wie ich das tun konnte?«, wiederholte Lefferty gepresst. »Stück für Stück. Stück für Stück bin ich abgerutscht. Unmerklich zuerst. Und als ich merkte, worauf ich mich wirklich eingelassen hatte, da war es längst zu spät für eine Umkehr.«

Er hob erstmals den Kopf und sah die drei Offiziere im Raum mit überraschend klarem Blick an. Leduc kam es so vor, als stünde ein Funke des alten Gouverneurs in den Augen des Mannes, der vor ihm saß. Des Gouverneurs, den sie geliebt hatten und für den sie alles getan hätten. Dass Lefferty so tief gefallen war, schmerzte Leduc auf einer sehr persönlichen Ebene, denn auch er hatte den Mann vergöttert.

»Ich wollte doch nur mein Starlight retten«, sagte Lefferty plötzlich mit tränenerstickter Stimme. Und bevor jemand imstande war, ihn aufzuhalten, holte er eine Waffe aus der Schublade seines Schreibtisches, hob sie an seine Schläfe und drückte ab.

»Nein!«, schrien Leduc und die beiden Generäle unisono. Der Militärattaché streckte sogar noch die Hände nach dem Gouverneur aus, als könnte er die Tragödie dadurch verhindern.

Leffertys Körper sackte über seinem Schreibtisch zusammen. Ein dünner roter Blutfaden drang aus seiner Schläfe. Besinski weinte ungehemmt. Clausen wirkte wie betäubt.

Leduc ging zum Gouverneur, nahm dessen Jacke auf und bedeckte damit den Leichnam. Anschließend fixierte er die beiden Generäle mit festem Blick.

»Meine Herren, für Trauer haben wir später noch Zeit. Jetzt gilt es erst einmal, eine Schlacht zu schlagen.«

19

Jonathan saß am Fuß der Treppe, die zum zentralen Gebäude der Kolonie führte, und beobachtete das angespannte Treiben ringsum. Die Schlacht hatte beträchtliche Schäden angerichtet und es würde seine Zeit dauern, bis wieder Menschen auf Nexus II leben würden.

Doch keiner der Schäden war so furchtbar und drückte den Soldaten so auf ihr Gemüt wie die Verluste, die sie zu beklagen hatten. Achtzig Prozent ihrer Streitmacht waren gefallen oder verwundet und mehr als zwei Drittel ihrer Panzer und gepanzerten Fahrzeuge waren zerstört.

Das Gebäude der zivilen Administration hatte einiges abbekommen, doch die meisten Schäden waren nur oberflächlicher Natur und würden schnell wieder instand zu setzen sein. Die Marines und TKA-Soldaten arbeiteten derzeit mit Inbrunst daran, ihre Toten und Verwundeten zu bergen und den Schutt beiseitezuschaffen, um sich auf die nächste Runde mit den Ruul vorzubereiten, die unweigerlich folgen würde. Mit einem eisigen Schaudern erinnerte sich der MAD-Offizier daran, wie sie die unterirdischen Gewölbe der Administration gestürmt und in Besitz genommen hatten. An endlos scheinende Tunnel voller Zellen, in denen sich unzählige vor Angst schlotternde Menschen Schutz suchend aneinanderdrängten.

Eine weitere Fuhre, die auf Abholung durch eine ruulanische Transporterflotte wartete. Jonathan mochte gar nicht daran denken, wie viele solche Lieferungen es schon gegeben hatte, seit Lefferty seinen Pakt mit den Ruul eingegangen war. Mit Sicherheit einige. Der Gouverneur hatte sie verraten, verkauft und für ein grausiges Schicksal vorgesehen. Ein Schicksal, das sie immer noch ereilen konnte. Mit Hinblick auf das, was ihnen bevorstand, waren sie übereingekommen, die Gefangenen, so gut es ging, mit Lebensmitteln und Wasser zu versorgen und ansonsten in den unterirdischen Gewölben zu belassen, bis der ganze Spuk vorbei war. Sie abzutransportieren, war im Moment unmöglich und an der Oberfläche würden sie nur im Weg stehen. Es war keine perfekte Lösung, aber alles, was sie im Moment tun konnten.

Ein Schatten fiel auf ihn, als sich ein Mann von hinten näherte und neben ihm seinen Körper schwer auf die Stufe sinken ließ. Captain Westling stieß einen erleichterten Seufzer aus, während er sich die erste Ruhepause seit Langem gönnte. Jonathan bot ihm eine Wasserflasche an, die der Marine dankbar annahm. Er trank einen tiefen Schluck, während er das geschäftige Treiben beobachtete. Das kameradschaftliche Schweigen zwischen den Männern dauerte einige Minuten an, bis Jonathan sich dazu entschied, es zu brechen.

»Wie viel Zeit haben wir noch?«

»Drei, vielleicht vier Stunden. Mehr nicht.«

»Das ist nicht viel.«

»Nein.«

»Was ist mit Leech?«, fragte Jonathan und deutete mit einem Daumen auf das Gebäude hinter ihnen.

»Ist in der Zentrale und arbeitet daran, den Trojaner außer Kraft zu setzen.«

»Sie klingen nicht gerade zuversichtlich.«

»Bin ich auch nicht. Die Ruul waren nicht dumm. Sie haben das Zugangsterminal, von dem das Virus gesteuert werden kann, durch einen Verschlüsselungscode gesperrt. Leech versucht gerade, ihn zu knacken.«

»Und?«

»Er sagt, er schafft es.«

»Hat er auch erwähnt, wie lange das dauern wird?«

Westling warf ihm einen frustrierten Blick zu. »Fünf oder sechs Stunden. Minimum.«

»Dann steht uns also nur die *Excalibur*-Kampfgruppe zur Verfügung, wenn die Ruul hier eintreffen.«

»Sie meinen, was davon noch übrig ist.«

»Sie sind heute ein Quell des Optimismus«, versuchte sich Jonathan an einem Scherz, in der Hoffnung, den Mann etwas aufzumuntern. Eine Hoffnung, die nicht erfüllt wurde.

»Ich sehe auch keinen großen Grund für Optimismus. Wir haben – wie viel? – vielleicht dreißig, fünfunddreißig einsatzfähige Schiffe zur Verfügung, zudem nicht ganz zweitausend Soldaten, wenn's hochkommt. Wenn die Informationen stimmen, die uns inzwischen vorliegen, dann rücken die Ruul mit fast zweihundert Schiffen an – und sie sind bestimmt stinksauer. Starlight hat nicht einmal eine funktionierende Orbitalverteidigung, falls Leech die Verschlüsselung nicht rechtzeitig knackt, und es sieht nicht so aus, als würde er das hinbekommen.«

»Wenigstens sind Lefferty und Hernandez aus dem Verkehr gezogen. Und die Verteidigung von Starlight wird gerade organisiert. Die Kolonie wird auf jeden Fall nicht kampflos fallen.«

»Ein schwacher Trost.« Westling betrachtete in Gedanken versunken die Wasserflasche in seinen Händen. »Lefferty war mal ein guter Mann. Sie hätten ihn früher kennenlernen sollen, kurz vor und während der ruulanischen Invasion. Er war in keiner Weise mit dem Mann vergleichbar, der uns verraten hat. Es war Lefferty, der uns zusammengehalten hat, als wir die Ruul bekämpften. Als wir kurz vor dem Zusammenbruch standen, hat er uns Mut und Hoffnung gegeben. Er allein. Es ist eine verdammte Schande. Der Tod seiner Familie hat ihn gebrochen.«

»Wie sagt man doch? Der Weg zur Hölle ist mit guten Vorsätzen gepflastert. Ich bin sicher, der Gouverneur hatte die besten Absichten. Trotzdem ist es unentschuldbar, was er getan hat.«

»Natürlich ist es das«, flüsterte Westling. »Dennoch tut er mir einfach leid. Ich versuche, ihn zu hassen, schaffe es aber einfach nicht. Er war kein böser Mensch. Ich hoffe, er hat jetzt endlich seinen Frieden gefunden. Wenigstens muss er nicht mit ansehen, wie sein Starlight zugrunde geht.«

Bei der letzten Bemerkung zuckte Jonathans Kopf reflexartig in Westlings Richtung. »Sie glauben, wir können nicht gewinnen?«

Er erhielt zur Antwort ein zynisches Schnauben. »Glauben *Sie* etwa, wir hätten eine Chance?«

»Hm … wir müssten uns irgendwie einen Vorteil verschaffen, mit dem wir die Ruul überraschen.«

»Also da fällt mir nichts ein. Alle Trümpfe liegen klar in Händen der Slugs.«

»Und was ist, wenn der Trojaner nun außer Kraft gesetzt und sowohl Flotte als auch Orbitalverteidigung einsatzbereit wären?«

»Aber er ist es nicht.«

»Und wenn die Ruul nun denken würden, er wäre es?«

Westling stutzte. »Interessant. Woran genau denken Sie?«

Brandt studierte auf seinem taktischen Hologramm die Informationen, die von mehreren ausgesetzten Spionagesatelliten an sein Flaggschiff gesendet wurden. Die *Excalibur* sowie die übrigen Schiffe der Kampfgruppe befanden sich derzeit inmitten des Nebels, der die ruulanischen Schiffe so lange vor den Augen und Ohren des restlichen Systems abgeschirmt hatte.

Da die Zusammensetzung des Nebels verhinderte, dass Sensoren hinein- oder herausspähen konnten, war das Platzieren der Satelliten an strategisch wichtigen Punkten unabdingbar gewesen. Es war der einzige Hinweis auf menschliche Schiffe im Nebel und Brandt betete, dass den Ruul die Satelliten erst auffielen, wenn es viel zu spät war.

Clarkes Plan war denkbar einfach. Er hatte die 4. Flotte auf die andere Seite des Starlight-Systems geschickt, wo sie hoffentlich aus der Schusslinie war. Zumindest so lange, bis Leech es schaffte, den Trojaner zu deaktivieren.

Gleichzeitig würde Brandt den vorrückenden Ruul auflauern, ihre Vorhutgeschwader mit Guerillataktiken attackieren und ihnen zweifelsohne schwere Verluste beibringen. Doch das war gar nicht so sehr das Hauptziel des bevorstehenden Angriffs. Brandts Schiffe würden trotz gesendetem Aktivierungscode weiterhin bestens funktionieren, was den Feind hoffentlich zu größerer Vorsicht veranlassen würde. Die Ruul konnten schließlich nicht wissen, dass lediglich die Überreste von Brandts Kampfgruppe einsatzbereit waren. Für die Slugs musste es so wirken, als würde das ganze System gegen sie mobilisiert.

Schlimmstenfalls würden sie etwas Zeit gewinnen. Bestenfalls gelangten die Slugs zu der Ansicht, dass ihr Plan furchtbar schiefgelaufen sein musste und der Trojaner deaktiviert worden war. Was die Ruul hoffentlich zu dem Schluss führte, dass das Starlight-System so wehrhaft wie eh und je war. In diesem Fall wäre es die logischste Vorgehensweise des ruulanischen Befehlshabers, seine Schiffe aus dem System abzuziehen. Die Ruul konnten nicht wissen, dass Brandts Schiffe nie mit dem Virus in Kontakt gekommen waren. Und genau darauf baute ihr ganzer Plan auf. Ein menschlicher Kommandant würde das Risiko eines Angriffs auf ein System, dessen Verteidigungswert er nicht einschätzen konnte, nicht eingehen.

Es war schlichtweg ein großer Bluff und Brandt vermochte die Dinge, die misslingen konnten, gar nicht alle aufzählen. Trotzdem mussten sie es auf jeden Fall versuchen, schon deshalb, weil Brandt selbst keine bessere Alternative zur Hand hatte.

Deborah Kirelsky stand hinter ihm und trat ungeduldig von einem Fuß auf den anderen. »Nur die Ruhe«, ermahnte er sie leise.

Sie schenkte ihm daraufhin ein entschuldigendes Lächeln und widmete sich anschließend den von den Satelliten übertragenen Daten.

Die ruulanische Flotte war vor wenigen Minuten an der nördlichen Nullgrenze des Systems materialisiert. Entgegen ihren Informationen handelten es sich jedoch um weit mehr Schiffe als ursprünglich angenommen. Die Daten ließen noch keine genaueren Schlüsse zu, doch Brandt schätzte ihre operative Stärke auf etwa zweihundertfünfzig bis dreihundert Einheiten. Unterstützt von mehreren Dutzend Nachschub- und Versorgungsschiffen sowie einigen Truppentransportern. Die Ruul hatten offenbar nicht vor, dem System nur einen Besuch abzustatten. Sie wollten dauerhaft bleiben.

Brandt nickte in widerwilliger Anerkennung. Die Ruul hatten tatsächlich einiges dazugelernt seit ihrer Invasion. Sie zogen nicht mehr blindlings und ohne Nachschub- und Versorgungslinien in den Kampf. Das war allerdings ärgerlich. Er hatte gehofft, die Ruul würden in ihrer althergebrachten und gewohnten Kampfweise ein Ziel angreifen und so lange darauf einprügeln, bis eine Seite erledigt war.

»Wie fangen ein Signal auf«, meldete der ComOffizier. Unwillkürlich beugte sich Brandt in seinem Sessel vor.

»XO?«

»Es ist das Aktivierungssignal für das Computervirus«, bestätigte Lien die unausgesprochene Annahme seines Commodore. »Sie überfluten sämtliche Kommunikationsfrequenzen des Systems damit.«

»Oh«, war alles, was Brandt dazu sagte.

»Was *oh?*«, fragte Deborah.

»Ich hatte gehofft, sie richten ihre Antennen direkt auf Starlight und die Kolonie und senden das Programm dorthin, stattdessen senden sie es in alle Richtungen und auf allen Frequenzen. Damit erreichen sie das ganze System, auch die 4. Flotte, egal wo sie sich gerade aufhält. Ich hatte mir wirklich erhofft, dass die 4. Flotte kampfbereit bleibt, aber die Slugs scheinen mir diesen Wunsch nicht erfüllen zu wollen. Mr. Lien? Statusbericht.«

»Wir haben den Kontakt zu Starlight verloren«, meldete der XO. »Die Orbitalforts und Central antworten ebenfalls nicht. Und wir können keine Verbindung zur Flotte mehr herstellen. Die Einzigen, die auf unsere Rufe noch antworten, sind unsere Leute auf Nexus II.«

»Das dachte ich mir. Das Virus arbeitet verdammt schnell, das muss man den Slugs lassen.«

»Und was tun wir jetzt?«, fragte Deborah.

»Was wir können. Wir gehen weiterhin nach Plan vor: den Feind angreifen und so viel Schaden anrichten wie möglich.«

»Ich hoffe, die Ruul lassen sich wirklich ins Bockshorn jagen.«

»Das hoffe ich auch. Uns gehen nämlich allmählich die Optionen aus.«

Die Zeit verging quälend langsam. Brandt kam es vor, als würden Stunden statt Minuten vergehen. Die Art, in der die Brückenbesatzung Gespräche führte, legte nahe, dass es den Männern und Frauen ebenso erging. Endlich der erlösende Satz.

»Sir. Die feindliche Vorhut setzt sich in Bewegung.«

»Ausgezeichnet, Mr. Lien. Wie viele Schiffe?«

»Etwa dreißig.«

»Gut. Mit denen werden wir fertig. Ihre erwartete Ankunftszeit am Nebel?«

»Etwa neunzig Minuten, plus/minus zehn Minuten. Die Hauptstreitmacht ist vielleicht dreißig Minuten dahinter.«

»Das lässt uns kein großes Zeitfenster. Wir greifen die Ruul an, sobald sie den Nebel passieren. Nur ein Vorbeiflug, nicht mehr. Wir zerstören so viele Schiffe wie möglich und treiben den Rest zurück. Mit etwas Glück dürfte es das gewesen sein. Anschließend ziehen wir uns nach Nexus II zurück.«

»Bei Ihnen klingt das alles, als wäre es ein Kinderspiel«, flüsterte Deborah, damit kein anderer sie hören konnte.

»Glauben Sie mir, ich weiß, dass es keines wird. Die Ruul sind von Natur aus furchtlos. Ich hoffe, sie lassen sich tatsächlich so leicht täuschen.«

Brandt seufzte tief. »Wie dem auch sei. Wir haben ohnehin keine andere Wahl.« Dann lauter: »Mr. Lien. Gefechtsbereitschaft für Kampfgruppe herstellen. Alle Mann auf Kampfstation.«

General Norman Besinski schlug die Hände über dem Kopf zusammen. »Sie hatten wirklich recht. Bis jetzt hab ich Ihnen ehrlich gesagt nicht geglaubt, was dieses Computervirus anbelangt.«

»Wie schlimm ist es?«, fragte Leduc besorgt.

»Schlimm genug. Alle elektronischen Komponenten sind ausgefallen. Kommunikation, orbitale Abwehrwaffen, Sensoren, die Orbitalforts. Außerdem ist jeglicher Kontakt zur Außenwelt abgebrochen. Wir können nicht mal mehr Central erreichen, und das obwohl es nur ein paar Kilometer über uns schwebt.«

»Wir könnten es ja mal mit Rauchzeichen versuchen«, meinte Leduc in einem Anfall trockenen Humors. Besinski schnaubte amüsiert kurz auf, wurde aber sofort wieder ernst. Sein Blick glitt durch das einzige Fenster des Raums hinaus, wo sich die Gebäude der Kolonie in der Morgensonne abzeichneten. Die Straßen von Starlight waren inzwischen menschenleer. Wer konnte, hatte sich längst in die Schutzräume begeben. Alle anderen hatten sich zu Hause verbarrikadiert oder die Stadt bereits verlassen, um auf dem Land Schutz zu suchen. Leduc bezweifelte, dass es ihnen dort wesentlich besser ergehen würde als hier.

»Einen Penny für Ihre Gedanken«, sprach er den grau melierten TKA-General an.

»Was haben wir nur getan?«

»Wir? Wir können nichts dafür.«

Besinski wandte seinen von Gram erfüllten Blick vom Fenster ab und sah Leduc tief in die Augen. »Sind Sie sicher? Irgendwas hätte uns auffallen müssen. Irgendetwas. Aber wir waren zu sorglos. Zu vertrauensvoll.«

»Möglich. Aber Lefferty und Hernandez sind bei ihren Machenschaften extrem vorsichtig gewesen. Vielleicht waren wir wirklich zu vertrauensvoll, aber wir hatten keinen Grund, am Gouverneur zu zweifeln.«

»Vielleicht. Vielleicht aber auch nicht. Und Starlight und seine Menschen müssen jetzt den Preis dafür zahlen. Ohne Sensoren werden wir die Ruul erst bemerken, wenn sie direkt über uns schweben und landen.«

»Wenigstens funktionieren noch die Flaks. Und Panzer haben wir auch noch genügend. Wir werden den Slugs einen verdammt guten Kampf liefern. Einen Kampf, an den man sich erinnern wird, selbst wenn wir heute untergehen.«

»Ruulanische Einheiten in Reichweite.«

Na endlich!, dachte Brandt erleichtert.

»Mr. Lien, wir stoßen aus dem Nebel. Schwere Einheiten voraus, die leichteren an den Flanken. Jäger geben Feuerschutz.«

»Aye-aye, Commodore.«

Die fünfunddreißig überlebenden Schiffe der *Excalibur*-Kampfgruppe stürmten knapp über den ruulanischen Einheiten aus dem Nebel. Man musste den Ruul zugutehalten, dass sie keinerlei Grund hatten, mit so einem Angriff zu rechnen. Daher war die schlechte Vorstellung, die sie lieferten, zumindest in Ansätzen nachvollziehbar. Brandts Schlachtschiffe und Schlachtträger führten die Formation an. Kaum dass sie den Nebel verließen, senkten sie die Schnauzen ihrer Schiffe, damit ihre schwere Bewaffnung auf die ruulanischen Schiffe deutete. Schließlich gab Brandt den Befehl zu feuern.

Für Torpedos waren die Schiffe bereits viel zu nah, also entschied er sich für Energie- und Raketenbeschuss. Das Feuer der terranischen Einheiten hämmerte brutal und ohne Gnade auf die Slug-Schiffe ein. Die schweren 5er der Shark-Klasse-Schlachtschiffe und der Schlachtträger durchstießen mit dem konzentrierten Feuer zuerst die Schutzschilde, um anschließend unter ihrer feurigen Liebkosung Panzerplatten, Waffenstellungen, Kommunikationsantennen und Sensoren zu zermalmen.

Ein steter Strom von Anti-Schiffsraketen nahm die ruulanischen Schiffe unter Dauerfeuer und richtete verheerende Schäden an.

Die Ruul wurden von dem Angriff vollkommen überrumpelt.

Ihre Formation riss binnen weniger Augenblicke auf. Schiffe, die noch über Antriebsenergie verfügten, stoben in alle Richtungen davon. Ein ruulanisches Schlachtschiff wurde durch den Beschuss vom Bug bis zum Heck perforiert und blieb als regloses, zerbrochenes Wrack zurück. Zwei Typ-8-Kreuzer explodierten nahezu gleichzeitig. Und kurz darauf noch eine Fregatte. Ein Zerstörer versuchte verzweifelt, sich aus dem Zerstörungsbereich der terranischen Schiffe zurückzuziehen, doch egal in welche Richtung er sich auch wandte, es waren immer genügend terranische Einheiten in der Nähe, um ihn aufs Korn zu nehmen.

Als Brandts Einheiten mit ihm fertig waren, trudelte er antriebslos, sich um die eigene Achse drehend davon, während er Sauerstoff und Trümmer verlor.

Brandt war im Freudentaumel. Er gewann, und das auch noch deutlich. Er war so fasziniert von der Vielzahl an explodierenden Schiffen, dass er etwas Wichtiges übersah. Etwas, auf das er Augenmerk hätte legen sollen. Eine kleine Gruppe Schiffe, deren Kommandanten entweder erfahrener oder disziplinierter waren als der Rest, verfiel nicht in Panik. Ganz im Gegenteil. Sie ging nur auf Abstand zu Brandts Schiffen, um sich neu zu formieren. Es waren im Ganzen neun Schiffe, fünf Schlachtschiffe und vier Schwere Kreuzer. Und wie Brandt bereits ganz richtig angemerkt hatte, waren die Ruul furchtlose Kämpfer. So taten sie das Einzige, was ihnen in den Sinn kam: Sie griffen an.

Das Erste, was Brandt von dem Gegenangriff mitbekam, waren mehrere Lasertreffer, die die Schutzschilde der *Excalibur* zwar nicht durchdrangen, sein Schiff aber gehörig durchschüttelten. Ohne die Sicherheitsgurte wäre er zweifelsohne aus dem Sitz gestürzt. Deborah Kirelsky vermochte nicht, ihr Gleichgewicht zu halten, und stürzte schwer auf das Deck.

»Backbord-Breitseite auf diese angreifenden Schiffe verlagern!«, brüllte Brandt. Die Geschütze schwenkten schwerfällig herum, um die neue Bedrohung aufs Korn zu nehmen. Doch der Schaden war bereits angerichtet. Die Ruul verhielten sich wie eine Meute Wölfe, die in eine Schafherde einbrachen.

Sie ignorierten Brandts schwere Einheiten völlig und konzentrierten sich nur auf die leichten. Es ging ihnen lediglich darum, die Reihen der Kampfgruppe auszudünnen – mit verheerendem Ergebnis.

Zwei der ruulanischen Schlachtschiffe vernichteten in wenigen Minuten und praktisch im Alleingang drei Puma-Fregatten und einen Zerstörer. Die Schweren Kreuzer der Slugs nahmen währenddessen die Leichten Falcon-Kreuzer ins Visier und schossen sie systematisch zusammen. Noch während Brandt hilflos zusah, verschwanden die Symbole zweier Leichter Kreuzer von seiner Anzeige.

Der Commodore knirschte wütend mit den Zähnen. »Beidrehen!«, befahl er. »Wir müssen ihnen weiterhin unsere Breitseite zuwenden.«

Die *Excalibur* schoss im Vorbeiflug eines der feindlichen Schlachtschiffe förmlich in Stücke. Die Sioux-Kreuzer seiner Kampfgruppe schlossen sich zusammen, um die verwundbaren leichten Einheiten zu schützen, und vernichteten gemeinsam zwei Typ-8-Kreuzer und ein weiteres Schlachtschiff, verloren aber im Gegenzug zwei Einheiten.

Zwei ruulanische Schlachtschiffe der Predator-Klasse schossen sich auf die *Excalibur* ein. Die Schilde schillerten unter dem Beschuss in allen Regenbogenfarben. Brandt wurde hart in die Gurte geschleudert. Deborah hatte inzwischen auf dem verwaisten Platz der ComOffizierin Platz genommen. Die Frau war durch einen Treffer, der die Brücke nur gestreift hatte, getötet worden. Nun versah sie diesen Dienst, um wenigstens einen kleinen Beitrag zu leisten. Der Sitz war noch glitschig vom Blut ihrer Vorgängerin.

»Auf den Angreifer konzentrieren, der von Steuerbord angreift. Navigation. Bringen Sie uns aus der Schusslinie des anderen Angreifers. Wir müssen unbedingt aus dem Kreuzfeuer raus.«

Der weibliche Lieutenant an der Navigation gehorchte ruhig und professionell und gab den Befehl in seine Konsole ein. Die Antriebsaggregate reagierten augenblicklich und das Schiff nahm wieder Fahrt auf.

»Mr. Lien. Befehl an die Schlachtträger: Jäger und Bomber ausschleusen. Sofort! Wir brauchen sie.«

»Aye«, rief der XO geistesabwesend zurück, während er bereits dabei war, den Befehl weiterzuleiten.

Die Schlachtträger schleusten im Minutentakt ihre Jäger aus, die sich sofort der feindlichen Schiffe annahmen. Mit halsbrecherischen Manövern führten sie Präzisionsangriffe gegen feindliche Waffen- und Kommunikationsanlagen aus. Die Flaks des Gegners konterten und Dutzende kleiner Explosionen blühten zwischen den kämpfenden Schiffen auf.

Deborah nahm den Kopfhörer ab, um nicht die Todesschreie unzähliger Piloten hören zu müssen, die von den Flaks in Stücke gerissen wurden. Doch so grausam diese Taktik auch schien, sie zeigte Wirkung. Der Beschuss der ruulanischen Schiffe ließ deutlich nach, als sie immer mehr Waffenstellungen an die Jäger ihrer terranischen Widersacher verloren. Die Skull-Bomber griffen in Geschwaderstärke einzelne Großkampfschiffe an und torpedierten sie. Explosionen glühten auf der Oberfläche eines feindlichen Schlachtschiffes und eines Schlachtträgers auf. Nach der zweiten Bomberwelle war von beiden Schiffen nicht mehr genug übrig, um sie überhaupt noch als Raumschiffe identifizieren zu können.

Endlich gewannen die Menschen die Oberhand. Die Ruul wehrten sich mit verbissenem Mut und es gelang ihnen, noch zwei Schlachtschiffe und einen Schlachtträger mit sich in den Abgrund zu reißen, Letzteren durch den Kamikazeangriff eines ruulanischen Kreuzers. Doch die terranischen Einheiten ließen nicht locker. Stück für Stück rieben sie die ruulanische Vorhut auf, bis schließlich Stille herrschte, wo Minuten zuvor noch eine blutige Schlacht getobt hatte.

Brandt sackte erschöpft in seinen Sessel. Er spürte ein leichtes Brennen über seiner linken Augenbraue. Als er mit der Hand danach tastete und sie anschließend wieder zurückzog, klebte Blut daran. Vermutlich ein kleiner Riss, den er sich in der Hitze des Gefechts zugezogen hatte. Vielen anderen erging es weit schlechter. »Schadensbericht«, verlangte er.

»Wir haben einiges abbekommen«, meldete sein XO. »Einige der Treffer haben notdürftig reparierte Schäden wieder aufgerissen. Drei Decks sind ohne Lebenserhaltung. Hüllenbruch auf Deck neun. Kraftfelder halten. Verletzte und Tote auf dem Torpedodeck. Unsere Feuerkraft liegt derzeit bei etwa vierzig Prozent. Die übrigen Waffen sind zerstört oder schwer beschädigt. Alles in allem haben wir vielleicht siebzig bis achtzig Tote und vielleicht noch einmal dasselbe an Verwundete.«

Brandt schloss die Augen. Das bedeutete, dass zwei Drittel der Besatzung außer Gefecht waren. Das war übel. Das war sogar verdammt übel.

»Und die Kampfgruppe?«

»Wir haben noch vierundzwanzig kampftüchtige Einheiten, wobei kampftüchtig eher relativ zu sehen ist. Alle Schiffe sind in ähnlich schlechtem Zustand wie wir. Tote und Verwundete auf allen Schiffen. Ohne Lazarettschiffe werden es viele nicht schaffen.«

»Die Lazarettschiffe sind derzeit außer Gefecht, Commander, genau wie der Rest der 4. Flotte.«

Brandt hustete würgend und hielt sich die Hand vor den Mund. Als er einen Blick darauf warf, war sie voller Blut. Möglicherweise hatte ihm das Gefecht eine oder mehrere gebrochene Rippen eingebracht und diese wiederum hatten seine Lunge verletzt. Das hatte ihm gerade noch gefehlt. Er wischte die blutige Hand schnell an seiner Uniformhose ab, damit niemand sah, dass er Blut spuckte.

Er hatte gerade elf weitere Schiffe seiner Kampfgruppe verloren. Lange würden die anderen Einheiten nicht mehr durchhalten. Als einziger

Lichtblick diente die Tatsache, dass die feindliche Vorhut vollständig vernichtet worden war. Wenn das die Ruul nicht ins Grübeln brachte, half gar nichts mehr.

»Wie ist der Status der feindlichen Flotte?«

Lien konsultierte sein Datenterminal. »Unverändert. Sie rücken weiter gegen uns vor.«

»Kein Zögern? Kein Stoppen?«

»Nein, Sir. Sie halten nicht an.«

Deborahs Blick zuckte unsicher zwischen Brandt und seinem XO hin und her. »Soll das heißen, der Bluff hat nicht funktioniert?«

»Ja«, bestätigte Brandt. »Genau das soll es heißen.«

»Und was tun wir jetzt?«

»Mr. Lien. Bringen Sie uns nach Nexus II. Dort warten wir auf den Feind … und kämpfen unser letztes Gefecht.«

Zwischenspiel 3

Für einen Horchposten war Tarnung unabdingbar. Die Manchester-Basis bildete da keine Ausnahme. Die kleine Basis beherbergte eine Rumpfbesatzung von dreihundert Mann sowie einhundertfünfzig Marines und befand sich auf der nördlichen Hemisphäre eines kleinen Mondes. Der Stützpunkt war in die Ostwand eines Bergmassivs gebaut worden, während sich die acht Kriegsschiffe, die dem Horchposten zugeteilt waren, mit heruntergefahrenen Energiesystemen im Orbit aufhielten. Die Schiffe waren weniger dafür da, den kleinen Stützpunkt zu verteidigen, als eher ihn im Bedarfsfall so schnell wie möglich zu evakuieren und anschließend aus dem System zu verschwinden.

Als unerwarteterweise ein kleines Raumschiff an der nördlichen Nullgrenze des Systems materialisierte und dort regungslos verharrte, geriet die Besatzung fast in Panik, da man damit rechnete, von den Ruul entdeckt worden zu sein. Nur der Kommandant der Basis, Commodore Leonardo de Santiago, behielt die Fassung und ordnete an, dem unbekannten Schiff eine Alarmrotte entgegenzuschicken.

Das Jägerkommando der Basis entsandte umgehend zwei Zerberusse, die sich dem Eindringling mit Maximalgeschwindigkeit näherten. Der Zeigefinger der Piloten ruhte zu jedem Zeitpunkt auf dem Auslöser der Bordwaffen, für den Fall, dass sich der Eindringling tatsächlich als feindlich erweisen sollte.

Als die zwei Zerberusse den Ort des Geschehens erreichten, fanden sie jedoch nur ein tot im All treibendes Kurierschiff vor, das auf keine Kontaktversuche reagierte und auch kaum Energieemissionen abstrahlte.

Das einzige Lebenszeichen bestand in einem automatischen Notruf, der sich ständig wiederholte, dabei aber beständig schwächer wurde. Die Energievorräte des Schiffes waren so gut wie aufgebraucht. Der Rottenführer nahm sofort Verbindung mit dem Kurierboot auf, doch es antwortete lediglich Unheil verkündendes Schweigen.

Ein angefordertes Bergungsschiff schleppte das Schiff schließlich in den Hangar eines Trägers, wo sich eine Gruppe Marines Zutritt verschaffte.

Es war beängstigend kalt im Inneren.

Die Männer und Frauen des Trupps hielten ihre Waffen vorschriftsmäßig im Anschlag, als sie das Schiff auf der Suche nach Hinweisen oder dem Piloten inspizierten. Fündig wurden sie schließlich im beengten Cockpit des Schiffes.

Ein Mann in Fliegermontur und mit den Insignien eines Majors saß zusammengesunken auf dem Pilotensitz. Die Augen waren weit geöffnet und der Blick durch das Bugfenster gerichtet. Auf seinem Gesicht hatte sich bereits Raureif gebildet. Nur der Fünf-Punkte-Sicherheitsgurt hielt ihn noch auf seinem Platz. Ein schneller Griff an seine Halsschlagader bestätigte, was für die Berufssoldaten längst offensichtlich war. Der Mann war tot. Wenn man davon ausging, dass das Lebenserhaltungssystem offline war, dann lag der Schluss nahe, dass er erstickt oder erfroren war. In seiner kalten Hand hielt er eine unscheinbare Datendisc fest umklammert, als würde sein Leben daran hängen. Der Truppführer der Marines nahm die Disc an sich, als seine Männer den Leichnam vom Pilotensitz lösten und ihn nach draußen trugen.

»Armer Kerl«, murmelte der Marine vor sich hin, als er seinen Männern nach draußen folgte. Immer noch die geheimnisvolle Datendisc in den Händen.

20

Der Rückzug nach Nexus II verlief in bedrücktem Schweigen. Gewöhnlich wäre der Flug in einer halben Stunde zu bewältigen, doch sie benötigten über eine Stunde, da sie mit der Geschwindigkeit des langsamsten Schiffes fliegen mussten; das war ein schwer beschädigter Sioux-Kreuzer, bei dem der Antrieb nur noch mit Minimalleistung lief. Und Brandt weigerte sich, auch nur ein einziges Schiff, das noch aus eigener Kraft zu fliegen imstande war, zurückzulassen und der Willkür des Gegners auszuliefern.

Als wäre das noch nicht schlimm genug, waren sie gezwungen, einen Sioux-Kreuzer und einen Zerstörer aufzugeben, die nicht mehr zu retten waren. Sie evakuierten in aller Eile die Besatzung mittels Fluchtshuttles und sprengten anschließend kurzerhand beide Schiffe. Damit sank ihre Stärke auf zweiundzwanzig angeschlagene Schiffe. Sie lagen damit knapp über fünfzig Prozent ihrer Sollstärke.

Wenigstens waren die Ruul allem Anschein nach bereit, ihnen den ungehinderten Rückzug zu Starlights zweitem Mond zu gestatten. Nur einmal waren sie von Reapern attackiert worden, die man jedoch mit Flaks und Zerberus-Jägern schnell hatte vertreiben können. Die ruulanische Flotte selbst folgte ihnen nur mit einem Bruchteil der möglichen Geschwindigkeit. Die Slugs hatten es nicht eilig, sie zu erledigen. Wozu auch? Sie hielten sämtliche Trümpfe in der Hand.

»Wir treten gerade in den Orbit von Nexus II ein«, meldete Lien erschöpft.

Brandt quittierte die Meldung mit einem emotionslosen Nicken, während er auf seinem taktischen Hologramm verfolgte, wie sich die ruulanische Flotte unerbittlich näherte.

Es war nicht die größte feindliche Flotte, die Brandt je gesehen hatte, aber in ihrem jetzigen desolaten Zustand reichte sie allemal aus, dass sie mit ihnen den Boden aufwischte.

»Immer noch kein Kontakt zu Starlight oder der 4. Flotte?« Ein Blick in Liens Mandelaugen und der Commodore erkannte dessen Niedergeschlagenheit. Hoffnungslosigkeit überwältigte ihn und er ließ traurig die Schultern sinken.

Deborah stand von der ComStation auf und trat unruhig auf ihn zu. »Sind Sie okay?«

»Ja … Nein, eigentlich nicht«, erwiderte er mit schwachem Lächeln. »Ich dachte wirklich, wir könnten sie täuschen.«

»Es war eine schwache Hoffnung. Das war uns doch von Anfang an klar.«

»Ja, leider.«

»Und jetzt?«

»Und jetzt? Jetzt leisten wir Widerstand, bis uns die Munition ausgeht oder die Ruul uns in Stücke schießen. Vermutlich wird Letzteres zuerst eintreten.«

»Dann können wir also rein gar nichts mehr tun?«

»Nein, nichts. Haben Sie schon eine Nachricht von Clarke erhalten?«

»Nein.«

»Dann hat Leech die Verschlüsselung also auch noch nicht geknackt. Das wäre unsere allerletzte Hoffnung.«

»Wie werden die Ruul wohl vorgehen?«

»Wenn ich dort drüben das Kommando hätte, würde ich Nexus II während des Vorbeiflugs bombardieren und alles in Schutt und Asche legen und anschließend sofort weiter nach Starlight. Dort unten gibt es nichts, was für sie noch von Interesse wäre. Selbst die menschlichen Gefangenen dort sind für die Ruul nur von untergeordneter Bedeutung. Sobald sie die Starlight-Kolonie einnehmen, verfügen sie über mehr als genug Sklaven für ihre Kriegsmaschinerie.«

Plötzlich beugte sich Brandt in seinem Sessel interessiert nach vorn.

»Was ist?«

»Die ruulanische Flotte. Sie hat sich aufgeteilt.«

»Was?«

»Ja, sie haben sich tatsächlich aufgeteilt. Die größere Gruppe hält auf Starlight zu, während die kleinere auf Nexus II zu beschleunigt. Und es sieht so aus, als würde die kleinere Gruppe hauptsächlich aus Truppentransportern bestehen.« Er warf Deborah einen erstaunten Blick zu. »Ich glaube fast, sie wollen auf Nexus II landen.«

»Das verstehe ich nicht. Was könnten sie sich davon versprechen? Ich dachte, dort unten gäbe es für sie nichts von Wert mehr.«

Brandts Gedanken überschlugen sich, als er fieberhaft über die Entwicklung nachdachte. Seine Augenbrauen wanderten überrascht nach oben, als ihm ein unwillkommener Gedanke in den Sinn kam. »Doch, etwas gibt es dort unten noch. Etwas, das so wichtig ist, dass die Slugs nicht riskieren, es durch ein Orbitalbombardement zu zerstören.« Deborah sah ihn verständnislos an.

»Leech«, erklärte er. »Leech ist dort unten. Sie sind hinter Leech her. Ich weiß nicht woher, aber die Slugs wissen, dass er dort unten ist. Und sie wollen ihn sich holen. Verdammt! Am besten, Sie klemmen sich wieder hinter die ComKonsole und schicken Ihrem Kollegen eine Nachricht. Die bekommen gleich Besuch dort unten.«

»Los! Los! Beeilt euch!«, brüllte Westling über den Platz. Die TKA-Soldaten und Marines gingen hinter ihren provisorischen Stellungen in Deckung. Das Gebäude der Ziviladministration war inzwischen von einer Barrikade aus aufgeschüttetem Dreck, Geröll und Trümmern umgeben. Sämtliche Fenster des Gebäudes waren vernagelt oder auf andere Art und Weise verbarrikadiert worden und die terranischen Soldaten warteten auf den ersten ruulanischen Schlag, der zweifelsohne hart und brutal erfolgen würde.

Jonathan kniete neben einem Cherokee-Panzer und überprüfte das Magazin seines Sturmgewehrs. Die wenigen verbliebenen Fahrzeuge waren in die Verteidigung integriert worden, so gut es ging. Der MAD-Offizier machte sich jedoch keine allzu großen Illusionen darüber, wie lange sie den Gegner würden aufhalten können.

Westling gesellte sich zu ihm, das Lasergewehr mit der Schlaufe locker über der Schulter. Der Marine wirkte wie die Ruhe selbst, doch bei näherem Hinsehen fielen Jonathan tiefe Sorgenfalten um dessen Augen auf. Der Mann machte sich – trotz seiner äußerlichen Gelassenheit – ernste Sorgen.

»Wie weit ist Leech?«, fragte Jonathan, obwohl er glaubte, die Antwort bereits zu kennen.

»Er braucht noch mindestens eine Stunde. Erst dann kann er das Deaktivierungssignal senden.«

»Eine Stunde«, entgegnete Jonathan und lud sein Gewehr durch. »Das müsste doch zu schaffen sein.«

Westling schenkte ihm ein nüchternes Grinsen, sagte jedoch nichts. Plötzlich hallte ein Überschallknall durch die Atmosphäre und die Soldaten entlang ihrer Verteidigungslinie zogen instinktiv die Köpfe ein. Reaper heulten über sie hinweg. Die Flugabwehr der Ziviladministration – sofern sie noch einsatzbereit war – erwachte röhrend zum Leben. Die Geschütze schickten den schnellen Jägern einen Strom an heißem Metall hinterher, doch die Jäger waren so schnell und wendig, dass sie den Geschossen mühelos entgingen und bereits außer Reichweite waren, bevor die zweite Flaksalve auf die Reise geschickt werden konnte.

»Das waren ihre Aufklärer. Die wollten nur wissen, wo wir sind und was wir haben.«

Westling nickte verdrossen. »Sie werden bald mit der Landung beginnen, vermutlich gar nicht weit von hier entfernt. Dann rücken sie mit ihren Feuersalamandern an und schießen uns zusammen. Ihre Kriegertrupps werden dann den Rest übernehmen.«

»Sie sind wirklich ein echter Sonnenschein …«, grinste Jonathan.

Westling grinste zurück und ein Teil der düsteren Aura, die ihn umgab, verschwand mit einem Mal. Doch sie kehrte nur Sekunden später zurück, als weitere Flugobjekte die oberen Atmosphäreschichten durchbrachen und auf einen Punkt südlich ihrer Position zusteuerten, Mantas, größere Truppentransporter und Reaper-Geschwader als Eskorte. Der MAD-Offizier überschlug in Gedanken die personelle Stärke, die diese Mantas und Truppentransporter würden befördern können. Auch wenn man davon ausging, dass einige der Transporter keine Soldaten, sondern Ausrüstung, Nachschub und Fahrzeuge beförderten, stand ihnen trotzdem eine Armee in mindestens zweifacher Regimentsstärke gegenüber.

»Mein Gott!«, hauchte Jonathan.

»Ja«, meinte Westling. »Die meinen es wirklich ernst.«

Brandt musste hilflos mit ansehen, wie die ruulanischen Truppentransporter in die Atmosphäre von Nexus II eindrangen.

»Sir, die Ruul. Sie drängen uns vom Mond ab.«

Die tiefe Stimme seines XO holte ihn zu ihren aktuellen Problemen zurück. Die Transporter der Slugs waren von lediglich etwa zwei Dutzend Kriegsschiffen eskortiert worden. Die restliche Flotte hatte sich auf den Weg nach Starlight selbst begeben. Doch zwei Dutzend Schiffe waren genug, um seine dezimierte und am Rande des Zusammenbruchs stehende Kampfgruppe zu vernichten. Es handelte sich fast ausnahmslos um Schwere Kreuzer, die von vier großen Schlachtträgern der Tartarus-Klasse begleitet wurden.

Wenigstens keine Schlachtschiffe. Zumindest ein Lichtblick.

Sein ursprünglicher, in aller Eile entworfener Plan hatte vorgesehen, die Ruul während ihrer Landeoperation anzugreifen und so viele ihrer Mantas und Truppentransporter abzuschießen wie möglich. Die Slugs schienen ihm diese Chance nur leider nicht geben zu wollen. »Dann lassen Sie sie uns abdrängen«, entschied er. »Befehl an alle Schiffe: Wir verlassen den Orbit und beschleunigen um den Mond herum mit Maximalgeschwindigkeit. Mit etwas Glück denken sie, wir fliehen. Vielleicht gelingt es uns, ihnen in die Flanke oder den Rücken zu fallen.«

Deborahs Gedanken überschlugen sich, als sie die Anweisung von ihrem Platz an der ComKonsole an die Schiffe der Kampfgruppe weitergab. Es war ein riskanter Plan, der mit viel Glück jedoch gelingen konnte. Der Mond würde die Sensoren der Ruul effektiv blockieren. Falls er gelang, wären sie in einer denkbar guten Position, um dem Gegner eine blutige Nase zu verpassen.

Die Kampfgruppe, vor wenigen Stunden noch eine gut funktionierende, tödliche Maschine, rückte schwerfällig aus dem Orbit ab. Die Schäden, die sie während der letzten Gefechte erlitten hatten, dämpften Effektivität der Schiffe und Moral der Besatzungen spürbar.

Die ruulanischen Schlachtträger starteten ihre Reaper; ihre terranischen Gegenstücke konterten mit Zerberus- und Arrow-Staffeln. Schon bald entwickelte sich ein tödliches Schauspiel zwischen den riesigen Kriegsschiffen, als ganze Jagdstaffeln aufeinander zu beschleunigten, sich auf kürzeste Distanz beharkten und wieder voneinander lösten, nur um dasselbe Spiel gleich darauf erneut zu beginnen.

Explosionen blühten auf und Jäger beider Seiten zerplatzten im Vakuum des Alls. Ihre Piloten starben einen lautlosen und furchtbaren Tod im luftleeren Raum. Brandts Jäger taten alles, um die Reaper von den Großkampfschiffen fernzuhalten, hin und wieder schlüpften jedoch einzelne Jäger oder ganze Geschwader durch immer dünner werdende Verteidigungslinien.

Sie nutzten die Gunst der Stunde und griffen ohne Zögern die größeren Schiffe an, wobei sie die terranischen Jäger hinter sich praktisch ignorierten. Es ging ihnen nie darum zu überleben. Sie wollten einfach nur Schaden anrichten.

Die Schilde einiger Kreuzer fielen flackernd aus. Ein Schlachtschiff verlor zwei seiner Hauptkommunikationsantennen und ein Schwerer Kreuzer erlitt mehrere direkte Treffer auf dem Torpedodeck. Es wurden zwar keine Waffensysteme ausgeschaltet, doch fast zwei Dutzend Besatzungsmitglieder ließen bei dem Angriff ihr Leben.

Brandts dezimierter Kampfverband überwand endlich die Masseträgheit und beschleunigte nun mit voller Kraft um den Mond herum, verfolgt von den hartnäckigen Reapern. Brandt hielt das eigene Flakfeuer wohlweislich zurück, da es für seine eigenen Einheiten eine genauso große Gefahr bedeutete wie für den Gegner. Und in ihrem derzeitigen Zustand stellten die Flakgranaten sogar für die Großkampfschiffe eine enorme Bedrohung dar. Einige seiner Einheiten verfügten nicht einmal mehr über funktionierende Schutzschilde.

Als sie den Mond fast zur Hälfte umrundet hatten, fiel ein bereits schwer angeschlagener Sioux-Kreuzer durch mehrere Treffer in der Antriebssektion aus. Augenblicklich stürzten sich Schwärme von Reapern auf das hilflose Schiff und rissen es buchstäblich Panzerplatte für Panzerplatte auseinander. Entlang der gesamten Breitseite brach die Hülle auf. Wolken an Sauerstoff pulsierten daraus hervor, die alles mit sich rissen, was sich nicht festhalten oder anderweitig in Sicherheit bringen konnte. Brandt wandte betroffen den Blick ab, als er mit ansehen musste, wie Besatzungsmitglieder strampelnd und um sich schlagend ins All befördert wurden.

»Wie lange noch, bis wir endlich wieder auf der anderen Seite des Mondes sind?«

»Etwa acht Minuten«, antwortete sein XO, dem die Gemütsverfassung seines Kommandanten nicht entging.

»Alle Torpedorohre laden und Mündungsklappen öffnen. Den Bastarden verpassen wir eine Breitseite.«

Die Raven-Panzer eröffneten die Schlacht mit einem Trommelfeuer aus ihren Haubitzen. Sie verfügten gerade noch über vier Fahrzeuge dieses Typs. Die Ruul hatten etwa vier Klicks südlich von ihnen aufgesetzt und eine Landezone eingerichtet.

Nun rückten sie im Schutz der Gebäude vor und nutzten die Umgebung dabei geschickt, um ihre Stärke und Annäherung zu verschleiern. Hätten die Verteidiger mehr Zeit gehabt, wäre es vielleicht eine denkbare Alternative gewesen, die Gebäude und Häuser rund um die Ziviladministration mit Sprengladungen einzuebnen, um auf diesem Weg eine Todeszone ohne jegliche Deckung zu schaffen. Aber dafür war es zu spät.

Doch die Haubitzen leisteten auch so ganze Arbeit.

Die schlanken Artillerie-Panzer waren mit variablen Geschützmodulen ausgerüstet. Sie wurden dadurch in die Lage versetzt, sowohl einzelne schwere Artillerieprojektile zu verschießen als auch eine große Anzahl kleinerer Projektile, sogenannte Schwarmraketen, die sich über ein weites Gebiet verstreuten und enormen Schaden an Fahrzeugen, Personen und Gebäuden anrichteten.

Die Schwarmraketen stiegen hoch in die Atmosphäre, wobei jede einzelne eine weiße Spur hinter sich in die Luft zeichnete, und gingen dann zwischen den umliegenden Gebäuden nieder. Die Schwarmraketen besaßen nur eine begrenzte Reichweite, doch der Gegner war bereits so nah, dass dies keine große Rolle mehr spielte.

Westling kroch zu ihm herüber, wobei er peinlich genau darauf achtete, den Kopf unten zu halten. »Ich schätze, sie gehen im Moment mit zwei oder drei Regimentern gegen uns vor. Vielleicht mehr. Und nach dem, was da an Truppentransportern aufgesetzt hat, haben sie mindestens fünfmal so viele Fahrzeuge und Panzer wie wir.«

»Großartig.«

Erneut schossen Reaper über ihre Köpfe hinweg. Laserfeuer zwang die Soldaten in Deckung. Die Energiestrahlen fraßen sich durch eine Gruppe Marines, die niedergemäht wurde. Mehrere Lichtimpulse schlugen in einen der Raven ein. Die Panzerung hielt im ersten Moment stand, gab dann aber unter der enormen Belastung nach. Die Munition im Inneren explodierte und der Panzer verging in einem grellen Feuerball. Die Druckwelle schickte TKA-Soldaten und Marines in unmittelbarer Umgebung gleichermaßen zu Boden.

Flakfeuer brandete auf und riss einem Reaper die Tragfläche ab. Die Maschine trudelte, eine Qualmspur hinter sich herziehend, herab und bohrte sich mit der Schnauze voran in den Boden. An der Absturzstelle schoss eine Explosionswolke in die Höhe.

Die verbliebenen Raven feuerten Salve um Salve auf den noch unsichtbaren Feind und ebneten mit ihren Geschossen ganze Viertel ein. Jonathan war nicht mal imstande zu schätzen, wie viele Ruul sie dadurch erledigten, doch wenige konnten es beim besten Willen nicht sein.

»Sie kommen!«, rief ein Marine.

Jonathan lugte vorsichtig über die Barrikade. Zwischen den Gebäuden tauchten ruulanische Kriegertrupps auf, schossen aus ihren unhandlichen Blitzschleudern auf die versteckten Menschen und zogen sich wieder tiefer in die verwinkelten Gassen und Straßen zurück.

Ein Feuersalamander schob sich vorsichtig aus der Deckung und feuerte ein Geschoss aus seinem Hauptgeschütz ab. Ein Cherokee wurde getroffen und ging augenblicklich in Flammen auf. Ein Raketentrupp der TKA lud einen schweren doppelläufigen Raketenwerfer auf die Schulter eines Soldaten, der Mann zielte kurz und zog dann beide Abzüge durch. Die Geschosse rasten auf Korkenzieherbahnen ihrem Ziel entgegen und schlugen nahezu gleichzeitig in den ruulanischen Panzer ein. Das erste Geschoss brach die dicke Panzerung auf, das zweite entlud seine gewaltige Kraft ins Innere des Fahrzeugs. Die Besatzung hatte keine Chance. Aus dem Geschützrohr und aus einigen aufgeplatzten Schweißnähten quoll schwarzer Qualm hervor. Vereinzelter spontaner Jubel brandete unter den belagerten Menschen auf, angesichts dieses kleinen Erfolgs. Westling ließ sie gewähren, ohne die Männer und Frauen zu ermahnen. Alles, was half, die Moral aufrechtzuerhalten, war derzeit willkommen.

Doch schon tauchten die nächsten Ruul zwischen den Gebäuden auf. Es wurden mit jeder Minute mehr. Panzer donnerten auf ihren schweren Ketten heran und eröffneten ohne Vorwarnung das Feuer. Reaper sausten über ihre Köpfe hinweg und schossen Lasersalven unter die bedrängten Menschen. Ein weiterer Raven flog in die Luft, gefolgt von einem Schützenpanzer und zwei Feuersalamandern. Flakfeuer holte einen weiteren Reaper vom Himmel, riss einem zweiten ein faustgroßes Loch in den Antrieb und stutzte einem dritten die Flügel. Die beiden angeschlagenen Jäger schafften es gerade noch, sich aus der Todeszone der Flakbatterien zurückzuziehen. Schützenpanzer entlang ihrer Linie eröffneten das Feuer. Die leichten Laser ihrer Turmaufbauten fuhren wie Sensen unter die angreifenden Ruul und mähten sie förmlich nieder.

Die Slugs antworteten mit Artillerie aus einer hinteren Stellung. Die meisten Schüsse gingen fehl und überschütteten die Soldaten lediglich mit Schlamm und Geröll. Jonathans erkannte, dass sie noch dabei waren, die Feinabstimmung für die Entfernung vorzunehmen und sich einzuschießen. Wenige Minuten später hämmerte die zweite Artilleriesalve auf die Verteidiger ein. Deutlich näher diesmal. Die dritte Salve zertrümmerte gleich drei Odin-IV-Schützenpanzer. Siegessicher stürmten ruulanische Kriegertrupps vor.

Falls wir hier rauskommen, grenzt das schon fast an ein Wunder, dachte Jonathan, während er ein neues Magazin nachlud und sein Sturmgewehr auf den Feind richtete.

»Wir haben den Mond umrundet, Commodore«, meldete sein XO. »Feind ist direkt voraus und in Feuerreichweite.«

»Dann vergeuden wir keine Zeit mehr, Mr. Lien. Feuer!«

Die *Excalibur*-Kampfgruppe eröffnete das Feuer aus allen Torpedorohren. Auch hier machten sich die beträchtlichen Gefechtsschäden überdeutlich bemerkbar. Die Beschussdichte war bei Weitem nicht so hoch, wie sie unter normalen Umständen gewesen wäre, doch auch so reichte ihre Kraft aus, um ein beeindruckendes Ergebnis zu liefern.

Die Torpedos prügelten regelrecht auf die überraschten Slugs ein, die sich bereits als Sieger gesehen hatten. Einige Typ-8-Kreuzer wurden von mehreren Breitseiten getroffen. Schutzschilde erloschen flackernd, als sie

Energien absorbieren mussten, die ihre Möglichkeiten bei Weitem überstiegen. Ihre Panzerung riss vom Bug bis zum Heck auf. Zwei Schiffe wurden praktisch sofort vernichtet. Bei einem weiteren erlosch der Antrieb und es geriet in die Anziehungskraft des Mondes. Unendlich langsam und gemächlich driftete es in die Atmosphäre. Das Schiff würde über kurz oder lang unweigerlich abstürzen oder durch die gewaltigen Kräfte, die auf die Hülle einwirkten, zerbrechen.

Brandt hatte den ersten Schlag gelandet und die Ruul schwer getroffen. Doch das Hauptziel, das er im Sinn gehabt hatte, war nicht erreicht worden. Die vier ruulanischen Schlachtträger waren immer noch kampf- und einsatzfähig. Eines der riesigen Kriegsschiffe hatte deutlich Blessuren und offensichtlich Schwierigkeiten, seine Fluglage zu stabilisieren. Bei einem zweiten brannte das Flugdeck lichterloh und auf seinem taktischen Hologramm bemerkte Brandt deutliche Löcher im Schutzschild, die seine Torpedos geschlagen hatten. Doch die Schlachtträger waren immer noch überragende Widersacher und mit Unterstützung ihrer verbliebenen Kreuzer mehr als ebenbürtige Gegner für seine Kampfgruppe.

Bereits jetzt – überrascht und angeschlagen – begannen die Ruul, sich der veränderten Situation anzupassen. Die Schiffe schwenkten herum, um sich der neuen Bedrohung zuzuwenden. Noch immer beschleunigten Brandts Schiffe mit Maximalgeschwindigkeit auf sie zu. Bis die Ruul ihre Schiffe in Feuerposition gebracht hatten, würde Brandt bereits die Minimaldistanz der Torpedos unterschritten haben, das bedeutete Nahkampfgefecht.

Schon wieder.

»Mr. Lien? Wie lange braucht die zweite ruulanische Flotte noch, bis sie Starlight erreicht?«

Der XO der *Excalibur* hielt sich nur mit Mühe auf den Füßen.

»Etwa zwanzig Minuten, Sir.«

Komm schon, Leech. Beeil dich mal. Uns läuft die Zeit davon.

»Zurück! Alle ins Gebäude!«, schrie Westling über den Gefechtslärm hinweg. »Wir verschanzen uns im Gebäude!«

Der Kampf verlief für die belagerten Menschen überaus schlecht. Selbst ein Blinder konnte sehen, dass sie sich nur noch für begrenzte Zeit würden halten können. Aus den Trümmern von Schützenpanzern und Panzern quoll ölig schwarzer Qualm und Flammen schlugen aus so ziemlich allen Öffnungen. Ihren letzten Raven-Panzer hatte es vor wenigen Minuten bei einem Luftangriff erwischt.

Ihre Flugabwehr war inzwischen so gut wie verstummt.

Sie verfügten nur noch über einen einzigen Cherokee und zwei Odin-I-V-Schützenpanzer und die waren – trotz aller Bemühungen – nicht in der Lage, die Flut an Ruul einzudämmen, die zwischen den umliegenden Gebäuden hervorquoll.

Jonathan zog den Stift einer Splittergranate ab und warf sie in eine Gruppe angreifender Slugs. Die Granate explodierte mit fünf Sekunden Verzögerung und löschte die gesamte Gruppe aus. Die Slugs wurden wie Stoffpuppen durch die Gegend geschleudert.

Ein Feuersalamander explodierte unter der feurigen Liebkosung des doppelten Lasergeschützes des Cherokee. Das leichte Lasergeschütz eines Odin IV wanderte über mehrere angreifende Ruul und verwandelte sie in lebende Fackeln.

Jonathan feuerte das ganze Magazin in einen Ruul, der die Barrikade überwinden wollte. Der Slug schrie herzzerreißend auf und fiel rücklings. Eine Hand packte Jonathan an der Schulter und riss ihn zurück. Dort, wo er eben noch gestanden hatte, knisterten mehrere Kugelblitze durch die Luft. Als sich der MAD-Offizier umsah, um sich zu bedanken, sah er sich Westling gegenüber.

»Kommen Sie! Wir müssen ins Gebäude.«

»Das wird uns auch nicht viel weiterhelfen.«

»Auf jeden Fall sind wir dort besser geschützt als hier. Wir können die Stellung nicht viel länger halten.«

Dichter Qualm von den zerstörten Fahrzeugen zog über das Schlachtfeld und erschwerte das Atmen. Jonathan hustete würgend und hätte sich beinahe übergeben. Westling hielt ihn weiter an der Schulter gepackt, während er den MAD-Offizier unsanft Richtung Gebäude bugsierte.

Die Panzerbesatzungen verließen ihre Fahrzeuge und hetzten den fliehenden Soldaten hinterher. Bevor sie sich zurückzogen, warfen sie noch scharfe Granaten in die Fahrerkabinen, um den Ruul keine intakte Technik zu überlassen. Die Fahrzeuge explodierten in Funkenschauern. Der dadurch entstehende Rauch deckte den Rückzug der Menschen zusätzlich.

Jonathan und Westling hetzten durch die geöffnete Tür, die von Marines zugeschlagen und verbarrikadiert wurden, kaum dass sie hindurch waren. Doch Jonathan vermochte noch das triumphierende Gebrüll der Ruul zu vernehmen, als diese die Barrikaden überwanden.

Leechs Finger flogen über die Tastatur, als gäbe es kein Morgen mehr – was unter den gegebenen Umständen gar nicht so weit hergeholt war. Der

Verschlüsselungscode war extrem knifflig und schwer zu knacken. Leech war sich ziemlich sicher, dass die Ruul das nicht allein fertiggebracht hatten. Dazu waren sie technologisch gar nicht fähig. Mit Sicherheit hatten menschliche Programmierer dabei ihre Finger im Spiel.

In den letzten Stunden hatte er sich immer wieder bemüht, den Gefechtslärm auszublenden und sich ausschließlich auf seine Arbeit zu konzentrieren. Es fiel ihm jedoch zunehmend schwerer. Es kam ihm so vor, als würde mit jeder Minute, die verging, der Lärm der Schlacht näher rücken. Die Schreie Sterbender und Verwundeter zehrten an seinen Nerven, die ohnehin schon blank lagen.

Der Verschlüsselungscode bestand aus sieben – sieben! – Sequenzen, von denen jede einzelne entschlüsselt werden musste. Fünf hatte er bisher geknackt. Eine überaus beeindruckende Leistung, und hätte er die Zeit dafür gehabt, er hätte sich durchaus selbst auf die Schulter geklopft. Bis auf ihn selbst hielten sich derzeit noch vierzig Marines in der Zentrale der Ziviladministration auf: seine persönliche Leibwache, wie Westling die Männer genannt hatte. Sie waren einzig und allein hier, um ihn zu beschützen.

Leech fühlte sich im Zentrum solcher Aufmerksamkeit extrem unwohl. Dass die Ruul dem Anschein nach ausschließlich zu dem Zweck gelandet waren, um ihn gefangen zu nehmen, half ihm nicht unbedingt dabei, sich zu entspannen. Neben ihm griffbereit lagen eine Laserpistole, die ein TKA-Soldat ihm freundlicherweise überlassen hatte, und der Datenstick, auf dem alles gespeichert war, was er über den Trojaner wusste, einschließlich des Deaktivierungscodes. Das Einspeisen des Codes selbst war keine große Sache und würde nur wenige Minuten in Anspruch nehmen. Alles, was ihn davon abhielt, war diese vermaledeite Verschlüsselung.

Weitere Schüsse hallten herauf. Doch dieses Mal waren sie anders. Sie klangen … näher. Ein Blick in die Gesichter der Soldaten ringsum sagte ihm alles, was er wissen musste. Die Ruul waren im Gebäude. Falls überhaupt möglich, flogen seine Finger noch schneller über die Tastatur.

Der brennende ruulanische Schlachtträger und fünf seiner Begleitkreuzer waren nur noch eine sich ausbreitende Trümmerwolke im All. Für diesen Erfolg hatte Brandt mit seiner letzten Fregatte, einem Zerstörer, zwei Schweren Kreuzern und einem eigenen Schlachtträger bezahlt. Ein weiterer war kampf- und manövrierunfähig.

Die Ruul bewiesen ein überaus hohes Maß an Geschick darin, sich auf jede seiner Taktiken einzustellen und diesen anzupassen. Ihre kämpferischen Fähigkeiten und ihr Unwille, sich aus einem Gefecht zurückzuziehen, taten ein Übriges, um seinen Tag so richtig schwer zu machen.

»Steuerbordbatterien auf diesen Typ-8 ausrichten und Feuer.«

Die 5er der Steuerbordbreitseite der *Excalibur* nahmen einen vorüberfliegenden Typ-8-Kreuzer nach allen Regeln der Kunst auseinander. Mit der letzten Salve verlor das feindliche Schiff durch explosive Dekompression allen Sauerstoff und blieb als zerschmetterte, leblose Hülle zurück, allerdings nicht, bevor der feindliche Gegenschlag drei Steuerbord-5-Zoll-Batterien der *Excalibur* in Schrott verwandelte.

Die Jägerschlacht zwischen den beiden Parteien tobte immer noch. Wie Zwerge, die sich zwischen Riesen bekriegten, kämpften die Piloten beider Seiten darum, sich einen Vorteil zu verschaffen, wie gering dieser auch ausfallen mochte.

Deborah liefen inzwischen dicke Schweißperlen über die Stirn. Auf der Brücke der *Excalibur* war es drückend heiß. Das Lebenserhaltungssystem arbeitete fehlerhaft und sie hoffte, dass es nicht vollends ausfiel.

Brandt bereitete ihr große Sorgen. Der Mann stand kurz vor dem Zusammenbruch, was auch kein Wunder war. Er hielt seine Einheiten mit eiserner Entschlossenheit zusammen und hinderte sie, wie es schien, durch pure Willenskraft daran, klein beizugeben.

Eins von Brandts Schlachtschiffen geriet ins Kreuzfeuer mehrerer feindlicher Schiffe – unter anderem eines Schlachtträgers – und wurde regelrecht tranchiert. Die Hülle des Schiffes explodierte und löschte die gesamte Besatzung auf einen Schlag aus.

Kurz darauf explodierten ein Leichter terranischer Kreuzer, ihr letzter Zerstörer und zwei Sioux-Kreuzer. Es war also so weit. Der Punkt war erreicht, an dem sich die Schäden früherer Gefechte bemerkbar machten und nicht mehr zu kompensieren waren. Ab jetzt würden nacheinander Schiffe ausfallen und ihre Verluste würden exponentiell ansteigen. Deborahs einziger Trost war, dass es den Ruul kaum besser ergehen konnte.

Einer ihrer Schlachtträger feuerte nicht mehr und auch seine Antriebsaggregate waren ausgebrannt und tot. Die beiden verbliebenen hatten mit internen Feuern zu kämpfen und bei mindestens einem waren die Schilde offline. Die sie verteidigenden Kreuzer sahen kaum besser aus.

Wenn das Gefecht sich weiter in diese Richtung entwickelte, würden beide Seiten bis zur gegenseitigen Auslöschung kämpfen. Und dieser Punkt würde bald kommen. Sehr bald. In jeder anderen Schlacht, unter jedem anderen Kommandanten würde eine Streitmacht in dieser Situation ernsthaft über einen strategischen Rückzug nachdenken. Doch nicht hier und nicht jetzt. Und nicht unter Brandt. Dafür stand viel zu viel auf dem Spiel.

Falls sie sich zurückzogen, würden die Ruul weitere Truppen auf den Mond entsenden und die wenigen verbliebenen Verteidiger ausrotten. Sobald sich der Rauch verzog, wären sie im Besitz von Leech und dessen Computerprogramms. Selbst wenn die Ruul letzten Endes die Schlacht um das Starlight-System verloren, hätten sie trotzdem gewonnen. Daher gab es im Grunde nur eine Alternative.

»Alle Schiffe volle Kraft voraus«, befahl Brandt. »Wir erzwingen jetzt eine Entscheidung.«

Die Schiffe setzten sich schwerfällig und angeschlagen in Richtung der ruulanischen Einheiten in Bewegung. Der ruulanische Kommandant war offensichtlich zum gleichen Schluss wie Brandt gelangt, denn seine Schiffe setzten sich annähernd gleichzeitig in Bewegung und hielten stur auf den terranischen Verband zu. Und beiden Seiten war klar, dass es der letzte Vorbeiflug sein würde, der letzte Schlagabtausch.

Strahlbahnen zuckten zwischen den beiden Flotten hin und her, zerfaserten an intakten Schilden, suchten Schwachstellen in der Panzerung. Brandt konzentrierte sich nur noch auf sein taktisches Hologramm. Nichts anderes war noch von Bedeutung. Es hieß jetzt alles oder nichts.

Die Schiffe drangen in die Formation der jeweils anderen Seite ein. Breitseiten wurden auf kürzeste Distanz ausgetauscht, Feuer wurde mit Feuer vergolten. Brandts Schiffe hielten sich tapfer, mussten jedoch schwere Verluste hinnehmen. Die Energieversorgung einzelner Schiffe brach zusammen und setzte Schiff und Besatzung dem unbarmherzigen Beschuss des Gegners aus. Erste Schiffe explodierten. Ein Kreuzer der Sioux-Klasse fiel aus, kurz darauf verloren sie einen weiteren. Die beiden letzten terranischen Schlachtträger und das Shark-Schlachtschiff *Kiew* schlossen sich zusammen und erledigten in Gemeinschaftsarbeit einen ruulanischen Schlachtträger und zwei Typ-8-Kreuzer. Drei ruulanische Kreuzer konzentrierten im Gegenzug ihr Feuer auf die *Kiew*, die sich auf der Backbordseite der *Excalibur* befand. Das Schlachtschiff hielt dem brutalen Beschuss zunächst stand.

Doch einer der feindlichen Kreuzer-Kommandanten kam auf den Gedanken, dass es ein akzeptabler Preis wäre, einen Typ-8 gegen ein Schiff der Shark-Klasse zu tauschen, und nahm unvermittelt Fahrt auf. Das Schiff war viel zu nah und der Kamikaze-Angriff wurde zu plötzlich geführt, als dass Gegenmaßnahmen oder Ausweichmanöver überhaupt noch umsetzbar gewesen wären.

Der Skipper der *Kiew* war dazu verdammt, hilflos mit anzusehen, wie das Verderben auf sein Schiff zurollte.

Der Typ-8 wälzte die Panzerung des Schlachtschiffes wie eine Welle auf und kam erst zum Halten, als der Kreuzer fast die Rückenflosse mit der Kommandobrücke erreicht hatte. Schweißnähte entlang beider Seitenflossen und der Schwanzflosse des Shark-Klasse-Schlachtschiffes brachen auf und Sauerstoff entwich in ganzen Wolken. Kurz darauf verließen Fluchtshuttles und Rettungskapseln in großer Zahl das zum Untergang verurteilte Schiff.

Die *Excalibur* sah sich nun ihrem letzten und stärksten Gegner gegenüber. Der Tartarus-Schlachtträger feuerte aus allen Rohren und das Schlachtschiff nahm beträchtlichen Schaden.

»Wir verlieren einen Teil der Frontalbewaffnung«, meldete Lien.

»Um zwanzig Grad nach Steuerbord schwenken, wir erwischen sie mit der Backbord-Breitseite.«

Die leichteren 1,5- und 3-Zoll-Laser schwächten die immer noch intakten Schilde des Schlachtträgers, während die 5-Zöller nachsetzten, die Breschen erweiterten und anschließend der Panzerung enorm zusetzten.

Brandt kümmerte sich inzwischen nicht mehr um die ringsum tobende Schlacht. Er vertraute darauf, dass seine verbliebenen Schiffe mit den überlebenden ruulanischen Einheiten Pingpong spielen würden. Diesen Schlachtträger zu erledigen, würde aber letztendlich das Gefecht entscheiden.

Mit jeder Salve, die die beiden Schiffe austauschten, nahm die Anzahl zur Verfügung stehender Waffen ab. Die Munition der Anti-Schiffsraketenwerfer war längst verbraucht. Brandt wünschte sich, die Weitsicht besessen zu haben, sich etwas davon für diesen Koloss aufzuheben.

Die Schilde der *Excalibur* setzten aus. Laser und Raketen trommelten auf das Schlachtschiff ein. 3- und 5-Zoll-Laser an Bug und Backbord von Brandts Flaggschiff schossen vier Decks des ruulanischen Schlachtträgers in Brand, eines davon nur ein Deck unterhalb der Brücke.

Die Hülle auf Deck 8 der *Excalibur* brach und Notkraftfelder bauten sich in Sekundenbruchteilen auf, um die Besatzung zu schützen. Gleichzeitig wurde das ganze Deck durch Stahlschotten versiegelt.

Das taktische Hologramm, nur Zentimeter von Brandts Nase entfernt, zeigte mehrere Schwachpunkte in der Panzerung des gegnerischen Schiffes an und der Commodore ließ sofort das Feuer darauf konzentrieren.

Der Beschuss zeigte schon wenige Minuten später Wirkung. Weitere Brände wurden ausgelöst, Panzerplatten lösten sich unter den kohärenten

Lichtstrahlen auf oder wurden einfach weggeschmolzen. Das Kraftfeld des Flugdecks versagte und unbemannte Reaper wurden ins All gerissen.

Ja … ja, gleich haben wir ihn.

»Noch eine Salve!«, befahl er. »Volle Breitseite!«

Die letzten verbliebenen Laser der Excalibur eröffneten gleichzeitig das Feuer und konzentrierten all ihre Energien auf einige wenige Punkte der Panzerung.

»Ruulanischer Kreuzer auf Backbord«, rief Lien plötzlich aus.

»Was? Sofort unter Feuer nehmen!«

»Zu spät. Er rammt uns.«

Das ruulanische Schiff traf auf die Backbordpanzerung der *Excalibur* und durchbrach sie mühelos. Die wenigen Laserbatterien, deren Kanoniere noch die Geistesgegenwart besaßen, auf das sich nähernde Schiff zu feuern, vermochten nichts mehr auszurichten. Auf der Brücke des Schlachtschiffs brach die Hölle los. Konsolen explodierten. Die Panzerung brach zum Vakuum hin auf. Zwei Besatzungsmitglieder wurden ins All gerissen, bevor sich die Notkraftfelder aufbauten. Deborah wurde hart in die Sicherheitsgurte geschleudert und spürte, wie sie sich mindestens eine Rippe prellte. Kleinere Brände flackerten spontan auf.

Die MAD-Offizierin schlug mit dem Kopf gegen die Konsole. Es wurde dunkel um sie. Als sie wieder zu sich kam, war der Spuk vorbei. Es konnten nur wenige Minuten vergangen sein, seit sie das Bewusstsein verloren hatte. Die Brücke der *Excalibur* war in das unheilvolle rote Licht der Notbeleuchtung getaucht.

Mit zitternden Fingern löste sie ihren Fünf-Punkte-Sicherheitsgurt und ließ sich auf das Deck gleiten. Buchstäblich jeder Knochen tat ihr weh. Sie schleppte sich mühsam zu dem Platz, an dem Brandts Kommandosessel gestanden hatte. Der Sessel war aus seiner Verankerung gerissen und lag geschwärzt im halb schwelenden Feuer, das aus einer gebrochenen Energieleitung leckte. Brandt lag unnatürlich verrenkt daneben.

Sie drehte ihn mühsam auf den Rücken. Sein Gesicht war von Prellungen verunziert und blutverschmiert, doch erstaunlicherweise war er bei Bewusstsein.

»Status?«, hauchte er mit von Schmerz verzerrter Stimme.

Deborah sah sich auf der Brücke des havarierten Schlachtschiffes um. Der Kommandosessel war zwar zerstört, doch das Hologramm über der Lehne arbeitete noch, wenn auch flackernd.

»Die *Excalibur* ist aus dem Rennen«, flüsterte sie. »Es tut mir leid.«

»Lien?«

Ihr Blick huschte zu der regungslosen Gestalt des XO. Der Mann lag neben der taktischen Station, mit einem Bruchstück der Panzerung von der Größe einer Orange im Hals. »Tot.«

»Die … Besatzung?«

»Es gibt noch Lebenszeichen auf verschiedenen Decks. Aber sie sind von uns und voneinander abgeschnitten. Wir zwei sind die einzigen Überlebenden auf der Brücke.«

Brandt fluchte unterdrückt. »Und das Gefecht?«

Ihr Blick zuckte zum taktischen Hologramm hinüber.

»Ich gratuliere«, flüsterte sie leise. »Unsere letzte Salve hat den Schlachtträger erledigt. Die übrigen ruulanischen Schiffe sind zerstört oder kurz davor. Wir haben gewonnen. *Sie* haben gewonnen.«

»Unsere … Verluste?«

»Sechs Schiffe sind noch übrig, darunter ein Schlachtträger.«

»Haben wir … noch … Energie für die Kommunikation?«

»Ja.«

»Senden Sie … ein Signal an den … Schlachtträger. Der Captain soll … alle Marines, die er noch hat, auf den … Mond schicken. Westling und Clarke werden … Hilfe benötigen.«

»In Ordnung.«

»Was ist mit dem … zweiten ruulanischen Verband?«

»Hat Starlight erreicht. Kurz bevor wir den letzten ruulanischen Schlachtträger erledigt haben.«

»Verdammt! Die sind dann wohl … auf sich allein gesellt.«

Erstmals sah er sie direkt an. Sein Blick wirkten trübe und verschleiert.

»Was ist mit Ihrem Auge?«, fragte er. Seine Stimme wurde merklich schwächer.

Sie griff nach ihrem linken Auge. Es schmerzte und Blut lief ihr über die Wange. »Das ist nichts«, log sie. »Nur ein Kratzer.«

»Das ist gut«, erwiderte er. Sie bezweifelte allerdings, dass er noch sehr viel mitbekam von dem, was sie sagte.

»Letzten Endes habe ich meinen Schwur doch erfüllt, nicht wahr?«, flüsterte er.

»Was meinen Sie?«

»Na meinen Schwur. Die Menschen von Starlight zu beschützen. Ich habe mich an meinen Schwur gehalten.«

»Ja, das haben Sie.«

Doch der Commodore war bereits gestorben und ließ Deborah allein auf der Brücke des zerstörten Schlachtschiffes zurück.

21

Die militärische Kommandozentrale von Starlight befand sich drei Stockwerke tief unter der Erde inmitten von massiven Gesteinsschichten und trotzdem spürte Leduc jede Explosion und jede Erschütterung in jeder Faser seines Körpers.

Die Luft in dem kleinen Bunker war zum Schneiden dick und stank trotz des hoch entwickelten Lebenserhaltungs- und Frischluftzufuhrsystems nach menschlichen Ausdünstungen und purer Angst.

Leduc und so gut wie alle hochrangigen Offiziere von Miliz, Marines und TKA auf Starlight waren anwesend. Sogar der Kommandeur des Til-Nara-Kontingents hatte sich mit einer kleinen Leibwache aus Drohnen zu ihnen gesellt. Sie hatten sich um den großen Holotank in der Mitte des Raumes versammelt und verfolgten gebannt die Schlacht um Starlight und insbesondere die planetare Hauptstadt Messiter.

Die Soldaten, die die Kolonie verteidigten, kämpften gut und hart. Trotzdem verloren sie.

Erwartungsgemäß hatten die Ruul die Abwehr- und Verteidigungssatelliten, die Orbitalforts und selbst Central ignoriert. Die Slugs wussten ganz genau, dass die Raumstationen außer Gefecht waren und keine Bedrohung darstellten. Aus militärisch-taktischer Sicht stellte die Vorgehensweise der Ruul einen groben Bruch etablierter militärischer Konventionen dar. Man griff keinen Planeten an und ließ dabei die orbitale Verteidigung intakt. Bis Leduc erkannte, worum es den Slugs wirklich ging. Sie kamen nicht, um Sklaven zu nehmen oder den Planeten einfach nur in Staub zu verwandeln. Sie wollten bleiben und sie hatten vor, die durch das Virus ausgeschaltete Orbitalverteidigung für eigene Zwecke einzusetzen, sobald sie den Planeten unter Kontrolle gebracht hatten.

Der Militärattaché knirschte vor Frustration mit den Zähnen. Die Ruul mussten sich wirklich ausgesprochen siegessicher fühlen, dass sie es sich erlaubten, einfach an den Forts vorüberzuziehen und den Planeten direkt anzugreifen.

Ebenso hatten sie noch keinerlei Interesse an den Schiffen der 4. Flotte gezeigt, die im Bereich der südlichen Nullgrenze hilflos im All trieben, dazu verdammt, den Kampf aus der Entfernung beobachten zu müssen.

Leduc durfte gar nicht daran denken, was den Ruul alles an Technik in die Hände fiel, sobald sie die Zeit fanden, sich den terranischen Kriegsschiffen zuzuwenden.

Die Ruul gingen bei ihrer Invasion zielstrebig und mit äußerster Brutalität vor. Ihre großen Schlachtschiffe und Schlachtträger hatten außerhalb des Verteidigungsperimeters Position bezogen, während kleinere Schiffe wie Fregatten, Zerstörer und auch nicht wenige Typ-8-Kreuzer in die obere Atmosphäre eindrangen und nun über den Städten des Planeten schwebten, wo sie mit ihren Schiffsbatterien punktgenau menschliche Widerstandsnester ausschalteten.

Der Planet starb. Langsam und qualvoll. Und es gab nichts, was sie tun konnten, um es zu verhindern. Sie konnten es lediglich verzögern. In den Straßen floss das Blut in Strömen. Vor allem Messiter wurde verbissen verteidigt und die menschlichen Verteidiger zwangen die Ruul dazu, die Stadt quasi Straße für Straße zu erobern.

Eine weitere Explosion ließ den Bunker erzittern und Leduc hielt sich am Holotank fest. Staub rieselte von der Decke und erschwerte das Atmen. Wären die orbitalen Abwehrwaffen einsatzfähig gewesen, wären sie in der Lage gewesen, die Raumschiffe in der Atmosphäre nacheinander wie Tontauben abzuschießen. Und die Orbitalforts hätten sich bequem um die größeren Pötte kümmern können.

Wäre, hätte, könnte.

Ihre ganze Welt schien nur noch aus diesen Worten zu bestehen.

General Clausen von der Miliz ließ von den Flugplätzen der Umgebung seine Firebirds aufsteigen, um die ruulanischen Mantas und ihre Jägereskorten anzugreifen. Darüber hinaus hoffte er, zumindest einen Teil des Feuers der gegnerischen Großkampfschiffe von den Städten abzulenken. Es war ein tapferer, jedoch zum Scheitern verurteilter Versuch.

Die Schlacht um Starlight tobte nun seit annähernd einer Stunde und in dieser relativ kurzen Zeitspanne war nahezu die Hälfte seiner Jäger verloren gegangen. Leduc bewunderte Hingabe und Mut der Miliz-Piloten. Sie blieben standhaft und hielten die Stellung, und das, obwohl der Gegner zahlenmäßig überlegen und die Reaper schneller und wendiger waren. In einem Luftkampf kam es jedoch immer auf den Piloten an und Leduc musste neidlos anerkennen, dass Clausens Piloten allererste Güte waren. Sie verlangten dem Gegner einen hohen Blutzoll ab, das stand außer Frage.

Den Ausgang des Kampfes würde es dennoch nicht großartig beeinflussen.

Zwei Mantas flogen durch das Bild. Die kleinen Sturmschiffe der Ruul machten einen ramponierten Eindruck. Vor allem eines der Schiffe zeigte deutliche Gefechtsspuren und zog eine Rauchspur hinter sich her. Sie wurden von Firebirds der Miliz verfolgt.

Besinski zoomte in das Hologramm hinein und beobachtete gespannt, wie eine Panzerkompanie der TKA die Hauptstraße von Messiter hinabrollte und sich einer gemischten Truppe aus Feuersalamandern, Kaitars und Ruul stellte.

Ein kurzes Feuergefecht war die Folge, in dem die TKA den Feind sogar kurzzeitig mehr als achthundert Meter die Straße zurücktrieb. Doch dann erhielten die Ruul unvermittelt Verstärkung und das anfänglich so Erfolg versprechende Gefecht entwickelte sich zuerst zu einem verzweifelten Rückzugsgefecht und endete in einer wilden Flucht, in der die TKA-Kompanie fast alle ihre Panzer einbüßte.

Besinski seufzte tief. Derartige Gefechte waren inzwischen auf ganz Starlight an der Tagesordnung. Im Schnitt verloren die menschlichen Verteidiger vier von fünf Gefechten und jeder noch so kleine Sieg mündete letztendlich in einer noch verzweifelteren Niederlage.

Inzwischen war der Kontakt zu fast jeder Stadt abgebrochen. Neben den Orbitalwaffen war die Kommunikation das erste Opfer des Virus gewesen. Besinski hatte seine Soldaten in aller Eile Glasfaserkabel und Überlandverbindungen zu den größten Städten auf Starlight verlegen lassen, sodass sie zumindest rudimentär auf dem Laufenden bleiben konnten.

Es sah nahezu überall genauso düster aus wie in Messiter. Nur die Til-Nara, die die südliche Hemisphäre verteidigten, schienen derzeit ihre Stellung halten zu können. Unter entsetzlichen Verlusten zwar, aber sie hielten stand. Insektoiden hatten kein Problem damit, eine große Anzahl ihrer Drohnen zu opfern, solange sie nur gewannen. Es war jedoch nur eine Frage der Zeit, bis auch sie an den Rand des Zusammenbruchs gedrängt wurden.

Komm schon, Clarke, beschwor Leduc in Gedanken. *Falls du noch etwas tun willst, dann tu es jetzt. Bevor es zu spät ist.*

Ein Tumult am Eingang des Bunkers lenkte Leducs Aufmerksamkeit ab. Irgendetwas ging dort vor sich. Besinski und Clausen wandten sich ebenfalls vom Holotank ab in Richtung der unerwarteten Aufregung.

Plötzlich segelte ein TKA-Soldat durch die Luft, prallte gegen eine Wand und rutschte zu Boden. Leduc erschrak heftig. Selbst auf diese Entfernung hatte er die Knochen des Mannes brechen hören. Weitere Soldaten rannten zum Eingang.

Noch immer vermochte er nicht zu sagen, was dort vor sich ging. Dann gellte ein angsterfüllter Ruf durch den Raum.

»Slugs! Die Slugs sind hier!«

Unvermittelt brach die Hölle los. Eine Gruppe Ruul kämpfte sich durch die Tür, wobei sie eine blutige Spur aus menschlichen Leibern zurückließ. Die Slugs schwangen kampflustig ihre Schwerter und metzelten sich ohne Unterlass ihren Weg frei. Blut spritzte in hellen Fontänen an die Wände.

Marines, TKA-Soldaten und Milizionäre stellten sich ihnen mit den Bajonetten und ein heftiger Kampf Mann gegen Mann entbrannte. Leduc zog den Kopf ein, als die Entladung einer Blitzschleuder direkt über ihm einschlug und ihn mit einem Funkenregen übergoss.

Besinski zog seine Projektilwaffe aus dem Hüftholster und jagte ein ganzes Magazin in den Kopf eines auf ihn zustürmenden Ruul. Der Krieger schrie schrill auf, stürzte und blieb unmittelbar vor Besinskis Füßen liegen.

Weitere TKA-Soldaten und Milizionäre stürmten in den Raum. Ein Soldat an einer Radarstation wurde praktisch enthauptet. Der Soldat neben ihm erlitt das gleiche Schicksal, bevor zwei Marines den Ruul mit ihren Bajonetten niedermachten.

Den Ruul gelang es, fast die Mitte des Raumes zu erreichen, bevor ihr Vormarsch auch nur nennenswert verlangsamt werden konnte. Leduc hatte Ruul noch nie aus dieser Nähe beobachten können und er hätte gut und gern auf dieses Vergnügen verzichtet. Sie waren furchterregende Krieger.

Clausen hob das Sturmgewehr eines Milizionärs auf und schoss damit zwei Ruul nieder, doch er hätte um ein Haar mit seinem eigenen Kopf dafür bezahlt, als ein weiterer Krieger auf ihn zustürzte und sein Schwert in weitem Bogen schwang. Clausen wich schwerfällig seitlich aus und die Klinge brachte ihm einen tiefen Schnitt am Hals bei, anstatt ihm den Kopf vom Rumpf zu trennen. Doch auch so war die Wunde ernst, das konnte Leduc deutlich von seiner Position aus erkennen. Der Miliz-General ging blutüberströmt zu Boden.

Die zehnköpfige Leibwache des Til-Nara-Drohnenführers erledigte im Alleingang zwölf ruulanische Angreifer, indem sie geschickt ihre Lanzen einsetzte. Sie heizten den Ruul mächtig ein. Jedoch gingen unter den Schwertern der Ruul drei Til-Nara-Drohnen ebenfalls zu Boden. Ihre Chitinpanzer waren an mehreren Stellen aufgeplatzt und schleimähnliches Blut (oder was bei den Til-Nara die entsprechende Funktion erfüllte) quoll daraus hervor. Langsam gewannen die Drohnen die Oberhand, drängten die Ruul mithilfe von Marines Stück für Stück zurück und schließlich aus dem Raum heraus. Leduc hörte den sich entfernenden Kampflärm. Er benötigte jedoch einige Sekunden, bevor er sich darüber im Klaren war, dass es für den Moment tatsächlich geschafft war.

Besinski und ein Sanitäter knieten neben dem verwundeten Clausen und versorgten notdürftig dessen Wunden. Der Mann lebte noch, gerade mal so. Sein Gesicht war aschfahl, was auf Schock und Blutverlust zurückzuführen war. Leduc klopfte das Herz bis zum Hals. Sanitäter, Ärzte und weitere Soldaten drängten in den Raum, um ihn zu sichern und die Verwundeten zu versorgen. Einige Soldaten begannen damit, die Toten aus dem Raum zu schaffen. Eigene Opfer wurden sanft und mit größter Hochachtung weggebracht, tote Ruul lediglich achtlos vor die Tür der Kommandozentrale geworfen, bis man die Zeit fand, sie zu entsorgen.

»Wie konnten sie unbemerkt so tief zu uns vordringen?«, fand Leduc endlich seine Stimme wieder. »Es gibt ein halbes Dutzend Verteidigungscheckpoints, bevor man hierher kommt.«

Besinski zuckte lediglich die Achseln, während er half, Clausen einen Verband anzulegen. »Die Ruul wissen ganz genau, wie und wo sie uns treffen müssen. Vermutlich hat Hernandez ihnen die Pläne für die Anlage gegeben. Nach allem, was ich inzwischen weiß, würde mich das gar nicht überraschen.«

Leduc beobachtete, wie zwei Milizionäre am Eingang ein MG-Nest aufbauten. Noch einmal würden die Slugs sie nicht so übertölpeln.

»Vermutlich haben Sie recht.« Leduc warf einen Blick auf eine der ruulanischen Leichen, die ganz in der Nähe lag. Selbst in dem diffusen Licht sah er die Krallen des Kriegers rötlich schimmern.

Erel'kai. Auch das noch. Mein Gott! Wann wird dieser schreckliche Tag nur endlich enden?

Captain Gregory Cole von der 107. Staffel der Starlight-Miliz zog seinen Firebird-Jäger fast senkrecht nach oben, indem er dessen Steuerknüppel bis zum Anschlag zum Körper zog.Hinter ihm explodierte die Maschine seines Flügelmannes unter dem Beschuss zweier feindlicher Reaper. Die Druckwelle der Detonation rüttelte seine eigene Maschine kräftig durch. Vor Anstrengung traten dicke Schweißtropfen auf seine Stirn, als das ausgeschüttete Adrenalin ihn mit zusätzlicher Energie versorgte und er sich beinahe verzweifelt an seinen Steuerknüppel klammerte.

Energiestrahlen schossen zu beiden Seiten an seinem Firebird vorbei, doch er entging der drohenden Vernichtung, als würde sein Schutzengel heute Überstunden machen. Der Luftkampf über Messiter hatte sich inzwischen zu Dutzenden von Einzelduellen zwischen Miliz-Jägern und Reapern entwickelt, wobei die Ruul oftmals als Sieger hervorgingen. Sie waren der Miliz nicht nur zahlenmäßig, sondern auch an Geschwindigkeit und Manövrierfähigkeit deutlich überlegen, und sollte nicht noch ein Wunder geschehen, wäre die Luftschlacht um die Starlight-Kolonie schon bald zugunsten der Slugs entschieden.

Wo seine Kameraden waren, hatte Cole längst aus den Augen verloren. Den Anzeigen aus seinem Display zufolge waren drei noch am Leben. Mit ihm selbst machte das vier. Da Miliz-Staffeln in Einheiten zu sechs Jägern organisiert wurden, bedeutete dies, dass zwei seiner Kameraden tot waren.

»Hier Thunder eins an alle Thunder-Einheiten«, sprach er in sein HelmCom. »Thunder-Einheiten, bitte kommen.«

»Hier Thunder sechs«, meldete sich sein Staffelkamerad Lieutenant Franklin Dougal über Com. »Captain? Sind Sie das?«

»Positiv, Frank.« Cole bemühte sich um Ruhe und Gelassenheit, obwohl er innerlich fast Luftsprünge machte, als er die Stimme seines Freundes vernahm. »Hast du Kontakt zur übrigen Staffel?«

»Thunder fünf ist bei mir. Thunder vier ist verloren.«

»Thunder zwei ebenso«, berichtete Cole über den Verlust seines Flügelmannes.

Ein durchdringender Annäherungsalarm buhlte um seine Aufmerksamkeit. Die beiden Reaper von gerade eben waren zurück und wollten ihm ans Leder. Eins musste man den Slugs lassen, sie ließen nicht so leicht locker.

»Versucht, mich anzupeilen und meine Position zu erreichen. Wir müssen uns wieder zusammenschließen. Außerdem bin ich in Schwierigkeiten.«

»Halt durch, Gregory. Wir sind auf dem Weg.«

Die Reaper eröffneten das Feuer.

Zwei der Energiebahnen trafen sich am Heck der Maschine und brannten die Lackierung und darunter verborgene Panzerung weg. Augenblicklich blinkte ein halbes Dutzend rote Warnlampen und informierte ihn über den bevorstehenden Ausfall mehrerer Systeme.

So ein Mist!

Cole zog seine Maschine in eine enge Kehre nach rechts und tat damit instinktiv genau das Richtige. Dort, wo sich seine Maschine eben noch befunden hatte, zuckten mehrere Laserbahnen durch die Luft.

Das war haarscharf.

Reaper waren überaus schnell, doch wie Cole wusste, hatten sie vor allem im Atmosphärenkampf eine Schwachstelle: Falls es nötig wurde, waren sie nicht in der Lage, die Geschwindigkeit – normalerweise ihre größte Waffe – schnell genug wieder zu drosseln.

Cole musste handeln. Er konnte die Reaper hinter ihm nicht ewig ausmanövrieren. Früher oder später würden sie ihn erwischen, und sei es nur durch einen Glückstreffer.

Cole setzte alles auf eine Karte. Er legte seine rechte Hand auf den Schubregler und drückte ihn fast bis zum Anschlag nach vorn. Der Firebird machte einen Ruck, sodass er das Gefühl hatte, seine Eingeweide würden urplötzlich zu seinem Mund hinausgedrückt. Reflexartig biss er sich auf die Lippe. Der metallische Geschmack von Blut füllte seinen Mund aus und da ihm nichts Besseres einfiel, schluckte er das Blut kurzerhand hinunter.

Doch das Manöver – so riskant es auch gewesen war – gelang. Seine beiden Verfolger zischten an ihm vorbei, so dicht, dass die Feuerzungen aus ihren Antriebsdüsen die Einheitsabzeichen an den Seiten seiner Maschine versengten. Doch jetzt war er in einer perfekten Feuerposition.

Mit dem Zeigefinger seiner linken Hand presste er den Feuerknopf unterhalb seines Steuerknüppels durch. Die MGs in den Tragflächen spuckten Tod und Vernichtung gegen einen der Reaper. Der Pilot flog ein verzweifeltes Ausweichmanöver, es war jedoch längst zu spät.

Die großkalibrigen Geschosse durchschlugen die Panzerung am Heck, zerstörten den Antrieb und fraßen sich ihren Weg durch die gesamte Länge der feindlichen Maschine, bis sie das Cockpit erreichten und den Piloten in ein Sieb verwandelten.

Fahr zur Hölle, Slug!

Anstatt sich zum Kampf zu stellen, gab der zweite Slug-Jäger Vollschub und raste davon, um sich einem größeren Pulk seiner Kameraden anzuschließen.

Ja, genau. Lauf zu deiner Mami nach Hause!

Cole grinste über das ganze Gesicht, doch sein Triumphgefühl hielt nicht lange an. Auf dem Statusdisplay seiner Staffel erlosch das Symbol, das für Thunder drei stand. Wo auch immer es den Piloten nach Beginn der Schlacht verschlagen hatte, die Slugs hatten ihn erledigt.

Zwei Firebirds näherten sich schnell und nahmen Flankenposition ein.

»Tut gut, euch zu sehen.«

»Danke, gleichfalls, Captain«, erwiderte Lieutenant Franklin Dougal. »Die Slugs drehen uns durch den Fleischwolf, wenn das so weitergeht.«

»Ist mir nicht entgangen«, erwiderte Cole und dachte an seine drei verlorenen Kameraden.

»Befehle, Captain?«

In diesem Moment bemerkte Cole, wie voraus drei Mantas die dichte Wolkendecke durchstießen und Kurs auf eine der feindlichen Landezonen nahmen. Und das Beste von allem: Sie flogen ohne Jagdschutz.

Entweder sahen sich die Ruul schon als Sieger, dass sie den Geleitschutz ihrer Truppentransporter vernachlässigten, oder diese drei Schiffe waren von ihrem Jagdschutz getrennt worden. Wie dem auch sei, hier bot sich eine einzigartige Gelegenheit.

»Franklin? Siehst du die drei Mantas direkt voraus?«

»Jepp. Hab sie. Greifen wir sie uns?«

»Worauf du Gift nehmen kannst. Die Waffen der Mantas sind nach vorne gerichtet, wir nähern uns von hinten. Jeder nimmt einen aufs Korn.«

»Thunder sechs bestätigt.«

»Thunder fünf bestätigt.«

Die drei Firebird näherten sich den ahnungslosen Gegnern unter Verwendung ihrer Nachbrenner bis auf weniger als einen Klick. Cole hatte für sich das Führungsschiff vorgesehen. Thunder sechs nahm das zur Linken und Thunder fünf das zur Rechten.

Er wartete noch einige Sekunden, und erst als er sicher war, nicht vorbeischießen zu können, gab er den Befehl.

»Feuer!«

Die drei Firebirds eröffneten zeitgleich das Feuer. Projektile aus den MGs gefolgt von Laserbahnen aus den leichten Lasern unterhalb der Cockpits suchten ihre Ziele. Zunächst prasselten die MG-Geschosse wirkungslos von der Panzerung der Mantas ab und die drei Schiffe flogen unbeeindruckt weiter.

Der Beschuss zeigte allerdings schnell Wirkung. Panzerplatten wurden regelrecht abgeschält, die Laser schmolzen das, was an Panzerung noch übrig war, einfach davon, bis sich der Beschuss ins Innere der Schiffe kämpfte.

Die Piloten versuchten, dem erbarmungslosen Beschuss auszuweichen, doch die Mantas flogen sich innerhalb einer Atmosphäre ungefähr so elegant wie ein Schaufelbagger. Für die wendigen Firebirds und ihre rachsüchtigen Piloten waren es lächerlich einfache Ziele.

Einer der Mantas brach auf und Ruul und Kaitars stürzten strampelnd und um sich schlagend in die Tiefe. Dass sie sich zu diesem Zeitpunkt noch fast drei Kilometer über dem Boden befanden, war für die Slugs nicht unbedingt als Glücksfall zu bezeichnen. Kurz darauf brach das Heck des betreffenden Mantas zur Gänze ab und die beiden zerschossenen Teile des Truppentransporters stürzten, sich um die eigene Achse drehend, zur Oberfläche hinab.

Franklin Dougal hatte seinen Gegner ebenfalls erledigt. Dessen Beschuss musste wohl so etwas wie eine Treibstoffzelle erwischt haben, denn der Manta verging von einer Sekunde zur nächsten in einem grellen Feuerball.

Thunder fünf – Lieutenant Raquel Sanchez – beharkte ihren Gegner weiterhin, wobei dieser Manta einfach nicht aufgeben wollte. Bis die Pilotin ihre Geduld verlor und kurzerhand eine der Raketen unter der rechten Tragfläche abschoss, die sich in das Heck des Mantas bohrte und das Schiff in Stücke riss.

»Gut gemacht, Leute. Kein schlechtes Ergebnis für ein paar Minuten Arbeit.«

»Äh … Captain?! Sieh mal nach oben.«

Durch Franklins ernsten Tonfall alarmiert, blickte der Miliz-Pilot nach oben. Ihm stockte der Atem. Die Wolkendecke hatte sich teilweise verzogen und gab den Blick auf eine Flotte Mantas preis. Es waren mindestens dreißig. Sie wurden von Dutzenden Reapern zur Oberfläche eskortiert.

Cole überflog die Anzeigen seines Radars. Es gab ohnehin schon zu viele Reaper in der Atmosphäre – und zu wenige Verteidiger, um sich ihnen noch wirkungsvoll in den Weg zu stellen.

Sein ComSystem knackte. Eine barsche, befehlsgewohnte Stimme ertönte in seinen Ohren.

»Achtung! Achtung! An alle verbliebenen Miliz-Jäger im Luftraum über Messiter. Wir geben die Verteidigung der Lufthoheit über der Hauptstadt auf. Ich wiederhole. Wir geben die Verteidigung der Lufthoheit über der Hauptstadt auf. Alle verbliebenen Jagdmaschinen brechen augenblicklich das Gefecht ab und ziehen sich zu einem Punkt zwanzig Klicks westlich der Hauptstadt zurück. Dort ist ein Militärflugplatz, auf dem wir uns sammeln, neu formieren und die Maschinen neu bewaffnen und auftanken. Ich wiederhole noch einmal: Umgehender Rückzug zu einem Punkt zwanzig Klicks westlich der Hauptstadt.«

Cole hörte zwar die Worte, doch der bewusste Teil seines Verstandes weigerte sich, das Gehörte zu akzeptieren. Der Rückzugsbefehl bedeutete fast sicher das Todesurteil für die Hauptstadt. Ohne Lufthoheit würden die ruulanischen Bodentruppen unter dem Schutz ihrer Jäger vorrücken und jeglichen Widerstand einfach niederwalzen. Und wer war dieser Kerl, der diesen Befehl erteilte? Ein solcher Befehl hätte nur von Clausen persönlich gegeben werden können. Von keinem sonst.

Cole bemerkte, wie weit unterhalb seines Firebird sich bereits die Bodentruppen der Verteidiger ungeordnet zurückzogen, um wenigstens entfernt so etwas wie eine organisierte Verteidigung aufrechtzuerhalten. Die Panzer und Soldaten gaben damit jeden Versuch auf, die Ruul zu ihren Landezonen zurückzutreiben und dort einzuschließen. Es wäre auch sinnlos gewesen, wenn man bedachte, wie viel Truppen die Ruul heranbrachten. Aber ohne Luftunterstützung hatten sie noch weniger Chancen.

Kochend vor Wut, aktivierte er sein Com.

»Hier spricht Captain Gregory Cole von der 107. Staffel. Mit wem spreche ich? Ist dieser Befehl von General Clausen abgesegnet?«

»General Clausen ist schwer verwundet worden«, antwortete dieselbe Stimme. Überraschenderweise klang sie über den Affront, dass ein kleiner Captain die Befehle anzweifelte, weder verärgert noch empört. Stattdessen wirkte der Offizier am anderen Ende müde und abgekämpft – und frustriert.

»Mit wem spreche ich?«, verlangte Cole noch einmal zu wissen.

»Lieutenant General Norman Besinski«, sagte die gesichtslose Stimme ohne erkennbare Emotion.

Cole schluckte schwer. »General … Sir … wenn wir abziehen …«

»Ich weiß, Captain. Ich weiß das nur zu gut. Aber das ist ein Befehl. Befolgen Sie ihn. Der Luftraum ist nicht mehr zu halten, nicht bei dem, was da an Mantas und Reapern auf uns zukommt. Retten Sie sich und Ihre Maschinen.«

»Verstanden, Sir.«

»Und Cole?«

»Ja, General?«

»Diese Schlacht ist noch nicht zu Ende und Starlight ist noch nicht am Ende. Mit etwas Glück können Sie in wenigen Stunden dabei helfen, den Luftraum für uns zurückzuerobern.«

»Verstanden, General«, antwortete Cole und wendete seinen Jäger, um den übrigen fliehenden Miliz-Maschinen zu folgen. Dougal und Sanchez folgten ihm dichtauf. Keiner der drei Piloten warf noch einen Blick zurück. Es wäre zu schmerzhaft gewesen mit anzusehen, wie die ruulanischen Verstärkungen landeten, ihre Luken öffneten und sich Tausende von Ruul in die Straßen von Messiter ergossen.

Ein riesiger Ruul schien direkt vor Jonathan praktisch aus dem Boden zu wachsen. Der MAD-Offizier reagierte instinktiv und trieb ihm den Lauf des Gewehrs mit dem daran befestigten Bajonett tief in den schuppigen Leib.

Die Kreatur schlug mit ihrem Schwert in blinder Wut nach ihm. Jonathan stieß noch ein zweites und auch ein drittes Mal zu, bevor der Slug endlich umkippte. Er hatte längst die Übersicht verloren. Seit einer halben Stunde hatte er keinen Kontakt mehr zu Westling gehabt. Der Marine kämpfte mit einer kleinen Truppe in einem der unteren Stockwerke – hoffte er zumindest. Die einzig denkbare Alternative wäre, dass der tapfere Marine tot war. Wie so viele andere.

Eine einheitliche Verteidigung des Gebäudes gab es längst nicht mehr. Auf allen Stockwerken kämpften kleine, isolierte Trupps mit dem Mut der Verzweiflung gegen eine immer größere Übermacht an. Sie kämpften nicht länger, um zu siegen, sondern nur noch, um lediglich eine weitere Minute durchzuhalten, eine weitere Minute am Leben zu bleiben. Der Kampf hatte sich sogar in den unterirdischen Teil der Anlage verlagert.

Jonathan hatte sich mit einer kleinen Gruppe Marines und TKA-Soldaten ins Treppenhaus zurückgezogen. Sie befanden sich nur noch zwei Stockwerke unterhalb der Kommandozentrale. Zwei Stockwerke trennten die Slugs von Leech und ihrem erhofften Sieg. Und falls er die Bemühungen der Ruul nicht gänzlich falsch einschätzte, so waren sie sich der Nähe ihres Sieges sehr bewusst. Sie kämpften wie Berserker.

Jonathan wehrte den ungeschickten Schwerthieb eines Kriegers ab und parierte ihn mit dem Kolben seines Gewehrs. Schwert und Gewehr verkanteten sich. Er lenkte die Klinge seitlich ab, ließ das Gewehr fallen und griff stattdessen zu seinem Kampfmesser, das er dem Ruul bis zum Griff in den muskulösen Hals stieß. Der Krieger ging gurgelnd zu Boden.

Jonathan hob ein Lasergewehr vom Boden auf. Sein einstiger Besitzer – ein TKA-Soldat – hielt es noch im Tod umklammert. Er löste die Finger von der Waffe. Mit einigen schnellen Handgriffen überprüfte er die Ladung. Sie war halb voll. Das würde die nächste Zeit reichen. Möglicherweise würde er auch gar nicht nachladen müssen, denn lange konnte das Gefecht nicht mehr dauern. Vermutlich war er schon lange tot, bevor die Energiezelle leer war.

Ein schneller Rundumblick, mit dem sich Jonathan versicherte, dass er nicht allein war. Es befanden sich noch drei Dutzend Soldaten in seiner Begleitung. Alle keuchten vor Erschöpfung. Ihre Augen blickten stumpf und leer. Jonathan nannte dies den Tunnelblick. Den bekam man, wenn einem alles egal war und man nur noch wie eine Maschine kämpfte. Er fragte sich, ob er seinen Begleitern einen ähnlichen Eindruck bot. Sein Mund war staubtrocken. Er hatte seit einer gefühlten Ewigkeit nichts mehr getrunken und er wünschte sich, er besäße noch eine volle Wasserflasche.

Eine große Gruppe Ruul kämpfte sich die Treppe herauf. Sie bahnten sich mit ihren Schwertern eine blutige Schneise durch die Menschen. Jonathan schoss auf den Anführer. Dieser duckte sich instinktiv unter dem Laserblitz hinweg und der Ruul hinter ihm ging mit qualmenden Schuppen zu Boden.

Der ruulanische Anführer fletschte gierig die spitzen Zähne und hieb einem Marine sein Schwert in die Schulter. Der Mann kreischte schrill auf. Die Ruul arbeiteten sich Absatz für Absatz heran. Menschen, die ihnen im Weg standen, wurden beiseitegeschleudert oder niedergemacht.

Jonathan schoss zwei weitere Impulse aus seinem Lasergewehr, doch der ruulanische Anführer verstand es geschickt, immer wieder seinem Ende zu entgehen.

Der Ruul war nur noch wenige Schritte von Jonathan entfernt. Eine Entfernung, auf die der MAD-Offizier unmöglich würde vorbeischießen können. Er hob die Waffe und zielte am Lauf entlang, doch der Ruul bewegte sich mit unfassbarer Geschwindigkeit. Eben noch stand der hünenhafte Krieger vier Stufen unter ihm, plötzlich war er auf gleicher Höhe – innerhalb eines Wimpernschlages. Der Ruul holte mit seiner krallenbewehrten Klaue aus und schlug zu.

Jonathan riss – mehr instinktiv als wirklich einer Absicht folgend – das Gewehr hoch. Die Klaue des Ruul fetzte es in der Mitte auseinander, doch die Wucht des Hiebes wurde so weit gedämpft, dass es Jonathan das Leben rettete.

Die Krallen rissen Wunden auf Wange und Hals des MAD-Offiziers und schickten ihn benommen zu Boden. Seine Ohren klingelten und sein Kopf dröhnte vor Schmerzen. Der Ruul hätte in diesem Moment die Möglichkeit gehabt, die Sache zu beenden. Doch er tat das Einzige, was Jonathan nicht erwartet hätte. Der Ruul ging einfach weiter, ohne ihn noch eines Blickes zu würdigen.

Leech! Der Bastard ist hinter Leech her!

Jonathan kam wankend auf die Füße und taumelte dem Ruul hinterher. Seine Knie fühlten sich wie Wackelpudding an und insgeheim wusste er, dass er es nicht rechtzeitig würde schaffen können.

Leechs Finger tanzten über die Tastatur. Noch eine Sequenz. Eine einzige, dann war es geschafft. Der Gefechtslärm kam immer näher. Es hörte sich an, als würde direkt vor der Tür gekämpft werden. Inzwischen war er ganz allein. Die Soldaten – eigentlich zu seinem Schutz abgestellt – waren nach und nach ins Treppenhaus abgerückt, um bei der Verteidigung zu helfen. Sie opferten sich, um ihm kostbare Sekunden zu verschaffen. Er fühlte Schuld und Scham in sich aufsteigen, kämpfte beide Gefühle jedoch entschlossen nieder. Er musste seine Aufgabe erledigen. Es war alles, was noch zählte.

Eins – eins – drei – fünf, rezitierte er in Gedanken. *Das müsste es dann eigentlich gewesen sein.*

Sein Finger schwebte über der Eingabetaste, er kniff die Augen fest zusammen und drückte in Gedanken beide Daumen. Der Zeigefinger betätigte die Taste und augenblicklich blinkten sämtliche Knöpfe an der Konsole und in der gesamten Kommandozentrale gingen Lichter an und Bildschirme zeigten Betriebsbereitschaft. Die Verschlüsselung war abgeschaltet.

Gott sei Dank!

Mit wenigen Handgriffen richtete Leech die große Parabolantenne auf dem Dach aus. Sie zeigte nun nicht nur auf Starlight und die Orbitalforts, sondern war jetzt auch in der Lage, die südliche Nullgrenze zu erreichen.

Leech überbrückte die Strecke zur Kommunikationskonsole in zwei großen Sätzen und steckte den Datenstick in eine Öffnung an der Seite. Das Programm mit dem Deaktivierungscode lud selbständig in die Konsole herunter. Keine dreißig Sekunden später bat der Computer um die Bestätigung, mit dem Senden des Programms beginnen zu dürfen.

Leech tat ihm nur zu gern den Gefallen und bestätigte die Eingabe nochmals. Leech stützte sich mit beiden Händen auf dem Tisch ab und schickte vor Erleichterung ein Stoßgebet gen Himmel. Es war geschafft. Es war *tatsächlich* geschafft. Es würde nur noch Minuten dauern, bis die Menschen die Kontrolle über die Orbitalverteidigung sowie ihre Schiffe zurückerlangten.

Mehrere Schüsse direkt vor der Tür erregten seine Aufmerksamkeit. Schreie von Menschen und Befehle in ruulanischer Sprache ertönten. Leech wurde sich schmerzhaft bewusst, wie verwundbar er eigentlich war. Praktisch sein einziger Schutz hatte in den Soldaten bestanden. Er suchte verzweifelt die Laserpistole, die ihm ein Soldat gegeben hatte. In seiner Hektik wusste er nicht mehr, wo er sie hatte liegen lassen.

Die Tür wurde aufgerissen und im Rahmen stand ein riesiger Ruul.

Leech erstarrte vor Schreck mitten in der Bewegung. Der fremdartige Krieger starrte ihn lediglich aus großen Augen an. Schließlich wanderte sein Blick an ihm vorbei auf die Konsole, vor der er stand, und den Bildschirm an der Wand hinter ihm.

Die Augen des Ruul richteten sich wieder auf ihn. Wo sie vorher fragend und verwirrt geblickt hatten, wirkten sie jetzt entschieden hasserfüllt. Leech fühlte einen Kloß in seinem Hals aufsteigen. Er hatte das unbestimmte Gefühl, dass der Ruul ganz genau wusste, was er gerade getan hatte.

Der Krieger griff an seinen Gürtel und zog eine Blitzschleuder daraus hervor. Wie in Zeitlupe richtete er sie auf Leech und schoss.

Jonathan hetzte wie in Trance die Treppe hinauf. Immer zwei Stufen auf einmal nehmend. Er sprintete an Körpern von Menschen und Ruul vorbei. Einige bewegten sich noch schwach.

Endlich erreichte er die Kommandozentrale. Vor der Tür hatte ein besonders heftiger Kampf getobt und Menschen und Ruul gleichermaßen bedeckten blutüberströmt den Boden. Im Rahmen stand ein Ruul, eine Blitzschleuder in der Hand. Der hatte ihn noch nicht bemerkt.

Jonathan dachte nicht nach, sondern handelte. Er schoss dem Ruul dreimal in den Rücken. Sein Sinn für Fairness war ihm irgendwann in den letzten Stunden abhandengekommen. Der Krieger drehte sich taumelnd um. Jonathan schoss ein weiteres Mal und der Ruul kippte um. Ein letztes Zischen drang aus dessen Mund.

Jonathan sah sich aufgeregt in der Zentrale um. Leech lag am Boden. In seiner Brust klaffte eine furchtbare Wunde. Seine Kleidung schwelte vor Hitze, soweit sie nicht verbrannt war. Der MAD-Offizier eilte zu dem regungslosen Programmierer. Seine Finger tasteten nach dessen Halsschlagader.

Nichts.

Verzweifelt legte er den Mann flach auf den Boden und begann mit festen, rhythmischen Stößen, sein Herz zu massieren, in der Hoffnung, ihn wiederzubeleben.

Stirb mir jetzt bloß nicht weg! Nicht so kurz vor dem Ziel!

Nur am Rande nahm er wahr, was auf dem Bildschirm hinter dem Programmierer stand. Dort blinkte um Aufmerksamkeit heischend eine Nachricht in hoffnungsvollem Grün: *Programm zu 100 % gesendet.*

22

Dass sich etwas verändert hatte, bemerkte Leduc erst, als mehrere Konsolen im Bunker, die vorher schwarz gewesen waren, plötzlich anfingen, aufgeregt zu blinken. Über einige rollten Datenkolonnen, so schnell, dass man kaum alles mit den Augen aufzunehmen imstande war.

»Was ist passiert?«

Niemand antwortete ihm. Die anwesenden Generäle sowie ihre Adjutanten und Ordonnanzoffiziere waren viel zu beschäftigt mit dem Auswerten der eintreffenden Daten und redeten aufgeregt durcheinander. Die plötzlich zum Leben erwachten Konsolen und Geräte wurden augenblicklich mit Offizieren bemannt und (soweit Leduc dies zu erkennen imstande war) einsatzbereit gemacht. Es war schließlich Besinski, der seinen Wissensdurst befriedigte.

»Wir haben die Kontrolle über die Orbitalverteidigung zurück. Kommunikation, bodengestützte schwere Abwehrwaffen, alles. Leech hat es geschafft. Er hat es tatsächlich geschafft!« Die Überschwänglichkeit und der Eifer des Generals kannten keine Grenzen mehr und waren überaus ansteckend.

Leduc bemühte sich, diese Neuigkeit zu verarbeiten. Was auch immer auf Nexus II vor sich ging, Clarke und Leech hatten ihren Teil des Jobs erledigt. Nun waren die Militärs an der Reihe.

»Was ist mit Central und den Orbitalforts?«

»Wir stehen wieder in Kontakt. Sie aktivieren bereits ihre Waffen und Schilde. Von der 4. Flotte haben wir noch keine Nachricht wegen der Zeitverzögerung zur Nullgrenze, aber ich bin sicher, sie haben inzwischen ebenfalls die Kontrolle zurück und fahren ihre Systeme hoch. Das Minenfeld ist wieder aktiviert und die im System verteilten Abwehrsatelliten laden bereits ihre 5-Zöller auf.«

»Und die Ruul?«

»Haben bisher noch nicht darauf reagiert. Ich glaube fast, sie haben von der veränderten Situation noch nichts mitbekommen.«

»Na also«, erwiderte Leduc zufrieden. »Dann kann der richtige Kampf endlich beginnen.« Der Militärattaché räusperte sich verhalten. »Rufen Sie unsere Jäger nach Messiter zurück und informieren Sie alle im Feld stehenden Einheiten über die Sachlage. Wir gehen in die Offensive. Es wird Zeit, den Slugs eine Botschaft zu schicken, die sie verstehen.«

Seit Admiral Hernandez' ebenso unschönem wie plötzlichem Ableben führte Commander Emmett Cardrigde das Kommando über die *TKS Shadow*, einen Schlachtträger der Nemesis-Klasse.

Der ehemalige XO und jetzige Interimskommandant des Schlachtträgers hatte sich selbst zu besten Zeiten mit Hernandez nie gut verstanden. Trotzdem war er nach der Enthüllung von dessen Verrat über alle Maßen verstört gewesen. Der Commander hatte den Admiral zwar für arroganter gehalten, als diesem guttat, doch nie für einen Verräter. Man konnte einfach nie in die Seele eines Menschen blicken. Im Grunde sah man immer nur die Maske, die andere Menschen einen sehen lassen wollten.

Als er dann mit dem Gros der Flotte – mit Ausnahme der *Excalibur*-Kampfgruppe – an die südliche Nullgrenze beordert worden war, hatte ihm dies ganz und gar nicht behagt. Er verstand die Notwendigkeit, aber sie gefiel ihm nicht.

Dann waren die Ruul über das System hereingebrochen und sein erster Impuls war es gewesen, in den Kampf einzugreifen. Und das, obwohl ihm Brandt und diese MAD-Offizierin alles, was er wissen musste, über dieses Virus erzählt hatten. Cardrigde war jedoch zu sehr Soldat, um sich von so etwas ins Bockshorn jagen zu lassen.

Jedoch war er gar nicht dazu gekommen, dem Impuls nachzugeben, denn die Ruul hatten vorher nahezu die komplette Verteidigung des Systems mit einem einzigen Funkbefehl ausgeschaltet. Cardrigde hatte auf erschreckende Art einen ersten Eindruck von der Effizienz des Virus bekommen.

Seitdem war er auf der Brücke der *Shadow* auf und ab gegangen. Blind und taub. Ohne Möglichkeit, sich einen Überblick über die Lage zu verschaffen, oder in Erfahrung zu bringen, wie der Kampf stand. Er konnte nur vermuten, dass sie im Begriff standen, das Starlight-System zu verlieren. Und in dieser ganzen Zeit hatten fast dreihundert Schiffsbesatzungen Däumchen gedreht. Er war nicht einmal in der Lage gewesen, Jäger zum Schutz von Starlight zu entsenden. So hatte er hilflos aus der Entfernung mit ansehen müssen, wie die Ruul sich erst Nexus II und schließlich auch der Kolonie näherten und ohne Gegenwehr der Orbitalforts in die Atmosphäre eindrangen.

Doch nun war alles anders. Ein Hoffnungsschimmer hatte seine düstere und von unheilvollen Vorahnungen geplagte kleine Welt erhellt, als seine Techniker und Offiziere ohne Vorwarnung meldeten, sie hätten die Kontrolle über wichtige Systeme zurückerlangt. Eine Botschaft, bei der er am liebsten einen Freudentanz auf seiner Kommandobrücke aufgeführt hätte, wäre es nicht dermaßen unschicklich gewesen.

Cardrigde ließ sich in den Kommandosessel fallen und beobachtete durch das Brückenfenster, wie die Navigatorin die Schnauze der *Shadow* mit Hilfe der Manövrierdüsen auf Starlight ausrichtete. Der Planet befand sich jetzt fast genau im Zentrum des großen Brückenfensters.

»Wie lange, bis wir Starlight erreichen?«

»Etwas mehr als eine Stunde«, meldete seine Navigatorin.

Cardrigde überlegte für eine Sekunde und straffte anschließend die Schultern. »Com. Folgende Nachricht an die Kolonie senden: Commander Cardrigde an Starlight. Haben Kontrolle über Schiffe zurück. Befinden uns mit Maximalgeschwindigkeit auf dem Weg ins innere System. Werden vermutlich in etwa einer Stunde eintreffen. Haltet durch. Wir sind auf dem Weg. Schicken Sie das.«

»Nachricht ist unterwegs.«

»CAG? Alle Jäger und alle Bomber starten. Die Maschinen sind viel schneller als wir und werden den Orbit der Kolonie in weniger als der Hälfte der Zeit erreichen. Wir schicken Sie vor. Geben Sie diesen Befehl an alle Träger und Schlachtträger weiter. Für das, was die Ruul hier getan haben, schicken wir sie zur Hölle.«

»Aye-aye, Skipper.«

»Und dann betet, dass wir die Kolonie noch rechtzeitig erreichen.«

Das Kampfglück hatte sich gewendet. Die schweren Waffenstellungen am Boden öffneten ihre Geschützpforten und die Spitzen schwerer Raumabwehrlaser fuhren daraus hervor. Ohne Zögern eröffneten sie das Feuer auf die in der Atmosphäre befindlichen ruulanischen Schiffe. Und die Geschützcrews gingen ohne Gnade oder Mitleid vor. Dass sie bei der Auswahl ihrer Ziele nicht zimperlich waren, verstand sich von selbst.

Der Holotank spielte nun auch Szenen von anderen umkämpften Städten auf Starlight ein. Die planetenweite Kommunikation war wiederhergestellt und funktionierte besser denn je. Leduc beobachtete fasziniert den Verlauf der Schlacht.

Eine ruulanische Fregatte wurde von mehreren schweren Lasern buchstäblich in Scheiben geschnitten und explodierte noch in der Luft. Zwei Zerstörern und einem Kreuzer erging es nicht anders. Die ruulanischen Schiffe begannen, auf die veränderte Lage zu reagieren, und eröffneten das Feuer auf die menschlichen Waffenstellungen, um sie schnellstmöglich auszuschalten. Dies erwies sich jedoch als bedeutend schwieriger, als die Slugs sich das vorgestellt hatten. Eine Laserstellung ging unter dem konzentrierten Beschuss dreier Schiffe in Flammen auf.

Eine Raketenstellung in der Nähe beantwortete deren Zerstörung mit einem Trommelfeuer aus ihren Rohren und zwei der Schiffe wurden vom Bug bis zum Heck perforiert. Das dritte erlitt schweren Schaden in der Antriebssektion und sank langsam Richtung Planetenoberfläche. Kurz bevor es auftraf, feuerte die Raketenstellung eine weitere Salve und schickte das angeschlagene Schiff vollends ins Jenseits.

Die Orbitalforts und Abwehrsatelliten hatten ebenfalls in den Kampf eingegriffen. Die stark gepanzerten und schwer bewaffneten Raumstationen nahmen die schweren ruulanischen Pötte außerhalb des Orbits mit Torpedos und schweren Lasern unter Beschuss. Sie koordinierten ihren Angriff auf eine Weise, dass einige der größten feindlichen Schiffe sich plötzlich in einem tödlichen Kreuzfeuer wiederfanden. Die Waffen der Orbitalverteidigung webten ein Netz, aus dem es kein Entkommen gab.

Bereits in den ersten Minuten des Gefechts gingen drei ruulanische Schlachtträger und vier ältere Schlachtschiffe verloren. Die Orbitalforts waren darauf ausgerichtet, einen Gegner mithilfe ihrer überlegenen Bewaffnung auf Abstand zu halten und auf die Art die wertvolle Kolonie zu beschützen. Auf diese geringe Entfernung jedoch erwies sich ihre Bewaffnung als todbringend und absolut vernichtend. Die ruulanischen Schiffe waren viel zu nah, als dass ihre Flakbatterien sonderlich viel genutzt hätten. Nahezu achtzig Prozent der Lenkwaffen trafen ins Schwarze und bei den Energiewaffen waren Fehlschüsse die Ausnahme.

Die Ruul blieben den Menschen nichts schuldig und schossen mit allem zurück, was sie hatten. Orbitalfort III erlitt schweren Schaden, seine Panzerung brach und öffnete mehrere Decks dem Vakuum. Central selbst verlor fast vierzig Prozent seiner Bewaffnung durch zwei ruulanische Schlachtträger, die sich mit der Raumstation ein Duell lieferten. Zwar gingen letztendlich beide Schlachtträger verloren, doch die Waffen, die Central einbüßte, würden der Besatzung fehlen.

Ein älteres ruulanisches Schlachtschiff der Predator-Klasse geriet ins Kreuzfeuer von acht Abwehrsatelliten. Die 5-Zoll-Laser schnitten mühelos durch die Schilde, um anschließend das Kriegsschiff vom Bug bis zum Heck und von oben nach unten aufzuschlitzen.

Das Schiff konnte noch fünf der Abwehrsatelliten zerstören, bevor es selbst explodierte.

Der Kampf um das Starlight-System trat in die entscheidende Phase ein.

»An alle Einheiten«, drang Besinskis vor Erwartung vibrierende Stimme aus dem HelmCom. »Angriff! Angriff! Angriff!«

Das wurde auch langsam Zeit, dachte Captain Gregory Cole mit einer Aufwallung kaum verhohlener Freude.

Die drei überlebenden Firebirds der Thunder-Staffel bewegten sich in einem großen Pulk aus annähernd fünfhundert weiteren Flugzeugen schnell auf die Hauptstadt zu. Sie befanden sich inzwischen weniger als einen Klick vor den ersten Vororten der Stadt. Die Miliz-Piloten hatten ihre erzwungene Kampfpause gut genutzt und ihre Maschinen so weit möglich repariert, aufgetankt und mit frischer Munition versorgt.

Nun sannen sie auf Rache.

Die Staffeln, aus denen sich die Luftflotte zusammensetzte, waren zum größten Teil in ähnlich schlechtem Zustand wie Coles Einheit. Einige von ihnen bestanden nur noch aus zwei Jägern. Andere Piloten waren die einzigen Überlebenden ihrer Einheiten.

Unter normalen Umständen, hätte man dezimierte Einheiten genommen und damit die Lücken anderer Staffeln gefüllt, doch dafür fehlte ihnen einfach die Zeit. Aus diesem Grund, hatte man die komplette Luftflotte, so wie sie war, losgeschickt, um die Ruul mit einem kräftigen Tritt vom Planeten zu befördern.

»Feindliche Landezone voraus«, meldete ein Pilot der 75. Staffel – der Blue Monkeys –, die als Vorauskommando und Kundschafter fungierten. Die Maschinen der Staffel waren in Dunkelblau lackiert und das Bild eines Affenkopfs prangte auf beiden Seiten. »Infanterie, Mantas und Panzer. Außerdem Reaper über der LZ.«

»Verstanden«, erwiderte Lieutenant Colonel Abraham Leroy, der ranghöchste Miliz-Offizier in der Luft. »Die Staffeln 75 bis 88 greifen die Reaper an. Staffeln 101 bis 109 kümmert sich um die Bodentruppen. Alle übrigen Einheiten bewegen sich weiter Richtung Messiter.«

Coles Herz machte einen Satz, als er hörte, dass seine Staffel für den ersten Schlag ausgewählt worden war.

»Dougal. Sanchez. Ihr habt's gehört. Wir schließen uns dem Angriff an. Wir gehen tief rein, heizen ihnen mit ungelenkten Raketen ein und setzen anschließend mit den MGs und falls nötig mit den Lasern nach.«

Die beiden Piloten bestätigten den Befehl und die drei Firebirds gingen sofort in einen tiefen Angriffsflug über. Cole hatte das Gefühl, auf den

Baumwipfeln zu balancieren, so dicht rasten sie über der Oberfläche dahin.

Über ihnen verwickelten ihre Kameraden die Reaper bereits in heftige Nahkämpfe und Explosionen füllten den Himmel. Maschinen beider Seiten zerplatzten unter dem konzentrierten Beschuss und Cole fragte sich, wie irgendetwas dieses Inferno über ihnen würde überleben können.

Aus der ruulanischen Landezone schlug ihnen erstes Abwehrfeuer entgegen. Flugabwehrlaser der Ruul knisterten zwischen den Firebirds hindurch; Explosionen von Flakgranaten ließen die Flugzeuge erzittern und beben. Die Miliz-Piloten flogen Ausweichmanöver und hofften, der Landezone nahe genug zu kommen, um selbst etwas Schaden anrichten zu können.

Zur Coles Rechten explodierte eine Maschine der Blue Monkeys, gefolgt von einer weiteren Miliz-Maschine, die er nicht einzuordnen wusste. Weitere Firebirds fielen dem unbarmherzigen Feuer des Gegners zum Opfer. Cole behielt immer sein Radar im Auge und weinte innerlich bei jedem befreundeten Symbol, das vom Plot verschwand.

Endlich gab die Zielerfassung mit einem durchdringenden Pfeifton zu erkennen, dass sie nahe genug waren.

»Thunders! Angriff!«

Die Thunder-Piloten und ihre Begleiter eröffneten das Feuer. Hunderte ungelenkter Fire-and-forget-Raketen rasten auf die Landezone zu. Wie ein gewaltiger Schwarm Insekten stoben sie dem Feind entgegen und überzogen die gegnerischen Truppen mit Tod und Vernichtung. Hunderte Explosionen blitzten schlagartig auf. Von einer Sekunde zur nächsten wurde das feindliche Abwehrfeuer merklich schwächer. Unzählige ruulanische Geschütze stellten das Feuer ein und Cole konnte nur ahnen, dass ihr Angriff den Gegner aufs Schwerste getroffen hatte.

Cole drosselte die Geschwindigkeit ein klein wenig. Auf einem kleinen Display direkt vor ihm wurde das Fadenkreuz von MGs und Laser projiziert. Mit einem entschlossenen Schnauben drückte er den Feuerknopf bis zum Anschlag durch.

Die MGs begannen röhrend zu feuern. Die Geschosse ließen Dreck und Staubfontänen aufwirbeln. Ruul und Kaitars liefen auf der Suche nach Deckung im Zickzack. Es half ihnen nicht viel. Ruulanische Krieger tanzten unter den Einschlägen seiner Waffen.

Ein ruulanischer Feuersalamander raste auf seinen Ketten in panischer Flucht genau ins Fadenkreuz seines Lasers. Cole betätigte mitleidlos den Auslöser. Die Energiewaffe sandte summend einen Strahl in die seitliche

Panzerung und das Gefährt erzitterte, während dessen Panzerung Blasen warf.

Ein einzelner Laser wäre nicht stark genug, die Panzerung eines Feuersalamanders zu durchdringen. Doch Dougal und Sanchez sowie ein halbes Dutzend weiterer Piloten schlossen sich dem Angriff Coles an und der Panzer wurde regelrecht auseinandergeschnitten.

Cole war zufrieden. Der Panzer hatte nicht einmal mehr Schrottwert. Doch der Kampf verlief nicht für alle so glücklich.

Ein Miliz-Firebird wurde von einem ruulanischen Geschoss getroffen, trudelte nach unten weg und bohrte sich mit der Spitze voran in den Boden. Einer der wenigen verbliebenen Luftabwehrlaser schlitzte einen weiteren Firebird auf ganzer Länge auf. Der Jäger brach auseinander und explodierte. Der Pilot war zu diesem Zeitpunkt bereits tot.

Als die Firebirds schließlich wieder an Höhe gewannen, war von der Landezone nicht viel mehr übrig als Ruinen, Feuer und zerstörte Fahrzeuge. Die Überreste von fast zwei Dutzend Mantas brannten in der Mitte der LZ lichterloh. Sie waren bereits beim ersten Raketenangriff zerstört worden.

In den Trümmern regten sich noch vereinzelte Ruul und Kaitars, die das Glück gehabt hatten, dem Feuersturm zu entgehen. Benommen gruben sie sich aus ihren Verstecken und versuchten zu verstehen, was gerade über sie gekommen war. Sie stellten keine Bedrohung mehr dar. Sollten sich die Bodentruppen um letzte Aufräumarbeiten kümmern.

Cole überflog die Anzeigen seines Jägers. Wie durch ein Wunder war er ohne Blessuren davongekommen. Etwas, das nur die wenigsten seiner Begleiter von sich behaupten konnten.

Als er das Statusdisplay seiner Staffel begutachtete, setzte sein Herz vor Schreck einen Schlag aus. Das Symbol von Thunder fünf – Lieutenant Raquel Sanchez – leuchtete in Unheil verkündendem Rot.

»Frank?«, fragte Cole seinen Staffelkameraden.

»Raquel hat's erwischt, Gregory. Sie hat's erwischt.« Cole erkannte die tränenerstickte Stimme seines Freundes kaum wieder, als dieser vom Tod seiner Flügelfrau berichtete.

»Sie hätte es fast geschafft, Gregory. Wir waren bereits dabei, wieder an Höhe zu gewinnen, da hat sie durch einen Gefechtsschaden die Kontrolle verloren und ist abgestürzt.«

Cole verfluchte sich selbst dafür, dass er davon nichts mitbekommen hatte. Seine Konzentration hatte zu sehr dem Gefecht gegolten, als dass er sich von irgendetwas hatte ablenken lassen.

»Tut mir leid, Frank.«

»Danke«, war die einzige Antwort.

Nun waren sie die einzigen Überlebenden ihrer Staffel. Mit diesem Schicksal waren sie bei Weitem nicht allein. Cole überflog die Anzeigen seines Radarschirms. Der Luftkampf über der LZ war inzwischen ebenfalls entschieden und die Ruul vernichtend geschlagen. Doch der Preis des Sieges war hoch. Nach oberflächlicher Betrachtung vermutete er, dass eine von drei Maschinen, die am Angriff teilgenommen hatte, zerstört worden war. Der Verlust an Leben würde etwas geringer ausfallen, da sich einige der Piloten vor dem Ende ihrer Flugzeuge bestimmt hatten retten können. Doch die Verluste würden trotz alledem niederschmetternd sein.

»Wir lassen die Ruul dafür büßen, Frank. Das verspreche ich dir.«

»Da bin ich auf jeden Fall dabei, Gregory.«

Die Staffeln, die den Angriff auf die Landezone geführt hatten, vereinigten sich mit den Überlebenden des Luftkampfs und nahmen Kurs auf das Zentrum von Messiter.

Schon von Weitem sahen sie brennende ruulanische Schiffe am Himmel und abstützende Reaper und Firebirds.

Es galt, noch viele Ruul zu töten.

Doch auch der Kampf am Boden nahm eine völlig unverhoffte Wendung. Die ruulanischen Kriegsschiffe – soweit sie noch existierten – hatten alle Hände voll damit zu tun, das eigene Überleben zu sichern. Plötzlich waren ihre Bodentruppen auf sich allein gestellt. Die Menschen wussten die Gunst der Stunde zu nutzen.

Flakstellungen schossen Reaper zu Dutzenden ab. Firebirds flogen im Minutentakt Angriffe auf ruulanische Truppenkonzentrationen und Landezonen. Panzer, Schützenpanzer und Infanterie drang von allen Seiten auf die Ruul ein und setzten sie mit jeder Minute, die verging, mehr unter Druck. Til-Nara-Truppen drängten die Ruul in den Industriebezirken bis zu ihren Landezonen zurück und überrannten diese dann, bevor die Slugs an einen Abzug ihrer Truppen überhaupt denken konnten.

Die Verluste auf ruulanischer Seite waren enorm und ein Verhalten, das verdächtig an Panik erinnerte, breitete sich unter den Ruul aus. Einige ruulanische Schiffe, die sich noch in der Atmosphäre befanden, begannen damit, sich zurückzuziehen und Kurs auf das All zu nehmen, wobei sie ihre Bodentruppen sich selbst überließen. Doch die Waffenstellungen am Boden folgten ihnen und zerstörten mit chirurgischer Präzision ein ums andere.

Die menschlichen Verteidiger auf der anderen Seite erlitten zwar immer noch schwere Verluste, doch sie weigerten sich aufzugeben. Sie hielten nicht nur ihre Stellungen, sondern rückten gegen den Feind vor. Sie trieben die Ruul immer weiter zurück. Marines kämpften an der Seite von TKA und TKA an der Seite von Miliz. Sie kämpften als Einheit für ein gemeinsames Ziel: Starlights Freiheit.

23

Leduc hinter dem Schreibtisch des planetaren Gouverneurs sitzen zu sehen, war für Jonathans Augen ungewohnt, nichtsdestoweniger freute er sich, den Mann gesund wiederzusehen. Die Gouverneursresidenz glich im Prinzip einer Ruine. Sie hatte eines der ersten Angriffsziele für die Ruul dargestellt und war von mehreren Luftangriffen getroffen worden. Große Teile des Gebäudes waren von Laserfeuer geschwärzt und das Dach war so löchrig wie ein Sieb.

Leduc jedoch hatte lediglich gemeint, dass es ein Zeichen für die Bevölkerung sein würde, wenn der Wiederaufbau von diesem Gebäude ausging. Jonathan konnte dieser Argumentation nicht so recht folgen. Immerhin war auch die Beinaheversklavung dieser Welt von diesem Gebäude ausgegangen. Wäre es nach ihm gegangen, hätte er die Residenz abgerissen und an anderer Stelle eine neue gebaut. Aber vielleicht hatte Leduc recht. Die Menschen von Starlight waren ein sturer und unbeugsamer Haufen, der nur wenig Sinn für Veränderungen sein Eigen nannte. Dass in diesem Haus wieder Gerechtigkeit Einzug hielt, mochte für weite Teile der Bevölkerung vielleicht ein Schritt in die richtige Richtung sein.

Die Schlacht von Starlight – oder die zweite Schlacht von Starlight, wie sie inzwischen hieß – war erst seit drei Tagen vorbei. Als die 4. Flotte endlich die Kolonie erreichte, war die Schlacht praktisch schon geschlagen. Das ruulanische Aufgebot war nicht stark genug gewesen, um es gleichzeitig mit den Orbitalforts und den bodengestützten orbitalen Abwehrwaffen aufnehmen zu können. Obwohl der Blutzoll der Verteidiger extrem hoch war, waren die Slugs letzten Endes geschlagen worden. Nur eine Handvoll Schiffe hatte überlebt. Mit Müh und Not hatten sie sich zur Nullgrenze zurückgeschleppt – ständigen Angriffen von Jägern und Skull-Bombern ausgesetzt – und waren mit ihrer dort wartenden Versorgungsflotte aus dem System gesprungen.

Doch nachdem diese Gefahr gebannt war, galt es nun, die Gewinn- und Verlustrechnung zu erstellen und die sah furchtbar aus. Aufräumtrupps durchkämmten immer noch die Straßen nach vermissten oder verwundeten Soldaten und möglicherweise entkommenen Ruul. Es waren so viele ruulanische Schiffe in der Atmosphäre abgeschossen worden, dass es tatsächlich im Bereich des Möglichen war, dass sich noch Ruul auf dem Planeten aufhielten und irgendwo versteckten. Das würde aber sicherlich nicht lange so bleiben.

Als die überlebenden Schiffe der *Excalibur*-Kampfgruppe ihre Marines nach Nexus II entsandt hatten, wäre es für Jonathan und die übrigen Verteidiger des Mondes beinahe zu spät gewesen. Sie standen zum damaligen Zeitpunkt schon jenseits des Punktes, den man als Zusammenbruch hätte bezeichnen können.

Die Ruul hatten wie die Barbaren gehaust. Eine Zählung nach der Schlacht ergab eine Anzahl Überlebender in Höhe von knapp neunhundert Mann, wovon mehr als sechshundert schwere Verwundungen aufwiesen. Zu Jonathans großer Freude gehörte Westling zu den Überlebenden. Der Mann hatte mehrere gebrochene Rippen, einen gebrochenen Arm, eine Schnittwunde am Bein und ein Auge war zugeschwollen, doch er war am Leben, und das war das Einzige, was zählte. Der zähe Marine hatte in den unterirdischen Gewölben den Widerstand organisiert und die Ruul dort ziemlich bluten lassen. Seine zusammengewürfelte Truppe hatte dort unten in dem unübersichtlichen Labyrinth verschachtelter Gänge mit den Ruul Verstecken gespielt und ihnen dabei erhebliche Verluste beigebracht.

Nach dem Sieg über die Ruul waren sofort Bergungsschiffe entsandt worden, die nach Überlebenden der Raumschlacht forschten. An Bord der *Excalibur* waren lediglich zweiundneunzig Männer und Frauen gefunden worden. Eine von ihnen war Deborah gewesen.

Jonathan warf der MAD-Agentin, die neben ihm stand, einen undeutbaren Blick zu. Seit ihrer Rettung von der Brücke der zerstörten *Excalibur* war sie nicht mehr dieselbe. Irgendetwas war an Bord dieses Schiffes vorgefallen, das sie für immer verändert hatte. Seelische Narben, die jeder mit sicher herumtrug, der einmal an einem Gefecht teilgenommen hatte. Vielleicht lag es auch an ihrer schweren Verwundung. Ihr linkes Auge hatte nicht gerettet werden können und war an Bord eines Lazarettschiffs durch ein Implantat ersetzt worden. Äußerlich war nichts von der Operation erkennbar, doch er fragte sich, wie es ihr wohl mit dem künstlichen Organ ergehen mochte.

Inzwischen war sie keine Agentin in Ausbildung mehr. Ihre Handlungsweise während der Ermittlungen auf der Kolonie und ihr außerordentlicher Mut während der zweiten Schlacht von Starlight hatten ihr den aktiven Agentenstatus eingebracht. Sie hatte ihn sich redlich verdient und womöglich war sie aufgrund von Jonathans Bericht und der darin enthaltenen Empfehlung zum Voll-Agenten befördert worden.

Leduc würde bis zur Wahl eines neuen Gouverneurs übergangsweise die zivilen Geschäfte der Kolonie übernehmen. Eine Entscheidung, mit der alle einverstanden waren. Leduc war zwar nicht der ranghöchste Offizier auf dem Planeten, aber auch er hatte sich vorbildlich verhalten. Und da sein Aufgabenbereich ohnehin die Zusammenarbeit von Militär und ziviler Regierung umfasste, kannte er sich mit den Staatsgeschäften bestens aus.

Es klopfte an der Tür, ein unpassender Laut. Nahezu jede Wand des Büros wies klaffende Löcher auf, sodass Jonathan ohne Mühe erkennen konnte, wer dort draußen stand. Ein Schmunzeln umspielte Leducs Mundwinkel und der MAD-Offizier vermutete, der Militärattaché verfolgte den gleichen Gedankengang.

»Herein!«, rief er und bemühte sich um Ernsthaftigkeit.

Lieutenant Colonel Daniel Asuga trat schwungvoll ein.

Der dunkelhäutige MAD-Offizier weilte seit etwa zwei Tagen im System. Er war fast einen Tag nach der Schlacht an der Spitze eines eilig aufgestellten gemischten Kampfverbands aus terranischen Schiffen und Til-Nara-Einheiten eingetroffen. Zu diesem Zeitpunkt hatte er noch nicht geahnt, welch großes Glück er gehabt hatte. Wäre den Ruul die Einnahme des Systems mit intakten Verteidigungsanlagen gelungen, hätte sich der Entsatz-Kampfverband vor den Geschützen der Orbitalforts und Verteidigungssatelliten wiedergefunden und wäre mit Sicherheit vernichtet worden.

Der ranghohe MAD-Offizier grüßte jeden der anwesenden Offiziere mit einem knappen Nicken und holte eine Datendisc und Leechs Speicherstick aus seiner Tasche.

Bei diesem Anblick verzog Leduc angewidert das Gesicht. »Was haben Sie damit vor?«

»Ich schicke das zu Coltor. Soll er entscheiden, was damit zu tun ist.«

»Ich würde das Programm und sämtliche Daten darüber zerstören, wenn ich an Ihrer Stelle wäre«, meinte Leduc. »Nach dem ganzen Schaden, den dieses Teufelsprogramm angerichtet hat.«

»Mag sein«, murmelte Asuga nachdenklich. »Doch dieses Programm ist zu wertvoll, um es einfach zu zerstören. Und diese beiden Speichermedien sind alles, was davon noch übrig ist. Vor allem jetzt …«

»Ja«, nickte Leduc traurig. »Ich verstehe, was Sie meinen. Leechs Tod macht es unmöglich, das Programm zu reproduzieren. Sowohl für unsere Seite als auch für die Ruul. Wir müssten noch einmal ganz von vorne anfangen. Und die Ruul sowieso. Sie haben alles verloren.« Leduc schüttelte nachdenklich den Kopf. »Leechs Tod ist ein wirklich schwerer Verlust. Ohne diesen Mann hätten wir Starlight mit Sicherheit verloren.«

»Der Plan der Ruul hätte beinahe funktioniert«, stimmte Jonathan zu. »Sie waren nahe dran. Sogar verdammt nahe.«

»Ihr Plan war gar nicht schlecht«, stimmte Asuga zu. »Der Trojaner, an dem Leech gearbeitet hat, ist leider unvollständig und in seinem derzeitigen Zustand nicht zu gebrauchen. Aber wer weiß, vielleicht sind wir eines Tages in der Lage, es den Slugs gebührend heimzuzahlen.«

Epilog

Birmingham-Kolonie, ca. 185 Lichtjahre südlich des Sol-Systems
27 Tage nach der 2. Schlacht von Starlight

Der Mann betrachtete nachdenklich sein Spiegelbild mit einer Mischung aus Faszination und Schock. Er betastete sein Kinn, zog das linke Augenlid herunter, strich das dichte, brünette Haar zurück. Das Gesicht, das ihm entgegenstarrte, kam ihm besser aussehend vor, als er es in Erinnerung hatte. Die Wangenknochen waren etwas höher, die Augenfarbe hatte sich geändert, seine Haarpracht war fülliger, das Kinn war gekürzt und korrigiert worden. Alles in allem sah er sogar um einiges jünger aus. Trotzdem würde es Zeit benötigen, sich daran zu gewöhnen, das Gesicht eines Fremden im Spiegel zu sehen.

Der MAD-Offizier hinter ihm betrachtete den Mann mit milder Anteilnahme. Der Offizier lehnte an der Rückenstütze eines Sessels und hielt die Arme vor dem Körper verschränkt. Der Sessel selbst war ebenso einfach und schmucklos gehalten wie der Rest des Apartments. Dieses wiederum befand sich im zwölften Stock eines Wolkenkratzers in Andorra, der größten Stadt auf Birmingham.

»Und?«, fragte der MAD-Offizier zum ersten Mal, seit er den Raum betreten hatte.

Der Mann drehte sich langsam um. In seinen Augen stand ein winziger Schimmer der Traurigkeit. »War das wirklich notwendig? Mein altes Gesicht wird mir irgendwie fehlen.«

Jonathan schüttelte mitfühlend den Kopf und erinnerte sich schaudernd, wie knapp es gewesen war, das Leben seines Gegenübers zu retten. Dank der Herzmassage war es gelungen, den Programmierer ins Leben zurückzurufen. Gerade noch. Die Entladung der Blitzschleuder hatte die Brust des Mannes schwer verbrannt und beinahe sein Leben beendet.

Da war Jonathan ein Geistesblitz gekommen. Er hatte Leech die Uniform eines toten TKA-Soldaten angezogen und veranlasst, dass der Mann unter strengster Geheimhaltung auf ein Lazarettschiff verbracht worden war. Dort war er in strikter Isolation gehalten worden, bis man ihn auf ein Schiff des MAD verlegen konnte.

Niemand hatte seine wahre Identität erkannt. Und das war gut so.

»Es tut mir leid, aber es war zu bekannt. Nun denkt alle Welt, dass sie tot sind, Leech. Es ist das Beste so. Und Birmingham ist so dicht bevölkert, dass Sie und Ihre Familie hier wunderbar untertauchen können. Sie verschwinden einfach. Ab sofort stehen Sie unter dem Schutz des MAD. Mehrere Teams haben sich unter Decknamen in Apartments über und unter Ihrem einquartiert. Und auf diesem Stockwerk auch. Ihr neuer Name und Ihr neues Gesicht werden Sie für all Ihre Feinde unauffindbar machen. Selbst falls – und ich sage ausdrücklich falls – jemand auf den Gedanken käme, sie seien tatsächlich noch am Leben. Ihre Frau und Ihr Sohn werden in den nächsten Tagen hier eintreffen. Deborah bringt sie an Bord eines regulären Passagierschiffs und über mehrere andere Koloniewelten hierher. Nur um sicherzugehen, dass niemand ihrer Spur folgt. Wir haben Ihnen außerdem einen Job besorgt, der zu Ihrer Tarnidentität passt. Das sollte eigentlich genügen.«

Er reichte dem Mann einen neuen Ausweis. Leech betrachtete ihn eine Weile und warf dem MAD-Offizier mit hochgezogener Augenbraue einen ungläubigen Blick zu.

»Malcolm Reckster? Sie denken sich eine neue Identität für mich aus und *dieser* Name fällt Ihnen zu mir ein?«

»Sie werden sich schon daran gewöhnen. Dieser Name wird Ihnen helfen unterzutauchen. Weder die Ruul noch die Kinder der Zukunft werden nach Ihnen suchen. Und unter diesem Namen schon gar nicht.«

»Trotzdem … mein vergangenes Leben –«

»Ist genau das: vergangen«, fiel Jonathan ihm ins Wort. »Denken Sie an Ihre Familie. Wäre bekannt, dass Sie noch immer unter den Lebenden weilen, wäre keiner von Ihnen je wieder sicher. Man würde Ihre Frau und Ihren Sohn mit Sicherheit als Druckmittel gegen Sie einsetzen wollen. Nun aber – in der Versenkung – können Sie weiter an dem Computervirus arbeiten und es fertigstellen.«

Leech seufzte tief. »Das ist alles, worum es immer geht. Dieser verdammte Trojaner!«

»Ich fürchte, im Augenblick schon. Nun, da der Krieg wieder mit voller Kraft ausgebrochen ist, brauchen wir jeden Vorteil, den wir kriegen können.«

»Aber ich denke nicht, dass sich der Trojaner als Kriegswaffe gegen die Ruul einsetzen lässt. Die Ruul hatten menschliche Verbündete, die das Virus an Bord mehrerer terranischer Schiffe platziert haben. Diesen Vorteil haben wir nicht. Außerdem wird es Zeit brauchen, das Prometheus-Protokoll für den Einsatz gegen ruulanische Schiffe anzupassen. Viel Zeit. Immerhin unterscheidet sich ruulanische und terranische Technik in mehreren elementaren Punkten. Denken Sie nur an die organische Komponente in den Slug-Schiffen.«

»Über das *wie* machen Sie sich mal keine allzu großen Sorgen. Darüber zerbrechen wir uns den Kopf, sobald es so weit ist. Und ich bin sicher, wir finden dafür über kurz oder lang eine Lösung. Stellen Sie erst mal den Trojaner fertig und passen Sie ihn so an, dass wir damit den Ruul zu Leibe rücken können. Alles Übrige wird sich zeigen.«

Jonathan seufzte und sah aus dem Fenster, doch eigentlich sah er nicht auf Andorra hinaus. Vielmehr glitt sein Blick viel weiter. Hinaus ins Weltall, in dem irgendwo die Ruul lauerten und ihren nächsten Schachzug vorbereiteten.

»Die Ruul haben uns einige Mal überrascht und schwer getroffen. Es wird Zeit, dass wir die Rechnung ausgleichen.«

Malcolm Reckster sah betreten zu Boden. Seine Miene eine Maske des Verdrusses. »Und so beginnt der Krieg also von Neuem.«

Jonathan schüttelte den Kopf. »Nein, er hat nie aufgehört.«

* * *

Hauptquartier der Streitkräfte
San Francisco, Nordamerika, Erde
29 Tage nach der 2. Schlacht von Starlight

Lieutenant Colonel David Coltors Schritte trugen ihn an Dutzenden von Offizieren vorbei. Die meisten von ihnen waren rangniedriger als er und salutierten zackig vor ihm, sobald er sie passierte, doch er beachtete sie höchstens am Rande seiner Wahrnehmung.

Er erntete Blicke, die von Verwunderung bis Besorgnis reichten, angesichts seines unhöflichen Verhaltens. Unter normalen Umständen wäre es ihm nie in den Sinn gekommen, an diesen Männern und Frauen einfach vorbeizustürmen, doch die Umstände waren nun einmal alles andere als normal.

Seine Gedanken kreisten immer und immer wieder nur um eine Sache. In seiner Uniformjacke befand sich eine Datendisc, die Asuga ihm geschickt hatte und die ihm förmlich ein Loch in seine Kleidung brannte. Die Brisanz dieses kleinen, unbedeutend wirkenden Stücks Technologie konnte gar nicht hoch genug bewertet werden. Es gab nur einen einzigen

Menschen, der entscheiden konnte, wie sich die Daten auf der Disc am besten gegen ihre Feinde einsetzen ließen.

Am Ende des Korridors erspähte sein suchender Blick den Offizier, auf den er es abgesehen hatte. Nogujama befand sich offenbar in einer hitzigen Diskussion mit einer Reihe hochrangiger Offiziere und einigen Zivilisten.

Dass es sich bei einigen von Nogujamas Gesprächspartnern um Zivilisten handelte, hätte ihn eigentlich stutzig machen müssen, doch er war so von der Wichtigkeit seines Anliegens überzeugt, dass er einfach in die hochkarätige Unterredung hineinplatzte.

»Admiral Nogujama, ich –«, setzte David an, unterbrach sich jedoch noch im selben Moment, als sich eine der Zivilistinnen umdrehte und ihn neugierig musterte. Unwillkürlich kam David zum Stehen und nahm Haltung an.

»Ah, gut, dass Sie da sind, Coltor«, sagte Nogujama und ersparte ihm damit die Peinlichkeit, das Gespräch nach seiner unhöflichen Unterbrechung wieder aufnehmen zu müssen. »Ich wollte Sie gerade rufen lassen. Sie kennen ja sicherlich Präsidentin Tyler.«

Nogujamas Frage war natürlich nur rhetorisch gemeint. Jeder kannte Gabriele Tyler, die Präsidentin des Terranischen Konglomerats. Die Frau in den Vierzigern mit dem nackenlangen brünetten Haar und der Brille auf der Nase nickte ihm freundlich zu. David kannte sie von ihren Werbeplakaten und natürlich ihren Fernsehauftritten her, doch es war das erste Mal, dass er ihr persönlich gegenüberstand. Ihm war nicht so recht klar, was von ihm nun erwartet wurde, also erwiderte er lediglich das Nicken.

Bei ihren Fernsehauftritten kam Präsidentin Tyler sympathisch, energisch und tatkräftig rüber. Doch in diesem Augenblick bemerkte David tiefe Sorgenfalten auf ihrer Stirn. Erst jetzt nahm er die anderen Anwesenden bewusst wahr. Da waren unter anderem Admiral Maria Antonetti, General Daniel Sutter von der TKA, Marine-General Ephraim MacCullogh sowie (in Zivilkleidung) Bobby Bates von der SES. David verfluchte im Stillen seinen Übereifer. Er war tatsächlich in eine äußerst hochkarätige Besprechung geplatzt.

Erst jetzt fiel ihm etwas ein, das Nogujama gesagt hatte.

»Sie wollten mich gerade rufen lassen?«

»Allerdings. Es hat sich etwas ereignet, das Ihre Anwesenheit bei der folgenden Besprechung unverzichtbar macht. Kommen Sie.«

Nogujama wies auf den nächsten Aufzug, und die Offiziere sowie die Zivilisten, wobei es sich neben Bates und Tyler noch um einige Diplomaten und Assistenten der Präsidentin handelte, quetschten sich in die enge Kabine.

David war überaus neugierig, wo die Fahrt wohl hingehen mochte. Die Kabine setzte sich in Bewegung und er nutzte die Gelegenheit, ein paar Takte mit Nogujama zu wechseln.

»Admiral?«

»Ja?«

»Wir sollten uns über Starlight unterhalten und was dort vorgefallen ist.«

»Sie reden von dem Trojaner, den Asuga Ihnen geschickt hat?«

»Allerdings, Sir. Wir –«

»Wir sollten ihn zerstören. Ich fühle mich erst dann wieder richtig sicher, wenn das verdammte Ding für niemanden mehr von Nutzen ist.«

»Mit Verlaub, Admiral, das halte ich für einen Fehler.«

Nogujama wandte sich überrascht um. »Inwiefern? Falls das Ding in die falschen Hände fällt, würde es über Sieg oder Niederlage entscheiden.«

»Bei allem Respekt, aber in den richtigen Händen ebenso.«

Der japanische Admiral zog die linke Augenbraue in die Höhe. »Sie wollen den Trojaner einsetzen? Wie?«

David zuckte mit den Schultern. »Weiß ich noch nicht genau, aber das Programm könnte sich noch als äußerst nützlich erweisen, vielleicht sogar als Zünglein an der Waage. Ich habe unter Captain Clarkes Führung bereits eine entsprechende Operation auf Birmingham eingeleitet. Ihre Einwilligung natürlich vorausgesetzt.«

Nogujama dachte lange über Davids Worte nach, bis er ergeben seufzte. »Wie Sie meinen. Verwahren Sie die Datendisc und verwenden Sie den Inhalt nach Ihrem Gutdünken. Ich gab bisher immer große Stücke auf Ihre Einschätzung und Ihr Urteil. Bitte sorgen Sie dafür, dass ich es nicht bereuen muss.«

»Das werde ich«, erwiderte David und verkniff sich ein Grinsen. Er hatte es sich schwerer vorgestellt, Nogujama zu überzeugen. Der MAD-Offizier hatte tatsächlich noch keine Ahnung, wie sich der Trojaner gegen die Ruul einsetzen ließ, doch es musste einfach einen Weg geben.

Der Aufzug kam zum Stehen und die Türen öffneten sich. Sofort wurden die Männer und Frauen von der Geräuschkulisse hektischer Betriebsamkeit umfangen.

Sie befanden sich im untersten Stockwerk des Gebäudes, im militärischen Planungsraum. Jede militärische oder verdeckte Operation wurde hier geplant, gebilligt und angeordnet. David selbst war nur ein paar Mal hier gewesen. Für gewöhnlich legte er die Operationspläne seiner ROCKETS-Teams Nogujama vor, der sie höchstpersönlich hierher brachte.

Der Raum wurde von einem großen Holotank in der Mitte dominiert. An den Wänden hingen die unterschiedlichsten Sternenkarten, Aufstellungslisten terranischer Truppen und Flotten sowie verbündeter Streitkräfte. Es gab auch einen Aufklärungsstab, der Daten über ruulanische Flotten- und Truppenbewegungen sammelte und auswertete. In diesen Tagen waren Informationen über die Vorgänge in der RIZ jedoch ein seltenes und wertvolles Gut.

Selbst in ruhigen Zeiten glich die Operationszentrale einem riesigen Ameisenhaufen, doch heute war etwas anders. Eine Aura tiefer Besorgnis hatte sich wie eine schwarze Wolke über den Raum gelegt.

Beinahe wie in Trance folgte David Tyler, Nogujama und den übrigen Offizieren zum Holotank.

Nogujama warf der Präsidentin einen fragenden Blick zu, die daraufhin auffordernd nickte. »Vor nicht ganz sechs Wochen«, begann der Admiral, »entsandten wir eine kleine Kampfgruppe als Verstärkungskommando zu einem unserer versteckten Horchposten in der RIZ. Durch einen unglückseligen Zwischenfall kam es bei der *TKS Chicago* zu einem Fehlsprung, der sie fast über den Rand der RIZ hinwegkatapultierte – und direkt in eine ruulanische Flotte hinein.«

Die Anwesenden keuchten schockiert auf.

David kannte die *Chicago*. Ein gutes Schiff. Fehlsprünge waren zwar selten, kamen jedoch hin und wieder vor. Das ließ sich gar nicht vermeiden. Schon ein winziger Fehler in den Berechnungen genügte vollauf, um so ein Ergebnis hervorzurufen. Doch ein derart katastrophaler Fehlsprung, wie ihn die *Chicago* durchgemacht hatte, war äußerst selten. Genauer gesagt, hatte David noch nie von einem vergleichbaren Zwischenfall gehört.

»Das war aber noch nicht das Schlimmste«, fuhr Nogujama fort. »In den wenigen Augenblicken, die der *Chicago* blieben, bevor sie zerstört wurde, fing sie etwas mit ihren Langstreckensensoren auf. Wenn man bedenkt, wie groß der Weltraum ist, so war es einfach nur Glück, dass sie es überhaupt entdeckte. Der Captain des Trägers entsandte daraufhin unmittelbar einen seiner Offiziere in einem Kurierschiff, um uns zu warnen, nur Minuten bevor die *Chicago* überwältigt und vernichtet wurde. Der Name des Offiziers war Major Jürgen Bauer. Ich möchte, dass niemand von Ihnen diesen Namen je wieder vergisst. Er gab sein Leben, um uns eine Chance zu verschaffen.«

Nogujama holte eine Datendisc aus seiner Tasche und schob sie in die dafür vorgesehene Öffnung an der Seite des Holotanks. Sofort erwachte dieser zum Leben und gab eine Aufzeichnung wieder. David erkannte die Brücke der *Chicago* und wie der Captain etwas auf seinem taktischen Hologramm betrachtete. Das Bild zoomte etwas hinein, damit die Anwesenden aus erster Hand sehen konnten, was den Captain des Trägers so beschäftigte.

Die *Chicago* hatte mit ihren Langstreckensensoren eine große ruulanische Flotte geortet, die sich der RIZ näherte. Doch etwas stimmte mit dieser Flotte nicht. Sie war irgendwie – seltsam. David benötigte einige Sekunden, bevor ihm auffiel, was das war. Obwohl sie noch ein ganzes Stück von der RIZ entfernt war, bewegte sich die Flotte nicht mit ISS, sondern mit Unterlichtgeschwindigkeit. Noch etwas fiel ihm auf: Der Kern der Flotte bestand aus mindestens einem Dutzend riesiger Schiffe.

Nogujama ließ den Anwesenden angemessen Zeit, das Gesehene zu verdauen, bevor er fortfuhr. »Was Sie hier sehen, sind achtzehn Schiffe, die allesamt so groß sind wie die *Tiamat*. Unseren Scans zufolge sind sie jedoch gänzlich unbewaffnet und nur in der Lage, sich mit Unterlichtgeschwindigkeit fortzubewegen. Allem Anschein nach wurde auf Waffen und ISS-Antrieb verzichtet, um mehr Platz für Lebenserhaltungssysteme zu schaffen.«

»Mit Unterlichtgeschwindigkeit?«, hakte Admiral Antonetti verwundert nach. »Dann haben sie Jahrzehnte benötigt, um uns zu erreichen.«

»Vielleicht sogar noch länger. Davon gehen wir in der Tat aus«, bestätigte Nogujama. »Und sie haben die RIZ noch längst nicht erreicht. Bei dieser Geschwindigkeit brauchen sie noch mindestens vier oder fünf weitere Jahre.«

»Aber was sind das für Schiffe?«, wollte Sutter wissen.

»Wir haben uns doch immer gefragt, wie eine Nomadenrasse wie die Ruul überhaupt überleben kann. Wo sind ihre Zivilisten? Ihre Kinder? Das Gros ihrer Familien? Ich befürchte fast, hier haben wir die Antwort. Das dort sind Generationenschiffe. Die Ruul bringen ihre ganze Zivilisation hierher. Und sie haben vor zu bleiben.«

Betäubtes Schweigen senkte sich über die Gruppe, als jeder zu verarbeiten versuchte, was dies für die Menschheit und ihre Nachbarn – für alle Völker der Milchstraße – bedeutete. Mit einem Mal ergab alles einen Sinn: die Vehemenz und Brutalität, mit der die Ruul sie attackierten; die hohe Anzahl der Systeme, die die Ruul für sich beanspruchten. Die Ruul waren noch längst nicht fertig mit ihrem Feldzug.

Mit schockierender Plötzlichkeit wurde jedem der Versammelten klar, dass sie die Ruul unbedingt stoppen mussten, denn wenn erst die Generationenschiffe eintrafen, würde es zu spät sein. Dann konnte nichts und niemand die Ruul noch vertreiben.

Dies war kein Krieg, wie ihn die Menschheit zu führen gewohnt war. Oh nein, dies war alles andere als ein gewöhnlicher Krieg.

Und es war auch alles andere als eine gewöhnliche Invasion.

Es war eine Völkerwanderung.

Die Barbaren standen vor den Toren Roms.

H. D. Klein
DRAKE

Science-Fiction-Roman
Originalausgabe

Erhältlich als Hardcover direkt beim Verlag und als Paperback und eBook überall im Handel.

www.atlantis-verlag.de